历史与现场丛书

孟繁华 贺绍俊 主编

新世纪文学论稿
——作家与作品

孟繁华 著

中国社会科学出版社

图书在版编目(CIP)数据

新世纪文学论稿:作家与作品/孟繁华著. —北京:中国社会科学出版社,2017.8
(历史与现场丛书)
ISBN 978-7-5203-0216-6

Ⅰ.①新… Ⅱ.①孟… Ⅲ.①中国文学—当代文学—文学评论—文集 Ⅳ.①I206.7-53

中国版本图书馆 CIP 数据核字(2017)第 086518 号

出 版 人	赵剑英
责任编辑	郭晓鸿
特约编辑	席建海
责任校对	石春梅
责任印制	戴 宽

出　　版	中国社会科学出版社
社　　址	北京鼓楼西大街甲 158 号
邮　　编	100720
网　　址	http://www.csspw.cn
发 行 部	010-84083685
门 市 部	010-84029450
经　　销	新华书店及其他书店

印刷装订	北京君升印刷有限公司
版　　次	2017 年 8 月第 1 版
印　　次	2017 年 8 月第 1 次印刷

开　　本	710×1000　1/16
印　　张	29.5
插　　页	2
字　　数	381 千字
定　　价	108.00 元

凡购买中国社会科学出版社图书,如有质量问题请与本社营销中心联系调换
电话:010-84083683
版权所有　侵权必究

目 录

谢冕和他的文学时代 …………………………………… 1

"守正纳新"的方法论价值和文化意义
　　——评《刘中树文学论集》 …………………… 14

"现代性"与中国当代文学历史叙述
　　——评陈晓明的《中国当代文学主潮》 ……… 23

文本细读与文学的经典化：从理论到实践
　　——以陈晓明的《众妙之门——重建文本细续的
　　　批评方法》为中心 ………………………… 31

并未终结的"八十年代"
　　——程光炜与当下中国文学的一种潮流 ……… 51

全球化语境与中国的文化问题
　　——评戴锦华的中国当代文化研究 …………… 58

文学批评的自觉、有效与节制
　　——评陈福民《批评与阅读的力量》 ………… 66

当代中国的学院批评
　　——以青年批评家张清华为例 ………………… 70

为了批评的正义和尊严
　　——评谢友顺的文学批评 ……………………… 78

新世纪的新青年
　　——李云雷和他的文学批评 …………………………… 91

童年经验与文化记忆
　　——张伟教授《姥姥的遗产》序 …………………………… 100

小说的另一种解法和读法
　　——秦万里《小说法》序 …………………………………… 104

散文困境中的一座丰碑
　　——评王充闾的散文创作 …………………………………… 108

文人的情怀、趣味与文化信念
　　——贾平凹散文集《大翮扶风》序 ………………………… 122

生命之流的从容叙事
　　——王小波的小说观念与文学想象 ………………………… 129

大舞台主角的隐秘人生与复杂人性
　　——评周大新的长篇小说《曲终人在》 …………………… 138

"说话"是生活的政治
　　——评刘震云的长篇小说《一句顶一万句》 ……………… 145

这是"未名的爱和忧伤"
　　——评迟子建的长篇小说《群山之巅》 …………………… 151

《玉米》论 ……………………………………………………………… 157

不确定性中的苍茫叩问
　　——评曹征路的长篇小说《问苍茫》 ……………………… 167

现代性难题与南中国的微茫
　　——评邓一光作品集《深圳在北纬22°27′—22°52′》 …… 181

在不确定性中寻找道路
　　——评关仁山的长篇小说《麦河》 ………………………… 194

乡村文明崩溃的前史后传
　　——评关仁山的长篇小说《日头》 ………………………… 198

目 录

本土叙事与全球化景观
　　——评吴玄的小说 ………………………………… 205

中国式的"反乌托邦"小说
　　——评老奎的中篇小说《赤驴》 ………………… 214

人间万象与绝处逢生
　　——评余一鸣的小说创作 ………………………… 221

面对"现代",他选择了什么
　　——评龙仁青的短篇小说 ………………………… 231

"贱民"的悲喜剧与小说之光
　　——评陈昌平的小说创作 ………………………… 237

文学仿真术与作家的心情
　　——评林白的长篇小说《妇女闲聊录》 ………… 248

男女、生死和情义
　　——2004年葛水平的中篇小说 …………………… 252

都市深处的魔咒与魅力
　　——评须一瓜的小说创作 ………………………… 260

世风世相、女性与家国
　　——评邵丽的小说创作 …………………………… 269

小叙事与大传统
　　——评欧阳黔森的短篇小说 ……………………… 282

发现城市深处的秘密
　　——评晓航的长篇小说《被声音打扰的时光》 …… 292

在新文明的崛起中寻找皈依之路
　　——评吴君的小说创作 …………………………… 302

日常生活中的光与影
　　——新世纪文学中的魏微 ………………………… 310

历史、主体性与局限的魅力
　　——评鲁敏的小说创作 …………………………… 318

信河街上的"反谱系"写作
　　——评哲贵的"信河街系列"小说 ·················· 329

幻灭处的惨伤与悲悯
　　——评蔡东的小说 ······························ 336

精神"黑洞"和它的讲述者
　　——评娜或的小说 ······························ 347

东君：在不确定性中的发现与批判 ···················· 356

宁肯：在藏地还会发现什么 ·························· 363

小叙事中的人性与社会
　　——几部作品中的现实与心灵生活 ················ 367

权力支配下的政治无意识
　　——官场小说和它的不同面向 ···················· 377

山峰正在隆起
　　——新世纪初期辽宁的中、短篇小说创作 ·········· 391

外部生活与内心世界
　　——长篇小说的不同领域与言说方式 ·············· 418

这一代人的爱与狂
　　——"80后"的几位小说家 ······················ 438

地域风情与人文关怀
　　——"关东三马"《风入四蹄轻》序 ·············· 454

古今对话与戏剧冲突
　　——评庞贝话剧剧本《庄先生》 ·················· 462

谢冕和他的文学时代

沙叶新先生《幸遇先生蔡》的发表，在这个时代似乎成为一个隐喻，"五四"精神、蔡元培精神，在今天与知识分子还有多少关系是一件可以讨论的事情。"五四"的先贤们只能存留在舞台的想象中。事实的确如此，五四运动已经成为一个遥远的过去，它只可想象而难再经验。这个判断与我们正在亲历的思想文化环境有关，这是一个与"五四"大异其趣的时代，无论是精神空间、胸怀气象，还是话题对象、价值观念。"五四"精神在今天正在消失。

今天的思想文化环境，与"五四"渐远，却与晚明相近。晚明处在大变动时代，虽然出现了一些大思想家，如黄宗羲、顾炎武、王夫之、李贽等，但普遍的却是逃禅归隐、弃儒从商、纵欲享乐之风盛行。这与我们这个时代的思想文化环境多有相似之处。特别是学院知识分子，在当下学术制度、教育制度的制约下几乎无所作为。因此，"五四"时代形成的现代中国知识分子，正在蜕化为人文知识专家。众所周知，知识分子参与公共事务是这个阶层首要的功能和义务。但是，考察本学科知识分子自20世纪90年代以来思考的问题和发表的言论，更多的是寻章摘句、重复原典的所谓"学术"，能够进入公共论域的话题或引起社会广泛关注、为社会提供思想的著述凤毛麟角。这时，我想起了谢冕先生。他是我的老师，我可以经常见到他，但每当我想起他的时候，竟感觉遥远无比。这个距离是我们与他的文学信

念的距离，是与他强大而自信的内心的距离，当然也是与他对文化传统、文化变迁判断的距离。我们对当代人的肯定往往吝啬：一是感觉我们自己更重要；二是因对别人所知未深而自然流露的肤浅轻慢。这是这个时代学界的病症之一。

就 20 世纪的中国文学而言，"五四"时期和 80 年代是最有成就的时候，已是不争的共识。然而，对这两个不同时期的种种议论大概也最多。当然，我们还可以从另一角度考虑这些议论和挑剔：一是它们值得议论，对它们的反复提及人们怀有兴趣；二是人们总愿意以理想的方式设定未来，寄希望于它更完美的形态。然而，这毕竟只是一种情感愿望，历史的发展和逻辑的发展难以诉诸设定的形式。当我们以理性的方式面对这两段历史时，我们竟充满了难以言说的敬意和怀恋之情。这是两段相似又不尽相同的历史，它深置于我们的记忆而使我们只能超越而难以走出，它是我们的精神故乡和精神遗产，它们以特有的魅力向我们发出呼唤，而我们则愿意追随。这一古旧的情怀不合时尚，于我们来说则不可换取，其原因也许在于，在五四运动 90 周年到来的时候，那一切只能追忆而难以重临。

谢冕与这两个不同时期密切相关。"五四"的精神传统给他以思想和情怀的哺育，这一传统就是科学与民主，它逐渐衍化为谢冕的精神信念。在这一信念的引领下，他不仅成为"五四"精神的传人，成为 20 世纪 80 年代以降影响广泛、成就卓著的文学批评家、思想家和文学教育家，而且使他成为一位真正意义上的现代知识分子。这一切，在他 80 年代以来的文学批评和教学活动中，以最具说服力的形式得以表达。因此，"五四"精神是谢冕主要的思想来源，这一来源支配着谢冕的情感方式，使他不能成为纯粹书斋式的、内心平静的学者，他不能生存于超然的空间而独善其身，现实的一切与他有关，他只能选择介入的方式和入世的情怀，以文学批评的形式展开他宿命般的人生，在知其不可为而为之的生命过程中显示他特立独行的人格成就和精神风采。但这并不意味着谢冕的批评方式和目标追求是超验设定的，恰恰相反，现代理性和科学精神深置于他的思想深处。在他的批评实践中，他求证和发现的文学思想和概念，因其科学意义和纯正的学院品格而广为流行。上述三个方面，应该说是我们研究谢冕并走进他的精神空间不可忽略的视角。

谢冕迄今的绝大部分时间生活在北大，这所中外闻名的学府是五四运动的策源地和精神堡垒，近一个世纪来，"五四"精神和传统几近成了这所学府的象征而被世人瞩目。谢冕求学并工作在这里，他深被"五四"精神所感染，并奠定了他以后许多年的精神信念。这一点不仅在他自传性的长篇散文《流向远方的水》①中有明确的陈白，而且始终如一地贯穿于他的批评实践中。"他经常神往于五四时代，神往于那个勇敢、活跃、不妥协地除旧布新的时代，那个'一切都将要发生，一切都正在发生'的时代。"②黄子平的这一认知相当准确。我们在谢冕的许多著作和文章中都常常读到他对那一时代充满激情和神往的文字："五四运动所体现的时代品质是重新开始幻想和争取。它以决绝的态度批判旧文化、旧道德和旧文学，目的就在于它有一种肯定和憧憬的对象。"③这一对象就是关于"民主、自由、科学、人权的一套新的思想"④。谢冕将这一套新的思想作为精神信念信守，与他从事文学批评的历史处境密切相关。80年代初期的中国，刚刚走出20世纪最黑暗的"文革"10年，然而，这10年作为80年代最为切近的历史背景，它的历史形态仍然以惯性的方式几乎无处不在地弥漫四方，

---

① 谢冕：《流向远方的水》，《作家》1988年第10期。
② 黄子平：《通往"不成熟"的道路——〈谢冕文学评论选〉序》，谢冕《谢冕文学评论选》，湖南文艺出版社1986年版。
③ 谢冕：《新世纪的太阳》，时代文艺出版社1993年版，第57页。
④ 同上书，第3页。

那不仅是一个"启蒙"话语的时代，同时也是专制话语余威未尽的时代。于是，一方面是对"历史必然要求"的解放的企盼；另一方面，则是对这一要求的深切惊恐。20世纪初期的历史情境在历经半个多世纪之后，几乎又以相似的形态重演。这一切，首先最敏感地反映在文学艺术上。李泽厚后来对这一时期的时代精神或气氛做过如下描述：

> 一切都令人想起五四时代。人的启蒙，人的觉醒，人道主义，人性复归……都围绕着感性血肉的个体从作为理性异化的神的践踏蹂躏下要求解放出来的主题旋转。"人啊，人"的呐喊遍及了各个领域各个方面。这是什么意思呢？相当朦胧；但有一点又异常清楚明白：一个造神造英雄来统治自己的时代过去了，回到了五四时期的感伤、憧憬、迷茫、叹息和欢乐。但这已是经历了60年惨痛之后的复归。历史尽管绕圆圈，但也不完全重复。几代人应该没有白活，几代人所付出的沉重代价使它比五四要深刻、沉重、绚丽、丰满。①

这样一个与"五四"酷似的时期，加之这代人特有的情怀、知识背景和对中国属于这代人的认识，他们选择"五四"作为自己的思想资源就是一种必然。因此，谢冕在20世纪80年代初期乃至其今天的文学批评，正是在这样的思想框架中展开的。1980年5月7日，谢冕在《光明日报》上发表了他曾引起广泛争论的文章——《在新的崛起面前》。这篇文章所传达的思想观念在今天看来已远远构不成"异端"，然而在当时却有如石破天惊，它使一些人震怒并且恐惧，作为文坛"公案"，对它的"诉讼"长达数年之久。这篇不足3000字的短文，同样首先谈到了"五四"："当前这一状况，使我们想到五四时期的

---

① 李泽厚：《中国现代思想史论》，东方出版社1987年版，第255页。

新诗运动。当年,它的先驱者们清醒地认识到旧体诗词僵化的形式已不适应新生活的发展,他们发愤而起,终于打倒了旧诗。他们的革命精神足为我们楷模。"① 面对又一场诗歌革新运动,他指出:"对于这些'古怪'的诗,有些评论者则沉不住气,便要急着出来加以'引导'。有的则惶惶不安,以为诗歌出了乱子了。这些人也许是好心的。但我却主张听听、看看、想想,不要急于'采取行动'。我们有太多的粗暴干涉的教训(而每次的粗暴干涉都有堂而皇之的口实),我们又有太多的把不同风格、不同流派、不同创作方法的诗歌视为异端、判为毒草而把他们斩尽杀绝的教训。而那样做的结果,则是中国诗歌自五四以来没有再现过五四那种自由的、充满创造精神的繁荣。"② 谢冕对上述观点的表达是柔和而平静的,即使在当时看来,也不是有些人认为的所谓"激进"。当然,这一从容的表达并不是顾及某种压力或是策略上的考虑。事实上,从那时起他所选择的陈述对象,无论是诗潮还是具体的诗人、诗作,他都将"五四"精神作为一个明确的参照,从而维护、鼓励那些具有革新精神和创造精神的诗人去大胆探索。他最先评论、支持的一批青年诗人,先后构成了80年代"新诗潮"的主力阵容,如北岛、舒婷、杨炼、顾城、江河、骆耕野、徐敬亚、王小妮、傅天琳、梁小斌、陈所巨、王家新等。这已成为史实的现象说明谢冕不仅具有民主、宽容、自由的"五四"精神传统,同时也说明他具有超越普通批评家的审美洞察力。上述诗人的作品不只因当时表达了不合世风的思想观念而卓然不群,更重要的是他们在诗歌的表达形式、语言、审美取向等方面的重大超越。而谢冕正是以他作为杰出批评家独具的敏锐眼光做出了自信而正确的判断。这一情景自然让人联想到"五四"时期周作人对李金发的支持,鲁迅对萧军、萧

---

① 谢冕:《在新的崛起面前》,《光明日报》1980年5月7日。
② 同上。

红、殷夫、高长虹等青年作家、诗人的鼓励与提携等,他同样"肩着闸门"。不同的是,虽然"那时的旧势力太强大也太猖獗"①,但他们毕竟没有像谢冕那样除了文化之外还要承受霸权话语的双重压力。因此,谢冕和他有共同信念的人一起,是以不妥协的坚持战胜了80年代中国文学关键的一役。从那时起,当代中国文学才有了多种选择的可能。时代多变,但无论任何时候,只要想起那一时期代表当代中国文学健康力量的决绝和坚韧,依然给人以一言难尽的万端感慨。

谢冕深被"五四"精神所吸引,这决定了他的"情感方式"和人生态度。在古代中国,知识分子历来处于"进与退""出与入""兼济天下"与"独善其身"的矛盾和选择中;到了现代,是做"问题中人还是学术中人",是重思想还是重学术,是知其不可为而为之还是知其不可为而不为,依然痛苦地困扰着他们。但就中国具体的历史处境而言,那些具有忧患意识和使命意识的知识分子大都选择了前者。百年来的内忧外患,使这样的知识分子难以安于书斋,中国的历史境遇培育了知识分子中国式的、特有的思想情感方式。他们虽然历经了"五四"以来新思想、新文化的洗礼,对传统的"入世"思想进行了创造性的改造,但就其本质而言,诚如余英时先生指出的那样:近百余年来,中国知识分子的独特传统不但没有失去它旧日的光彩,而且还焕发了新的光辉。中国近代史上一连串的"明道救世"的大运动都是以知识分子为领导主体的。无论是戊戌政变、辛亥革命、五四运动、国民革命,其领导人物主要都是来自知识分子阶层。西方文化(包括马克思主义)的冲击使中国知识分子获得了重大的思想解放是一件无可否认的事实。"五四"以来,中国知识分子不再把传统的名教纲常看作天经地义了。但是,这种影响仅限于思想信仰的内容方

---

① 谢冕:《新世纪的太阳》,时代文艺出版社1993年版,第3页。

面，中国知识分子的性格并没有发生革命性的变化。① 这一性格隐含无可抗拒的文化基因，它不是一种姿态或对革命有着先天的狂热，它首先是现代中国历史发展的需要，同时也是他们发自内心的情感需要。谢冕常常表达他这样的看法："我们有幸站在两个重大时代的交点之上。历史给我们以机会和可能进行范围广泛的全民的反思。这种历史性的反思，以深刻的批判意识开启民族的灵智。作为这一时代的知识分子，我当然无法（当然也不谋求）逃遁这一历史的使命。""中国诗歌传统的强大和丰富，曾经痛苦地折磨着，并考验了我们的前辈——五四新诗革命的前驱者们。如今，轮到我们承担他们所经历的一切。"② 这多少有些悲怆的意味仿佛成了一种无可回避的、被选择的宿命。这种介入或"入世"的精神使谢冕与现实的关系充斥着一种紧张感。他的研究或批评对象基本是在诗歌领域，但他的每本著作或每篇文章，几乎都密切地联系着百年中国，尤其是当代中国的现实，联系着每一时期重大的理论命题，也正因为如此，谢冕的影响才远远超出了诗的领界，才会在文学界、文化思想界乃至全社会产生广泛而深远的影响。百年中国的历史境遇和文化的命运始终是谢冕从事文学研究的宏阔背景，他不是为文学而文学、为研究而研究的所谓"学术中人"，他的文学功用观前后虽然有过不小的变化，但他始终没有动摇的则是文学力求"有用"的看法。作为他那一代人，他也难免受到时代观念的影响，他曾经认为："把诗歌当成一种'甜蜜的事业'，实在是一种误会。常常被人们喻诗歌为炸弹和旗帜，是就其主要的战斗性能而言的。这种性能当然不是唯一的，当然会有也应当允许有让人娱乐、让人休息、让人轻松的诗。但这些，从来也不构成诗歌的主流。

---

① 参见余英时《中国知识分子的创世纪》，辛华《内在超越之路——余英时儒学论著辑要》，中国广播电视出版社1992年版，第236页。
② 谢冕：《谢冕文学评论选·后记》，湖南人民出版社1986年版。

要是把讨人喜欢当作诗歌刻意追求的目的,要是立志只做甜蜜的诗人而回避诗人的愤怒,我们只能为诗歌的失责而遗憾。"① 这一看法就其针对长久流行的"颂歌"传统而言是切中要害的,鼓励诗人的社会批判职能同样能够理解,但他后来对文学功用观的表达则更为平实并切近文学有所作为的可能性:"文学对社会的贡献是缓进的、久远的,它的影响是潜默的浸润。它通过愉悦的感化最后作用于世道人心。它对于社会是营养品,润滑剂,而很难是药到病除的全灵膏丹。"② 谢冕对文学功用观认识的发展是极其重要的,它启示我们对文学的可能性及有限性持有清醒的认知,而免于陷入对文学功用的自我夸大或沉迷于自造的神话。他对诸如"文学救国"的幻觉持有清醒的理性认识,但这并不意味着他对文学作用于社会持虚无态度,他同时被感动的还有"一百年来文学为社会进步而前赴后继的情景"。

谢冕的介入意识、忧患情怀和文化批判取向,虽然密切地联系着70多年前的那场伟大的创世纪的运动,他向往、憧憬但并不膜拜,他倒是经常提醒自己和世人对"五四"的激进和偏执要有所警觉:"70年前的缺憾是创造的激情把旧物当成了否定物,因而展现出对待传统的无分析性和片面性。"③ "我们希望站在分析的立场上,我们愿意认同于近代结束之后中国知识分子的呐喊、抗争以及积极的文化批判。因为它顺应了社会现代化的历史要求,它的功效在于排除通往这一目标的障碍。但我们理所当然地注意到保存和发扬那些优良传统的必要,而避免采取无分析的一概踩倒的激烈。"④ 这一立场出于不偏不倚的策略性考虑,事实上他对于传统有分析的对待时常有不经意的流

---

① 谢冕:《诗论》,青海人民出版社1985年版,第120页。
② 谢冕:《世纪末:中国知识分子的思索》,《二十世纪中国文学丛书·总序》,时代文艺出版社1993年版。
③ 同上。
④ 同上书,第2页。

露，但他的"传统"不是那个一成不变的古老神话，不是随意可以装进叙事"口袋"的材料。在他看来，"我们生活在传统中，我们也创造着传统。传统之于我们，并不意味着一潭死水，更不意味着是失去意义的河床。传统是长河，源流绵远，从远古流淌至今。它处于不断凝聚而又不断更新的状态。它并非凝固不变，一个历史悠久的民族，经过历代先民的智慧创造，积淀而为丰富的文化诗歌传统，尽管它的构成之中有相当稳定的基因，但又是不断发展不断丰富着的"[①]。谢冕的这一"传统观"不仅使他拥有了面对"权威"从容自若的心态——既生活于传统之中又以自己的方式丰富、创造着传统，同时也使他拥有了对于自己也是传统过程的历史感。他常常坦然地诉说自己那类似"中间物"般的真诚心境。20 世纪 80 年代中期，他已是受到青年热爱和尊敬的著名批评家，但他仍不断地检视自己："像我这样的人，可以理解我的师辈，也可以理解我的同辈，我理解他们痛苦的追求、追求的痛苦。但对于我的晚一辈，我的学生就不能够很充分地理解。"[②]在具体的批评实践上，他同样认为："单一的评论面临多样的创作的挑战，这个挑战是很严峻的。作为一个文学评论工作者，我感到了一种力不从心的困窘。我所熟悉的那套评论模式，有的已不够用，有的是不适用了，需要用新的姿态、新的面貌去学习许多新的课题，迎接这场有意义的挑战。"谢冕的人格成就和精神风采也许正是因为不仅体现于他特立独行的文学批评实践中，而且也体现于他敢于正视自己、检视自己，以同样真诚的心态进行自我批判并坦然处之的健康心态中，才为我们格外尊重。这种自我更新的内在紧张，是谢冕保有批评活力、长期处于批评领域前沿的一个不能忽视的秘密。

[①] 谢冕：《谢冕文学评论选》，湖南人民出版社 1986 年版，第 31 页。
[②] 谢冕：《中国新时期诗歌变革的潮流》，《地火依然运行·代序》，上海三联书店 1991 年版。

新世纪文学论稿

多年来,我曾就学于谢冕,对他的情趣和爱好是有可能了解的。在我看来,无论是生活还是审美,他都有一种明显的"唯美"倾向——他喜欢诗,喜欢美文,喜欢哪怕是文学批评的文字也能给人带来"愉悦"。这一切,只要读他诗意般的批评文字便会明确感知,这自然也确立了他独树一帜的文学批评风格。同时,让我们同样感受深刻的还有他作为学者严谨的科学精神。如果说"问题中人"与"学术中人""重思想"与"重学术"这种知识分子类型划分成立的话,那么,谢冕属于前者。如前所述,他的情怀、使命意识和他身处的历史境况,都使他只能选择知其不可为而为之的沉重,只能选择索性在荆丛中行走的悲怆,他选择了启蒙话语和特殊时期作为相对真理的人道主义思想作为武器。但是,就谢冕的文学批评活动而言,又使我们认识到,上述"类型"的划分又并非是截然对立的,它们只有相互渗透、互为前提才能成立。就人文学科而言,"问题"与"思想"如果失去科学依据和学术品格,也只能流于肤浅或虚假;而"学术"如果不具思想或发现"问题",也会成为雕虫小技或流于烦琐考据。因此,二者的关系不可能也没必要截然对立。20世纪80年代以降,谢冕作为一个重要的文学批评家和思想家已成为事实,而他前瞻性的锋芒思想和他的科学精神同样是我们不能忽略的事实。那是一个必须潜心认真对待的时代,一切似乎都须从头说起,关于传统,关于革新与保守,关于开放与关闭,关于成熟与陌生及许多与艺术相关或并无直接关联的话题,都须持之有据,立论坚实——他们那代人的沉重和坚韧大概是绝无仅有的。因此,无论从哪个意义上考虑,谢冕都不能允许自己失之于严谨和慎重,而这些又必须通过科学的表述才能得以实现。他那些宏观性的命题常常让人感到高屋建瓴、气势宏阔,但却不能离开他对具体的文学现象和作品的熟知。他对自己的研究工作曾有过如下陈述:对新出现的诗歌现象,"在反思的基础上,我看到了新的崛起;继而,我想宏观地了解一下中国诗歌从'五四'以来的发展过程;到了去年,我开始在研究生和进修生中就艺术流派和艺术群落问题进行一些具体考察。这也是我的薄弱环节。这项工作进行了以后,我觉得还不够,因为不断有我们不熟悉、不理解的新的诗歌出现。于是,我们今年进行更加微观的研究,十几个人在一起,一首一首地剖析。一首诗,在我们面前展开了一个陌生的世界"[1]。这种具体的研究,使谢冕首先掌握了第一手感性材料,它们成了谢冕立论的基础和最初的依据,也正因如此,才使他的论著有难以抗拒的魅力和说服力。

谢冕文学批评的科学精神还同时体现于他对学术规范的重视。20世纪80年代以来,自由的空气使一些研究有"不拘小节"的放纵陋习,人们随意地使用概念,没有界定,内涵或所指不明的词语几近泛滥,很多时候,我们不得不沿用一些"约定俗成"的概念去从事研究,这在很大程度上损害了研究的可靠程度和学术品质。在这一方面,谢冕有自觉的抵制和刻意的追求。他率先废除了"朦胧诗"这一含混不清和感性化的概念(将"朦胧诗"称为概念都十分勉强),而使用了"新诗潮"这一经过论证的、准确的并有极大涵盖性的概念。他认为,"新诗潮"的含义"就是新时期诗歌变革的潮流。变革是对不变革的固化状态的诗歌现象而言,因此新诗潮是特定时代的产物"[2]。同时他还首先提出了"现代倾向"这一概念,在论证这一概念时他指出:"我们还谈不上准确、严格的现代派和现代主义。我们同西方,背景不同,时代也不同,我们是从封闭的文化性格向着现代倾向的一种推进,或说逼进。""在这样的含义下,无论诗人是什么年龄,什么风格,属于哪个艺术流派,只要具备了这种逼近和推进的性格,他就

---

[1] 谢冕:《中国新时期诗歌变革的潮流》,《地火依然运行·代序》,上海三联书店1991年版。

[2] 同上。

自然地加入了新诗潮。"[1] 这种开放的视野和超越了进化论的胸襟，这种基于具体研究而获得的结论，自然会令人乐于接受并广为流传。

多年来，谢冕所展示的广阔胸怀和非功利性的目标追求，使他具有一种纯正的学院品格。他身置"永远的校园"，持有明丽真诚的理想主义情怀和鲜明的文化批判立场，他以往的研究也曾"自愿地（某些时期也曾被迫地）放弃自身而为文学之外的全体奔突呼号"[2]，也曾为文学的自由而不得不着眼于它的外围。因此，谢冕的许多著作都是论文的结集，切近和现实的问题使他不能安于书斋去构建个人的学术体系，他宁愿暂时放弃个人的兴趣而去关怀社会共同面临的问题并及时地做出回应，这常常让我们想起鲁迅的文学生涯。20 世纪 90 年代以来，谢冕企望并为之争取的、自由的文学环境或许已经实现，他开始逐步整理并出版他的系统性的 20 世纪中国诗歌史的著作，但这并不意味着他对社会现实弃之不顾。恰恰相反，对社会现实关注已久的情感方式，使他仍不时地以不合时宜的不认同姿态做出反应。最初，谢冕的理想情怀是诉诸全社会的，那是因为百年来"人们在现实中看不到希望时，宁肯相信文学制造的幻象"[3]，他也愿意以文学家的使命意识和忧患情怀作用于社会的改造，但"事实却未必如此"[4]。20 世纪 90 年代以来，谢冕的理想情怀更多地限定于文学的范畴，他对文学现状的考察与批判，如在对《废都》《英儿》《我的菩提树》《露莎的路》《北京人在纽约》《霸王别姬》乃至《廊桥遗梦》的分析评价中，都有明确无疑的表达。他看到了文学的可能性和有限性，亦深知作为一个学者在什么样的范畴内才有所作为。但是，现代知识分子的

---

[1] 谢冕：《中国新时期诗歌变革的潮流》，《地火依然运行·代序》，上海三联书店 1991 年版。
[2] 谢冕：《新世纪的太阳》，时代文艺出版社 1993 年版，第 57 页。
[3] 同上。
[4] 同上。

宿命也许就在于知其不可为而为之,他仍心系社会现实,仍寄希望于文学能作用于社会:"文学若不能寄托一些前进的理想给社会人心以引导,文学最终剩下的只能是消遣和涂抹,即真的意味着沉沦。文学救亡的梦幻破灭之后,我们坚持的最后信念是文学必须和力求有用。"[1] "对于那些洞彻中国社会根底的人,会对那些旨在启蒙式试图救赎的文学动机感到可笑。但是,关于重建社会良知或张扬理想精神的呼吁显然不应受到奚落。……拥有自由的文学家可以尽情地去写你们想写的一切,但是,我们却有理由期望那些有志者为中国文学保留一角明净的精神空间。"[2] 这种理想情怀、精神信念和社会使命意识的坚持,在20世纪90年代以来的文化失败情绪中显得格外醒目,而我们对其则持有如下评价:一个民族或者社会无论发展到怎样的地步,知识分子都无须也不能放弃他的良知、理性和精神传统。社会转型带来的进步已为全社会共享,而它的负面也有人在默默承担,知识分子不能无视这一存在并容忍它无限蔓延,他须以前瞻性的批判加以阻止并告知世人,而不是熟视无睹,以讨人喜欢的面孔加以迎合或认同。这一切的最终目标,无非是以理想的方式诉诸它的未来,使社会更多地告别丑恶和更多地接近文明。谢冕所坚持的一切显然与上述目标相关。

谢冕和他的文学时代并不遥远,但今天想来竟恍如隔世。我们都在从善如流。

---

[1] 谢冕:《新世纪的太阳》,时代文艺出版社1993年版,第57页。
[2] 谢冕:《90年代:回归本位或继续漂流》,《湖南文学》1995年第9期。

"守正纳新"的方法论价值和文化意义
——评《刘中树文学论集》

刘中树教授从事中国现当代文学研究与教学,已过半个世纪。50多年的辛勤耕耘,不仅使刘中树教授成为一个建树卓越的学者,在鲁迅研究、现代文学与中外文化关系研究和东北亚区域文化研究等几个领域都取得了丰硕的成果,而且在学术实践过程中,他也逐渐形成了个性鲜明的学术品格和风格。两卷本《刘中树文学论集》的出版,选取了刘中树从事文学研究与教学50年来重要的学术论文,从一个方面反映了一个成熟学者的与众不同和独树一帜。此前,曾有学者认为,刘中树的学术品格在于他"稳健而不保守,开放而不激进"[1],我非常同意这一表述和判断。但在刘中树的表述中,他没有使用"稳健",更多的时候他使用的是"守正"。这显然是一个深思熟虑并且大胆的观念:在一个处处求新求变并标榜"日新月异"的时代,"守正"很可能因不合时宜被讥讽为保守、传统、落后甚至是"九斤老太"。但学术研究不是流行色,不是消费时尚,不是唯新是举就是创造。特别是在今天,社会生活完全被"新"所覆盖,"新"已经构成了新的同质化,就像城市建设一样,旧貌换新颜——但千城一面,城市风格已经没有区别,恰恰却是城市中那些没有变的东西成为景观;在

---

[1] 王俊秋:《开拓与坚守——访刘中树教授》,《学习与探索》2005年第1期。

"守正纳新"的方法论价值和文化意义

"新"的意识形态统领一切的时候,要挽救的恰恰是那些即将消失的事物,如"非物质文化遗产"等。在文学研究方面,事情的发展与"新"这个神话也相似到这样的程度:从20世纪80年代到现在,欧风美雨遍及文学研究的各个角落,从存在主义一直到后现代、后结构,我们一直跟着西方走,但我们自己差不多已经迷失了方向。我们的文学研究将要走向哪里,大概已经没有人能够回答。也正是在这样的语境中,《刘中树文学论集》的出版,就有了不同寻常的意义。

事实上,这样的文学研究语境,早已为刘中树所感知。他曾经说:"当下人文科学工作者的学术操守并不是没有令人质疑之处的。由于人文社会科学研究价值的不确定性,致使一些研究者出于对权威的敬畏或利益的诱惑,缺少学术操守,不断改变自己的观点,像某些股评师一样,充当'诠释者'和'解说员'的角色,甚至成为各种'托儿',使社会对人文社会科学和研究者本身失去信任。然而,这是短暂的,是不可能长久的。因此,我始终坚持自己学术指导思想和方法上的一贯主张:'把社会的历史的和美学的批评,建立在马克思主义的辩证唯物主义和历史唯物主义之上,以历史的逻辑的和美学的相一致的方法为核心,来进行文学史研究和作家作品研究。不受时势变化的影响。'"[①] 这一自觉使刘中树的文学研究一直走着自己的道路,这条道路就是"守正纳新"的道路。所谓"守正""就是要坚守马克思主义的基本理论,以马克思主义的基本理论来认识和解决现实生活中精神、物质和政治文明建设中提出的一些理论问题和具体的实践问题,并以此来丰富和推动我国人文社会科学的建设。这一点我们做的还很不够。我们还不能适应当代理论发展、文化建设和教育实践的要求。过去,我们常常受教条马克思主义的束缚,我们的理论也受错解

---

① 王俊秋:《开拓与坚守——访刘中树教授》,《学习与探索》2005年第1期。

了的马克思主义的扭曲,当我们从这里挣脱开后,又易于对马克思主义的真理性产生某些怀疑"[1]。坚持马克思主义的基本理论是刘中树"守正"观念的核心。刘中树"守正"观念的方法论则是:"把社会的历史的和美学的批评建立在马克思主义的辩证唯物主义和历史唯物主义之上,以历史的逻辑的和美学的相一致的方法为核心,这是我所遵循的文学研究与批评的基本的理论与原则。这就是以先进的理论为指导,运用科学的方法,坚持人的主体地位,把文学放到一定的历史时代和社会环境中加以考察,在特定时代意识形态的总体中和文学发展过程中,对具体的作家作品进行思想和艺术的剖析,判断它的真实性,揭示它的社会功利作用和审美价值,从而做出历史的和美学的评价。"[2] 多年来,求新求变是文学研究界没有言说的一种心理,新和变不是手段而是目的,但对新和变存在的问题几乎没有人检讨和反省过。这种新和变有时又并不表现在方法论上,而是对历史已形成的观点的激进颠覆。我们知道,"纠正通说"是取得新成果的重要手段,但这个通说的纠正必须是在占有大量材料的基础上,通过严密的论述表达出的新的研究成果,而不是仅仅凭情感态度或是一种简单的立场。针对近年来现代文学研究界出现的一些新动向和问题,比如五四运动是激进主义的产物,比如对茅盾评价的分歧等,刘中树撰写了《"五四"文学革命运动史论》一书。书中以史实为基础,充分肯定了五四运动的历史功绩和伟大意义。因此,"守正"在刘中树这里,体现的是"实事求是"的科学态度。他不是为"新"而新,为"变"而变。守正不变有时可能需要更大的勇气和胆识。

王俊秋是鲁迅研究专家,他认为"学习鲁迅是将鲁迅思想经典化

---

[1] 刘中树:《文艺学学科建设要守正纳新守正创新》,《刘中树文学论集》(2),吉林出版集团有限责任公司2008年版,第59页。

[2] 刘中树:《守正纳新 思理常新》,《刘中树文学论集》(1),吉林出版集团有限责任公司2008年版,第7页。

"守正纳新"的方法论价值和文化意义

的过程,也是鲁迅意义和价值最大化的过程。这是由鲁迅思想本身所决定的,也是由当下社会时代的选择所决定的。历史研究是为了寻求对象的当代意义,通过当代人的阐释而使其价值重新定位。任何有生命力的文化或思想都必须于当下有益或有效。对于鲁迅研究而言,我们的目的并不是要执意证明鲁迅世界的完美性,而是要保持其思想的主体价值,认识其当下的有效性。不能因为过去和现在对鲁迅价值的工具性的肢解而放弃这一追求"①。曾几何时,鲁迅又重新被议论,但这议论却是非议。百年中国文化家底并不丰厚,但有了鲁迅我们便有了现代的文化底气,便有了全球化时代保有中国现代文化民族性的资本。鲁迅再次遭到非议,可见文化破坏性格的顽固,也可窥见"标新立异"之风的另一面。鲁迅研究是刘中树多年研究实践的重要领域。在两卷文学论集中,就有15篇文章是从不同方面研究鲁迅的,可见鲁迅研究在刘中树文学研究中的分量。不仅对鲁迅的研究别开生面,提出了诸多发人未见的新看法和见解,而且鲁迅的思想也成为刘中树研究其他文学和文化问题的思想资源之一。在分析和处理当下文艺实践问题的时候,刘中树发现了通俗文艺与高雅文艺发展的不对称性。在市场经济条件下,如何理解这两种不同类型的文艺,一时间争论不休,莫衷一是。刘中树借用鲁迅《文化偏至论》中的话说:"递夫十九世纪后叶,而其弊果益昭,诸凡事物,无不质化,灵明日以亏蚀,旨趣流于平庸,人惟客观之物质世界是趋,而主观之内面精神,乃舍置不之一省。重其外,放其内,取其质,遗其神,林林众生,物欲来蔽,社会憔悴,进步以停,于是一切诈伪罪恶,蔑弗乘之而萌,使性灵之光,愈益暗淡:十九世纪文明一面之通弊,盖如此矣。"②应该承

---

① 王俊秋:《开拓与坚守——访刘中树教授》,《学习与探索》2005年第1期。
② 鲁迅:《文化偏至论》,转引自刘中树《刘中树文学论集》(2),吉林出版集团有限责任公司2008年版,第89页。

· 17 ·

认，鲁迅当年表达过的看法，仿佛就是针对今天而说的。刘中树援引鲁迅当年——而今天仍然有效的看法，比当下许多词不达意、言不由衷的表达更有说服力。这就是鲁迅的魅力。木心先生在《鲁迅祭》中说："21世纪再读鲁迅的杂文，当年的是非善恶已成了历史观照，但营营扰扰之间，事实的正负然否的基本原则还是存在的，不可含糊的。凡与鲁迅笔战过的人，后来的作为、下场都不见好，甚而很可耻，益显得鲁迅目光的精准……先生已成了象征性人物，他为真理而战，为正义、为民族、为轩辕而奋斗不息。"① 斯言甚是。

"守正"在方法论上，就是坚持"实证"的、实事求是的研究方法。鲁迅研究在中国现代文学研究中已经成为一个"显学"，刘中树在这个领域不仅在正面研究中取得了突出的成就，而且在材料研究方面也有自己独到的发现。如《鲁迅著作和鲁迅研究在东北——1931—1949》《1931—1945年间东北报刊有关鲁迅资料摭拾》等，将鲁迅著作在东北的传播和研究状况，做了翔实的整理和归纳。这种工作虽然是资料性的工作，但它所花费的时间和精力甚至要比一般性的研究还要多。它从一个方面表达了刘中树作为学者的品性和情怀。比较起来，这种扎实的资料工作要远比那些名噪一时的"研究"有价值得多。

多年来，学界对毛泽东文艺思想的评价一直存在不同的看法。如何评价毛泽东文艺思想直接关系到对中国现当代文学的评价。因此，"毛泽东文艺思想"是中国现当代文学研究最重要的关键词，是任何一个该领域的学者都不能回避的理论话题。在《确立现代化、个性化、学术化的批评品格》一文中，刘中树对毛泽东《在延安文艺座谈会上的讲话》的评价，就体现了实事求是的研究方法和历史观。论文

---

① 木心：《鲁迅祭》，《明日教育论坛》第48辑，福建教育出版社2009年版。

"守正纳新"的方法论价值和文化意义

把《讲话》纳入中国社会和文化发展的历史过程之中，纳入人类思想史的发展进程之中，既肯定了当时功利性的文学价值观，又从一般的思维逻辑上指出了当下对其多样化理解的可能性。这一观点的重要性就在于，毛泽东文艺思想也一直在建构和发现之中。在毛泽东社会变革的总体结构中，文学从来不曾作为一个独立的单元存在，而是实现社会变革目标的工具之一。他并不否认功利的需求："唯物主义者并不一般地反对功利主义……世界上没有什么超功利主义，在阶级社会里，不是这一阶级的功利主义，就是那一阶级的功利主义。"他自信是代表最广大群众的目前利益和将来利益的，因此是无产阶级的、革命的功利主义者。由于毛泽东对中国革命和所处环境的理解与认识，决定了他在组织一个现代民族国家的过程中，不可能采取缓慢的渐进方式，他必须尽可能地动员一切力量，让最广大的人民大众参与到他宏伟的设想和目标的实践中去。这时，他的"功利主义"就是对效率的强调。而效率不仅含有速度的紧迫感的意味，同时更要有实效性，它需在实践中受到检验，并在实践中不断得以修正。这种修正和变化，常常使毛泽东在不同的历史处境中对同一问题表达了不同的看法，因此使他的思想具有一种"非连续性的"特征。这也是后来在许多问题的争论中，大家都引用毛泽东的观点，却得出了不同结论的原因之一。也就是说，在毛泽东看来，由于中国的特殊性，在实现现代民族国家的目标的过程中，并没有现成的、完整的方案。这时，他对文学理论或文学艺术作品所期待的，就是能够帮助动员最广大的人民群众，把人民组织到实现伟大构想的行动中去。因此，他特别强调文艺的大众化、民族形式、中国风格和中国气派，特别强调"新文化"和创作出能体现新文化的新形象。而这些，是传统的中国文艺思想和西方文学教科书无法承担的。刘中树在他的文章中有说服力地证实了这一点。

刘中树的"守正"观念，还包含坚持学者主体性的意识，这种主体意识就是学者的自主性。我们发现，越是成熟的学者，越是有独立见解的学者，其主体意识就越是自觉。在《鲁迅的启示：走向世界　创造自我》一文中，刘中树准确地分析了鲁迅所处的时代——一个"收纳新潮，脱离陈套"的时代，但以鲁迅为代表的先驱者在吸纳新潮时，更注意"比较揣摩，融合创新，形成自己的创作风格和创作道路"[1]，正因为他们有"很好的中国优秀传统文化的素养，又受到近代西方科学文化的陶冶"[2]，才能够创造"现代化的自我"。这里，刘中树强调的是对西方文化的态度，这就是有识别、有选择、有比较，而不是盲目的"拿来主义"。这个看法的提出，显然是有针对性的。在刘中树写这篇文章的时候，中国文坛的主流话语我们都没有忘记。但时至今日，一切都大白于天下：该灰飞烟灭的，并不因为"新"就留存下来；该流传下来的，也未因为"旧"而没了踪影。刘中树所继承的鲁迅的精神、思想由此可见一斑。当然，这种主体意识的获得，更重要的是刘中树所坚持的马克思主义的辩证唯物论。这个世界观和方法论使他最终获得了一个学者的主体性。

坚持"守正"，同时不废"纳新"，"守正纳新"是一个不能偏废的整体。说到刘中树的"守正纳新"的观念，我想起了现代文学史上的《学衡》《甲寅》。吴宓、梅光迪和胡先骕都先后遭到诟病或批判，甚至鲁迅先生也曾讨伐之。但今天回头看，《学衡》当时主张的"论究学术，阐求真理，昌明国粹，融化新知。以中正之眼光，行批评之职事，无偏无党，不激不随"是何等正确。这里不是说刘中树先生就是当年的吴宓及《学衡》或《甲寅》的同人，这个类比既不合适也不

---

[1] 刘中树：《鲁迅的启示：走向世界　创造自我》，《刘中树文学论集》（2），吉林出版集团有限责任公司 2008 年版，第 31 页。

[2] 同上。

"守正纳新"的方法论价值和文化意义

恰当。因为吴宓、胡先骕或梅光迪更多的是"思想上的复古",具有明显的文化本位主义倾向,最后走向了文化保守主义;刘中树是树立了马克思主义世界观和方法论的当代学者,他的"守正"与保守无关。他恰恰对复古主义和保守主义有清醒的认识,他借用汤因比在考察"文明解体"时,"注意到了复古主义者所以受人非难的原因,是他的企图的本性永远是要调停于过去和现在之间。这两种互相冲突的要求之不能并立,正是复古主义作为一种生活方式内在的弱点。我们可以说,复古主义无异立足于进退维谷的两难境地,不管他向哪一边去,都将找不到出路"①。但是,在文化认同这一点上,他们却有了"文化同一性"。这是一个有趣的问题,可另做文章研究。我想说的是,面对学术或对真理的追求,有时可能会超越文化态度而殊途同归。面对当下新的文化语境,刘中树的"守正"是在"纳新"中发展的,或者说,没有"纳新","守正"也无从谈起。我发现,在刘中树的许多文章中,他对当下现代文学研究的发展变化耳熟能详。比如,他在《新时期的文化思潮与中国现代文学研究》一文中,对现代文学史编撰中提出的新看法及"重写文学史"中许多不同观点,都发表了中肯的意见。他认为,钱理群、温儒敏、吴福辉的《中国现代文学三十年》中提出的"本世纪中国围绕'现代化'所发生的历史性变动,特别是人的心灵的变动,就自然构成了现代文学所要表现的主要历史内容","这种阐述较'改造民族灵魂'的表达更全面,有分寸了"。②此外,刘中树对"人文精神"讨论、对市场经济环境下的大众文学与严肃文学的处境,以及对年青一代的文章都非常熟悉并直言不讳地阐明自己的观点。因此,刘中树的"纳新",就不只是对西学,同时也

---

① 刘中树:《新时期的文化思潮与中国现代文学研究》,《刘中树文学论集》,吉林出版集团有限责任公司 2008 年版,第 79 页。

② 同上书,第 75 页。

针对当代中国的青年学人。当代学界有一个没有被言说的秘密,那就是对同代人研究的漠然置之。而刘中树则洞若观火、不废长幼,有价值的"新学"他都吸纳。这就是一个成熟学者的情怀和胸怀。

因此,刘中树的"守正纳新"的文学研究观念,不仅在方法论上给我们以极大的启发或参照,更重要的是它所蕴含的文化意义。20世纪的中国现代文化或文学的历史,从某个方面可以概括为一种激进主义的历史。这种激进主义也孕育了我们一种顽固的破坏主义的文化性格。20世纪以来,我们破坏了一个文化的"旧世界",但是否建设了文化的"新世界"?我们激进地走过了百年之后,在文化上是否还有方向感是大可讨论的。这时,刘中树"守正纳新"的谨慎文化态度就显得格外重要了。在未来的时间里,他对我们的重要启示和构成的有效参照,一定会日益凸显出来。

"现代性"与中国当代文学历史叙述
——评陈晓明的《中国当代文学主潮》

2008年秋天的一个夜晚,和几位青年批评家聚散后,我和陈晓明、程光炜、陈福民坐在万柳东路的一家咖啡馆里,听晓明讲述他刚刚完成的著作——《中国当代文学主潮》的基本构想或某些细节,他从容而耐心,款款道来,目光炯炯。这时的晓明尽管没有雄辩时凌厉的手势,但思维仍敏捷而严密,言谈优雅而又适可而止。不那么明亮的灯光照在他青春期的脸上,几根白发倔强地闪烁着,显示着主人曾经的沧桑。虽然没有女研究生们激动或景仰的目光,但晓明仍然激情澎湃、兴致不减,丝毫没有"白发盈肩壮志灰"的颓唐。我们熟悉的他那浑厚或略带磁性的声音就这样低回在咖啡馆的某个角落,我们深受依然英姿勃发的晓明的感染。而此时,他的大著——《德里达的底线》刚刚送到我们手上不久,当我们还没有读完这部著作的时候,他又完成了《中国当代文学主潮》的写作,晓明的学术才华、敬业和对学术的热衷,由此可见一斑。

多年来,陈晓明一直站在中国当代文学的最前沿,引领着当代文学批评的风潮,发动了一次次标新立异的批评活动,对改变当代中国文学批评的型构、方法乃至修辞方式,做出了重要的贡献。他因此获得了同行和作家朋友的信任,也奠定了他在当代文学批评中的地位。到北京大学工作后,教学的需要使他必须系统地讲授中国当代文学的历史，这部著作就是他在讲稿的基础上修订完成的。北京大学是中国当代文学史研究的重镇，1999年，洪子诚先生就出版了《中国当代文学史》，这部文学史的出版，不仅改变了中国当代文学历史叙述的格局和面貌，重要的是他将中国当代文学建构为一门真正的学问。多年来，洪子诚文学史的巨大影响依然存在。在这种处境中，包括陈晓明在内的所有当代文学史写作面临的困难和巨大挑战可想而知。但这也诚如他自己所说的那样："在做当代的人中，我算是偏向理论的，写文学史自然难免有理论阐述，这也是我写文学史的理由。没有对文学史的整体把握，没有文学史的观念，这样去写文学史肯定是不能把文学史说透的。如果我的文学史与他人一样，论述的层面和学理内涵没有个人的东西，那我写作的冲动肯定不够充分。"[1] 这个独白已经告知我们，陈晓明的文学史一定与众不同。

毋庸讳言，发生在20世纪80年代末期的"重写文学史"的巨大冲动，与夏志清的《中国现代小说史》的问世有千丝万缕的关系。夏志清教授除了在意识形态和文学史观与中国主流现代文学史有重大差异、"政治标准太暴露了"[2]之外，一个重要的方面就是他钩沉了中国现代文学史上一直被边缘化的人物——沈从文、张爱玲和钱锺书。这一现象一时间里使大陆现、当代文学史界大哗，重新评价现当代作家作品蔚然成风、蔚为大观。以至于21世纪以后，张爱玲的地位大有取代鲁迅之势。当张爱玲因夏志清而在大陆走红后既受宠若惊又不无迷茫地说："不知怎么地历史的发展就站在我这一边。这是怎么一回事呢？"[3] 但是，在我看来，事情远没有结束，中国现代性的不确定性也没有结束，历史究竟站在哪一边我们有充分的耐心拭目以待。现

---

[1] 陈晓明：《中国当代文学主潮》，北京大学出版社2009年版，第596页。
[2] 刘再复语。参见张英进《鲁迅……张爱玲：中国现代文学研究的流变》，《作家》2009年第7期。
[3] 张英进：《鲁迅……张爱玲：中国现代文学研究的流变》，《作家》2009年第7期。

在,问题终于被再次提出——陈晓明的《中国当代文学主潮》的基本框架,就是从中国的现代性出发来阐释中国当代文学历史的:"本书所追求的文学史的观念与方法,可能就是在现代性与后现代性综合的基础上建构起来的当代文学史叙事——既给予了中国当代文学史以一个完整的、有序的、合乎逻辑的总体趋势,又试图去揭示这个历史过程中被人为话语缝合起来的文学现象的关联谱系。如果没有一个完整的历史图景做支撑,过去发生的文学事件和文学作品的性质和意义将无法理解;而历史图景的定位一旦给出,这个完整模式所包含的虚构性和理论强迫性的叙事特征又可能对文学造成另一种侵害。保持现代性的历史观念,是为了获得一种对历史的完整解释,但对其具体过程,对那些历史事实的关联以及这个历史建构的方式则需要保持必要的反省。"[1] 他在另一处又说:"我把中国当代文学放在世界现代性的历史进程中来理解,它是中国的'激进现代性'的一个组成部分。它无疑意味着一种新的不同于西方资产阶级现代性的文化的开创,它开启了另一种现代性,那是中国本土的激进革命的现代性。文学由此要充当现代性前进道路的引导者,为激进现代性文化创建提供感性形象和认知的世界观基础。因此,'主潮'就有一条清晰的线索,就是中国现代性的历史进程,从激进革命的现代性叙事,到这种激进性的消退,再到现代性的转型。这是指内在文学史叙述的理论线索。"[2] 因此,可以把"现代性"这个核心概念作为理解陈晓明《中国当代文学主潮》的基本理论支撑。

"现代性"是一个极其复杂的概念,相关理论或阐释也多如牛毛,"多元的现代性"是我们面对的一个庞杂的理论迷阵:在西方,马克

---

[1] 陈晓明:《中国当代文学主潮》,北京大学出版社2009年版,第15页。
[2] 术术、陈晓明:《云谲波诡的60年文学——关于陈晓明新著〈中国当代文学主潮〉的访谈》,新浪网2009年9月8日"新浪论坛";陈晓明:《中国当代文学主潮》,北京大学出版社2009年版,第2页。

斯·韦伯、帕森斯、鲍曼、吉登斯、哈贝马斯、德里克等，都对现代性做过理论表达。为了回应起源于西方的现代性，发生了中国的现代性。但如何表述中国的现代性一直是理论界悬而未果的问题。南帆在《现代主义、现代性与个人主义》中援引了马泰·卡林内斯库的观点，他认为存在两种相互对立的现代性模式：一种现代性源于启蒙话语，世俗化、工具理性、科学主义、大工业革命、民族国家的建立、科层制度、市场经济与全球化均是这种现代性的表征；相对地，另一种现代性是审美的、文化的，这种现代性的首要特点即是对前者的强烈批判。马泰·卡林内斯库将第一种现代性称为"资产阶级现代性"。进步的学说、相信科学技术造福于人类、精确计算时间、理性崇拜、抽象意义上的自由理想，这些均是现代观念史早期的杰出传统；"相反，另一种现代性，将导致先锋派产生的现代性，自其浪漫派的开端即倾向于激进的反资产阶级态度。它厌恶中产阶级的价值标准，并通过极其多样的手段来表达这种厌恶，从反叛、无政府、天启主义直到自我流放。因此……更能表明文化现代性的是它对资产阶级现代性的公开拒斥，以及它强烈的否定激情"[①]。审美的现代性或文化的现代性并不认同"资本主义的现代性"，后者对前者的否定或激进的颠覆，我们在"现代派"或"现代主义"的文学艺术中已耳熟能详。中国的现代性虽然在表现形式上不同于西方，但在逻辑上却几乎没有差别。

因此，如何界定中国的现代性就是陈晓明首先要处理的问题，也就是"怎么理解中国社会主义文化与文学的现代性意义，只有解释这一根本问题，才能在世界文学的框架中来解释中国这 60 年的文学经验"[②]。要解决这一问题，首先要解决的是如何理解和评价毛泽东的

[①] 南帆：《现代主义、现代性与个人主义》，《南方文坛》2009 年第 4 期。
[②] 术术、陈晓明：《云谲波诡的 60 年文学——关于陈晓明新著〈中国当代文学主潮〉的访谈》，新浪网 2009 年 9 月 8 日"新浪论坛"；陈晓明：《中国当代文学主潮》，北京大学出版社 2009 年版，第 2 页。

"现代性"与中国当代文学历史叙述

《在延安文艺座谈会上的讲话》,它是中国革命文学方向和文学观念确立的基本来源和依据。但是,面对在《讲话》指导下的文学历史,陈晓明认为:"这个深刻的历史转变,是理解中国当代文学史发生发展的前提。在这一意义上,革命文艺展开的是又一次新文学运动。这项文学运动具有双重意义:一方面,它是与历史剧变联系在一起的具有鲜明的时代政治意识的文学;另一方面,它又是有最广泛人民群众参与的文学,是人民为主体的文学。"①"革命的现代性"是这一时代文学最重要和突出的特征,陈晓明在具体的历史语境中肯定了这一时代的文学,显然是有历史眼光的。也正因为如此,他认为赵树理的作品虽然被称为"问题小说",但它几乎就是在回答现实出现的问题,他的作品充满了艺术魅力。也许有些人对此不以为然,但我这一辈,还有相当多的读者,是很喜欢《小二黑结婚》《登记》这些作品的。再如《红旗谱》,梁斌自己津津乐道的是他对青年时期生活的记忆,是他描写乡村中国生活的那种乡土气息,那些人伦风习。即使像《创业史》和《艳阳天》这种专注于表现农村阶级斗争的作品,也可以说是从概念出发的,农村哪有什么阶级斗争或路线斗争,这种文学作品,对历史现实的基本把握就是错误的,但那又怎么办呢?那种框架并不重要。其实作家对历史现实的理解经常是错误的、荒谬的。就像乔伊斯的《尤利西斯》,它对历史的神秘和轮回的理解,那种宿命的虚无,就是正确的吗?也不见得。当然二者非常不同。中国的这些作品被政治所框定,但也正因为如此,对社会历史的理解变成一种框框,而他真正在表现的是当时农村要进行社会主义革命和建设家庭伦理所面临的挑战,他确实也写了政治渗透下的中国乡村生活的变迁。这类小说虽然没有多少情爱的表现,但父子关系、邻里关系的表现却是极其生

---

① 陈晓明:《中国当代文学主潮》,北京大学出版社2009年版,第27页。

动细致的。这类例子甚多,这是我处理文学与政治关系的方式之一。①在我看来,这是陈晓明运用"现代性"观念处理那一时代文学最成功的经验,也是他"把中国当代文学放在世界现代性的历史进程中来理解"的最好佐证。过去,我们批评或否定某部作品,作家的观念几乎是决定性的,但即使是最伟大的作家,如巴尔扎克、雨果、托尔斯泰、曹雪芹及后来的"现代主义""后现代主义"作家等,他们的社会、伦理、道德等价值观念都是正确的吗?如果不是,他们是否还是文学家?此前似乎还没有人回答过类似的问题。

"十七年"一直是中国当代文学史的一个难题。它之所以难处理就在于文学与政治的关系、作家观念与文学性的关系。"重写文学史"的时代虽然改写了单一政治维度评价文学作品的标准,但它"逆向"的评价方法在逻辑上仍然是单一的"政治标准"。虽然此前唐小兵的"反现代的现代性"理论已经进入文学史叙述,"红色经典"的阐释已经在合理性的范畴内展开,恢复了《白毛女》《小二黑结婚》《李有才板话》《青春之歌》《林海雪原》《暴风骤雨》《创业史》等作品的文学史地位,但因具体时段的限制,"再解读"的作者们还没有涉及后来发生的"现代主义文学"的个人政治,与排斥"个人主义"的、通俗的"国家主义文学"的关系。这个局限可能也是"反现代的现代性"行之不远的致命原因。但《中国当代文学主潮》不是具体地处理某一时段的文学,它对1942年至今的文学历史有一个总体性的把握:"回首过去,我们无疑会看到历史的多个侧面。它如此复杂,众多因素纠杂其中,造成的最终结果又未尝不是一种历史的'必然性'。如果从现代性是中国不得不面对的历史关口这一点来理解这一历史进程,也

---

① 参见术术、陈晓明《云谲波诡的60年文学——关于陈晓明新著〈中国当代文学主潮〉的访谈》,新浪网2009年9月8日"新浪论坛";陈晓明:《中国当代文学主潮》,北京大学出版社2009年版,第2页。

许更能体现出具有包容性的历史主义态度。"① 这个历史观,使《中国当代文学主潮》既看到了中国现代历史是中国现代性的必然过程,是面对西方挑战选择的必然道路,它有历史的合理性;同时也看到了"历史的偏激",那里既有被掩盖的苦难,也有"倔强而放纵的狂热",而对历史"不断激化的选择",陈晓明的历史性分析客观而冷静。

陈晓明一直是当代文学批评的前沿批评家,他对当下文学的熟悉和敏锐几乎有口皆碑。因此,除了对1942年至1976年的文学历史做出了新的理解和评价之外,他对20世纪80年代至今的文学发展所做的梳理和阐释,不仅有鲜明的"陈氏风格",更因其参与和亲历而有了"现场感"。此前他的《无边的挑战——中国先锋文学的后现代性》《表意的焦虑——历史祛魅与当代文学变革》《不死的纯文学》等著作,虽然带有前沿文学批评性质,但那里的历史眼光和感性积累,为他对这一时期文学史的写作奠定了坚实的基础,他是对当下文学最有发言权的批评家之一。但是,文学史的写作毕竟与文学批评不同。如果说他对莫言、贾平凹、余华、刘震云、铁凝、王安忆、马原、格非、残雪、王朔、阎连科、刘醒龙等当代名家已烂熟于心的话,那么如何对他们在文学史中做出适当的评价,可能对陈晓明是一个更大的考验。更值得注意的是,这部文学史一直写到"80后"和"网络文学"。这一选择的大胆几乎前所未有,但它却保证了对"当代中国文学历史叙述"的完整性。

还需要指出的是,文学历史的书写虽然是一种"叙事"或"结构",是一种"整体性的历史"或"结构性的历史",但陈晓明力图维新,"理解历史,不是判断历史或设定历史,而是无探究历史为什么会这样,历史这样究竟意味着什么"②。而他提供的"以论带史"的文

---

① 陈晓明:《中国当代文学主潮》,北京大学出版社2009年版,第24页。
② 同上。

学史写作方法，也从一个方面强化了当代文学历史叙述的理论性，他不仅洞见了一些被遗忘和被遮蔽的作家作品，而且也因理论表达的透彻使这部文学史更加明快。可以肯定的是，《中国当代文学主潮》是近年来这一领域的重要收获：从1999年至今，当代文学史的研究写作几近处于停滞状态，而陈晓明的文学史为我们提供了新的观念、视角和范式。

文本细读与文学的经典化:从理论到实践
——以陈晓明《众妙之门——重建文本细读的批评方法》为中心

进入 21 世纪之后,中国的外国文学理论的专家在译介西方文学理论的时候,特别提到了在西方受到欢迎的一些大学文学教材。这些教材与我们流行的文学理论教材的区别,表明我们与西方不在同一个学术时间里,我们从事的是与西方非常不同的文学教学实践。当然,我们也可以说,由于我们与西方的价值观、文学观的巨大差异,决定了我们对文学教材编写的内容与方法,决定了我们文学教学的理论边界。但是,这样的说法也掩盖了我们一直存在的巨大欠缺:在具体的文学教育上,特别是在具体的文学教研方法上,我们究竟是先进还是落后,是守旧还是进步? 一些专家虽然没有在这一敏感的层面讨论问题。但是,他们的译介和研究表明,西方那些受到欢迎的教科书在研究具体文学作品的观念和方法方面,都值得我们借鉴和学习。如北京大学出版社出版的周启超教授主编的"当代国外文论教材精品系列",已经出版了多种,有俄国瓦·叶·哈利泽夫的《文学学导论》、英国彼得·威德森的《现代西方文学观念简史》、美国迈克尔·莱恩的《文学作品的多重解读》、英国拉曼·塞尔登的《当代文学理论导读》等。值得注意的是,拉曼·塞尔登的《当代文学理论导读》第一章介绍的就是"新批评、道德形式主义与利维斯"。而迈克尔·莱恩的《文学作品的多重解读》,本来就与新批评有密切关系。他选择了莎士比亚的剧作《李尔王》、亨利·詹姆斯的《艾斯彭遗稿》、伊丽莎白·毕肖普的诗作和托尼·莫里森的《蓝眼睛》四种经典文本，做了多角度的细读。细读在西方世界不只是面对具体的文学文本，即使面对宏大的理论世界，细读也是重要的方法之一。如《当代文学理论导读》和《现代西方文学观念史》，或讲当下最重要的文学理论专题，或讲文学的历史或文学观念的演变轨迹，都是从细部讲起又融会贯通了多种批评方法。新批评作为一种潮流可能已经衰落了，但它强调的文本细读的方法，作为文学批评的重要遗产，已经进入文学批评的常态，被接受是没有问题的。我们将要讨论的批评家陈晓明的新作《众妙之门——重建文本细读的批评方法》，就是当代中国文学批评运用这一方法的范例和重要收获。

一　文本细读与文学的经典化

新批评、文本分析、文本细读等概念或观念我们已经耳熟能详；艾略特、瑞恰慈、燕卜逊、兰色姆、韦勒克、沃伦、布鲁克斯等新批评的大师，也早已为我们所熟知。作为一种新的批评方法，20世纪80年代以来在中国曾经引发过巨大的热潮。新批评的经典著作几乎都有中译本。在50年代的欧美已经逐渐衰落的一种批评方法，在中国却大行其道，显然有未作宣告的秘密。新批评在欧美的衰落，后来新批评的领袖们曾做过如下反思。韦勒克认为原因有三：首先，大家对"新批评"代表人物的政治和宗教观点深感怀疑；其次，20世纪中叶后，文学作为艺术审视对象的思想基础遭到了来自结构主义哲学的削弱和颠覆，文学艺术普遍遭到攻击，在允许任意解释存在的无序批评

状态下,"新批评"成了"虚无主义"的牺牲品;最后,也是韦勒克最不能容忍的是,"新批评"派批评家极端地以英格兰为中心,认识问题常常流于狭隘,他们很少尝试探讨外国文学或者说只偶尔地涉及几个有限的文本,这样的局限使他们完全忽略了世界文学中那取之不尽的宝藏。韦勒克还认为,在与其他理论角力中崛起的过程里,"新批评"派理论家为了捍卫自己的立场常常矫枉过正,将某些包含真知灼见的观点推向绝对化,从而招致当时及后来各种批评理论的反对。①"新批评"虽然在50年代的欧美逐渐衰落,但"新批评"的遗产却被西方批评大师们继承了下来。最值得注意的是1943年布鲁克斯、沃伦编著的《小说鉴赏》,2006年在中国出版了中英文对照版;1994年,哈罗德·布鲁姆出版了他影响巨大的《西方正典——伟大作家和不朽作品》,2005年江宁康的译本由译林出版社出版;2005年,上海三联书店出版了申慧辉等译的纳博科夫的《文学讲稿》。这些著作的出版,不只是从观念上阐释了新批评或文本细读的理论,更重要的是,它们以文本细读示范的方式对文学经典做的阐释。它们改变了以往只注重文学观念的批评方式,而对文本的具体解读成为第一要义。这些著作,无一例外地成为大学文学专业的教科书或重要的必读书目。

布鲁克斯、沃伦的《小说鉴赏》是一部短篇小说鉴赏集,全书选择了51篇短篇小说,除了英美之外,还有欧洲、拉美、俄罗斯等不同国度和地区的代表性短篇作品。布鲁克斯和沃伦坚持把文学作品的本体研究作为文学研究的主要任务,摒弃文学自身之外的一切因素,通过语言分析、细读作品的本意,将文本作为一个独立自主的世界,从而摆脱了着重讨论作家的思想、背景及作品的思想、历史和社会政治意义的约束。他们是这样分析契诃夫的《万卡》的:

---

① 参见[美]兰色姆《新批评·序》,王腊宝等译,江苏教育出版社2006年版,第8页。

……这篇小说的重点放在动人哀怜的词句上,很可能产生伤感的气氛。假定用另一种写法,只是大致按年代顺序,历叙万卡一生中所有苦难,直到圣诞的前夜,他独自一人待在那个阴暗寒冷的小屋里做祷告。要是这样描写,这篇小说根本就毫无小说味道了,充其量只不过是一篇充满感伤气氛的速写。或者假定这封信按照确切地址送到了爷爷手里,无奈爷爷没法违反学徒合同,以致万卡达到的境遇比过去还要糟。那该是一篇多么拙劣的小说啊!

正是由于不知道确切地址——最后这么一点年幼无知,确实哀婉动人——才使得这篇小说定型。……我们知道这封信根本送不到万卡的爷爷手里。那么,它会送到谁的手里呢?它送到了读者——也就是你们大家的手里。它终于成为来自世界上所有小万卡寄给我们大家的一封信,所以"耍花招的结尾"毕竟远远不只是一个花招了。我们从这里就可以对这篇小说的奇特结构,以及破题中冗长而又不太均衡的组成部分有所理解了。

《万卡》是世界短篇小说中的奇葩名篇。但是,只有布鲁克斯、沃伦的解读分析,我们才更深切地理解了契诃夫的不同寻常——那封信爷爷没有,也不可能收到,但全世界的读者都收到了。这个细读带来的震撼,使我们进一步理解了《万卡》经典意义:它是如此的让我们感到高山仰止难以企及。《小说鉴赏》对经典小说文本的"小说的意图与要素""情节""人物性格""主题""新小说""小说与人生经验"等不同方面的分析和解读,都给我们以极大的启示。

哈罗德·布鲁姆与德·曼、哈特曼、米勒并称耶鲁四大批评家。他于1973年出版的《影响的焦虑》,被誉为"一本薄薄的书震动了所有人的神经",在美国批评界引起巨大反响。译成中文后在我国同样

产生了巨大影响。而他的《西方正典——伟大作家和不朽作品》,其影响更为巨大。在这本书的"中文版序言"里,他说:

> 也许你们已经知道,在二十世纪最后三分之一的时间里,我对自己专业领域内所发生的事一直持否定的看法。因为在现今世界的大学里文学教学已被政治化了:我们不再有大学,只有政治正确的庙堂。文学批评如今已被"文化批评"所取代:这是一种由伪马克思主义、伪女性主义以及各种法国/海德格尔式的时髦东西所组成的奇观。西方经典已被各种诸如此类的十字军运动所代替,诸如后殖民主义、多元文化主义、族裔研究,以及各种关于性倾向的奇谈怪论。如果我是出生在1970年而不是1930年的话,我就不会以文学批评家和大学老师为职业,就算我有十二倍的天赋也不会做此选择。但是,正如我在一些完全乱套的大学中对怀有敌意的听众所说,我的英雄偶像是萨缪尔·约翰逊博士,不过即使是他,在如今大学的道德王国里也难以找到一席之地。

布鲁姆教授毫不掩饰他对包括文学教育在内的大学教育的失望情绪。如果是这样的话,那么,我们也可以把布鲁姆写作《西方正典——伟大作家和不朽作品》理解为他对大学文学教学的一种修正。在这本著作中,布鲁姆同样以文本分析和细读的方式,讨论了他的"伟大作家和不朽作品"。在布鲁姆看来,莎士比亚是迄今为止最伟大的一位文学巨匠,他让我们无论在外地还是异国都有回乡之感。他的感化和浸染能力无人可比,这对世界上的表演和批评构成了一种永久的挑战。[①] 但是,布鲁姆在讨论、评价莎士比亚时,并非仅仅下了这些断语。他在"贵族时代"第一个讨论的就是《经典的中心:莎士比

---

① 参见[美]哈罗德·布鲁姆《西方正典——伟大作家和不朽作品·序言与开篇》,江宁康译,译林出版社2005年版。

亚》，这个讨论，首先是莎士比亚的评价史。布鲁姆对莎士比亚的研究史如数家珍，对不同时代、不同批评家如何评价莎士比亚极其熟悉。但是，布鲁姆并未理论化地阐释作为经典中心的莎翁。他的具体分析才真正显示了作为大批评家的才能和强大的阐释能力：

> 当我们要分析莎士比亚的现实意识时（或者如果你愿称为戏剧中的现实的话），我们可能会对它感到迷惑。如果你与《神曲》保持一定距离，该诗的陌生性会令你吃惊，但莎剧似乎能让人马上就感到熟悉，而且剧情意蕴丰富令人难以一下子悟透。但丁为你解说他的人物，如果你不接受他的裁决，他的诗就抛弃你。莎士比亚的人物容纳多种观点，以致他们成为你判断自我的分析工具。如果你是一位道德家，福斯塔夫会惹恼你；如果你变得堕落，罗瑟琳会揭穿你；如果你是老古板，哈姆雷特决不会接近你。假如你是解说者，莎氏笔下的恶棍会使你一筹莫展。伊阿古、爱德蒙和麦克白等人的行为动机过于复杂，其中大多数是他们为自己想象和发明出来的。和福斯塔夫、罗瑟琳及哈姆雷特等大智者一样，这些恶魔式的人物都是自我的艺术家，或如黑格尔所说的是自我的自由艺术家。哈姆雷特是最丰满的人物，莎士比亚赋予它一种创作的意识，而不是莎氏自己的意识。阐释哈姆雷特如同阐释爱默生、尼采和克尔凯郭尔等箴言家一样困难。[①]

布鲁姆的博学、透彻，在他对20余位经典作家的分析中展现得一览无余，一种贯通的理论和方法闪耀在他的字里行间。读这样的批评，我们才真正有可能领会大批评家的风采。经典作品只有在这样的批评家的读解中才会焕发出固有的光芒和特殊的价值。布鲁姆也许并

---

① [美] 哈罗德·布鲁姆：《西方正典——伟大作家和不朽作品》，江宁康译，译林出版社2005年版，第47页。

未从具体的修辞或情节入手,但他的每一个结论和断语,都不会离开背后隐含的细读经历。

在这方面有特殊造诣的,还有小说家纳博科夫,这个自我期许甚高的流亡者,因小说《洛丽塔》而声名远播。当然,他绝非浪得虚名,他是一位才华横溢的作家。一生中创作了17部长篇小说,400余首诗歌,50多篇短篇小说,同时还有诗剧、散文剧及译著多种。他崇尚艺术,认为艺术高于一切,语言、结构、文体等属于艺术范畴的概念,要比作品的思想性和故事性更重要。《文学讲稿》是他在20世纪50年代在威尔斯利学院和康奈尔大学的讲课稿,成书过程非常复杂。但我们读到的这部充满课堂气息的讲稿,的确与众不同。他不乏语惊四座、口无遮拦的偏激甚至狂妄,当然也可以理解为他坦白率真的个人性格。他在康奈尔大学刚刚开始学术生涯的时候,曾给艾德蒙·威尔逊写信:"明年我要开一门'欧洲小说'课?我起码得讲两位作家。"威尔逊马上回信说:"关于英国小说家,依我之见,两位无可比拟的最伟大的(乔伊斯是爱尔兰人,故不在此列)小说家是狄更斯和简·奥斯丁。如果你没有重读过他们的作品,设法重读一次。读狄更斯的晚期作品《荒凉山庄》和《小杜丽》。简·奥斯丁的作品值得全部重读一遍——即使她的小作品也是出色的。"纳博科夫回信道:"谢谢你对我的小说课提出的建议。我不喜欢简,事实上,我对所有的女作家都抱有偏见。她们属于另一类作家。怎么也看不出《傲慢与偏见》有什么意义……我准备用斯蒂文森代替简·奥。"威尔逊不同意纳博科夫的看法,而纳博科夫也最终接受了威尔逊的建议。① 这些通信不仅让我们看到了纳博科夫的个人性格,同时我们也看到了这些西方教授对待讲课是多么认真和用心。纳博科夫对自己精心挑选的7部

---

① 参见[美]约翰·厄普代克、纳博科夫《文学讲稿·前言》,申慧辉译,上海三联书店2005年版,第19—20页。

作品——简·奥斯丁的《曼德菲尔德庄园》、查尔斯·狄更斯的《荒凉山庄》、居斯塔夫·福楼拜的《包法利夫人》、罗伯特·路易斯·斯蒂文森的《化身博士》、马塞尔·普鲁斯特的《追忆似水年华》、弗朗茨·卡夫卡的《变形记》、詹姆斯·乔伊斯的《尤利西斯》的分析和解读，也的确独树一帜、标新立异。他的方法同样是细读。比如他在讲弗朗茨·卡夫卡《变形记》的时候，第一部分专门讲了7个场景和段落，第二部分专门讲了10个场景，第三部分也讲了10个场景。结合这些具体场景，纳博科夫讲了主题、人物、细节、反讽、行动、关系等。一部作品在这样的具体分析中，真相逐渐显露出来。

这些有教授身份的批评家，对经典的指认和对经典的解读，是西方文学经典化的一部分。你可以不同意他们的看法，但你要反驳他们时，却会感到为难。这也是细读的力量和魅力之一。

二 《众妙之门》：既是方法也是发现

多年来，陈晓明一直站在中国当代文学批评的最前沿。他的《无边的挑战——中国先锋文学的后现代性》《解构的踪迹：历史、话语与主体》《不死的纯文学》《中国当代文学主潮》等，已经成为这个时代重要的文学研究成果而在学界产生了不可替代的影响，从而奠定了陈晓明在中国当代文学界和文学理论界的重要地位。如果说，《无边的挑战——中国先锋文学的后现代性》在阐释、解读中国先锋文学的同时，他更意属于文学观念的辩难，更沉浸于先锋文学席卷了一成不变的传统文学观念的兴奋，那么，《众妙之门——重建文本细读的批评方法》则改变了他的批评策略：他更执着于文本的解读或细读。他

的导言开宗明义："中国当代文学理论与批评一直未能完成文本细读的补课任务，以至于我们今天的理论批评（或推而广之——文学研究）还是观念性的论述占据主导地位。中国传统的鉴赏批评向现代观念性批评转型，完成得彻底而激进，因为现代的历史语境迫切需要解决观念性的问题。"[1] 但是，"在当今中国，加强文本细读分析的研究显得尤为重要，甚至可以说迫切需要补上这一课。强调文本细读的呼吁，实际上从 80 年代以来就不绝于耳，之所以难以扎扎实实在当今的理论批评中稳步推进，也有实际困难"[2]。这个困难不只是说，观念性的批评经过半个多世纪的浸淫，其惯性强大而难以改变；而文本细读的批评在西方已经日益式微，这个源于西方也式微于西方的批评方法，对热衷于追新逐潮的中国批评界来说，其吸引力也逐渐失去。但是，如前所述，作为一种批评方法的重要遗产，欧美大学的文学教材却依然信奉文本细读，并受到学生的欢迎。也正是因为陈晓明对文学批评和教学前沿状况的了解，他才知难而进地坚持了他的选择。我们发现，陈晓明 2003 年调到北京大学工作之后，他先后给学生开了八门课程：《解构主义导读》《现代性理论导读》《现代主义与先锋派理论导读》《中外文学批评方法》《中国当代文学史》《当代小说经典文本分析》《中国当代先锋文学研究》《九十年代以来的长篇小说研究》，这八门课程，既有偏重理论性的，也有偏于文本分析的。他有意识地侧重理论批评和创作实践的不同方面，向学生表达他对文学的理解和研究。如果是这样的话，《众妙之门——重建文本细读的批评方法》，就不是心血来潮的即兴之作。这本书陈晓明写了整整八年，这对下笔万言、倚马可待的才子来说，不啻为一个例外。这也从另一个方面说

---

[1] 陈晓明：《众妙之门——重建文本细读的批评方法》，北京大学出版社 2015 年版，第 1 页。
[2] 同上书，第 3 页。

明陈晓明对这本书的重视。虽然不能说陈晓明试图写一部中国的《小说鉴赏》《西方正典——伟大作家和不朽作品》或《文学讲稿》，但他试图用细读的方法构建中国新时期以来的文学经典的努力，还是有迹可循的。

"众妙之门"，这个来自老庄哲学的书名，一出场就给人不同凡响之感。这里的"妙"，是玄妙、深远，但又不是修辞意义的玄妙、深奥，而是玄妙又玄妙、深远又深远，是宇宙天地万物之奥妙的总门。它于深奥的玄妙之中，蕴含一切玄秘深奥，又超越一切智慧。而玄妙正是洞悉一切奥妙变化的门径。仅从这个书名，我即可窥探到陈晓明写作此书的勃勃雄心，他未必是老庄哲学的信徒，但他动用了这书名，并用八年多的时间完成此书，他的学术抱负可谓一览无余；另一方面，书的设计者似乎也尽可能地给予了作者绝妙的配合。此书的封面——数层阶梯，从一个幽暗的房间直通那扇"众妙之门"——门外就是那玄妙神秘、久远无尽的辽阔空间和万事万物。于是，这个具有比喻性的众妙之门就这样打开了——《众妙之门——重建文本细读的批评方法》全书十五章，除两章讲述文学现象之外，分别选择了马原的《虚构》、格非的《褐色鸟群》、余华的《在细雨中呼喊》、苏童的《罂粟之家》、阿城的《棋王》、王安忆的《新加坡人》、白先勇的《游园惊梦》、铁凝的《永远有多远》、王小波的《我的阴阳两界》、王朔的《我的千岁寒》、贾平凹的《废都》《秦腔》《古炉》、刘震云的《一句顶一万句》及莫言的小说共十三位作家的作品。这是陈晓明根据课堂上给学生讲的"当代小说经典文本分析"的讲稿整理而成的。事实上，这些内容在学术杂志上都刊登过。成书之后，称作"当代小说经典文本"还勉为其难。因为其作家作品基本属于"新时期"的范畴。但是，这个名单一经开出，其作家阵容和作品内容的影响力都难以置疑。

看到这本书，我不免想起20多年前陈晓明出版的《无边的挑

战——中国先锋文学的后现代性》。这是国内第一次出版的系统阐释中国先锋文学的著作,初版6000册,迅速销售一空。那时,陈晓明以其个人的理论修养、前瞻视野,以全新的理论和话语,为中国突如其来的先锋文学做了透彻和令人耳目一新的阐释。他孤军奋战,却也实施了一场有声有色的文化挑战。可以说,中国的先锋文学能够在那个时代独领风骚,与陈晓明的批评工作是密不可分的。1998年,我在《英姿勃发的文化挑战——陈晓明和他的文学批评》一文中,曾对陈晓明的这一工作有过详细的评价。那个时代在今天看来真是恍如隔世,现在的年轻人读先锋文学几乎是与生俱来的无师自通,但在那个时代,无论是先锋文学还是陈晓明的理论批评,都不啻为天外来客,各种评价自然如满天飞雪。因此,那时的陈晓明,除了在文本上努力分析、厘清这些作品的话语风格、精神变异和文化断裂的合理性外,他不得不更多地着眼于文学观念革命的阐释。那时,如果不从这个方面入手,先锋文学的合理性甚至合法性将处在危机之中。我这样说,并不意味着陈晓明一人撑起了先锋文学的大厦,但他确实是那个时代先锋文学批评的中流砥柱。

20多年过去了,当年那个翩翩少年也已经两鬓飞雪,他面对文学时的激进与冲动也缓解了许多。特别是在文学革命终结之后,我们如何面对已经成为历史的文学遗产和沉积物,可能是我们面对的更为切实的问题。经过八年的时间,陈晓明为我们呈现了他的这部著作。《众妙之门——重建文本细读的批评方法》虽然是讲文本细读,但是,作者并不是"执着于某一种流派的观念方法,也不是演绎某一类操作套路,而是回到文本,去接近文本最能激发阅读兴趣和想象力的那些关节,从而打开文本无限丰富广阔的天地"[①]。这一看法同布鲁克斯、

---

① 陈晓明:《众妙之门——重建文本细读的批评方法》,北京大学出版社2015年版,第10页。

沃伦、布鲁姆和纳博科夫在细读西方经典时有异曲同工之处。这些西方大师也不拘泥于某一种方法，只要有益于文本细读，哪种方法都可以兼蓄并用。比如陈晓明在分析格非的《褐色鸟群》时，不厌其烦地分析那个女人目睹丈夫在棺材里的情形——丈夫死了，但棺材里的尸体动了一下。而且是抬起了右手解开了上衣领口的一个扣子。这个费解的细节，他做了很长的解读，甚至这个细节受到生活中哪个故事的启发都不厌其详。接着他用谱系的方法一直延续到《约翰预言》，然后告诉我们："小说叙事的本质可能就在于'说出真相'；与之相反，'隐瞒真相'也是（不）说出真相的一种方式。"当然，他旨在通过《褐色鸟群》的细读，并在分析这篇小说"真相"的同时，亦告知读者这篇小说与过去一览无余的现实主义小说的巨大区别。当然，对格非等那个黄金时代的先锋文学作家来说，还是带来的关于文学语言的变革："这么一个群体，虽然风格各异，但还是可以看出他们鲜明的共同的倾向，极为鲜明的艺术特征。他们取消了文学与现实直接对话这道意识形态轴心，取而代之的轴心是文学自身。"[①] 语言的变革，才是文学真正的变革。那种风格学意义上的变化，都是在承继他们前辈的基础上实现的。只有语言实现了变革，才是"另起一行"的创造；在细读余华的《在细雨中呼喊》时，陈晓明用了一个重要的关键词——弃绝。当然，这是沿用德里达的概念，也是从余华的小说中提炼出来的核心概念。那么，余华的《在细雨中呼喊》究竟弃绝了什么，是陈晓明围绕小说本文要讲述的：首先余华改写了"儿童文学叙事所掩盖的童年生活"。在陈晓明看来，"余华一向擅长描写苦难分分的生活，我曾说过，他那诡秘的目光从来不屑于注视蔚蓝的天空，却对那些阴暗痛苦的角落沉迷不已。余华对'残酷'一类的感性经验具

[①] 陈晓明：《众妙之门——重建文本细读的批评方法》，北京大学出版社2015年版，第42页。

有异乎寻常的心理承受力,他的职业爱好使他在表达'苦难生活'的时候犹如回归温馨之乡。'苦难'这种说法对余华是根本不存在的,因为它就是生活的本来意义,因而,'我'这个名为'孙光先'的孩子,生活于弃绝中乃是理所当然的。余华冷静,娓娓叙述这段几乎可以说是不幸的童年经历,确实令人震惊。在这里,极度贫困的家庭、不负责任且凶狠无赖的父亲、孤苦的祖父、屈辱的母亲、经常的打骂、被冷落歧视,然后是像猫一样被送走,又像狗一样跑回来……这就是生存的弃绝之境了,也是生存之绝境。在绝境中生存与成长,这是成长残酷而极端的面向"。但是,在陈晓明看来,"余华的特殊之处就在于他并没有简单去罗列那些'弃绝'生活的感性世相,而是去刻画孤立无援的儿童生活更为内在的弃绝感。……一个被排斥出家庭生活的儿童,向人们呈示了他奇异而丰富的内心感受,那些生活事件无一不是在童稚奇妙的目光注视下暴露出它们的特殊含义。被家庭成员排斥的孤独感过早地吞噬了天真的儿童心理,强烈地渴望同情的心理与被无情驱逐的现实构成的冲突,使'我'的生存陷入一系列徒劳无益的绝望挣扎之中,而'呼喊'则是生活含义的全部概括或最高象喻:那是孤独无助的弃绝境遇,得不到回应的绝境"[①]。在我的余华评论的阅读经验里,应该说,这个分析是相当透彻的。

后来,陈晓明在分析书中提到的所有作品时,几乎都会使用一个乃至几个关键词。比如"重复虚构"与马原、"欲望、暴力与颓废"与苏童、"吃与棋"与阿城、"身份政治"与王安忆、"没落美学"与白先勇、"自我相异性与浪漫主义幽灵"与铁凝、"性、区隔与荒诞"与王小波、"越界""绝境"与王朔、"在地性"与莫言、"去—历史化"与刘震云等。这些关键词是打开这些文本的钥匙。这就是陈晓明

[①] 陈晓明:《众妙之门——重建文本细读的批评方法》,北京大学出版社2015年版,第69—70页。

通过文本细读对作家作品的发现。在这个意义上，陈晓明与西方那几位大师在具体表述上还是有很大差异的。比如布鲁克斯、沃伦、纳博科夫等，都没有采取这种方式，他们的题目就是他们讲述的对象。倒是布鲁姆的《西方正典——伟大作家和不朽作品》使用了这一"极权主义"的方法。他大胆地断言莎士比亚是"经典中心"，萨缪尔·约翰逊博士是"经典批评家"，歌德《浮士德·第二部》是"反经典诗篇"。这种敢于在题目中使用断语的批评方式，一方面，显示了批评家的自信；另一方面，当然也面临着风险——因它的醒目或抢眼，极易遭到辩难甚至反对。但是，当我们试图挑战他们的看法时，我们确实也深感为难。

还需要指出的是，陈晓明在《众妙之门——重建文本细读的批评方法》中的批评视野。新批评衰落的重要原因之一，是那几位傲慢的英国绅士，除了英格兰作家之外，他们几乎很少涉及其他国家和地区的作家。但是，我发现，陈晓明虽然用的是起源于英伦的批评方法，但却没有这一批评的狭隘之气。他在评价分析中国文学黄金时代的才子才女们时，其谱系关系和承继关系如数家珍。他分析格非的《褐色鸟群》时，明确地指出："《褐色鸟群》无疑受到了博尔赫斯的影响，'棋'与'镜子'就是博尔赫斯小说和诗歌里经常出现的意象，且这种叙述方式和结构也与博尔赫斯不无关系。《褐色鸟群》某种意义上比博尔赫斯更激进，它不只是揭示真相，也是真相的变异。博尔赫斯的真相最终可以大白于天下，但格非的真相却是迷失的，不可确认的。"[①] 在格非的其他小说里，陈晓明甚至发现了格非接受的现代作家施蛰存和徐訏的影响；而余华对川端康成、普鲁斯特、曼斯菲尔德的崇拜，以及卡夫卡对余华的影响，都被陈晓明看得一目了然；而对克

---

① 陈晓明：《众妙之门——重建文本细读的批评方法》，北京大学出版社2015年版，第56页。

尔凯郭尔"弃绝"哲学的分析，更显示了陈晓明的理论修养和雄辩风格。在评论王小波的时候，他同时也分析了亨利·米勒的《性》和美国的女权主义者凯特·米利特的《性的政治》。他甚至坦白地指出："苏童、余华、格非、孙甘露、北村等人在那个时期的创作——今天或许看得更清楚，我们不得不承认，他们深受莫言的影响。至少莫言为题目扫清了道路上的障碍。比如苏童在1987年发表的《一九三四年的逃亡》，在当时看来，在今天看来依然是——这是一篇向莫言致敬的作品。'我祖父'、'我祖母'与莫言的'我爷爷'、'我奶奶'有同族之缘。狗崽耷着肩向城市逃亡时走过的那条洒满月光的道路，与莫言《红高粱家族》中的罗大爷到县城去报案走的那条道路，仿佛殊途同归。《一九三四年》中的'盛开的野菊花'，与淹没了单家父子的那一池绿水上盛开的野白莲花何其相像。但到了《罂粟之家》中的'罂粟花'，就开出了苏童自己的意味。"[1] 读到这样的批评文字、这样的发现，我不得不由衷地表示钦佩。我想，即使是苏童看过后，也不得不心服口服吧。

李敬泽说："二十多年来，我已经习惯于从晓明先生丰沛的理论思维获得启发。他如果仅仅是天马行空的理论家就好了，但问题是，他竟还是不避庖厨的批评家，把高深的理论锻造成了具有如丝的文本感受力的刀。由此，晓明先生使得以批评为业者——比如我——面对着艰巨的高度和难度。"[2] 我想，这既是敬泽的谦虚，也应该是他的由衷之言。

---

[1] 陈晓明：《众妙之门——重建文本细读的批评方法》，北京大学出版社2015年版，第314页。
[2] 同上书，封底评语。

三 《众妙之门》的超越和可以讨论的问题

我是否可以冒昧地说，《众妙之门——重建文本细读的批评方法》是陈晓明自觉追随或学习哈罗德·布鲁姆《西方正典——伟大作家和不朽作品》的一次写作实践，是试图在中国"重建文本细读的批评方法"的有意示范。不同的是，陈晓明的工作可能还要困难得多。《西方正典——伟大作家和不朽作品》从莎士比亚、但丁、塞万提斯、莫里哀到博尔赫斯、乔伊斯、普鲁斯特，这些作家的经典性几乎无可置疑，关键是如何重新阐释他们、重新发现他们。但是，陈晓明面对的是中国新近三十年的作家作品。三十年对于文学史来说实在是太短暂了，短暂的时间使这些作家作品的经典化过程还远远没有、也不可能完成，甚至有的作家还在争议之中，比如王小波。王彬彬曾著文说："在很大程度上，王小波是被制造出来的一个神话。在王小波不幸逝世后，对他的歌颂达到高潮。当时，应南京一家报纸之约，我写了一篇《我看王小波》。那是一家小开版的报纸，一版只能发四千多字。约稿的编辑说，字数控制在一版之内。我于是就只写了四千多字，未能对王小波的作品展开充分的分析。但王小波并非杰出作家的观点是明确表达了的。王小波的那些小说，在当代算不上一流，写得比他好的人并不很少。记得王蒙先生曾经说过，王小波的杂文、随笔比小说好。我完全同意这种看法。但是，那些杂文、随笔，也没有好到可以让王小波成为'思想家'的程度。杂文、随笔写得比王小波好的人，在当代也并不难找。王小波的那些杂文、随笔，表达了那种自由主义的文化观念、伦理观念。这些观念，是自由主义的常识。一个人，如

何能够凭借宣传常识而成为'思想家'呢？"① 王小波在《众妙之门——重建文本细读的批评方法》中虽然是一个个别的例子，但已经从一个方面说明了当代文学经典构建过程的道路还很漫长。当然这样的例子不止在中国，在美国也同样有"被高估的十五位作家"②，甚至有人指出整个"美国文学被高估"③ 了。这是指认当代文学经典的困难，也是当代文学研究者的宿命。但是，"经典是有用的，因为它们可以让我们以别的方式去处理难以处理的历史沉积物。它们这么做靠的是肯定一些作品更有价值，更值得仔细关注。那些作品的价值是否完全取决于它们以这种方式被挑选出来，则是一个有争议的问题。经典与非经典的著作之间无论如何都存在着完全不会弄错的地位差异，虽然它们都进入了经典之中。但是，一旦它们都进入了经典，某些变化就会接踵而至。第一，它们完全被锁定在它们的时代之中，它们的文本几乎被凝固了，因为虔诚的学术使它们变得如此，它们的语言变得越来越隔膜。第二，面对这种现实，它们又自相矛盾地力图摆脱时代的束缚。第三，由于经典被作为一个整体来对待，所以各个独立的部分不仅凭借其自身的价值成为经典作品，而且也成为这个更大的整体的一部分。第四，这个整体以及它的所有相互关联的部分，都可被认为具有无穷无尽的意义"④。这是经典与权力关系带来的必然后果。

需要指出的是，《众妙之门——重建文本细读的批评方法》虽然旨在"重建文本细读的批评方法"，但是，陈晓明在贯彻这一思想的同时，他还是难以完全摆脱对"观念"的迷恋。在行文中，面对马原、格非、余华、苏童等先锋小说家，他的这一特点延续了《无边的

---

① 王彬彬：《被高估的与被低估的——再解读开场白》，《文艺争鸣》2013年第2期。
② 康慨：《十五个被高估的美国当代作家》，《中华读书报》2010年8月11日。
③ 贝小戎：《郭小橹称美国文学被高估》，《新京报》2014年1月25日。
④ ［英］弗兰克·克莫德：《经典与时代》，参见阎嘉编《文学理论精粹读本》，中国人民大学出版社2006年版，第57页。

挑战——中国先锋文学的后现代性》的立场和言说方式,这大可理解。但是,即使面对王安忆、铁凝、贾平凹等作家时,他仍然不时展示他雄辩的风采:他在分析铁凝时说:"反抗主体同一性的自我相异性。由此可以理解铁凝表现的女性与自我相异性的那种冲动,植根于生命律令这一意义。自我相异性,实际上要摆脱的是社会给予的存在逻辑,女性要成为更具生命本能意义上的自我;那个本己之己是社会规训的自我。"① 他在分析贾平凹时,不断阐释德里达的"绝境"概念及德里达对海德格尔的评价。类似的表达在《众妙之门——重建文本细读的批评方法》中几乎随处可见。陈晓明没有像纳博科夫那样对场景、人物、人物关系等不厌其烦地"细读"。我们究竟应该怎样评价陈晓明理解的文本"细读",也确实颇显踌躇。有研究者评价说:"50年代以后,'新批评'逐渐衰落。其原因除了极端地以英格兰为中心、认识问题过于偏狭外,韦勒克还认为:'新批评'使文学批评的重心从文学的外部因素转移到内部因素,这本来具有革命性的积极意义,人们开始关注文学的审美性,关注文本的形式研究。……但是,外部研究并非没有价值……布鲁克斯也认为,批评在许多情况下都大大需要语言史、思想史和文学史的帮助,批评与正统研究在原则上并非格格不入,而是相辅相成,只不过对作者心理和经历或者读者感受进行研究'虽然很有价值,很有必要,却不能等同于对文学作品本身的研究。'"② "新批评"的封闭性也在其他研究者那里受到过批评和检讨。如果是这样的话,那么陈晓明经常借助其他理论和方法来阐释、分析他的文本,也可以说是在修正新批评的完全忽略外部研究的偏差。或者说,在中国的语境中,关于文学观念的变革,实在是一件艰难的事

---

① 陈晓明:《众妙之门——重建文本细读的批评方法·导言》,北京大学出版社2015年版,第207页。
② [英]玛丽琳·巴特勒:《重新占有过去——一种开放性文学史的个案》,参见阎嘉编《文学理论精粹读本》,中国人民大学出版社2006年版,第105—106页。

情。陈晓明的用心在这个意义上可谓"良苦"。

对有些作品的谱系分析,也有遗漏之嫌。比如在分析莫言的《丰乳肥臀》时,他正确地写道:"上官鲁氏生了一对双胞胎,男孩取名上官金童。这个男孩是个混血儿,是上官鲁氏与瑞典籍的神父马洛亚偷情的结果。上官金童作为一个男孩,是一个家族的希望所在,却是母亲与帝国主义神父偷情的产物,这形成一个内涵丰富的暗喻。"[①] 承认莫言的才华没有问题。但问题是,《丰乳肥臀》发表于1995年11月,而此前刘恒的《苍河白日梦》于1993年出版。上官鲁氏与曹家二奶奶郑玉楠和来自法国的技师(后来版本改为来自瑞典)大路通奸,生下了金发碧眼的婴儿如出一辙。后来,刘恒将来自法国的技师改为来自瑞典,显然也不是随意为之。还有,对于本书内容的安排,大概还是略有瑕疵——第十章"'动刀'的暴力美学"、第十五章"'逃离'与文本敞开的浪漫主义",应该是对文学现象的分析和阐释,而不能纳入文本细读的范畴,尽管这些现象在当代文学中是一个了不起的发现;书中有些概念也确实需要讨论商榷。比如"晚郁时期":"我们需要去理解汉语文学所达到的一种境界——汉语文学成熟的晚期风格或'后郁时期'。这就是说随着一批中国作家走向成熟(他们已都人到中年),中国当代文学从20世纪初期的青春/革命写作,转向了20世纪后期及21世纪初期的中年写作或类似赛义德所言的晚期风格(late style)一类的'晚郁时期'(the belatedmellow period)。"[②] 这一段话里,"晚郁时期""后郁时期""晚期风格"等罗列在一起,也确实构成了很大的阅读障碍。其实,后来他解释说"晚郁时期"也就是"迟来的成熟时期"。如果就用"迟来的成熟时期"就不会没有

---

① 陈晓明:《众妙之门——重建文本细读的批评方法》,北京大学出版社2015年版,第319页。

② 同上书,第346页。

人理解。我记得在海南召开的中国当代文学年会上,当陈晓明宣读完他的这一论文时,当时就有人指出"晚郁风格"没有一个人懂。这当然是一个极端的例子;还有,本书已经被北京大学列为"精品教材",而且陈晓明也从 2004 年开始,讲了四五轮课程,那么,如果能多一些课堂气息可能读起来会更亲切。现在的面貌还是"高头讲章"——严整而无懈可击。

当然,这些都是需要讨论的问题。我钦佩的是陈晓明教授通过文本细读的方式,对建构中国近 30 年来文学经典孜孜不倦的努力。这个努力也许超越了文学的范畴。我们知道,当代中国的价值观正在发生巨大的变化。这个变化我们由衷的感受是喜忧参半,甚至更不乐观。在这样的语境中,如何占有过去的文学遗产,如何确立我们的文学经典,就成为一种战斗或争夺。为了我们中国文学的声誉不再沦落,为了我们的文学经典不再受到威胁,我们必须参与其间。如果是这样的话,那么,陈晓明包括《众妙之门——重建文本细读的批评方法》的努力,终将会在更大的范畴内产生它应有的影响,他的重要性将会在未来的时间里进一步得到证实。

并未终结的"八十年代"
——程光炜与当下中国文学的一种潮流

"八十年代",是当下中国文学研究和创作的一个重要的关键词。或者说,不仅研究者将"八十年代"逐渐塑造成了一门"显学",成为当代中国文学研究新的学术生长点,而且在创作领域,特别是小说创作,"八十年代"的时代环境和场景,也越来越多地出现在不同作家作品中。无论是"重返"还是"再现","八十年代"又如千座高原般地伫立在我们面前。这个现象提醒我们:八十年代已经成为过去,但是八十年代一直没有终结。而对这一研究领域做出开拓性贡献的,是著名学者程光炜教授。

从 2005 年开始,程光炜陆续发表了他针对"八十年代"的研究成果。这些成果有:《文学讲稿:"八十年代"作为方法》(北京大学出版社 2009 年版)、《文学史的兴起》(河南大学出版社 2009 年版)、《当代文学的历史化》(北京大学出版社 2011 年版)。此外,他还主编了《重返八十年代》《文学史的潜力》等书。这些成果不仅展现了程光炜研究的对象、范畴,而且彰显了他新颖的文学史研究视野、方法和观念。程光炜的研究开辟了当代中国文学研究的新空间,他将文学的"八十年代"知识化、历史化和系统化,告诉我们即便是切近的文学历史,也可以做成"学问"。他认为:"新时期不光确指 1978 年以来的这一历史阶段,而且也是表明这一阶段文学性质、任务和审美选

择的一个最根本的特征。更何况，它被视为是一种对'十七年文学'和'文革文学'清算、反拨、矫正和超越的文学形态，具有显而易见的'历史进步性'，充分显示出'当代文学'对文学性的恢复与坚持的态度。正是这一点，成为它稳固存在的一个相当有说服力的历史依据。"事实的确如此。应该说，在程光炜的带动下，对文学"八十年代"的研究正风起云涌、方兴未艾。我们后来看到的关于"八十年代"的访谈、研究乃至创作，虽然不能说受到了程光炜研究的直接影响，但总有千丝万缕的联系是没有问题的。

程光炜对"八十年代"文学的研究始于2000年，或者说，他从这一年开始准备，直到2005年，他本人及其指导的博士研究生，开始陆续在学术刊物上发表研究成果。在谈到研究缘起的时候程光炜说："我曾说过八十年代是个制高点，它同时也像个交通枢纽，是联系'十七年文学'和九十年代文学的枢纽。我们重返八十年代文学，实际上是对过去的八十年代文学批评的反思，是清理和整理性的工作。我们不会简单地认同那个结论，而是把它作为起点，思考那代批评家或作家为什么会这样想问题，背后支撑的东西是什么，我们想回到历史的复杂性里面去。""我们今天来研究过去几十年的历史，怎么重新获得当时那种历史感？我是亲历者，但对我的80后博士生来讲，他们怎么去获得那个他们还没出生的时候的历史感？作为研究文学和文学史的学者，历史感是很重要的，一定要体贴历史，同情历史，那些作家和作品已经成为历史的亡灵，要跟这些亡灵对话。另外，我们用什么途径进去？也就是研究方法，研究方法并不是现成摆在那的，我们要不断地去寻找、去重建，又要不断推翻，重新怀疑。学问就是怀疑，我们的课堂很平等，学生也经常怀疑我的想法，我也会批评学生，作为研究者，我们是平等的。"从这一立场出发，程光炜不仅建立了自己新的学术研究领地，发表了大量文章和专著，而且他通过这一发现，带出了许多优秀的青年学者——杨庆祥、黄平、杨晓帆、刘红霞等就来自程光炜的"八十年代"课堂。

我们知道，从20世纪80年代中期开始，黄子平、陈平原、钱理群提出"20世纪中国文学"之后，试图将百年中国文学作为"整体"进行研究的"文学史研究"一直没有终止。至今，以"二十世纪中国文学"为题目的专著或教材已经出版多部。这些研究确实改变了百年中国"近代""现代""当代"三分天下的文学史研究格局，为百年中国文学史研究带来了新的气象和面貌。但值得注意的是，在文学史写作实践中，"当代文学"并没有被废除，洪子诚的《中国当代文学史》；陈思和的《中国当代文学史教程》；董健、丁帆、王彬彬的《中国当代文学史新稿》以及我和程光炜的《中国当代文学发展史》，仍然是许多大学使用的当代文学史教材。当代文学在百年中国文学史中的特殊性，是它能够相对独立存在的基本前提。它所承载的巨大的历史内涵，仍然是我们今天无可回避的精神难题。如果是这样的话，程光炜将"八十年代""另辟一章"，与我们对"当代文学"的理解就有了同构关系。我注意到程光炜在《文学讲稿："八十年代"作为方法》一书中关注的问题与"方法"。一般来说，有价值的学术研究应该做的工作是填补空白、纠正通说、重估主流和发现边缘。而程光炜关注的问题，如《文学史与80年代"主流文学"》《文学的紧张——〈公开的情书〉、〈飞天〉与80年代"主流批评"》《第四次文代会与1979年的多重接受》等提出的问题，就是对80年代主流创作与批评的重估；《一个被重构的"西方"》《人道主义的讨论——一个未完成的文学预案》《经典的构筑和变动》等，或纠正了通说，或是发展性的研究；而在"文学作品的文化研究"中，对王蒙的《布礼》、刘心武的《班主任》、礼平的《晚霞消失的时候》、韩少功的《爸爸爸》、王安忆"三恋"的重新解读和批评，改写了过去对这些作品的评价方式和方

法。程光炜卓有成效的工作，引起了许多学者特别是青年学者的积极回应。而有"学院左翼"背景的李陀、刘禾、唐小兵、贺桂梅、罗岗、倪文尖等学者，也纷纷参与了这一工作。2012年6月，中国人民大学文学院文艺思潮研究所与美国哥伦比亚大学东亚系在京联合举办的"路遥与八十年代文学的展开"国际学术研讨会，无论从内容还是问题的提出，都可以看作对程光炜教授工作范畴的某种延续。

2012年，罗岗在《"前三年"与"后三年"："重返八十年代"的另一种方式》[①]中，特别是通过80年代"后三年"的历史性变化，并以"新写实小说"为例宣告了"80年代的终结"。但事实可能远非如此。作为物理时间的"80年代"无可避免地终结了，但文学史意义上的"80年代"一直没有成为过去时。即使是"新写实小说"与后来"底层写作"的谱系关系，至今仍然是一个未被言说的秘密。这可能也正是程光炜80年代文学研究意义的一个方面。那个时代未被认知的文学问题大概远远多于我们已知的。

除此之外，我发现将80年代作为小说的环境、背景，同时反省和检讨80年代的"光荣与梦想"，业已成为一个重要的小说现象。比

---

① 罗岗认为，成效与危机并存，这就是"后三年"所面临的复杂状况。就"成效"而言，"市场经济体制"的逐步确立自然意味着"现代化"叙事占据主导地位，传统"革命"叙事逐渐退场。"王朔热"的出现尤其是那份"顽主"式地戏谑"革命"传统的自信，对应着的就是这一历史过程；从"危机"来看，虽然不至于完全破坏"改革"的共识，却分化出对"改革"的不同理解，坚持在社会主义自我更新的框架内进行"改革"与激进地要求按照西方市场经济模式进行"改革"，构成了这种理解图谱的两极，中间自然还有形形色色的过渡形态；更关键的则是，人们开始意识到"改革"不仅不能解决所有的问题，还带来了新的问题，而且这些新问题是以前没有遇见过的，也找不到现成的解决方案，这就导致了一种前所未有的焦虑感和危机感。譬如当时从中央关于精神文明建设的文件到媒体围绕各种社会新闻展开的讨论，都涉及所谓"一切向钱看"带来的社会风气败坏、道德沦丧的问题，尽管可以在理论上弘扬"共产主义道德"来抵制"一切向钱看"的风气，但找不到从根本上杜绝这一风气的方式。正如一句流行语——"钱不是万能的，没有钱却是万万不能的"——表明的，"市场经济体制"的逐步形成不仅确立了"金钱"关系的合法性，而且进一步将各种复杂的社会关系重置于"金钱"的客观性上，由此使得人与自我、人与社会及人与国家的关系发生了一系列根本性的变化，并最终导致了"80年代"的终结。

如艾伟的《风和日丽》、格非的《春尽江南》、蒋韵的《行走的年代》、李晓桦的《世纪病人》等。这些作品重新想象，也重新构建和塑造了80年代的历史及从80年代走过的人物。格非的《春尽江南》，讲述的是变革时代知识分子心灵受到的冲击，但却隐喻了这个时代整体的精神裂变。因此，这是一部与我们当下的精神处境相关的小说。蒋韵在《行走的年代》中为读者呈现的诗意篇章开始于80年代末一个文艺女青年和一个诗人之间的相遇，这是那个年代常有的浪漫故事：文艺女青年委身于伪诗人，向往真诗人的女神黯然夭亡，小说结尾文艺女青年离开大学到乡下当了小学老师，而她也终于见到真诗人。而此时的诗人已弃文从商，并声称自己从来不是个诗人。这个感伤的文本为我们缅怀那个时代提供了最好的起点。《行走的年代》的不同，就在于它写出了那个时代的热烈、悠长、高蹈和尊严，它与世俗世界没有关系，它在天空与大地之间飞翔。诗歌、行走、友谊、爱情、生死、别离，以及酒、彻夜长谈等表意符号，构成了《行走的年代》浪漫主义独特的气质。但是，当浪漫遭遇现实，当理想降落到大地，留下的青春过后的追忆也仅此而已。因此，这是一个追忆、一种检讨，是一部"为了忘却的纪念"。那代人的青春时节就这样如满山杜鹃，在春风里怒号并带血绽放。不夸张地说，蒋韵写出了我们内心流淌却久未唱出的"青春之歌"。《春尽江南》似乎是接着这个故事往下说的：当一个文艺女青年邂逅一个真诗人，他们从高扬理想的激情时代共同走进物欲横流的滚滚红尘之中会怎样？文艺女青年秀蓉改名为家玉，通过奋斗成为一名律师，彻底告别了过去的自己和过去的时代；诗人谭端午还是诗人，但他还是80年代的诗人吗？

李晓桦是诗人、作家，他曾获得过全国优秀诗歌奖，但他似乎又并不以文学为业。他有多种经历，曾入伍当兵，下海经商，远走国外。在2014年，他重操旧业发表了长篇小说《世纪病人》。这是一部

让我们震惊不已的小说，小说用黑色幽默的笔法，讲述了一个在第一世界与第三世界之间的边缘人的生存与精神状况。欲罢不能的过去与无可奈何的现状打造出的这个"世纪病人"，让人忍俊不禁的同时，更让人不由得悲从中来。这是我们多年不曾见过的具有"共名"价值的人物。从某种意义上说，我们可能都是"世纪病人"。

这是一部用"病人呓语"方式讲述的小说，是在虚构与纪实之间任意穿越的小说，是在理想与自由之间举棋不定充满悖论的小说，当然，它还是一部痛定思痛野心勃勃的小说。讲述者"李晓桦"一出现，就处在了两个世界的边缘地带：他离开了祖国，自我放逐于异国他乡；他也不可能进入加国的主流文化，这一尴尬的个人处境注定了主人公的社会身份和精神地位。于是，我们看到的是李晓桦矛盾、茫然、无根、无望、有来路无去处的精神处境。他看到了那些在异国他乡同胞的生活状态，他们只为了活着而忙碌。李晓桦在应对了无意义生活的同时，他只能将思绪安放在曾经经历的历史或过去。我注意到，小说多次讲到主人公当兵的经历，讲他站岗、出差、到军队办的杂志当编辑、成为军旅诗人；讲他与国内作家的关系、喝酒吃饭、到京丰宾馆开文学会，写到了莫言、王朔、刘震云、王海鸰等；他还提到他那首要和鬼子决斗的诗及梦见老作家叶楠，当然他还写了那难忘的与"二炮"女兵喝酒的情形。还有，他还写到那个将军的女儿爱美，她随丈夫到了温哥华，她全部的念想就是期待女儿的成功，成为一名能跳"小天鹅"的芭蕾舞明星。为此，甚至连父母离世她都没有回国见上最后一面。李晓桦显然在质疑其生活道路的选择。

一切都破碎了。历史与现实都已经是难以拾掇的碎片，既不能连缀又难以割舍。是进亦忧退亦忧，前路茫茫无知己，这是此时李晓桦的心境，当然也是我们共同的心境。小说中有这样一段话："家为心之所在。我之所以要还乡，就是为了找到一个地方，把心安放。可我

发现我无法找到。因为，家为心之所在，而心在流浪中已不知遗忘在何处。心丢了，家何在啊?!"小说有鲜明的 80 年代精神遗产的风韵，也许，只有经历过这个年代的作家，才有如此痛苦的诗意，才有如此强烈的历史感和悲剧性，才会写得如此风流倜傥。

文学史反复证实，任何一个能在文学史上存留下来并对后来的文学产生影响的文学现象，首先是创造了独特的文学人物，特别是那些"共名"的文学人物。如 19 世纪的俄国，普希金、莱蒙托夫、冈察洛夫、契诃夫等共同创造的"多余人"的形象，深刻地影响了法国的"局外人"、英国的"漂泊者"、日本的"逃遁者"、美国的"遁世少年"等人物，这些人物代表了西方不同时期的文学成就。如果没有这些人物，西方文学的巨大影响就无从谈起；中国 20 世纪二三十年代也出现了不同的"多余人"形象，如鲁迅笔下的涓生、郁达夫笔下的"零余者"、巴金笔下的觉新、柔石笔下的肖涧秋、叶圣陶笔下的倪焕之、曹禺笔下的周萍，等等。新时期现代派文学中的反抗者形象——"新写实文学"中的小人物形象有：以庄之蝶为代表的知识分子形象；王朔的"玩主"等，也是这个"多余人"形象谱系的当代表达。"世纪病人"是这个谱系中的人物。不同的是，他还在追问关于归属、尊严、孤独、价值等终极问题。他在否定中有肯定，在放弃中有不舍。他的不彻底性不是他个人的问题，那是我们这一代人共同的属性。他内心深处的矛盾、孤魂野鬼式的落魄，以及心有不甘的那份余勇，都如此恰如其分地击中我们的内心。于是我想到，我们都是世纪病人。于是，世纪病人"李晓桦"就这样成了我们这个时代的"共名"人物。

"八十年代"就这样在批评和小说中构成了一种当下新的文学潮流。而它背后隐含的更有抱负的宏大诉求，我们可能在不久的将来就会看到。

全球化语境与中国的文化问题
—— 评戴锦华的中国当代文化研究

文化研究在中国的兴起并日益成为"显学"的看法,在学界大概不会遭遇歧义。我们不仅随处可以看到前沿杂志发表的文化研究的文章,看到不断出版的文化研究的专著,而且在著名的大学课堂上已经开设了文化研究的专门课程,成立了专门的"文化研究研究室"[①],同时也出现了专业性的《文化研究》杂志。[②] 这一现象证实了文化研究地位在中国的确立,而且其本身就是文化研究有趣的话题之一:一方面,文化研究的范畴歧义丛生,学科界限模糊不清;另一方面,文化研究又规模巨大,参与热情空前高涨。这一领域,就像一个嘈杂纷乱的建材市场,每个专业工人都怀抱着新型的建筑材料,奔向没有边界的建筑工地,然后在一个没有蓝图的建筑方案上,搭建不知所终的宏伟楼盘。但也正是这样一块自由的理论"飞地",为研究者和实践者提供了理论想象与构建的巨大空间:脚下是无边的"千座高原",前方是没有尽头的天高地远。

文化研究 20 世纪 50 年代在英国获得立足点之后,虽然出版了理查德·霍加特的《文化的用途》、雷蒙·威廉姆斯的《文化与社会》、

---

① 1995 年 10 月,著名学者戴锦华在北京大学成立了"北京大学比较文学与比较文化研究所文化研究研究室",她自己戏称为"文化研究工作坊"。

② 《文化研究》杂志由陶东风、金元浦、高丙中主编,2000 年 6 月在北京创刊,由天津社会科学院出版社出版。

E. P. 汤普森的《英国工人阶级的形成》等经典著作，为文化研究奠定了理论基础和研究对象范例。但对文化研究作为一个学科的理解仍然莫衷一是。但有一点可以肯定的是，文化研究的兴起与马克思主义在西方的现代复兴有密切关系。这不只是说葛兰西的"文化领导权"理论点燃了文化研究理论的灵感，推动了文化研究的发展，而且从文化研究关注的某些对象上，也可看到马克思主义的深刻影响。① 尽管至今文化研究的界限仍不清晰，但它的大致范畴还是可以描述并大致可以达成共识的。这就是：①与传统文学研究注重历史经典不同，文化研究注重研究当代文化；②与传统文学研究注重精英文化不同，文化研究注重大众文化，尤其是以影视为媒介的大众文化；③与传统文学研究注重主流文化不同，文化研究重视被主流文化排斥的边缘文化和亚文化，如资本主义社会中的工人阶级亚文化、女性文化及被压迫民族的文化经验和文化身份；④与传统文学研究将自身封闭在象牙塔中不同，文化研究注意与社会保持密切的联系，关注文化中蕴含的权力关系及其运作机制，如文化政策的制定和实施；⑤提倡一种跨学科、超学科甚至反学科的态度与研究方法。② 这一描述虽然粗略，但大致可以窥见文化研究的基本边界。

文化研究作为一个跨国性的理论现象，与全球化的语境密切相关，同时也与在全球化的影响下，中国文化出现的新的、复杂的文化

---

① 理查德·约翰逊在《究竟什么是文化研究》中描述了文化研究之一翼受马克思主义影响的三个方面：第一，文化研究与社会关系密切相关，尤其是与阶级关系和阶级构形，与性分化，与社会关系的种族建构，以及与作为从属形式的年龄压迫（age oppressions）的关系；第二，文化研究涉及权力问题，有助于促进个体和社会团体能力的非对称发展，使之限定和实现各自的需要；第三，鉴于前两个问题，文化既不是自治的也不是外在地决定的领域，而是社会差异和社会斗争的场所。这绝非穷尽了现存状况下仍然活跃的、充满生机的、随机应变的马克思主义因素，只要它们也在细致的研究中受到批判、得到发展的话。见罗钢、刘象愚主编《文化研究读本》，中国社会科学出版社 2000 年版，第 5 页。

② 参见罗钢、刘象愚主编《文化研究读本》，中国社会科学出版社 2000 年版，第 5 页。

景观密切相关。因此，文化研究在中国的兴起，就不应仅仅看作对西方理论潮流的时尚性追逐。但值得注意的是，文化研究在我国兴起之后，仍然是理论讨论多于诉诸具体的批评实践。如上所述，当诸如文化研究的定义、范畴、学科界限被争论得一塌糊涂的时候，再纠缠这些问题就显得琐屑而空洞。对于当代中国文化的现实而言没有实际意义。

著名学者戴锦华是研究电影史的专家，是著名的中国当代文学研究者。进入20世纪90年代以后，她在自己的专业领域展开学术活动的同时，也对当下中国文化问题进行了深入而卓有建树的研究。这主要反映在她的《隐形书写——90年代中国文化研究》和《书写文化英雄——世纪之交的文化研究》两本著作中。这两本著作是针对中国当下，特别是90年代以来文化现实做出的重要的研究成果。进入90年代，具体地说是1993年后，中国的大众文化和文化消费市场才真正得以建立。大众文化虽然在20世纪80年代初期就已经在中国登陆，但由于不同的历史处境，那一时代的大众文化还处在地下或半地下状态。[①] 邓丽君尽管已经被大陆青年接受甚至喜爱，但她仍然被主流意识形态认为是个"异数"，是个资本主义的抒情歌星。因此，大众文化在20世纪80年代还不具有生产和消费的合法性。1993年后，"南方讲话"的精神得以贯彻，文化领域意识形态控制的松动和文化市场的初步形成，以及以电视为代表的大众传媒的激进发展，不仅促进了大众文化生产的规模，同时也使这一文化形态获得了未作宣告的合法性地位。然而，突如其来的文化生产有限度的自由，却使文化生产和

[①] 需要说明的是，大众文化是一个需要识别的概念，也就是说，五四运动之后，精英知识分子致力于大众文化的实践。特别是1942年，经过"走向民间"运动，知识分子完成了话语的民间"转译"，他们创作了人民大众喜闻乐见的具有民族风格和民族气派的作品。但有趣的是，这一大众化的文化形式所负载的恰恰是国家民族的意识形态，建构起的是阶级、民族的政治。而这里所说的大众文化，是在全球化资本主义过程中形成的具有中国特色的，同时又具有消费功能的文化形态。在同一个概念里，蕴含了两种截然不同的文化内容和功能。

消费市场慌乱而无序;中国的大众文化生产就像一个巨大的实验场所,几乎无奇不有。这一东方奇观虽然为官方的治理整顿带来了空前的麻烦,但对于文化研究者来说却恰逢其时。

戴锦华较早地意识到了大众文化时代到来对文化研究者意味着什么:90年代中国社会转型对人文学者所构成的挑战,不仅仅意味着研究与关注对象的转移与扩展,而且意味着对既定知识结构、话语系统的质疑;它同时意味着对发言人的现实立场和理论立场的追问。如果说,站立于经典文化的"孤岛"上,将杂芜且蓬勃的"大众"文化指斥为"垃圾"并慨叹当代的"荒原"或"废都",是一种于事无补的姿态,那么,热情洋溢地拥抱"大众"文化,或以大理石的基座、黑丝绒的衬底将其映衬为当代文化的"瑰宝",则同样无益且可疑。在此,且不论中国是否已进入或接近了一个"后现代"境况,也不论西方的"后现代"情境是否真正"填平了雅俗鸿沟",在今日之中国,一个不容置疑的事实是,"大众"文化不但成了日常生活化的意识形态的构造者和主要承载者,而且还气势汹汹地要求在渐趋分裂并多元的社会主流文化中占有一席之地。简单的肯定或否定都无助于拓清这一斑驳多端而又生机勃勃的文化格局。[①] 这一明确的意识既可以看作戴锦华在欠发达的中国语境中,对文化研究的一种理解,也可以看作她对当下中国大众文化的一种立场和态度。

在没有边界的文化研究中,传媒是一个没有争议的关键词。这不只是说网络的发展为人们描绘了一幅"天涯若比邻"的电子幻觉,"地球村"在电子幻觉中已然落成,重要的是,在中国的语境中,"传媒系统的爆炸式的发展与呈几何级数的扩张"[②] 是较被认可的。这一

[①] 参见戴锦华《隐形书写——90年代中国文化研究》,江苏人民出版社1999年版,第3页。
[②] 同上书,第23页。

判断我们在其他统计数据中也获得了证实：至90年代末期，我国的艺术表演团体已达2632个，图书馆有2767所，广播电台296个，电影制片厂31个，每年生产故事片150余部（已占世界第六位），电视台357座，每年生产电视剧6227部（集），出版社530家，每年出版图书14万多种，其中文学图书占10%左右，杂志有8187种，其中文学刊物约537种，报纸2038种。再加上数以万计、难以统计的盒式录音带、CD、VCD音像制品等，一个在传媒宰制下的庞大的文化市场已经形成。因此，与大众文化相关的消费形式几乎都与传媒密切相关，但其间隐含的权力关系却没有得到真正的揭示。在戴锦华的文化研究中，一方面，她看到了进入20世纪90年代以来，"昔日的经典权力开始以种种途径转化为企业资本或个人资本"，而在传媒系统，由于多种资金以不同渠道的介入和商业操作因素的日益扩张，电视传媒系统已经"成为聚敛金钱的聚宝盆"，因此，"多种资金涌入电视/传媒系统的事实，并未彻底改变中国传媒之为权力媒介的特征"[1]，"而且在转型期的社会现实中，事实上成了某种超级权力的形式，履行着超载（或曰越权）的多重社会功能"[2]。在相关的文化研究著作中，这就是被称为媒体帝国主义的传媒霸权。[3]

在传媒的权力结构中，引导社会文化消费时尚，制造虚假的"大众"意愿，是其突出的功能之一。在戴锦华的文化研究活动中，她践诺了决不简单肯定/否定的情感立场，而是通过堂而皇之的合法性符号，廓清了隐含的所指。如对"大众"这一概念的梳理与剥离，使这一本来已经发生了深刻变异的概念，凸显了它当下的内涵和意义：90年代，中国大众文化的重提，无疑联系着文化工业与文化市场系统的

---

[1] 戴锦华：《隐形书写——90年代中国文化研究》，江苏人民出版社1999年版，第25页。
[2] 同上书，第38页。
[3] 如英国学者汤林森在《文化帝国主义》一书中的论述。

再度出现；于是"大众"，这个事实上已被近代以来西学东渐进程所深刻改写了的词语，便显露出另外一些层面：首先是在对大众文化持拒绝、批判态度的文化讨论中，隐约显现出的尼采、利维斯、艾略特这一理论脉络上的"大众"观；在这一脉络中，"大众"一词意为"乌合之众"，充满了贵族/精英文化视域中的轻蔑之意。90年代大众文化的批判者更多采取的，则是延续并改写了这一理论论述的法兰克福学派的思想资源。在后者的西方马克思主义的立场上，"大众社会"有着原子化社会的特征，而"大众文化"则是一种自上而下、实施社会控制、浇注"社会水泥"的重要方式与途径。但是，如果说对大众文化的批判和拒绝，间或包含"借喻"式的对昔日标语口号式的政治宣传与意识形态控制的批判，那么，对大众文化的轻蔑与厌恶，却又无疑与作为中国知识界基本共识的社会民主理想，发生了深刻而内在的结构性冲突。[①] 这样的分析不仅具有迷人的逻辑魅力，重要的是，在不同的历史中，"大众"对于研究者来说究竟意味着什么。这一理论识别，不仅使文化民粹主义失去了"大众文化立场"自我陶醉的可能，同时也使坚决拒绝大众文化的精英主义立场暴露了其社会民主理想的狭隘边界。因此，今日之"大众"是在作为社会消费、娱乐主体的意义上被使用的。

对"大众"这一概念的拓清，在某种意义上说也就拓清了"大众文化"的内涵。传媒利用这一概念"历史合法性"的动机不难理解，但同时它却有意略去了自身权力控制的那一部分。事实上，20世纪90年代中国大众文化的全部复杂性，必须将其和传媒控制下的文化生产过程结合起来才能得到解释。也正是在这种意愿的支配下，戴锦华带领她的学生，经过数年的训练、调查和研究，完成了《书写文化英

[①] 参见戴锦华《隐形书写——90年代中国文化研究》，江苏人民出版社1999年版，第10—11页。

雄——世纪之交的文化研究》这部著作。这是一本专题性的研究，也是一本结合社会学、文化人类学、历史学、政治经济学、传播学等相关学科理论资源完成的一部著作。在我看来，文化研究人才规模化的培养和训练，其意义可能要远远超出这部著作本身。当然，这样说并不意味这部著作不重要，事实上，正是这样一批年轻的文化研究学者在戴锦华的指导下，完成或实现了当下中国最具代表性的文化研究成果。如果说戴锦华的《隐形书写——90年代中国文化研究》是试图对90年代中国文化做出整体性描述或阐释的话，那么，《书写文化英雄——世纪之交的文化研究》就是对世纪之交中国具有典型性、表征性的文化现象的"个案"研究。这一研究，描述出了中国当下文化消费市场交织的主流文化（如于洪梅对《钢铁是怎样炼成的》在中国不同语境下的接受及在20世纪90年代特殊语意的阐释）、知识分子文化（如杨早对以陈寅恪、顾准为中心的90年代文化英雄的符号与象征的分析）、市场文化（书中大多篇幅）的复杂景观。

这些文化"个案"对我们说来并不陌生，它们是我们亲历的文化现象，是我们关心并试图做出解释的文化现象。但值得注意的是，无论是哪一种文化现象（文化英雄），在20世纪90年代以来的历史处境中，它们为什么都无一例外地在媒体覆盖性、轰炸性的炒作中成为被消费的对象？杨早在分析陈寅恪时指出，学界的讨论和张扬虽然为大众文化的接受提供了权威性的资源，但他们真正被作为一种"文化英雄"的符号，在社会的普遍关注中构造成型，是在这些人物的经历被畅销书和传媒通俗化、传奇化之后[1]发生的。因此，"无厘头遭遇.com"不仅示喻了又一个时代的文化征候，重要的是"凡人"不只要说话，在图书市场和民间书店构成的文化空间中，"文化英雄"作为

---

[1] 杨早：《90年代的文化英雄的符号与象征——以陈寅恪、顾准为中心》，戴锦华主编《书写文化英雄——世纪之交的文化研究》，江苏人民出版社2000年版，第26页。

一种可资利用和消费的政治象征和文化资源，理所当然地会成为有利可图的争夺对象。

更有趣的是于洪梅对电视连续剧《钢铁是怎样炼成的》接受反馈的思考。文章不仅分析了中国特色独具的"社会效益与经济效益"的同构和互动关系，而且在分析"90年代'炼钢'史"中，突出浮现了隐秘已久的冬妮亚的角色。从刘小枫的《纪恋冬妮亚》开始，对这部红色经典的解读发生了意味深长的变化：那个资产阶级小姐甚至比主角保尔给人留下更久远的印象。中国编剧们对冬妮亚和保尔的"重塑"也具有了90年代特有的时代风采。饰演保尔的演员从银屏上走下来，脱掉军装的保尔也可以做中国的广告。与冬妮亚的走红构成呼应关系的，是中国"中产阶级"的自我书写。腾威对"1998年中国文化市场'隐私热'现象的报告"，以大量翔实的材料向我们揭示了中国"中产阶级"的趣味和自我书写背后的诉求。

《书写文化英雄——世纪之交的文化研究》对90年代以来中国文化市场的"个案"式分析，在全球化的语境中，从一个方面揭示了中国大众文化生产和消费的状况。但我更感兴趣的是，在戴锦华的指导下，这些年轻的文化研究实践者，对中国发生的这些典型文化"案例"，并不只是没有判断的"零度叙事"，而是在描述大众文化如节日狂欢的同时，也以锐利的思想锋芒洞见了节日鲜花覆盖下的陷阱。对大众文化和消费做出有说服力的阐释的同时，对文化民粹主义的警觉，构成了这部著作最动人的思想主旋律。我想这大概也是戴锦华文化研究最值得注意、最华彩的片段之一。

文学批评的自觉、有效与节制

——评陈福民《批评与阅读的力量》

文学批评是一种议论别人的工作。同时,文学批评不断遭遇别人的议论也在情理之中。特别是当代文学批评,一直处于波峰浪谷之中,毁誉参半几乎就是它挥之难去的宿命。但是,无论当代文学批评的命运如何,它一直存在并发展着,大概也从某个方面说明了它并非可有可无。现在,文学批评家陈福民出版了他的批评文集《批评与阅读的力量》,也从一个方面证实了我的上述说法并非"妄议"。

陈福民是当代重要的文学批评家。二十余年来,他一直在文学生产现场,重要的文学会议或重要的文学评奖,都有他的身影出现,他有大量的文学批评文章发表于专业媒体上。因此,他对当代文学特别是小说创作的整体状况几乎了然于心。但是,读过这部文集之后,我更想讨论的,是陈福民对文学批评的自觉、有效和节制的自我要求。这一点并不复杂,但要实践起来却很艰难:这是一个不写作就死亡的时代,是学界争先恐后地抓项目、找经费、建中心、搞基地、发文章、出专著,为的是能通过评估,保住一级学科、保住博士点或中心基地的时代。说学界已经彻底沦陷并非危言耸听。在这样无比浮躁、虚幻的大环境中,文学批评还会有多少真知灼见或诚恳的体会已很不乐观。而陈福民的文学批评,不是以文章规模和数量见长,他是那种惜墨如金的批评家,是那种有话则长无话则短的批评家。就像他在研

讨会上的发言，不是喋喋不休，而是以真知灼见见长。他形成文章的文字，更是删繁就简、标新立异，这就是文如其人。

说陈福民的文学批评有自我要求，首先与他的见识有关。他在"自序"中说，文学批评"是一个现场行为，具有即时性与随意性，往往不是完全可靠的。这种考量在判断力与审美感受等方面提出了知识的优先性原则问题。譬如我们可以强调文学批评的历史感或历史深度，却旗帜鲜明地反对'文学史研究批评化'的倾向。这个意思是说，文学批评的现场感由于无法获得必要的间距，由于其具体的经验描述与感知通常会转瞬即逝，难以在知识构成上取得有效的成绩。这在客观上形成了对于文学批评比较不利的认知，以为文学批评就是阅读某部文学作品之后简单的读后感。更由于随着社会转型、文学商业活动的广泛压力，文学批评经常会在正当的批评活动与商业宣传之间游弋，并因此损失部分荣誉。但没有人能否认，在文学史所赖以存在的各种要素中，文学批评繁巨的工作与发现是不可或缺的观点与材料来源"。这种对当代文学批评性质和现状的理性认知，不是所有的批评家都能做到的。对许多文学批评家来说，这种认知并不是自明的，随波逐流的所谓批评家随处可见。因此，陈福民对当代文学批评的自觉，就显得尤为难能可贵。

陈福民不是那种"鲁迅研究""文学思潮研究""文学史研究"等"术业有专攻"的专家型批评家，他的研究对象就是"当代文学"。在这个无比宽泛的领域里，如何选择他的言说对象，关注怎样的话题就尤为重要。这本文集的文章我此前基本都读过，但一旦集中起来阅读，感觉突然变得鲜明起来。这就是：陈福民一直关注当下最前沿的话题，从最新发表的作品到新媒体文化，从旧影新知到新文明的兴起。但是，陈福民绝不是那种追新逐潮的批评家，他的批评与时尚没有关系，这与他作为文学批评家的整体修养有关。在文学学科对当代

文学还怀有偏见甚至歧视的今天，他指出，当代文学批评是最难的，因为当代文学批评家必须对它的上游知识都要有所了解，对西方相关的学科有所了解。如果不具备这样的条件，当代文学批评是难以进行的。因此，为了当代文学批评的有效性，他对本土古代文学、近代文学，对西方文艺复兴以来的文学，都有相当深入的了解和研究。这一点，我们在他的"当代小说史识"专辑、"批评品格与致知"专辑中一览无余。在其他具体的作家作品批评中，古今中外与论题有关的材料，他几乎能信手拈来。这使他的批评文章视野宽阔、言之有物而不流于空疏，这就是批评的有效性或历史感。与当下有价值的话题构成对话关系，是一个批评家构建中国当代文学地图的发力点，他的话题就是他的关怀所在。陈福民的优点是他积极参与，但他从不盲从或趋从，他的作为批评家的主体性是不能换取的。

这是一个学术上不讲节制的时代。学术除了权力关系之外，人文学科学术成果的量化标准，使大多数学者对数量的崇拜趋之若鹜。学术成果像卖白菜、土豆一样，数量越多、规模越大就越有分量。这个可笑的标准在学科评估中大行其道、畅行无阻。虽有学者著文抵制，但如死水微澜，体制力量之强大是难以想象的。陈福民在社科院工作，在当下的体制中，社科院几乎是一块所剩无几的学术飞地。它可以容忍学者短期内不写或者少写文章，而更看重一个学者的综合影响，文章发表在哪里并不多么重要。"英雄不问出处"只有在这个单位可以实现。良好的学术环境和个人的自我要求，使陈福民的文学批评显得不那么急切，不那么功利。他对批评的从容显得非常曼妙，这种曼妙可能很少有人能够体会。我想那肯定是一种很享受、很有意思的体验。因此，他的文章大多短小精悍，类似《理想小说、理想作者与文学史》《长篇小说：历史与人生的风雨卷舒》等下笔万言的文章并不多见。事实上，陈福民不是没有写过大部头的作品，他研究张承志的博士毕业论文煌煌几十万言，只因他觉得还未达到自己的期许而放弃了出版。文章是否有价值，它的长度并不是唯一的尺度，见识才是文章的命脉。他的那些作品一经发表，总会有人公开或私下议论，或者说，他节制的言论在文坛总是有反响，在这个时代有这一点已经实属不易。

  从事文学批评，也是人生的一种方式，批评文字就是一种人生态度。我感佩的是，陈福民一边可以积极有效地介入文学现场，紧拉慢唱地表达他对当下文学的看法；另一边，他也可以下围棋、聊大天、围观喝酒、开车走遍北中国。他是一个什么样的人？他是一个儒生，他也是一个侠客。

当代中国的学院批评
——以青年批评家张清华为例

进入 20 世纪 90 年代以后,如果把中国当代文学批评的主流称为"学院批评",应该是大体不谬的。但需要说明的是,这一印象或概括不具有价值判断的意义。也就是说,我们谈论的"学院批评",不是在简单的"好"与"不好"的层面上谈论,而是说,进入 90 年代以后,当代文学批评的整体面貌所具有的学院批评的品格和特征。这一现象产生的背景是复杂的。但可以肯定的是,这一现象或潮流的产生,与 90 年代以来的文化环境和批评家的知识背景有关。一方面,"从广场到岗位"的知识界自我期许是否合理已经不重要,重要的是它业已成为事实。20 世纪八九十年代之交,当启蒙话语受挫后,批评界离开了 20 世纪激进的思想立场,在寻找新的理论和话语资源的过程中,产生于西方学院的当代思想成果被不同程度地接受。另一方面,90 年代重要的批评家,几乎都是在这一时期完成了学院教育的,他们取得了硕士、博士学位。而这一时期,正是西方文化思潮在中国方兴未艾的时期。启蒙话语的受挫和西方文化思潮的涌入,不仅使彷徨的知识界获得了新的思想资源,同时也训练了他们的思维方式和表达方式。中国的学院批评正是在这样的文化背景下形成的。

应该说,学院批评的崛起,改变了感性批评和庸俗社会学批评的盛行的状况。学术性和学理性的强化,使庸俗社会学批评的合法性和合理性都遭到心照不宣的质疑。同时我们也被告知，那个热情洋溢、充斥着单纯的理想主义和乐观主义的时代已经终结了。20世纪90年代的知识界经过短暂的犹疑之后，进入了新的相对理性的时代。至于这个时代整体学术风貌体现出的特征和问题，不是本文所要讨论的。而学院批评的概括性也难以给人具体的印象，但如果我们把学院出身的青年批评家张清华的文学批评和学院批评联系起来的话，显然会有利于问题的讨论。

　　张清华是出身于20世纪60年代的青年文学批评家，90年代初期完成了专业学习。但他在80年代末期就已经开始了他的文学批评和研究活动。二十几年过去后，张清华已经出版了四部专著，发表了数十篇文章。在重要的学术和文学刊物上，到处可以见到他风头正健的身影。张清华被批评界所熟悉并受到广泛的注意，应该源于他从事当代文学研究近十年后的《中国当代先锋文学思潮论》一书的出版，这部30多万字的专著一出版便好评如潮。它不仅奠定了张清华作为新锐批评家和当代文学研究者的学术地位，同时由于这部作品扎实的内容和锐利的见解，被多所大学指定为博士、硕士研究生的参考书目。这部著作体现出的理性分析和实证的方法，从一个侧面表现了张清华学院批评的品格和特征。研究对象和话题的提出，可以窥见一个研究者或批评家的兴趣或趣味。先锋文学在中国的出现，隐含了中国在新的历史时期改革开放的民间愿望，但它在迷乱的外在形式的遮蔽下，其内在的文化功能并没有或没有及时地得到揭示。一般来说，在早期先锋文学的研究中，更多的是在技术主义/叙事学的层面上被讨论的。但在张清华那里，他发现了先锋文学和启蒙主义/存在主义的内在关系。在他看来，在当代中国，启蒙主义的概念有了新的含义：由于当代中国在封闭多年后，与世界现代文化的差距，那些具有当代特征的文化与文学思潮在中国也被赋予了某种启蒙主义的性质。换言之，最终能够在当代中国完成启蒙主义任务的,已不是那些近代意义上的文化与文学思潮,而是具有更新意义的现代性的和现代主义的文化与文学思潮,所以"启蒙主义语境中的现代主义选择"便成为 80 年代文学的一个基本的文化策略。① 这一分析显示了张清华宽阔的文化研究视野。或者说,先锋文学产生的文化背景和新一代知识分子的内心期待,在他的论述中建立起了历史联系。这种新的论证视角不仅使先锋文学获得了新的解读方式,同时也从一个方面揭示了中国知识分子的传统并没有发生真正的革命性的变化——旧的启蒙已经终结,但新的启蒙却替代了它。我们是否同意这种说法并不重要,重要的是在这一宽阔的文化视野里,我们了解了张清华作为学院知识分子对 20 世纪以来中国思想文化史的准确把握,对包括先锋文学在内的当代中国现代主义文学与启蒙主义历史诉求的合理性推论。因此,即使是在先锋文学被谈论多年之后,张清华仍然以他锐利而独到的见解深化了对这一文学思潮的研究。

对 20 世纪文学发生/发展的文化背景的探究,是张清华文学研究和批评活动重要的一部分。对这一背景的凝视和追问,显示了张清华明确的历史意识或曰历史感。当"现代性"这个概念进入中国学术界之后,一方面,它为我们提供了新的研究视野,使我们对历史的复杂性有了新的认识;另一方面,"现代性"作为一个所指不明、难以界定的概念,也突然使我们对历史的认识模糊起来,面对过去的历史叙事我们一时竟无以言说。这时,历史虚无主义便乘虚而入。但在张清华的研究中我发现,他并没有追随这一学术时尚,他仍然以学院知识分子的方式坚持着对历史/文化背景的追问或考察。在 20 世纪的历史叙事中,"启蒙主义"是一个无可回避的重大话题。它的重要性不仅

---

① 参见张清华《从启蒙主义到存在主义——当代中国先锋文学思潮论》,《中国社会科学》1997 年第 6 期。

是中国 20 世纪历史情境规定的，不仅是 20 世纪中国知识分子一以贯之的文化实践和精神期许，同时，即使在"启蒙终结论"大行其道的今天，启蒙是否已经完成，或对知识分子来说启蒙的文化传统是否已经断裂或终结，仍然是个变数。但值得注意的是，在张清华的研究中，"启蒙主义"作为 20 世纪激进的文化思想脉流的表意形式，不是作为价值判断提出的。当他从整体上概括了 20 世纪的文化本质在功能和实践意义上是启蒙主义的时候，他又分析、阐释了这一时段启蒙主义的差异性、阶段性甚至多重悖论。在他看来，"由于以现代化为指归的启蒙主义在中国的迟至性和当代性，因此西方近代以来自文艺复兴到当代数百年的文化思潮对中国而言无不具有启蒙的功效，而当中国人在巨大的'历史时差'面前急不可待将它们一股脑引进来的时候，它们在失去了内部的历史逻辑秩序的条件下必然会产生多向的共时性的逻辑背反，以及本体与功能之间、逻辑与事实之间、愿望与结果之间的多重矛盾"。这些悖反性的问题就是："社会理性目的与现代主义方向之间的悖谬""现代启蒙与民族文化丧失（殖民主义文化命运）之间的悖谬""启蒙主义的正义性与西方近代文化霸权之间的悖谬""启蒙主义的未完成性和世纪末情境与后工业时代或商业文化的弥漫之间的悖谬"。[①] 启蒙主义遭遇的这一历史复杂性或悖反性，恰恰是我们遭遇了西方缔造的"现代性"造成的。因此，任何一种在"真理意志"控制下的思想或思潮，总会遮蔽其他的问题，同时也会带来与愿望相反的问题甚至是负面的结果。因此，张清华面对"启蒙主义"的时候，他是在阐释学意义上谈论的。这样，"启蒙主义"在具

---

① 张清华：《返观与定位——20 世纪中国文学的文化境遇》，《文艺争鸣》1995 年第 6 期。

有历史合理性的同时，也同样暴露出了其历史局限性。①

在分析或考察 20 世纪文学的思想文化背景的时候，张清华显示他坚实的知识背景和学术训练。他的研究不仅参照了当代中国思想史和学术史的研究成果，而且整合了叙事学、阐释学、符号学及文学社会学和文化研究的方法，借助于相关学科的最新成果，不仅重新描述了我们曾经熟悉的历史，重要的是他做出了新的"文化地理"的分析和考察。我们可以不同意他的某些看法，但他的这些"假说"显然给了我们有益的启示。因此，当"破坏的性格"成为 20 世纪重要的文化性格并仍在延续的时候，张清华理论和知识的"建设意识"是清醒而明确的。

张清华作为一个当代文学研究的学者和批评家，他在对当代文学发生/发展的文化背景分析考察的基础上，也做了大量的当代作家作品评论。他这一有意识的选择，恰恰像古罗马人信奉的两面人雅努斯：一面向着过去，一面向着未来。当然，对历史的清理和认识总是为了更准确地把握和理解现实。但是，正是因为张清华有了对 20 世纪思想文化脉流的深入研究和了解，才使得他的当代文学评论有了更深厚的历史感和理论深度。如他对余华、格非、苏童、叶兆言等作家存在/死亡主题的评论。这些作家虽然都可以概括在"先锋文学"的潮流中，但他们作为具体的作家又是非常不同的。如何在这些不同的作家创作中提炼出共同的东西，往往可以判断一个文学评论家的理论洞察力和概括能力。当关于先锋文学的叙事学研究告一段落之后，这

---

① 张清华的很多论文都与启蒙主义相关。如《十年新历史主义思潮回顾》《启蒙神话的坍塌和殖民文化的反讽——〈围城〉主题与文化策略新论》《抗拒的神话和转向的启蒙——对沈从文文化策略的一个再回顾》《黑夜深处的火光：六七十年代地下诗歌的启蒙主题》《关于 20 世纪启蒙主义的两个基本问题》等。他对这一话题的长久关注，一方面，表达了他对深刻影响 20 世纪思想文化潮流的文化主题的深究与追问的执着；另一方面，也反映了作为文化研究者的张清华内在的焦虑。在这个时代，知识分子如何实现自身的价值，如何实现自我确证，已经成为问题。不同的是，张清华的内在矛盾是通过对"话题"的关注得以体现的。从这个意义上说，张清华虽然出生于 20 世纪 60 年代，但他仍然没有摆脱中国传统知识分子的内心痛苦。

一文学现象也逐渐地变成了历史遗产。新的文学现象层出不穷,当代文学热衷于新现象的癖好,使先锋文学从显学的地位迅速地冷却下来。但就在这时,张清华却对先锋文学研究长久被遮蔽的问题提出了独到的看法。他考察了先锋文学存在/死亡的主题之后,发现了那里隐含的"死亡之象与迷幻之境"①。这一判断不只是受到海德格尔"生存论的死亡分析"的启示或影响,在张清华那里,他用实证主义的方法对上述作家的作品做了细致的解读。这篇论文的命名和它提出问题的方式,使张清华的评论上升到了艺术哲学的高度。更值得称道的是,当他论述了这一主题合理性的同时,他也表达了自己的如下看法:"存在主义观念在使当代小说发生了深刻质变的同时给它带来了负面效应。由于作家大都在存在主义哲学思想的支配下沉溺于个人生命体验的书写,因此,小说的社会意蕴和触及当下现实的力量都发生了萎缩,作家本身的人格力量也变得空前弱小甚至病态。存在主义必将导致消极的感伤主义,以个体生命为单位的存在者的一切精神弱点,如悲观、沉沦、私欲、变态等,也必然反映在他们的作品中。"庸俗社会学对先锋文学从来没有构成真正的批判,但这并不意味着先锋文学是不可批判的。张清华从存在主义的角度入手,揭示了先锋文学存在/死亡主题尚未被揭示的问题,这应该说是他对先锋文学长期研究和思考的结果。

对包括中国当代文学在内的 20 世纪文学思潮的研究,使张清华的评论获得了历史的纵深感。在一段时间里,"断裂"一词曾给当代文坛强烈的震撼,这是标示一代新人走向历史前台最抢眼的词组。一方面,"断裂"要将新一代人与过去区别开来;另一方面,要强调他们和传统没有关系。但事实上这仅仅是一个策略性的表达。被称为"新生代"的作家,不要说他们和历史,就是和切近的先锋文学依然

---

① 张清华:《死亡之像与迷幻之境》,《小说评论》1999 年第 1 期。

有不能"断裂"的文化血缘关系。张清华在论述"新生代"写作的意义时强调了这一点:"从思潮性质的角度看,'新生代'仍是产生自80年代后期的关注当下生存的文学思潮的延续。对终极价值的怀疑,对生存意义的逃避,对现实和此在生存活动与场景的专注,对个人日常经验书写的热衷,这些都显示了他们对先锋小说与新写实的双重继承性及对其个体化、个人性视角的强化。"[①] 这种历史连续性对新生代来说并不是一种耻辱,而不顾历史事实,对横空出世的热衷和一味强调,可能恰恰是"断裂"意志真正的心理问题。因此,新生代与先锋文学的历史关系被张清华概括为"精神接力"是非常有历史感的。

　　张清华的文学批评涉及几个不同的领域。除文学思潮和小说作家作品论外,他的诗歌研究和评论同样别具一格。他的《食指论》《海子论》、"文革"时期地下诗歌研究和世纪之交的诗歌观察,给我留下了深刻的印象。就中国传统的文学批评而言,中国诗学研究是最为发达的。即使在20世纪80年代,诗歌研究也引领风潮推动了中国多元文化的兴起。但随着文学市场化的日益加剧,诗歌创作和评论所承受的压力比其他文艺形式要大得多。另一方面,诗歌的影响力在越来越有限的情况下,其内部分歧却越来越尖锐,诗歌评价的尺度也越来越难以把握。大概越是在这样的情况下,越能考验一个诗评家的眼光或胆识。当《从精神分裂的方向看——食指论》《在幻像和流放中创造了伟大的诗歌——海子论》发表的时候,诗歌界的"盘峰论剑"已经过去,剑拔弩张的双方已经壁垒分明。其诗学成果虽然寥寥,唯一可以谈论的可能就是被社会遗忘已久的诗歌,因传媒对分歧严重性的渲染而重新引起了"奇观式"的关注。也正在这时,张清华发表了他上述诗论。他选择的论述对象和他热情洋溢的表达,从另一个角度传达

---

① 张清华:《精神接力与叙事蜕变》,《小说评论》1998年第4期。

了他的诗歌观念。在论述海子时，他甚至难以抑制澎湃的激情："在我们回首和追寻当代诗歌发展的历史流脉时，越来越无法忽视一个人的作用，他不但是一个逝去时代的象征和符号，也是一盏不灭的灯标，引领、影响甚至规定着后来者的行程。他是一个谜语，他的方向同时朝着灵光灿烂的澄明高迈之境，同时也朝向幽晦黑暗的深渊。这个人就是海子。"① 张清华对海子的赞颂就是他对一种"伟大的诗歌"的赞颂。当海子去世之后，对他的不同评价几乎同时开始。对一个诗人的不同评价原本是正常的，但就中国当代诗歌而言，如果连海子都难以被接受或认同的话，当代诗歌还能留下什么就不能不是一个问题。在我看来，《在幻像和流放中创造了伟大的诗歌——海子论》是张清华最好的评论文章之一。

如上所述，张清华是学院批评家，他理性和实证的批评与其他学院批评家一起改变了中国当代文学批评的面貌和格局，这一批评在20世纪90年代初期兴起的时候，不仅源于特殊的历史处境，就那个时代而言，它同时也意味着一种战斗和反抗。但毋庸讳言的是，当学院批评逐渐成为批评主流的时候，也越来越多地凸显出了它的问题。一方面是西方话语的整体性覆盖，我们自身的经验几乎难以得到真正的表达；另一方面，80年代感性的、深怀理想主义情怀的批评，难道真的就没有可资借鉴或值得继承的吗？那一时代充满心性或性情的表达在今天已经荡然无存，我们会没有任何遗憾吗？在张清华的诗歌批评中，他偶尔会不经意地流露出对过于理性的某种修正，但就他批评表达出的整体风貌，我仍然对其过于理性的冷静感到有种难以言说的失落。当然，这个问题不是张清华一个人的。对他的某些批评，事实上也是对当下文学批评共性问题的一个检讨。

---

① 张清华：《在幻象和流放中创造了伟大的诗歌——海子论》，《当代作家评论》1998年第5期。

为了批评的正义和尊严

——评谢有顺的文学批评

面对当下中国的文学批评,我们可能经常看到的是这样的场景:一方面,世俗化的慨叹不绝于耳,在商业霸权的时代,批评或者自艾自怜其边缘化地位,为一种由来已久的悲剧性命运大抒感伤之情,而反抗宿命的批评则在商业霸权的裹挟下,风情万种地暗送秋波,为了文化市场的欲望宴饮和广告大餐,在传媒上,对具体作家的评价,"表扬信"的轰炸几乎铺天盖地,仿佛我们就生活在唐诗宋词式的文学盛世。这种"感伤"和"狂欢",其实是一种心态的两种表达;另一方面,包括批评界在内的社会各界对批评的整体性评价深怀不满、每况愈下,仿佛今天的一切坏消息都是因批评造成的。这种混杂和矛盾或许不是一件坏事,但这并不是批评的真相。事实是,真正的批评、正义的批评不仅依然存在,而且,就批评的理论深度和整体水准而言,肯定它的发展和进步应该是最基本的评价。现在我们要谈论的青年批评家谢有顺的文学批评,可以从一个方面证实这一看法并非虚妄。

谢有顺,出生于1972年,1991年开始从事文学批评活动,在十余年的时间里,他先后出版了《我们内心的冲突》《我们并不孤单》《活在真实中》《话语的德性》等批评文集,在重要的文学报刊上发表了百余万的批评文字。重要的并不是他的批评文字出现的频率,重要的是他受到作家、批评家乃至读者们的重视和尊重、惊喜和热爱。我们甚至可以毫不夸张地说，谢有顺的出现，为文学批评带来了新的气象和光荣。作为当前最年轻的批评家之一，谢有顺的敏锐、独特、不同凡响的艺术眼光，敢于说出诚实体会的浩然正气和批评品质，以及他的情怀和才华，使他在新生代批评家群体中卓然不群。也正因为如此，谢有顺在批评家同行和作家那里获得了诚恳的掌声。那么，谢有顺在为时不长的批评活动中，究竟给我们带来了怎样的认同和震动呢？

一　正义、尊严的批评品质

我们必须承认，在当下强势文化霸权的情形下，在一个多元化的批评语境中，深深困扰我们的诸多问题中，批评的标准问题可能是最尖锐的一个。或者说，面对一个批评对象，我们究竟依据什么做出判断。各种主义和话语符号像迷雾一样弥漫四方，向西方大师致敬的声音不绝于耳。我们深陷其间，选择的迟疑和认同的危机几乎困扰着我们的每一天。这并不是说在本土批评理论十分匮乏的今天，西方话语一统天下伤害了我们的文化自尊心，而是说，在全球化的语境中，商业文化市场的建立，在推动文化多元主义发展的同时，也催生了粗糙的写作和欣赏趣味，膨胀了人的无须遮掩的欲望要求和私欲领域的无限扩张。面对中国这样的文化处境，批评究竟应该维护什么样的文学，应该有一个怎样的基本立场？谢有顺在他的批评实践中回答了这样的问题。

一个批评家大到人生追求、价值观念，小到他所关注的话题、感兴趣的对象，不仅联系着他对传统的态度、内心关怀、趣味、修养，同时也密切地联系着他的阅历和记忆，以及出身的阶级和群体。这一

看法，我在《资本神化时代的无产者写作》一文中曾经有过阐释：对一个人的出身和经历的强调，并非是用"阶级论"或"血统论"来指认他与某个阶级的天然联系，而是说他最初的生活记忆将伴随着他对这个世界的基本理解，随着知识和视野的展开，他的理解和看法必然会发生变化，但他的出发点和基本立场则因良知和记忆而刻骨铭心。谢有顺在他的第一本文集《我们内心的冲突》的自序中曾说："我每次回到乡下，看到一张张被苦难、压迫、不公正舔干了生气的脸，这些问题就会奇怪地折磨着我。这是一种内在的斗争，我对现实的矛盾、怀疑、追寻由此展开，而心灵一旦向这些事物开放，就会很自然地敏感到生活中每一个细节所传递过来的切肤之痛。"① 这个最基本的关怀，使他自觉地意识到维护批评的尊严和正义成为必须："真正的写作者不应该是地域风情或种族记忆的描绘者，他所面对的是人类共有的精神事物。"② 这一情怀和立场的获得，"首先来源于对自身存在处境的敏感与警惕，没了这一个，批评家必定处于蒙昧之中，他的所有判断便只能从他的知识出发，而知识一旦越过了心灵，成了一种纯粹的思辨，这样的知识和由这种知识产生出来的批评，就会变得相当可疑。我很难想象，一个人文领域的知识分子，可以无视自己和自己的同胞所遭遇的精神苦难"③。这些表达的背后，隐含了一个人文知识分子源于内心的关怀和情感需要，表达了他对公共事物，特别是人类共有的精神事物必定参与的宿命。

于是，在谢有顺的批评文字中，我们经常读到这样的题目：《写作与存在的尊严》《新时代的批评》《写作是信心的事业》《朴素的写作》《写作与意义问题》《忧伤而不绝望的写作》《写作，回归神圣启

---

① 谢有顺：《我们内心的冲突》，广州出版社2000年版，第3页。
② 同上。
③ 同上书，第27页。

示》《批评与什么相关》等，这些命题是关乎写作普遍性的问题，是他对写作者究竟要关怀什么的终极追问，也是每一个严肃的批评家必须解决并试图提供解答的方程式。但在谢有顺这里，"尊严"这个概念几乎成了他批评活动的关键词："尊严，尊严，它是存在的品质，是写作的光辉；是名利无法动摇的，是死亡无法消灭的；是过去光荣，现在的勇气，将来的希望。我们时代还有什么需要，可以大于对尊严的吁求呢？"[①] 如果说这种表达还略嫌抒情和空泛的话，那么，他面对文学现状的下述批评，则可以看作他对"尊严"一词的具体理解："文学，或者说整个文人群落，都已成为社会边缘的产物，从而充当了我们时代精神失重的路标。从边缘出发，文人为自己预备了两条主要逃路：一是旁落在经济大潮之中，下降文学的本质，使之躯体化、物资化和策略化；二是在生存危机中出示自己的痛苦性。前者是属于肉体的，是文学的匠人；后者是属于精神的，是文学的情人。匠人的眼中只有成功与失败这组概念，情人的眼中却植入了苦难与希望这一维度，并追问着人之为人与人类向何处去的命题。在这个问题上，文学第一次暴露出自身的脆弱和无力性。如果我们还对生存的苦难、罪恶和死亡保持深情的注视的话，我们就会明白，那些逍遥、自适和充满私人性的文学精神，在今时代是如此的不合时宜。"[②] 这一"不合时宜"，是因为这样的文学"消解精神的重量"[③]，是放弃了尊严的文学。

要维护批评的尊严和正义，必须维护和文学相关的人类最基本的价值尺度。当价值尺度和批评尺度一样混乱的时候，当"金钱一手遮天，深入到了我们生存领域的每一个角落"[④] 的时候，谢有顺悲悯而

[①] 谢有顺：《尊严及其障碍》，《活在真实中》，中国电影出版社2001年版，第366页。
[②] 谢有顺：《写作，回归神圣的启示》，《我们并不孤单》，中国社会科学出版社2001年版，第152—153页。
[③] 同上。
[④] 同上。

平静地说："正义、和平、爱、同情、幸福、神圣、美、生命与艺术的高贵等，永远是人类缺少并追求的，只有这些，值得我们为之受难甚至献身，也正是这些崇高事物保证了人类能够延续至今，并使一颗颗充满恐惧的心灵从中得到真正的慰藉。受难的意义就在于能在苦难的深处亲见高贵的生存品格，以建立存在的意义。"[①] 面对红尘滚滚的时代，这样的声音像是圣徒的自语，却是空谷足音如雷霆万钧。大概也正因为如此，谢有顺在他具体的批评文字中，努力张扬着文学的健康力量，而对那些损害甚至轻微伤害文学高贵品格和尊严的文字乃至现象，无论是谁，他都会毫不犹豫地挥起批评之剑。他对文坛"梦之队"[②] 评选活动的批评、对上海作协邀请全国百名批评家推荐20世纪90年代影响最大的10部作品评选活动的批评、对余秋雨散文的批评、对作家"堕落为谎言制造商"的批评等，都显示了这位年轻批评家是用锋芒在捍卫和坚持批评的尊严与正义。

孙绍振是谢有顺的业师，他在为谢有顺的《活在真实中》写的序言里有这样一段话："统观谢有顺的全部文学评论文章，其根本精神……就是他从来不轻易赞成为文学本身而文学……他的出发点和终极目标，不但有现实的苦难，而且有人的心灵的苦难，他总是不倦地对于人的存在发出质疑、追询，对于人的价值反复地探寻。他毫不掩饰，在他的心灵里，有一个最高的境界，有一个我们感到渺远的精神的彼岸。"[③] 在一个宗教精神稀缺的国度，这种类宗教式的信仰或终极关怀，同样是谢有顺捍卫批评的正义与尊严的源泉之一。

[①] 谢有顺：《我们时代的恐惧与慰藉》，《活在真实中》，中国电影出版社2001年版，第289页。

[②] 这个活动的原名称是"中国作家50强'孤篇自荐'"，后经传媒，特别是网络炒作被重新命名为"梦之队"的。

[③] 孙绍振：《活在真实中·序》，中国电影出版社2001年版，第7页。

二 敏锐、独特的艺术直觉

谢有顺在《真实在折磨着我们》一文中认为，他发现当代中国文学的一系列文学革命事件，都是由卡夫卡、普鲁斯特、博尔赫斯、罗伯·格里耶等西方大师的文本经验直接诱发的。在这些"革命性"的文学事件里，他没有看到作家对个人生存的确切体验，也没有发现属于他们自己的对艺术、对生存的清晰态度。他们的立场都隐藏在西方大师的身影中而显得暧昧不清。阅读他们作品的感受，几乎都可以在那些大师那里找到。这样的写作无疑忽略了一个重要问题：我们这个时代与卡夫卡、博尔赫斯等人的时代存在着怎样的精神差异？谢有顺写作这篇文章的时候，中国许多作家向西方大师学习的热潮尚未退却，谈论这些大师在文坛还是时尚。他的这一质疑从一个方面揭示了中国当代文学最重要的问题：这种表面的模仿，因"忽略了其中差异性"而成为"过去的写作"。于是，他发现，"中国当代作家们从一个表面看来非常真实的生活面貌出发，却反而无法表达出当代的真实，他们给人留下的感觉是在描绘一个过去的、死去的现实"。究其原因就在于："中国作家的写作之所以不断地疏远真实，其原因在于他们相信自己的眼睛过于相信自己的心灵。他们写作的起点是为了记录下他们所看到的当代生活，结果他们就被纷繁复杂的生活现象驱使着而从事写作，忽略了他们的心灵与这些现实的冲突与矛盾，从而也就无法在写作中给心灵做出定位。"[①] 谢有顺的这一批评，显示了他对中国

---

① 谢有顺：《真实在折磨着我们》，《活在真实中》，中国电影出版社2001年版，第171—172页。

当代文学整体状况的熟悉，以及从宏观上把握问题本质的能力。

如果说，谢有顺对当代中国文学"不真实"的检讨，是在全球化语境中感到了强势文化对我们的压力并带来了整体性的问题，理性地意识到了"现在/过去"的时间差异的话，那么，他对具体作家作品的评价，则在微观上显示了他敏锐、独特的艺术直觉。在谢有顺对具体作家作品的批评中，不仅有余华、莫言、贾平凹、铁凝、阿来、王充闾、李国文、周涛、北村、尤凤伟、于坚、孙绍振等文坛名家宿将，同时也有王彪、戴来、朱文颖、素素、沈浩波、尹力川、李师江等文坛新锐人物。对于名家来说，他们已经被批评家反复说过了，除非有新的发现。因此，批评名家对谢有顺这样年轻的批评家来说本身就是一个巨大的挑战；而对新人的批评，更需要敏锐的艺术判断力。在具体的文学批评实践中，谢有顺证实了自己的眼光和才华。

一般来说文学批评并不是简单的价值判断和权力式的裁决，而是一种智者之间的对话，是高尚的心灵生活在别处的倾心交谈，是互相发现并心仪之后的意外邂逅。我发现，谢有顺认真学习和倾听过许多批评大师的声音，他的学习和倾听，并不是寻章摘句、断章取义，并不是装点门面以示博学。他是在学习他们的批评品格、方式乃至理解作家作品的内在奥秘。在他的许多文章中，我们经常可以看到他对别林斯基、本雅明、海德格尔、福科、阿多诺、鲁迅等批评大师的景仰与尊敬，而且他关注的是大师们内在的、来自心灵的批评激情，是如何通过作家和诗人来阐释自己的内心图像和对未来的想象，是洞察大师们如何进入批评心脏的。这种执着和望眼欲穿的追求，使谢有顺具备了一般批评家不具备或根本就不愿具备的批评品格。这种品格是无法用"文学表扬""骂派批评"或新崛起的"酷评"来做比方的。

2001年，谢有顺写下了一篇批评余华的文章——《余华：活着及其待解的问题》。余华是当代中国最重要、最优秀的作家之一，他的艺术想象力、感受力和语言的精致几乎没有出其右者。正是因为余华的魅力，批评家几乎没有不谈论余华的作品的。因此我知道，对余华的评论是充满了危险的，如果不具备批评的能力和才华，就如同两个智力差距太大的谈话对手，尴尬的场景将会贯穿始终。但读过谢有顺的这篇文章，我内心的愉悦至今记忆犹新。文章开篇不露声色但含机锋。从普遍的关注和议论中表达了余华的重要，在"新作"迟迟不来的期待中，体悟到余华"发现了写作的难度"，在作家/读者的双重期待中，一个新的希望是多么的艰难。如果说这种理解还多少有些"世俗关怀"的话，那么，他对余华小说中"暴力"的内在结构的分析，对"苦难"缓解方式的解读等，证实了谢有顺以独特的方式走进了余华的小说世界。他对余华创作变化的解密，可能是至今最有说服力的：

> 余华经历了一个复杂的对人的悲剧处境的体验过程。他的叙述，完全随着他对人的体验和理解的变化而变化。最初的时候，余华眼中的人大多是欲望和暴力的俘虏，是酗血者，是人性恶的代言人，是冷漠的看客，是在无常的命运中随波逐流的人，那时的余华尽管在叙述上表现出了罕见的冷静，但文字间还是洋溢着压抑不住的寒冷和血腥气息；到《在细雨中呼喊》，因着追忆而有的温情，如同闪光的话语链条不断地在小说中闪烁，余华的叙述也随之变得舒缓、忧伤而跳跃；到《活着》和《许三观卖血记》，由于善良、高尚、温和、悲悯、宽厚等一系列品质，成了这两部小说主要的精神底色，余华的叙述也就变得老实而含情脉脉起来。探查这种变化是非常有意思的，它的里面，也许蕴含着余华写作上的全部秘密。①

---

① 谢有顺：《活着及其待解的问题》，《话语的德性》，海南出版社2002年版，第8—9页。

类似的例子还可以举出很多,如对散文家王充闾的批评。王充闾是当代著名的散文家,他的历史和文学史修养在文学界有口皆碑,他儒雅、温良的眼光,给人以人间的暖意。但王充闾的散文并不是用学养发思古之幽情的,他的历史散文不仅文字如诚实的果子挂满枝头,阵阵香气扑面而来,而且有鲜明的现代意识,但我因学力不逮,终未写出对王充闾散文的批评文字。《王充闾的话语碎片》也不是谢有顺最好的文章,他的优势是理论思辨和小说批评,但在这篇不长的文章中,谢有顺坦率地比较了同是历史散文作家的余秋雨和王充闾。在比较中他发现,"与余秋雨的煽情比较起来,王充闾要显得冷静得多"。但"冷静,并不等于内心就趋于一片寂静",在"诗、思、史的交融互汇"的过程中,王充闾"除了鉴赏文化名人的人格魅力之外,还极力把读者引到诗性与审美的道路上来,希望以此来显示生命的价值与意义。这种特殊的对话通道的建立,是王充闾散文写作时最用力的地方之一"[①]。当然,这也是王充闾散文现代品质的有力佐证之一。

如果说对知名作家的批评是一种智力的角逐和对话的话,那么,对新人的发现则是对艺术眼光的考验。在读到谢有顺批评青年散文家素素的文章之前,我对这位作家几乎一无所知。他对素素《独语东北》的批评,不仅使我认识了一位新锐的散文作家,而且使我通过素素深入东北的文化精神腹地。在汪洋恣肆的文字中,素素为我们展现了"另一个"东北:我的故乡原来是这样美丽并且充满悲情。素素对东北男人和女人的描绘,是我见到的和东北有关的最有光彩的文字。她在《纵酒地带》中说:"酒在东北,就这样汪洋恣肆起来。酒是血管里的血肉体里的支撑,酒是暗淡日子里的福,酒是绝望之中的希望,酒在苦寒的乡村已自成习俗,酒在雪白雪白的原野则是一道油然

[①] 谢有顺:《王充闾的话语碎片》,《话语的德性》,海南出版社2002年版,第194—195页。

而生的冻土景观。大东北似乎理所当然就应该是一个纵酒地带。"

在《烟礼》中,素素说:"关东的男人大多是流浪汉,他们自己的人生无规矩,也不去规矩女人,他们宠惯女人的方式,就是任由女人抽烟。关东女人抽烟,还因为关东的土地过于沉闷。女人与男人一样过着漫长的冬季漫长的夜,寒冷和黑暗,同样也折磨着她们。这个时候就需要有烟,烟是苦难里的慰藉。"用这样的文字议论东北真是美妙绝伦。素素的《移民者的歌谣》《火炕》《永远的关外》等,是读起来令人怦然心动的文字,在这样的文字里,我不仅读出了感动,我甚至产生了即刻抽身返乡回东北看看的冲动。谢有顺在评论素素时说:"个人话语建基于这种细节之上,它就有了非常实在而具体的面貌,不至于仅仅抓住历史话语这条绳索凌空蹈虚。沿着素素所出示的这条秘密通道,我们很容易就来到了心灵的地平线上,惯常所说的雄性、粗犷的东北,已不再抽象,它有了酒、烟、球、歌谣、逃亡、火炕这些物资外壳。由此,我们就能理解为什么素素的文风不像一些人那样玄虚,不像一些人那样追求一种形而上的飘忽效果,她选择了朴素和真情。"[①] 散文批评大概是最困难的,小说批评有很多理论,诗歌戏剧也是如此,唯独散文批评,理论提供的支持非常有限,因此全靠批评家的艺术直觉。谢有顺对素素散文创作的批评,应该说是这方面的一个范例。此外,他在《美文》杂志上开设的散文研究系列文章,虽然题目略嫌八股,但对多位散文名家的批评,都显示了他敏锐、独特的艺术感觉。

[①] 谢有顺:《素素的两只眼睛》,《话语的德性》,海南出版社2002年版,第203页。

三　严厉、勇敢的自我拷问

　　十余年的文学批评实践，谢有顺在这一领域已成为年青一代的翘楚，但我们发现，在他的许多文章中，他经常表达的是一种"恐惧""怯懦""贫困""困难""孤独""烦恼"等反省内心体验和感知的问题。一般说来，上述反映心理问题或困惑的概念，我们经常在老者的文章中读到，阅历和时间使人成为智者，只有智者才有自我反省和拷问内心的意愿和能力。年轻人，特别是少年成名者，正自以为天降大任而踌躇满志，以致猖狂和自信被认为是正常的心态。而谢有顺却常常处于忧郁和检讨的状态中。

　　面对文学批评的现状，他说："我不知道别人是怎么想的，但对我说来，继续文学批评的工作，正面临着越来越大的障碍，因为大家普遍认为，一个真正的批评家必须非常熟悉批评的对象，而且必须通晓艺术内部的所有奥秘。只有这样，他才能获得面对文学发言的有效资格。我在这种要求面前遇到了困难。首先，我无法充分了解自己的批评对象，比如小说，它的数量每时每刻都在大规模地增长，以我有限的时间和精力，根本不可能熟悉它的每一个角落；其次，现代艺术的面貌变得越来越复杂，尤其是叙述艺术，更是繁复多样和深不可测，要想真正通晓它谈何容易。有一段时间，我对批评的事业抱着深深的恐惧，总是觉得自己没有读足够多的书，也没有足够的智慧来应付叙事难度的挑战，以致我多遇见一次晦涩难懂的小说，恐惧就深一层，至终到了难以下笔的地步。"① 事实上，对于大多数批评家来说，这种困境是非常普遍的，不同的是，谢有顺敢于承认这种困扰。在这种困扰中他才有可能考虑或讨论批评的真问题。在同一篇文章中他说："我开始考虑批评的使命、立场和局限性，并寻找缓解批评焦虑的途径。我发现，最伟大的批评，都不只是文学现象的描述或某种知识的推演。本雅明评波德莱尔，海德格尔评荷尔德林、里尔克，别林斯基评俄罗斯文学，克里玛评卡夫卡，都算是很出名的批评了，可这类批评文字的最大特质是饱含了探查存在的热情，批评家更多的是与批评对象之间进行精神上的对话，借此阐释自己内心的精神图像，对美的发现，以及对未来的全部想象。没有人会否认这些批评所具有的独立而非凡的价值，它与那些伟大的思想著作一样重要。我认为它是一种理想的批评途径。"② 这种检讨和反省于批评来说是多么重要。谢有顺的这种品格及他内心的忧虑，不应仅仅看作对自己的能力和知识储备而发的，同时也是对文学批评这一事业和这一领域的中国现状发出的。因此，他的这一独语也是对文学批评界的一种警醒。

更多的时候，谢有顺真诚地述说自己的欠缺和力所不及，他认为"自己所写文字的乏力是显而易见的。比起那些隐匿在民间的思想者，文字如何与自己的生命本质达成一致，自己还差得太远。我更愿意把写作看成是一个隐秘的内心历程。一边是清理自己，一边是自我援助，它真正的作用是为自己划定一个良心和理性的界限，为自己找一个精神徘徊的范围，为自己了解心灵内部的细节准备有效的途径，除此之外，写作并不能做更多"③。显然，谢有顺意识到了批评的有限性。在这个知识即权力的时代，拥有了话语权并不是拥有了一切，权

---

① 谢有顺：《批评与什么相关》，《活在真实中》，中国电影出版社2001年版，第164—165页。
② 同上书，第165页。
③ 谢有顺：《活在真实中·后记》，中国电影出版社2001年版。

力如果不和良知、正义乃至需要的自我追问联系在一起，它导致的话语专制，与强权、暴力的专制就不会有什么两样。这位年轻的朋友从他的起点开始，就拥有这样的自觉，对我来说在感到震惊的同时，更为他感到一种庆幸。大概也正因为有了这样的自我要求和意识，在谢有顺的批评中，我们很少看到那种盛气凌人的裁决、那种自以为可打遍天下的快意恩仇。他对艺术的理解，哪怕是批评，也是与人为善而不是伤害人。

在《话语的德性》里，谢有顺写了一篇《梦想一种批评》的后记，这篇短文从一个方面透露了他从事文学批评的追求。他援引了福柯的一段话："我忍不住梦想一种批评，这种批评不会努力去评判，而是给一部作品、一本书、一个句子、一种思想带来生命；它把火点燃，观察青草的生长，聆听风的声音，在微风中接住海面的泡沫，再把它揉碎。它增加存在的符号，而不是去评判；它召唤这些存在的符号，把它们从沉睡中唤醒。也许有时候它也把它们创造出来——那样会更好。下判决的那种批评令我昏昏欲睡。我喜欢批评能迸发出想象的火花。它不应该是穿着红袍的君主。它应该挟着风暴和闪电。"谢有顺对这样的批评梦想心仪不已，他觉得没有比这更动人的批评了。梦想的批评是一种诗意的批评，是一对高贵心灵的美丽对话。那位异邦的思想家说出了一个我们共同的梦想。但我发现，谢有顺对西方思想家、批评家的熟悉，并没有也不可能替代他对本土文学现状的关怀与忧患。这些学养仅仅构成了他的知识背景，他要说的事实上还是关于本土文学的诚实体会。但这些学养和背景却援助着他捍卫和坚持一种正义、尊严的批评。他一定会在批评的道路上走得很远。此刻，我的这位年轻朋友正在不列颠访问，那是一个盛产作家和批评家的国度，面对这个伟大的国家，他正在想些什么呢？

新世纪的新青年
——李云雷和他的文学批评

李云雷是这个时代最年轻的文学批评家之一。他毕业于北京大学,来自新文化运动的策源地。不同的是,他没有那些"才子们"头颅高昂、眼光轻慢的优越,也没有故作的深沉或激进的面孔。接触他的人,无论年长年幼都有一种一见如故的信任;他单纯、友善,为人诚恳、处事认真;他热爱朋友,尊重别人,讨论问题从不咄咄逼人、居高临下。在他身上,有一种扑面而来的浪漫主义和理想主义气质。他出生于1976年,当然,令人艳羡的不只是他当时的青春,还有他才华横溢的文章和决不妥协的批评锋芒和立场。在并不漫长的文学批评实践中,李云雷逐渐形成了自己独特的批评风格。这就是:在注重文学审美标准的基础上,同时注重文学实践与社会生活的关系;在支持先锋前卫探索的同时,更注重对传统文学理论遗产的继承;在密切关注文学自身发展变化的时候,也注意从其他艺术形式中看到文学艺术发展变化的相关性和同一性。因此,李云雷的文学批评不仅与当下文学生产实践密切相关,而且他宽阔的视野和鲜明的介入意识,使他成为维护这个时代文学批评尊严最具活力的声音之一。他迅速地站在了时代批评的最前沿,他是新世纪的新青年。

文学批评不断遭到诟病的重要理由,就是它的软弱、甜蜜和缺乏担当,不能直指时代文学的病症,可以说文学批评的公共性正在丧

失，信誉危机正在来临。从某种意义上说，这样的指责并非全无道理。因为这确实是文学批评的一部分，而且在大众传媒中甚至是主流。但是，这不是文学批评的主流。我曾多次表达过，评价一个时代的文学，应该着眼于它的高端成就而不是它的末流。同样的道理，评价一个时代文学批评的成就，也应该着眼于它最有力量的声音，是它突出的高声部而不是合唱。如果这个看法成立的话，那么我们可以说，李云雷的批评实践就是这个时代最有力量的批评声音之一。他不那么华丽，但言之有物；他不那么激烈，但立场鲜明；他平实素朴，但暗含内在的不屈和坚韧。

几年来，"底层文学"的出现和伴随的争论，是这个时代唯一能够进入公共视野的文学现象。这一现象的出现不是空穴来风，不是人为制造的文学骚乱。事实上，社会分层业已成为事实，现代性中始料不及的问题日益突出并且尖锐。文学当然不能无视这一存在，"底层文学"正是在这样的背景下发生发展的。李云雷是一直关注这个文学现象的重要批评家。几年来，他先后发表了《转变中的中国与中国知识界——〈那儿〉讨论评析》《"底层文学"在新世纪的崛起——在乌有之乡的演讲》《"底层叙事"前进的方向——纪念〈讲话〉65周年》《"底层叙事"是一种先锋》《底层写作所面临的问题》及与这一问题相关的访谈等。在这些文章中我发现，李云雷的批评并不只是一种情感立场或表态式的站队。在《转变中的中国与中国知识界——〈那儿〉讨论评析》中，他细数了《那儿》发表以来不同的观点和看法，分析了作品引起反响的社会和思想界论争的背景，评价了作家曹征路前后发表作品的不同凡响等。这一细致的梳理，是李云雷掌握了大量的第一手材料做出的。这不只是一种批评修养或学术训练，它更是一种求真务实的精神。他有自己的观点，但绝不忽视或轻视别人的观点，而是客观地反映了论争中存在的不同观点。这一梳理和呈现显示了李云雷文学批评的胸襟和纯粹。

李云雷参与的论争，不仅密切联系创作的具体情况，如他对曹征路、胡学文、刘继明、鲁敏、陈应松等的评论。这些评论分析中肯，切中要害。他评价胡学文是"底层生活的发现者"，鲁敏"更注重从精神方面考察底层人的生活状态……不追求戏剧化的冲突，而力图在对底层生活的描绘中呈现其真实状态"，在这种意义上，鲁敏对"底层文学"的书写是一种丰富与发展。他评价刘继明的创作"代表了一种趋向，他的写作向我们表明了'先锋'的当下形态，那就是向'底层'的转向"。这些评论表明了李云雷对"底层写作"主要作家的熟悉，这也是他赖以建构自己批评观点的基础。事实上，分析具体作家作品或许相对容易些，如何从理论上阐明"底层写作"的来源、发生及承继关系，可能要困难许多。

与"底层写作"对现实的介入参与不同的，是对"纯文学"的讨论。李云雷显然不同意"纯文学"的说法。事实也的确如此，百年来能够进入"公共论域"的文学从来也没有"纯"过。20世纪80年代中期以来，"纯文学"离开关注社会现实的立场，在形式和语言试验中寻找新的方向是有具体语境的。文学要求有自主性，要求自立，是为了反抗政治的强侵入或胁迫。但时过境迁，文学有理由重返现实，有义务关怀当下的公共事务。因此，在李云雷看来："对'纯文学'的反思，是文学研究、理论界至今仍方兴未艾的话题，而'底层叙事'的兴起，则是创作界反思'纯文学'的具体表现，也是其合乎逻辑的展开。在这一意义上，我们可以说'底层叙事'是一种真正意义上的先锋，它将'纯文学'囿于形式与内心的探索扩展开来，并以艺术的形式参与到思想界、中国现实的讨论之中，发出了自己的声音，这是难能可贵的一种良性状态。"将"底层文学"命名为"真正意义上的先锋"，是李云雷的一大发现。这种识见与他的文学史训练有关。

左翼文学，特别是蒋光慈的作品，在他的时代引领了文学风潮，蒋光慈就是那个时代的先锋文学。"底层写作"继承了左翼传统，说它是今天的先锋文学未尝不可。当然，"底层写作"不是对左翼文学简单的继承或"克隆"。他们在精神传统或文学脉络上的关系，也不是历史简单的重复。这一点李云雷有清醒的认识。他在认同左翼文学精神的同时，也指出"'左翼文学'的最大教训，则在于与主流意识形态结合起来，成为一种宣传、控制的工具，并在逐渐'一体化'的过程中，不仅排斥了其他形态的文学形式，而且在左翼文学内部不断纯粹化的过程中，走向了最终的解体。在这一过程中，'左翼文学'逐渐失去了最初的追求，不再批判不公正的社会，也不再反抗阶级压迫，逐渐走向了自身的反面"。这种警醒决定了李云雷批评"底层文学"时所能达到的思想深度。

事实上，我认为李云雷对"底层写作"的研究和批评，更大的贡献可能来自他对这个文学现象的检讨和批判。他坚定地支持这个写作方向，但不是一味地偏爱袒护，而是为了它更健康地发展。他曾指出："我们必须反对两种倾向：一种倾向是从'纯文学'的角度出发，认为凡是写底层的作品必然不足观，必然在艺术上粗糙、简陋，持这样观点的批评家颇有一些，他们还停留在反思'纯文学'以前的思想状态，并没有认识到'纯文学'的弊端，也没有认识到'底层叙事'出现的意义；另一种倾向则相反，他们认为凡是写底层的作品必然是好的，这样就将题材作为唯一的评判标准，从而降低了对'底层'文学在美学上的要求。"类似的意见大概只有李云雷在强调并坚持。他在维护这一文学现象的前提下，更多的是看到了"底层写作"的问题，这些问题，"在很大程度上制约了其发展，因而值得我们关注与思考，这些问题主要有：（1）思想资源匮乏，很多作品只是基于简单的人道主义同情，这虽然可贵，但是并不够，如果仅限于此，即使作品表现的范围过于狭隘，也削弱了可能的思想深度；（2）过于强烈的'精英意识'，很多作家虽然描写底层及其苦难，但却是站在一种高高的位置来表现的，他们将'底层'描述为愚昧、落后的，而并没有充分认识到底层蕴涵的力量，也不能将自己置身于和他们平等的位置；（3）作品的预期读者仍是知识分子、批评家或（海外）市场，而不能为'底层'民众所真正阅读与欣赏，不能在他们的生活中发挥作用"。

在具体的创作中，他发现"作家无法对历史、现实有自己独到的观察，因而呈现出了一种雷同性"。比如：

> 在《受活》中，我们看不到茅枝婆、柳鹰雀等人行为做事的内在逻辑，在《生死疲劳》《第九个寡妇》中同样如此，当一个人的行为无法为人理解的时候，作者便会将之归结为主人公性格的"执拗"。于是，在《第九个寡妇》中，当我们无法看到王葡萄20多年掩藏"二大"的合理解释时，作者便将这些归于王葡萄性格上的"一根筋"："她真是缺一样东西，她缺了这个'怕'，就不是正常人。她和别人不同，原来就因为她脑筋是错乱的。"在《生死疲劳》中也是这样，蓝脸在"合作化"大潮中一直单干、洪泰岳在公社解散后仍然坚持"合作化"，似乎都没有什么的道理，仿佛都是因为他们"认死理儿"，是性格上的孤僻、偏执所导致的，将故事的进展及逻辑推进仅仅诉诸人物的"一根筋"，大大削弱了作品的美学意义和社会普遍性。

> 另一方面，在《生死疲劳》等小说中，我们很少看到"中间人物"。而在《三里湾》《创业史》《艳阳天》等作品中，我们既可以看到"社会主义新人"王金生、梁生宝、萧长春，也可以看到丰富多彩的"中间人物"如范登高、梁三老汉、弯弯绕、滚刀肉等。如果说前者代表着时代方向和作家的社会理想，因而不免有些单薄，那么为数众多的"中间人物"则让我们看到了农村中

的更多侧面，其中既有作家对时代精神内涵的把握，也有对民间文化、农民心理的深入了解。

对"雷同"现象的批评，显示了李云雷锐利的眼光。这些作品是否存在"观念化"的问题可以讨论，可以肯定的是在观念的统摄下，乡村中国丰富、复杂及超稳定的文化结构一定会被遮蔽。特别是在细节的展现上，作家对乡村生活究竟有多少了解，读者一目了然。在这一点上，《红旗谱》《创业史》《山乡巨变》《三里湾》《许茂和他的女儿们》《芙蓉镇》等，所积累的艺术经验并没有在20世纪90年代以来同类题材创作中得到继承。事实上，即使是《艳阳天》《金光大道》等小说，如果剥离了它阶级斗争的观念，那里丰饶的乡村生活气息及生动的人物形象，仍然是今天的小说难以超越的。

另外，李云雷还发现了"底层写作"中对"中国"叙述的问题。他以《碧奴》《新结婚时代》《凶犯》等作品为例，具体探讨文学的生产与流通方式如何影响了作品的想象，如何决定了它们对"中国"的叙述。他认为：

> 上述三种类型的作品视为一个"文学场"，它们分别代表了三种不同的作品类型与生产模式：适应海外市场跨国运作的先锋派作品；面向市民阶层、与电视剧制作紧密相关的新写实作品；借助于影视媒介权力的"主旋律"作品。事实上，这三类作品构成了当前文学作品尤其是长篇小说的主体。它们借助媒介、意识形态、市场的力量，构成了一个互相交错又互相制约的"文学场"。一个有趣的例子，是在《当代》杂志最新的一期"阅读排行榜"上，《碧奴》和《新结婚时代》分别获得了专家奖与读者奖，这反映了这两部作品在艺术与商业上的成功，但同时也说明，它们的生产方式尚未得到足够的重视与反思。我们不否定这

些作品在某一类型中是优秀的,但在这些作品中我们看不到"真的中国",它们所提供给我们的或是意识形态的幻象,或是商业化的通俗故事,或是"纯文学"的幻觉。而关于当下中国的真实情况,却没有被表现或者被很片面地表现了出来,呈现在作品中是暧昧不明的形象,是一个死气沉沉的中国。

类似的问题还表达在李云雷对"大片时代""底层叙事"的批评中。他考察了《三峡好人》《盲井》《盲山》《长江七号》《苹果》《我叫刘跃进》《疯狂的石头》《卡拉是条狗》《我们俩》《公园》《落叶归根》《光荣的愤怒》《好大一对羊》《乡村行动》等影片。他认为这些影片是当下中国文艺"底层叙事"的一部分,突破商业大片垄断,找到了一条关注现实并进行艺术探索的新希望和新道路,但同样存在着"精英视角"及"被娱乐遮蔽的大众"的问题。他激烈地批评了《苹果》《我叫刘跃进》和《疯狂的石头》等影片。在《苹果》中,虽然出现了底层的洗脚妹与"蜘蛛人",但影片真正表现的主题却是"情欲",底层以一种在场的方式"缺席",并没有得到关注,而只是构成了影片的叙述元素,并被精英阶层的审美趣味刻意地扭曲了。在《疯狂的石头》复杂的故事网络中,也涉及房地产商对公共资源的侵占,以及下层小偷的困窘处境等社会问题,但这些问题并没有得到正视,影片以将之作为背景或者纳入总体性的叙事结构中的方式,成就了一场叙事上的狂欢。

《我叫刘跃进》与《疯狂的石头》相似,也力图将对底层的叙述纳入一个大的结构中去,在"几伙人"的互相斗争与寻找中,影片试图表现小人物的无奈和世界的复杂性。然而这个影片却不是很成功,首先在娱乐性上,它并没有达到《疯狂的石头》的狂欢效果,这是因为它的线索并不清晰,出场人物比较杂乱,又过于讲究戏剧性与偶然性,这使故事本身显得支离破碎,缺乏一个稳定的内核;其次,在对

底层的表现上，影片将之纳入与不同阶层的对比中，应该说这是一个不错的构思，但影片虽然触及了底层的真实处境，却将重心放在不断地编织外部关系上，从而以一种游戏的态度滑过了对底层的关注。因此，李云雷是一个真正的"底层文学"批评家。他不只是以题材判断作品，不是写了"底层"就是好作品。他是真正关心这一文艺现象。从他的立场上看，这些批评言之有理、持之有据，他是在具体细致的艺术分析中概括出自己观点的。这使他超越了"左翼"以来文学批评的民粹主义立场。

与此相关的是，李云雷的所有批评几乎都与乡村中国有关。他对《苍生》《秦腔》等的批评，一直在关注社会主义中国的经验——这个问题的敏感性，使很多人避之不及。无视社会主义中国的经验，在今天已经是一个时髦的事情。但是，社会主义中国的经验是一个历史存在，而且在今天仍然没有成为过去。特别是美国"次贷危机"及由此引发的全球金融危机以来，资本主义"市场"作为唯一选择的神话不攻自破。政府干预或"救市"行为在西方世界也普遍实行。如是看来，不仅资本主义的"现代性"是一个未竟的方案，社会主义的"现代性"同样处于不确定性之中。过早地怀疑甚至抛弃社会主义中国的经验，也是危险和不负责任的思想潮流。李云雷"逆潮流"而动，坚持本土关怀，持久地凝望中国百年革命史，并将其作为重要资源试图总结出有益的经验，这一出发点和批评实践使他独树一帜、卓然不群。

对李云雷的文学批评的肯定，并不意味着我同意他的全部看法。事实上，李云雷同样有被"真理意志控制"的问题。比如，"底层写作"的提出和它的承继关系，原本是在严肃文学的范畴内展开的。他在这一范畴内展开的批评几乎无可厚非，提出的问题敏感而尖锐。但是，当他把包括电影在内的艺术形式也囊括其中的时候，他模糊了严肃艺术与文化产业的界限。严肃艺术是形式探索、追寻意义、表达价值观和终极关怀的艺术；文化产业是以文化作为依托，最大限度地寻找附加值，并赚取剩余价值的商业行为。一个是精神活动，处理人类的精神事务；一个是商业活动，处理的是经济事务。如果全部用精神活动的尺度要求或度量商业或经济活动，就是一种错位的批评。如果从严肃文艺的角度说，《满城尽带黄金甲》《疯狂的石头》等是不成功的话，那么，从文化产业的角度说它们就是成功的。这也是大众文化和严肃文化或精英文化的根本区别。事实上，李云雷在分析或批评这些影片的时候，其说服力也没有达到批评《色·戒》的高度或水准。这个"真理意志"还表现在他的概念使用上，如"真的中国"就是一个似是而非的概念。"真的中国"是无从表述的，任何一个人都只能表达部分的中国，只能表达他理解的中国，那个"真的中国"只能是本质主义指认的"中国"。如是看来，李云雷在批判"精英主义"立场的同时，他自己就在这个立场之中。话又说回来，从事文学批评的人，又有谁站在这一立场之外呢？

当然，无可非议的批评是不存在的，如果存在也无足观。尽管我对李云雷提出了不见得准确的"批评"，但我仍然欣赏并支持他的"深刻的片面"。在20世纪70年代出生的批评家中，有了李云雷，文学批评就有了新世纪的新青年。

童年经验与文化记忆

——张伟教授《姥姥的遗产》序

张伟教授是一位著名学者。她的《"多余人"论纲——一种世界性文学现象探讨》一书,曾受到季羡林先生的夸赞。季先生在这本书的序言中说:"像'多余人'这样中外文学创作中都有的典型人物,过去研究的人并不多。专就中国来说,张伟女士可以说是'筚路蓝缕,以启山林'的先行者。德国人民有一句俗话 Aller Anfang ist schwer('一切开始都是困难的'),张伟女士知难而进,谁还能对这样的精神不表示赞佩呢?"季先生作为一个大学者,他的话显然不是随便说的。当然,这里不是讨论张伟老师研究成就的场合。这里要说的是张伟老师的这本书——《姥姥的遗产》。

《姥姥的遗产》不是学术著作。按现在流行的说法,它应该是一部"非虚构"文学作品。作品讲述的是作者从两岁开始与姥姥生活的经历。或者说,从两岁开始,姥姥不仅是作者的养育者,也是她的守护者。作者两岁时腿出了毛病,而此时连续生了七个女孩的母亲终于生出了弟弟,弟弟被父母视为掌上明珠,无暇顾及第七个女孩。是姥姥寻遍当地医生保住了作者的一双腿。其间的艰难和姥姥的锲而不舍感人至深;童年时代作者是姥姥的"跟腚虫",她与姥姥相依为命,依赖关系可想而知;日子艰苦,但只要有姥姥在,童年时期的作者便快乐而无忧,无论是"猫冬"还是"拾柴",其乐融融的童年是作者挥之不去的美好记忆。姥姥"目不识丁",但"格外敬慕念书人",于是从小学开始一直到大学,在姥姥的呵护关注下,作者终于成了"读书人",并成长为一名著名学者。

东北文学,从"东北作家群"开始,冷漠与荒寒是最重要的特征。这不仅与东北雪域王国的自然环境有关,也与那个时代的生存状况有关。因此,人与人之间少有暖意。但在张伟教授的讲述中,我们读到更多的是姥姥大爱无疆,无私的爱和关怀。当作者到外地读中学时,姥姥坐了两夜火车来看她,然后当天就坐火车回去。为的就是看一眼她这个外孙女;"妹妹"带子则跑三十里路给作者送饺子,看着她吃完再回家;同为姥姥带大的"妹妹"带子,与姥姥结下的同样是超越了祖孙的感情。带子到了嫁人年龄时的誓言是:"要嫁人,但不是出嫁。若扔下你一个人,就宁可这辈子不嫁人。过去二十多年,我们相依相守,今后我们也不离不弃。只是从前,我依你,今后我养着你。"姥姥对外孙们的情感,在外孙的回报中可见一斑;姥姥为了带子的生活,挖空心思地为她"招婿",虽然一波三折,但终于如愿以偿。姥姥虽然是个普通乡村妇女,但她对大时代风云际会的敏感,绝不逊于那些读过万卷书的书生们。当"文革"来临的时候,镇上"也起了红卫兵",目不识丁的姥姥忧心忡忡、茶饭不思。老师是"文革"最先被批斗的群体之一,于是她想的是"咱家有当老师的。你姐也是老师。明摆着,能逃过这劫吗!她那也不是天外天"。"你姐"正是已当了老师的作者。应该说姥姥的目光一刻也没离开过她的这个外孙女,直到去世。

对姥姥哺育之恩的感念,一直萦绕在作者的心头,如鲠在喉,不吐不快。张伟老师给我的信中说:"写姥姥,是我多年夙愿。因琐事和授课缠身,拖到去年年初才匆匆动笔,好在要写的内容烂熟于心,信手拈来就一气呵成了。写作中重温外婆爱的阳光雨露,是一次精神朝圣和良知洗涤。"我们知道,任何写作,哪怕是非虚构作品的写作,都是一种"虚构",甚至历史著作也同样如此。历史上有那么多的人与事,史家为什么单单选择了他要写的人与事?这种选择本身就是虚构的一种方式。汤因比对此曾有详尽论述。因此,历史就是史家的历史。同样的道理,张伟教授与姥姥的生活,一定也充满了艰辛和苦难,她童年、少年经历的那个时代必定如此。但是,张伟教授专拣姥姥的温暖来写,她不仅以同样的暖意还原了姥姥的无疆大爱,同时改写了东北文学"冷漠与荒寒"的基本特征。这就是童年经验与文化记忆的关系。

如前所述,张伟教授是研究"多余的人"的专家。多余的人基本是小人物。但是,作为小人物的姥姥与圣彼得堡作家群笔下的小人物大不相同。在同一封信中张伟老师说:"姥姥一生蜗居在茅草屋,是地道底层'小人物'。比普希金《驿站长》中十四品文官还'小'得多,但她的人格光辉在'正剧'中得到了充分发扬,她是有着大胸怀大梦想的'小人物',是'驿站长'这悲剧小人物可望而不可即的。"作为研究"小人物"的著名学者,张伟教授在写《姥姥的遗产》时,显然有意无意地参照了她曾经研究的对象。不同的是,张伟教授在姥姥的身上发现了她研究的"小人物"不具备的思想和品格。特别是在世风日下、人心不古的今天,"姥姥的遗产"将会成为今天世道人心的重要参照,她的爱和无私将会让一切丑陋和欲望一览无余、无地自容。我想,这也应该是张伟教授书写姥姥的诉求之一吧。

空旷寂寥的东北大平原,因"姥姥的遗产"而更加辽远阔大,姥姥那卑微的人生放射出的人性光华,如丽日经天、惊雷滚地。她的善和爱将永驻人间。

张伟教授是我大学时代的老师,她曾为我们东北师范大学中文系一九七八级同学讲授外国文学。她深厚的外国文学,特别是俄罗斯文学的修养，使她的课成为最受我们欢迎的课程之一，以至于毕业三十多年后与张伟老师相聚，还有许多同学能够记起张伟老师讲课的诸多细节。后来有人夸留校的同学课讲得好，也以"小张伟"来命名，足见张伟老师讲课的风采在学生中的影响之深远。作为张伟老师的学生，本无资格为她的大作作序。但师命难违，却之不恭，我只好勉为其难地说了这些读后的体会，狗尾续貂权当序言。不当之处，敬请读者和张伟老师批评。

小说的另一种解法和读法

——秦万里《小说法》序

万里兄关于小说作法或读法的系列文章,我曾追踪式地读过。我的意思是,批评家、作家和编辑对小说理解的角度是非常不同的。万里作为资深小说编辑,有许多关于小说的体会,那么他将怎样表达呢?有时会上见面或私下里喝酒,也经常谈到他写的这些文章。话又说回来,任何事情都怕坚持,几年下来万里竟然写了30余篇。现在,他汇集成书嘱我写序,也不是我多么高明,原因就在于我曾经关注过,仅此而已。

书名有意思。青年批评家兼出版家刘玉浦可能怕我把书名念歪了——小说法。他说,往大了说,小说有"法"没有?当然有;还有——人家叫"小—说法",就是人家谦虚,不把自己的说法当回事儿,说自己说的是一个小的说法。你说行吗?我说当然行了。怎么念都行,这事儿不是让你弄大发了吗?这里当然透着玉浦的聪明,暂且按下不表。单说这个"小—说法",这是对的。小说过去四部不列,经史子集没有说部,这个文体一下子就矮了半截。不读诗无以言,没有说不读小说无以言的。小说是和逸闻、琐事之类的闲话稗史放在一起被看待和议论的。小说在中国成了气候登得大雅之堂,是梁启超1902年《论小说与群治之关系》发表后的事。他说:"欲新一国之民,不可不先新一国之小说。故欲新道德,必新小说;欲新宗教,必新小说；欲新政治，必新小说；欲新风俗，必新小说；欲新学艺，必新小说；乃至欲新人心，欲新人格，必新小说。何以故？小说有不可思议之力支配人道故。"原因是什么呢："以其浅而易解故，以其乐而多趣故。"说白了就是小说浅显易懂、寓教于乐。于是西洋的小说理论文学理论一股脑进了国门，汪洋恣肆，取代了过去传统的文章之学。那不朽之盛事、经国之大业的说法完全安到文学乃至小说上去，也不能说是完全的误读。如果是这样的话——这还是"小—说法"吗？

那"小说法"可就大了。圆明园有大水法、香山寺有法松。只要和法有关，那就是立了规矩——家族宗法，就是一个民族的活法。那给小说立法呢？当然也是大事。过去的文章有作法，比如起承转合，比如骈四俪六，比如凤头猪肚豹尾，比如八股等。小说也确实有作法，尽管鲁迅"从不相信"。比如布斯的《小说修辞学》及各种小说作法的书。包括作家谈创作、各种小说选本、"诺奖""鲁奖"等，都是小说作法的另一种表达。万里的这本小说法略有不同的是，作为一个职业的小说编辑，他说的是感同身受的事情。这里没有说教，没有一定之规，没有别无二法的铁律。他讲的是"现场""极致""人生的慨叹""虚幻的力量"，讲"瞬间"的心灵悸动与小说的关系，讲家园的"坚守"，讲一个外地人如何吹响了城市的"葫芦丝"，如此等等。因此，这部《小说法》也同时涉及小说的具体评论。万里的好处就在于他讲的都有具体的小说为证，他不是一般地、虚空地，以放之四海皆准又不着边际的理论空转。他不是那种洋洋洒洒、天马行空的无效批评。因此，这部同一主题的文集就有意思了。

我注意到，万里不大用学院批评的一些说法。比如他用"命运的通道"来分析"玉米"的命运，玉米命运的大起大落，没有意义掌控在自己手里，飞行员对象的离去，父亲因睡了军婚彻底完蛋，都改变了玉米的命运。玉米再有心计也只是小心计而已，命运与小心计从来没有关系。这样的分析注重的是文本,他贴着文本评价人物时,人物就一直呈现在我们面前,然后看得越来越清楚。比如,他讲那个"著名的萝卜",这是莫言早期最著名的小说。他说:"孩子对那个神秘的萝卜恋恋不舍,那个透明的萝卜成了他心中一道总也抹不掉的美丽幻境,一种痴迷向往的偶像。萝卜辉映着孩子,慢慢地,随着阅读的行进,我们也对这个孩子恋恋不舍了,我们心疼他的疼痛他的寒冷,心疼他的心灵他的幻想,甚至心疼他的麻木和忍耐。我们为他的现状和前景焦虑,他在我们面前时而清晰时而朦胧,他的心中充满了幻境,而他自己又构成了一道让人难以忘怀的幻境。"万里说他写这篇文章时可能有些过时了,其实未必。对小说的评价从来都是再发现。这时万里对那个著名萝卜的理解,仍然给人启发。这就是《小说法》——小说的另一种解法和读法。

小说编辑一直站在小说最前沿,他们最早看到小说和它的变化。有眼光的编辑将优秀的小说推荐给读者,我们在惊讶作家创造力、想象力的同时,当然也就想到了编辑的眼光。万里是一个著名的编辑,他为人谦和,非常低调。包括在酒场,他喝酒也一直按自己的节奏,不像我等披头散发的人,一会儿就把自己整大了。万里的文章也是款款道来,从不虚张声势。这就是文如其人。

我觉得本书的编辑已经在内容提要中将这本《小说法》介绍得非常准确得体了,我全文引用如下:

> 这本书与当下国内许多优秀小说有着紧密的联系。但这并不是一本小说评论集,书内收录的文章也不属于文学理论的范畴,同时它又不能算是一般意义上的指导小说创作的教材。它是一种发现,它发现了国内若干位优秀小说家在创作时的思考的路径。这等于是发现了许多的秘密,这些秘密隐藏在每一部小说的字里行间,也隐藏在小说家的大脑里,这些秘密被作者发现了。

本书作者秦万里先生在国内一流文学期刊《小说选刊》任职多年，长期从事小说作品的编选工作。秦万里先生在对国内许多优秀小说进行了科学的研读之后，撰写了这些文章。这些文章的特点是：从宏观走向微观，从生活走向文学，沿着小说家思考的路径，逐步深入到小说的肌理当中。秦万里指引我们看到小说家们思想的火花，同时也让我们看到他自己的思想的火花。

有了这样的文字，我在这里饶舌几乎是多余的。承蒙万里高谊，我便说了上面不着天地的话。读者诸君还是读万里正文才是。

散文困境中的一座丰碑
——评王充闾的散文创作

进入 21 世纪以后,文学革命的浪潮已经平息。那些摇旗呐喊、激动人心的文学革命场景,在历史的布景上逐渐黯淡并最后消失了。对于文学来说,这似乎是一个令人感伤的时代,习惯于革命的我们似乎再也找不出革命的口号、话语甚至理由,平静的日常生活使文学永远失去了往日"红色革命"的激情和理想。庸常,已经是当下文学可以概括出的最普遍的特征。于是,文学的边缘地位不再是文人夸大其词的自我凭吊,它最确切的地位已经被人遗忘,只不过还没有彻底。但是,当我们有愿望检讨这一判断的出发点的时候,就会发现这一抱怨背后所隐含的真正没落,或者说,当文学生产的实践条件发生变化和文学接受多样性即将成为可能的时候,我们却依然站在过去的经验和立场上去期待、要求已经发生了变化的文学生产和接受环境。而不愿意或者没有能力对这新的文学实践条件做出有力的阐释。常见的批判和指责几乎同出一辙,那就是商业化、消费主义霸权和精神处境的日益恶化。但是,这并不是事情的全部。商业文化是社会转型必然要出现的一种文化现象,而且逐渐演变为文化消费的主流。对这一现象简单的不屑或斥责是没有意义的。既然它是商业和市场行为,它的存亡就应由市场的方式去解决。知识分子可以以精英的立场去批判,但它的无可阻止已经从一个方面证明了这一批判的有效程度。

另外，在市场文化的覆盖下，"经典写作"或严肃写作从来也没有终止过。学院教育和严肃评论刊物所研究和讨论的对象，基本上还是在这个范畴内展开。一个矛盾的现象是，惯常看到的对文学整体性的否定，一落实到具体作品中的时候，评价的态度和情感是截然不同的。为什么对具体作品评价较高而对文学整体性的评价很低？整体性的评价应该是建立在对具体作品评价基础上的。如果有很多好的作品，那么，文学的整体悲剧就不应该发生。

事实上，只要我们耐心地深入具体的作家作品中，就会发现，即使在这个红尘滚滚的时代，真正优秀的作品依然在顽强地生长，他们不再"抢眼"和轰动，是因为"文化闹市"对风头的热衷和对利益的维护，当然也与当下的阅读趣味不无关系。而文学批评有义务识别那些真正优秀的作家作品，有义务对他们在精神领域的持久叩问和在新的时代环境下做出的文学贡献给予彰显和支持，这也是维护文学最后尊严必须要做的。散文家王充闾就是我们这个时代最优秀的作家之一。他大量的散文创作不仅证实着作家处乱不惊、依然故我的处世哲学，在纷乱如云的文化时代对文化传统和现实问题处理上的镇定和成熟；同时，也在他关注的文学和文化命题中显示着他纯粹的审美趣味和一个现代知识分子的精神修养。他的散文可以概括在文化散文的范畴之中，但他在作品中达到的历史深度和情感深度，他的散文散发出的文学魅力给我们带来的崭新阅读经验，使我们有理由对文学的信念坚定不移。

一　心灵净土与唯美主义

王充闾首先是一个有良好传统文化修养的学者，他曾读过私塾，也接受过现代学院教育。他对古代经典作品的熟知程度，给每一个接触过他或读过他作品的人都留下了深刻的印象；但他更是一个现代知识分子，他所具有的"现代意识"才有可能使他对熟知的传统文化和自身的存在有反省、检讨、坚持和发扬的愿望与能力；而他的文学天赋为他要表达的思想又赋予了大音稀声的形式和幽谷流云的飘逸。他有当过教师、编辑乃至高官的丰富人生阅历，足迹曾遍及华夏、欧美，遍访先贤胜地。这些得天独厚的条件在王充间这里集聚为不断奔涌的文学源泉。他的深厚和独特，使他在二十多年来散文创作整体格局中，不在潮流之中却在潮头之上。

王充间初期的散文多与山水游记相关。这一传统题材，古代文人的名篇佳作不胜枚举。越是历史悠久的题材越难写。那些闲情逸致、借景抒情或辞官之后的独善其身、寄情山水等，在这类散文中已沦为陈词滥调。王充间是最熟悉这一文体的作家，但他在创作这类散文时却努力超越了传统文人的情趣。在他的散文中，一种现代知识分子的唯美主义倾向，不仅体现在他对书写对象的选择上，同时也表现在他的修辞和表达方式上。他的游记名篇《清风白水》《春宽梦窄》《读三峡》《山不在高》《祁连雪》《天上黄昏》《情注河汾》《神话的失踪》等，既有名满天下的名山大川、风光胜地，也有僻陋孤山和闲情偶记。在这些散文中，他不只是状写风光的俊美旖旎或威严沧桑，而是更多地和个体心灵建立联系。在红尘滚滚的闹市喧嚣中，只有这些已"成追忆"的风光美景，才能让他心静如水并幻化为一片净土。或者说作家对这些纯净之地的向往，背后隐含的恰恰是他对纷乱世界和名利欲望的厌恶和不屑。一个作家书写的对象就是他关注和向往的对象。王充间在写这些文章的时候，正是他"跌入宦海""误落尘网"的时候，但他似乎没有"千古文人侠客梦"，没有兼善天下为万世开太平的勃勃雄心。他似乎总是心有旁骛、志不在此。传统文论强调"文乃经国之大业，不朽之盛事"。但这里讲的是文章之学，而非文学之学。在曹丕看来，文章要以国家社稷为重，否则就是雕虫小技。但文学并不一定或者有能力担当如此重负。文学更多的还是与个人体验、禀赋、情怀、趣味相关。它要处理的是人类的精神事务，它的作用是渐进、缓慢地浸润世道人心。王充闾的风光游记从一个方面体现了他在那一时代对文学的理解，但也似乎从另一个方面佐证了他对淡泊和宁静情有独钟。因此，这些作品我们可以理解为作家对栖息心灵净土的一种寻找，当然也是一种不得已而为之的临时性策略。

我们注意到，王充闾在状写这些对象的时候，以诗入景是他常用的艺术手法。这既与他的修养有关，也与他的情怀有关。但他以诗入景或以诗入画（风景如画），不是抒思古之幽情，发逝者之感慨，而是情境交融、自然天成，无斧凿痕迹和迂腐气。这种手法超越的是"诗骚传统"，而凸显的则是书卷气息。"诗骚传统"始于话本小说，这一文学体式因多述勾栏瓦舍、卖浆者流，使得四部不列、士人不齿。为了表现它的文化和儒雅气，故文中多"有诗为证"。但王充闾的散文以诗入文却远远超越了这一传统。《清风白水》是写九寨沟的游记，他起文便谈诗词，以"豪放""婉约"形容风景的别样风格。泰山威严西湖如娥，但在王充闾的视野里，九寨沟似乎与豪放、婉约无关，它"是少男少女般的活泼、烂漫、清风白水，一片童真"。文章切入于名词佳句，却又与词意无关，豪放、婉约在这里仅仅成了他的一种参照和比较。《春宽梦窄》起句就是"八千里路云和月"，磅礴气势与飞秦岭越关山奔向西域的漫漫长途和心中激荡的豪情相得益彰。库尔勒作为古代边地，不能不使作家遥想当年，于是南宋词人姜夔在咏叹金兵压境、合肥几近边城的词句"绿杨巷陌，秋风起，边城一片离索"等句便油然而生。在《青天一缕霞》中，由呼兰河而想到萧红，由萧红联想到聂绀弩的"何人绘得萧红影，望断青天一缕霞"的诗。这样的表现手法在王充闾的游记散文中几乎随处可见。但这些

借用却使文章充满了浓烈的书卷气息，强烈地表现了作家对"美文"的追求和唯美主义的美学倾向。当然，"美文"不只是作家对修辞的讲求，更重要的是作家在文中体现出的情怀和趣味。即使是借用古典诗词，以诗词入文，王充闾整体表达出的风格是静穆幽远。他不偏婉约爱豪放，兼收并蓄为我所用，中和之风如其人。行文儒雅内敛而不张扬，但他孜孜以求的不倦和坚韧，展示的却是他宠辱不惊、镇定自若的风范和情怀。他对湖光山色的情趣，不是相忘于江湖的了却，而是对"天生丽质"的纯净之地发自内心的一种亲和。

二　凝望历史的现代眼光

对于中国作家来说，历史是一个永远感兴趣又永远说不尽的领域。这当然与中国源远流长的文化传统有关。无论人生或治国，历史作为一面镜子，对于中国知识分子来说，总是试图在窥见历史的同时能照亮未来的道路。大概也正是出于这样的原因，进入 20 世纪 90 年代以后，所谓文化历史散文脱颖而出，在散文的困境中拓展出一条宽广大道。但同样是文化散文或历史散文，它们背后隐含的诉求是大异其趣的。我对那种动辄民族国家、潸然泪下的单调煽情向来不以为然。但对王充闾在他的文化历史散文中所表达的那种检讨、反省和有所皈依的诚实体会，则深怀信任。

一般说来，经过五四运动，特别是经过现代知识分子的身份革命后，现代知识分子似乎就不存在困惑和犹疑，作为"现代"的产物，经过科学理性和民主文化的洗礼后，他们的人生道路似乎是"自明"的。但事情远远没有这样简单。即使经过了五四运动和身份革命，甚至进入90年代，知识分子经历了二次身份革命后，他们内心的矛盾、犹疑并没有也不可能彻底根除。90年代曾有过出版陈寅恪、吴宓等现代学术大师著作和相关著作的热潮。这一热潮背后隐含了一种述说或指认：知识分子的道路已经解决了，这就是陈寅恪的道路。事实上，知识分子的去留取舍并没有也不可能彻底解决。尽管时代环境发生了革命性的变化，但中国文化传统的巨大力量仍然在产生着巨大的作用。在"进与退""居与处""兼善天下"和"独善其身"的问题上，这个阶层的矛盾心态仍然在持久地延宕着。但是，在王充闾的散文中，他不是以价值的尺度评价从政或为文，而是从人性的角度对不同的对象做出了拒绝或认同的选择。

就个人兴趣而言，王充闾似乎更钟情于淡泊宁静的精神生活。这不仅可以在他的创作自述《渴望超越》和明志式的散文《收拾雄心归淡泊》《从容品味》《华发回头认本根》中得到证实，而且在他以历史人物为题材的创作中表达得更为明确。他有一篇重要的作品：《用破一生心》。文章以曾国藩为对象，对曾的一生以简约却准确的笔墨予以概括。这位"中兴第一名臣"的一生历来褒贬不一。在王充闾看来，"这位曾公似乎并不像某些人说的那样可亲、可敬，倒是十足的可怜。他的生命乐章太不嘹亮，在那淡漠的身影后面，除了一具猥猥琐琐、畏畏缩缩的躯壳外，看不到一丝生命的活力、灵魂的光彩。——人们不禁要问上一句：活得那么苦，那么累，值得吗"。按说，曾国藩既通过"登龙入室，建立赫赫战功"出人头地，又通过"内省功夫，跻身圣贤之域"名垂万世。他不仅是清王朝汉族大臣中功勋、权势、地位最高者，而且在学术造诣上的精深也"冠冕一代"。因此，难怪有人对此"古今完人"推崇和尊崇备至。但是，在曾国藩辉煌灿烂的人生背后，却有着鲜为人知的另一面。他不仅在官场上战战兢兢、如履薄冰，就是与夫人私房玩笑也要检讨"闺房失敬"。如此分裂的人格在王充闾的笔下被揭示得淋漓尽致。更重要的可能还是曾氏言行、表里的分裂和对人生目标期待的问题。虚伪和不真实构成了曾氏人生的另一面，而一个"苦"字则最深刻地概括了"中堂大人"的一生："他的灵魂是破碎的，心理是矛盾的，他的忍辱包羞、屈心抑志，俯首甘为荒淫君主、阴险太后的忠顺奴才，并非源于什么衷心的信仰，也不是寄希望于来生，而是为了实现现实人生中的一种欲望。"文中对曾氏人生道路的选择和分裂的性格充满了不屑，但也充满了同情，作者不是简单地批判和否定，而是对人的历史局限性给予了充分的理解。作者曾分析说："雄厚而沉重的历史文化积淀，已经为他做好了精确的设计，给出了一切人生的答案，不可能再作别样的选择。他在读解历史认知时代的过程中，一天天地被塑造、被结构了，最终成为历史和时代的制成品。于是，他本人也就像历史和时代那样复杂，那样诡谲，那样充满了悖论。这样一来，他也就作为父、祖辈道德观念的'人质'，作为封建祭坛上的牺牲，彻底告别了自由，付出了自我，失去了自身固有的活力，再也无法摆脱其悲剧性的人生命运。"（《用破一生心》）

大概也正是出于对身不由己悲剧性的超越愿望，王充闾对"淡泊"的境界心向往之。曾氏也曾向往，对"名心太切，俗见太重"有过检讨，也曾欣赏苏东坡的淡泊。但在王充闾看来他只是"止于欣赏而已"。真正的淡泊"是一种哲学，一种生存方式，也是一种审美文化。它的内涵十分丰富，大体上涵盖了平淡、冲淡、素淡和散淡等多方面的意蕴，反映出一个人内在的胸襟与外在的风貌，但集中地表现为一种人生境界，精神涵养"（《收拾雄心归淡泊》）。这种淡泊在王充闾这里集中体现在他对人生审美化的理解和向往上。同是写历史人物的作品，《终古凝眉》对易安居士的情感却截然不同："斜阳影里，八咏楼头。站在她长身玉立、瘦影茕独的雕像前，我久久地、久久地凝望着，沉思着。似乎渐渐地领悟了、或者说捕捉到了她那饱蕴着凄清之美的喷珠漱玉的词章的神髓。"这似乎是与易安居士在遥想中的有幸遭逢，是一次向一代词人致敬的肃穆仪式，是一次现实与历史的悄然对话。文中对易安居士的景仰和感佩溢于言表，在追忆李清照悲凉愁苦一生的时候，作家充满了同情和悲悯。词人的生活尤其是情感生活多有不幸，不幸的生活却成就了她的千古绝唱《漱玉词》。面对散发着凄清之美的词人和作品，作家无限感慨："一个灵魂渴望自由、时刻寻求从现实中解脱的才人，她将到那里去讨生活呢？恐怕是唯有诗文了。我们虽然并不十分了解易安居士幽居杭州、金华一带长达20余载的晚年生活，但有一点可以断定，就是她必定全身心地投入到诗文中去。那是一种翱翔于主观心境的逍遥游，一种简单自足、凄清落寂的生活方式，但又必然体现着尊严、自在，充满了意义追寻，萦绕着一种由传统文化和贵族式气质所营造的典雅气氛。"这种审美化的人生是只可想象而不能经验的，但王充闾着意表达的，不仅是词人因社会、家庭等外在原因造成的多艰多难的一生，同时也揭示了她与生俱来的性格禀赋、深植于心灵的悲苦气质和孤芳自赏的、内在的悲剧性格。

  在这个意义上，《一夜芳邻》表达了作家相似的情感取向。勃朗特三姐妹的才华蜚声世界文坛，她们的作品已经成为文学经典的一部分。但她们都英年早逝，最长的也只活了39岁。作家有机会到三姐妹生活多年的哈沃斯访问，参观了三姐妹纪念馆。面对三姐妹的故居和纪念馆，作家触景生情、睹物思人、夜不成寐。于是，走在三姐妹曾经走过的石径上，作家的想象闪现为如梦般的幻影："在凄清的夜色里，如果凯瑟琳的幽灵确是返回了呼啸山庄，古代中国诗人哀吟的'魂来枫林青，魄返关塞黑'果真化为现实，那么，这寂寞山村也不至于独由这几支昏黄的灯盏来撑持暗夜的荒凉了。噢，透过临风摇曳的劲树柔枝，朦胧中仿佛看到窗上映出了几重身影，——或三姐妹正握着纤细的羽笔在伏案疾书哩；甚至还产生了幻听，似乎一声声轻微的咳嗽从楼上断续传来。霎时，心头漾起一股矜持之情和深深的敬意。"三姐妹的生活贫病交加，寂寞凄苦。她们离群索居却早早和艺术结下了不解之缘。在牧师父亲的教育和影响下有了敏锐的艺术感受力和表现力。她们创作了不朽的作品，更重要的是她们都有一颗金子般闪亮的心。作家动情地写道："在一个个寂寞的白天和不眠之夜，她们挺着病痛，伴着孤独，咀嚼着回忆与憧憬的凄清、隽永。她们傲骨嶙峋地冷对着权势，极端憎恶上流社会的虚伪与残暴；而内心里却炽燃着盈盈爱意与似水柔情，深深地同情着一切不幸的人。"如果说易安居士的性格是内敛的，更关注个人内心的体验，那么，三姐妹的心灵则是开放的，她们把同情和爱更多地给予了并没有太多直接经验的不幸的人们。这种高贵的内心洋溢着宗教般的温暖和撼人心魄的诗意。对这些经典作家灵魂的旁白或独语，其实也是作家自己生命感悟或心灵体验的自述。他曾有过这样的自我诠释："所谓生命体验与心灵体验，依我看，是指人在自觉或不自觉的特定情况下，处于某种典型的、不可解脱和改变的境遇之中，以至达到极致状态，使自身为其所化、所创造的一种独特的生命历程与情感经历。它的内涵极为丰富，而且有巨大的涵盖性。它主要是指写作者自身而言，也包括作家对于关照对象在精神层面上的心灵体验，包括读者在阅读过程中的实际体验。因为文学创作说到底是生命的转换、灵魂的对接，精神的契合。"（《渴望超越》）

　　这些作品对人生感悟所表达出的人性和情感深度，是王充闾散文最动人的一部分。这与书写的对象是女性作家有关，这倒不是说对女性的书写尤其能够表现出男性作家的情感投入或怜香惜玉的姿态，而是说，同是内心和情感丰富的族类，作家特别容易融入并且将自己对象化。在交织着情感和理性的表达中,既入乎其内,又出乎其外。在历史隧道中对历史人物的想象和相遇,作家个人的情感体验和美学趣味获得了检视。如果说这类作品还是建立在个人兴趣或偏爱范畴内的话,那么,他的另一类历史散文则表达了他对历史重大事件的史家眼光和以文学的方式处理重大题材的能力。《土囊吟》《文明的征服》《叩问沧桑》《黍离》《麦秀》等作品,是对曾经沧桑、久远历史的再度审视,是对文明与代价的再度追问。对陈桥崖海、邯郸古道、魏晋故城、金元铁骑等的追忆中,在社会动乱、朝代更迭、诸家云起、狼烟风火的争斗和取代过程中,辨析了历史与文明的发展规律,识别了文明在历史进程中的特殊价值和意义。特别是《土囊吟》和《文明的征服》,对一个强大和强悍民族统治失败的分析,不仅重现了历史教训,而且在当今全球化的语境中,它的现实意义尤为重大。一种文明无论出于主动而对另一种文明向往,还是处于被动而无奈地被吞噬,都意味着一个民族的解体或破产。文明的隐形规约和凝聚力是看不见的,但它又无处不在。这些作品,在真实的史实基础上,重在理性分析,在史传中发掘出与当下相关的重大意义。它显示了作家凝望历史的现代眼光和以文学的视角掌控、表现历史的非凡功力,它的宏观性和纵横开阖的游刃有余,也从一个方面显示了作家丰富扎实的历史学修养和举重若轻的文学表现力。

三 精神还乡和灵魂归宿

不断地回望来路、探索和拓展写作领域,在表达个人情怀的同时,深入地展现人的心灵风貌并探询人的精神归宿,既从外观(外部

世界)、远观(中外历史),又从内观(心灵世界)构成了王充闾已经实现的创作历程。文学可以以个人化的方式处理历史和现实题材,那些已然发生的事件、人物和见闻应该是作家表达的对象,在这些题材的创作中,体现了作家的史识、修养、趣味和胸襟。应该说对已然事物的把握相对容易些,而对未然事物的把握就困难得多。特别是在社会转型、价值失范、方位不明的精神漂流时代,如何寻找精神家园和归宿,如何寻找灵魂的栖息地,不仅是我们共同面对的时代命题,同时也应该是作家焦虑探讨的核心领域。文学最终要处理人的精神和灵魂事务,它有义务回答人类的精神难题。这可能是我们面对的永远的困惑,但王充闾在可能范畴内的追问,有价值的探讨却为这个难题提供了可贵的参照和可能。

我们注意到,王充闾在探讨这一领域问题的时候,他并没有从一个庞大的乌托邦框架出发,并没有提供一个普世性、终极的精神宿地。而是以相当个人化的方式,实现了他个人的精神还乡。这个精神故地,既是他生长的地方,也是一个遥远但却日益清晰的梦乡。王充闾有一本散文集,他将其命名为《何处是归程》。这个命名隐含了一种沧桑、悲凉和困顿,同时也隐含了一种叩问和探询的坚忍。书前有两首七绝题记诗。其一:"世间无缆系流光,今古词人引憾长。且赏飞花存碎影,勉从腕底感苍凉。"其二:"生涯旅寄等飘蓬,浮世嚣烦百感增。为雨为晴浑不觉,小窗心语觅归程。"诗中确有对人生短暂苍凉的慨叹和难以名状的悲剧意识。但这种悲剧并不仅仅源于"无缆系流光"的无奈,它更来自诗人对"浮世嚣烦",世人对功名利禄的争斗或倾轧。特别是诗人"人过中年"之后,似乎就有打点心灵归程的意思了。

当然,无论从作家对风光的描写还是对历史人物人性的开掘,散文集都不同程度地表达了他对人生选择的理解和志向。但并没有像晚近作品那样更关注心灵去向的问题。这一写作倾向的偏移,既是作家对切近思考的反映,同时也纵向地联系着他的一贯的旨归和意趣,只不过没有像晚近这样突出和明显罢了。特别在他一些"忆旧"式的散文里,如《童年的风景》《碗花糕》《青灯有味忆儿时》《华发回头认本根》《灵魂的回归》《乡音》《故园心眼》《思归思归,胡不归》等作品中,抒发的是一种别样的情怀。这是一种给人亲近、质朴、纤尘未染甚至有些"前现代"意味的生活图景。充闾先生对故土家园的眷恋和一往情深,与他出身于乡土中国有关,与他深受中国古代文化的熏染有关,但作为一个现代知识分子,更与他经历了官场和世事的"乱云飞渡"有关。纷乱的现实使他心绪难平,他才萌发了"小窗心语觅归程"的心绪。于是,在作家的笔下,童年时节嫂嫂明亮阳光的笑靥,充满民间色彩的玩笑,以及来自嫂嫂真心的爱怜、嫂嫂过早去世的痛心疾首(《碗花糕》);房客靳大叔捉鳖捕鹰的本事和"笑婶"的先天痴憨(《西厢里的房客》);读私塾时先生讲"找得"的故事和灵机一动的"对句"(《青灯有味忆儿时》);和私塾先生女儿小妤姐的两小无猜、私下"关照"的情景和没有实现的婚事(《小妤》);等等,成为作家安顿心绪的驿站。但值得注意的是,王充闾与中国现代作家逃离乡村到都市生活遇挫之后,再度追忆乡村生活时将其诗化和圣化的民粹主义立场截然不同。他与当下世相比较时,宁愿重新体验未被污染的乡村的"童年记忆",那里确实存在着诗意和美好及亲和的人间情怀。但是,王充闾的意义就在于,他在追忆前现代生活时,并未将其乌托邦化。他一贯的警醒和自我检视使他获得了另一种自觉,这就是对放大想象的检讨警惕。他曾说:"对于故乡的认识,游子们无一例外地都会夹杂着浓重的感情色彩和想象的成分。原本十分鄙陋的乡园,经过记忆中的漫长岁月的刷新,在离人的遥遥相望中,已经变作温馨的留念与甜美的追怀,化为一种风味独具的亮点,放射出诗意

的光芒。在回忆的网筛过滤之下，有一些东西被放大了，又有一些东西被汰除了，留下的是一切美好的追怀，而把种种辛酸、苦难和斑驳泪痕统统漏出。"（《思古思归，胡不归》）这种敢于面对心灵诚实体会的表白，亦道出了"怀乡情结"相伴相生的问题。

但王充闾的这一努力的价值就在于，在这个困顿迷茫心灵家园成为问题的时候，他表现出了执意追寻的勇气，表现出了对"现代性"两面性认识的自觉。当然，"精神还乡"仅仅是一个表意符号，没有人会认为王充闾要退回到"前现代"或乡村牧歌时代。那个只可想象而不可重临的乡村乌托邦，在王充闾的反省中已经解决。他的这一追求背后隐含的是他对精神困境的焦虑和突围的强烈愿望。在物资世界得到了空前发展的时代，在世俗生活的合法性得到了确立后，人如何解决心灵归属的问题便日益迫切。王充闾只不过以"精神还乡"的方式表达了他解决精神归属的意愿而不是最后的答案。重要的是，对不同领域写作的开拓，一方面，显示了王充闾开放的心态，他愿意并试图在不同的领地一试身手，将"关己"的灵魂问题提出；另一方面，也展示了他在创作上"螺旋式"前进的步履。他没有将自己限定在所谓的"风格"领域并一条道走到黑，而总是在学习和积累的过程中别有新声。这个现象是尤为引人瞩目的。这时，我想起了他最近的一篇命名为《驯心》的文章。文中对传统文化对知识分子的驯化，或福柯所说的"规训"，做了极为精辟的分析。传统文化对士人的驯心，在于让这个阶层的价值尺度永远停留在一个方位和目标上，在于让他们永远失去独立的思考能力和特立独行的人格风范。就像"熬鹰"一样，让志在千里的雄鹰乖乖就范。王充闾曾在官场，也生活于世界即商场的时代，但他仍然没有被"驯心"。他独立的思想和情怀，在温和从容的书写中恰恰表现出了一种铮铮傲骨，在貌似散淡的述说中坚持了一种文化信念。这是王充闾散文获得普遍赞誉最重要的原因，也是他能在散文的困境中矗起一座丰碑的真正原因。

　　我和充闾先生只有一面之缘，是在辽宁大学一位博士毕业生的学位论文答辩会上。充闾先生对古代文献材料的熟悉，让我感到极大的震撼和敬佩。这一面之缘印象之深刻几乎不能忘记。你可以把他理解为一位学富五车的教授，或是一位温文尔雅的长者，唯独就是难以和权高位重的高官联系起来。读了他不断求索、独步文坛的大量散文创作之后，我多少迷惑的心情终于豁然：正是他这样的人，才会有这样的文章。这就是："文如其人。"

文人的情怀、趣味与文化信念

——贾平凹散文集《大翮扶风》序

在当代中国作家中,有两副身手,能将小说和散文都写得好的作家有很多。20世纪50年代出生的一代作家中,张承志、史铁生、张炜、韩少功、铁凝、王安忆等就都各怀绝技、身手不凡,他们的小说和散文几乎是齐名的。但说起他们每个人首先想到的还是小说家,这是由小说的地位决定的,散文在今天不是主流文体的看法不管正确与否,是没有被宣告的共识应该大体不谬,这对散文来说是不公平的。话又说回来,面对电视剧等大众文化来说,小说的"委屈"又到哪里诉说呢?一个时代有一个时代的文体风尚,也许正因为如此,才有了先秦散文、汉赋、唐诗、宋词、元曲、明清白话小说、现代白话文学及影像文化。各领风骚几百年,现如今也就是各领风骚三五年就不错了。但散文肯定是个迷人的文体,不然就不会有这样多的作家写了那么多的散文。散文又是一个最具挑战性的文体。在所有的文体中,散文应该是最古老的之一。从先秦开始至今不衰,男女老幼皆可为之,但文章一出,高下立判。所以散文又是一个非常困难的文体,能写好散文实在不是一件容易的事情。

贾平凹的散文写作几乎是与小说同时开始的,至今仍在被各大出版社争相出版印刷,足见其散文在读者那里受欢迎的程度;在文学界,从孙犁先生开始一直到学院批评家,贾平凹的散文始终是被研究

文人的情怀、趣味与文化信念

和关注的对象。因此，说贾平凹的散文雅俗共赏，虽然是陈词滥调但绝不是溢美之词。在我看来，贾平凹的散文之所以受到普遍的欢迎，与他散文中流淌或渗透的文化传统有关，而且是偏向于中国文化传统一路。说到"传统"，又是一个大词，"传统"几乎是一个没有可能说清楚的问题。但我非常同意王富仁先生的看法。他认为，我们现在理解的文化传统，应该是中国古代文化、现代文化、西方翻译文化合流或被整合后形成的一种文化。而且这种文化传统一直是变化的而不是恒定不变的。如果是这样的话，那么说贾平凹的散文流淌或渗透着文化传统就不会有太大疑义了。但这又等于什么也没说，古今中外的文化传统都被贾平凹继承了，既没有可能也不是事实。我要说的是，贾平凹散文中流淌或渗透的文化传统，主要是中国文化传统，但那又是经过现代文化和西方近代以来文化熏染影响的一种文化。在贾平凹散文中的具体表现，就中国文人的情怀、趣味和文化信念。

说到"文人"，历来褒贬不一、毁誉参半。当文人被赞美时，是"千古文人侠客梦""生当作人杰，死亦为鬼雄"，是"琴心剑胆""感时忧国""天下兴亡匹夫有责"，是"才高八斗、学富五车"；当文人被贬毁时，是"文人相轻""本是同根生，相煎何太急""一为文人便无足观"。中国传统文化历来是有弹性的，既进退有余又居处不定：达可兼善天下，穷可独善其身；但又居庙堂之高忧其民，处江湖之远忧其君。传统文人的这种禀赋性格，也深刻影响了现代政治家对这一阶层的评价。中国现代主流文化对文人或知识分子历来没有好脸色。也正因为如此，知识分子的思想改造，整肃、批判、检讨才成为又一种传统。但人能够被改造吗？或者说一种传统能够被改造吗？大概不能。

在现代知识分子阶层形成之前，中国舞文弄墨的人被称为"文人"。文人就是现在的文化人。幕僚、乡绅等虽然也有文化，也可能会有某些文人的习性,但他们的身份规约了他们的生活方式和情感方式,他们还不能称为文人。就像现在的官员、公务员、律师、工程师、教师等,虽然也有文化,但他们是政治家或专业工作者,也不能称为文人。在传统中国,"文人"既是一个边缘群体、特殊的阶层,也是一个最为自由的群体。他们恃才傲世、放浪不羁、漠视功名、纵酒狎妓等无所不为。这种行为方式和价值观都反映在历代文人的诗文里。五四新文化运动之后,这一传统被主流文化所不齿,它的陈腐性也为激进的现代革命所不容。因此,文学中的传统"文人"气息在相当长的一个时段里彻底中断了。90年代以后陆续发表的贾平凹的《废都》、王家达的《所谓作家》、张者的《桃李》、莫怀戚的《经典关系》等,使我们又有机会领略了"文人"的气息。庄之蝶和胡然虽然是现代文人,但他们的趣味、向往和生活方式都有鲜明的传统文人的印记。他们虽然是作家,也有社会身份,但他们举手投足都有别于社会其他阶层的某种"味道":他们有家室,但身边不乏女人;生活很优裕,但仍喜欢钱财;他们谈诗论画才华横溢,但也或颓唐纵酒或率性而为;喜怒哀乐溢于言表。但那终究是小说,是虚构的文本,是不能与叙事者对号入座的。

　　散文与小说又有不同,不能虚构不能作为先锋,很难在形式上创新,无论抒情记事明理哲思,无论是书写外部世界还是内心世界,都须是作家真实的感受和真实的体会。因此,散文在本质上应该是向内的。"一为文人便无足观",是指文人向外时治国平天下或面对政治的了无兴趣或无为无措。修齐治平是志向也是价值目标,成事了就是官僚或政治家,成不了事或后来潦倒的,也只有抒情记事、闲云野鹤一路了。后来有"文化大散文"一说,但文学界似乎不大认同,原因是那向外的宏大叙事不那么真实,也有卖弄之嫌。文人一卖弄就酸腐,看热闹的认为有学问,看门道的就不以为然了。贾平凹的散文没有这

样的毛病，他的语言畅达无碍，但又不是言志诗文那般江河日下、一泻千里。他的散文是乡间溪流，虽有波澜但不突兀，他不是靠荡气回肠、百转千回攫取人心，而是如绵绵细雨润物无声。这与他关注的事物、选取的题材有关。不仅这本《大翮扶风》，包括他所有的散文，书写的都是日常生活寻常事，都是我们曾经耳熟能详的事物。比如自然景物、风土风情、家人邻里、故乡佚事、亲朋好友、山水游记、书里书外，等等。在这些寻常事物中，贾平凹书写着自己的情怀，这个情怀是人间情怀，虽然没有日月经天般的高远，却表达了他对生活真切的热爱。比如他记述家乡的六棵树，写看香椿叶子实则写看人家年轻媳妇的男人们；写把秦腔和西凤白酒、长线辣子、大叶卷烟、牛肉泡馍一起看成"共产主义五大要素"的农民；写自己曾经惧怕、后来可以"借酒"聊天开导自己的父亲；如此这般家长里短，但这就是生活，在这多少有些琐屑的生活里，我们读到的是作家对人间烟火的关注和留意。事实上，越是我们熟悉的生活可能书写起来越困难，就像鬼容易画人难画一样。

文人的趣味无论高雅或是低俗，在文字中是不能掩藏的。当下的生活热闹又苍白，丰艳而空洞，说是红尘滚滚、灯红酒绿并不夸张。时下有个流行很久的词"应酬"，什么意思呢？是"应付酬谢"？无论什么事情一要应付便趣味全无。作为名人的贾平凹遇到的"应酬"是可以想象的。在《辞宴书》中可见一斑。"饭局"是"应酬"最常见的形式，但和什么人吃饭、说什么话、乘什么交通工具、怎样排座次、什么时间开席、如何敬酒、如何笑、如何听人谈话凡此种种，能把人生生累死。当然不能说拒绝了"饭局"就高雅了，但作者向往的"一壶酒、两个人、三碗饭、四盘菜，十分钟吃一顿"的快意是大可意会的。当年读陈建功的散文《涮庐闲话》大抵也是这种境界。虽然不抵周作人的"喝茶当于瓦屋纸窗之下，清泉绿茶，用素雅的陶瓷茶

具，同二三人同饮，得半日之闲，可抵上十年的尘梦"来得雅致，但意味却没有二致。于是在《生活的一种》中，我们看到了贾氏院要栽柳，饮酒备小盅，出游踏无名山水，读闲杂书籍的生活理想。但在残墙补远山、水盆盛太阳的冥想中似乎也看到了陶潜桃花源梦幻的若隐若现。

贾平凹的散文我最喜欢的还是他写人的一些文字，有趣、有神韵，三言两语一个人就活脱脱地出来了。我觉得这与贾平凹有写小说的本事有关。很多人物我们都能感到他是用小说的方法在写散文中的人。《屠夫刘川海》中，一个杀猪的屠夫，人朴实本色，但专对男女之事兴致盎然，一个专注这等事情的人与屠夫的身份也就相符了；《闲人》我认为是一名篇。闲人总是笑笑的。"喂，哥们！"他一跳一跃地迈雀步过来了，还趿着鞋，光身子穿一件褂子，也不扣，或者是正儿八经的西服领带——总之，他们在着装上走极端，但却要表现一种风度。他们看不起黑呢中山服里的衬衣很脏的人。但他们戴起了鸭舌帽，很多学者从此便不戴了，他们将墨镜挂在衣扣上，许多演员从此便不挂了——"几时不见哥们了，能请吃一顿吗？"喊着要吃，却没乞相，扔过来的是一棵高档的烟。弹一棵自个吸了，开始说某某熟人活得太累，脸始终是思考状，好像杞人忧天，又取笑某某熟人见面总是老人还好，孩子还乖？末了就谈论天气，那一棵烟在说话的嘴上左右移动，间或喷出一个极大的烟圈，而拖鞋里的小脚指头一开一合地动着。

虽是散文，但"闲人"的形象和盘托出生动无比。闲人作为一个阶层自古有之。但贾平凹对闲人却有很高的评价。这大概也是他心向往之的一种境界或状态。其他像《关于女人》《看人》《朋友》《石头沟里一位复退军人》《摸鱼捉鳖的人》等，将各色人等都写得活灵活现、惟妙惟肖。这种功夫里隐含贾平凹乐观、幽默和善意的会心。这

就是文人的趣味。读现代散文，我们常为丰子恺、梁遇春、梁实秋、聂绀弩、林语堂等的幽默所感染。一个有趣味的作家才能写出有趣味的散文。

说到文化信念，在今天已经是一个奢侈的词汇。但在贾平凹并未刻意的言说中，文化信念一直贯穿行文其间。文化信念经院式的解释是：将文化的基本原理和教条、信条，升华为一种信念，人类将文化信念当成自己最基础、最现实的信仰；文化信念超越人对科学理性的崇拜和对神明的敬畏；文化信念是个人信仰观的核心组成部分。说得简明些，就是人所坚持的最基本的核心价值观。这些观念是不能出让、无须讨论、不能妥协的尺度。如《在女儿婚礼上的讲话》，这大概是贾平凹发表的为数不多的"讲话"之一，因为发表"讲话"意味着"资格"。作为作家，名声再大也是不适于发表"讲话"的。好在这是在女儿婚礼上，是自己家的事情，作为家长在这样的场合是都可以或必须发表"讲话"的。作为家长的贾平凹主要讲了"三句话"，这"三句话"当然远不及"三个代表"重要思想重要，但它却在一个庄重的场合表达了一个家长在日常生活中的文化信念：

> 第一句，是一副对联：一等人忠臣孝子，两件事读书耕田。做对国家有用的人，做对家庭有责任的人。好书能受用一生，认真工作就一辈子有饭吃。第二句话，仍是一句老话："浴不必江海，要之去垢；马不必骐骥，要之善走。"做普通人，干正经事，可以爱小零钱，但必须有大胸怀。第三句话，还是老话："心系一处。"在往后的岁月里，要创造、培养、磨合、建设、维护、完善你们自己的婚姻。

作为家长的贾平凹用的都是"老话"，这不是照抄照搬图省事，这既是经验也是文化信念，既"政治正确"也符合"科学发展观"。

因此，说贾平凹作为一个现代文人，主要坚持中国文化传统一路并非空穴来风。

书中还收录了《废都》和《秦腔》两部小说的后记。我认为这是贾平凹至今最重要的两部小说，也是奠定他在中国当代文学地位的作品。《秦腔》已获"茅盾文学奖"，有了公论这里不再赘言。但无论1993年前后《废都》遭遇了怎样的批评，他个人遭遇了怎样的磨难，都不能改变这部作品的重要性。我当年也参与过对《废都》的"讨伐"，后来我在不同的场合表达过当年是批评错了，那种道德化的激愤与文学并没有多少关系。在"人文精神"大讨论的背景下，可能任何一部与道德有关的作品都会被关注。但《废都》的全部丰富性并不只停留在道德的维度上。今天重读《废都》后记，确有百感交集的感慨。

如果说贾平凹的小说隐含他对"国事家事天下事"的关怀或忧患的话，那么他的散文就是面对"风声雨声读书声"的从容淡定。小说经过百年历史的经营塑造，担负的东西越来越多，内容越来越复杂。不堪重负的小说如果不和国家民族建立关系，笃定是末流，这是否就是小说的正途，我不敢妄下断语。但散文经过20世纪80年代以后的不断建构，反倒越来越松弛，除了"文化大散文"之外，散文与生活建立的联系，或者它的人间烟火味道弥漫四方。在贾平凹的散文里，我们可以读到拒绝、读到心仪、读到由衷的喜悦和忧伤。这些发自内心的体会和平实的语言方式，就是贾平凹的散文能够传之久远的最后秘密。

遵平凹先生和出版社之嘱，说了上面的话，权当序言。

生命之流的从容叙事

——王小波的小说观念与文学想象

20世纪90年代，知识界对自由知识分子的想象，似乎成了一个挥之不去的梦幻，它既是一种潜流，又是一种时尚。于是，现代中国思想史、学术史上有特立独行风范的先贤们，在被冷落了数十年后，又重新被谈论得沸沸扬扬。但是，每个自由知识分子都是非常不同的，甚至可以说，他们是难以效仿的。当他们重新成为我们的叙述对象时，那里倾注更多的是我们对于想象的热爱。这一现象，同样联系着已经去世的作家王小波。王小波作为一个自由知识分子，他的才情、智慧、作品乃至生存方式，无疑都是独特的，他选择了他喜欢做的一切。但是，在王小波去世前，他只能独居一隅，从事着他寂寞的写作，关于他的热闹异常，是发生在他去世后的几个月内，而且发世俗感慨者多，深入研究者少。这同样让人联想到海子之死，海子在去世之前，几乎鲜见对他创作的评论。他去世后，突然出现了集体性的凭吊热潮，甚至有人将他追认为"诗歌烈士"。这一现象使我们有理由怀疑，人们是真的热爱王小波、热爱海子呢？还是有意将他们的去世变成一个"事件"？或者在他们的身上寄托着一些人只可想象而难以经验的自由知识分子的梦幻？

事实上，王小波并非像有些人想象的那样"自由"，作为"知青"一代人，他的思想方式和情感方式，都深深地刻着这代人的印痕。他貌似轻松从容、我行我素，仿佛游离于社会生活主潮之外，但王小波从来也没有放弃对社会生活的关注与介入。他写下的大量杂文与随笔，几乎都是与社会思想文化生活密切相关的。在《我的精神家园》的自序中，他的自我期许是："要对社会负责，要对年轻人负责，不能只顾自己。"要实现这一老生常谈并非易事，王小波的生活和写作实在是不那么轻松和"自由"的，他那"明辨是非"的欲望，强烈地体现于他的杂文写作中。因此，他的这些作品都密切地联系着20世纪中国知识分子的精神传统，即一种入世的、批判的精神和无意识的精英身份。王小波长期以来鲜为主流批评所谈论，倒不在于他是一个"自由知识分子"，而恰恰在于他是一个有强烈批判欲望的精英知识分子。应该说，王小波对流行于世的主流文化是持有保留态度的，这是他不被主流文化认同的关键所在。意识形态研究者指出："意识形态不是空洞的说教，而是一个人进入并生活在一个社会中的许可证书。一个人只有通过教化与一种意识形态的认同，才可能与以这种意识形态为主导思想的社会认同。所以，老黑格尔告诉我们，一个人在社会中接受的教化越多，他在该社会中就越具有现实力量。"这种"现实力量"是指一个人在社会上的"得心应手"。王小波因缺乏这样的认同，所以他不能"得心应手"，但他获得了自己需要的主体性。

王小波的这一主体性意志，不仅表达于他广为传播的杂文写作中，同时也深刻地渗透在他的小说写作中，或者更为鲜明至今，王小波已出版了多部小说作品，许多人都曾在私下议论王小波作品的不同凡响，但批评界在很长一段时间保持了态度暧昧的缄默，与传媒不得要领的炒作形成了鲜明的对比。这里除了批评界阅读的滞后之外，更重要的还在于王小波作品难以解读和评价的独特性。一般说来，批评界经常钟情于潮流性的文学现象，20世纪90年代以来，女性文学、晚生代小说、都市文学等，是批评界经常谈论的对象，而王小波的作品显然在这些潮流之外，王小波的独特选择却不幸地成了其作品被忽略的原因之一。但是，这并不能湮没王小波小说在 20 世纪 90 年代文学语境中的价值和意义。

值得我们注意的是，王小波的小说写作采取了与杂文写作截然不同的立场。如前所述，他的杂文写作有一股强烈的批判意识和入世情怀，从思想文化到社会现象，他锋芒毕露，坦言陈述，他的责任感和使命意识毫不掩饰。而他的小说写作，则使他从现实的世界进入了一个想象的世界，一个从容而挥洒自如的世界，因此，在王小波的小说作品中，更能够体现他的才华和智慧。这与王小波对小说的理解，或者说与他的小说观念是联系在一起的。他认为小说不可以负载它不堪承受的义务，让"小说来负道义责任，那就如希腊人所说，鞍子扣到头上来了——但这是仅就文学内部而言。从整个社会而言，道义责任全扣在提笔为文的人身上还是不大对头。从另一方面来看，负道义责任可不是艺术标准；尤其不是小说的艺术标准"（王小波：《小说的艺术》）。他还借用昆德拉的话说："看小说的人要想开心，能够欣赏虚构，并且能宽容虚构的东西。"他是把小说作为一种艺术形式来理解的，因此，他的小说充满了轻松和想象，这是他最重要的与众不同之处，也是与现代小说传统所不同的。

一　话语与讲述

中国现代主流的小说传统，就是中国知识分子呐喊、抗争、启蒙和批判的传统，它源于百年来中国太深太重的危难时世，也源于中国作家入世的情感需求。因此，在更多的时候，文学宁愿放弃自身而为

文学之外的关怀去悲壮地呼号，它充盈的激情尽管格外动人，但文学终是不能救国救民的。文学发展至王小波的时代，无论是社会还是作家自身，都意识到了文学的有限性和可能性。这必然会使文学的面貌焕然一新，王小波处在这样一个时代，尽管他卓然不群，但我们依然能够感到他的小说话语讲述的年代与讲述话语年代的区别。《黄金时代》无疑是王小波最好的作品，这部作品不止因获中国台湾《联合报》文学大奖而使王小波名重一时，同时也为大陆读者格外重视。小说话语讲述的年代我们不仅有过亲历，而且还在不同的叙事中部分地强化或部分地改变着我们的记忆，那段历史时而光荣时而惨烈，对它的述说，也时而成为时尚时而成为身份的表征，就如同它既像贫下中农的一件血衣，又像老战士弹洞累累的身躯。这是我们主流文学对那段历史的主要表达式。然而，王小波不同，对于一个政治年代，它的如火如荼、激情万丈的癫狂在作者的叙事中仅仅成为一种底色和背景，他没有对历史了然于心之后的控诉或说教，也没有"青春无悔"式的徒然悲壮。在这个意义上，《黄金时代》同所有的知青文学和"反文革"文学都不同，仅此一点，就足以说明王小波作为一个小说家的地位和价值。

事实上，《黄金时代》不只是有趣和好读，它的文本所蕴含的及背后所提供的一切，为我们的批评和阐释提供了巨大的空间和可能。就作品本身来说，它的内在结构十分简单，一个叫王二的知青，既是主人公又是叙事人，他陈述的故事也只是王二与陈清扬前后多年的恋情及性关系。他的讲述既张扬又从容，既有描述又有体验，这给不明真相的人迅速的误导，他们很容易产生种种与性相关的联想，更有甚者会指认它是一部"色情"小说。用福柯的话来说，这就是一种"认知的意愿"。一个人的认知意愿受制于他的认知是否符合群体的共识，受制于人们对禁忌的恐惧性记忆和理解。在当代中国，人们为了不触犯这一禁忌，对性的谈论必须格外小心，即使到处都有卖淫嫖娼，也必须在话语层面保持一种"压抑"状态，实施一种"宁左勿右"的姿态。而事实上，这一"压抑"已经十分虚假。

即使王二的时代，"性压抑"也是无可证实的，重要的是王小波通过对一个禁忌的"触犯"，通过对窥淫心理的揭示，披露了一个时代文化机制的秘密。每一个时代都有按照自己的意愿构筑起的语词形态，它通过多种机制形成互涉的严密网络，对它所指涉的事物进行明确、简约或调整、强化，并赋予它以合法性，而对那些不曾指涉的事物，在不做宣告中形成禁忌，并实施排拒和压制，在语词系统中它不能进入秩序，因此不具有合法性。性，在王二的时代仅是禁忌之一种，它的被压抑，反而成了人人关注并深怀兴趣的对象。因此，与其说那些阅读陈清扬交代材料的人内心残缺，毋宁说一个时代的文化机制有了致命的残缺。因此，《黄金时代》对"文化大革命"反人性的揭示，是隐含于文本之外的，但却是最为深刻的。王小波的这一贡献只能产生于20世纪90年代而不会是其他年代。即使是在这一时代，许多人仍不能理解，从而使它在很长一个时期处于暧昧不明的状态，这也正从另一个角度证实了语词构筑的认知意愿的巨大威慑性。但也从而证实了王小波作为一个小说家超前的先锋性。当许多人抱怨迁怒于批评界的冷漠，为王小波的寂寞深感不平时，我却认为这是王小波的宿命，他的心灵空间、他对知青生活或者说人的生存困境的理解，是很难在短时间里为人们所认知的，我们还面临许多解释、理解他的困难。至今我仍然认为，许多对王小波的评价仍是词不达意的，那些情感化的表达和悲愤之辞其实并没有意义。

"文化大革命"的时代已经过去了许多年，知青生活也早已模糊得一如梦幻。王小波个人的知青生活同那代人并无多少差别，他用王二和陈清扬的方式来讲述那段生活，就其状态而言不啻为天方夜谭。

那是因为王小波是在 90 年代讲述了这个故事，当我们理性地回忆那段生活时，总会隐隐感到，王二与陈清扬没有障碍、肆无忌惮的性爱是王小波在 20 世纪 90 年代的想象，而那些兴致盎然又面红耳赤地阅读交代材料的人，才更符合那一时代的生活逻辑。也就是说，每一时代的生存方式决定了它提出和解决问题的方式。这样，《黄金时代》就出现了一个背反性的现象，即他将认知意愿或语词网络断裂后的想象，移植于当年的生活场景，从而才构成更为剧烈的文化冲突。这就是话语讲述的时代与讲述话语的时代的区别，或者说，只有在今天反省"文化大革命"，王小波才有可能揭示出"文化大革命"时代的文化机制。

二　激情奔涌的生命之流

"性"，作为《黄金时代》或王小波其他作品的主能指，似已毋庸讳言，它也因此招致了不同的议论。但王小波对性的理解和表达在我的阅读经验中是不可重复的，他以健康和浪漫，将一个耻于言说的"罪恶领地"，平静地还原于日常生活。无论是王二与陈清扬、与团支书 X 海鹰，还是与妇科医生小孙的性关系，一切都变得平淡无奇，双方的彼此接受成了唯一的理由，它也因此而成为自然和正常生活的一部分。"性"不再具有"事件"的性质。这与以往染指于性题材的小说相去甚远。我们熟悉的方式，要么是《金瓶梅》式的玩赏，将女性纯然作为一种消费对象，性便成了一种罪恶的表征，从而印证了"万恶淫为首"的古训；要么是张贤亮式的，在充斥着心理紧张的同时，又要示意走出禁地的勇气，最终仍要落入才子佳人的古旧模式。起码在小说领域,性仍然是一个令人困扰的命题。对它的言说,就像小说一样,总要负载着自身之外的关怀,性便远离了自身的内容而成为一个被借题发挥的、语焉不详的是非之地。

王小波对于性的坦然理解,显然与他的文化背景有关,他曾留学于域外,曾做过关于同性恋的研究,在他的许多杂文中,他也曾坦然陈述过对性的看法。他无情地嘲笑过"奸近杀"的卑琐感慨(《奸近杀》);肯定"性对于人来说,是很重要的"(《我是哪一种女权主义者》);认为"想爱和想吃都是人性的一部分;如果得不到,就成为人性的障碍"(《从〈黄金时代〉谈小说艺术》)。他甚至认为同性恋都有它的合理性:"我对同性恋者的处境是同情的,尤其是有些朋友有自己的终生恋人,渴望能够终生厮守,但现在却是不可能的,这就让人更加同情。不管是同性恋,还是异性恋,对爱情忠贞不渝的人总是让人敬重。"(《与同性恋有关的伦理问题》)然而,这些理性的表达,对人性深怀同情和悲悯的情怀,虽然也极为动人,但却远不如他在小说中表达的浪漫而富于诗情。在他的想象空间里,对不可遏止的生命之流,给予充满诗意的热情礼赞,既汪洋恣肆又绚丽无比。

在《黄金时代》里,王二与陈清扬的性爱关系看似是非理性的,它的缘起是从讨论陈清扬是不是"破鞋"开始,然后王二用"义气"和"友谊"的话语形式引渡了陈清扬。它并非传统小说和当代主流文学"爱"的结果,而全然是奔涌的生命需求,人的正当需求在一个最不人性的时代被肆无忌惮地张扬起来:"晚上我和陈清扬在小屋做爱。那时我对此事充满了敬业精神,对每次亲吻和爱抚都贯注了极大的热情。无论是经典的传教士式、后进式、侧进式、女上位,我都能一丝不苟地完成。陈清扬对此极为满意。我也极为满意。在这种时候,我又觉得用不着再证明自己是存在的。"人能做自己需要而愿意做的事情本来就诗意无比,它可以战胜来自任何方面的压力。因此,出斗争

差——被批斗这一当时最具摧毁力的形式，足以使许多人崩溃甚至丧失生存的勇气，而陈清扬"挨斗时她非常熟练，一听见说到我们，就从书包里掏出一双洗得干干净净用麻绳拴好的解放鞋，往脖子上一挂，就登上台了"。王二和陈清扬在人性力量的鼓动下，从容地做一个"被看"的对象，在那个愚沌未开的时代，显得优越无比。

对陈清扬和王二的斗争，既是时代认知意愿的需要，同时也是"窥视"的心理需要，当地把斗"破鞋"当作一种传统的娱乐活动，这一需要本身就说明了时代的无比荒谬，在这样的处境中，王二和陈清扬的性爱放射出了更加动人的光彩。那种"窥视"的灰暗心理，在那一时代不只是普通民众有，民众领袖以合法性的身份要求王二和陈清扬写交代材料，其潜在的意识同民众并没有本质的差别。王二写了很长一段时间的交代材料就是过不了关，被认为是交代得不彻底，结果陈清扬写了一篇就通过了。这篇材料让团长和所有看过的人都面红耳赤，也就是说，陈清扬将她与王二的性爱关系毫不掩饰地写了出来，她满足了"窥视"的要求，同时也是人的性爱力量的胜利。在这一点上，女性表现得更为勇武和决绝，她以坦然战胜了卑琐。

当然，《黄金时代》的浪漫和诗意，还表现在王小波有节制的叙事上。他张扬了性爱，但又没有抒情诗般的夸张修辞，他总是在必要的时候适可而止，并不时佐以戏谑和调侃，从而使小说又具有了轻喜剧的风格和黑色幽默的意味。在王二的交代材料里他曾写过，在刘大爹的后山上，陈清扬腰上束着王二的板带，上面挂着刀子，脚上穿高统雨鞋，除此之外不着一丝。这样的场景让人情不自禁地想到伊甸园。在时代的边缘，才有人性的浪漫存在，但作者并不让他的想象没有边界，在最适于抒情或展开的地方，他又语调一转，及时打住，他并不打算在这样的地方施展才华。类似例子在《黄金时代》中比比皆是："陈清扬趴在冷雨里，乳房摸起来像冷苹果。她浑身的皮肤绷紧，好像抛过光的大理石。后来我把小和尚拨出来,把精液射到地里。她在一边看看,面带惊恐之状。我告诉她:这样地会更肥。她说:我知道。后来又说:地里会不会长出小王二来——这像个大夫说的话吗?"前面两句的修辞,明显地受到欧美经典作家的影响,但王小波没有延续下去,使行文绚丽而郑重,而是在带有诙谐意味的对话中再次归于平淡。这显然是作家有意追求的叙事风格。

王小波的浪漫和诗意,与他接受的文化传统有很大的关系。事实上,他是一个很崇尚优雅的作家。他曾谈到他对查良铮先生和王道乾先生译著的推崇,和对带有"二人转"调子译文的不屑。他也曾写下过这样的文字:"在冥想中长大以后,我开始喜欢诗。我读过很多诗,其中有一些是真正的好诗。好诗描述过的事情各不相同。韵律也变化无常,但都有一点相同的东西。它有一种水晶般的光辉,好像来自星星……真希望能永远读下去,打破这个寂寞的大海。我希望自己能写这样的诗。我希望自己也是一颗星星。"这种纯粹的趣味和想象,使王小波拥有了真正的优雅、浪漫和诗意。

当年,名重一时的劳伦斯曾指出:"假使我们的文明教会了我们怎样让性感染力适当而微妙地流动,怎样保持性之火的纯净和生机勃勃,让它以不同的力量和交流方式或闪烁,或发光,或熊熊燃烧,那么,也许我们就能——我们就都能——终生生活在爱中。就是说,我们通过各种途径被点燃,对所有的事情都充满热情。"劳伦斯为了实现他的信念,不惜以抒情诗般的笔调使性变为神话,从而使查太莱夫人的故事成为奇观不胫而走。而王小波的故事既浪漫神奇又平淡无比,是他,将一个不明之物还原于日常生活。性,既有诗意的魅力,又不是可以替代一切的神话。

大舞台主角的隐秘人生与复杂人性
——评周大新的长篇小说《曲终人在》

周大新的长篇小说《曲终人在》的出版，无论在哪个意义上都注定了它的引人注目是无可避免的。一方面，毁誉参半的官场小说风行了几十年，官场厚黑学和林林总总的不堪，几乎应有尽有，官场在"官场文学"的讲述中，几乎就是一个关于肮脏和罪恶的大展馆，而且逐渐形成了写作潮流，或者是持久不衰的关于官场之恶的角逐或竞赛。在这样格局中，周大新将用怎样的观念表达他对官场的理解，将会用怎样的方式书写他看到或想象的官场？面对过去的官场小说，他是跟着说、接着说，还是另起一行独辟蹊径。另一方面，"反腐"已经成为这个时代的关键词或日常生活的一部分。官场生涯几乎就是"高危职业"的另一种说法，那些惴惴不安的贪腐官员如履薄冰、夜不能寐早已耳熟能详。这时，周大新将会用怎样的态度对待他要书写的历史大舞台上的主角，而且——这是一个省级大员、一个"封疆大吏"。如果这些说法成立的话，那么，我们就可以指认《曲终人在》确实是一部"官场小说"。但是，小说表达的关于欧阳万彤的隐秘人生与复杂人性，他的日常生活及各种身份和关系，显然又不是"官场小说"能够概括的。因此，在我看来，这是一部面对今日中国的忧患之作，是一位政治家"修齐治平"的简史，是一位农家子弟的成长史和情感史，是一部面对现实的批判之作，也是主人公欧阳万彤捍卫灵

大舞台主角的隐秘人生与复杂人性

魂深处尊严、隐忍挣扎的悲苦人生。

《曲终人在》是一个"仿真"结构,在"致网友"的开篇中,作家以真实的姓名公布了本书的完工时间及类似出版"招标"的广告;虚拟的被采访的26个人,以"非虚构"的方式讲述了他们与欧阳万彤省长的交往或接触。这个"仿真"结构背后有作家秘而未宣的巨大诉求:他试图通过不同人物的不同讲述,多侧面、多角度地"复活"已经死去的省长欧阳万彤,而这不同的讲述犹如推土机般强大,它将塑造出一个立体的、难以撼动的、真实的欧阳万彤的形象。这些被采访者的身份不同,与欧阳万彤的关系也亲疏轻重有别。但通过这些讲述我们看到,欧阳万彤除了"省长"这个巨大光环的身份外,他同时还是父亲、继父、丈夫、前丈夫、朋友、舅舅、儿子、下级、病人、同乡、男人、男主人、被暗恋者等。这不同的身份和"省长"就这样一起统一在一个叫欧阳万彤的人身上。这也是判断《曲终人散》不仅是"官场小说"的重要依据。

应该说,在社会生活的整体结构中,欧阳万彤还不是一呼百应的主宰者或统治者,但他仍可被看作历史大舞台上的主角之一,他毕竟是一个"封疆大吏"。欧阳万彤的前史,与那个性格执拗、大名鼎鼎的乡村青年高加林极为相似,他有抱负,也可以说有野心,他也有一个类似巧珍一样俊美温婉名曰灵灵的未婚妻,当然他也像高加林一样未能与这个青梅竹马的乡下姑娘最终结为秦晋之好。不同的是,高加林决绝地抛弃了巧珍,而灵灵则是在欧阳万彤奶奶的"点拨"下主动放弃了婚约。欧阳万彤从小接受的是爷爷的"精英"教育——"一定要做官"。这个来自祖辈的教育对欧阳万彤的一生至关重要,它影响甚至奠定了欧阳万彤的人生理想和价值目标。这个理想和价值观不仅是儒家"修齐治平"的入世思想,同时更联系着爷爷"长长脸,换换门风、不受欺负"的生存哲学。因此,从读大学开始,欧阳万彤就为

日后进入官场做了充分的准备。他不仅个人努力刻苦，同时也积极培养乡党魏昌山。魏昌山谈恋爱时欧阳万彤积极介入，并终于使魏昌山攀上了高枝，娶了一个高级干部的女儿武姿。欧阳万彤告诫魏昌山："中国的全部历史告诉我们，官场是一个最讲人脉关系最需要人提携的地方，可我的岳父已在'文化大革命'中被斗致死，我们日后怎么办？在官场里单打独斗？"魏昌山后来在军界如鱼得水成为将军。欧阳万彤对成为将军的魏昌山平日讲排场坐专机、声色犬马挥金如土多有不满，也曾以不同方式对其规劝，而魏昌山不仅不思反悔，反而心生怨恨以致两人反目成仇。让欧阳万彤始料不及的是，魏昌山最终成为军内大贪官。但是，欧阳万彤在危机时刻，也曾三次得到魏昌山及其岳父的帮助，使其在政界转危为安并终于成为一个"封疆大吏"，这倒也显示了欧阳万彤当年的眼光与谋略。因此，欧阳万彤在政坛中心掌控权力的同时，既受到了来自权力的掣肘，同时也得到了权力的泽被。但值得注意的是，欧阳万彤并不是利用这些关系以权谋私，他被撤职是冤枉的，魏昌山的岳父给更大的领导打电话，只是让他有机会澄清了自己；他从省委副书记升任省长，曾受到第二任妻子某些方面的影响，魏昌山利用自己的关系，请一些"关键岗位上工作的朋友"帮忙，既为欧阳万彤赢得了又一次考核机会，也是还了他一个清白，打消了组织对使用他的疑虑而已。而不是弄虚作假、违反原则。因此，欧阳万彤的从政经历，应该说是非常谨慎，对自己有严格要求的。他曾说："我们这些走上仕途的人，在任乡、县级官员的时候，把为官作为一种谋生的手段，遇事为个人为家庭考虑得多一点，还勉强可以理解；在任地、厅、司、局、市一级的官员时，把为官作为一种光宗耀祖、个人成功的标志，还多少可以容忍；如果在任省、部一级官员时，仍然脱不开个人和家庭的束缚，仍然在想着为个人和家庭谋名谋利，想不到国家和民族，那就是一个罪人。你想想，全中国的

省部级官员加上军队的军级官员能有多少？不就一两千人吗？如果连这一两千人也不为国家、民族考虑，那我们的国家、民族岂不是太悲哀了?!"如果按照党内原则来说，这番话未必多么冠冕堂皇，但我们却能够感受到其中的诚恳，或者这里隐含了无奈的"退一万步说"的"底线"承诺。也正因为如此，当妻子常小韫问他："你当官这么多年，有没有做过使你感到良心特别过不去的事？"欧阳万彤说："我在良心上感到特别不安的事情有两件，一件是让蔷薇进了监狱，不管她有多少错处，其实原因都在我，我没有真正地帮她踩刹车，最终导致了她在政治上的毁灭；另一件，是在我当县长时，因保护自己提拔的干部而导致了一对夫妇的自杀，我至今还记得那个叫阮若的丈夫，我对不起他们，我一直在找他们遗下的女儿，想给那孩子一点帮助，可一直没能找到，我因此常常想，与其他的职业相比，人一生选择当官选择行政管理这个行当，最可能留下无法弥补的人生缺憾，我对阮若的女儿一直存有着罪感……"而阮若的女儿正是他现在的妻子常小韫。一个高级干部能够记得为官从政的缺憾，即使他无法弥补，难以完美"收官"，也已实属不易。

但是，这只是欧阳万彤政治生涯的一个方面。他人生更重要的经历是那些隐秘的、不为人知或不足为外人道的"人与事"。这些"人与事"是通过欧阳万彤"辞职"前后披露出来的。"辞职"事件，在小说的整体结构中非常重要：一方面，通过"辞职"呈现了欧阳万彤的执政环境、人际关系及大变革时代瞬息万变的不确定性特征；另一方面，作为"后叙事"视角的讲述方式，使小说悬疑迭起疑、窦丛生，小说的节奏感和可读性大大增强。欧阳万彤为什么辞职一直是一个谜，也是小说的核心情节之一。小说最终也没有直接说明他为什么辞职，但在所有当事人的讲述中，呈现出了欧阳万彤辞职的具体原因。比如秘书说，他要求民营企业海富集团因污染问题停业整顿，但

海富集团"有通天人物",他只能改为"边开工生产边安装治污设备,但一定要安装",虽然他言之凿凿,"不然,一个月后,我还停他的产",但比起他先前整顿污染企业的决心已大打折扣;京城的某公子要求承包高速公路建设工程未遂,临走前打电话威胁说:"你告诉欧阳万彤,他有点胆大包天了,什么人都敢玩,玩到了我的头上,老子要让他吃不了兜着走,不就是一个鸟省长嘛,让他当他是省长,不让他当不就是一个草民?!"欧阳万彤听到了电话里的骂声,他能做的也只能铁青着脸,把手边的一个铁皮茶叶盒捏扁了;还有,一个副省长竟然敢利用职权隔三岔五睡女大学生,欧阳省长怒不可遏地把这事汇报了上去,但一直没有消息;不仅对同僚的无边欲望束手无策,就是对自己的妻子他又能怎样呢?他第一任妻子林蔷薇急切地要做土地局长,理由是:"告诉你,我不想让别人整天指着我说:那是万彤市长的老婆。我想让别人介绍我说:那是天全市土地局长林蔷薇!我这样要求难道错了吗?你们不是口口声声要解放妇女么,为何解放到我就不行了?你举手之劳就可以办到的事,为什么总想推托?我是不是你的老婆?是不是你儿子千籽的妈?是不是你最亲的人?你为何不想把权交给我反要交给别人?仅仅是怕别人议论你任人唯亲?你睁眼看看现在哪一级领导用人不是在用的自己人?"类似的事情还有无数。更有甚者,同僚和利益集团甚至制造他"老年痴呆"的虚假诊断,不法商人简谦延罗织罪名的举报材料标题就是:省长欧阳万彤又庸又贪,清河近亿百姓苦不堪言,并通过电脑制作下流图片中伤等卑劣手段来实现打压弹劾欧阳万彤。这就是欧阳万彤的执政环境。这个环境是怎样造成的是另一个问题,小说中的欧阳万彤必须面对这些问题对他来说则是一个不可回避的现实问题。

当然,欧阳万彤不是一个完人,他也有他的缺点和人性的复杂性,他也有意乱情迷的时候。面对演员殷倩倩的万种风情,他也难以

自持。那虽然是一段"英雄救美"的古旧桥段，但情节的可读性却可圈可点。欧阳万彤可以用喝了酒一时糊涂来搪塞，但那显然没有说服力，那个弱点是男性共同的弱点，他能够浅尝辄止而没有误入歧途已经很了不起；还有，当欧阳万彤谈起与儿子欧阳千籽不和谐的关系时非常在意和伤感，他不止一次说他是一个很失败的父亲。他说，儿子小时候非常需要他的陪伴，愿和他在一起，可他那时因忙于官场事务且醉心于在官场奋斗，很少关心过儿子，更少陪伴儿子。等他后来有了闲暇，想与儿子在一起，儿子又不愿和他在一起了；当谈起他认为最坚强的人是自己的母亲时，他除了感佩更有难言的痛楚，是母亲在物资最困难贫乏时代的坚忍，带领全家走出了生存的泥淖而未坠入绝境。这些不经意的笔触，是小说最动人的篇章之一。当然，作为一个高级干部，小说更着意书写了他的胸怀和眼光，如他对购买美债问题、网络安全问题、稀土出口问题、GDP问题等的看法，均显示出了一个政治家应有的独立判断能力；将《新启蒙》杂志舒缓地变为市委内参智库，显示了他处理理论问题和知识分子不同意见的远见卓识和水平。

因此可以说，《曲终人在》是一部对当下中国干部制度有深入研究、对执政环境复杂性多有体认的作品。小说与此前所有的官场小说大不相同，它不是展示官员如何腐败，如何权钱、权色交易，如何胆大妄为肆无忌惮滥用职权。这样的作品我们从和珅到官场现形记到当代官场小说早已耳熟能详。如何写出更有力量更符合生活逻辑和作家理想的小说，是《曲终人在》的追求之一。作为小说，它要提供的是既与现实生活有关，同时又要对生活有更高提炼或概括的想象。因此也才能更本质地揭示出生活的真面目。更重要的是，小说是一个虚构的领域，如何塑造出有新的审美价值的人物，才是小说的根本要义。周大新说："官员也有各自的苦衷。他们作为一个人生活在这个环境

里并不容易，甚至很艰难。前些年我没有注意到官场上的精神氛围，官员看上去非常光鲜，但他们背后其实有很多可以同情、悲悯的地方。""原来看过一些官场小说，纯粹揭露黑暗，把当官的过程写得很详细，其实带有教科书的性质，我不愿意那样写。"因此，在我看来，《曲终人在》绵里藏针，它不仅讲述了艰难的执政环境，同时也讲述了入仕做官的全部复杂性，它是一部书写大变革时代人间万象的和世道人心的警世通言。它既是过去"官场小说"的终结者，也是书写历史大舞台主角隐秘人生和复杂人性的开启者。小说是一种讲述，但讲述什么或怎样讲述，都掌控在作家手里。所以，小说最后写的还是作家自己，如果是这样的话，那么，欧阳万彤这个人物，显然寄托了周大新的个人理想。欧阳万彤那理想化的人格、作为及忍辱负重、壮志未酬的悲苦人生，隐含了周大新对人生理想和抱负，以及对人性、对男女、对亲情、对朋友等的理解。如果是这样的话，那么，我们就可以认为，周大新通过对欧阳万彤这个人物的塑造，同样表达了他用文学书写官场人生的新的理解。他的这一经验，既是国家的也是他个人的。

"说话"是生活的政治

——评刘震云的长篇小说《一句顶一万句》

在当下的中国作家中,刘震云无疑是最有"想法"的作家之一。"有想法"不是一个简单的事情,"想法"包含追求、目标、方向、对文学的理解和自我要求,当然也包含他理解生活和处理小说的能力和方法。这是一个作家的"内功",这种内功的拥有,是刘震云多年潜心修炼的结果,当然也是他个人才华的一部分。所谓的"想法",就是寻找,就是寻找有力量的话。他说有四种话最有力量,就是:朴实的话、真实的话、知心的话和不同的话。如果说朴实、真实、知心的话与一个人说话的姿态、方式及对象有关的话,那么不同的话则与一个人的修养、见识和思想的深刻性有关。因此,说不同的话是最难的。多年来,我以为刘震云更多的是寻找说出不同的话。这个不同的话,就是寻找小说新的讲述对象和方式。

大概从《我叫刘跃进》开始,刘震云已经隐约找到了小说讲述的新路径,这个路径不是西方的,当然也不完全是传统的,它应该是本土的和现代的。他从传统小说那里找到了叙事的"外壳",在市井百姓、引车卖浆者那里,在寻常人家的日常生活中,找到了小说叙事的另一个源泉。多年来,当代小说创作一直在向西方小说学习,从现代派文学开始,加缪、卡夫卡、马尔克斯、罗伯-格里耶、博尔赫斯、卡尔维诺等,都是中国当代作家的导师或楷模。这种学习当然很重

要，特别是在过去的时代，中国文学一直在试图证明自己，这种证明是在缩小与发达国家文学差距的努力中实现的。许多年过去后，这种努力确实开拓了中国作家的视野，深化了作家对文学的理解，特别是在文学观念和表现技法方面，我们拥有了空前的文学知识资本；但是，就在我们将要兑现期待的时候，另一种焦虑，或者称为"文化身份"的焦虑也不期而至。于是，重返传统，重新在本土传统文学和文化中寻找资源的努力悄然展开。刘震云是其中最自觉的作家之一。《我叫刘跃进》的人物、场景和流淌在小说中的气息及它的"民间性"一目了然。但因过于戏剧化，更多关注外部世界或表面生活的情节而湮没了人的内心活动，好看有余而韵味不足。这部《一句顶一万句》就完全不同了，他告知我们的是，除了突发事件如战争、灾害等不可抗拒因素外，普通人的生活就是平淡无奇的，在平淡无奇的生活中发现小说的元素，这是刘震云的能力；但刘震云的小说又不是传统的明清白话小说，叙述上是"花开两朵各表一枝"，功能上是"扬善惩恶宿命轮回"。他小说的核心部分，是对现代人内心秘密的揭示，这个内心秘密，就是关于孤独、隐痛、不安、焦虑、无处诉说的秘密，就是人与人的"说话"意味着什么的秘密。

亚里士多德发现，伴随着城邦制度的建立，在人类共同体的所有必要活动中，只有两种活动被看成政治性的，就是行动和言语，人们是在行动和言语中度过一生的。就像荷马笔下的阿基利斯，是"一个干了一番伟业，说了一些伟辞"的人。在城邦之外的奴隶和野蛮人，并非被剥夺了说话能力，而是被剥夺了一种生活方式。因此，城邦公民最关心的就是相互交谈。现代之后，交谈意味着亲近、认同、承认的交流，在这个意义上，说话就成了生活的政治。

在《一句顶一万句》中，说话是小说的核心内容。这个我们每天实践、亲历和不断延续的最平常的行为，被刘震云演绎成惊心动魄的将近百年的难解之谜。百年是一个时间概念，大多是国家民族或是家族叙事的历史依托。但在刘震云这里，只是一个关于人的内心秘密的历史延宕，只是一个关于人和人说话的体认。对"说话"如此历尽百年地坚韧追寻，在小说史上还没有第二人。无论是杨百顺出走延津寻女，还是牛爱国奔赴延津，都与"说话"有关。"说话"的意味在日常生活中是如此不可穷尽：

在老裴和老曾那里，"话"的意义是"过不过心"；

在吴香香那里，养女巧玲与吴摩西是"说得着"，与自己是"说不着"；

在巧玲、也就是后来的曹青娥那里，与丈夫牛书道"两人说不到一块儿去"，白天做各自的事，晚上"说话"就是吵架；

曹青娥欣赏的拖拉机手侯宝山会说话：不是话多嘴不停，而是不与你抢话，有话让你先说；

曹青娥与儿子牛爱国"说得着"，但牛爱国只是听，却从不和母亲说"心理事"；

牛爱国和庞丽娜虽是夫妻，但同床异梦，因此牛爱国再多的"好话"，庞丽娜一听"就恶心"；牛爱国不离婚，怕的是离开庞丽娜"连话和说也没有了"。

小蒋和庞丽娜私通，在"春晖旅社"两人苟且三次后一个说"咱再说些别的"，另一个说"说些别的就说些别的"；这个对话后来牛爱国和章楚红也说过。"说话"是一种交流，但更是一种"承认"。夫妻之间的关系，除了生理需要、传宗接代外，"说话"就是最重要的形式。但吴摩西和老婆吴香香没有话，老婆说话就是骂吴摩西。理论上说就是吴香香在各方面对吴摩西的"不承认"，或者说是不屑甚至漠视。吴摩西逆来顺受一年多并没有明确的认识，真正明白了是在郑州火车站见到了因奸情败露逃跑的老高和吴香香的恩爱场景。这时吴香香已有身孕：他们"为吃一个白薯，相互依偎在一起；白薯仍是吴香香拿着，在喂老高。老高说了一句什么，吴香香笑着打了一下老高的脸，接着又笑弯了腰"。这个场景照出了吴摩西和吴香香的关系——有说有笑的夫妻就是普通百姓的日子，但吴摩西没有，于是他打消了原来的念头，离开了郑州。这个关系的处理只有现代作家才能够完成。如果是明清白话小说，比如《水浒传》，只能处理成一个仇怨关系，是"辱妻之恨"。武大发现妻子潘金莲与西门大官人私通之后，回到家里捉奸又力所不及，只能被诉诸暴力，被西门大官人一脚踢在心窝卧床不起，最后被毒药害死。但刘震云处理吴摩西的时候，不是纠缠在市井风月不放，而是迅速回到了吴摩西的内心：他要离开这个让他伤心的地方，但去哪里呢？吴摩西既没有可去的地方，也没有指引他的人，一个人内心的无助和孤独在这里被刘震云写到了极致：人的一生可以有许多朋友，但真正为难和需要帮助的时候，你会突然发现，可以投奔的人竟然了无踪影。这一发现不仅表达了刘震云洞察世事的锐利和深刻，同时也表达了刘震云对人生悲凉或悲剧性的认识。

　　小说的下半部"回延津记"的主角，是吴摩西养女曹青娥的儿子牛爱国。牛爱国在情感上的遭遇与吴摩西没有本质差别。他也是为找一个能"说上话"的人返回延津。一出一进就是一个近百年的轮回，但牛爱国能够找到吗？我们不知道。我们知道的是，这些人物不知道存在主义，也不知道哈贝马斯的交往理论，但"话"的意味在这些人物中是不能穷尽的。说出的话，有入耳的、有难听的、有过心的、有不过心的、有说得着的、有说不着的、有说得起的、有说不起的、有说不完的还有没说出来的。老高和吴香香私通前说了什么话，吴摩西一辈子也没想出来；章楚红要告诉牛爱国的那句话最后我们也不知道，曹青娥临死也没说出要说的话。没说出的话，才是"一句顶一万句"的话。当然，那话即使说出来了，也不会是惊天动地的话。在小说中一定要这样表达，只是小说的技法而已，这和《红楼梦》中的黛玉临死也没说出宝玉如何、《废都》中有许多空格没有什么区别。需要破译的恰恰是已经说出的话，是普通人在日常生活中的"说话"如何形成政治的。这些普通人是中国最边缘或底层的群体，在葛兰西的意义上他们是"属下"，在斯皮瓦克的意义上他们是"贱民"，他们是"沉默的大多数"，是没有话语权力的阶层。他们在日常生活中的言说被排除在历史叙事外，是刘震云发现了这个群体"说话"的历史和隐含其间的伦理、智慧、品性等，最根本的是，说话就是他们的日子，他们最终要寻找的还是那个能说上话的人。小说也正是因为有了这些韵味，也就是理论上的萨特、哈贝马斯、米德、查尔斯泰勒等对人的存在、交往、有意义的他者和承认的政治的论述，普通人的"说话"才博大精深、深不可测，也正是因为刘震云发现了这一切，才使这部讲述市井百姓的小说超越了明清白话小说而具有了现代意义。

在这一点上，我认为刘震云和贾平凹异曲同工，虽然两人的路径不同，但隐含其间的追求大体相似。贾平凹在承继传统时更多的是文人趣味，如《废都》《高老庄》《白夜》《秦腔》《高兴》等，对才子佳人的盎然兴趣他从来不避讳。特别是近期的《高兴》，虽然是写"底层"人群的作品，但一个妓女的出现，就显示出了贾氏印记或风情。刘高兴和孟夷纯两人都生活在当下最底层，生活是否有这样的可能并不重要。重要的是贾平凹以想象的方式让他们建立了情感关系，并赋予了他们情感以浪漫的特征。他们的相识、相处及刘高兴为了解救孟夷纯所做的一切，亦真亦幻但感人至深。我们甚至可以说，刘高兴和孟夷纯之间的故事，是小说最具可读性的文字。这种奇异的组合是贾平凹的神来之笔，它不仅为读者带来了巨大的想象空间，也为作家的创作提供了许多可能。但是，也正因为是"才子佳人"模式，刘高兴和孟夷纯之间才没有发生"嫖客与妓女"的故事。他们的情感不仅纯洁，而且还赋予了更高的精神性的价值和意义。贾平凹显然继承了中国古代白话小说和戏曲的叙事模式，危难中的浪漫情爱是最为动人的叙事方法之一。还值得注意的是，小说几乎通篇都是白描式的文字，从容练达，在淡定中显出文字的真功夫。它没有大起大落的情节，细节构成了小说的全部。我们通常都认为，小说的细节是对作家最大的考验，一个作家和一部作品，最精彩之处往往在对细节的书写或描摹上。

《一句顶一万句》没有《高兴》的浪漫或文人气，它确实更接近《水浒传》的风范或气韵。无论是吴摩西和吴香香，还是牛爱国和庞丽娜，他们一直生活在"奔走"的景况中，只不过他们心中没有一个水泊梁山。就是这个"奔走"的设定，将吴摩西和牛爱国人生的全部艰辛呈现出来了。中国人对幸福的理解是"安居乐业"，但这祖孙两代人却一直在奔波，无论他们为了什么，可以肯定的是他们不幸的生活或人生。

应该说，这是最近几年我读过的最有意思、最有意味、最有想法的小说。这是一部不动声色的作品，是一部大音稀声、大象无形的大书。它将开启一个小说讲述的新时代。

这是"未名的爱和忧伤"

——评迟子建的长篇小说《群山之巅》

《群山之巅》是 2015 年文学界的"开年大戏"之一。在中国国际展览中心图书订货会的首发式上，迟子建的读者和男女"灯谜"们人头攒动、比肩接踵，溢于言表的兴奋如同节日；从不为推广自己作品出场的迟子建，也破例现身首发式上与读者兴致盎然地对话，足见迟子建对这部小说的看重。在我看来，《群山之巅》无论对文坛还是对迟子建个人来说，都是一部极为特殊的小说：表面看，这是一部仅有 20 万字的长篇小说，在长篇小说关于体积和重量的赛事愈演愈烈的今天，一个著名作家还能用 20 万字发表长篇小说，不仅凤毛麟角，夸张地说，这也不失为一种胆识或优雅；从小说内部来说，它的丰富性、复杂性远远超出了我们的想象：它相貌平平看似低调，但它的确是一部极有"现代感"的小说：在叙事方法上，它不仅汲取了传统"说部"尤其是满族说部的技法，而且对魔幻、荒诞及民间传奇等技法和经验的运用，使这部小说有极大的叙事魅力和内在体积，它建构的巨大空间恰如层岚叠嶂的群山之间——那无尽的想象、冷硬荒寒的悲凉诗意，构成了它"未名的爱和忧伤"的主旋，在巍峨的群山之巅的上空盘旋回响。

小说以两个家族相互交织的当下生活为主要内容。这两个家族因历史原因而成为两个截然不同的家庭：安家的祖辈安玉顺是一个"赶

走了日本人，又赶走了国民党人"的老英雄，这个"英雄"是国家授予的，他的合法性毋庸置疑。安玉顺的历史泽被了子孙，安家因他的身份荣耀乡里，安家是龙盏镇名副其实的新"望族"；辛家则因辛永库是"逃兵"的恶名而一蹶不振。辛永库被命名为"辛开溜"纯属杜撰，人们完全出于没有任何道理的想象命名了"辛开溜"：那么多人都战死了，为什么你能够在枪林弹雨中活着回来还娶了日本女人？你肯定是一个"逃兵"。于是，一个凭空想象决定了"辛开溜"的命名和命运。"英雄"与"逃兵"的对立关系，在小说中是一个难解的矛盾关系，也是小说内部结构的基本线索。这一在小说中被虚构的关系，本身就是一个荒诞的关系："辛开溜"并不是逃兵，他的"逃兵"身份是被虚构并强加给他的。但是，这一命名却被"历史化"，并在"历史化"过程中被"合理化"：一个人的命运个人不能主宰，它的偶然性几乎就是宿命的。"辛开溜"不仅没有能力为自己辩护解脱，甚至他的儿子辛七杂都不相信他不是逃兵，直到辛开溜死后火化出了弹片，辛七杂才相信父亲不是逃兵，辛开溜的这一不白之冤才得以洗刷。如果这只是辛开溜的个人命运还构不成小说的历史感，重要的是这一"血统"带来了令人意想不到的后果。"辛开溜"的儿子辛七杂因老婆不育，抱养了一个男孩辛欣来。辛欣来长大成人不仅与养父母形同路人，而且先后两次入狱：一次是与人在深山种罂粟、贩毒品而获刑三年，一次是在山中吸烟引起森林大火又被判了三年。出狱后他对家人和社会的不满亦在情理之中，但没有想到的是，他问养母王秀满自己生母名字未被理睬，一怒之下将斩马刀挥向了王秀满，王秀满身首异处。作案后的辛欣来尽管惊恐不已，但他还是扔掉斩马刀，进屋取了条蓝色印花枕巾罩在了养母头上，他洗了脸换掉了血衣，拿走了家里两千多元钱，居然还抽了一支烟才走出家门。关键是，他走出家门之后去了石碑坊，强奸了他一直觊觎的小矮人安雪儿后，才亡命

天涯。于是，小说波澜骤起，一如漫天风雪。

捉拿辛欣来的过程牵扯出各种人物和人际关系。辛开溜与辛欣来没有血缘关系，但他自认还是辛欣来的爷爷。辛欣来强奸安雪儿之后，安雪儿居然怀孕并生下了孩子。辛开溜为逃亡的辛欣来不断地雪夜送给养，为的是让辛欣来能够在死之前看到自己的孩子；而安平等捉拿辛欣来，不仅因为辛欣来有命案，同时也因为他强奸的是自己的独生女；陈庆北亲自坐镇缉拿辛欣来，并不是要给受害人申冤，而是为了辛欣来的肾。因为他父亲陈金谷的尿毒症急需换肾。陈庆北不愿意为父亲捐肾，但他愿意为父亲积极寻找肾源。而通过唐眉，陈庆北得知，辛欣来的生父恰恰就是自己的父亲陈金谷当年与一上海女知青刘爱娣生的"孽债"。是辛七杂夫妇接纳了被遗弃的辛欣来。辛欣来作为陈金谷的亲生儿子，他的肾不用配型就是最好的肾源。权力关系和人的命运支配与被支配的关系，是小说揭示的重要内容。因此，辛欣来面对缉拿他的安平说："我知道我强奸了小仙，你恨不能吃了我。实话跟你说吧，我早就想干她，看她是不是肉身。因为我恨你们全家！你们家在龙盏镇太风光了，要英雄有英雄，要神仙有神仙，要警官有警官，要乡长有乡长，妈的个个得意！我们家呢，除了逃兵、屠夫就是蹲笆篱子的，一窝草寇！我连亲爹亲妈是谁都不知道，谁待见我？没人！我明明没在林子里吸烟，可公安局非把我抓去，说我扔烟头引起山火。我被屈打成招，受冤坐牢。你说我要是英雄的儿子，他们敢抓我吗？借他们十个胆儿也不敢！生活公平吗？不他妈公平哇！"辛欣来确实心有大恶，他报复家人和社会就是源于他的怨恨心理。但是辛欣来的控诉能说没有道理吗。小说在讲述这个基本线索的同时，旁溢出各色人等和诸多复杂的人际关系。特别是对当下社会价值混乱、道德沦陷的揭示和指控，显示了小说的现实批判力量和作家的勇气。比如饭馆用罂粟壳做火锅底料；唐眉给同学陈媛在饮用水里投放

化学制品，致使陈媛成为生活不能自理的废人；比如警察对辛欣来惨无人道的刑讯逼供；部队刘师长八万元与刘大花的"买处"交易；窃贼到陈金谷家行窃，虽然没有拿到钱财，但却窃得一个主人记载收礼的记录本等，虽然隐藏在生活的皱褶里，但在现实生活中早已是未作宣告的秘密。

当然，小说中那些温暖的部分虽然还不能构成主体，但却感人至深。比如辛开溜对日本女人不变的深情，虽然辛七杂也未必是辛开溜亲生的，因为秋山爱子当时还同两个男人有关系。但辛开溜似乎并不介意。日本战败，秋山爱子突然失踪，"辛开溜再没找过女人，他对秋山爱子难以忘怀，尤其是她的体息，一经回味，总会落泪。秋山爱子留下的每件东西，他都视作宝贝"；秋山爱子对丈夫的寻找和深爱及最后的失踪，让我们看到了一个日本女人内心永未平息的巨大伤痛，她的失踪是个秘密，但她没有言说的苦痛却也能够被我们深切感知或体悟；还有法警安平和理容师李素贞的爱情等，都写得如杜鹃啼血、山高水长，那是小说最为感人的片段。甚至辛开溜为辛欣来送给养的情节，虽然在情理之间有巨大的矛盾，但却使人物性格愈加鲜活生动。

《群山之巅》能够用 20 万字的篇幅完成这样一个复杂的讲述，确实是一个奇迹。在我看来，重要的一点源于迟子建小说技法上的先进性。如前所述，《群山之巅》不仅汲取了本土"说部"的技法，而且对民间传奇及域外的魔幻、荒诞等技法，都手到擒来、融会贯通。比如开篇，是典型的传统"说部"的写法：辛七杂要重新打制屠刀，便引出王铁匠，屠刀打制后要在刀柄上镌刻花纹，于是有了绣娘的出场。"花开两朵各表一枝"，使故事清晰、凝练、一目了然；但作为"现代小说"，毕竟不同于传统的"说部"，其不同的功能要求，决定了现代小说的容量和讲述方法的丰富性。因此，在《群山之巅》中，

每个人物的塑造方法都截然不同。如小矮人安雪儿，虽然是法警安平的独生女，一个侏儒，但她又是一个奇人，不仅智力超常，而且能够预卜人的死期，她说到谁的名字谁就死到临头，于是她被龙盏镇的人称为"小仙儿"。这种现象在东北民间是有生活依据的，她的传奇性使这个侏儒在小说中大放异彩；还有像辛开溜雪夜入深山等，与东北山里响马胡子的书写，都可找谱系关系；安平作为一个法警，在枪毙一个21岁的女犯时，女犯提出了两个要求：一是不能打她脑袋，以免毁容；二是给她松绑，她想毫无束缚地走。第一个要求不难满足，但第二个要求实难应允。但是，就在安平和另一个法警即将瞄准女犯心脏扣动扳机时，意外发生了："一条老狼忽然从林中蹿出，奔向那女人。现场的人吓了一跳，以为它要充当法警，吃掉那女人。谁知它在女人背后停下，用锐利的牙齿咬断她手脚的绳索，不等人们将枪口转向它，老狼已绝尘而去。"这一讲述的神奇性，多有魔幻现实主义的遗风流韵。多种叙事技法的融合，使《群山之巅》不仅有极大的可读性，而且在短小简洁的体积中蕴含了丰富的内容。这是小说叙事方法的另一种实验或先锋。

另一方面，在我看来，小说的后记"每个故事都有回忆"和结尾的那首诗非常重要。或者说那是我们理解《群山之巅》的一把钥匙。后记告诉我们：每个故事都有回忆，那是每个故事都有来处，每个人物、细节，都并非空穴来风。不说字字有来历，也可以说都有现实依据而绝非杜撰；最后的那首诗，不仅含蓄地告白了迟子建对创作《群山之巅》的诗意诉求，更重要的是，这首诗用另一种形式表达了迟子建与讲述对象的情感关系。这个关系就是她的"未名的爱和忧伤"。她的这句诗让我想起了艾青的"为什么我的眼里常含泪水，因为我对这土地爱得深沉"。迟子建的故事、人物和讲述对象一直没有离开东北广袤的平原山川。这个地理环境造就了迟子建小说的气象和格局。

但是，这个冷漠荒寒之地是如此不尽如人意，又如此令人须臾地难以舍弃，这就是她爱与忧伤的全部理由。她在诗中写道：

> 如果心灵能生出彩虹，
> 我愿它缚住魑魅魍魉；
> 如果心灵能生出泉水，
> 我愿它熄灭每一团邪恶之火，
> 如果心灵能生出歌声，
> 我愿它飞越万水千山！

于是，我们理解了迟子建的"群山之巅"是什么：那是彩云、月亮，是银色的大海、长满神树的山峦和无垠的七彩泥土，是身里身外的天上人间。如果"翻译"成"普通话"也可以说，诗人期待的生活不是小说讲述的那样的。但是，这就是龙盏镇的生活，没有人可以超越它。这样的生活尽管还卑微，还远不"高大上"，然而，那永无休止的琐屑、烦恼乃至忧伤，就是龙盏镇当下生活的真实写照和未来生活的历史参照。于是，诗人就有理由为那"未名的爱和忧伤"而歌唱。

《玉米》论

当代中国文学,最有成就的文体是中篇小说。特别是近30年来,中篇小说的发展,更是其他文体所不及的。这不仅在中国百年文学史上是个奇迹,在世界文学发展历史上也是一个例外。中篇小说在现代文学史上就奠定了坚实的基础,苏曼殊的《断鸿零雁记》、林纾的《金陵秋》、鲁迅的《阿Q正传》、郁达夫的《沉沦》、丁玲的《莎菲女士的日记》、柔石的《二月》、巴金的《寒夜》、无名氏《塔里的女人》、沈从文的《边城》《八骏图》、萧红的《呼兰河传》、徐訏的《鬼恋》、张爱玲的《倾城之恋》、赵树理的《小二黑结婚》等,为中篇小说的创作提供了丰富的经验。20世纪80年代以后,大型刊物的创办,为中篇小说的发展提供了广阔的媒体阵地;90年代以后,虽然商业大潮席卷华夏,但传统的以发表中篇小说为主的大型文学刊物仍然鼎力坚持,与诗歌、戏剧、短篇小说比较而言,中篇小说生产受商业主义影响的程度最低。因此,从整体来说,中篇小说一直幸运地处在突飞猛进的发展进程中。

毕飞宇是这个时代最有影响的作家之一。他先后发表的《青衣》《玉米》《玉秀》《玉秧》《家事》等为数不多的中篇小说,使他无可争议地成为当下中国这一文体最优秀的作家。《玉米》应该是他最具代表性的作品,在百年中篇小说史上,也堪称经典之作。《玉米》的成

就可以从不同的角度评价和认识,但是,它在内在结构和叙事艺术上,在处理时间、空间和民间的关系上,更充分地显示了毕飞宇对中篇小说艺术独特的理解和才能。

一 《玉米》的时间

《玉米》的时间是玉米情感"疼痛的历史"。经验表明,人在生理上感觉到身体的哪个部分、关注哪个部分,哪个部分就出了问题。在情感愿望上也是一样。王连方的妻子施桂芳生下"小八子"后,有一种"松松垮垮"的自足和"大功告成后的懈怠",连续生了七个女儿的"疼痛的"历史的终结,"小八子"是疗治施桂芳唯一的"良药"。从此,她就从王家和大王庄作为"话题"的处境中解放出来。甚至不是这个"话题"主角的玉米,也有了一种扬眉吐气和"深入人心"的喜悦,她是替母亲"松了一口气"。但是,"小八子"的到来却没有终结玉米"疼痛的历史"。父亲王连方与大王庄多个女性的不正当关系,仍然是玉米的痛楚,她为母亲和这个家感到疼痛。因此"玉米平时和父亲不说话,一句话都不说。各种原委王连方猜得出,可能还是王连方和女人的那些事"。玉米不仅不和父亲说话,而且"背地里有了出手"。那些和王连方不干净的女人,玉米就是她们的"克星",她抱着小八子站在有些人家的门口,用目光羞辱和蔑视那些和王连方上过床的女人,于是这些女人对玉米几乎闻风丧胆。这些举动是玉米为母亲"复仇",也是疗治自己"疼痛"的手段。

乡土中国,是一个"超稳定社会"。费孝通说:它的"社会关系是生下来就决定的,它更害怕社会关系的破坏,因为乡土社会所求的是稳定。它是亚普罗式的。男女间的关系必须有一种安排，使他们之间不发生激动性的感情。那就是男女有别的原则。'男女有别'是认定男女间不必求同，在生活上加以隔离。这隔离非但有形的，所谓男女授受不亲，而且是在心理上的，男女只在行为上按着一定的规则经营分工合作的经济和生育的事业，他们不向对方希望心理上的契洽"①。玉米当然没有社会学知识，但乡土中国秩序是一种无形的巨大力量，对她的规训和影响使她无意识地要维护"男女授受不亲"的"稳定"和秩序。她没有能力改变父亲，只好将她的愤怨倾泻到那些女人身上。那些女人只是惧怕，受到伤害的却是玉米。

当然，这还不是玉米的切肤之痛。玉米真正的疼痛是关于个人的情感史。彭家庄箍桶匠家的"小三子"是个飞行员，叫彭国梁。在彭家庄彭支书的介绍下，和玉米建立了"恋爱关系"。尽管是一个扭曲畸形的年代，但玉米还是经历了短暂的爱情幸福。与彭国梁的通信，与彭国梁的见面。玉米内心焕然一新，爱情改变了玉米眼前的世界，因王连方和那些女人带来的疼痛也得到了缓解。彭国梁的来信，"终于把话挑破了。这门亲事算是定下来了。玉米流出了热泪"。玉米不仅为自己带来了荣耀，也为王家和王家庄带来了荣耀。但爱情的过程仍然伴随着苦痛，这不止思恋的折磨，还有玉米文化的"病痛"。她只读过小学三年级，"那么多的字不会写，玉米的每一句话甚至是每一个词都是词不达意的。又不好随便问人，这太急人了。玉米只有哭泣"。于是，"写信"又成了玉米挥之不去的隐痛。彭国梁终于从天上回到了人间，一瓶墨水、一支钢笔、一扎信封和信笺及灶台后的亲密接触，玉米的幸福几近昏厥。但玉米还是没有答应彭国梁的最后要求，她要守住自己的底线。彭国梁又回到了天上。幸福是如此短暂。

---

① 费孝通：《乡土中国》，生活·读书·新知三联书店1985年版。

更让玉米难以想象的,这几乎就是玉米一生的全部幸福。

　　王连方近乎疯狂的婚外性行为终于迎来了报应,他触了高压线,秦红霞是现役军人的妻子。王连方被"双开"了。王连方42岁出门远行学油漆匠。王家从此家道败落,不幸接踵而来。先是玉秀和玉叶惨遭蹂躏,接着是彭国梁越飞越远的飞机直至没了踪影。最后,玉米把自己交给了一个五十多岁即将丧妻的公社革委会的郭副主任。一个心气高傲、曾经如花似玉的玉米,就这样经历了自己惨痛的情爱历史。对她来说,一切都没有开始,但一切已经结束了。她此后将要经历的生活,就这样无声无息地融入可以想象的无论是大王庄或其他任何地方。

二　《玉米》的空间

　　《玉米》的空间是王家庄的世俗世界。在本质上,它是对抗那个时代主流意识形态的。"文革"时期应该是个最高尚、透明、道德、纤尘不染的时代。但玉米的经历无不与道德的陷落有关。父亲王连方的活动场景,基本是在别人女人的床上:从一个"不伦之恋"——比自己大很多的大队会计开始,一直到现役军人妻子秦红霞,王连方"阅尽"大王庄春色。父亲的劣迹也决定了玉米在大王庄的行动和思考空间及其思维方式。物理空间决定了心灵空间,这符合存在决定意识原理。玉米"职业化"地抱着小八子在一些人家门口驻足,是示威也是警告。一个乡村姑娘敢于做到这一点,也着实显示了玉米性格的不同凡响:要强、自尊、有原则和自我要求。她的行为完全符合乡村伦理。

　　找回母亲的面子,替母亲"寻仇"的内心要求和无意识,是大王庄这个空间赋予玉米的。因此，玉米在遇到彭国梁之前，她的思想从来也没有离开大王庄一步。但接触了彭国梁后一切都发生了变化，就连他们的恋爱都有一种不可企及的色彩："玉米的'那个人'在千里之外，这一来玉米的'恋爱'里头就有了千山万水，不同寻常了。这是玉米的恋爱特别感人至深的地方。他们开始通信。信件的来往和面对面的接触到底不同，既是深入细致的，同时还是授受不亲的。一来一去使他们的关系笼罩了雅致和文化的色彩。不管怎么说，他们的恋爱是白纸黑字，一横一竖，一撇一捺的，这就更令人神往了。在大多数人眼里，玉米的恋爱才更像恋爱，具有了示范性，却又无从模拟。一句话，玉米的恋爱实在是不可企及。"彭国梁给玉米带来了另一个空间，它阔大、绚丽，但似乎也虚无缥缈。就连信中的那些词也飘忽般地闪烁。事实上，"天上人"彭国梁的到来，其实对玉米是一个抽离过程，一个昙花一现的幻觉过程。彭国梁把她从大王庄突然间带到了"天上"。遥远的蓝天从此"和玉米捆绑起来了，成了她的一个部分，在她的心里，蓝蓝的，还越拉越长，越拉越远。她玉米都已经和蓝蓝的天空合在一起了"。"天上"美妙，但它不是人间，天上不可能属于玉米。因此在幻觉中晕眩般地升上天空的玉米，应该是她一生中最绚丽和幸福的时刻。

彭国梁是飞行员，"飞行员"的身份在小说中有强烈的隐喻性，他是一个"天上人"，他和王家庄的世俗世界是两个不同的空间，他和玉米的男女之情是"天女下凡"的逆向模式。这个来到"人间"的"天上人"，给王家庄和玉米一家带来的都是人间的奢侈。就连在王家庄"莫非王土"的王连方，也"实在是喜欢彭国梁在他的院子里进进出出的，总觉得这样一来他的院子里就有了威武之气，特别地无上光荣"。但是，这个"天上人"毕竟是"下凡"了。他被破例地留宿在玉米家，于是，这个在天堂飞翔的人，却对狭小的厨房流连忘返。此

时的厨房远远胜于天堂。

从天上到厨房,这两个空间是两个世界。一个是现代的,可望而不可即;一个是传统的、世俗的。厨房在这里也是一个隐喻,它是属于玉米的。玉米对厨房环境的熟悉使她忘记了彭国梁的天上人身份,她可以从容地和彭国梁独处。在这个狭小但温暖的空间里,玉米体验了一生的幸福:既有恋爱亦真亦幻的感觉,也有遗憾终生的悔恨。那亦真亦幻的感觉被毕飞宇在这个方寸之地写得惊心动魄、波澜跌宕。小说的高潮没有发生在天上,却发生在厨房这个方寸之地。但玉米还是没有给彭国梁想要的东西,于是一切便戛然而止。当彭国梁转身离去的瞬间玉米就悔恨交加。但一切已经结束了。

彭国梁是个飞行员,是掌握最高端科学技术的人,他应该是一个"现代人"。但是,彭国梁的人在"天上",精神世界仍然没有超出彭家庄。现代科学技术难以承担改变、提升人的精神世界的功能和任务,科技神话在彭国梁这里沦陷了。玉秀和玉叶惨遭不幸之后,他首先关心的是玉米"是不是被人睡了",女性的贞操在彭国梁这里几乎与高科技是同等重要的。

大王庄的空间也是一个权力主宰一切的空间。王连方在任的时候,他敢于为所欲为,想睡谁就睡谁,就因为他是大王庄的"主"。在他这里,性与政治的同一性再次被生动地证明。他不是"帝王",但即使是一个村庄的"主",也可以"妻妾成群",于是他就是帝王。但当他肆无忌惮地宣泄身体欲望的时候,他的末日也就到来了。王连方是否意识到即使是在"文革"时代,与帝王时代毕竟不同已经不重要,重要的是权力是可以让人丧失理智、无所顾忌。这应该是一个反面的教训,但这个教训却从另一个方面启示了玉米:是父亲的失势才导致了家庭的破产、导致了妹妹们的厄运、导致了天上人彭国梁的撕毁婚约。这时,玉米认识到了权力意味着什么。这是玉米重新审视人

生、婚姻的转折点。大王庄的世俗社会还是权力支配一切的空间。她再找的已经不是"爱人",而是一个"不管什么样的,只有一条,手里要有权"的人。玉米的"权力的饥饿"不一定就是 Sadism(残酷的嗜好),也不是心理被扭曲后强烈的支配欲。她最后委身于一个年过半百的革委会副主任,更多的还是寻求权力的保护。如果是这样,她做填房的选择是可以理解的,但玉米这一选择所蕴含的悲剧性更震撼人心。因此,从本质上说,玉米还是宰制乡村中国权力的牺牲品。

三 《玉米》的民间

玉米生长在中国的乡土社会。只有乡土社会才集中表达了中国的民间特征。乡村传统的伦理、习俗、礼仪、家族等秩序和制度,构成了费孝通先生所概括的中西社会制度的"差序格局"。在王家庄,传统中国的乡土社会已经彻底瓦解,但西方意义上的"团体格局"只建立在表面,如公社革委会、大队革委会。这个制度终结了过去乡土社会的"乡绅制度",但"文革"时代的权力体制,个人的特权和权威仍然凌驾于所有人之上。旧的制度已经被彻底破坏,新的民主制度还没有建立起来,因此是个典型的"礼崩乐坏"的时代。

费孝通在《乡土中国》中谈到西方制度的"团体格局"时说:"在'团体格局'中,道德的基本观念建筑在团体和个人的关系上。团体是个超于个人的'实在',不是有形的东西。我们不能具体的拿出一个有形体的东西来说这是团体。它是一束人和人的关系,是一个控制各个人行为的力量,是一种组成分子生活所倚赖的对象,是先于任何个人而又不能脱离个人的共同意志……这种'实在'只能用有形

的东西去象征它、表示它。在'团体格局'的社会中才发生笼罩万有的神的观念。团体对个人的关系就象征在神对于信徒的关系中，是个有赏罚的裁判者，是个公正的维持者，是个全能的保护者。"[①] 乡土中国没有宗教信仰，制约人们的"礼"虽然还残存于乡村民间文化中，但它的制约力几乎不存在。那类似于"团体格局"的政权，因为也没有"神对于信徒的关系"，权力在民间就必然使拥有者凌驾一切，再没有控制它的制约力量。

王连方在大王庄能够为所欲为地对待女性，与这些女人对权力的恐惧有关，但这只是问题的一个方面。另一个重要的方面是大王庄普遍的道德观念。"道德观念是在社会里生活的人自觉应当遵守社会行为规范的信念。它包括行为规范，行为者的信念和社会的制裁。它的内容是人和人关系的行为规范，是依着该社会的格局而决定的。从社会观点说，道德是社会对个人的制裁力，使他们合于规定下的形式行事，用以维持该社会的生存和绵续。"[②] 王连方自然不受道德观念的制约，这与大王庄民间社会的道德水准和麻木不仁是密切相关的。王连方第一次与长他十多岁的女会计发生关系，事后还有些后怕，但女会计给他留下字条让他到了家里，然后"辅导着他，指引着他。王连方进入了前所未有的好光景"。女会计说"不要一上来就拉女人的裤子，就好像人家真的不肯了"。她"晃动着王连方裆里的东西说，看着它，批评它说'你呀，你是谁呀？就算不肯，打狗也要看主人呢，不看僧面看佛面呢"。这些表达既有对权力的复杂心理，也潜隐着道德的低下。此后王连方经历的女人，除了有庆家的柳粉香对自己的自轻自贱有无奈的检讨和心灵的疼痛之外，其余的女性几乎都是半推半就，甚至乐得其所。

---

① 费孝通：《乡土中国》，生活·读书·新知三联书店 1985 年版。
② 同上。

性观念和行为在大王庄只是道德水准的一个方面。自尊自爱的普遍缺失是这个民间社会的集体无意识。小学教师高素琴是玉米在大王庄最"佩服"的一个人,她能够解四则混合运算,能说普通话。但她接到玉米让她收转的彭国梁信的时候,她几近是在捉弄玉米:"'玉米,你怎么这么沉得住气?'玉米一听这话心都快跳出嗓子眼了。玉米故意装着没有听懂,咽了一口说:'沉什么气?'高老师微笑着从水里提起衣裳,直起身子,甩了甩手,把大拇指和食指伸进口袋里,捏住一样东西,慢慢拽出来。是一封信。玉米的脸吓得脱去了颜色。高老师说:'我们家小三子不懂事,都拆开了——我可是一个字都没敢看。'"她不仅慢慢地观察玉米,享受拥有信件的快感,而且她已经事先看了彭国梁的信。虽然是一个小学教师,一个文化的传播者,但她的疑难阴暗心理和窥视欲望与后来的其他村民没有区别。

玉米对尊严的维护,一开始就危机四伏:当她为了维护母亲的尊严——当然母亲已无尊严可言,她甚至还和那些同丈夫上床的女人有说有笑。这也是母亲耻辱下场的条件之一。玉米抱着小八子站在一些人家门口示威和警告的时候,那些人家的女人不敢发作,一是理屈,二是惧怕王连方的权力。一旦王连方失去权力,玉米的处境就可以想象。这时,玉米虽然仍在顽强抵抗,但已逐渐转为"以守为攻"了。她让母亲坚持嗑瓜子,不能因父亲缘故而显出颓势;因妹妹的事情,她要送鸡蛋甚至将猪赶进学校,表面是挽回事态,实际也是一种示威;给彭国梁回信时,玉米面对信笺的话是:"国梁,你要提干。"觉得太露骨才婉转地说:"好好听首长的话,要求进步。"当一切都尘埃落定之后,玉米终于退到了她曾反抗的起点——对权力的屈从。

民间社会长久浸泡在权力的威慑之中,他们对权力恐惧的同时也膨胀了对权力的渴望和占有,这是自危意识另一种极端化的表达。于是,无论任何人,一旦拥有了权力就会从相反的方向去使用它。毕飞

宇曾说:"描绘人物就是与人相处。"① 这话是对的,任何人都不是抽象的人,都是具体的人,这个具体的人是在各种社会关系中被"塑造"出来的。这就是福柯所说的"规训"的力量。玉米试图用行动来反抗大王庄的民间社会并维护自己的尊严,最终还是失败了。她的反抗一开始就是依托于权力展开的,没有父亲的书记地位,没有人会把玉米当回事。当这个依托塌陷之后玉米自身难保,尊严在那个时代是件多么奢侈的事情!因此玉米的终点必然是起点,这也是她自己身上的"鬼"。

《玉米》中的社会土壤是腐败的,但作为文学土壤又是坚实的。毕飞宇就在这坚实的文学土壤上塑造了玉米。他将玉米情感疼痛的历史书写得悠长而悲怆,就像利刃缓慢划过皮肤,绽放的是带血的花朵;他在一个虚拟的空间——战机飞翔的天空,和一个切实的空间——大王庄的世俗世界,为玉米的虚幻想象和现实的处境提供了进退自如的广阔天地;在软弱麻木的民间社会,展现了权力的力量和它坟墓般的幽暗。玉米从自强、自尊、多情到妥协、无奈和冷漠的心路历程,对我们说来就这样历历在目、挥之难去。

---

① 毕飞宇:《写作就是与人相处》,《半岛都市报》2004 年 9 月 20 日。

不确定性中的苍茫叩问

——评曹征路的长篇小说《问苍茫》

这些年来，曹征路站在改革开放的最前沿地带，密切关注着30年来中国大地上发生的这场改变国家民族命运的社会大变革。值得注意的是，他的作品不是那种花团锦簇、莺歌燕舞似的时代装饰物，也不是貌似揭露、实际迎合的所谓"官场文学"。他陆续发表的《那儿》《霓虹》《豆选事件》及这部《问苍茫》等，在以"现场"的方式表现社会生活激变的同时，更以极端化的姿态或典型化的方法，发现了变革中存在、延续、放大乃至激化的问题。在这个意义上，曹征路承继了百年来"社会问题小说"的传统，特别是劳工问题的传统。不同的是，现代文学中包括劳工问题在内的"社会问题小说"，是民主主义、社会主义在中国传播的背景下展开实践的，它既是五四时代启蒙主义思潮的需要，也是启蒙主义必然的结果。在那个时代，"劳工神圣"是不二的法则，劳工利益是启蒙者或现代知识分子坚决维护或捍卫的根本利益。但是，到了曹征路的时代，事情所发生的变化大概所有人都始料不及，尽管"人民创造历史""工人阶级""社会公平""人民利益""劳动法""工会"等概念还在使用，但它们大多已经成为一个诡秘的存在。在现代性的全部复杂性和不确定中，这个诡秘的存在也被遮蔽得越来越深，以致很难再去识别它的本来面目或真面目。无数个原本自明的概念和问题，在忽然间变得迷蒙、暧昧甚至倒错。于是，便有

了这个"天问"般的迷惘困惑又大义凛然的《问苍茫》。

这究竟是一部什么样的小说，究竟该如何评价曹征路多年来的关注和焦虑，究竟该如何指认曹征路的立场和情感，该如何评价曹征路包括《问苍茫》在内的作品的艺术性？这显然是我们必须回答的问题。

一　现代性过程中的另一种历史叙述

《问苍茫》在《当代》杂志发表的时候，正值改革开放30周年，各个领域都有不同形式的纪念活动或会议。其中特别引人注目的是央视推出的13集电视纪录片《改革开放30年纪实》。央视在介绍这部电视纪录片时说：

> 这是一部全景式记录中国改革开放三十年伟大成就的大型电视系列片，它高度浓缩了三十年来中国在农村、国企、经济体制、收入分配、金融、对外经贸、政治体制、干部人事制度、文化、科技、教育、医疗卫生、社会发展、社会保障、就业体制、国防军事、统一大业、对外交往及党的建设等各方面所发生的重要变化，从经济、政治、文化、社会等多个层面向世人展示出"中国道路"的独特魅力与精神内涵。[①]

30年，各个领域取得的伟大成就，就这样一起建构了改革开放的历史。客观地说，30年来的伟大成就举世公认，就连那些"万恶的资

[①] 参见 CCTV. COM，2008年12月18日。

本主义"国家也不得不承认中国发生的天翻地覆的巨大变化，国家形象和国际地位的改变，是伴随着 30 年改革开放的历史一起发生的。因此，肯定成就是我们的前提。但是，我们也不能不承认还有没有被叙述的历史，还有另外的历史也同时在发生。这个历史，就是《问苍茫》中的历史。在这个历史中，我们首先感到"苍茫"的不仅是那些还在使用的"知识"和"理论依据"，重要的是这些"知识"和"理论依据"与现实究竟是一种怎样的关系，面对现实它的阐释是否还有效。

1918 年 11 月 15—16 日，那是五四运动的前夕，北京大学在天安门前举行演讲大会，庆祝协约国在第一次世界大战中获胜。参加大会的有 3 万余人，北京大学校长蔡元培主持了会议并两次发表演讲。在 16 日的演讲中，他喊出了"劳工神圣"的口号，并向人们指出："此后的世界，全是劳工的世界啊！" 1919 年 5 月 1 日，北京《晨报》副刊出版了劳动节纪念专号，这是中国报纸第一次纪念这个全世界劳动人民的节日。3 天后，伟大的五四运动爆发。其间，李大钊在自己负责编辑的《新青年》6 卷 5 号上发表了《我的马克思主义观》（上），他在文章中说："现在世界改造的机运，已经从俄、德诸国闪出了一道曙光。……从前的经济学，是以资本为本位，以资本家为本位。以后的经济学，要以劳动为本位，以劳动者为本位了。"特别是 6 月 3 日以后，工人阶级作为独立的政治力量登上历史舞台，在工人阶级和全国人民的压力下，北洋军阀政府被迫屈服，五四运动取得了伟大胜利。从此，在现代中国的历史叙事中，工人阶级一直作为中国现代革命的主导力量而存在，毛泽东甚至提出"工人阶级必须领导一切"的主张。但是，无论是阶级问题，还是工人阶级的地位问题，在现代性的不确定性过程中，因其模糊性而遭到了质疑。来自四川的五级钳工唐源曾向"知识分子"赵学尧"请教"："现在是社会主义初级阶段对

不对？对呀。既然是初级阶段，那阶级斗争在啥子阶段熄灭的？""从前没得多少工人的时候，全国也不过两百万的时候，天天都在喊工人阶级，劳工神圣，咱们工人有力量！现在广东省就有几千万工人，怎么听不到工人阶级四个字了？我们是啥子人？是打工仔，是农民工，是外来劳务工，是来深建设者，就是不叫工人！"

这样的问题是赵学尧这样的"知识分子"没有能力也没有愿望回答的。改革开放以来，理论上的这些问题因"不争论"被悬置起来。当年邓小平提出"不争论"是有道理的，在当时中国的语境中，"姓资""姓社"的问题在机械、僵化的理论框架内的争论将永无出头之日，如果争论，中国的改革就难以实践。但是，当改革深入到一定程度的时候，当现实出现问题逼迫我们做出理论解释的时候，我们却两手空空、一贫如洗。于是，当工人罢工时，身为宝岛电子厂书记的常来临说："你们有意见就提，公司能满足就满足，不能满足就说清楚。不要动不动就闹罢工，那个没意思。你们有你们的难处，老板也有老板的难处。老板就不困难吗？为了找订单，她几天几夜都没合眼了。没有订单，我们就没有活干，没有活干大家都没有钱赚。大家是一根绳上的蚂蚱，这个道理不是明摆着吗？"当年李大钊的"以劳动为本位，以劳动者为本位"的理论在这里没了踪影。常来临书记的立场非常明确：老板的难处就是大家共同的难处，没有老板大家就都没有钱赚，大家都不能活命。因此，老板才是"本位"、资本才是"本位"。当然，包括宝岛电子厂的工人并不是严格意义上的产业工人，他们来自贫困的乡村，是为生存不惜任何代价讨生活的。"工人阶级"的内涵已经发生了巨大的变化。是现实的全部复杂性使90多年过去后，不再困惑我们的问题才又一次浮出水面。

深圳是中国改革开放的前沿，是中国30年改革开放的缩影。那么，是谁创造了深圳新的历史？冠冕堂皇的回答是"人民"创造了深圳的历史。但是，《问苍茫》中的柳叶叶、毛妹们创造的历史就是为了创造自己一贫如洗、有家难回的处境吗？就是为了创造毛妹因救火负伤没人负责只能自杀的绝望吗？事实上，究竟是谁创造历史的问题，不仅是历史学家曾经争论的问题，那些有思考能力的作家在历史演进的过程中也发现了其中的矛盾。史铁生《务虚笔记》中的一个主人公、画家Z提出的问题是："是谁创造了历史？你以为奴隶有能力提出这样的问题吗？……那个信誓旦旦地宣布'奴隶创造了历史'的人，他自己是不是愿意待在奴隶的位置上？他这样宣布的时候不是一心要创造一种不同凡响的历史么？""他们歌颂着人民但心里想的是作人民的救星；他们赞美着信徒因为信徒会反过来赞美他们；他们声称要拯救……比如说穷人，其实那还不是他们自己的事业是为了实现他们自己的价值么？这事业是不是真的能够拯救穷人并不重要，重要的是穷人们因此而承认他们在拯救穷人，这就够了，不信就试试，要是有个穷人反对他们，他们就会骂娘，他们就会说那个穷人正是穷人的敌人，不信你就去看看历史吧，为了他们的'穷人事业'。他们宁可穷人们互相打起来。""历史的本质永远都不会变。人世间不可能不是一个宝塔式结构，由尖顶上少数的英雄、圣人、高贵、荣耀、幸福和垫底的多数奴隶、凡人、低贱、平庸、苦难构成。怎么说呢？世界压根儿是一个大市场，最新最好的商品总会是稀罕的，而且总是被少数人占有。"[1]

《问苍茫》所提出的问题比《务虚笔记》要现实和具体得多，曹征路要处理的不是哲学或历史观的问题。他要处理的是深圳30年来被建构起的历史之外的另一种历史，是被遮蔽但又确实存在的历史。在发现这个历史的过程中，作为作家的曹征路同样充满了"苍茫"和

---

[1] 史铁生：《务虚笔记》，人民文学出版社2007年版。

迷惑，他试图展现这个历史而不是确切地判断这个历史。这是一段切近的历史，在近距离地考察、表现这段历史的时候，迷惑、困顿甚至茫然，就是我们共同的切身感受。

二 情感、立场和内心的矛盾

"底层叙事""新左翼文学"或被我称作的"新人民性文学"发生以来，评论界和创作界有截然不同的两种声音。这本来属于正常的现象。当"总体性"的文学理论瓦解之后，文学作品就失去了统一的评价尺度。因此，见仁见智在所难免。从另外一个角度看，面对当下中国的现实，思想界的"新左翼"与"自由主义"的论争已持续多年，至今仍未偃旗息鼓。文学界对这一论争的接续是迟早的事情，于是"新左翼文学"的命名被隆重推出。无论是褒贬，曹征路都历史性地站在了最前沿。2004年第5期的《当代》杂志发表了他的《那儿》，一时石破天惊。在《那儿》那里，曹征路在鲜明地表达自己的情感立场的同时，也不经意间流露了他的矛盾和犹疑。我当时评论这部作品时说，《那儿》的"主旨不是歌颂国企改革的伟大成就，而是意在检讨改革过程中出现的严重问题。国有资产的流失、工人生活的艰窘，工人为捍卫工厂的大义凛然和对社会主义企业的热爱与担忧构成了这部作品的主旋。当然，小说没有固守在'阶级'的观念上一味地为传统工人辩护。而是通过工会主席为拯救工厂上访告状、集资受骗、最后无法向工人交代而用气锤砸碎自己的头颅，表达了一个时代的终结。朱主席站在两个时代的夹缝中，一方面他向着过去，试图挽留已经远去的那个时代，以朴素的情感为工人群体代言并身体力行；一方面，他没有能力面对日趋复杂的当下生活和'潜规则'。传统的工人在这个时代已经力不从心无所作为。小说中那个被命名为'罗蒂'的狗，是一个重要的隐喻，它的无限忠诚并没有换来朱主席的爱怜，它的被驱赶和千里寻家的故事，感人至深，但它仍然不能逃脱自我毁灭的命运。'罗蒂'预示着朱主席的命运，可能这是当下书写这类题材最具文学性和思想深刻性的手笔。"[1] 事实上，朱主席的处境也是作家曹征路的处境：任何个人在强大的社会变革面前都显得进退维谷、莫衷一是，你可以不随波逐流，但要改变它几乎是不可能的。

《那儿》里的工人阶级是中国传统的产业工人，也只有产业工人才能做出朱主席这样决绝的选择。但是，在《问苍茫》中，"工人"的内在结构已经发生了根本性的变化。无论是柳叶叶、毛妹五姐妹，还是唐源等技术工人，他们都来自边远的乡村，这些还不具有"工人阶级"意识，也没有产业工人传统的农民，是为了摆脱贫困或为了生存来到深圳幸福村和宝岛电子工厂的。因此，无论面对劳资冲突，还是具体的人与事，这个群体都存在着盲目性和摇摆性。需要指出的是，不具有产业工人意识和传统的"农民工"，首先也是人。是人就应有人的尊严和权利。小说中，这些女孩子还没有走出山区，就遭遇了"开处"的侮辱，而且是乡长、村长老爹送来的，"怎么折磨都行"。进入工厂之后，每天是十几小时的劳动，还有随时被解雇的威胁；在残酷的生存环境中，有的堕落做了妓女，有的嫁给了曾给自己"开处"的马经理风烛残年的父亲；毛妹则因救火重伤毁容，无人赔偿甚至遭到栽赃嫁祸而被逼自杀……这就是《问苍茫》中工人的处境。曹征路描述和关注了底层如此严酷的生活，就已经表明了他的情感和立场。这是宣告"新中国"和"告别悲情"时代到来的人所不能

---

[1] 孟繁华：《中国的"文学第三世界"》，《文艺争鸣》2005年第3期。

体察和理解的。

值得注意的是，曹征路在情感和立场倾向于工人的同时，他并没有采取早期民粹主义者的思想策略，不是为了解决立场问题简单地站在"劳工"一面。事实上，对柳叶叶等宝岛电子厂工人存在的软弱、功利、现实、盲目甚至庸俗的一面，他同样实施了批判。初来的柳叶叶不知道罢工的真正含义，在她看来，罢工就有机会穿漂亮衣服到街上逛逛，同时又担心拿不到"加班费"；机会主义分子常来临因为没有参与"开处"使柳叶叶免遭一劫，这不仅在道德层面使柳叶叶感佩不已，同时也被他空洞高蹈的话语煽动所迷惑：她爱上了他。这应该是一个新时代的正在成长的"新人"形象，我相信作家也是按照这样的形象来塑造的，不然就不会将"打工诗人"、潜伏记者等都安插在她身上。但是，曹征路还是遵循了生活的逻辑，发现了这个"新人"难以蜕去的先天的巨大局限。这些都表明了曹征路面对"底层"时的巨大困惑和矛盾，也正是这样的困惑、矛盾和焦虑，赋予了作品真实性的力量和时代特征。

同样，《问苍茫》在塑造常来临、陈太、赵学尧、文念祖、何子钢、迟小姐等人物时，都没有做简单化的处理。尤其是常来临这个人物，这是我们在其他作品中未曾谋面的人物。他的特殊性、独特性的发现，是曹征路的一大贡献。这个军人出身也待过业，在道德上有自我约束的人，他没有参与招工时的"开处"，他的道德形象在小说的男性形象中几乎凤毛麟角，在《问苍茫》的处境中，夫妻两地分居还能够做到"守身如玉"，堪称道德楷模。但就是这样一个有道德的人，能够带着山村来的女工逛深圳、说贴心话的人，在面对工人和资本的时候，他的人格分裂了：一方面，他愿意为工人着想，并巧妙地改变了工厂集体辞工变相剥削的阴谋；另一方面，在强大的资本神话面前，他无能为力、举步维艰。他曾对柳叶叶说，"有句话你一定要听，你是个有前途的人，你和他们还不一样，你还会有很大发展，还会有自己的事业。什么叫现代化？什么叫全球一体化？说白了就是大改组大分化。国家是这样，个人也是这样。一部分人要上升，一部分人要下降，当然，还有一部分人要牺牲。这个是没有办法的事。"常来临没有说错，现实的确如此；但他说对了吗？哪部分人应该"上升""下降"和"牺牲"？存在的就是合理的吗？难怪最后连柳叶叶也悔不当初：

> 她想不通自己过去为什么那样崇拜他，甚至偷偷地把他和别人作过比较，为他激动得要死要活。可是现在，这个人的魅力到哪里去了？他除了会讲，还会什么？他忽然变得那样地丑恶，那样地小人。那样地走狗，那样地工贼。她想起来了，他当初用那么优美的腔调，动员大家长期为老板弟弟献血，原来只不过是为了自己的上升，为了上升就心安理得让别人去牺牲。明知别人会牺牲你还要做，那不就等于谋杀？

当然，柳叶叶的"醒悟"也未免偏狭。事实上，常来临的问题和他的全部复杂性，远不止柳叶叶经验的那样简单。当"资本霸权"的现实和"资本神圣"的意识形态已经支配了整个社会生活的时候，常来临个人的力量是微不足道的。因此，这虽然是个充满了变数的机会主义分子，但同时也有让人同情之处。他和文念祖、赵学尧等人毕竟还不是同一层面上的人。值得肯定的是，曹征路没有道德化地评价人物和历史。一个道德品质没有问题的人，并不意味着他在大时代能够明辨是非、担当道义。道德在这个时代的力量不仅苍白，同时也不是评价人物唯一的尺度。因此，对常来临这个人物，虽然诉诸了作家的批判，但也同时表现出了曹征路对这个人物的些许犹疑和矛盾。

三 《问苍茫》的文学性或艺术力量

几年来，对包括曹征路在内的书写"底层"的小说文学性或艺术性的问题，一直存有争议。诟病或指责最大的理由除了"展示苦难""述说悲情""底层"是社会学概念还是文学概念之外，就是"底层写作"的文学性问题。这个问题似乎是在"专业"范畴里的讨论，对这个文学现象普遍的指责就是"粗糙"。对"底层写作"文学性问题的讨论是一个真问题，遗憾的是，至今也没有人能够令人信服地说清楚"文学性"究竟是怎样表达的。这个问题就像前几年讨论的"纯文学"一样，文学究竟怎样"纯"，或者什么样的文学才属于"纯"，大概没有人说得清楚。站在民众的立场上说话曾经是不战自胜，"政治正确"也就意味着文学的合理性。但是，在今天的文学批评看来，任何一种文学现象不仅仅取决于它的情感立场，同时，也必须用文学的内在要求衡量它的艺术性，评价它提供了多少新的文学经验。这些看法无疑是正确的。但是，需要强调的是，许多年以来，能够引发社会关注的文学现象，更多的恰恰是它的"非文学性"，恰恰是文学之外的事情。我们不能说这一现象多么合理，但它却从一个方面告知我们，在中国的语境中一般读者对文学寄予了怎样的期待、他们是如何理解文学的；另一方面，急剧变化的中国现实，不仅激发了作家介入生活的情感要求，同时也点燃了他们的创作冲动和灵感。"底层写作"正是在这样的背景下发生的。但是，就像在文学领域没有可能认同的"中国经验"一样，也没有一个共同的"底层文学"特征。

《问苍茫》书写了"底层"，但它的内涵要远远大于"底层写作"；

这部作品可能有些"粗",但它是"粗粝"而不是"粗糙"。"粗粝"与书写对象有关,写小姐的牙床和草莽英雄,写时尚的"小资"与下岗的女工,在作家的笔下肯定是不同的。因此,"粗粝"只是一个风格学的形容词,而不是评定一部作品的尺度,尤其不是唯一的尺度。在我看来,《问苍茫》之所以引起了普遍的关注甚至轰动,不仅在于作品全景式地反映了深圳改革开放的另一种历史,同时也在于小说在艺术上取得的成就。小说在整体构思上,以"幸福村"作为主要场景,以地方、家族势力作为历史演进的支配性线索,事实上是一个隐喻。无论深圳如何被描绘为一个"移民城市",如何"现代",但传统的中国文化在任何一个地方都是一个"超稳定结构",深圳当然也是如此。无论有多少外商、外资和内地各色人等的涌入,地方势力在基层都是难以撼动的。文念祖虽然是个地道的农民,但在小说中他是左右幸福村真正的主角,他是幸福村真正的"王"。无论是台商、教授、军转干部、情人,还是地方领导,事实上都是以他为中心构成的社会。他成为中心不只是他拥有资本,重要的是他和他的家族构成的地方势力。他的言谈举止、内心需要等,与农民出身的"王"有极大的相似性:有了钱就要编外太太,甚至生了孩子,始乱终弃;有了钱就要显赫的身份,要教授陪伴左右装点门面;最后就是将金融资本兑换成政治资本,要到"台上坐一坐"。深圳无论表面上再"现代"、再"文明",也不能改变文念祖深入骨髓的"王朝"观念。在这个人物身上,我们可看到没有经过现代文明洗礼,只有物的浮华,距离真正的现代该是多么遥远。文念祖这个人物的深刻性,是通过作家具体细微的体察和纤毫毕现的生动描绘表达出来的。如果没有杰出的艺术功力,人物的深刻性是无从表达的。

小说中还值得提及的是陈太这个人物。这是一个优雅、时尚、温情、充满女性深长意味的女台商;作为商人,她奔波劳碌筹款找订

单，给两千多人提供了就业机会；但为了赚钱，她也可以在试用期未满就解雇工人，赚取转正前的差价；风月场上她左右逢源、游刃有余，但温婉多情的背后又隐含欲说还休的无尽苍凉。弟弟病逝、罢工风潮、资金周转等各种问题终于使这个优雅的女人彻底崩溃、不辞而别。小说只是客观地呈现了这样一个女人，似乎没有明显的情感倾向，没有憎恨也没有意属。但就是这样一个看似寻常的人物，无意间却给人留下了深刻的印象。是陈太身上的什么东西打动了我们或吸引了我们的目光？是她的气质高贵、风韵犹存、多愁善感、红颜薄命？似乎在是与不是之间。在我看来，陈太作为一个"注意力人物"的抢眼之处，是在与周边的人物比较中凸显出来的：常来临的变数、文念祖的粗鄙、赵学尧的猥琐、迟小姐的功利等，这些人性的缺陷在陈太身上似乎都没有，但她也不是一个让人倾心的人物。她有可爱之处，但似乎又隔了一层什么，一种难以言说或名状的距离，使我们在远观的时候只能欣赏却难以亲近。曹征路在塑造这个人物的时候，拿捏得恰到好处。遗憾的是最后将陈太处理成了一个商场上的"娜拉"，在人物塑造方法上落入窠臼，有简单化或取巧之嫌。话又说回来，如果不是这样，那还是陈太吗？

在小说中，曹征路没有商量地下了"狠招"和"猛药"的人物就是赵学尧。这个人本来是一个学者、教授、一个知识分子。他初来乍到深圳时，还多少保有一点作为书生的迂腐，还有一种难以融入的身份或道德障碍。但经过学生何子钢的点拨训导，特别是初尝"成功"的快意之后，焕发或调动了他身上所有的潜能。无论是对权力、女人、金钱、利益，都以百倍的疯狂攫取。但在获得这一切的时候，他的卑微、猥琐和工于心计，都暴露无遗。这个时代知识分子的全部丑恶他都聚于一身。他为文念祖处理情妇迟小姐的事情，为文念祖登上政治舞台舞文弄墨、捕风捉影，没有廉耻地拼凑"新三纲五常"，居

然还和文念祖的太太发生了性关系。难怪迟小姐评价他说:"你自以为很有学问,其实你也不是个东西。别以为你喜欢谈意义就很有意义了。你不要我的钱就说明你干净了?你比我还不如,我还敢做敢当,你连这点勇气都没有。你挣的什么良心钱?你鞍前马后跑的是什么?那都是太监干的活儿。"曹征路是大学教授,他对当下知识分子的德行实在是太了解了。被"阉割"的赵学尧教授当然不是当今知识分子的表征,但曹征路却以写意的方式刻画出了知识分子灵魂的某些方面。

《问苍茫》在艺术上取得的成就还有很多。但仅此而已足以证明了《问苍茫》在当下小说创作格局中的重要性。但我依然认为,在中国的语境中,特别是在变革的大时代,真正敢于触及现实问题,表达我们内心不安、焦虑、矛盾和游疑的作品,要远比那些超拔悠远、俊逸静穆的作品更能给人以震撼。曹征路在一篇创作谈中也曾说过类似的话:"小说失去了与时代对话的渴望,失去了把握社会历史的能力,失去了道德担当的勇气,失去了应有的精神含量,失去了对这种关注作审美展开的耐心,无论如何是说不过去的。我不知道当代文学何日能恢复它应有的尊严。但毫无疑问在主义之上我选择良知,在冷暖面前我相信皮肤。"① 对曹征路的上述表达,我非常认同。

苏珊·桑塔格在《静默之美学》中说:"每个时代都必须再创自己独特的'灵性'(spirituality)。(所谓'灵性'就是力图解决人类生存中痛苦的结构性矛盾,力图完善人之思想,旨在超越的行为举止之策略、术语和思想)"② 曹征路在他的系列小说中,在某种程度上再创了我们时代独特的"灵性"。这就是,在中国现代性的不确定性中,

---

① 曹征路:《我说是逃避,也是抗争》,《北京文学·中篇小说月报选刊》总第22期。
② [美]苏珊·桑塔格:《激进意志的样式》,何宁等译,上海译文出版社2007年版,第5页。

他发现或意识到了我们言说或表达的困境,这个困境事实上是我们的思想危机,在彷徨和迷茫中才会有"苍茫"的发问。这既是对社会历史发展进程的叩问,也是对个人精神领域的坦诚相见。他没有信誓旦旦地专执一端,在情感、立场倾向底层的同时,他也表现出了内心的犹疑、矛盾和真实的焦虑。但他感时忧国、心怀忧患,敢于触及当下最现实和敏感的社会问题,显示了他作为作家未泯的良知和巨大勇气。在五四运动 90 周年即将到来的时候,能够读到《问苍茫》这样的作品是我们的幸事。这就是:一个伟大的传统历经百年仍有薪火相传。于是,我再次想到了鲁迅先生为殷夫《孩儿塔》序中的名言:"这是对于前驱者的爱的大纛,也是对于摧残者的憎的丰碑。一切所谓圆熟简练,静穆幽远之作,都无须来作比方。"[①] 因为这文学属于另一世界。

[①] 鲁迅:《鲁迅全集》(第六卷),人民文学出版社 1981 年版,第 494 页。

现代性难题与南中国的微茫

——评邓一光作品集《深圳在北纬 22°27′—22°52′》

深圳的历史沿革，无论推演到秦汉还是魏晋，它引起世人广泛关注还是新时期以来的事情。因此，这座历史悠久的城市，仍然可以看作中国最年轻的城市。城市虽然年轻，却可以讲述出多种历史，它可以是"神话般地崛起座座城，奇迹般地聚起座座金山"的历史，也可以是无数打工者的命运史；可以是股市冒险者的发达史或惨败史，也可以是底层人小富即安的生活史。在不同人的眼里，深圳就这样可以书写出非常不同的历史。正是这种不同或差异性，使深圳这座城市的各个角落布满了神秘或生动的各种故事。一座有故事的城市就像一个有故事的人一样，充满了魅力或新奇感。此前，我曾在彭名燕、李兰妮、曹征路、盛可以、吴君、王十月、谢宏、毕亮等不同年龄作家的笔下读到过不同的深圳。他们不同的感受和描摹使深圳变得迷离又清晰——说它迷离，是因为深圳的五光十色乱花迷眼；说它清晰，是因为有无数个具体形象的深圳场景和人物。但是，关于深圳故事和感受的讲述还远远没有结束，就像面对无数个新老城市一样，每个人都有他挥之不去的一言难尽。

2009 年，邓一光从武汉移居到了深圳。一个人居住地的变迁对他人来说无关紧要，但对当事人来说却重要无比——一座城市就是一种存在状态，一座城市就是一种心情。当然，在适应这座城市的过程中，他也发现了这座城市，发现了新的自己。就这样，邓一光作为深圳的"他者"闯进了这座城市精神的心脏。于是，几年后就有了这部《深圳在北纬22°27′—22°52′》作品集。值得注意的是，邓一光的这部作品集与其说讲述的是深圳的故事，毋宁说他是通过深圳的各种人物、场景和符号，表达了他对这座城市的体会或想象，这种感受新奇而怪异，复杂又意犹未尽——深圳在他的作品中若即若离、似是而非。但是，在他的讲述中，我看到了他小说背后的隐解构，这就是：现代性的难题与南中国的微茫。

一 日常生活与文学的极端化

一个作家书写什么，就表达了他在关注什么。《深圳在北纬22°27′—22°52′》这部作品集，书写的人群或对象，基本是深圳的平民阶层。平民就是普通民众，他们不是这座城市的主导阶层，但他们是主体阶层。只有这个阶层的存在与精神状况，才本质地反映或表达了真实的深圳。过去我们也阅读过很多表达深圳底层生活的作品，比如"打工文学"等，这一文学现象和命名本身，已经隐含了明确的阶级意识和属性。但在当下的语境中，那种简单的民粹主义已经很难阐释今天生活的全部复杂性。因此，在我看来，当邓一光在表达深圳平民存在与精神状况的时候，他不是讲述这个阶层无边的苦难或泪水，不只是悲悯或同情。在他看似貌不惊人的讲述中，恰恰极端化地呈现出了这个阶层的存在与精神状况。

这部由各自独立的小说构成的作品集，无意间也构成了由外及内的认知序列。开篇的小说《我在红树林想到的事情》，虚拟了一个初来深圳的"我",在朋友带领下去"看房"。房就是家,是安身立命的基本条件,没有房就没有家。但深圳的房价高得令人咋舌,没有能力买房的"我"被朋友建议"只能去红树林了"。红树林没有房子,"我"却鬼使神差地在夜里遇到了一个男人,男人有房子,是母亲留给他的,这并不重要,重要的是母亲为了这所房子付出的代价。母亲是一个有很多男人的人:"我母亲要和那么多男人干那种事情,就是说那些男人,他们很可能为我现在拥有的这套房子掏过腰包,或者他们的一些人掏过。"后来母亲和一个男人出国了。这是一个隐秘的事件,也是这个男人的难言之隐。当然,这是一个隐喻,它被讲述出来示喻的是,对平民阶层而言,在深圳拥有一套房子该是怎样的艰难。

但小说到这里并没有结束,当"我"两次睡着醒来后,天已经大亮。这时"我"看到了在红树林生存的生命,它们是各种自然界的生命。小说在注释中说明:"深圳的红树林比邻拉姆萨尔国际湿地——香港米埔保护区,是中国最小的国家级自然保护区。"但是,"1988年以来,深圳城市建设中,不少于八项工程占有了该保护区土地,面积达147公顷,占整个保护区面积的48%,毁掉红树林35公顷,占元植被面积的31%"。小说从人的存在困境过渡到自然生态的困境,或者说,现代性的难题或它的两面性已经日益突出地表现了出来。住房是我们日常生活面临的问题,但更严峻的问题可能已经涉及世界的整体。

这是邓一光的忧患。但他不是用"启蒙者"的优越告诫或警示读者,他是用最平实的日常生活——同时也以极端残酷的方式将要表达的问题呈现出来。而《乘和谐号找牙》似乎是在回答《我在红树林想到的事情》提出的问题,这就是人要学会"放弃"。现代性的过程是一个凸显或膨胀欲望的过程,这个过程带来的生活的便捷和物质的丰盈,同时它也是一个无限索取和占有的过程,人对社会、对自然无休止的索取和占有，一定会遭遇意料之外的报复。找牙的故事，就是对"放弃"的释然或顿悟。但是，生活又远没有这样简单，它的全部复杂性就是让人欲罢不能、难以释怀。《宝贝，我们去北大》，讲述的是一对中年夫妇为生活和生育奔波的故事。傅小丽和王川都已年近四十岁，还是没有自己的孩子。但他们坚信一定会有自己的孩子。于是，他们一次次地去北大——北京大学医院在深圳办的一家医院的生殖科。在生活方面，他们不得不节衣缩食：他们现在的早餐是开水泡饭和虾杂面酱，"有一段时间他们的早餐是面包片。还有一段时间他给她煎火腿蛋，加一大杯'蒙牛'牌高钙奶，用微波炉煮沸。自从物价上涨以后，他们调整了早餐品种。必须紧缩开支。他们要养三个老人，两个读书的妹妹。他们还要存钱买房，还要为宝宝攒教育费。"这倒也没有什么，平民阶层面对的生活就是这样。但是，另一条线索同时出现了：一辆醉驾的2003年款道奇"战斧"撞上了护栏。"战斧"主人的母亲掏出一张支票，非要儿子早上酒醒后能见到完美的座驾。这样，作为丈夫和师傅的王川，一边要关照妻子去"北大医院"，一边要带领三个徒弟干到半夜。王川没有怨言。讲述者也心平气和，但让人难以理喻的是这个被王川徒弟戏称为"繁漪"的女人，居然连半天的时间都不肯相让，王川确实需要半天时间处理个人事情。女人说酒驾的"还是个孩子，他不愿意等"。并一再强调这是一座文明城市，她告诫王川们，如果你"还想继续活在这座城市里，记住别玷污了它"。这当然是反讽，究竟是谁玷污了这座城市，不言自明。面对这样的生存处境，王川当然也有不能控制的时候，他曾经因为傅小丽跳舞而动手打过她：傅小丽跳的那支舞曲是《感恩的心》。也难怪王川的失控，生活破碎到了如此地步，要感谁的"恩"呢！

《万象城不知道钱的命运》，用流行的说法是一篇典型的"底层写作"：年关到了，打工的德林要购票回家过年。800万外来人口都要回家过年，买到车票就不是一件容易的事情。德林没有买到票。没有买到票的德林只能给家里打电话："母亲问他们是不是不再生了——生儿子。细叶为账单和家用烦心。大女儿担心今年的学费能不能一次交齐，小女儿只关心新年礼物。总之家里四个女人，没有人没有问他什么时候回家过年。"但是，有责任感、有良心的德林并不沮丧，他要寄钱给哥哥，救他出狱，要给母亲、大女、二女，剩下的都归妻子细叶。德林最终当然也不能回家过年了。不能回家过年的德林却并不难过，虽然万象城琳琅满目的商品与他没有关系，深圳一切都是钱说了算。可家里何尝不是这样呢。于是，德林阿Q式地用想象的方式满足了一次自己无限消费的过程，他"心里一下子敞亮了"。虽然不能回家过年，但"他觉得这个年，他会过得不错"。德林没有眼泪和抱怨，他"身兼数职"的重负也没有压倒他。但是，他无边的苦难不着一字，尽得风流。

这些平民的生存状态，沉淀在文学深圳的最底层，当然也是基础。一旦邓一光用文学的方式表达出来的时候，他就这样让我们认识了另一个深圳。

二　眼泪与梦

邓一光在这部作品集中，无数次地写到眼泪，当然也有梦。眼泪在现实中，它是一个人悲伤、无助以致绝望的情感表达；梦在幻觉里，是一个人潜意识在睡梦中不自觉的虚幻实现，它可以飞翔，可以到任何地方，可以实现现实中不能或难以实现的愿望或诉求。它们应该是一对矛盾。正是这样的矛盾构成了深圳平民精神世界的一个方面。当然，任何文学作品都不免写到眼泪和梦，但在邓一光的作品中，眼泪不是我们惯常见到的生离死别，不是少男少女失去的爱情；他的人物的眼泪是惶恐、不安或者身份、生存焦虑的紧张造成的；梦也不是金榜题名、黄金屋、颜如玉，而是由于存在的荒诞感、不真实性带来的人内心潜在的试图逃离的一种方式。如果是这样的话，这些元素就构成了深圳平民精神世界的微茫特征。

《离市中心二百米》讲述的人物心理可能匪夷所思：一对有博士、硕士学位的夫妇，特别是女硕士，就想居住在市中心。他们找到了市中心的南北中轴线，然后在距市中心二百米的地方租到了一所房子。女硕士喜极而泣。她坐在窗台上，"蜷缩在那里，一把一把抹眼泪。天亮了她还在梦里抽搭"。居住在市中心是一个梦，是一种身份的象征。靠近市中心不仅意味着靠近了上流社会，更重要的是能够实现做一个稳定的"深圳人"。因此，他们打算消费时她才会说出："酒店吃不惯，出门有围龙屋客家食府，不行就元禄回转寿司。谁叫咱们住在市民中心。"然而，市中心的一切与他们并没有构成实质性的关系。男博士最后还是沮丧地说："我只知道，我不是深圳人，从来不是，一直不是。"深圳是移民城市，大多数人在这里都没有根。因此，是否是一个深圳人，与身体是否处在市中心没有关系，它是一个与身份相关的文化问题。

《宝贝，我们去北大》中的傅小丽，几乎就没有终止过眼泪。表面上看是她不能为王川生一个他们共同的孩子，她甚至动过离开王川，为王川再找一个女人生孩子的念头。但本质的原因还是她的身份焦虑。这不仅是不能成为一个母亲就不能做一个完整女人的焦虑，更重要的是她是否能够成为一个深圳人的焦虑。她也曾经和一个叫周立平的人"好"过，她的女朋友吴玉芳说："傅小丽你要下决心，周立平真的在乎你，他前妻缠他他都不干，你只要和他睡了立刻就能住进产权房,你就是真正的深圳人了。"傅小丽没有跨出那一步,她还是王川的妻子,但她有自己对深圳的认识,她认为自己就是一个深圳的多余人,她对深圳而言"不再需要了"。王川安慰他说"需要","深圳念旧"。傅小丽说"念个屁","它在高速发展。它停不下来。它谁也不念"。傅小丽是在冲动中说出的话,但这样的深圳认识显然在内心潜伏已久。

但是,深圳不相信眼泪。现代性的过程起码在当下是一个逐渐祛除情感的过程,人内心的友善、同情、悲悯、助人等品质,逐渐淡化,而越发凸显的则是冷漠、观望、无动于衷。人的情感更多的是在个人的"内宇宙"中展开。不只是深圳,任何城市都排斥外来的"他者",我们在西方"成长小说""流浪汉小说"等作品中已经耳熟能详,巴黎将非巴黎人称作"外省人"便是例证。因此,任何人进入城市,都必须经历一个受挫、失败的过程。如果没有乡下作家进城的失意或挫折,乡村文学田园牧歌式的诗意是难以想象和完成的。也正因为如此,那种逃离、远行、排拒城市的梦,对外来者来说一直没有终止。但是,现代性是一条不归路,进入城市的外来者,除了不可抗拒的因素外,他们是决不离开城市的。因此,梦就成了他们逃离的唯一形式。

《深圳在北纬 22°27′—22°52′》是一篇受到广泛好评的小说。小说开篇就写梦境,他"梦见自己在草原上,一大片绿薄荷从脚下铺到天边"。而且经常梦见草原:"在梦中,他就是一匹马,撒着欢,无拘无束。从梦中醒来后,他还在大口地呼吸,胸脯剧烈地起伏,小腿肚子发紧,膀胱也发紧。而且他的后颈上有一层细细的汗。"不仅做监理工程师的丈夫做梦,做瑜伽教师的妻子也经常做梦。她告诉他昨晚的梦:"梦里又变成了一只蝴蝶。这一次,她在热带雨林里快乐地飞翔,没想到遭遇上劈头盖脸的雨。前两次她在莫名的地方,一次是气候干

燥的北非沙漠,一次是冰天雪地的南极。在北非的时候她能开口说话。在南极的时候她不能说,用的是哑语,因为不习惯用触角或足打手势,差一点被一只帝企鹅误会了。"

做梦是健康人经常遇到的事,本来不足为奇。但有趣的是,两夫妻经常梦到的是马和蝴蝶两种动物。马是与驰骋、奔跑相联系的动物;蝴蝶是飞舞的动物,而且翩翩多姿。驰骋和飞舞是自由的象征,经验表明,人越是缺乏什么越是向往什么。那么,这两夫妻究竟缺乏什么呢?小说交代:"他们从不吃隔夜的食物,他们甚至不吃隔夜的蔬菜。"这表明他们在经济上没有问题;他们夫妻感情很好,妻子经常"蛾蛹似的钻进他腹下,嘴唇贴在他小腹上,吮吸着"睡觉。排除夫妻生活的各个方面都没有问题后,我们发现,这是深圳,问题就出在深圳上。我们看到监理的工作状态是:"整个白天他都在工地上没头没脑地奔波。"因为在深圳:

> 没有人偷懒。在深圳你根本别想见到懒人。深圳连劳模都不评了,评起来至少八百万人披红挂绿站到台上。但没有人管这个,也没有人管你死活。深圳过去提倡速度,现在提倡质量,可在快速道上跑了三十年,该不该惯性都在那儿,刹不住。

于是,监理感到的就是:"他累,却只能忍着,无处可说。"监理的疲惫传染了妻子,妻子的梦于是也多了起来。更糟糕的是,不只是这一对夫妻,几乎所有的人,"他们焦虑或镇定,不安或顽忍,掩饰或坦然,却同样孤独地找不到同类"。所以,深圳这座光鲜、辉煌的城市正是用它的意想不到的另一面作为代价实现的。现代性的承诺只实现了一部分,而它遮蔽的恰恰是需要发现的。这是一个难题,这个难题铸成的就是南中国精神或心理上的微茫。邓一光在作品集的后记中说:"任何城市和任何时代都存在至少两种城市和时代认知,一个是现实的城市或时代，一个是想象的城市或时代。小说当然要承担时代及历史记忆的打捞和记录功能，但先在性的，行动着的想象力才是小说与生俱来的责任。小说的意义更在于，它是人类人文精神的感性象征、细节佐证和精神索引，唯有这一点，它的意义超过了美轮美奂的城市建筑。"这是一种小说理念。它要表达的是，小说既是现实的，同时也是飞翔的。

三　空间与场景

空间是小说人物展开活动的场域，这个空间可以是开放的，也可以是封闭的。但它一定是一个特定的空间，短篇小说尤其如此。同时，不同空间具有不同的功能，它制约或限制着小说的内在结构及人物关系。这与其他叙事文学的形式功能是一样的。

《乘和谐号找牙》，小说题目在表达荒诞性的同时，也告知了小说展开的空间——和谐号车厢里。小说缘起是"我"的牙丢了，而且言之凿凿丢在了广州，乘和谐号就是为了去广州找牙。在即将开车时，来了一位年轻女人。"我"帮助年轻女人放好了巨大的行李，女人却坐在了"我"的座位上，"我"只好另寻座位。但女人却追了过来，两人无可避免地攀谈起来。车厢是一个封闭的空间，但它是一个流动的空间。流动的空间与两人交流的升温和深入构成了同构关系，空间的流动性使小说有了律动感。流动就是不确定，一切未果，于是就有了悬念。果然，这位有轻微倾诉强迫症的女人，也有丢失的东西，而且对女人来说是致命的——乳房。她自己说那是非常迷人的乳房，"您能想到的最美的乳房"。女人没有乳房就失去了性别体征，所以她

说她的身体都不见了。"和谐号"到了终点，车门打开后，一个封闭的空间敞开。这是小说有了结果——丢失牙齿的"我"顿时释然："看来谁都有东西在不经意之中丢失掉。我丢失的是牙齿，别人丢失的是另外什么东西。"于是他放弃了寻找牙齿的努力，又买一张和谐号的车票回深圳了。只有在敞开的空间里，在与他人比较中才会发现，个人得失可能不那么重要，放弃或许更重要。

《罗湖游戏》展开的空间是一家餐厅。餐厅是一个敞开的空间，是公共场域。这个场景的设定，犹如一个戏剧舞台，或者银屏或银幕，它就是为观众设定的。果然，四个食客如期而至地登场了。他们先是等位，然后是我们在餐厅惯常见到的场景：点菜、喝酒、聊天。然后由于酒精的作用，将聚餐推向高潮。不同的聚餐有不同的高潮或结束方式，那是由聚餐人的身份和关系决定的。当然，我们必须关注聚餐谈话的内容——不同的群体、不同身份的聚会，谈话内容一定有所不同，但有一点是共同的，那就是他们在谈论什么，就一定是在关注什么，他们的话题有通约关系，也就是共同怀有兴趣。这是一个敞开的场景，但是你发现，这个敞开的场景并没有实现"公共空间"的功能，四个人构成了一个封闭的小圈子。当然，聚餐是私人性质，可以不与之外的任何人打交道。但是，故事讲述者显然有旁及整个场景的机会或可能，但他都没有涉及。人与人之间的关系在这里构成一种隐喻。然后我们听到的是这样一些谈话内容："我要是店家，不会让大胸的服务生写菜单。""刚才你们谁推我？""说说罗湖游戏，是怎么回事？""谁是廖真珍？我们办公室一个老姑娘。"等，这些话题散乱而无序，之间没有任何联系，就像这四个人的关系一样。聚餐结束时，居然"我们谁也没有理谁"。讲述者"我"突然发问："他们是谁？他们是干什么的？"这个发问即是四个人没有任何关系的必然结果，也是对这场聚会的巨大解构。因此有了这样一个合乎逻辑的结尾：

关于这顿饭，疑点很多。我为什么非得在食府等位？我来这里干什么？那个大厨模样的男人是谁？罗湖游戏到底是什么游戏？怎么玩？直到最后他们都没说。还有，我根本不认识他们。我是说，林洁也好，郭子和熊风也好，我不认识他们。我连他们叫什么都不知道。他们的名字是临时取的，我取的凑合着用一下，以免把人弄混了。所以三个人都取了单名。

名字这东西，你可以信，也可以不信。

小说的荒诞性至此呈现出来。这个荒诞性是通过戏剧化的方式得到表达的，比如那个"罗湖游戏"一直隐藏在幕后，它的谜底始终没有揭开，它就像被等待的那个"戈多"，究竟是迟迟不临还是子虚乌有已经不重要，因为它就如同那三个被虚构的人物一样，是符号化的元素被设定的，他们是谁都一样。存在主义哲学在当下的日常生活中仍然没有退场，人与人难以沟通的绝对性，构成了小说荒诞性的哲学基础。

《仙湖在另一个地方熠熠闪光》与《罗湖游戏》大不相同，它的空间是一个封闭的场景——私人居室。人物也只有他和她两个人。一对成年男女在一个私密空间里，原本是一个被"窥视"的所在——它喻示着缠绵、暧昧、情色等。而这两人的关系也确实诡秘，此时的他们是一次私密的幽会：两人的关系显然不同寻常，这从他们的口吻、眼神、动作能体现出来。尤其女人的关切、理解和自然的行为，给人深刻印象。但是，他们接触了之后我们发现，两人又像是两条轨道上跑的车，总是不能交汇，就像都在守着一个不可言说的秘密，谁都不肯先交出来。因此，我们窥视到的情况可能会让很多人大失所望：我们只见那个男的非常不安，一直在看电视里日本福岛核电站泄漏的新闻；女的则不关心这件事，她心不在焉地读自己喜欢的书。他们在一起的四天里，也交谈，也散步，也做饭，但奇怪的是他们没有身体接触。这种人物关系一直以神秘的方式向前流淌。直到小说即将结束时

我们才得知：他们曾经是大学同学，是曾经的恋人，并且有一个共同的孩子。但此时的他们已经各自有了归属，这个女人也许过两天，可以开着她的布加迪，过了罗湖回到香港半山的豪宅里。因此，这是一次为了告别的聚会，一切都结束了。这也是他们四天同居一室，各怀心腹事的最终原因。那个封闭的私人空间，可以让他们的身体与世隔绝，他们的心却在各自的轨道上飞翔。深圳隐秘的角落或堂皇的处所，就隐藏着无数这样的隐秘故事，它们漂浮或散落在深圳汪洋一样的生活中，使这座英姿勃发的城市迷离又绚烂。

小说有鲜明的先锋文学的气质，特别是在叙事视角上。这里的叙事视角是"后视角"：只有讲述者把当事人的经历全部呈现出来时，一切才浮出水面。我曾经多次讲过，在当代中国，是否受过先锋文学的洗礼是大不一样的。邓一光的小说不只是讲述故事，故事只是他小说的一个元素，他要通过这些时断时续的故事线索，处理的是人物的精神状态或处境，他是以处理人物的精神和心灵事务为旨归的。荒诞性、不确定性和人物命运的不可知性，构成了他小说的内在结构。他对小说的理解和处理方式，使他这部作品集鲜明地区别于当下所有书写都市生活的作品，从而在短篇小说创作中独树一帜。

当下中国的社会构型还远远没有完成，以城市文明为核心的新文明正在建构当中。深圳作为新兴的一线城市，作为新文明崛起的一个"个案"，具有鲜明的典型性和代表性。新文明建构过程所有的问题在深圳都可以轻易地找到或看到佐证。在这样的时候，邓一光身置其间恰逢其时，他的小说从一个方面为我们记录或揭示了深圳精神状况的某些方面。他在这本书的后记中说："这部短篇小说集里的故事来自我在深圳一年的生活。它更像一部文学笔记。也许我每年都会写一些。……如果十年以后我还在写，写下几十个甚至更多的篇什，他们会形成我对这座城市的认知史。"现在开来，邓一光已经部分地实现了自己的期许。

我稍显不满足的是，他的这些杰出的小说，在结构上可能有些雷同。它们都是实写的姿态，写具体的日常生活，然后虚写，写一个意象或具有象征性的事物，都是先在地上预热，然后飞向空中。或者说，这些小说都是试图在具体生活中发现哲学，发现抽象的、令人震惊的感悟，然后让那些无关紧要的日常琐事烟消云散。如房子与红树林、牙齿与放弃、聚餐与存在主义、深圳与草原等，这些想法确实不错，但如果用得多了，似乎就有重复的感觉。我觉得，是不是这些小说是在一个时段里集中创作的原因，是邓一光无意识形成一种思维定式带来的后果？这当然是揣测，但是否也是问题呢？

在不确定性中寻找道路

——评关仁山的长篇小说《麦河》

　　乡村中国的改革开放已经历了30余年,对30多年来中国乡村改革的评价并不相同。2010年,我读过两部有代表性的乡村题材的小说:一部是刘亮程的《凿空》;另一部是关仁山的《麦河》。这两部作品是对乡村中国历史命运的两种叙述。《凿空》的叙述缓慢悠长,对既定的乡土生活极端迷恋甚至迷狂;《麦河》则大不相同。《麦河》是作家关仁山继《天高地厚》《白纸门》等长篇小说后,又一部表现当下中国乡村生活的长篇小说。无论对关仁山的创作做出怎样的评价都另当别论,有一点必须肯定的是,关仁山是一位长久关注当代乡村生活变迁的作家,是一位努力与当下生活建立关系的作家,是一位关怀当下中国乡村命运的作家。当下生活和与当下生活相关的文学创作,最大的特点就是它的不确定性,不确定性也意味着某种不安全性。如果是这样的话,这种创作就充满了风险和挑战。但也恰恰因为这种不确定性和不安全性,这种创作才充满了魅力。关仁山的创作几乎都与当下生活有关。我欣赏敢于和坚持书写当下生活的作家作品。

　　《麦河》写的是当下乡村中国正在实行的土地流转政策,以及面对这个政策麦河两岸的鹦鹉村发生的人与事。实行土地流转是小说的核心事件,围绕这个事件,小说描绘了北中国乡村的风情画或浮世绘。传统的乡村虽然在现代性的裹挟下已经风雨飘摇,但乡村的风俗、伦理、价值观及具体的生活场景，并没有发生革命性的变化，这就是我曾经强调过的乡村中国的"超稳定文化结构"。但是，乡村中国又不是一部自然发展史，现代性对乡村的改变又几乎是难以抗拒的。因此，乡村就处在传统/现代的夹缝中——面对过去，乡村流连忘返充满怀恋；面对未来，乡村跃跃欲试又四顾茫然。这种情形，我们在《麦河》的阅读中又一次经验。有趣的是，《麦河》的叙述者是由一个"瞎子"承担的。三哥白立国是个唱大鼓的民间艺人，虽然眼睛失明了，但他对麦河和鹦鹉村的人与事洞若观火、了如指掌。他是鹦鹉村的当事人、参与者和见证者。三哥虽然是个瞎子，但他心地善良、处事达观、与人为善和宽容积极的人生态度，给人留下了深刻的印象。在某种意义上他是鹦鹉村的精神象征。但作为一个残疾人，他的行动能力和处理外部事务的局限，决定了他难以主宰鹦鹉村的命运。他唯一的本事就是唱乐亭大鼓。但是，这个极受当地农民欢迎的地方曲艺，能够改变鹦鹉村贫困的现实和未来的命运吗？因此，小说中重要的人物是曹双阳。这是一个我们经常见到的乡村"能人"，他见多识广、能说会道，曾经和黑道的人用真刀真枪震慑过黑石沟的地痞丁汉，也曾经为了合股开矿出让了自己的情人桃儿。这是一个不安分、性格极其复杂的人物，也是我们常见的乡村内心有"狠劲"的人物。他是当上"麦河集团"的老总以后重新回到鹦鹉村土地上的。他希望村民通过土地流转加入"麦河集团"，实现鹦鹉村的集体致富。所谓土地流转是指土地使用权流转，土地使用权流转的含义，是指拥有土地承包经营权的农户将土地经营权（使用权）转让给其他农户或经济组织，即保留承包权，转让使用权。也有的地区将集体建设用地通过土地使用权的合作、入股、联营、转换等方式进行流转，鼓励集体建设用地向城镇和工业园区集中。其要点是：在不改变家庭承包经营基本制度的基础上，把股份制引入土地制度建设，建立以土地为主

要内容的农村股份合作制，把农民承包的土地从实物形态变为价值形态，让一部分农民获得股权后安心从事二、三产业；另一部分农民可以扩大土地经营规模，实现市郊农业由传统向现代转型。

土地对农民是太重要了。历朝历代只有处理好土地问题，乡村中国才有太平光景。对于农民来说，土地分下来容易合起来难。但土地流转不是合作化运动，它是充分自由的，可以流转也可以不参加流转。对乡村中国来说这当然是又一种新的探索。就鹦鹉村而言，由于双羊的集中管理和多种经营，鹦鹉村已经呈现出了新的气象，农民的生活和精神面貌发生了显著的变化。当然，小说是写人物命运的。围绕麦河两岸土地流转这个"事件"，《麦河》在描绘冀北平原风俗风情的同时，主要书写了鹦鹉村民在这个时代的命运和精神状态。曹双羊是一个"能人"，但也诚如桃儿所说，这是一个患了"现代病"的人，他被金钱宰制，现代人所有的问题他几乎都具备。但他最终还是回到了土地，对土地的敬畏才最终成就了这个能人。瞎子三哥的眼睛最后得以复明，这当然不是他说的"因果论"。但这个"大团圆"式的结局还是符合大众阅读趣味的。三哥是《麦河》塑造得最成功的人物，他是乐亭大鼓的传人，是一个民众喜闻乐见的人物。在他身上我们才得以感受典型的冀北风情风物。应该说，就这个乐亭大鼓将《麦河》搅动得上下翻飞、风情万种。可以肯定的是，关仁山对三哥这类民间人物和乐亭大鼓相当熟悉。他身边的苍鹰是个"隐喻"，这个鸟中之王，因为飞得高才看得远。三哥与苍鹰"虎子"是相互的对象，用时髦的话说，他们有"互文"关系。

《麦河》中桃儿这个人物我们在《九月还乡》中似乎接触过：她是一个来自乡村的卖淫女，但做过这类营生的人并非都是坏人。桃儿自从回到鹦鹉村，自从和瞎子三哥"好上"以后，我们再看到的桃儿和我们寻常见到的好姑娘并没有不同。她性情刚烈，但多情重义。她不仅爱三哥，而且最终治好了三哥的眼疾使他重见光明。这里当然有一个观念的问题。自从莫泊桑的《羊脂球》之后，妓女的形象大变。这当然不是作家的"从善如流"或庸俗的"跟进"。事实上妓女也是人，只是"妓女"的命名使她们必须进入"另册"，她们在本质上与我们有什么区别吗？未必。桃儿的形象应该说比九月丰满、丰富得多。如果说九月是一个从妓女到圣母的形象，那么桃儿就是一个冀北普通的乡村女性。这个变化可以说，关仁山在塑造乡村女性形象方面有了很大的超越。

中国的改革开放本身是一个"试错"的过程和探索的过程。中国社会及其发展道路的全部复杂性不掌控在任何人的手中，它需要全民的参与和实践，而不是谁来指出一条"金光大道"。事实证明，在过去那条曾被誉为"金光大道"的路上，乡村中国和广大农民并没有找到他们希望找到的东西。但麦河两岸正在探索和实践的道路却透露出了某种微茫的曙光。但这一切仍然具有不确定性，双羊、三哥、桃儿们能找到他们的道路吗？我们拭目以待。

乡村文明崩溃的前史后传

——评关仁山的长篇小说《日头》

关仁山是一位长久关注当代乡村生活变迁的作家，是一位努力与当下生活建立关系的作家，是一位关怀当下中国乡村命运的作家。当下生活和与当下生活相关的文学创作，最大的特点就是它的不确定性，不确定性也意味着某种不安全性。如果是这样的话，这种创作就充满了风险和挑战。但也恰恰因为这种不确定性和不安全性，这种创作才充满了魅力。关仁山的创作几乎都与当下生活有关。我欣赏这样敢于和坚持书写当下生活的作家作品。他的《天高地厚》《白纸门》《麦河》等长篇小说，在批评界和读者那里都有很好的评价。现在，关仁山又发表了他新创作的长篇小说《日头》。《日头》讲述的是冀东平原日头村近半个世纪的历史与现实，小说对中国"史传传统"的自觉传承，使《日头》既是虚构的故事或传奇，同时也是半个世纪乡村中国变革的缩影。冀东平原的风土人情和爱恨情仇，就这样波澜壮阔地展现在我们面前。重要的是，关仁山书写了乡村文明崩溃的过程和新文明建构的艰难。他的文化记忆和文学想象，为当下中国的乡土文学提供了新的经验和方向。

如果说《天高地厚》《麦河》等小说，还对乡村中国的当下状况多持有乐观主义，更多的还是歌颂的话，那么《日头》则更多地探究了当下中国乡村文明崩溃的历史过程和原因。

小说从"文革"发生开始,日头村成立了"造反"组织,红卫兵也进入了日头村。"日头村很多事说不清来龙去脉,只知道状元槐、古钟和魁星阁。"千年老槐树上挂着古钟及为金状元修的魁星阁这三件东西是日头村的象征,也是日头村的文化符号。但是,"文革"首先从烧魁星阁开始:"魁星阁着火了!火光簇簇,一片通明,血燕四处惊飞,整个天空好像涂满了血。我和老槐树一道,眼睁睁看着文庙的大火烧了起来。大火烧得凶,像跟文庙有仇似的。天亮时文庙全都烧塌了,只剩下半堵墙。红卫兵排起长队,向着残垣断壁鼓掌。黑五说:'这是毛泽东思想的伟大胜利!让我们欢呼吧!'"小学校长金世鑫突然跪倒在地,"仰天长啸:日头村的文脉断了,文脉呀!没了文脉,我们和子孙后代都要成为野蛮人啊"。接着是批斗金世鑫。这一切都是在造反司令权桑麻的指使下完成的。金家和权家有世仇,这个世仇可以追溯至土改。故事讲述者老轸头追忆说:

我一下子想起了土改。权家和金家闹出了人命。

我眼前浮现了那悲惨的一幕。村农会主席是腰里硬他爹权均义,他派权桑麻他爹权老歪带民兵到地主家去封锁财产,叫作"封家",贴上封条,严禁动用。我是民兵,权老歪也带我去了。

我们路过金家的时候,权老歪瞅见了乡绅金成功。权老歪站住了,歪着脖子说:金成功家有过雇工,他咋没评上地主啊?有人说:人家是乡绅,有文化,受人敬重!权老歪劈头就骂:啥鸡巴乡绅,就是大地主!把金家也给我封了!我心发软,退了两步。

权老歪瞪了我一眼,亲手把金家封了。

隔了几天,开展斗争地主。村里农会召集开了斗争会。权老歪主动请战,斗争金成功,强迫金成功主动交代剥削、压迫农民的罪行。那一天,金成功被拉到状元槐下,金成功不服,权老歪像虎狼一样,把金成功扒光了衣裳,往他身上泼大粪。权老歪嗤

嗤地笑，笑时捂着嘴巴。这笑声像刀子一样戳在我的心上，我脑子一懵，反应不过来。

权老歪踹了金成功一脚，金成功摔倒了，满身臭粪。

权老歪逼迫金成功在大粪上爬，又一桶大粪泼上去，金成功被粪淹了，金成功在粪便上爬着，摔倒，趴着不动了，惨不忍睹。权老歪歪着脑袋狂笑着。正午时分，权均义和工作组过来了。权均义大骂权老歪：咱祖宗可没干过你这号瞎事啊！权老歪见权均义怒了，这才罢了手。我和二愣将臭烘烘的金成功背到家里。屋里有一股难闻的臭粪味。金成功灰着脸，已剩了半口气，夜里就上吊自尽了。

后半夜，权老歪得了怪病，大叫一声，吐血而亡。

唉，金家和权家的仇冤啥时了啊？

于是，权家与金家的争斗，成了日头村一直未变的生活政治。"权桑麻掌权以后，视天启大钟、状元槐和魁星阁为眼中钉。"权桑麻的这种仇怨，只因为日头村的这三个文化符号与金家有关。因此，从土改一直到"文革"，权家一直没有停止对金家的打击和争斗。这几个事件，集中表达了日头村乡村文明和伦理的崩溃过程。

这个过程当然不是始于关仁山，丁玲的《太阳照在桑干河上》、周立波的《暴风骤雨》、赵树理的《李家庄的变迁》等反映土改斗争的小说，都有详尽的对地主斗争和诉诸暴力行为的描写。比如对钱文贵的批斗、对韩老六的批斗，而李如珍则在批斗中被活活打死。那个时代，只要把人命名为"地主""富农"，无论怎样羞辱、折磨，直至肉体消灭，都是合法的。而这些反映土改斗争的小说，都对这些暴力行为给予了热情赞扬，这一立场在今天看来是需要讨论的。从某种意义上可以说，乡村中国乡绅制度的终结，也就是乡村中国文明崩溃的开始。《日头》也写到了日头村的这些场景，从土改到"文革"。但

是，关仁山不是在讴歌这些暴力和破坏行为，他在展现这些场景的时候，显然是带着强烈的反省和批判立场的。

小说中的两个主要人物——金沐灶、权国金，他们都是当代乡村青年。但是，权国金继承了祖上仇怨心理，无论是恋爱还是日头村的发展道路，一定要和金沐灶斗争。这既与家族盘根错节的历史渊源有关，同时也与父亲权桑麻的灌输有关。权桑麻曾说："老二，你哥不在，爹跟你说几句私密话。这么多年来，你爹最大的贡献是啥？不是搞了企业，不是挣到了多少个亿的钱，而是替权家竖了一个敌人，就是金家。不管金沐灶救没救过你的命，你都不能感情用事。因为，我们家族要强大，需要一个更强大的敌人。你懂这个道理吗？"这就是权桑麻的斗争哲学。

但是，改变乡村命运更强大的力量或许还不是权、金两家的争斗。日头村也终于在招商引资的潮流中办起了工厂，权家掌控着工厂。老轸头曾有这样一段话：

> 年轻人都进了企业，或是去外地打工，不管土地的事儿。只有年老的在地里巴结，庄稼长成拉拉秧，只能混口饭吃。工业把土地弄脏了，河水泡浑了，长出的东西，都是脏的。我坐在地头，一坐就是老半天，看着那些青草长出来，越长越高，埋了庄稼，埋了一块地一块地的庄稼，后来，庄稼地成了草地。他们不要庄稼了，不要粮食了。一想这些，我就哐哐地敲钟，敲得漫不经心，随意自如。
>
> 金沐灶也常常发呆。那天他和我并排坐在地头。我掐了老烟叶，嘴唇舔了纸，给他包了一个喇叭筒烟卷。金沐灶默默吸了两口，说：资本的威力太大了。我这个小乡长没招儿啊，没人听我的。我吸着喇叭烟说：你是乡长，都没人听，那更没人听的这个敲钟的！金沐灶说：轸叔，我当这个乡长，这就是我想要的结果吗？

我想在工业化和现代农业发展上找到平衡点，但找不到。工业化太强大了，挡不住吧！

乡村中国的发展并没有完全掌控在想象或设计的路线图上，在发展的同时我们也看到，发展起来的村庄逐渐实现了与城市的同质化，落后的村庄变成了"空心化"。这两极化的村庄其文明的载体已不复存在；而对所有村庄进行共同教育的则是大众传媒——电视。电视是这个时代影响最为广泛的"教育家"，电视的声音和传播的消息及价值观早已深入千家万户。乡村之外的滚滚红尘和杂陈五色早已被接受和向往。在这样的文化和媒体环境中，乡村文明不战自败，哪里还有什么乡村文明的立足之地。乡村再也不是令人羡慕的所在，很多乡村，大可以用"荒凉衰败"来形容。与此同时，"乡村的伦理秩序也在发生异化。传统的信任关系正被不公和不法所瓦解，勤俭持家的观念被短视的消费文化所刺激，人与人的关系正在变得紧张而缺乏温情。故乡的沦陷，加剧了中国人自我身份认同的焦虑，也加剧了中国基层社会的秩序混乱"①。这就是乡村文明崩溃的前世今生。

在火苗的说服下，权国金把魁星阁又建了起来。但是，在金沐灶看来："这表面看是好事，细想想，这又不是什么好事，也许是一个陷阱，是一个难以预料的灾难。如果不在人心中建设魁星阁，浮华的建筑当年镇不住权桑麻，以后它照样镇不住权国金的。我对未来的魁星阁还是充满忧虑啊！是什么让我这样忧虑，它的深层原因到底是什么呢？"作为乡长的金沐灶显然看到了乡村中国文明的沦陷，但他又能怎样呢？

谷县长批评权国金招商不利。权国金便伙同邝老板破坏耕地挖

---

① 参见《中国新闻周刊》总第540期特稿《深度中国·重建故乡》，2012年3月29日。

湖，为了动员村民拆迁，人们都被赶到简易安置房里去了。但是：

　　这严酷的一天，说来就来了。

　　一辆辆警车，警察赶来了。在拆迁现场拉开了警戒线，还出现了特警，特警们拿着盾牌，车里备着催泪弹。

　　开场是权国金蛮有气势的讲话：乡亲们，今天的日子应该记入日头村的历史。我们搞城镇化，搞现代农业，就得大量转移农民。必须不惜一切代价把农民转移出去，表面看，我们没离开燕子河，没离开这块地儿，其实，是质的变化，你们由农民变市民啦！这是大转型时代，大伙都忍点痛苦，做出一点牺牲，也是给国家做了贡献。我坚信，我们明天的日子会越来越红火，我权国金，代表村委会谢谢大家啦！

　　他说着，鞠了躬，还掉了掉眼泪。

于是，"村口的石碑被挖了出来。蝈蝈挥舞大锤砸着，两声脆响，石碑断裂了"。石碑是一个象征性的事物，石碑的断裂表明日头村已不复存在。当乡村文明的载体已经被彻底颠覆的时候，乡村文明哪里还有藏身之地。

权国金不只是日头村独特的人物。从某种意义上说，他是中国从土改经"文革"再到乡村城镇化改造过程中，形成的"特权农民"的一个典型。他不仅作风上专横跋扈，而且个人品性上厚颜无耻，从个人生活，如失去性功能后专门拍摄女人的脚，一直到后来的侵吞占地款。乡村文明的终结虽然是由中国社会发展的整体趋势决定的，但是，在乡村中国内部，即使没有外力的推动，传统乡村文明也在权国金这类人物的践踏下名存实亡了。

小说中的老槐树流血、血燕、天启钟自鸣、敲钟不响、状元树被烧大钟滑落响了三天三夜、枯井冒黑水、红嘴乌鸦的传说等，都有

《白纸门》的遗风流韵，也有《百年孤独》的某些影子。这些魔幻或超现实的笔法，丰富了小说的文化内涵；另一方面，小说用中国古代审定乐音的高低标准"十二律"为各章命名，不仅强化了小说的节奏感，同时与小说各章的起承转合相吻合。这一别开生面的想象，也是中国经验在《日头》中恰到好处的表达。《日头》是关仁山突破自己创作的一次重要的挑战，一个作家突破自己是最困难的。关仁山韬光养晦多年，他用自己坚实的生活积累和敏锐观察，书写了日头村传统文明崩溃的前世今生，实现自己多年的期许。他对乡村中国当下面临的问题的思考和文学想象，也应和了我曾提出的一个观点：乡村文明的崩溃，并不意味着对乡村中国书写的终结，它仍然是那些有抱负的作家一展身手的领域，且空间巨大、前途无量。

本土叙事与全球化景观

——评吴玄的小说

吴玄是新近崛起的小说家，他出生于 20 世纪 60 年代中期。当批评处于无能为力或捉襟见肘的时代，他就理所当然地被归于 60 年代作家这个不知所云的群体里。对 60 年代以后出生的作家，批评界的反映是十分怪异的：一方面，他们因提供了新的小说经验，为批评家对文学的阐释提供了新的话语空间，于是这代作家莫名其妙地迅速"蹿红"，在一段时间里，60 年代作家几乎成了当下小说家的另一种命名；另一方面，60 年代作家的复杂性和多样性，以及他们与"先锋"乃至传统文学的暧昧关系，他们仿佛又不大被信任：他们既没有作为资本的集体记忆，又没有对当下"狂欢"生活的切实体验。他们仿佛是被悬置起来的一代人。这样一个"尴尬"年龄段的作家群，就在这样一种语焉不详的批评语境中被谈论着。但事实并不这样简单。在我看来，即使同是 60 年代出生的作家，只要认真阅读他们的作品，其实他们是非常不同的。批评界愿意概括出"60 年代"这样一个概念，本身就表达了批评家的某种理论惰性。概括/指认是批评界多年惯用的方式，但在当下的批评实践中，这已经是一种失效的批评策略。当多元文化实践为概括带来困难的时候，我们能做的也许就是具体作家的具体分析。

吴玄是这个年龄段作家群体中的一个，我与他只有一面之缘，他

给我的第一印象是谦虚、腼腆,似乎不善言辞。但他目光中流露出的那种年轻人少有的质朴和诚恳,给人以亲切和信任。当我部分地阅读了他的小说之后,"文如其人"的说法在吴玄这里得到了证实。当然,这不是评价小说的尺度,但某种感觉确实会给批评以影响。我要说的是,吴玄的小说表达的是本土叙事和全球化景观,但他的小说不出风头、不爱张扬,那里有一种忧伤,有一种反省,有一种挥之不去的真实体会和矛盾心态。在很长一段时间里,我觉得我在期待着这种阅读,期待着吴玄的小说中流淌的那种情感和思绪,那种难以名状、欲说还休的、对转型时代的生活既深怀向往又忧心忡忡的心境。显然,吴玄深刻地感知了生活的变动,感知了正在建立和正在坍塌的生活秩序。于是,吴玄的小说很像"一个苍凉的手势",那里既有无可奈何的咏叹,也有挽歌式的伤感。但就吴玄的文学观念而言,他的现代是"反现代"的,批判性构成了他的小说的总体倾向。

一 来自"西地"的忧伤故事

"西地"是吴玄几篇小说中的地名。这个不为人知的、来自本土的虚构之乡对我们来说仿佛十分遥远又陌生,它近乎原始的人际关系及生活方式,似乎只存在于20世纪的现代小说中。但吴玄的"西地"与我们熟悉的、充满了诗意的乡村又有极大的不同。在我的阅读经验中,乡村与作家似乎存在着永远不能拆散的精神关联,乡村是作家永远的精神故园,是一个遥远而又亲近的梦。美国小说家马克·吐温对家乡密西西比河乡村生活的描摹,意大利小说家维尔加对故乡西西里岛乡村底层生活的叙述,福克纳对美国南方风情画般的描绘,俄罗斯小说家屠格涅夫、契诃夫、托尔斯泰等对俄罗斯广阔的草原、森林和乡村生活的由衷赞美，以及拉美"爆炸文学"对古老的民族传统和神秘地域的醒目记载，都在表明，乡村像母体一样孕育了无数作家和他们的经典作品。在我国，从现代小说的奠基者鲁迅一直到茅盾、沈从文、赵树理、孙犁、高晓声，甚至更年轻一代作家那里，中国乡村始终被持久关注。这些作家无一不逃离了乡村，成为城市的乡村移民或来自乡村的知识分子。但在城市——这个现代文明造就的怪物中，他们的灵与肉、现实和精神发生了分离，他们感到了某种不适或压抑。当他们陷入了心理困境的时候，就会情不自禁地想到记忆中的乡村。乡村作为一个乌托邦式的符号便具有了无尽的价值。在20世纪的中国，只要拥有了"乡村情结"及与之相关的民粹主义倾向，作家即可战无不胜。但是，对乡村"建构"式的想象，我们只能理解为是一种对"现代"的恐惧和精神流亡。

另一方面，对乡村的情感关系还隐含一种未被言说的政治合法性。中国革命的胜利走的是"农村包围城市"的道路，遍布全国的农村根据地曾是中国革命的保障，农村与革命的亲缘关系犹如母子。中国是传统的农业国家，中国革命与农村又有着天然的情感联系，这无论对政治家还是文学家的心态都会产生久远而深刻的影响。城市作为现代文明的象征，也是资本主义成功的象征，大量的原始积累造就了城市的现代文明，光怪陆离的繁荣景象背后隐含不能历数的残酷和血腥。因此，城市也是罪恶的象征，与纯朴、明丽、天然的乡村相比，它确实是龌龊肮脏的。面对这样的"现代生活"，中国现代诗人或作家，除了郭沫若在《笔立山头展望》中对大工业的滚滚黑烟一咏三叹之外，还极少有人对现代文明的负面效应予以由衷的赞颂，这一"现代"崇尚却使这位异军突起的狂飙诗人从现代的行列骤然退出。在更多的作品里，文学家对"现代"的批判几乎成了一个不大不小的传统。在刘呐鸥描述的赛马场、大旅馆、海滨浴场、夜总会、特别快车等都市生活场景中，我们目睹了"现代"资产阶级男女狂欢的日夜；在郁达夫的小说中，我们深切感受了城市给他造成的心理和情感伤害，他的苦闷与伤感至今仍可视为城市心态的经典；在沈从文的小说中，我们则读出了乡村移民身居"现代"中的诸多挫折和奋斗，又不得不在精神上重返故里；在茅盾的小说中，我们则读到作家对城市无情的揭露和失意感受。城市的罪恶在中国并不发达的城市中仍在触目惊心地弥漫。现代化带来了物质的丰盈，也带来了无可回避的负面效应。

现在，吴玄似乎是在接续回答前辈们提出的问题：文学怎样面对"现代"生活。《西地》是一部中篇小说，讲述的是叙事主人公的家乡——西地发生的故事。叙事人"呆瓜"在这里似乎只是一个"他者"，他只是间或地进入故事。但"呆瓜"的成长历程却无意间成了西地事变的见证者：西地本来没有故事，它千百年来就像停滞的钟表一样，物理时间的变化在西地没有得到任何反映。西地的变化是通过一个具体的家庭的变故得到表达的。不幸的是，这个家庭就是"呆瓜"自己的家。当"呆瓜"已经成为一个"知识分子"的时候，他的父亲突然一纸信函召回了远在城里的他，原因是他的父亲要离婚。这个"离婚"案件只对《西地》这篇小说十分重要，对西地这个酋长式统治的村落来说并不重要。"呆瓜"的到来并不能改变父亲离婚的诉求或决心，但"呆瓜"的重返故里却牵动了情节的枝蔓并推动了故事的发展。如果按照通俗小说的方法解读，《西地》就是一个男人和三个女人的故事，但吴玄要表达的并不只是"父亲"的风流史，他要揭示的是"父亲"的欲望与"现代"的关系。"父亲"本来就风流，西地的风俗历来如此，风流的不单是"父亲"一个。但"父亲"的离婚及他的变本加厉，却具有鲜明的"现代"色彩：他偷卖了被家里命名为"老虎"的那头牛，换回了一只标志现代生活或文明的手表，于是他在西地女性那里便身价倍涨，女性的艳羡也招致了男人的嫉妒或怨恨。但"父亲"并没有因此受到打击。他在外面做生意带回来的李小芳是个比"呆瓜"还小几岁的女人。"带回来"这个说法非常有趣，也就是说，"父亲"见了世面，和"现代"生活有了接触之后，他才会把一个具有现代生活符码意义的女人"带回"到西地。这个女人事实上和"父亲"相好过的女教师林红具有对象的相似性。林红是个"知青"，是城里来的女人，"父亲"喜欢她，她的到来使"父亲""比先前恋家了许多"，虽然林红和"父亲"只开花未结果。但林红和李小芳这两件风流韵事，却从一个方面表达了"父亲"对"现代"的深刻向往，"现代"和欲望的关系，在"父亲"这里是通过两个女性具体表达的。

林红因为怀孕离开了"父亲"，李小芳因为"父亲"丧失了性功能离开了"父亲"，"父亲"对现代的欲望化理解，或现代欲望对"父亲"的深刻诱惑，最终使"父亲"仍然与现代无缘而死在欲望无边的渴求中。这个悲剧性的故事在《发廊》中以另外一种形式重演。故事仍然与本土"西地"有关。妹妹方圆从西地出发，到了哥哥生活的城市开发廊。"发廊"在今天是个非常暧昧的场景，它不仅是个美容理发的场所，同时它和色情总有秘而不宣的关系。妹妹和妹夫一起开发廊用诚实劳动谋生本无可非议，但故事的发展却超出了我们的想象：先是妹夫聚赌输了本钱，然后又被人打成高位截瘫；接着妹妹在一个温情的夜晚不经意地当了妓女，妹夫不能容忍妻子做妓女，坐着轮椅在大街上辱骂妻子时被卡车撞死。这些日常生活事件在任何一个地方都有可能发生，重要的是西地的后代们对无可把握的生活变动的态度。发廊因为可以赚钱，他们就义无反顾地开发廊，当做了妓女可以更快地赚钱的时候，方圆居然认为没有什么不好。贫困已经不只是一种生存状态，同时它也成了一种生存哲学。妹夫李培林死了之后，方圆曾回过西地，但西地这个贫困的所在已经不能再让方圆热爱，她还是去了广州，还是开发廊。

方圆对"现代"的向往与《西地》中的父亲有极大的相似性，他们是两代人，但现代欲望的引诱都使他们难以拒绝，时间在西地是停滞的。但"现代生活"给西地带来的是什么呢？《西地》和《发廊》给了我们复杂和难以言说的回答。

二 全球化时代的电子幻觉

吴玄的小说往返于城市和乡村之间，体验和述说着现代和过去。我们发现，吴玄对停滞的过去似乎有一种情感的眷恋，但在理智上他又不得不挥起批判之剑，他对熟悉的乡亲深怀"哀其不幸，怒其不争"的悲悯。面对本土的故事，吴玄的心情是很复杂的。但当他回到城市，回到现代生活场景的时候，吴玄的批判变得坚定而不再迟疑。当下的中国城市正在经历着前所未有的"全球化过程"，不仅到处都是麦当劳、可口可乐、超级商场和金融机构，以及选美大赛和世界小姐，而且也可以轻而易举地接受来自美国大片和 DVD 的文化洗礼。更有甚者，"网络"这个"天涯若比邻"的电子幻觉，已经成为城市不可缺少的"幻觉添加剂"式的"电子鸦片"。它将世界虚幻地整合为地球村的同时，也使许多人特别是青年患了"网络病"，在他们那里，网络不只是工具，是一个获取资讯的手段，网络在他们那里已经成了亲亲爱人，一个生活中不能分离的"爱侣"。因此，网络在创造了许多经济奇迹的同时，也带来了意想不到的病态式的文化奇观。

《谁的身体》是一个不知身在何处的、莫名其妙的命名和诘问。网虫"过客"或者现实生活中的傅生，成功地实施了一次"网恋"行动，同时也成功地在现实中对一个女性诉诸了性行为。但当网上那个称为"一条浮在空中的鱼"要从网上下来乘飞机见"过客"的时候，"过客"的朋友"一指"接替了"过客"的命名——"一指"就成了"过客"，然后"一条浮在空中的鱼"就成了刚被命名的"过客"、其实是"一指"的情人。这时，网虫"过客"的心情是十分复杂的，他虽然和李小妮发生过一次性关系，但他们的分手没有给"过客"任何打击。当"一条浮在空中的鱼"真的来到身边之后，接触"鱼"的身体的不是"过客"而是"一指"，但"鱼"坚信那就是"过客"。两个"过客"同"鱼"的关系就是在命名中实现并倒错的，于是，接触"鱼"的身体是谁的身体就构成了问题。当"过客"试图重新在生活中找回"过客"的身份时，他永远失去了可能，这时的"过客"因对象的差错不再是"过客"而只是一个"嫖客"了。这个困惑不仅是当事人"过客""鱼"和"一指"的，同时也是我们共同的困惑。电子幻觉就这样把符号、身份和命名带到了日常生活，电子幻觉的世界就是符号帝国，真实的人反而不重要了，科技霸权就是这样改变了人性和人的社会属性。

《虚构的时代》仿佛是《谁的身体》的另外一种注释：网虫章豪在网上是"失恋的柏拉图"，在网上他遇到的女性叫"冬天里最冷的雪"，他们兴致盎然地用网上语言在交流而对现实的男女之事失去了兴趣。当妻子需要温存的时候，章豪居然发现找不到身体的感觉了，而对一个符号式的人物"雪"产生了极大的情感甚至是身体需要。但他们真的见面之后，反而没有任何感觉，他们必须生活在网上，生活在虚构和想象中。这个故事的有趣还与另一个人物"诺言"相关。诺言是章豪的老婆，但在"虚构的时代"老婆与网上情人比较起来是非

常边缘的，诺言几乎采取了一切手段试图将章豪拉回到现实生活世界，她好言相劝、带他到迪厅跳舞，但一切都不能改变章豪对新生活——网上生活的盎然兴趣，诺言最后迫不得已只能对电脑诉诸暴力，她销毁了电脑才结束了过去的时代。

《谁的身体》和《虚构的时代》也许稍有夸张，但故事巧妙的构思和丰富的想象，以比现实生活更生动的方式，无情地揭示了电子幻觉时代的问题和病患。通过小说我们可以感知的是，网络为这个时代提供的不只是一个后现代的工具，同时它也是带着工具理性的哲学一起进入现代生活的，它所改变的不仅是信息的分享、通信的便捷，同时它也以神话或霸权的方式改变了人的思维、情感乃至心理感知生活的方式。

当然，吴玄首先是一个小说家，尽管他在小说中提出非常重大的问题，比如如何面对本土的"前现代状况"，如何理解普通人从前现代向现代的跨越，如何看待人的欲望或来自本能的渴求，而进入现代乃至后现代的人们，又是如何并发了现代病，城市经典的生活场景是否存在始料不及的问题等。但这一切吴玄首先是用小说的方式表达的。小说要有趣味、要好看、要行云流水般地流畅，当然还要有一个好的故事和给人以印象深刻的人物。这些看法可能很传统，但用吴玄的说法是："我们和传统的关系为什么一定是战斗的关系，为什么不可以是继承的关系。讲故事，塑造人物，关注现实，对小说究竟有什么不好，小说丧失了故事，丧失了人物，只剩下一个文本实验，这样的小说才算是好小说吗？从叙事史上看，会讲故事，是一种了不起的智慧。"吴玄的这一看法很长时间没有作家这样说了，但这些常识性的看法对于小说创作来说，确实重要无比。只要我们能够说出诚实的体会，就会发现，给人留下印象的作品，大部分与人物和故事相关。

当然，这样理解现代小说并不全然合理。事实上，每一次文学形式的"暴动"都会给我们以巨大的财富或遗产，但我们得承认，我们喜欢的小说都是"关己"的，都是与我们的生活和困惑相关的，这与题材无关，有关的是作家在自己的范畴内表达的文学观念和对生活的认知。这也诚如吴玄在同一篇文章中所说："现在，先锋文学与巴尔扎克和托尔斯泰们一样，也成了一个文学传统。先锋文学如果送进医院诊断，大概是有精神分裂的症状的，时而躁狂、时而躁郁，孤独、冷漠、焦虑，又极度自恋、狂妄、不可一世，自以为是上帝，并且有严重的俄狄浦斯情结，企图摧毁历史。这样的传统是不无危险的，就像家里有个神经病的父亲。但是，我对先锋文学还是充满了敬意，先锋文学至少使人明白，什么是可能的，什么是不可能的，文学史大约很需要一次疯狂。我从先锋文学那儿，不仅是继承了疯狂的精神，也学到了不少技术，我只是厌烦先锋那种战斗的姿态，那种病态的性格，那种吓唬人的表演。小说不能拒绝读者，读者不在场是可怕的。经历了先锋之后，就像是病了一场，我想回到故事，回到人物，回到现实。这样说也相当麻烦，好像是回到了 19 世纪，还是换种说法，回到想象力可以生长的地方吧。"

我非常欣赏吴玄的这样坦率的表达，那是因为吴玄在小说中实现了他的期许，他的小说之所以是有力量的小说，与他对当下文学状况的反省和检讨是联系在一起的。他对传统生活和文学观念的理解，以及他用小说的形式对当下生活真实体会的述说，许多年过去之后，仍然是有价值的。

中国式的"反乌托邦"小说

——评老奎的中篇小说《赤驴》

这里集中讨论老奎的《赤驴》。之所以这样做,不是说老奎写了一部石破天惊的伟大小说,也不是说老奎对小说创作做出了具有颠覆性的贡献。在我看来,老奎这部《赤驴》的价值在于它是中国第一部"反乌托邦"小说,他用我们不曾见过的视角和内容,发现了另一个"文化大革命"。

"文化大革命"期间,"下放干部"和知青是被流放的两个知识群体。这两个知识群体在"文化大革命"期间"走向民间",与延安时期完全不同。延安时期的走向民间,毛泽东是让知识分子,特别是作家艺术家实现思想、情感和表达方式的"转译"。也就是要求他们通过向人民大众的学习,能够创作出有中国作风和中国气派、老百姓喜闻乐见的文学艺术作品,从而实现民族全员动员,建立一个现代民族国家的总体目标。而"文化大革命"期间的知识分子下乡,最主要的目的则是"接受贫下中农的再教育"。因此,当"文化大革命"结束,这两个知识分子群体回到城里之后,最急于表达的就是控诉自己在这"广阔天地"的悲惨遭遇。这是"伤痕文学""反思文学"共同的特点,也是最大的问题。在"知识分子"的"伤痕"中,中国最重要的问题,特别是乡村问题,在知识分子的叙述中几乎是看不见的。我们看到的只是知识分子的苦难,而农民的苦难或者"贱民"的苦难甚至不被当作问题对待。也正因为如此,"伤痕文学"或"反思文学"没有留下像样的作品。后来,我们在周克芹的《许茂和他的女儿们》、古华的《芙蓉镇》《爬满青藤的木屋》等小说中,看到了中国农民"文革"期间的真实状态,我们被深深震撼了。也正是从那时起,流行中国将近 40 年的"以阶级斗争"为主要内容的"农村题材"小说,重新回到了"新乡土文学"。

现在,我要讨论的小说《赤驴》,作者老奎名不见经传,甚至从来没有在文学刊物上发表过作品。这部《赤驴》,也是首发在他的小说集《赤驴》中。当我第一次看到小说的时候,我有如电击:这应该是中国第一部"反乌托邦小说"。它书写的也是乡村中国"文革"时期的苦难,但它与《许茂和他的女儿们》《芙蓉镇》《爬满青藤的木屋》等还不一样。周克芹、古华延续的还是"五四"以来的启蒙传统,那时的乡村中国虽然距"五四"时代已经 60 多年,但真正的革命并没有在乡村发生。我们看到的还是老许茂和他女儿们不整的衣衫、木讷的目光和菜色的容颜,看到的还是乡村流氓无产者的愚昧无知及盘青青和李幸福无望的爱情;而《赤驴》几乎就是一部"原生态"的小说,这里没有秦秋田,也没有李幸福。或者说,这里没有知识分子的想象与参与。它的主要人物都是农村土生土长的农民:饲养员王吉合、富农老婆小凤英及生产队长和大队书记。这四个人构成了一个"三个男人和一个女人的故事"。但是,这貌似通俗文学的结构,却从一个方面以极端文学化的方式,表达了"文革"期间人与人的关系及人与权力的关系。

小凤英出身于贫下中农,但她嫁给了富农分子,也就成了"富农分子家属"。生活在社会最底层的"贱民",虽然没有飞黄腾达的诉求,但这一命名还会让她低人一等、忍气吞声。为了生存,小凤英也像其他村民一样偷粮食。但是,这一次却让老光棍饲养员王吉合抓住

了。小凤英不认账，王吉合不罢手，于是，小凤英只好答应让王吉合从她裤子里往外掏粮食。小凤英说着就松开了裤腰带。王吉合大概是气懵了头，不管三七二十一就把手伸了进去，抓住一把玉茭往出抽时，碰到一团毛乎乎的东西，吓得他赶紧松开粮食把手抽了出来。

小凤英看王吉合吓成这孙子样，就小声说："吉合叔你是正经人，掏吧没事儿。"王吉合就又傻乎乎地把手伸了进去，小凤英就赶紧捏住他的手往那地方摁，王吉合也禁不住摸了几下，感觉出跟他从小孩儿身上看到的大不一样，知道已不是什么好看、干净的东西，却也不想住了手，一会儿就把小凤英鼓捣得不成人样儿了。于是赶紧顶上门儿，俩人到那边一个空驴槽里马马虎虎地来了一回。

此后，王吉合便和小凤英不断发生这种关系。更为荒唐的是，每次完事后，小凤英都要按照"数字"从王吉合那里拿走一定数量的粮食或食盐。久而久之小凤英怀了孕。这件事情让王吉合颇费踌躇：他是一个鳏夫，有了骨血本应欢天喜地；但他又是县上的劳模，一个红色饲养员。这种事情一旦败露，不仅他个人失了名誉，重要的是大队、县上也不答应。当支书知道了这件事时，支书说："如果让县里知道了，你的党籍保不住，我的支书也得免了，丢不丢人？现在听我的，你和小凤英的事，哪儿说哪儿落，说到这屋里为止，再也不能对第三个人说了记住没有？出了这间屋该怎么还怎么，就当啥事也没有。至于给不给小凤英挂破鞋游街，等你开完会再说。但我可告诉你，以后，特别是现在这关键时候，你绝对不许跟她再有问题了，记住了没有？"王吉合自是感恩不尽。事情终于有了转机：

> 王吉合因欲火中烧，小凤英不在身边，他在与母驴发生关系时被母驴踢死。队长看了现场说，王吉合喂驴时不小心让驴给踢死了，说吉合同志活得光荣死得壮烈，他一心想着集体却落了个外丧。王吉合与小凤英的风流韵事也到此为止没了后话。

但是，小凤英肚子里的孩子一天天长大，富农王大门将老婆小凤英告到了书记这里。书记用反动家庭拉拢贫下中农等说法把王大门吓回去。但他让小凤英到他家里来一趟：

支书严肃地说："你一个富农家的老婆勾引一个贫下中农，这是拉拢腐化革命群众，何况王吉合又是村革委委员，县里的典型，你这不是拉革命干部下水吗？光这一条就够你受了，再加上你用这个骗取生产队的粮食，更是罪加一等。"

小凤英用乞求的声音说："王吉合也死了，你就饶了我们吧，大门说你不是已经答应要饶过我们吗？求求支书你了。"

支书见时机已成熟，便把小板凳往前移了移，坐到小凤英腿跟前，淫笑着说："都说王吉合是骡马骨头不留后，我就不信他能叫你怀上孩子，我看看到底是不是。"说着伸出手就去摸她的肚子。小凤英急忙拨开他的手，喘着气说："支书你不能这样，俺不是那种人。"支书笑着说："你还不是那种人，咋把肚子也弄大了？"小凤英赶紧站起来说："俺真不是你想的那种人，要不是没办法俺也不。"

支书看小凤英很不识相，便站起来背着手说："好好好，那咱就公事公办，你回去等着挂破鞋游街吧。"

小凤英瞧支书一脸凶相，便哀求道："别别别这样，俺依你，可肚里的孩子都这么大了，俺怕伤着了孩子，等生了孩子再，行不行啊？"

支书摇摇手说："那就算了，你走吧。"

小凤英使劲抿抿嘴，狠狠心说"我也豁出去了"，然后走过去到炕上把裤子脱了下来，支书也很利索地把裤子一脱就要往她身上趴，小凤英赶紧用两手托着他的膀子说："你轻点儿，你千万别使劲儿压我的肚子，啊，哎呦哎呦，轻点儿轻点儿……"

小凤英和王吉合苟且,是为了生存活命。小凤英主动献身,是因为王吉合掌握着喂牲畜的粮食。因此,小凤英与王吉合的关系,既是交换关系也是权力关系。如果王吉合没有粮食资源,小凤英不可能或者也没有理由与王吉合发生关系。王吉合虽然是个粗俗不堪的普通农民,但因为他借助掌控的粮食资源,毕竟还给小凤英以某种补偿,小凤英尽管屈辱,但在物资紧缺时代她可依此渡过难关。权力关系赤裸的丑陋,更体现在书记与小凤英的关系上。书记是利用自己掌控的公权力以权谋私,通过权力关系换取性关系,也就是今天说的"权色交易"。因此,"土改"期间对中国乡绅阶层、地主阶层的重新命名,不仅重新分配了他们的财产,更重要的是改变了他们此后若干年的命运。"文革"期间他们的命运尤其悲惨,王大门、小凤英的卑微人生,由此可见一斑。"文革"期间权力的宰制不仅体现在书记明目张胆地对性的索取,也体现在队长对粮食的无偿占有。王吉合为了掩人耳目,将给小凤英装有粮食的口袋放到一个草垛里,无意中被队长发现,他拿走了粮食却贼喊捉贼。

"文革"构建了一个虚假的"道德理想国",道德理想主义是"文革"意识形态重要的组成部分。那个时代最著名的口号是:"一不怕苦,二不怕死""一不为名,二不为利""要斗私批修""狠斗私字一闪念"等。但是,"文革"的道德理想主义诉求最后只能走向它的反面。在虚假的道德理想主义背后,恰是道德的全面沦陷。从道德理想迅速转换为金钱理想,看起来不可思议,但其间的内在逻辑是完全成立的:金钱是构建权力关系和等级关系的另一种方式,它的支配力量是金钱资本;"文革"期间的道德理想主义本来就是权力构建的产物,民众的盲目认同也是建立在权力关系的逻辑之中。那个时代不断迎接和庆祝的"最新指示""最高指示"的虚假狂欢,从另一个方面证实了这一点。因此,从道德崇拜到金钱崇拜的转换,都在权力结构里完成。如果是这样的话，那么，我们就可以判断，无论"文革"的道德理想还是今天的金钱崇拜，核心问题都是权力的问题。

我之所以推崇《赤驴》，更在于它是中国第一部"反乌托邦"小说。20世纪西方出现了"三大反乌托邦小说"：乔治·奥威尔的《1984》、阿道司·赫胥黎的《美丽新世界》和尤金·扎米亚京的《我们》。三部小说深刻检讨了乌托邦建构的内在悖谬——统一秩序的建立及"集体"与个人的尖锐对立。在"反乌托邦"的叙事中，身体的凸显和解放几乎是共同的特征。用话语建构的乌托邦世界，最终导致了虚无主义。那么，走出虚无主义的绝望，获得自我确证的方式只有身体。《1984》中的温斯顿与裘丽娅的关系，与其说是爱情毋宁说是性爱。在温斯顿看来，性欲本身超越了爱情，是因为性欲、身体、性爱或高潮是一种政治行为，甚至拥抱也是一场战斗。因此，温斯顿尝试去寻找什么才是真正属于自己时，他在"性欲"中看到了可能。他赞赏裘丽娅是因为她有"一个腰部以下的叛逆"。于是，这里的"性欲"不仅仅是性本身，而是为无处逃遁的虚无主义提供了最后的庇护。当然，《赤驴》中的王吉合或小凤英不是，也不可能是温斯顿或裘丽娅。他们只是中国最底层的斯皮瓦克意义上的"贱民"，或葛兰西意义上的"属下"。他们没有身体解放的自觉意识和要求，也没有虚无主义的困惑和烦恼。因为他们祖祖辈辈就是这样生活。但是，他们无意识的本能要求——生存和性欲的驱使，竟与温斯顿、裘丽娅的政治诉求殊途同归。因此，在这个意义上，《赤驴》才可以在中国"反乌托邦"小说的层面讨论。它扮演的这个重要角色，几乎是误打误撞的。

从百年文学史的角度来看当下小说的发展，"身体"仍然是一个重要的关键词。除了自然灾难和人为战争的饥饿、伤病和死亡外，政治同样与身体有密切关系。一个极端化的例子是"土改"，当一个人

被命名为"地主""富农"时,不仅随意处置他的个人财产是合法的,而且对他的任何羞辱、折磨甚至诉诸身体消灭都是合法的。我们在《太阳照在桑干河上》《李家庄的变迁》等作品中都耳熟能详;在讲述"文革"的小说中,对意识形态的"敌人",实施最严酷的肉体惩罚或精神折磨,也是合法的,如《布礼》中的钟亦诚、《晚霞消失的时候》中的楚吾轩等;同样,"文革"结束后,张贤亮、王安忆等率先表达的"身体"解放,虽然不乏"悲壮",但也扮演了敢为天下先的"文化英雄"的角色。张贤亮的《绿化树》《男人的一半是女人》,王安忆的"三恋"等,无疑是那个时代最重要,也最有价值的小说。但是,这些欲言又止、犹疑不决的"身体解放"诉求,比起《赤驴》来显然有着明显的知识分子的局限性,也隐约表现了知识分子首鼠两端的不彻底性。老奎作为一个来自"草根"的基层作家,他以生活作为依据的创作,不经意间完成了一个重要的文学革命,那就是——他以"原生态"的方式还原了"文革"期间的乡村生活,也用文学的方式最生动、最直观也最有力量地呈现了一个道德理想时代的幻灭景观。但是,那一切也许并没有成为过去——如果说小凤英用身体换取生存还是一个理由的话,那么,今天隐秘在不同角落的交换,可能就这样构成了一个欲望勃发或欲望无边的时代。因此,性、欲望从来就不仅仅是一个本能的问题,它与政治、权力从来就没有分开。

人间万象与绝处逢生
——评余一鸣的小说创作

余一鸣在20岁左右的1984年就开始发表小说,并出版有中篇小说集《流水无情》、短篇小说集《什么都别说》等。如果是这样的话,余一鸣已有近30年的创作历史,按说他也应该是一位"老作家"了。但是,余一鸣的"成名"或者为广大读者和批评界关注,则是这两年的事。几年间,余一鸣也仅发表了《风生水起》《我不吃活物的脸》《沙丁鱼罐头》《不二》《放下》《入流》《愤怒的小鸟》及长篇小说《江入大荒流》等为数不多的作品。但是,这些作品一出,好评如潮,一时洛阳纸贵。这些作品大都发表在《人民文学》《中国作家》《钟山》《花城》等国内重要文学刊物上,而且多被《小说选刊》《小说月报》《中篇小说选刊》《北京文学中篇月报》《中华文学选刊》等选载,并连续获各种奖项。余一鸣迅速成为文坛明星式的作家。他的创作因其独特的题材和独特的文学性表达而被广泛流传。

我最初接触余一鸣的作品是在2010年,著名作家毕飞宇向我推荐了余一鸣的中篇小说《不二》。飞宇的眼光自然毋庸置疑,他不仅是成就斐然的作家,同时也是著名的小说编辑。但彼时余一鸣我闻所未闻,这个时代已鲜有黑马出现,余一鸣真如飞宇讲述的那般了得吗?我迅速地读了发来的电子版。读后我震惊不已——不见经传的余一鸣果然不鸣则已、一鸣惊人。

《不二》诙谐、戏谑的风格非常好看。但这只是小说的外部修辞装饰，它内部更为堂皇的是思想和艺术力量。现在有力量的作品不多，特别是能够切开生活光鲜的表皮，将生活深处的病象打捞出来的作品更是凤毛麟角。在这个意义上说，《不二》是一部我们期待已久的小说。小说从五年前红卫的"二嫂"孙霞的生日写起。那个场景是世俗生活中常见的场景，在这个场景中，小说的人物红卫、东牛、当归、秋生、红霞等粉墨登场、集聚一堂。这是一个常见的俗艳聚会。但这个聚会却为后来发生的所有事情埋下了伏笔。特别是东牛与红霞那种说不清道不明的关系。聚会的谈话有三个关键词：一个是"二嫂"、一个是"研究生"、一个是"师兄"。"二嫂"就是"二奶"，但"这词不中听，不如二嫂的称呼来得亲切而私密"；"研究生"就是不断变换的"二奶"，就像研究生老生毕业新生入学一样；"师兄"是东牛弟兄们按年龄排的序。这种既私密又公开的世俗生活非常高雅地"知识分子化"了。按说也有道理，他们的生活方式和趣味理应出自一个"师门"，这个"师门"就是"官场""商场"和"情场"共同塑造的社会风气和趣味。但那时的东牛事出有因——确实没有"二嫂"。也正是因为东牛没有才成全了后来他与孙霞的一段情缘。

　　孙霞是小说中非常重要的人物。男人的世界她一眼望穿，她也曾利用自己对男人的了解而利用男人。但她内心深处仍有一个缥缈的乌托邦，有一个幻想的"桃花源"。虽然所指不明，但也毕竟给人以微茫的光。这是一个明事理知情义的女人，似乎是一个现代的杜十娘或柳如是者流。她与东牛恰好构成了对比关系：最初给人的印象是，东牛有来自乡土的正派，无论对"师弟"还是对女性，既侠义又自重；孙霞初出头角时则是一个风月场上的老手，见过世面游刃有余。但孙霞在内心深处她应该比所有的男人都干净得多。为了东牛她不惜委身于银行行长。孙霞和行长上楼后又下来取包时：

孙霞说，你现在决定还来得及，我还上不上楼？

东牛说，上。

孙霞甩手一耳光打上他的脸，东牛并不躲让，说，打够了上去不迟。孙霞一字一句说，东牛，想不到我在你眼中还是一个贱货，你终于还是把我卖了。

这个情节最后将东牛和孙霞隔为两个世界，人性在关键时分高下立判。因此，如果释义《不二》的话，这个"不二"是男人世界的"不二"，东牛不是"坚贞不二"，而是没有区别，都一样的"不二"。这时我们才看到余一鸣洞穿世事的目光和没有迟疑的决绝。有直面生活的勇气和诚恳，面对人性深处的溃败、社会精神和道德底线的洞穿，余一鸣"不二"的批判或棒喝，如惊雷滚地响遏行云。

2011年第2期的《人民文学》发表了余一鸣的中篇小说《入流》，发表后受到好评，于是朋友建议他写成长篇小说。因此，《江入大荒流》中的人物或诸多情节、细节与《入流》多有重复，但在结构上发生了根本性的变化——这不是《入流》的加长版，而是一部重新设计和建构的长篇小说。小说构建了一个江湖王国，这个王国里的人物、场景、规则等是我们完全不熟悉的。但是，这个陌生的世界不是金庸小说中虚构的江湖，也不是网络的虚拟世界。余一鸣构建的这个江湖王国具有"仿真性"，或者说，他想象和虚构的基础、前提是真实的生活。具体地说，小说中的每一处细节，几乎都是生活的摹写，都有坚实的生活依据；但小说整体看来，却在大地与云端之间——那是一个距我们如此遥远、不能企及的生活或世界。小说的这一特征，让我们看到了余一鸣杰出的写实能力和想象力。这就是一个作家的天赋。

《江入大荒流》构建的是一个江湖王国，这个王国有自己的"潜规则"，有不做宣告的"秩序"和等级关系。有规则、秩序和等级，就有颠覆规则、秩序和等级的存在。在颠覆与反颠覆的争斗中，人物

的性格、命运被呈现出来。长篇小说主要是写人物命运的。在《江入大荒流》中，江湖霸主郑守志、船队老大陈栓钱、三弟陈三宝、大大和小小、官吏沈宏伟等众多人物命运，被余一鸣信手拈来、举重若轻地表达出来。这些人物命运的归宿中，隐含了余一鸣宿命论或因果报应的世界观。这个世界观决定了他塑造人物性格的方式和归宿的处理。当然，这只是理论阐释余一鸣的一个方面。事实上，小说在具体写作中，特别是一些具体细节的处理，并不完全在观念的统摄中。在这部小说里，我感受鲜明的是人的欲望的横冲直撞，欲望是每个人物避之不及、挥之不去的幽灵。这个欲望的幽灵看不见摸不着又无处不在，它在每个人的身体、血液和思想中，它支配着每个人的行为方式和情感方式。

现代性的过程也可以理解为欲望的释放过程。1978年以前的中国，是欲望被抑制、控制的时代，欲望在革命的狂欢中得到宣泄，革命的高蹈和道德化转移了人们对身体和物质欲望的关注或向往。1978年以后，控制欲望的闸门被打开，没有人想到，欲望之流是如此汹涌，它一泻千里不可阻挡。这个欲望就是资本原始积累和身体狂欢不计后果的集中表现。小说中也写到了亲情、友情和爱情。如大大与小小的姐妹情谊、栓钱与三宝的兄弟情义、栓钱与月香的夫妻情分等，都有感人之处。但是，为了男人，姐妹可以互相算计，为了利益，兄弟可以反目，为了身体欲望，夫妻可以徒有名分。情在欲望面前纷纷落败。金钱和利益是永恒的信念，在这条大江上，郑总、罗总、栓钱、三宝无不为一个"钱"字在奔波和争斗不止，他们绞尽脑汁、机关算尽，最后的目的都是为了让自己的利益在江湖上最大化。因此，金钱是贯穿在小说始终的一个幽灵。

另一方面是人物关系的幽灵化：江湖霸主郑守志是所有人的幽灵。无论是罗老大、栓钱、三宝，无一不在郑总的掌控之中。小说中的江湖从某种意义上说是郑守志建构并强化的。在他看来，"长江上的道理攥在强人手里"，而他，就是长江上的强人。当他决意干掉罗老大的时候，他精心设计了一场赌局，罗老大犯了赌场大忌因小失大，在这场赌局中彻底陷落并淡出江湖；栓钱做了固城船队的老大，郑守志自然也成了栓钱的幽灵。小说中的人物关系是一个循环的幽灵化关系：小小与栓钱、沈宏伟与小小、三宝与沈宏伟、栓钱与三宝，等等。这种互为幽灵的关系扯不断理还乱，欲说还休欲罢不能。其间难以名状的"纠结"状态和严密的结构，是我们阅读经验中感受最为强烈的，这构成了小说魅力的一部分。

特别值得我们注意的，还有余一鸣的写实功力。他对场景的描述、气氛的烘托，让人如临其境、置身其间，人物性格也在场景的描述中凸显出来。随便举个例子：沈宏伟催债来到了三宝的船上。沈宏伟为了占小小的便宜挪用公款借给了三宝，沈宏伟和小小犯案被三宝现场捉奸，沈宏伟催债便低三下四、举步维艰。这时的三宝不仅羞辱沈宏伟，还没有底线地羞辱妻子小小。但是，三个人的关系和性格，在遇到江匪时得到了更充分的展示：

> 小白脸用手电筒上下照着小小，说，是来船上走亲戚的？与那位是两口子？
>
> 小小不说话，蹲着的沈宏伟说，我和她不是。
>
> 小白脸说，那么说，你应该是老板娘？为我们长江里的男人挣脸哪，为我们长江添风景哪。
>
> 小白脸用电筒晃晃陈三宝，陈三宝不说是也不说不是。
>
> 小白脸说，奇怪了，这么大一个美人儿，没人认领。
>
> 黑暗中立即爆发出笑声。
>
> 小小说，我谁的女人也不是，我的男人死的死了，残的残了，都不是男人了，你要是个男人，就在这甲板上你把我干了，

让我看看这世界上究竟有没有男人!

甲板上呼哨陡起,小白脸的手下一齐叫好。

就在这时,一个黑影一俯身摸出一把寒光闪闪的板斧向小白脸扑去。小白脸只一闪,就有一杆铁篙向那黑影脑袋上砸去,黑影晃了晃,倒了下去,板斧在甲板上发出尖利的金属响声,一帮人立即冲上去拳打脚踢。

小白脸用电筒照了一下那人,是沈宏伟,已经不省人事了。

小白脸说,这不好。要文斗不要武斗。

在这个场景中,小白脸的假斯文真幽默、小小的刚烈和无所顾忌、三宝的猥琐及沈宏伟的舍身救美,和盘托出淋漓尽致。这就是掌控小说和塑造人物的功力。仅此一点,余一鸣就孤篇横绝。还有一点我感受明显的,是余一鸣对本土传统文学的学习。在他的小说中,有《水浒传》梁山好汉的味道、有《说唐》中瓦岗寨的气息。这个印象我在评论《不二》时就感到了。比如他写一个女人的手:

……这个叫孙霞的女人如果是固城人,一定不是庄稼地里长大的女人。看她那双拿筷子的手,娇小细致,骨节紧凑玲珑,指尖捏着筷子夹菜时,那握成的拳头似乎是一只精灵的小兽,骨节如峰,肉窝似泊,青筋若脉,一张一弛如奔跑的猎豹律动。倘若发育时节在地里抓过锄头杆铁锹柄,这手定然是要茁壮长开的,比如老六秋生带的那个女子,尽管看上去是花苞一般的年纪,打扮得也新潮前卫,但只要看她那双小蒲扇一样的大手,你就知道这女子小时候是苦大仇深的柴火妞。

这就是余一鸣的厉害。这个细节一方面传达了小说人物东牛目光聚集在了什么地方,而且如此细致入微,东牛的内心世界就被捅了一个窟窿;另一方面,作家继承又改写了明清白话小说专注女人三寸金莲的俗套。这样的细节像钻石翡翠布满全篇灿烂夺目。类似的描写在《江入大荒流》中有进一步的发挥。如开篇对郑守志编织毛衣的描写，他的淡定从容和作家的欲擒故纵，都恰到好处，使小说的节奏张弛有致、别有光景。

"山随平野尽，江入大荒流"，这是李白《渡荆门送别》中的名句。是写李白出蜀入楚时的心情：蜀地的峻岭、连绵的群山随着平原的出现不见了；江水汹涌奔流进入无边无际的旷野。李白此时明朗的心境可想而知。理解小说《江入大荒流》，一定要知道上句"山随平野尽"，这显然是余一鸣的祝愿和祈祷——但愿那无边的、幽灵般的欲望早日过去，让所有的人们都能过上像"江入大荒流"一样的日子。这样的日子能够到来吗？它会到来吗？让我们和余一鸣一起祈祷祝愿！

2012 年，余一鸣发表了中篇小说《愤怒的小鸟》，一改他《不二》《放下》《入流》等书写江湖和民间的风格和题材，转向了他从业的教育领域。教育的问题已经引起了全民的关注，教育黑洞、腐败、制度等，成了最受诟病的问题。但是，当下教育最大的症结或病灶究竟在哪里，当下的孩子为什么逃学、厌学乃至离家出走，他们究竟对什么更感兴趣，怎样因势利导使孩子走向学习的正确途径，这些问题显然不是作家有能力或义务全部回答的。但是，关注了这个领域的问题，就是作家努力参与公共事务的一种方式。《愤怒的小鸟》是另外一个"江湖"——虚拟的江湖。小说一开始就是学校常见的场景：教师愤怒的喊叫，学生我行我素翻墙而过。这个名曰金圣木的学生是网络游戏王国的帮主，他将带领他的部下应约去一家宾馆赴宴并会见长老 3 号及属下，商讨帮内事务。有趣的是，邀请者在现实生活中是一个厅级巡视员，但在游戏王国他必须听命于一个只有 15 岁的中学生。虚拟王国以另外一种方式实现了现实生活中不能实现的权力关系，这对

一个 15 岁的少年来说得到了极大的满足。他在现实中因受挫而产生的愤怒、不满、怨恨等，在这种关系中得到了释放或缓解。但没有人能想到，就在这个江湖王国踌躇满志、觥筹交错之时：

> 包厢门被人推开，来者是一中年汉子，他指着金圣木破口大骂，兔崽子，真的是你，老子今天饶不了你。
> 长老 3 号问金圣木，他是谁？
> 宿敌。
> 宿敌是网络用语，是指天生的冤家对头。帮主说完，放下杯子，转身进了卫生间。
> 三位精英立即冲上去扭住了来人的双臂，他嘴里还是骂骂咧咧，精英 11 毫不犹豫地给了他一个耳光，这人太让帮主没面子了。
> 金圣木出来，说声对不起，直接朝门外走去，那人被按住动弹不得，眼睁睁地看着他昂然走出门外，金圣木留给他一个背影，肩胛骨高低耸动，大概正得意地笑哩。

作为金圣木爸爸的金森林此时的光景可想而知。然后小说进入了家庭场景。父亲金森林虽然受到了羞辱，但金圣木在家学习期间有特权，就是不许有人打扰更不要说体罚。这与金森林对金圣木望子成龙的期待有关，金圣木是全市奥数冠军，光宗耀祖指日可待。但是，这个偶然得到的冠军并没有为金圣木带来好运，初中之后奥运冠军再也没有垂青他。但在游戏的江湖王国金圣木如鱼得水，数月之间便成为帮主，他可以呼风唤雨。与此相反的是金森林的命运，这个建筑公司的老板沦落为连襟郑守财的司机。家庭的败落使金圣木连一台自己的电脑都不能拥有。为了得到一台"爱怕它"电脑，金圣木约手下一起夺取表妹"爱怕它"电脑时将其误杀。令人震惊的是，三个孩子竟毫无惧怕之心,而是草草掩埋了表妹郑婷婷,兴致盎然地玩起了电脑。游戏的巨大吸引力和江湖帮主的幻觉,使这些孩子冷若冰霜、毫无人性。后因与网上宿敌大战,洗白了长老3号的金币而东窗事发。此时更名为金淼淼的金圣木,竟然还不觉得自己犯了罪,更耸人听闻的是,某网络公司居然登门高薪聘请这个刑事和网络犯罪的"天才"。小说深刻地揭示了新媒体尤其是网络与青少年的关系,"愤怒的游戏"远不只是游戏,它的后果也是我们未知的与魔共舞。生动的人物和多变的情节一直是余一鸣小说的特点,它复杂、丰富又好看。

余一鸣从20世纪80年代开始小说创作,其间他中断创作多年。但"功夫在诗外"的丰富的生活阅历和作为作家敏锐洞察生活的能力,为他创作的喷发奠定了丰厚的基础。从他的作品中我们发现,他熟悉的生活领域和人物几乎五花八门。如《风生水起》中的和尚、《我不吃活物的脸》中的律师、《沙丁鱼罐头》中的知青、《不二》中的东牛等建筑承包商、《入流》中的陈栓钱等长江淘金者、《拓》中的村干部以及《愤怒的小鸟》中的学生及家长……这些生活领域不同,但是,余一鸣并不是为了炫耀自己生活阅历的丰富,不是意在表达自己社会的无所不知。重要的是,无论是书写哪个领域的生活,余一鸣的创作之所以引起普遍关注,是他对当下生活、当下环境中各色人等人性和灵魂的揭示所达到的深度。复杂的人性、扭曲的灵魂及价值观的混乱,构成了余一鸣小说丰富和多变的景观。他的小说有世俗世界的人间万象,但通过他极具文学性的生动表达和波澜壮阔的一咏三叹,使他的小说在生活的险象环生中又在文学的意义上绝处逢生。

应该说,余一鸣的小说创作已经取得了很大的成就,他已经站在当下小说创作,特别是中、短篇小说创作的前沿。但是,如果更苛刻要求的话,我觉得余一鸣的小说还有提升空间,这就是——小说如果能够在内在品格上再提升些,小说除了丰富、复杂之外,我期待再多

些雍容、高贵的东西。如悲悯、同情、爱或友谊等。最近很多年轻朋友在谈论音乐剧《悲惨世界》和俄罗斯批评家别车杜，他们对伟大的雨果赞不绝口，对别车杜的批评充满敬意。这其中的原因大概是30多年来，我们对西方20世纪文学的学习和膜拜几乎到了耳熟能详的地步，20世纪西方许多文学巨匠都是我们的文学导师，这当然很重要。但是，我们却很少有机会回头重新看看西方18—19世纪的文学。应该说我们对西方那个时代文学的学习是非常不够的。因此，看了雨果才感到别有洞天，读了别车杜才感到生不逢时。雨果那令人心碎的巨大悲悯，在文学上的表达就是雍容和高贵，他令我们汗颜；别车杜那高瞻远瞩的眼光和敏锐的艺术感受力，源于他们博大的胸襟和无畏的勇气。所有市侩式的批评都会在他们面前寸步难行。应该说，这是我们重要的文学遗产和资源。余一鸣的小说在某种程度上也关注或参照着宗教精神或情怀，比如佛教。他有些作品的题目就与佛教有关。但是，当他进入小说细部的时候，他对自己某些人物或细节的——内心一定非常欣赏，这时他更多关注的也许是读者的接受心理，而忘记了应该有一束高远的光芒去照亮它们。因此，一鸣的小说可能有更多的中国明清小说的味道和气息，而少了西方18—19世纪小说的韵味和品格。注重明清白话小说的学习是近年来许多小说家一直努力的，这是向本土传统文学寻找资源和继承的正确道路，但是，这一资源如果不注意它的选择性，很可能走向大众文学一路。因此，我想一鸣在向本土过去文学学习的同时，是否也有必要回头看看西方18—19世纪的文学呢？当然，小说创作也许不在理论上说得多么漂亮，它更重要的还是写作实践的问题。

面对"现代",他选择了什么
——评龙仁青的短篇小说

当下小说创作的全部困难,不只是作家如何面对读者的问题。事实上,无论作家是否自觉地意识到,客观上他都要面对自己与传统、与西方、与当下的对话关系。这种潜在的对话关系是一种规约,有能力回应这种规约关系的作家,才有可能在创作上游刃有余,找到属于自己的文学领地。如果是这样的话,龙仁青是这样的作家。龙仁青生于青海湖畔的纯藏族地区铁卜加草原。于是,他创作上的特点很容易让人与民族和出身联系起来。这是对的,丹纳在《艺术哲学》中早就论述过时代、种族、地理与艺术的关系。应该说,民族文化和边地环境,是龙仁青最初的文化记忆。任何一个作家的创作,都与他原初的文化记忆有关。因此,我们可以把龙仁青这样的出身和生活背景看作他小说风格或特点的一个依据:他的小说简单清澈、阳光温暖。那里洋溢的草原气息随风飘荡,芬芳也简约。但是,这只是事情的一个方面。在全球化的语境中,再也没有隐秘的角落,特别是对于作家而言。因此,对于小说呈现的特点和风格来说,既与作家的出身和生活背景有关,同时也是作家有意选择的结果。

面对"现代",龙仁青的小说选择了简约。龙仁青的小说无论情节还是人物都不复杂。但是,我们阅读时的心情却复杂无比。或者说,龙仁青在貌似简单的人物关系或人与世界的关系背后,隐含了他

极为尖锐的发现。他的小说一直有一个隐结构，这就是对"现代"的参照。"现代"是比较古代和传统的一个概念。"现代"意味着进步、发展甚至福祉。让所有的事物都进入"现代"是现代的诉求和目的。在世界的任何一个地方，"现代"几乎无处不在。如《奥运消息》，似乎就是写一个名叫次洛的孩童由衷的欢乐——他意外地得到了一个望远镜。望远镜是一个"现代"的器物符号，它以不可思议的方式放大了外部世界，于是一切都变得奇妙无比，次洛的心情可想而知。但是，龙仁青的用意显然不止于此。他借助或"征用"了望远镜这个现代符号，表达的显然是另外的意思。我们注意到，小说开篇时，次洛起得很早，他要去牧羊，在他拿起望远镜之前，他先拿起了"乌尔恰"。"乌尔恰"是放牧用的抛石器。这个抛石器是草原文明的符号，尽管有了"现代"的望远镜，但望远镜"中看不中用"，那个传统的抛石器才是次洛生活可靠的依据。两个器物同时出现在小说中显然意味深长，这个表面上的"文化差异"，是为更深层的文化差异做的铺垫。一天早上，次洛通过望远镜发现了一张报纸，他追上了这张报纸时也同时抵达阿克普罗家的门口。次洛看到的报纸只是"一张大大的照片。照片上一个年轻姑娘微笑着，一手拿着鲜花，一手还拿着一样圆圆的东西，那东西是用一条布带挂在脖子上的，就像此刻的次洛，把望远镜挂在脖子上"。次洛不懂汉语，是阿克普罗在县城工作的儿子万玛看到了一位上海姑娘陶璐娜获得了女子 10 米气手枪冠军，为中国奥运军团获得首枚金牌。万玛欢呼雀跃地进了帐篷，手里拿着哈达奔向远方。而次洛不知发生了什么，留给他的只是"意外地睁大了眼睛"的错愕。这样一个足够重大的事件对次洛来说近在咫尺又远在天涯。作为器物的望远镜虽然足够现代，但现代却和次洛没有关系。这显然是一桩文化悲剧。这种文化差异性在龙仁青的小说中多有出现，如歌手与录音机、摩托车与马等。在这些意象的对比中，现代与过去的紧张关系骤然凸显出来。这使龙仁青的小说在简单平和的叙事中，有一种高山凸起的千钧之力。

尽量简化的方式是龙仁青小说的基本方式之一。这种方式当然有现实依据，在地广人稀的草原上，简单的人际关系是生活的底色。但是，如何在小说中完成这种关系的处理并不是一件简单的事情。《猎枪》只写了父子两个人，小说有这样一个细节：母亲披了一张羚羊皮，混在藏羚羊群中，试图活捉一只小藏羚羊，却遭到晚归的父亲的误杀。当孩子苦苦发现了猎枪，希望父亲带他去打狼时，父亲却将猎枪瞄准了兔子。苦苦难以理解父亲的举动，甚至非常愤怒。但孩子不知道的是，正是这把猎枪和狼的关系，隐藏着父亲最痛苦的记忆。《情歌手》中的歌手，自从父亲去世以后，他变得沉默寡言，从此就迷上了纯真质朴的情歌，并依此缓解他失去亲人的巨大隐痛，慰藉他心中的孤独。在一种极为简约的关系中，他的小说却流淌着一种令人心动、挥之不去的苦涩之情。那简单的生活里少有现代气息和元素，但也有现代生活稀缺的简约和单纯。简单的人际关系里，却有任何事物都不能换取的真情。如父子、夫妻、母子的情感等，它是如此感人而真挚。

面对"现代"，龙仁青的小说选择了"过去"。龙仁青写草原、写藏地的小说之所以独特，与龙仁青小说选择的面对现实的情感方式有关。如对"现代"的认识，在早期"底层写作"作家那里，更多的是对"现代"负面后果的痛切批判，于是小说大多是泪水涟涟、苦难无边。这当然也是需要的。但是，作为文学作品，即使是批判显然也有多种方式可供选择。如《失去家园》，写尽了草原深处的忧伤。冬去春来，一年过去了。农场的地里还是没有长出庄稼，远远望去，一块块切割得整齐的田地上，只有一些生命力顽强的野草在稀稀落落地生长着。开荒挖地时大量的草原植被被铲除，随着冬日劲风的来临，植被底下那一层黑土慢慢地被风干,日复一日,当黑土脱离了那些盘根错节的草根后,摇身一变,成了细细的沙土,并在风的簇拥下,开始向四周蔓延。仅仅一个冬天,以往被大片大片新开垦的土地围绕着的门仓农场,便被沙漠围了起来,让人以为是一座和某种人类文明一起被埋没在沙漠里的远古遗址。但人们根本没有从这种荒芜景象里得到某种教训和启示,他们抛弃了已经沙化了的土地,又拿着锄头和铁锹向别的处女地进发了。

"现代",常常是以不断牺牲传统的文化和自然领地为代价的。《失去家园》发现了"现代"这一问题,它的批判性显而易见。不同的是,龙仁青并没有做出一种激愤或激烈的姿态,他的批判隐含在另一种表达中:就在老刘失去心爱的二丫、肆意流窜的沙土将整个草原埋起来的讲述中,我们被深深地震撼了。还有什么比失去亲人和家园更让人痛切忧伤的呢?二丫临死之前只有一个愿望,这就是回到原来那个家,"看看长在地里的庄稼"。面对荒滩和沙漠,二丫没有画家的闲情逸致,她也不会欣赏这被扭曲的自然奇观。她心里只有家乡记忆中的庄稼,因为新开垦的农场根本就长不出庄稼。《人贩子》的故事很简单,一个地方的小学搞到一笔捐款,送来了一批桌椅板凳,本来每人有一张小桌子,不知道为什么却缺了一张,村长只好让自己已经分得小桌子的儿子把小桌子给了河对岸那个村民的儿子,于是,儿子每天去河对岸那张桌子上做作业,两个孩子也其乐融融。突然一天,洪水冲走了村长的孩子——他从桥上掉下去淹死了。孩子死后,悲痛不已的村长老婆埋怨村长,说他如果不把小桌子给了河对岸的人家,他们的孩子就会平安无事。村长尼玛于是决定为死去的孩子买一张小桌子,他要还给孩子一个愿望,也弥补自己心里的不安和缺憾。当尼玛来到城里看到身穿与自己孩子生前同样校服的孩子时,他突然想起了自己的儿子。他走到了一个孩子面前说:"你是我的儿子啊!"结果，在城里人惊恐的大呼小叫中，失去儿子的尼玛被当成了"人贩子"，警察粗暴地带走了他。尼玛也是活在"过去"的人物，一旦走进"当下"，尼玛的生活即刻幻灭了：没有人理解一个失去儿子的父亲心里的感受，"现代"就是如此冷漠和惊慌失措。

面对"现代"，龙仁青选择了"慢生活"。现代就是一日千里，现代就是速度。快，是现代最值得炫耀的事物之一。但是，面对现代的速度，龙仁青的小说却选择了"慢生活"。如上所述，龙仁青的小说关系极为简约，简约的关系与速度无关，有关的是作家的讲述能力。在龙仁青这里，他经常用大量的笔墨篇幅状写自然景物和风情风物。如山河、草原、花草、帐篷，他不厌其烦。看起来似闲笔，其实是小说重要的组成部分。如《情歌》中："层层叠叠的绿色像波浪一样翻滚着涌向远方，其间随意点缀着红的黄的蓝的白的野花。野花中最多的是那种叫馒头花的一簇簇白花，那一缕缕若有若无的淡淡芬芳就是从这花上散发出来的。草原上有牛羊群，有远远近近随意散落着的牧民的帐房。有一个关于帐房的谜语是这样说的：远看像牛粪，近看八条腿。很贴切，是个不错的谜语。"类似的文字在龙仁青的小说中比比皆是。这是一个非常传统的方法，叫作"景物描写"，现在的小说很少看到景物描写，作家似乎都很急切地奔向主题。龙仁青不急不躁，他反而钟情于这个陈旧的方法，在景物状写中表达他对"慢生活"的意属和向往。对"慢生活"的理解和接受，才有可能使龙仁青的小说有散文化的倾向并富有诗意。如他小说的题目《雪青色的洋卓花》《绛红色的山峦》《牧人次洋的夏天》等，如果说是散文的题目也完全可以。因此，表现在具体文字上，就无意识地接续了现代白话小说的抒情传统。这个抒情传统来自沈从文、孙犁、汪曾祺一脉。这一文学脉流在主流文学史的叙述中，一直不如对现实主义文学传统的评价。这与近百年中国的历史处境有关，也与主流意识形态对文学功能

的理解有关。20世纪80年代以后，这个传统被逐渐钩沉出来，其价值才得以在不断阐释中被发现。龙仁青显然与这个文学传统有关。但龙仁青的生活背景和文化记忆又决定了他接受的限度：他使用了抒情的形式，书写的却一定是自己的经验。

龙仁青在他的小说集《光荣的草原》后记中说："我一直认为并坚信，作家首先要做的，就是净化和洗涤自己，使自己变得洁净、纯粹、甚至透明。作家的肉体和心灵因此要经受净化和洗涤过程中的磨难和疼痛，在一个作家的身上和心里，伤痕和孤独在所难免。"那么，如果是这样的话，我认为龙仁青的净化和洗涤自己的方式，就是不断地用简约、过去、前现代和对慢生活的接受来实现的。应该说，是现代复杂多变的生活，照亮或发现了草原和过去，是现代文明照亮或发现了龙仁青过去和记忆。有了现代，过去才有了诗意，就像城市的现代文明照亮了乡村文明一样。但是，过去或乡村是只能想象而不能经验的。用李敬泽的话说，文学的魅力就在于表达生活的"不可能性"，"不可能性"的诗意和理想化感动了我们，于是成了我们共同的想象。因此，龙仁青讲述这些故事，并不是要我们回到那种生活——那既不必要也不可能，而是希望我们能拥有憧憬、怀念那种生活状态的心境，并不是一味地前赴后继，唯恐落于人后。读龙仁青的小说，特别容易想到席慕蓉的《父亲的草原母亲的河》，想起张承志某些作品的忧伤或愁绪。那里有赞美、有怀念，但更多的是一览无余的诚恳和眷恋。

"贱民"的悲喜剧与小说之光

——评陈昌平的小说创作

迈克尔·伍德在《沉默之子——论当代小说》一书中说,对塞缪尔·贝克特而言,智力的喜剧是无知的喜剧。它记录了两方面的内容:一、我们拼命想知道我们无法知道的事物——也就是想知道我们不知道而且可能也无法知道的事物;二、在上述努力看不到任何成功的时候想知道我们所不知道的事物的宽广范围。贝克特这个矛盾的计划所要表明的是,我们能说的东西是多么少,或更精确一点,是要在我们正在说"我们能说的东西是多么少"这句话时抓住我们。其实关于"我们能说的东西是多么少"我们已经说得太多,因为不管我们说什么都是过度的,是一种狂妄自大,是对不可占有之物的放肆占有。① 如果我们没有理解错的话,这里的意思是说,包括小说、戏剧在内的文学,对其想象、虚构和可言说的东西是相当有限的。文学发展了这么多年,该说的差不多也就说完了。不然,大概也难以解释在当下中国,为什么对文学的指责、不满,甚至谩骂或者作家的自艾自怜的声音总是不绝于耳。但我的看法却略有不同。当下文学,特别是小说的"衰落",其原因是相当复杂的。这自然与近年来我们将那"能说的东西是多么少"反其意而用之有关,我们的文学能说的东西居然那么

---

① 参见[英]迈克尔·伍德《沉默之子——论当代小说》,顾钧译,生活·读书·新知三联书店 2003 年版,第 28 页。

多，出版社、杂志社和其他媒体都是话语机器的生产厂家或设计师。更重要的原因是，作为一种文学形式，高端的成果也难免盛极必衰。诗骚汉赋唐诗宋词，相互取代并不是说某种艺术形式在艺术上"衰落"了，而是说新的艺术形式的取代已不可逆转。在后现代后工业后殖民的当下社会，可供消遣娱乐的消费文化时尚文化仿真文化无奇不有，文学人口的离散或分流就不值得大惊小怪。

我曾在不同的场合讲过，就当下高端的小说艺术成就而言，它不仅没有"衰落"，而且说它超过了以往的任何时期也不是没有依据的胡言乱语。在没有大师或解构大师的时代，那些重要的小说家不能成为"大师"并不是他们的错误，我们也无须以历史的经验来打比方。现在作家所面临的困难，是过去的作家想都不会想到的。在"里程碑"如林的时代，那些在小说领域能够出头露面的作家已实属不易。如果我们走进具体的作家作品还会发现，他们带来的新的经验和表达智慧，足以维护文学剩余的尊严。现在，我要评论的陈昌平的小说创作，同样可以证实我的上述言论。

一　"贱民"的悲喜剧

陈昌平小说的主角大都是街坊邻居，他们出身低微、谨言慎行。用阶级分析的方法，他们是"城市贫民"阶层；用文化研究的方法，他们是"市民"或者像斯皮瓦克所说的印度寡妇一样的"贱民"阶层。这个阶层是社会的大多数，但他们却不是社会生活的主体，用葛兰西的话说，他们是可供社会权力支配、征服、统治、被决定的"属下"，因此是"低一等"或"下层"的边缘阶级或弱势群体。在理论

的意义上，他们被描述为一个"阶级""群体"或"阶层"，但就他们具体的真实处境而言，他们是一个个历史的"孤儿"或无辜、无助的精神"流民"。

《汉奸》《英雄》《国家机密》等作品，可以看作陈昌平近年来的代表作。这些作品的故事、人物和要表达的旨趣各异，但有一点是相同的，这就是它们都是试图重新表现在并不遥远的过去、切近、特殊的历史境遇中"贱民"的悲喜剧和不在个人把握之中的宿命般的被宰制的命运。《汉奸》应该说是迄今为止陈昌平最好的小说。作品讲述的是一个被命名为李征的破落文人，在日本守备队长田中敬治"三顾茅庐"的感动下，勉为其难地成了田中的书法老师。他是一个读书人，迂腐、要面子、有起码的气节。在他看来，帮助一个日本军人了解或学习中国文化，虽然别扭但也不过分。于是，他便隔一段时间在日本军人的押送下，到据点为田中讲授书法。"押送"是李征的要求和条件。这个场景是非常有趣的，在李征看来，"押送"才符合他作为一个破落文人、一个亡国奴和读书人的"身份"，"押送"不仅在别人看来是被迫的，而且在亡国的时代这一场景多少还有一些"悲壮"的意味。一个破落文人的"气节"就在这一要求下被表达出来。应该说，在教授田中书法的过程中，李征对田中并没有什么反感，田中对中国书法的兴趣甚至使李征还隐隐地产生了某种文化优越感。李征教田中书法是身不由己、别无选择的，出于赶走日本人的朴素心理，李征还为抗日队伍提供过据点的情报。但是，日本人战败后，李征出了麻烦，他不能解释他和日本人的交往，不能解释他"政治嘱托"的职务和自己签下的私章。于是，李征就成了汉奸，最终被枪毙了。

与《汉奸》的命名相左的是《英雄》。如果说"汉奸"李征是出于身不由己的话，那么退休工人老高的"英雄"想象，就完全是自己一厢情愿了。老高在人堆中脱颖而出，他找到了自己被关注、被尊

重、被崇拜的感觉。这个感觉就像一个隐形之手控制了他，于是老高也身不由己了。他兴奋，青春焕发，甚至在生理上都有了返老还童的感觉，他真的觉得自己是英雄了。老高有8年图书馆工作的经历，按说他有积累，但长年累月地在广场口若悬河，不要说是一个工人，就是一个教授，也有"失语"的时候。于是老高就开始"叙事"了，历史成了他随意编纂的"故事"。当然，总会有人来管老高，"首长"的干预使老高的英雄梦又回到了起点。我们不能不赞叹小说对小人物内心的理解和把握，从某种意义上说，我们都有老高的心理期待或成为"英雄"的想象，不同的是我们或者没有机会，或者还没有表现出来。但是，从老高已经表现出来的"英雄"幻觉来看，老高无疑是一个滑稽的喜剧角色。一个人越是缺乏什么就越要凸显什么，在这个意义上，老高与阿Q有某种血缘联系，不同的是老高在表现形式上发生了变异。因此，这个"英雄"的喜剧故事事实上弥漫着浓重的悲剧意味。那个老高还会兴致勃勃、兴奋不已地留恋那个广场和喷薄奔涌的话语和言辞吗？

一个退休群体休闲的场所，无论讲什么都无关宏旨，无非是打发日子扎堆找乐。即使是讲了麦克阿瑟是我们打死的，那会影响中美关系吗？但问题就出在老高对言辞的热爱，他讲的又偏偏是历史，历史叙述本来就是一种权力，历史也有虚构的成分，历史学家汤因比早就有过论述。但是，历史由谁来讲就大有文章了。斯皮瓦克说"属下"（贱民）是不能说话的，因为他们没有这个权力，"首长"对老高的干预，不仅示喻了权力关系，同时也表达了"贱民"对这种权力的僭越欲望和有限的可能性。

《国家机密》讲述的是一个荒诞时期的荒诞故事。小六子王爱娇经常做梦，这与常人没有区别。但小六子做梦总是被人与国家大事联系起来：他梦见敌人飞机掉下来，果然第二天就庆祝击落美国U2型飞机；他梦见石头会飞，第二天城市就像开锅的水在沸腾地庆祝人造卫星上天；他还梦见毛主席生气，解放军和大鼻子外国军人打仗，大街上游行，梦见有人在月亮上溜达……于是，这些梦就和珍宝岛战争、中国共产党第九次全国代表大会、支持世界人民反美斗争等联系起来。小六子就成了"阶级斗争的晴雨表""对敌斗争的方向盘""人民大众的报喜鸟""世界革命的气象站"。"小六子也争气长脸，游行、地震、台风和核试验什么的国家大事都不断地被他应验，让于主任在领导和朋友面前不断地斗志昂扬和扬眉吐气。于主任的朋友越来越多，小六子参加的聚会也越来越多。现在，只要小六子有什么新梦了，于主任就会通知他的新老朋友们，然后于主任就会和他的朋友们一边吃饭，一边兴致勃勃地谈论和分析小六子的新梦，同时满怀期待地憧憬小六子的下一个梦。"小六子王爱娇就这样被塑造成一个神秘主义时代的"先知"和神话。"属下是不能说话的"，但年幼的"贱民"小六子不仅拥有了话语权，而且他所说的话无一不是"国家机密"。

在美学的意义上，如果说《汉奸》浸透了悲凉、《英雄》充满了滑稽的话，那么《国家机密》弥漫四方的就是荒诞。这些小说都有喜剧的效果，都是小人物在权力的宰制下因话语惹出的麻烦。因此，语言就是权力，当这些小人物不再热爱言辞，放弃了英雄/先知想象的时候，不再争夺话语权力的时候，就是他们最后解脱的时刻。

二 小说照亮的历史

陈昌平的小说似乎特别钟情历史，他重要的作品几乎都和历史相关。如果说历史是一种建构、一种叙事或一种想象的话，那么，任何

一种历史叙事都将会遮蔽部分历史,这一历史叙事的"盲点"是任何历史学家都不能逃脱的。所谓"正统"的或在观念统治下的历史叙述,这一问题的存在就尤其严重。事实上日常生活的历史,同样是历史,在普通人的生活细节中,我们有可能发现真实的历史或秘密。

"汉奸"这个词,在过去的文学作品的诠释中,是族群的败类和敌人,他们出卖国家民族利益,没有操守和气节,为虎作伥、认贼作父。但《汉奸》中的李征似乎与这一印象没有关系,他作为一个破落文人还有起码的气节和正义感。他与田中的关系在今天看来是相当复杂的:一方面,那里有人性化的东西,对一个热爱中国文化的日本军人,李征对其并不反感,就人物关系而言不能说没有合理性,如果李征是一个游击队员或城市平民另当别论,但他是一个教书先生,他对民族文化有一种先天的敏感和亲切。田中热爱中国的书法,这迟早要打动李征。另一方面,田中毕竟是一个侵略者,这在李征的心里是无论如何都不能接受的。他内心微妙的活动中,从来也没有认同或亲和过田中。但光复之后李征还是被打成了汉奸。小说写出了一个汉奸是如何成为"汉奸"的过程,历史的偶然性和李征个人命运的必然性,就这样令人怅然和无奈地统一在小说文本里。性格即命运,李征对自己民族文化的迷恋和他的迂腐,是个人悲剧的根源。当他沉浸于自己文化里并以先生自居的时候,他优越又镇定,虽然面对的是一个侵入自己国家的敌人;但当他为游击队提供情报、查点日军人数时,他几乎乱了方寸,他兴奋而紧张。这一细节呈现出了"文化"致命的弱点,或者说,在历史的紧要处,文化的优越是不能救国的,负载文化传承的文化人不要说救国,他们甚至连自己都拯救不了。李征就这样成了"汉奸",他是因他的"文化"而成为汉奸的,但这也是历史。

老高是在"英雄文化"的哺育中成长并退休的。中国文化在某种意义上就是英雄文化,英雄文化哺育文化英雄,文化英雄又创造了英雄文化。但既然是文化英雄，就无可避免地要有表演性，古今概莫能外。老高本来无意于英雄，但偶然机会提供了他表演的场所，于是一个小人物的英雄情节开始萌发并迅速膨胀。老高在幻觉中成就了英雄梦。其实老高的内心是卑微的，卑微的人就更希望成为英雄，更渴望受到关注或尊重，甚至不择手段。但是，老高试图书写个人英雄历史的梦想是不可能的，历史已经选择了真正的英雄，那位老首长和被老首长命名的、已经牺牲的崔桂云的丈夫，才是书写历史的英雄。他们在广场上没有自己的声音，那个牺牲的英雄甚至在小说中是不在场的。但是，个人的想象无法对抗或颠覆历史的指认。历史的"沉默之子"就矗立在老高的盲视处，他难以超越。尽管这一切老高茫然不知。

小六子王爱娇还没有介入历史的能力和意识，他是被动地"参与"历史书写的，并受到莫名的控制。但是，小说的有趣之处就在于呈现了另一种可能：历史似乎进入了暗夜，暗夜没有光只有神。人们笃信神却无从把握，于是人们在黑暗之中寻找光芒，试图照亮那个无处不在的神秘所在。小六子在冥冥之中充当了暗夜之光，他那隐喻式的梦幻就是暗夜中的挪亚方舟，于是，他就成了于主任和徐爷爷的拯救者。他梦幻中的一切都被喻为"国家机密"，谁垄断了小六子就意味着谁垄断了"国家机密"。小六子就成了一件礼物和争夺之物。一个时代的荒谬就在小六子的梦中被展露无遗。那应该是一个有信仰的时代，国族的共同信仰还没有得到过那样的宣喻。在合法性的宣传中，一个共同体的信仰选择还没有那样地统一和固若金汤。但是，虚假的历史叙事在《国家机密》中被重新照亮，信仰危机就蕴含在神化的统治之中。被历史叙事遮蔽的一角通体透明。

皮埃尔·马舍雷为意识形态阐释提供了下列公式："一部作品中重要的东西是它所没有表达的东西。这与那种粗心的注释'它所拒绝表达

的东西'并不相同,尽管那本身也是很有意思的:在此基础上可以建构一种方法,交给它衡量沉默的任务,无论得到承认与否。但不啻如此,作品所不能表达的东西才识重要的,因为正是在那里详尽的表达似乎在进行着走向沉默的旅行。"① 陈昌平所表达的东西,在小说中是沉默的部分。对历史他不是直接站出来言说,小说也不负有这样的使命,但是他以另外一种方式——一种间接呈现的方式,试图在日常生活中讲述他所理解的历史。于是,我们被告知的历史发生了某种变化:它的庄重、肃穆、血腥和义正词严,有时就发生在偶然之间。历史是不断被言说出来的,那没有被言说的部分,那沉默的一角于是就活跃了起来。

陈昌平貌似松弛的叙述,内在锋芒却凌厉无比。他让小人物走进了历史,小人物也可以作为被述对象。值得注意的是,陈昌平并没有民粹主义的思想控制,他没有将小人物诗化或圣化,没有美化他们的苦难或做意识形态式的陈述。在陈昌平的讲述里,这些小人物事实上是相当卑微的,他们与"物"的关系表明了他们内心关注的范畴。李征作为一个读书人,只有面对他熟悉的文化时他才可以做到正襟危坐,他讲写字要学会站立,就像做人一样,但当田中给了他四个包子,他本来是要以"不食嗟来之食"的态度反抗田中的怜悯施舍,但他将四个包子抛出之后,马上又像箭一般地扑向了包子;老高成名之后,每次宣讲过后总要收到一些钱物,从羊毛衫到代购券,他每一样都记到小本子上。不能说老高对这些钱物不动心思,但他一想到厂长因钱物而犯下的致命错误,他就不踏实了。他必须将这些钱物发落出去。老高的捐赠不是出于自愿,而是出于无奈;小六子每次讲完做的梦,也要收到各种学习用品,但他每次出去母亲总是叮嘱一句:不要拿别人的东西。但这个很道德化的嘱托是形式化的。小六子仍然照拿不误。底层人因物资生活的匮乏,

---

① [印度]加亚特里·查克拉沃尔蒂·斯皮瓦克:《属下能说话吗?》,罗钢、刘象愚主编《后殖民主义文化理论》,中国社会科学出版社1999年版,第123页。

在宏大叙事之外，就乏善可陈了。陈昌平以历史唯物主义的态度表达了他对民众内心的看法，这是很有见识的。

历史叙述本是历史理性的产物，但是历史的发展却并不完全掌握在历史理性之中，也不完全行驶在历史理性预言的轨道上。当感性生活在社会生活结构中获得合法性地位之后，小说探究终极意义的努力开始跌落，历史理性的统治裂开了缝隙。于是，与日常生活场景密切缝合的文学性乘虚而入，这一趋势强化了文学表达的可读性，理性华美的外衣一旦剥落之后，赤裸裸袒露出来的就是感性生活生动的质感。陈昌平小说就是用感性生活照亮了历史理性遮蔽和意义讲述所删除了的那部分。

三　修辞是小说家的名片

对于演讲来说，修辞是一门说服或规劝的艺术。但对小说来说可能还要复杂一些，他不仅要通过视角、距离、声音、反讽、夸张、隐喻、象征等修辞手段影响、说服、规劝读者，同时，这些修辞手段也彰显着作者的风格、立场和道德诉求。在这个意义上可以说，修辞是小说家的名片。

视角的选择对小说而言是至关重要的，它决定着小说的形象所选择的角度和由此形成的视野范围，它引导读者如何进入小说甚至如何评价人物。从另一个意义上说，视角的选择和控制，本身就是作者的态度和评价，他是潜隐读者无声的向导。因此，洛奇在《小说的艺术》中说："确定从何种视点叙述故事是小说家创作中最重要的抉择了，因为它直接影响到读者对小说的人物及其行为的反应，无论这反应是情感方面的还是道德方面的。"① 《汉奸》的写作是平行视角，李征的命运我们没有预先被告知，我们是随着李征一步一步走向命运终点才最后得知的。这一讲述方法的"客观性"，使我们和李征有了同样的感受：无奈、无助、欲言又止甚至失语。当然这与陈昌平"讲述话语的年代"大有关系：民族战争结束了，内外部的紧张关系都得到了巨大的缓解。"汉奸"这个十恶不赦、罪大恶极的民族败类，虽然还是让人难以容忍和宽恕，但"汉奸"终还是根据罪恶的命名。一个人是怎样成为汉奸和如何被命名的，起码是一个值得追问的问题。就小说而言，李征的冤案难以改写，李征因被命名为"汉奸"，对他实施的是肉体的消灭，他不仅从此缄默无语，即使在当时，李征因有口难辩业已失语。临刑前，政府都要满足犯人的一个不过分的愿望，别人有要见小老婆的，有要烧酒的，李征则提出要一支毛笔、一瓶墨汁和一些纸，在另一个当事人的叙述里：

> 李征把那些白纸仔细地抚平，然后叠成书本大小，端端正正地摆在桌子上。开始时他写得很慢，而且持笔的手一直发抖，白发也跟着哆哆嗦嗦，后来顺溜了，依然写得很慢，几乎是一笔一画地写，而且每写一个字都要顿上一顿，然后才写下一个字。老朱不识字，可是眼力甚好，他看见李征写的字非常小，蝌蚪一样，而且他也认得李征的"李"字，他看见白纸上有一连好几个"李"字……

这里的修辞缓慢而沉着，人物举止从容平静。李征作为一个迂腐的文化人的绝望，恰恰在无语的书写中淋漓尽致地表达了出来。但李征那仅仅是抒发无奈的书写，结果是"字挤着字、字压着字、字上有

---

① ［英］戴维·洛奇：《小说的艺术》，卢丽安译，作家出版社1998年版，第28页。

字、字下有字。整个一张纸，让李征写得昏天黑地，竟然找不出一个囫囵的汉字"。在国家民族的叙事里，一个被指认为"汉奸"的人，他的书写只能是一篇无以识辨的、模糊的自我悼词。类似的修辞，在《特务》《英雄》《国家机密》等作品中，都有恰到好处的表现。

在小说创作的困境日益严峻，突围的可能越来越艰难的时刻，陈昌平异军突起，他以举重若轻的文字和机敏的想象、轻喜剧的风格和内在的紧张，书写了普通人在不同历史时期的卑微心理和悲凉人生。特别是他近两年的小说创作，文字从容松弛，显示了饱满而自信的感觉和状态。但是，我不能不指出的是，陈昌平的重要作品所倚重的，仍然在国家主义的框架之内，或者说，"汉奸""特务""英雄""国家机密"这些与历史叙事密切相关的概念，其"政治正确"和合法性的前提，是"讲述话语的年代"历史语境变化所提供的。对"话语讲述的年代"而言，当我们还原于具体的历史语境的时候，那里还有轻喜剧资源吗？因此，在貌似轻松的话语讲述中，陈昌平难以掩饰的是自我欣赏的快意。但面对那严酷的历史，我们的心情无论如何也难以轻松起来。因此，修辞从来就不仅仅是风格问题，同时它还是"公开的可辨认的手段，与作为修辞的小说，即广义的修辞，整部作品的修辞的方面被视作完整的交流活动"①。没有读者参与的交流是不可想象的，作家的"规劝"如果在读者那里遭到了质疑，小说的修辞显然是出了问题。因此，当陈昌平以修辞的方式公开了他小说名片的时候，他是否可以考虑对其"身份"——修辞方式，做某些小小的调整呢？在小说创作遭遇了空前困境的时候，对陈昌平这样脱颖而出的小说家竟然提出如此苛刻的要求或批评，也许有些不合时宜，但在我看来，他是一个值得批评的作家。

---

① ［美］韦恩·布斯：《小说修辞学》，付礼军译，广西人民出版社1987年版，第100页。

文学仿真术与作家的心情

——评林白的长篇小说《妇女闲聊录》

仿真技术的发明，使技术主义霸权如虎添翼。它不仅可以"真实"地提供立体的三维空间，展示关乎未来的想象，而且在艺术领域，任何一位最伟大的大师，其作品通过它的处理都可以批量生产，将珍贵的、唯一的艺术以低廉的价格走进千家万户。"廉价"解构了珍贵，于是，博物馆和收藏家的优越在仿真技术面前手足无措、目瞪口呆。仿真是平民的节日，是技术主义霸权的里程碑。仿真技术也从一个方面启发了作家的灵感，作家也可以以仿真的形式展开他们的文学叙事。口述实录小说和我们现在要谈论的林白新近发表的长篇小说《妇女闲聊录》，就可以看作一部以仿真术书写的小说文本。

《妇女闲聊录》确切地标明了"闲聊"的时间、地点和讲述者的姓名，这一交代所暗示的是它的"真实性"。真实性在这里不是现实主义的写作原则和批评尺度，作家已不期许现实主义的文学奖章。它是作为一种文学叙事策略被林白愉快地使用的，它获得了意想不到的奇异效果。一方面，作家借助那个名为"木珍"的妇女之口，实施了一次有声有色的话语狂欢，一次为所欲为的话语实验；另一方面，林白在实验中获得了前所未有的心理快感。对于这一判断，我们可以在以诗的形式书写的小说题记中得到证实：

为什么要踏遍起千湖之水

为什么要记下她们的述说

是谁轻轻告诉你

世界如此辽阔

  在阅读林白小说的经验中，还从来没有发现她的心情是如此轻松和舒展。《一个人的战争》《说吧，房间》《玻璃虫》《万物花开》等长篇小说，都负载着作家沉重的思考和对深度意义的期待。这些小说或是凝重或是迟疑，她不吐不快又疑虑重重、心事重重。这一春风得意和丽日明天的心情，是林白发现了文学"仿真术"之后获得的。谁都知道，"闲聊"的"妇女"是木珍，但记录者是作家林白。那貌似真实的叙述，在作家"后记"的自白中暴露了它的秘密："《妇女闲聊录》是我所有作品中最朴素、最具现实感、最口语、与人世的痛痒最有关联，并且也最有趣味的一部作品，它有着另一种文学伦理和另一种小说观。"[①] 作家的心情决定了作品的叙述语调和修辞风格。《妇女闲聊录》以拼贴和散点的方式结构作品，它没有故事主线，没有贯穿小说始终的人物。它是借一个农村妇女的"闲聊"来呈现木珍/林白视野所及的底层民众生活和心灵世界的。"闲聊"为作家带来了空前的叙事自由，她信马由缰、无所顾忌信手拈来，自由带来了自信的愉悦和书写的快感。

  在木珍的叙述中，有一个难以解释的悖论：在现代化的过程中，王榨村似乎处于一种夹缝之中，他们生存于前现代的状态中，但对现代生活又充满了饥渴。结果，前现代的乡村伦理和平静的生活被打破了，但现代的生活却又不属于他们。王榨村一如既往地贫困、以打斗娱乐、以偷情为快、卖妻子、医治不起疾病夫妇双双投河、六年级的学生还不会加减法、日用品多有假货……但在木珍的叙述中，她没有忧愁也不是倾诉苦难，她平静如水如同讲述别人的故事，而且在讲述

[①] 林白：《后记：世界如此辽阔》，《十月·长篇小说寒露卷》，第100页。

中似乎还有一种话语的快意。这当然是林白对小说的期待,也是她对底层民众因日久积累而麻木的一种理解,一种前现代的生存状态在后现代的书写方式中得到了阐释和表达。

民众并不是生活在意义世界中,世俗生活本身就是他们"意义"的全部,但这个世俗生活对作家林白来说却重要无比,发现了这一点,她就重新"感到山河日月,千湖浩荡"[①]。评论家贺绍俊说,在急剧变化的世界面前,作家"亲身体会到伴随着社会秩序瓦解而带来的文学话语大厦濒临倒闭的危机,因此他们需要寻找到阐释世界的另一套话语系统"。这方面比较成功的,林白就是其中一个。而林白阐释王榨村民众生活时,表达的是一种民间世界观。"这种叙述所构造起来的世界显然不同于既定文学叙述中的世界。既定文学叙述中的世界服从于公理和逻辑,而公理和逻辑代表着社会的权威。但是,在木珍的叙述中,公理和逻辑遭到了蔑视,王榨村的人以自己的世界观处理日常生活。"[②] 这一看法是非常有见地的。民众的日常生活并不是按着既定逻辑展开的,在木珍/林白展示的乡村中,它既是经过作家剪裁的,同时也是一种以仿真的原生态的表现的,民间世界观在作家的话语框架中得到了应有的重视。因此,在阅读这部作品的时候,我们常常不知道究竟哪些是来自木珍的叙述,哪些是作家刻意修剪和提炼的。重要的是作家林白在杂乱无序的生活片段中发现了文学性,在木珍的讲述中,王榨生活的丰富性得以充分的展现,生老病死、家长里短、情爱性事等交替出现,它琐屑、枝蔓甚至不值一提,但民众的日常生活就是如此,他们习以为常并乐此不疲。同时,在小说中,讲述者木珍的声音就不再单调,它是作者有意为之或追求的。

在当下的文学处境中,林白的这一努力和实践意义非凡。当文学

---

① 林白:《后记:世界如此辽阔》,《十月·长篇小说寒露卷》,第100页。
② 贺绍俊:《叙述革命中的民间世界观》,《十月·长篇小说寒露卷》,第101页。

被无数次地宣告死亡之后,2003年,美国批评家希利斯·米勒再次访问了北京,他在带来的新作《论文学》中,对文学的命运做了如下表达:"文学的终结就在眼前,文学的时代几近尾声。该是时候了。这就是说,该是不同媒介的不同纪元了。文学尽管在趋近它的终点,但它绵延不绝且无处不在。它将于历史和技术的巨变中幸存下来。文学是任何时间、地点之任何人类文化的标志。今日所有关于'文学'的严肃思考都必须以此相互矛盾的两个假定为基点。"① 这确实是一个悖论,一方面,我们为文学的当下处境忧心忡忡,为文学不远的末日深感不安和惊恐;另一方面,文学日见奇异和灿烂的想象,又为文学注入了前所未有的活力和魅力。在社会生活的结构中它即将成为潜流,但那些值得阅读的作品还将默默流传并永驻人心。

林白是20世纪90年代以来中国文坛最重要的作家之一,《一个人的战争》无可争议地奠定了她作为中国作家重镇的地位。此后,在文化市场上她并不是大红大紫有"轰动效应"的作家,她的作品也不是风行一时的畅销读物。但批评界都知道,林白不出手则已,出必有方。她的每部作品在批评界几乎都引起过极大的反响,因此,批评界对林白似乎也理所当然地怀有更高的期待。但是,我不能不指出,就《妇女闲聊录》而言,它需要讨论的问题还是存在的:作为一个批评家或职业读者,可以在阅读经验和对林白的了解中比较林白的追求和可能实现的突破,她的这部小说的新鲜感,就是在林白自己的创作历程及和其他作家小说叙事的比较中获得的。我们可以在林白的探索、选择中解释这部小说的诸多意义,也明了林白"世界如此辽阔"背后的言说。但是,对一般读者来说,这仿真的生活碎片,每一个片段都是清晰的,但当它们连缀在一起的时候,他们真的能够明了一个妇女"闲聊"了什么吗?

---

① 金惠敏:《图象增殖与文学的当前危机》,《中国社会科学》2004年第9期。

男女、生死和情义

——2004年葛水平的中篇小说

2004年至2007年，在3年左右的时间里，葛水平连续发表了20多部中篇小说。这些作品，以"原生态"的方式，在缓慢流淌的物理时间里，充分展示了太行山区"贱民"生活的残酷和艰窘，在极端化的自然和社会环境中，在简单又原始的人际关系中，揭示了社会最底层和最边缘群体的生存状态和精神状态。在她舒缓从容、波澜不惊的叙述背后，聚集了强大的情感力量，表达了她对文学独特的理解，同时也表达了她坚韧不拔的文学意志和勃勃雄心。因此，葛水平是近年来批评界关注和议论最多的作家之一。

山西是中国现代革命重要的区域之一，无论是抗日战争还是解放战争，那里都发生了无数可歌可泣的英雄故事。因此，现代文艺的表达为这个地区奠定了最初高亢、壮美和理想的基调，为"红色文艺"做出了典范性的贡献；进入共和国之后，声名远播的"山药蛋派"在新的文化环境中独树一帜，在以"阶级斗争"为主调的"农村题材"的写作中，他们专事"中间人物"的塑造，固执于乡土中国的描写和发掘，成就了文学却毁灭了自己；20世纪80年代，"山西作家群"异军突起，他们握珠怀玉、气象万千，文学成就在那个大时代里不胜枚举。葛水平就生活在这样一个有辉煌文学传统的区域里，伟大的传统让一个青年女作家出手不凡，起点就是高端。但我们也知道，要超越那个传统是何等艰难。但我们在葛水平的创作里，看到了她在粗粝、恶劣的自然环境中，在简单、贫瘠的物质生活中，对人性发掘到所能达到的深度。黄土高原在这里不仅是一个地理概念，不仅是一个自然环境，同时，对于葛水平来说它更是一个精神概念和精神环境。因此，发生在葛水平小说中的事件，与其说是生活故事，毋宁说是精神事件。在葛水平的小说世界中，那寻常的日子里所发生的一切，男女、生死、情义等，就这样超越了地域而与我们有关。

男女关系是人类生活最基本的关系。在有其他精神诉求的社会环境中，会衍生出许多别的关系，如同志关系、朋友关系、情人关系、上下级关系、同事关系等。但是，在葛水平的小说世界中，最要紧的关系往往只是男女关系。当别的关系都不存在的时候，唯有男女关系是必须存在的。在这个最基本的关系中，暴露出的也恰恰是最基本的人性。人性的善与恶、文明与野蛮、理性与非理性等，都会在男女关系中赤裸地表达出来。葛水平在揭示这一关系的过程中——从抗日战争、解放战争后一直到当下，社会历史发展的时间几乎是激越跳动的，但在那地老天荒的黄土高原和太行山区，物理时间几乎是凝滞的。她在巨大的社会历史变动中发现了"不变"。现代文明虽然也缓慢地浸润了那些封闭的所在，男女关系也发生了细微的变化，但男女关系中的命运似乎仍然是宿命式的。我们发现，在揭示这一关系的过程中，葛水平在忧愤中怀着巨大的悲悯，两性关系是如此攫取人心，欲罢不能。

《狗狗狗》的故事发生在1945年光复前夕，穷凶极恶的日本鬼子垂死挣扎，他们杀害了山坳里无辜的平民。这不只是故事发生的背景，同时它还是女主人公"秋"与男人关系的重要起因。秋10岁时被栓柱的爹用5尺布买来给栓柱做童养媳，但成婚圆房只是个形式，栓柱没有正常男人的功能。不仅如此，在鬼子进凹时，栓柱的行为更

让秋所不齿。如果说栓柱没有男人的功能秋还可以忍受的话，那么栓柱的节操则是秋不能忍受的。于是，秋与青皮后生武嘎的私情就不仅仅是男女关系了。当武嘎从军之后，劫后余生的12岁少年虎庆就是秋最后的慰藉和希望。这个惊魂未定的少年夜晚不能自己入睡，他必须附在秋的身上才有安全感。一个只比秋小5岁的孩子，天长日久将会发生什么是可以想象的：

> 虎庆侧着身子，那地方像一个快乐羞涩的鱼时起时跃试图想去摸高处的岸。岸没有探到，探了一下树梢就缩了回去，缩回来又不死心地探了出来。这么着一探出来，似乎不明白是怎么回事，挺着脑袋不敢走近。虎庆就开始大口喘气了，一些羊膻味儿，狗皮的酸臭味儿，秋的肉味儿，趁这夜的风一起涌来，在他嘴里一起做着一件事，弄的虎庆就想咳嗽，一咳嗽就不断头了，越咳越厉害，以至喘不上气，脸憋了通红。秋坐起来用手在他的胸口上往下搓了几下，虎庆就不咳嗽了。还有些羞涩的小锤锤不敢再探了，歪过脑袋平静地睡去。

"生命缺失的体验让她的仇恨不断增生而不是消减"，对鬼子屠杀的仇恨在这里转移为对灵性延续的渴望。因此，栓柱的功能性缺失在这里也具有了政治的含义。虎庆终于走出了少年，秋也终于变成了"大肚子女人"。她一直生育到52岁。在这里，两性关系与政治密切地缝合在一起，但如果滤去抗日战争的政治背景，男女关系的本能要素仍然是第一位的，这在葛水平"后期历史"的叙述中仍然可以得到证实。不同的是，《狗狗狗》是以女性为主体的，她还没有真正成为男性争夺的对象，男性在这里还处于弱势：一个是没有男性功能，一个是未成年，成年的男人已远走他乡。

《甩鞭》的故事发生在新中国成立前后。王引兰是晋王城里李府的一个丫头，16岁时不堪李老爷和太太的凌辱，鼓动送炭人麻五带自己逃离了李府，然后被麻五娶了做妾。《甩鞭》中的主体地位是变化的：麻五的存在，男人是主体，但王引兰因其千娇百媚和处女身，一直受到麻五的宠爱。要种油菜便种油菜，要吃酸的给酸的，要吃甜的给甜的。于是，作家有了这样的议论："男人有些时候是很听话的，他的听话是需要一个不听话的女人来媚惑他，就像他的财产要女人来挥霍一样，历史只是女人对男人的调教。"这是女人对男人的征服，历史上这样的故事不胜枚举。但落实到王引兰这里也许还勉为其难。从大户人家走出的女人，终有一些不同，也正是这些不同才让麻五神魂颠倒。但大历史的发展却不是女人调教出来的。土改运动让"地主"麻五一命归天。

麻五的死，与大历史有关，但更与男人对女人的争夺有关。那个被麻五用两张羊皮换来的长工铁孩儿，对王引兰窥视已久、垂涎已久，他不能忍受麻五的占有。于是，每当他听到麻五与王引兰的男女之事后，他都要和母羊发生关系。畸形的性爱必然会导致畸形的心理。于是，当长工可以斗地主的时候，铁孩儿便想出了这个灭绝人性的招数。铁孩儿不仅是从性的角度要阉割麻五，要毁灭他深恶痛绝的所在，事实上他也从肉体上彻底消灭了麻五。在历史叙述的关系上，如果说《狗狗狗》是民族的，那么《甩鞭》就是阶级的。但无论民族的还是阶级的，都是由女人的身体推动的。麻五死了之后，王引兰嫁给了李三有，李三有也被铁孩儿算计摔崖死了。为了王引兰，铁孩儿不惜杀掉她两任丈夫，本能的驱使足以让一个男人疯狂：

> 我说我为了你就是为了你。当然，我不说谁也不知。今儿说了是我想和你说，都和你说了吧。你不知道我有多想你。为了你什么都敢干。我要真说了？还是说了吧，不说怕什么事也干不成。你以为给麻五坠蛋容易？我是费了一番心思的，我说麻五你

日能啊，为了两张羊皮你要我给你当十年长工，我不干了，他哄我说，你等着啊铁孩儿，我要到城里搞一个粉娘回来，我先要她，要是她早被破了身，肚里有了旁人的种，就让给你。我等啊，麻五这个老王八死龟孙咬住你就不放了，让我夜夜空想，我也是人，我和麻五没有两样，他想干的我也想干，和谁？谁不知道我是寡汉条子，窑庄女人多，哪个有你好？没奈何我就和羊。羊让我尽兴，羊不是你，羊是畜生啊！……

说麻五欺骗了铁孩儿也成立，但铁孩儿的逻辑显然是混乱的。尤其是他将单相思转化为仇恨继而杀害麻五和李三有，是原始欲望极度失控后酿成的恶果。这里和阶级仇民族恨没有关系，它是初民原始欲望宣泄仇恨的极端形式。

《喊山》的历史又切近一些，它应该是当下生活的一部分。岸上坪的韩冲和发兴媳妇琴花有男女私情，而且是交换关系，充满了庸俗气，是经不得事情的，因此乏善可陈。果然，当韩冲因麻烦来借钱时，琴花与丈夫沆瀣一气，夫唱妇随果真断了韩冲的念想。但这却并非闲笔，它是反衬后面男女情缘的。新来的人家男人名腊宏，带着个哑巴媳妇和孩子。腊宏突然被韩冲炸獾的雷管炸伤死去了。孤儿哑母今后的日子可以想象。韩冲"犯了事"拿不出钱"一次了断"，但他不猥琐，立了字据负责养活她们母子三人。韩冲果然践行承诺，"一日三餐，吃喝拉撒"没有半点不耐烦。于是，日久生情，哑巴红霞这个被拐买的农村妇女，和杀人逃犯腊宏过的不人不鬼的日子终于过去了，她爱上了这个不曾经历过的、有情有义有担当的青皮后生。《喊山》是一部充满了浪漫气息的小说，韩冲和哑巴红霞没有身体接触，但这里的两性关系比身体接触过的韩冲与琴花要动人得多。红霞是因为韩冲开口说话的，当韩冲被警察带走的瞬间，一句"不要"刻骨铭心，甚至比哑女的"喊山"还要动人。

男女、生死和情义

葛水平的男女关系叙述，不是当下流行的肉欲横流、欲望决堤般的书写和宣泄，不是电影《色戒》式的夸张的情色渲染。当然，她的人物和环境没有提供这样的条件。更重要的是，葛水平的出发点不在这里，她要揭示的是在男女关系中表达出的最基本，也是最根本的人性。

生死，是葛水平小说反复出现的主题和场景。生离死别、阴阳两界是人生必须面对的大限。但葛水平的小说里，生死大多与男女关系有关。《甩鞭》中的麻五在争夺女性中是死得最惨的，蓄谋已久的铁孩儿在憎恨中等来了复仇机会，这是历史提供的机会：

> 等到了土改斗地主，我想总算翻身了，我领麻五上茅厕，我说麻五你欠我的！麻五说欠你的可是还不了了。我说把王引兰给了我你就不欠了。麻五说我是趁火打劫，他现在什么也没有了就是不能没有你。我看没戏就想了一个恶招，我说麻五你不让我好活是不是？我也不让你好活，我给你鸡巴上栓个秤砣，你要能经受住一后晌斗你，也算不欠我了。他想了想不同意，我就说你要不同意我就让农会关了你禁闭，我去强行搞你的小老婆。他就同意了。他自己给自己系上了秤砣他要我看，我看他系的蛮紧就说行。没有想到一个时辰没下来他就死了。我也不是有意害他，真的不是。你听我说完了，你说我不是为了你我是为了谁?！

铁孩儿有他的理由是因为麻五确实欺骗了他——麻五忘记了铁孩儿男大当婚的年龄，麻五没有把铁孩儿当人对待。于是，铁孩儿不仅用十倍疯狂、百倍仇恨消灭了麻五，而且是以奇耻大辱的方式。这里有阶级仇恨的性质，但本质上还是一场争夺女人的情杀。李三有之死属于同样的性质，只是手段略有不同。铁孩儿用"激将法"将李三有引入死亡的悬崖，同样是情杀性质。最后，当一切真相大白的时候，铁孩儿也惨死在王引兰的刀下。但值得注意的是，在葛水平这里，不是在赞美或宣扬"暴力美学"，而恰恰是通过死亡来揭示暴力的恶及其来源。于是，葛水平小说中的死亡就别有深意了。贫困和性资源的匮乏，导致了本能战胜理智、非理性战胜理性。镶嵌于民族或阶级的大历史背景下的叙事，显然有策略性的考虑，它使葛水平的"男女之情"在"正史"中演进，叙事便获得了"政治正确"的通行证，否则就是爱恨情仇的通俗文艺了。

但在葛水平的男女、生死的背后，最为动人的还是情义。恶人心里积聚的是怨恨、憎恨和仇恨，恨最后一定导致暴力和死亡。情义是恨的相反一极，它是善的情感表达，是动人心魄的温暖和爱，是恨的化解力量。情义在女性那里要更多更充分。《甩鞭》中的麻五将王引兰从李府救出，王引兰理应感谢他，但他娶王引兰就是乘人之危了。但麻五死后，农会让王引兰控诉麻五，王引兰不控诉，而是用别人不懂的方言讲述麻五的好处；她告诉女儿新生的话是："跪下，给你爹磕头。没有他就没有你娘。"她对第二任丈夫李三有说："既然说开了，我也就明人不做暗事，人是嫁过去了，到末了我是要回来窑庄和麻五合葬的。人总得懂个情义吧，麻五死时不明不白，怕也听说了吧。"即将二婚出嫁的人，在未婚夫面前如此表白，可见其意志的坚决。对李三有的残酷却是对麻五的情深似海。但李三有摔崖死后，王引兰又用自己备用的楠木棺材下葬了李三有。她想了几天，"她的决定有一种不争的气度，她懂得人处于世间时，情分的重要"。情分和情义是王引兰的生活信条，她不能背叛。这时我们才有可能理解为什么她亲自手刃了铁孩儿：铁孩儿是一个只有憎恨而无情无义的人。

《狗狗狗》中的栓柱是一个没有节操也没有男性功能的"狗"，但秋对虎庆说的却是："他是我的男人，我现在要不理他了，他活着还有个啥意思。""你还小，有些事情不懂，人是懂情分的，恨一个人，只要和这个人在一起睡了就不会恨一辈子。"这个逻辑有点张爱玲定理的味道，但在具体运用上，葛水平修正了它。包括《喊山》中的哑女红霞，她是腊宏拐买的，她不仅忍受着凶残的暴力，装扮成哑女几近失语，甚至牙齿也被腊宏用老虎钳拔掉了两颗。因此，哑女红霞无论怎样怨恨、仇恨腊宏对读者而言都是可以接受的。但是，葛水平仍然设计了红霞在腊宏坟前的最后诀别，尽管红霞复杂的心绪让人难以把握。

韩冲大概是这些作品中为数不多的有情有义的男人。他对哑女红霞一家的照顾，自然有履行合约的义务，有意外炸死腊宏的歉疚和赎罪的意味。但日久天长，韩冲一如既往，就不能不说是情义了。值得注意的是，韩冲是这些作品中唯一面对女人没有非分之想的男人。从一开始接触哑巴一家，给他们住房、接济粮食一直到负担起哑巴母子三人的全部生活。当然，男人的情义和女人是不同的，红霞是真的"热爱"了韩冲，而质朴的韩冲想的是在真情义中赎罪和拯救哑巴母子的生存。

男女、生死和情义，是最要紧的文学元素，没有这些关系、场景和情感，文学就无以存在。葛水平以自己独特的经验和想象，在生死、情义中构建了说不尽的男女世界。于是，那封闭、荒芜和时间凝滞的山乡，就是一个令人迷恋的朴素而斑斓的精神场景，那些性格和性情陌生又新鲜，让人难以忘记。

都市深处的魔咒与魅力
——评须一瓜的小说创作

乡村文明的崩溃与新文明的崛起,是这个时代最为明显的文化症候。作为现代文明表征的都市,像魔咒一样吸引着来自四面八方的外乡人。外乡人不知道城市是什么,他们只知道城市在吸引着他们。于是,不同的人群涌入城市之后,一种尚不明确的文明形态就这样被不断塑型。没有蓝图也没有目标,因此也没有人知道今后的城市将会怎样。我们不知道今后的城市,但在须一瓜的小说中,我们却部分地看到了当下的城市:在越来越光鲜的外表后面,城市的另一副面孔被不断地呈现出来。当然,城市只是须一瓜展开故事的环境或背景,她着意书写的还是城市生活和人性的丰富性和复杂性,她着意挑战的是文学的"不可能性"。因此,须一瓜的小说大都迷宫似的扑朔迷离、乱花迷眼。读她的小说在很大的程度上是一种智力的较量。

须一瓜在20世纪80年代中期就开始了小说创作,但她真正成名还是在21世纪。具体地说,2003年对须一瓜至关重要。这一年她因个人的创作成就获得了"华语传媒文学大奖·年度最具潜力新人奖"。授奖词说:

须一瓜的小说是二〇〇三年度最为生动的文学景观之一。她在该年度发表的《淡绿色的月亮》《蛇宫》等优秀作品,清晰地为我们描绘出了她复杂的写作面影,并由此展现出她灿烂的未来。她深厚的写作积累，丰盈的小说细节，锐利、细密的叙事能力，使她得以洞悉生活路途中那些细小的转折和心碎。她重视雕刻经验的纹路，更重视在经验之下建筑一条隐秘的精神通道，使之有效地抵达现代人的心灵核心。她的写作如同破译生活真相，当饰物一层层揭开，生活的尴尬图景就逐渐显形，在她的逼视下，人生的困境和伤痛已经无处藏身。须一瓜把写作还原成了追问的艺术，但同时又告诉我们，生活是经不起追问的。

这一评价，从一个方面肯定了须一瓜的小说创作，她当之无愧。十年过去之后，须一瓜已经成为一个相当成熟的作家。她一直坚持对城市的书写，一直对"荒诞感"兴致盎然、情有独钟。她的小说总是带有巴赫金意义上的狂欢意味。《地瓜一样的大海》《第三棵树是和平》《回忆一个陌生的城市》《淡绿色的月亮》等，在叙述上有一贯的独特追求，特别是后叙事视角的方法，为中篇小说艺术上的突破带来了可能。须一瓜城市题材的小说写得较为复杂，阅读时需时时用心，假如错过某个细节，阅读过程将会全面崩溃，或者说，遗失一个具体的细节，阅读已经断裂。另一方面，须一瓜的小说还有明显的存在主义的遗风流韵，她对人与人之间的难以理解、沟通和人心的内在冷漠麻木，有持久的关注和描摹。《第三棵树是和平》很像是一篇雾里看花的小说，它有精密的细节构成的内在逻辑。犯罪嫌疑人发廊妹孙素宝的杀夫案似乎毋庸置疑——她年轻漂亮却无比残忍，她的杀夫与众不同——她肢解了丈夫，而且每个切口都整齐得一丝不苟，就像精心完成的一个解剖作业。法官对这样一个女人的不同情顺理成章。但年轻的法官戴诺却在办案过程中的细微处发现了可疑——这个备受摧残的女人并不是真正的凶手，她是一个真正的受害者，不仅在日常生活中她没有尊严，即使在丈夫那里她也受尽凌辱。丈夫被杀后她被理所当然地指认为杀人凶手。但通过一个具体的细节，法官发现了真正的

案情。小说虽然以一个女性的不幸展开故事，但它却不是一个女性主义的小说。它是一个有关正义、道德、良知和捍卫人的尊严的作品。对人与人之间缺乏怜悯、同情和走进别人内心的起码愿望，作家表达了她挥之不去的隐忧。须一瓜的小说中确实经常出现女性，但她并不是一个"女性主义"者。她自己曾经说过："在我看来，一个成熟的作家，或者说一个手艺很好的作家，应该是中性的。他能渗透——准确渗透到不同性别、不同年龄身份的角色里面，性别、处境、年龄、不应该成为障碍。否则没办法写好小说。对于我，如果读者通过作品，无法断定须一瓜是男是女，我把它理解成一种表扬。"事情的确如此，通过她的小说我们可以认为，面对男人女人共同面临的问题，女性问题还没有解决的优先权。

《回忆一个陌生的城市》中有须一瓜一贯的后叙事视角，没有人知道事情的结果甚至过程，即使是当事人或叙述者也不比我们知道得更多。于是，小说就有与生俱来的神秘感或疏异性：因车祸失去记忆的"我"，突然接到了外地寄来自己多年前写的日记，是这个日记接续了曾经有过的历史、情感和事件，最重要的是1988年9月"我"制造的那起"三人死亡、危及四邻的居民区严重爆炸案"。"我"决定重返失去记忆的陌生城市调查这起爆炸案。当"我"置身这座城市的时候，"我"依然断定："是的，我没有来过这里。"这注定了是一次没有结果的虚妄之旅，荒诞的缘由折射出的是荒诞的关系。一些不相干的人因这起事件被纠结在调查的过程中，但彼此间没有真正的理解和沟通，甚至连起码的愿望都没有。对都市超级现代生活的向往，曾是我们并不遥远的一个梦。当这个梦境已经兑现为现实的时候，我们陡然发现，现代都市生活并不是天堂。存在主义的遗风流韵和荒诞小说的叙述魅力，在《回忆一个陌生的城市》中再次得到呈现。

须一瓜的小说不仅荒诞，同时也有悬疑。《大人》一改往日风范，小说以童年视角再现了并不遥远的历史。那是一个充满激情和动荡的时代，空气中弥漫的都是革命的气息。但是，孩子们的内心却是无边的寂寥和无助，没有人走进他们的内心，没有人真正愿意关心他们。童蓓的美丽、畸形的手臂和寂寥的内心，与那个革命的年代形成了巨大的反差。她渴望被理解和关注，当她被大人忽视甚至略去的时候，是小弟亲吻了她畸形的手臂。那一刻无论于童蓓还是我们，该是怎样的触目惊心都不为过。另一方面，革命像战争一样，总有一些心怀叵测的人，被压抑了的欲望随时可以极度膨胀。于是，"大人"对童蓓的侵犯并没有因为革命时代而收敛或节制。"革命"伤害了孩子的身心，他们受到的是灵与肉的双重迫力。最后，这个孩子不得不远走他乡，让人感伤不已。对那场革命的认识还没有成为过去，"大人"制造的这一切给孩子带来的创痛从来也没有被关注。但《大人》正是在这个边缘区域发现了尘封经年的疤痕，但那一切并没有消失在历史深处。在写法上相似的还有《火车火车娶老婆没有》。小说以一个交通警察与一个摩的司机的较量作为叙事主线，展示了法律与人伦之间的某种困境。面对私自拉客的摩的司机童年贵，"我"不止一次地试图给予惩罚。但是，随着调查的不断深入，童年贵不得已而为之的艰难逐渐呈现在我们面前，也将"我"引入了道德与法律的两难之地。小说题材的奇崛和对人物的塑造显示了作家的想象力和虚构能力。一个法律的边缘人物与警察的碰撞，以及对小说气氛的营建，令人叹为观止。

此外，须一瓜一直在寻求小说的变化。如《茑萝》开篇就令人震动不已——父亲的去世居然让女儿欣喜。在小冈的讲述中我们看到了父亲王卫国的形象，在父亲那里我们看到了女儿的童年，他是女儿小冈的痛苦之源。父亲的离去才是女儿新生的开始。新生点不是过去的"弑父"故事，其背后隐含更为惨痛的普遍性生活。小说融悬疑、写

实、象征于一体，构思奇巧，立意奇崛；而短篇小说《国王的血》，看题目会以为是一篇惊悚恐怖小说。小说在类型上与惊悚恐怖无关，但内在的人物关系或情感关系的确又与惊悚恐怖有关。这是一场意外的交通事故，没有驾照的小庆在一场酒会后开车送所有醉酒的同事时，酿成了一场恶性车祸，他不仅要负刑事责任，还要承担巨额经济赔偿，被房贷压得透不过气的家庭雪上加霜。虽然有母亲、奶奶的疼爱，不能改变的是父亲制造的阴霾般的家庭气氛，难以承受的小庆最后割腕自尽。这是一篇"逆向"的弑父小说，尽管死去的不是父亲，但小庆的死亡从伦理的意义上杀死了父亲。小庆精心培育的那株黑郁金香在小庆死去时盛开怒放，以象征和隐喻的方式祭奠了弱小和善。须一瓜的小说一向讲求叙事技法，《国王的血》用交错叙事营造的小说整体氛围，一如下了千年的雨，亦如严冬紧缩的湖。

多年来，中、短篇小说曾是须一瓜的主打文体。《太阳黑子》应该是她的第一部长篇小说，依照她的经验和积累，对这部长篇处女作我们深怀期待。这是一部险象环生的小说，是一部关于人性的善与恶、罪与罚、精神绝境与自我救赎的小说，是一部对人性深处坚韧探询、执着追问的小说。在人性迷蒙、混沌和失去方向感的时代，须一瓜借助一个既扑朔迷离又一目了然的案件，表达了她对与人性有关的常识和终极问题的关怀。一桩灭门的惊天大案，罪犯在民间蛰伏14年之久。但须一瓜的兴趣不是停留在对案件的侦破上，不是用极端化的方式没有限制地夸大这个题材的大众文学元素，而是深入罪犯犯案之后的心理及在此心理支配下的救赎生活。杨自道、辛小丰和陈比觉犯的是奸杀灭门罪。他们犯罪的因由并不复杂，罪犯辛小丰后来回忆说，一天"阿道带我们去水库钓鱼，要回来的时候，我们看见了山下一幢小别墅，比觉很好奇想下去看。下去阿道被院子里的黑色凌志车吸引，我们进了院子，我又被屋子吸引。我从后门进去的时候，那个女孩湿着长发,赤裸着刚走出浴室。可能是地上湿,她滑了一下,抓着墙,那个姿势,让我彻底失控了。我毫无经验,不知道她心脏病突发,我很野蛮疯狂。我不能理解她怎么死了。比觉阿道进来的时候,已经发生了,我们想跑,可是她外公进来了,不能让他看见,只好掐住他,她外婆又进来了接着是她父母。我们没有一点时间退出,越陷越深"。无论出于什么样的理由,这都是一桩罪行滔天的命案。犯案之后他们亡命天涯。逃亡隐匿的过程,也是他们力图洗涤罪恶心灵自我拯救的过程,是他们悔不当初竭尽全力补偿罪过的过程。他们分别做了协警、的哥和鱼排工,并收养了一个在犯案同一天出生的弃婴"尾巴"。14年的时间,他们不曾婚娶、形同一人,他们做了许多好事,为了医治"尾巴"的心脏病共同竭尽了努力。对罪犯这种心理分析和表达的视角,显示了须一瓜的与众不同。她从事"政法记者"多年,积累了深厚的、我们不曾了解的这一领域的独特经验。但是,重要的不是她对一个充满了奇观和隐秘角落的展露与揭示,不是为了满足我们的好奇心。她涉足这个领域除了文学的考虑之外,更着眼于当下的精神状况或世道人心。与这三个逃亡者形成比照的是他们的房东卓生发。这是日常生活中常见的普通人,他阴冷、自私、目光短浅、心理阴暗。他眼见自己的妻儿、岳父岳母葬身火海而不救。他虽然也有愧疚,但没有触犯法律,因此,他的自我疗治的方式就是发现和窥探别人的隐秘或恶,以证明这个世上所有的人都比他更恶。他将窃听装置放到了的哥和"尾巴"的房间,最终告发了他们。不同的是处在法律两界的不同心理和人性,在逃亡者这边:"十几年过去了,警察一直没有出现。这个惊悚一方的强奸灭门大案,在他们逃离家乡、阻断老家信息后,真的越来越像个梦境。但随着时间推移,这个希望是梦境的现实,却在他们自己的记忆里越来越鲜明越确凿。比觉有次醉后痛哭,说,我的头上发凉啊,那柄剑、那柄从天而来的达摩克利斯

悬剑，就在我头上，越来越近了，我感到它的剑锋了，我头皮凉飕飕，我的头发都竖起来了，你们就没有感到吗？"罪恶感从来也没有从这些人的心头消失。他们不是惧怕真相大白，也不是惧怕死亡。他们甚至是在等待这一天的到来；而卓生发这个一直祈望神的宽宥的人，但在伊谷夏看来却是："你从来就没有光明磊落过，你没有责任感、不敢担当，没有牺牲精神、没有勇气也没有人心美好的真情！除了挑剔别人，热衷发现别人的恶，你什么都没有！我就是来告诉你，你是好人，阴暗的好人，到处都有你这样阴暗的好人，而我——讨厌你！"这里，须一瓜提出了一个极为尖锐和挑战性的问题：我们究竟如何判断罪犯的人性、如何认识那些在日常生活中滋生肆虐又与法律无涉的仇恨心理。这两种人性都因隐秘而咫尺天涯，罪犯的心理是一个独特的领域，需要专门的知识；但卓生发的心理却与民族劣根性和当下的精神生态不无关系，只要我们敢于面对自己的内心稍加检讨或审视，经得起的大概没有多少人。这就是须一瓜的眼光：一如利刃划过皮肤。文学是观念的领域，但文学首先是文学。《太阳黑子》作为小说，须一瓜一直贴在边界上行走。它的叙述极为特殊：三个犯有弥天大罪的人，就这样每天在众目睽睽下生活，每天与警察、警察的妹妹及芸芸众生打交道，近在咫尺的边界随时有穿越的可能，我们就像观看一部电影，没有秘密可言。但是，这个边界在规定的时间内又固若金汤：两个人群表面上就这样相安无事又洞若观火地平行前进。这个设置一方面为逃亡者隐秘的灵魂和人性的展现提供了充分的时空；另一方面，表面的平静下掩盖着激烈的对决，它的路线不断在变化。在伊谷夏看来："太奇怪了，这三个人非常要好，好得超出外人想象。我是说，那种彼此的眼神，比亲兄弟还贴心。其实，鱼排那个，骨子里也很有教养，虽然没有老头通透，但也绝不像房东说的那么冷酷可怕。对我来说，他们实在都太聪明、太引人入胜了；辛小丰你最清楚了,眼神很干净。他们对'尾巴'的爱护,看了我都想哭,那是男人内心最美好的真情。你看,走马灯一样,我见了那么多谋婚的对象,还有五湖四海的客户,我还是觉得,他们三个人最特别。你看这大街上,随眼看去,这些都是什么男人啊,自私自利、猥琐、无趣、自以为是、贪婪自大,眼神不是像木头就是像大粪。这些人啊,开着名车,你立刻不想要那名车了;他浑身是钱,你立刻觉得原来钱多也没意思;这些人成了名流贤达,你立刻觉得名望原来都是垃圾箱啊;这些人……"但在哥哥伊谷春看来:"他们这种关系,也许是共同经历了一件事,那件事可能生死难忘,非常美好或者非常惨烈,所以他们才会形同一人。你等着看吧,谜底会揭开的。"这两种不同的判断都是真实的。在伊谷夏那里,她经验和看到的"的哥"杨自道因高尚而迷人,她居然热恋上了他,甚至不惜冒着风险为他篡改了一张重要证据的照片日期。特别是在杨自道临刑时两人的诀别,更是感天撼地。一个花季的青年女性如醉如痴地爱上一个罪犯,表明的恰恰是她对生活中某些方面的拒绝;作为警察的哥哥凭着职业的敏感,一直在秘密侦察,特别是对他的助手辛小丰。但是,在具体处理上,伊谷春、伊谷夏和三个逃亡者的情感关系极端复杂,他们既在边界两侧,又不是水火难容。人性的复杂性在那里的纠葛或纠缠,在须一瓜的笔下得到了充分展现。这不是对分寸的拿捏,它是须一瓜对当下人性和世道人心一眼望穿的自信,以及在表达上以求一逞的自我期待。这一点她实现了。在结构上,《太阳黑子》是开放性的,就像一部电影,一切都在眼前,没有秘密,与其说我们在"窥视",不如说我们在等待,等待一个我们不知所终的时刻;但在叙述上它又是极为严密的,卓生发的告发及警察哥哥的缜密侦察,在交汇处水到渠成。于是,小说就这样将悬疑、神秘、窥视、有惊无险等诸多元素融汇在一起,使我们阅读心理起伏跌宕、欲罢不能。多年来,大众文学一直在向严肃文学学

习，包括技巧也包括价值观。但严肃文学多年来对大众文学不屑一顾，这是不对的。事实上，大众文学可读性元素只会增强严肃文学的可读性，而不会伤害严肃文学对意义和价值的探寻。《太阳黑子》对大众文学元素的借助，也使这部小说在形式上具有了探索性。

须一瓜新近的长篇小说《白口罩》，以一场"疫情"作为背景，通过"白口罩"这一象征之物，将社会众生相、社会风气、社会流弊及危机时刻各种人的心理，做了形象而深刻的描摹和检讨。异常疫情的出现，首先是人们的自我预防。但是，由于信息的不确定，人们心理的恐慌可能比疫情更具危险性：它不仅加剧或放大了疫情的严重性，而且也引发未作宣告的、潜伏已久的人与人之间的不信任感和责任的缺失浮出水面。另一方面，每个人在问题面前似乎都可以质问、推诿，而担当本身却成了一种被悬置的不明之物。如此看来，《白口罩》既是一种对社会缺乏信任的揭示，也隐含了她对人性询唤的良苦用心。

须一瓜的小说基本以都市为背景展开故事。都市既是魔咒也魅力无穷：那荒诞不经的人与事，就这样亦真亦幻地展现在我们面前。作为现代化表征的都市，却如此匪夷所思；但作为艺术表现对象，它又充满了成为小说元素"不可能性"的取之不尽的丰富源泉。对都市的爱恨交织，就这样统一在须一瓜的小说创作中。可以说，面对都市生活的不确定性和不规则的形状，须一瓜提供了都市生活书写的重要范型。她是我们正在积累的都市文化经验的一部分。而她含而不露的都市批判立场，显然也是应该得到支持和赞许的。

世风世相、女性与家国
——评邵丽的小说创作

邵丽的文学创作，如果从1999年发表第一篇作品算起，至今只有十余年。十余年的时间不算短，但作为作家来说，用十余年的时间和百余万字的作品将自己打造成有广泛影响的著名作家，并不是一件容易的事情。特别是当下文学生产，一个作家能够并敢于坚持下来，如果不是传播和接受都遭遇了巨大挑战的环境里一场人生赌博的话，那么就可以理解为内心对自己有一种强烈的召唤或期待。几年间，她先后出版了《纸裙子》《碎花地毯》《腾空的屋子》等小说集。这些作品，与许多刚出道的女性作家多有相似之处——更多地源于个人经验，基本是在情感或婚姻领域展开。虽然讲述了不同的女性经验或情感体验，但其视野的封闭性和内循环性质，还没有产生广泛的影响。真正产生广泛影响的创作，是2004年人民文学出版社出版的长篇小说《我的生活质量》。这部小说让她获得了人民文学出版社"'年度中华文学人物'最具潜质的青年作家称号"，入围了第七届"茅盾文学奖"。此后的邵丽一发不可收，不仅佳作迭出，而且因《明惠的圣诞》获得了第四届鲁迅文学奖。邵丽的小说从此面貌大变：她对世风世相的生动描绘，对女性命运、情感和心理的深切同情，对当下生活的积极介入表达出的家国情怀，使她成为一个值得关注的重要作家。

一 文化记忆与人的宿命

长篇小说《我的生活质量》于邵丽说来重要无比，它不仅让更多的读者认识了作家邵丽，而且重要的是，这部作品奠定了邵丽作为作家的地位，并在某种意义上为她带来了信心和鼓舞。可以说，在读过了许多"官场小说"之后，再读邵丽的《我的生活质量》，我相信有过官场经历和官员身份的人，既可能心情舒畅也可能忧心忡忡。原因是，在过去的官场小说中，官场几乎就是人性的墓场：尔虞我诈、欺上瞒下、鱼肉百姓、贪污腐败，最后，或者亡命天涯或者苦海余生。这些小说在"反腐败"的主流话语或生活的浅表层面，确实获得了不证自明的依据。但它的文学性始终受到怀疑，总让人感到文学力量的欠缺。这与这些小说对官场生活追问的不彻底、对人性深处缺乏把握的能力是大有关系的。我们在这些小说中看到的还只是官场奇观，或者是夸大了的畸形黑暗的生活。邵丽的小说《我的生活质量》，也描摹或书写了官场人生，但这不是一部仅仅展示腐败和黑暗的小说，不是对官场异化人性的仇恨书写。在某种意义上，这是一部充满了同情和悲悯的小说，是一部对人的文化记忆、文化遗忘及自我救赎绝望的写真和证词。

小说的主角王祈隆是一个传统的农家子弟，他在奶奶的教导下艰难地成长，终于读完大学，并在偶然的机遇中走上仕途。他并不刻意为官之道，却一路顺风地当上了市长。这个为世俗社会所羡慕的角色的背后，却有许多不足为外人道的人生苦衷和内心煎熬。他恶劣的生活质量不是物质的，而是精神和心灵的。一个人的生活质量幸福与否，不是来自外在世界的评价，外在的评价只能部分地满足一个人的虚荣心和成就感。特别是一个人的虚荣心和成就感已经获得满足的时候，其他方面欠缺就会强烈地凸显出来。王祈隆的生活质量之所以成为问题，就在于他已经实现的社会地位、社会身份和未能忘记的文化记忆的巨大反差。王祈隆先后遇到了几个青年女性：旧情人黄小凤、妓女戴小桃、大学生李青苹和名门之后安妮。如果小说只写了王祈隆与前三个女人的关系，也就是并无惊人之处的平平之作。王祈隆的欲望和对欲望的克制，与常见的文学人物的心理活动并没有本质区别。邵丽的过人之处恰恰是她处理了王祈隆与安妮的情感过程。

王祈隆与安妮都是当下的"成功人士"、社会精英，按照一般理解，他们的结合是皆大欢喜，情理之中。但是，面对安妮的时候，王祈隆有难以克服的心理障碍：他脚上的"拐"——那个"小王庄出身"的标记，是他深入骨髓的自传性记忆。这个来自底层的卑微的徽记，即使他当上市长之后仍然难以遗忘，难以从心理上实现他的自我救赎。他见到安妮就丧失了男性功能，而面对相同出身的许彩霞他就勇猛无比。文化记忆的支配性在王祈隆这里根深蒂固并不是他个人的原因，哈布瓦奇在《论集体记忆》中区别了"历史记忆"和"自传记忆"两个不同的范畴。他说，历史记忆是社会文化成员通过文字或其他记载来获得的，历史记忆必须通过公众活动，如庆典、节假日纪念等才能得以保持新鲜；自传记忆则是个人对于自己经历过的往事的回忆。公众场所的个人记忆也有助于维系人与人的关系，如亲朋、婚姻、同学会、俱乐部关系等。无论是历史记忆还是自传记忆，记忆都必须依赖某种集体处所和公众论坛，通过人与人的相互接触才能得以保存。记忆的公众处所大至社会、宗教活动，小至家庭相处、朋友聚会，共同的活动使得记忆成为一种具有社会意义的行为。记忆所涉及的不只是回忆的"能力"，而且更是回忆的公众权利和社会作用。不与他人相关的记忆是经不起时间考验的。而且，它无法被社会所保

存，更无法表现为一种有社会文化意义的集体行为。哈布瓦奇的集体记忆理论强调记忆的当下性。在他看来，人们头脑中的"过去"，并不是客观实在的，而是一种社会性的建构。回忆永远是在回忆的对象成为过去之后。不同的时代、时期的人们不可能对同一段"过去"形成同样的想法。人们如何建构和叙述过去，在极大程度上取决于他们当下的理念、利益和期待。回忆是为现刻的需要服务的。

"回忆"当然也是一种社会资源和争夺的对象。在过去的历史叙事中，农民因在革命历史中的巨大作用，这个身份就具有了神圣和崇高的意味。但是，在当下的语境中，在革命终结的时代，农民可能意味着贫困、打工、不体面和没有尊严、失去土地或流离失所。它过去拥有的意义正在向负面转化。这样，农民——尤其是带有"小王庄"标记的农民，在王祈隆这里就成为一种卑微和耻辱的象征，面对安妮这个具有优越的文化历史和资本的欲望对象的时候，王祈隆就彻底地崩溃了，他不能遗忘自己小王庄的出身和历史。这是王市长的失败，也是传统的乡村文化在当下语境中的危机和失败。因此王祈隆/安妮就成为传统/现代冲突的表意符号，他们的两败俱伤是意味深长的。

《我的生活质量》是目前邵丽出版的唯一一部长篇小说，此后她的主要精力集中在中、短篇小说创作。这既可以看作她的兴趣所在，也可以看作她在集聚能量、卧薪尝胆，为日后以求一逞的文学雄心做准备。

二 女性的情感、心理和命运

"女性主义"曾一度成为这个时代最强悍的文学之音，"女性文学"也因此成为这个时代重要的文学现象。但是，当"风头正健"已成往事、"女性主义"业已尘埃落定之后，我们发现，"女性"性别遭遇的问题，与两性共同面临的问题并不具有解决的优先地位。甚至可以说，女性的问题在这些作品中以夸张的方式被放大了。邵丽不是"女性主义者"，她没有咄咄逼人的女性立场。但是，在纷乱复杂的社会环境中，在日常生活的两性关系中，她的小说无可避免地有女性视角，这个视角也无可避免地有个人经验和体悟隐含其间。在我看来，邵丽对女性的关注，更多的是在女性情感、心理和命运的范畴中展开，她对女性更多的是同情、悲悯和束手无策的关爱。但是，她一旦将女性的这一切展现在我们面前的时候，我们在深感震撼的同时，也为她细微的体察和尖锐的发现所打动。

《明惠的圣诞》是获鲁迅文学奖的作品。小说讲述的是明惠不甘屈辱最终诀别人世的惨烈故事。曾经骄傲的明惠因高考落榜，被迫更名圆圆做了按摩女，这是这个时代没有着落女孩常见的谋生手段。在这样的环境里讨生活，圆圆有过怎样的经历是可以想象的。但是，圆圆似乎驾轻就熟、处乱不惊，无论客人有怎样轻薄的举动，甚至被"表哥"带走付出了第一次，她也没有痛不欲生、寻死觅活。让明惠放不下、过不去的是她遇到了一个名叫李羊群的人：

> 圆圆第一眼看到李羊群就觉得他不是一个好色的男人，她就是这样感觉的。李羊群那天显然是喝过酒，他洗完裹着一条浴巾进按摩间的时候，透过屋顶玻璃射进来的阳光突然间逆着打在他干净的身体上，圆圆的感觉有些模糊起来。这个生得很体面的人的脸上是透着丝丝缕缕悲伤的，当然，这悲伤别人是看不出的。圆圆那一刻觉得那悲是从她自己的心底涌出，却写在了这个男人的脸上。圆圆的心动了一下，又动了一下。但不是那种被打动的动，是被震动的动。

这个细节是圆圆与李羊群有交往愿望的开始。而"那次按摩结束后，李羊群是第一次在按摩间里打量一个女孩。他觉得这个年轻的女孩子脸上有一种成熟镇定得让他惊心动魄的东西"。"他遇到了一个和他一样怀有委屈的人。"这是心和心的对接，或者说是"心有灵犀"。于是，圆圆开始了和李羊群的交往。李羊群确实不是一个坏人。他的前史是：一个国家公务员，有漂亮的、青梅竹马的夫人。因一次艳遇，丢了夫人也丢了儿子。他主动辞了公职办起了文化传播公司。李羊群对圆圆出手大方，久而久之，圆圆觉得自己应该付给李羊群应该付出的东西。事情的转折发生在另一个圣诞夜里。圆圆和李羊群遇到了李羊群的一群朋友。这些人在圆圆面前的优越毫不掩饰——

　　圆圆是有自知之明的，坐一会儿就说要先走。圆圆说完走就拿眼睛去看李羊群的反应，李羊群这只羊好像回到自己的羊群就把圆圆给忘记了，刚才还精神头十足地盯她的那双眼睛，现在一下子散了。他这样的神态与这帮人在一起才是合辙押韵的。圆圆以为，李羊群不陪她一起走，至少会挽留她。李羊群那时候正忘情地和他们追忆起一桩往事，他仿佛忘记了自己先前的角色，他本是为了她出来玩的。可他现在陷在另外一个角色里，他不想让任何无关的人在这个时候穿插到他们的往事里。他头都没扭就挥了挥手说，那好吧，你先回吧！

第二天，圆圆逛过商场、喝过鸡汤后，穿上盛装，躺在床上再也没有醒来。在这个圣诞之夜，圆圆不仅是感觉受到了羞辱，不仅是曾有过的幻觉在瞬间幻灭。更重要的是，这个羞辱轰毁了她的整个世界，剥夺了她所有的尊严。她只能以死维护自己最后的尊严。在此之前，她一心一意渴望成为一个城里人。她在成为城里人的过程中，可以不惜一切，甚至卖身。但是，一旦身份变了，感觉到自己是城里人了，别人的一句玩笑，或者是冷落，她就受不了，甚至不惜牺牲生命来维护——想想看，一个人的身份哪怕稍稍变化一点点，就会有截然不同的结局——这种东西过去是没多少人关注的。对"城市化"，人们只是习惯于用数字说话，即城市化率达到多少多少，新农村建设如何如何。从来没人会想到，在这个数字后面，是活生生的生命和尊严的丧失，更不要说文明的衰落和历史的失重了。怎样重拾人文关怀与城乡和谐，这是自 1949 年新中国成立以来我们所面临的重大问题，只是过去没人正视过，在谎言里把它遮蔽了——但是，即使是死，明惠也没有找到自己的真实身份，对于城市给他们的语言和表情，他们根本消化不了。中国的农民有着对城市的深度"乳糖不耐受"。

这就是小说撼动人心的地方。小说没有用道德化的方式谴责批判李羊群或肖明惠，而是撕开了这个司空见惯的生活方式和场景的背后，将这致命的隐形之手暴露给世人。明惠的死不仅李羊群不明白，更多的人可能不屑一顾。因此，明惠的悲剧很可能是在明惠之死的后面。当邵丽将明惠的悲剧呈现出来的时候，表达的是对人的顾惜、不平和关爱。她曾说："生活中充满了爱。尽管我并不认为人仅仅是为爱而活着，但我觉得没有爱的生活不能算是有意义的生活，至少我不会为没有爱的生活而写作。"[①] 她践行的是承诺。

《寂寞的汤丹》是一篇深入探究女性心理的小说。汤丹偶然遭遇了宣传部部长李逸飞。在汤丹看来，李逸飞的迷人是因他的"风采"。第一次见面："汤丹无端想起'小乔初嫁了，羽扇纶巾'这样的词句来，后来的思想跑得就更远。再后来，她就不知道讲的是什么了，只顾着揣测这个男人的方方面面。"于是，两人开始了心照不宣的交往。

青年男女即使是已婚，对异性偶发幻想也不是什么值得大惊小怪

[①] 《邵丽：书写生活书写爱》，《郑州日报》2007 年 10 月 30 日。

的事情。但是，当汤丹因工作的事情需要李逸飞帮忙，带着丈夫小袁到李逸飞家之后，李逸飞对汤丹的态度陡然发生了变化。告别时"李逸飞和小袁握手道别，看都没看汤丹一眼就关上了门。出了院子坐在车子里，小袁说，事情办得太好了。他一副开开心心的样子，汤丹也觉得从头到尾都没什么不妥，神情却是恍惚得要命"。汤丹和丈夫一起去李逸飞家的举动，使汤丹与李逸飞两人还没开始的关系注定无疾而终。这里，丈夫小袁的用心是尤其值得注意的。他对男女之间关系的敏感及处理得了无痕迹，足以证明他的城府和老练。此后，无论是小袁还是汤丹，各自都经历了不同的情感遭遇，但"汤丹还得沉没在生活里"。小说没有大起大落、疾风暴雨式的情节，它写的是日常生活中汤丹的落寞和无助。汤丹的寂寞貌似死水微澜，但小说却写出了她内在的波涛汹涌。它有欧洲浪漫主义时期小说的遗风流韵。

《城外的小秋》是一篇有鲜明当下性的小说。城镇化是当下生活的基本趋势，它的历史合理性已经有过无数的阐释。但是，历史的逻辑不能置换生活的逻辑。历史逻辑的合理性发生在讲述中，生活的逻辑却是在感受里。小秋不喜欢城里生活，奶奶带她回到了乡下。乡下的小秋——

> 养了一条叫大黄的狗，上学放学都跟她形影不离。小秋后来不上学了，大黄就跟着她和奶奶下地。家里还有两亩多地，爸爸早就不让她们种了，奶奶坚持种，主要是因为小秋坚决要种。收了麦子，叔叔们帮着把地整理出来，她们就一粒一粒地点上玉米。地头还会种一小片花生，几棵甜瓜，还有长豆角，几根棍搭个架子，爬得枝枝蔓蔓的，结的豆角比小孩子都高。小秋在她的玉米地里，快乐得像个公主，大黄就是她的仆从。

这是小秋的乡下生活，也是她后来挥之不去的乡村记忆。但是，离开了城市并不意味着小秋就走进了不变的世外桃源。老村子还是要拆了，村子已经划为市区范围。就在开发商的推土机开进玉米田的时候，小秋滑进了埂下的水沟里，小秋瘫痪了。小秋失去了玉米田，也永远失去了和玉米田有关的生活。当然，失去这一切的还有奶奶、郝强和郝晴天。小说提出了一个悖论性的问题：城市化是现代化的表征。现实生活里，进了城的农民无论遇到怎样的困难，他们都很难再回到乡下。因此，现代性是一条不归路。但在小秋这里，她对乡下的眷恋几乎无可替代。无论是安居房、推土机还是城市规划，在小秋这里不啻为洪水猛兽。每个人对生活的理解不同，他们本来有选择的权利。但在小秋的时代，现代化将一切都格式化、统一化。"现代"成为另一种冠冕堂皇、不由分说的、具有权力关系的说法。这既是现实当然也是隐喻。小秋未来的生活是可以想象的，她没有能力改变这一切，她只能接受这样的现实。承受这样的现实当然不止小秋一个人，它可能是我们这个时代所有矛盾的一部分。如果是这样的话，失去玉米田的显然还有无数个小秋和他们的家人。

邵丽写了许多与女性生活有关的小说。上述三篇作品远不是全部。重要的也许不在于邵丽身为女性写了女性，重要的是她写出了女性在现实生活中不同的纠结、矛盾和无奈。一个作家如果没有这些心理感受和对女性的认知，这样的小说是断然难以完成的。

三　家国情怀与新的创作实践

十余年的时间，邵丽尝试着各种题材和写法。近年来，她连续发表了《村北的王庭柱》《老革命周春江》《挂职笔记》《刘万福案件》等一批写基层干部生活的作品。这些作品与邵丽的挂职经历有关。她在一篇小说的开头说：

作为一个小说家，当我被派往一个一百多万人的大县挂职副县长体验生活时，内心是非常纠结的。我常常融不进这种"生活"之中，但又觉得忽然之间失去了自己的生活。那时候我显然以为，挂职的意义不在于职，而在于挂。我是确确实实被挂在生活之外了。①

这是一份难得的清醒。正是有了这份清醒，邵丽才将王庭柱、县委副书记周春江、祁副县长、刘县长等写得跃然纸上。那里的生活气息弥漫四方，让人如临其境。读这些小说很容易让人联想到"山药蛋派"作家笔下的生活和人物。这些小说为邵丽赢得了新的声誉。《刘万福案件》也是以一个挂职作家视角讲述的故事。故事的主体是刘万福的今生今世，是一个普通农民的生存状况和不幸遭遇；另一条线索是县委书记、经济学家对当下中国，特别是中国基层发展的言论和看法。小说内部结构极其复杂，犹如当下中国的社会生活，剪不断、理还乱。

小说在刘万福糟糕的命运上展开。矿难情节写得一波三折、惊心动魄，矿工的坚忍和危难中的真情催人泪下。班长阎涛过人的胆识和处乱不惊的风范，与矿工的生死与共的情义，给人留下了深刻的印象。但是，一条"瞒报重大矿难偷运尸体"的信息，以及"美国总统奥巴马就西弗吉尼亚州矿难发表声明"的对比，使小说在不经意处起了波澜："人与人之间的不平等体现在生上，既无可否认又无法改变。如果还体现在死上，那就只有令人扼腕叹息了。同样是煤矿工人，有人死得那么有尊严，他们的名字像英雄一样被惦记和怀念。有人只是死成小数点后面的一个数字，只是活在统计年鉴里。"当然，小说不只是表达了作家批判的姿态，重要的是，她还是在人性的复杂性上下

---

① 邵丽：《挂职笔记》，《人民文学》2011年第8期。

足了功夫。刘七是一个乡间无赖，与刘万福家有"世仇"。刘万福与刘七的仇怨缘于刘七对刘万福妻女的欺辱，在忍无可忍的情况下，刘万福手刃刘七和一个同伙。"刘万福相信党和政府的有关政策，立即去派出所投案自首了。法庭根据他犯罪的性质和投案自首的情节，判了他死缓。"后来又改为"无期徒刑"。"刘万福案件"只是一个个案，或者说只是这个故事的"外壳"。作家真正要表达的，是一个经济学家和县委书记如何面对复杂多变的基层中国的现实，如何讲真话、敢担当的问题。但是，对这些问题的处理，比处理"刘万福们"遇到的问题还要复杂得多。

邵丽写完这篇小说之后说："刘万福在他那个阶级里，靠勤劳节俭能在多大意义上改善生存环境？杨子龙如果不坚持以退为守的活命哲学会不会全身而退？周启生如果不是木秀于林怎么会砰然倒下？其实，如果我们仔细观察，会发现这些现象根本不是'这一个'，它甚至是普遍的、先验的、宿命的，这才是它的悲剧意义之所在。所以我觉得这应该是作家，社会学家以及更多的人需要共同关注的问题。"[①] 我惊异于邵丽对生活的熟悉和理解。"刘万福们"生存在极其艰难的环境中，这个艰难不只是大环境的问题，同时也有邻里乡亲间的问题，有这个阶层自身存在的问题。它的复杂性只用同情或悲悯来形容无济于事。另一方面，"底层"有底层的生活方式，即使在矿难最危急的时刻，他们也没有忘记开最"荤"的玩笑以缓解惊险和紧张。因此，底层书写只用眼泪和无边的苦难来表达显然是太简单了。在这个意义上，邵丽有了很大程度的超越。

如果说上述小说表达了邵丽对外部世界抑或是国家民族关怀的话，那么《糖果儿》则从外部世界转向了自己的内心生活，这是一篇

---

① 邵丽：《倾斜的姿态》，《小说选刊》2012年第1期。

温润如玉、苍茫如海的小说。小说以"我"与女儿幺幺的情感关系为主线,旁溢出"我"与敬川、苏天明与金地及幺幺、姥爷姥姥、父亲母亲等的爱情和婚姻生活。这个时代的爱情和婚姻大概都乏善可陈,因此,当"我"回忆起与敬川的婚姻生活时竟是如此失落:"我们长达十几年不在一个城市生活,我们每天早晚都按约定时间通电话,所涉及的话题总是身体,锻炼,少喝酒。有时候我们也表达爱情,感情丰沛,话说着说着就柔软起来。他常常说他很爱我很想我,可当我一个人待在家里为一桶矿泉水放不到机器上而哭泣的时候,他在什么地方呢?有一次他晚上回来,发现我们家的十六只灯泡只剩下一只了,瘪症了半天,说,这日子过的!我也常常说我爱他,可过了这几十年,我为他洗过几次袜子呢?有一次我告诉他,他有白头发了,他吃惊地瞪着我说,已经白了好几年了,你才发现?"其实大多婚姻大抵如此,英雄救美的时代过去了。这是一个莫名忙碌的时代,居家过日子的夫妻谁都难以做到恋爱时代的恩爱或体贴。小说毕竟还是讲述了一种圣洁的情感的存在,这就是"我"与女儿幺幺的没有条件的爱,或许只有这种爱才称得上大爱无疆、刻骨铭心。比照了这些情感生活后,"我"终于释然:当女儿的孩子要出生时,"我"坚持要给孩子取一个小名——"糖果儿"。

邵丽曾自白:"我更倾向于在苦难里发现美好,在荆棘里发现花朵,在阴霾里学会看到阳光。文学的神圣在于,它始终使我们的精神挣脱沉重的肉体,以独立和自由的姿态,存活在另一个可以抵达永恒的世界里。"《糖果儿》不是这一观念的诠释,但没有这样的观念就不会有《糖果儿》这样的小说。

邵丽还有一篇受到普遍好评的短篇小说——《北去的河》。这篇小说从另一个角度回应了《城外的小秋》。"进城去"当年也许是一个口号,今天却早已风起云涌。但是,城市真的是天堂吗?《北去的河》

从大别山乡下写到北京城,这既是小说展开的空间场景,也是前现代与现代的隐喻。哥哥刘春生把女儿雪雁送到北京弟弟家里,希望女儿从此离开乡下而生活在北京,弟弟秋生也说了,"跟他们三五年,给她在北京安排个工作,再找个婆家,等他们老了也去北京"。父亲刘春生对女儿可谓用心良苦,弟弟秋生也绝无虚情假意。但是,雪雁很快就打电话给家里,和娘哭闹说想家,要回家。父亲刘春生为此专门跑了一趟北京见到了秋生和雪雁。但是,北京是刘春生想象的北京吗?秋生的苦衷和雪雁的感受是刘春生能体会的吗?刘春生在北京虽然喝了窖藏15年的茅台酒,吃了不曾吃过的酒店大餐,喝了不曾喝过的咖啡,但他回到大别山家里的时候,他想的却是"'家'并不是光指房子、床铺和锅灶,它是土地,是树木,是水,是气味儿"。因此,想象的"现代"并非适于所有的人。要超越自己熟悉的事物是多么艰难。在这篇小说中,邵丽写出了转型时代的心理难题。

多年来,邵丽通过对世风世相的描绘,对女性心理、情感和命运的描写,通过对国家、民族的关怀与忧虑,建构了属于她自己的、独特的文学世界。她的勤奋和抱负已经结出了丰硕的果实,对她的文学未来,我们完全有理由怀有更高的期待。

小叙事与大传统
——评欧阳黔森的短篇小说

欧阳黔森自从事文学创作以来，在小说、诗歌、散文、电影、电视剧等不同领域里展开，并且都取得了令人瞩目的成就，特别是在影视领域，他几乎囊获了所有的国家奖项。但是，在欧阳黔森自己看来，他最看重的还是短篇小说创作。短篇小说在今天是一个相当边缘的文体，这个文体逐渐沦为小众文学，不仅在于它难以走向市场，重要的是，短篇小说一直保有它的精英品格和艺术高端性。在一个文化消费形式越来越丰富的时代，短篇小说读者的分流，也自有它的合理性。但是，作为一个作家，不为世风左右，坚持他的文学理想和文化信念，更多的显然来自他内心的自我要求。如果是这样的话，作家个人的选择就没有理由对阅读环境不解乃至抱怨。在我看来，欧阳黔森就是敢于坚持自己文学理想和文化信念的作家。

贵州是一个有着伟大文学传统的地域。从蹇先艾到何士光，他们是现当代具有代表性的重要作家之一。对贵州乡土文化和边地多彩风情、淳朴民风的书写，文脉一直是绵延不绝的。欧阳黔森的小说创作，特别是短篇小说创作，就在这个谱系之中。可以说多年来欧阳黔森的小说，写法传统既不先锋也不"后现代"。他还以舒缓从容的姿态讲述他那多少有些"老旧"的故事。因此，他的小说在小叙事中隐含一个大传统。这样的评价会让许多作家感到不快甚至"愤怒"。在一个不断"追新"的时代,"传统"就意味着保守,意味着与时尚无关,当然也与"落伍""守成"等脱不了干系。但是,时至今日我们却也越发觉得,"新"固然好,但传统也自有它的价值。事实上,文学无论怎样在形式上花样翻新,它终有不变的"核心价值",这就是对人类普遍价值维护的最低承诺。如果是这样的话,那么我认为,当我们度过了那个文学形式的"恐后症"之后,会突然发现那些坚持传统写作的作家的胆识是多么了不起。欧阳黔森就是这样的作家。

对人性的拷问和批判,是欧阳黔森"冷色调"小说的重要主题。人性的冷酷甚至残忍,不只表现在人与人的社会关系中,同时也表现在人与自然、人与动物的关系中。《敲狗》是欧阳黔森的名篇,发表在2005年第12期的《人民文学》杂志上。很多小说一发表时觉得非常新鲜、好看,但几年之后再看就截然不同了,经不起时间阅读的小说不是好小说。但《敲狗》不同,再读仍然感到震撼。师傅、徒弟和卖狗人三人之间的关系一目了然、高下立判。卖狗人因为父亲生病不得不把一条大黄狗卖了。但人狗情深,他一百块钱卖的狗,凑足了一百二十块钱要赎回这条狗,但杀狗师傅跋扈不从,又找派出所的关系,又抬高狗价。徒弟在师傅不在的夜晚放了这条狗,然后离开了这家狗肉馆,当然也是为了离开这个师傅。卖狗人和徒弟对狗的感情感人至深。利欲熏心的师傅只能沦落为一个孤家寡人。《敲狗》对狗肉馆那些等待毙命的狗的描写,令人毛骨悚然、触目惊心,特别是对杀狗过程的血腥描绘,更从一个方面道出了人性的残忍和冷酷,它对国人吃狗嗜好的批判几近悲愤。2009年,《敲狗》获"蒲松龄短篇小说奖"。授奖词说:"小说在无情中写温情,在残酷中写人性之光,是大家手笔和大家气派。大黄狗再次绽开的笑脸,狗主人与大黄狗之间难以割舍的真情,使得徒弟冒险放掉了师傅势在必得的大黄狗。大量生动鲜活的如何敲狗的细节的铺排,只是为了最后放狗的一笔。在狗的

眼泪里我们看见了人的眼泪，由狗性引申出来的是对人性的思考、对提升人的精神品质的呼唤。小说不仅在结构上有中国古典小说的神韵，在道义和人性的刻写上也见出传统文化的底蕴。小说通过写狗对主人的依恋，厨子对情感的冷漠及徒弟的被感动折射出人性的光芒，把人性解剖这个文学的宏大主题用'敲狗'这个断面展现得曲尽其妙，称得上是短篇小说的典范文本。"国内一个重要短篇小说奖项的高度评价，从一个方面证实了《敲狗》的价值。

书写人对动物的悲悯，是欧阳黔森小说经常遇到的主题。如《十八块地》中，有这样一段文字：

> 我一惊，定神一看：原来离我们四米远的地方有一头很大的动物！那东西似乎也吃了一惊，我大着胆子仔细观察，看清了是一头侧卧着的老山羊，身旁还有两头小羊。我想一定是一头怀孕的母山羊进来躲大雨，就在这儿分娩了。我们跑出洞，我叫卢竹儿躲到一边去，我寻找到一块大石头。我说，机会来了。卢竹儿死活不肯放开我，她已经明白，我那个所谓的机会就是向山羊发起进攻。她几乎用整个身子抱住了我，阻止我的进攻。刹那间，我望见了她那美丽绝顶却充满哀伤与乞求的目光，好像我马上要攻击的不是山羊，而是她。石头从我手上突然滑落了……我包好柏油条、火柴，离开了山洞也离开了我的耻辱，继续往前爬，一边爬，卢竹儿一边嘱咐我，这事不要告诉别人。我知道卢竹儿怕政委他们知道，他们一知道，羊儿就没命了。

> ……我们也往下走，终于在一个山脊的平台上汇合了。政委带来了五个人，我热烈地与他们拥抱。这是我此生此世难得的一次热烈呢！卢竹儿只顾在一边哭。大家叫卢竹儿别哭，快到家了。也许我热烈得过了头，忘记了答应卢竹儿的事，兴奋地告诉政委，说那边半山腰的山洞里有一头老山羊在那儿躲雨。政委

说，那山洞他去过，现在山羊早走了！我说，它生了两头小山羊，不能走啦。政委一听高兴得直叫，接着命令两个人陪我和卢竹儿回去，他带其余人马上向我们的来路奔去，像一支夜袭的突击小队。我转身一望，见卢竹儿突然瘫倒在地了。我连忙转身向政委的背影大叫起来，莫去，莫去，我求你们啦……我的叫声显得那般的孤寂无援。我第一次感受到背叛的沉重与无耻。

一个乡村少女对动物生命的维护，是出于善良的本性，但也从另一方面映衬出人对动物的残忍——"其余人马上向我们的来路奔去，像一支夜袭的突击小队"，他们对即将捕获的美食的兴奋，即使是夜色中也难以掩饰。人与动物的关系许多作家都写过，写动物也是写人性。时至今日，对人与动物的书写已不只是一个善恶或道德伦理的拷问，而是关乎人类自身的存亡的问题。人类如果不善待自然，迟早会为此付出代价。事实上我们已经为此付出了代价。

温婉的爱情故事，是欧阳黔森的重要题材，这当然也是一个最传统的题材。令我惊异的是，欧阳黔森还能够以20世纪80年代的情怀对待爱情：它诗性、单纯，一如80年代的爱情诗歌。《兰草》是一篇令人感伤的小说。小说的主角也是讲述者第五军为了兰草不仅参军参战，而且因她一定要成为一个诗人。他不断发表诗歌，也为兰草写诗。他为兰草写诗是"对初恋的祭奠"。兰草的影子挥之难去，第五军找对象都是按照兰草的形象找的。兰草结婚了但很快又离婚了。三十年过去之后，在战友、朋友的聚会上，第五军又见到了兰草。但时过境迁、物是人非，当年那个兰草也面目皆非、庸俗不堪了。仍然有诗人情怀的第五军的心情可想而知。小说写了在世风代变环境下人的变化：诗意的时代就这样一去不复返，青春时节清纯美好的怀念，就这样在一场混乱的类似欢场的情境中结束了。

《姐夫》写的是生活的假象与真情。"我"与一水的恋爱，有貌似

"甜蜜的烦恼"，两人打打闹闹本也正常，但不曾想到的是一水旧情难忘，她想的还是那个叫作李成栋的男人；而真正爱"我"的恰是一水的妹妹二清。如果从"我"的角度考虑，一水脚踏两只船，与"我"谈恋爱想的却是李成栋，非常虚伪。但是，如果站在一水的立场上，一水何尝不是对爱情坚定执着呢？即使李成栋有了女人，并且两人的房间"黑了灯"。这样一个男人有什么值得爱的呢？但爱情是一个永远说不清楚的事情，一水就是爱这个"流氓"一样的男人，她不需要理由。别人可以不理解，可以惋惜和遗憾，但别人就是没有办法替代。因此，在我看来，小说写的不见得是对一水的批判，我倒觉得是对爱情复杂性和无限丰富性的绝妙呈现。当然，小说还有一个伏笔，就是一水的妹妹二清对"我"的真情实意的爱。当姐姐几天没回家也不见人，"我"过来寻一水时二清的表情和说话时的神态，其内心已昭然若揭。当然，最后"我"还是与二清皆大欢喜。这是一出轻喜剧，喜忧参半无伤大雅。其间的真情还是最动人的要素。

《白莲》写的是当下司空见惯、屡见不鲜的题材。一个坐台小姐坚持"不出台"，坚持"出淤泥而不染"，但是"每晚挣三百元，妈咪抽头一百元，毛利二百元。可除去到夜总会来回的的士四十，再加上租房、吃饭、所剩无几"的境况，终于让白莲放下身段决定出卖初夜权。一个女孩尽管做好了所有的心理准备，但她内心还是渴望是一个白马王子般的人出现。这个人出现了，他戴着面具，温柔体贴，不是新婚胜似新婚。这个人就是与白莲两情相悦的阿南。事情是妈咪一手策划的，她要成全白莲和阿南，要用这个举动为自己赎罪："我原来就走错了路，伤害了一个人，我不能看着你再伤害一个有情人。"三天后白莲和阿南双双离开了这座城市：

> 一年后，妈咪在一家夜总会看见了阿南，阿南正在台上吹萨克斯。

演奏完，妈咪上台问阿南，阿莲呢？

阿南莫名其妙了很久，才认出妈咪来说，白莲不是与你在一起吗？

妈咪一下把阿南推下了台子，那台子一米多高，阿南的身子一下坠了下去，腰横担在一张椅子上断裂了。

阿南从此再也未站起来。他只能躺在床上了。妈咪因故意伤害人致重残。法院一审判她赔人民币二十万元，判有期徒刑十年。

二审因阿南承认妈咪是其情人无结婚证但同居五年构成事实婚姻，中级法院复议为无意伤害重残，判处有期徒刑五年，监外执行。最后妈咪成了阿南永远的监护人。

一个常见的通俗文学题材，在欧阳黔森这里处理成了一个绝处逢生的故事。在我看来，白莲不见了踪影，是意想不到的处理，也是合乎人物性格的处理。白莲怎么还有可能和阿南相处下去？白莲的初夜尽管给的是阿南，但白莲的初夜权毕竟是出卖的，今后坦然地面对阿南是白莲无法想象的。因为如果不是阿南，白莲同样不会拒绝出卖初夜。与阿南偶然的相遇并没有改变买卖关系，而买卖关系是不能替代爱情的。在这个意义上可以说，白莲尽管做了错误的决定，但她仍然保有内心的尊严。所以，欧阳黔森的小说看似简单，但只要认真追究下去，都大有深意可查，而且都是曲终奏雅，犹如一道亮光，照亮了小说漫长的暗夜，小说于是踏上了深邃和广阔的道路。这一点，欧阳黔森的小说继承了欧·亨利、都德等作家的"遗产"。

《丁香》则是一篇完全不同的小说。它就像一幅朴实无华的地域风情画，在简洁的文字中描述出了当下生活最后的诗情画意。三个鸡村在地质小分队到来之前，仿佛还处于"前现代"的时间里，时间在三个鸡村是凝固的，只有又一个"香姑"的诞生，才会证实时间的流

动。正是地质小分队——这个"前现代"异质力量的侵入，打破了三个鸡村和丁香不变的生活。丁香漂亮而质朴，就像那个遥远的村庄一样尚未被现代文明污染。小说的感人之处是一个还没有来得及言说的爱情故事。地质诗人爱丁香是爱在心里，他为丁香写诗，甚至为维护丁香的尊严不惜对夏排骨诉诸拳脚。他发誓得志以后回来娶丁香为妻，但这一切还没来得及实现，丁香被一次意外的山体滑坡永远地掩埋了。地质诗人终于得志了，但他永远地失去了丁香。这个悲剧应该说写得很青春，很诗意，也很有一种怀旧的意味，确实像戴望舒诗中那个结着愁怨的丁香一样。但它确实让人非常感动，特别是小说中流淌弥漫的那种忧郁、寂寞和惆怅的韵味。

在当下的小说创作中，似乎已经告别了浪漫和感动，我们在小说中也很少与这样的场景、人物和情节遭遇。我们读过的许多男欢女爱的故事，也有很多精彩的情节和想象，但就是不让人感动。欧阳黔森的小说有一种令人感动的内在气质，这种气质就是不断式微的理想主义气质。萧子北虽然是个商人，但他的军人和战争经历，赋予了他一种人格的魅力，他人到中年但生气勃勃，他有心计但没有世俗气。在"后现代"的世俗环境中，在终极价值已经不再被追问，意义世界可有可无的今天，萧子北经常想起死去的杜红军，想起青年时代的友谊，这仿佛成了他一个不可或缺的精神堡垒。这些经历历练了萧子北理想主义的品格。《丁香》令人感动则在于叙述者对小说情调的把握。我隐约感到《丁香》与作家的某种经验相关，它很可能是作家自己精神自传的片段。那种深情和回忆，以及对人物的怜爱之心几乎跃然纸上。对一种朴素、诗意的追求，本身就是理想主义的一部分。

如前所述，欧阳黔森对贵州古老风情、风物的描摹，继承的是一个伟大的传统。蹇先艾、何士光等名家，都对贵州这片古老的土地情有独钟。他们对家乡风情、风物的记忆，是他们热爱贵州的家乡情结的文学呈现。欧阳黔森如出一辙。他的《断河》早在 2004 年就入围"鲁迅文学奖",可见这篇小说的影响之大。小说写的是刀客的日常生活和爱恨情仇。我惊异的是小说的写法,特别是对老刀和老狼的"巅峰对决",写得一波三折、风生水起。我非常同意何士光在欧阳黔森小说集序中的评论:"当麻老九和乡亲们还生活在山河大地之间,还种着自家的庄稼、捕着断河里的剑鱼的时候,人们似乎还能够依照人的本来的模样活着,还是土地和日子的主人。那时候这断河边上,就还是有故事的。人们还能爱,还能恨,爱和恨都那样真切和深沉。女人梅朵对老刀和老狼的爱,不为利害,只是真爱。老刀和老狼决斗起来的时候,虽然那样凶狠,却也那样磊落。龙老大不和同母异父的麻老九相认为兄弟,让麻老九在断河里打了几十年的鱼,也只是为了保护这个兄弟,不让仇家来向他寻仇。麻老九的女人虽然死在断河里了,也仍然会来到麻老九的梦里,麻老九因此也守候了这个梦境一辈子。先贤老子说:'失道而后德,失德而后仁,失仁而后义,失义而后礼。'不管怎样,那时候这断河边上的人的形象,也还是由这样的伦常和情操来塑造的。老子没有说礼会不会失去,也没有说失礼之后又会怎么样。但断河的历史告诉我们,失礼之后,就是丹砂,就是金钱,就是一个利字了。"一个万字短篇,却写出了不同时代的风尚与人心,其手笔既有大时代的风云际会,亦有日常生活的生动细节。欧阳黔森的笔力确实不凡。

另外,这里我还是要重提欧阳黔森的《白多黑少》。这是一部与当下生活相关的作品,或者说是我们司空见惯、耳熟能详的关于商场的人与事的故事:在琐屑和险象环生的商场,在由欲望构成支配力量的日常生活中,主人公是如何身不由己、无力自拔的。《白多黑少》是一部展现欧阳黔森小说才能的作品。表现商场的小说或电视连续剧已经遍地开花,商场加情场、金钱加女色是这类小说最基本的表意符

号,《白多黑少》当然也没有离开这些能指。但不同的是,欧阳黔森在横流的欲望背后,写出了人性的复杂性和宿命般的无奈感。无论强者还是弱者,他们仿佛都被一只隐形之手所控制,然后身不由己地深陷其中。萧子北是一个有过战争经历的强悍商人,即使在红尘滚滚的商场上,他仍然保有军人气质。这一经历不仅使他有一种来自军营的勃勃野心和理想主义气息,同时也使他在残酷的商场和情场的争斗中坚持了人性的最后底线。应该说,萧子北在商场上是一个成功者,他用对今天社会生活和游戏规则洞穿一切的深刻理解,游刃有余地运筹和经营着他的企业,控制着属下,周旋于官僚之间,玩弄台湾商人于股掌之间,他有能力解脱企业危机,利用政策发展自己。在应对外部世界上,萧子北的确充分展示了他的聪明才智,用他自己的话说,他确实是一个"帅才"。但在纠缠不清的感情旋涡里,萧子北却不在自己的把握之中。他可以牺牲属下的情人去搞定台湾商人,也可以用金钱轻易地把自己的情人南岚打发掉。但面对"潜藏"已久的杜鹃红时,萧子北自信的防线彻底崩溃了。杜鹃红并不是一个情感杀手或情场女战士,也没有倾国倾城、沉鱼落雁之美,甚至与他看着她长大也没有太多的关系。萧子北不能逾越的最终障碍源于她是死去的战友杜红军的妹妹。杜红军临终前有遗言,希望萧子北能照顾杜鹃红,也就是娶杜鹃红为妻。萧子北对妻子有自己的理解和要求,他娶了一个漂亮又思想简单的舞蹈演员。但杜鹃红并不就此罢休,她终于有一天提出了爱的要求并付诸行动。

小说结束于杜鹃红请萧子北夫妇吃饭,那个惊心动魄的场景成了悬念,但萧子北一声无奈而焦虑的叹息,不仅鲜明地凸显了两人此时的心境,同时也完成了两个不同人物的性格塑造。我们不知道杜鹃红要做什么,但她明火执仗、成竹在胸,欲夺情郎并光明磊落;萧子北苦不堪言,不得不"赴汤蹈火"去应对一场鸿门宴。这个戏剧性的场景置人物于风口浪尖，充分显示了作家的艺术想象力和刻画人物的能力。这个结尾实在是太精彩了。

这是一个文化裂变的时代，也是一个红尘滚滚、欲望无边的时代。这样的时代为我们提供了尽可能的自由，但我们也必须承认，拥有了这个自由的同时，我们却仿佛更加焦虑，内心更加不平静。这时我们的思想便常常走向"前现代"，在一个想象的、不可重临的田园风光和简单的人际关系中驻足并流连忘返。欧阳黔森的小说就为我们提供了这样一个不同的、美丽的场景。因此，我要强调的是，欧阳黔森虽然在蹇先艾、何士光的贵州文学谱系中，但因时代的差异性和欧阳黔森对文学和对贵州的新的理解，他用虚构和想象的方式，重新建构了他的文学世界。这就是一个温婉、诗意、人性的世界，一个对自然无比热爱的世界，一个不断向传统致敬的世界。对外部世界而言，一切凝固的当下都烟消云散了，但在人的精神世界，那不变的一切仍然完好如初，仍然没有发生本质性的改变。在这个意义上，欧阳黔森的小说在小叙事中承传的大传统，并没有成为过去，当然也与"落伍""守旧"无关。如果是这样的话，他就是值得我们认真研究和批评的作家。

发现城市深处的秘密

——评晓航的长篇小说《被声音打扰的时光》

在我们的阅读经验里，给我们印象深刻和强烈震动的作品，大多是发现了生活或人性秘密的作品。是那些文学巨匠对城市生活的发现，丰富了我们对城市的认知和城市文学的审美经验，也使文学成为一种可以信任的认知城市生活的方式和手段。就中国当代文学来说，城市文学一直是一个"欠发达"的领域。这不仅与中国社会——乡土中国的性质有关，同时也与毛泽东对城市的理解和警觉有关。毛泽东发现城市是个香风毒雾的所在，是资产阶级批发糖衣炮弹的场所。因此，当代文学的目光触及城市时，也主要是以批判为主，意图更多的还是在意识形态的层面。所以，我们的城市文学不发达是有历史原因的。

近些年来，当下文学发生了从乡土向城市转移的变局，对城市的书写逐渐成为当下小说创作的主流。但是，由于我们成熟的城市文化经验还没有形成，我们对城市生活的书写还停留在相当浅表的层面，很多小说写的是城市生活，却难以深入城市生活的核心地带，只是浅尝辄止而已。因此，对城市生活书写经验的积累，对我们来说还有漫长的道路要走。作家晓航一直生活在北京，他是真正的"城市之子"。因此，晓航自从事小说创作以来，一直以城市生活作为他的书写对象。他的诸多中篇小说，为当下城市小说创作提供了重要经验，也受到广泛好评。《被声音打扰的时光》是晓航新近发表的长篇小说。这部长篇之所以重要，就在于晓航努力探究和发现这个时代城市最深层的秘密，用他的眼光和想象打捞这个时代城市最本质的事物——那是我们完全陌生的人与事。这是这部小说最重要也是最有价值的方面——他为我们提供了不曾经历却期待已久的阅读经验。

这是一部荒诞却更本质地说出了当下城市生活秘密的小说。小说从建造城市观光塔写起。城市观光塔的建造本身就是一个隐喻：这个荒诞的决定一如这个荒诞的时代，一个突发奇想的官员为了金钱，在酒足饭饱之后发现了天空的价值。因为城市该开发的项目基本都开发了，他在空中看到了希望——他要建造一个城市观光塔。这个官员落马之后，接任者不仅完成了观光塔的建造，并且通过事件化的方式转移了市民不满的议论和目光。如此荒诞的决定发生在城市管理阶层，那么，这个城市所有离奇古怪事情的发生就顺理成章、不足为怪了。

于是，我们看到了最先出现的主人公之一卫近宇选择的"备胎人生"："职业备胎"的任务是为婚介所中超白金会员提供专业的陪伴服务，负责为她们在寻找结婚对象的活动中，提供各种建议，解答各种疑惑，谈论人生，还包括参与她们的一些休闲、社交和出游活动，直到她们找到称心的伴侣为止。卫近宇看着猎头罗列的条件，确信自己是一个非常合适的人选。卫近宇的第一单生意的对象是青年女性冯慧桐——24岁，硕士毕业，身高1.70米——这个时代典型的"白富美"。陪伴这样一个年轻貌美的单身女性并进入她的个人生活，作者已经预设了险象环生的过程或结局。事实也的确如此。但是，我们预料的那个结局只是其中的一部分，而且不足以表达这个时代的最大秘密。这个时代最大的秘密，从冯慧桐一开始要求陪伴服务起就公之于众了。她说："我很需要男朋友，如果我能找到一个适合的男朋友并且结了婚，我就会骗到一大笔钱，它够我花一辈子。"冯慧桐需要男

朋友是因为她可以得到一大笔钱。于是,"演出就这样开始了,冯慧桐在卫近宇的指引下,投入到广泛的城市生活当中。卫近宇给她指向的并不是权贵们与暴发户们的生活,而是广大城市青年乐此不疲的。他让冯慧桐参与了网上发起的各种各样的活动,比如,团购,去一个老四合院吃一个老先生烙的馅饼;比如参加某个下午的集体朗诵;比如周末去美术馆听一堂有关现代派美术的讲座。当然也包括各种户外运动,跟驴族们一起划船,远足,登山,卫近宇还和冯慧桐参与了几次城市快闪,一次是关于音乐,一次关于环保,还有一次是关于机械的安装"。但是,当两人的关系不断升温并已经成为恋人关系时,卫近宇突然反悔了:"是我不好,不该拉你去度假村蹚那趟浑水,我想我们将来还是保持业务关系为好。"卫近宇异常艰难地说。卫近宇中断恋人关系最终考虑的还是金钱成本。这与冯慧桐后来的性伙伴刘欣没有区别,刘欣和冯慧桐已经上床了,可刘欣还是按捺不住地向冯慧桐推荐一款理财产品。他们的方式不同,但本质上都与他们的价值观联系在一起。

城市生活最大的秘密,集中地表现在"日出城堡"所有的人际关系上。从城堡的主人万青一直到秦枫、吴爱红等,每个人无时不在为金钱绞尽脑汁。"日出城堡"从打造一直到易主,它的隐形之手就是金融资本,"日出城堡"真正的主人是金钱。而宰制或掌控小说所有人物的主,也从来没有离开金钱。晓航所揭示的当下城市生活的最大秘密,就是金钱至上的价值观。当年泰纳在《巴尔扎克论》中指出,巴尔扎克的小说,金钱问题是他最得意的题目⋯⋯他的系统化的能力和对人类明目张胆的偏爱创作了金钱和买卖的史诗。从巴尔扎克时代到今天,城市生活的价值观和宰制者没有发生革命性的变化。因此,晓航无论在小说技法上有多少吸收或借鉴,但在这个意义上可以说晓航坚持和延续的还是巴尔扎克的传统——通过对金钱的态度,他洞穿了当下城市生活最隐秘的角落。

《被声音打扰的时光》也是一部感伤的小说。情感的挫败、人生的挫败是弥漫小说的整体情绪，小说中没有成功的人物。在晓航以往的小说创作中，我们总是能够隐约感到他浪漫主义和理想主义的遗风流韵，这部小说同样如此。在处理人物关系时，晓航为了更本质地表达他对人物性格当下性的理解，不得不更真实地呈现他们的价值观，呈现他们对金钱的迷恋和贪婪。但是，当他的人物进入情感领域时，晓航还是抑制不住地要表现他们对美好情感的向往并驻足良久。卫近宇虽然不能免俗地热爱金钱，但当他与冯慧桐不由自主地进入角色后，晓航由衷地赞美了他们的情感。冯慧桐公主般的形象和个性，具有难以抵御的杀伤力是无疑的。卫近宇的妻子刚刚不辞而别远走他乡没了消息，这为卫近宇在灵与肉上亲近冯慧桐扫除了外部障碍。于是，当冯慧桐要求卫近宇背她穿过闹市时，"这个夜晚就忽然变成了一个特别兴奋特别难忘的私人夜晚，两人痛饮了两瓶红酒之后，来到了这个城市最繁华的地方——月亮港湾的中央大道上，在无数红男绿女的涌动中，在各种灿烂的灯光下，在喧闹的欢叫的包围中，卫近宇背着冯慧桐奋勇奔跑起来。冯慧桐像个将军一样指挥着，卫近宇如同一匹歇了很久终于勇往直前的野马一般左冲右突，人们惊讶地看着这一对不靠谱的男女，发现他们的欢乐确实发自内心，在这个时时充满悲情的城市，这种没心没肺的精神是特别被赞赏的，而对于卫近宇与冯慧桐来说，这本来只是个玩笑，但他们俩谁也没想到这个夜晚似乎成了一种意外的新的开始，卫近宇的身上涌动着年轻时的激情，他好像回到了永远奔跑的青春时代，冯慧桐轻盈的身体伏在他身上，她柔软的胸部紧紧贴着他的后背，经过长久的摩擦，卫近宇身体里那种无法阻止的最原始的力量悄悄被激发了起来，他几乎难以克制自己的某些欲望。冯慧桐也很高兴，她感到这个夜晚十分不同，它来得如此偶然，如此不经意，她伏在一个男人身上，而这个男人给予她的正是她寻找了很久的一种可靠，踏实，值得依赖的力量"。接着，他们顺理成章地有了身体的深入接触。然后"卫近宇不经意地想起了他的青春岁月，想起了那些无拘无束无忧无虑的日子。他总是认为那样的日子已经远去了，但是就在今晚，他好像在某一瞬回到了过去，当他紧紧拥抱住身下那个散发着无限活力的年轻的身体时，他发现自己有一种回归，一种重生的感觉，一种活在最好的时光里的感觉。冯慧桐彻底清醒了，她也被周围的环境所吸引，在这个黑黑的夜里，在树林包围以及溪水的流动中，她似乎产生了某种幻觉。她觉得此刻就是一个魔法时刻，在这一刻，整个世界中只有他们两个，一切是那么宁静，时光悄悄停止，生命中的依靠无限广大，她感到安详感到幸福感到踏实，感到她追寻了很久，终于可以停留下来，享受那种纯粹的喜悦和安宁了"。这一书写方式在传统"纯情小说"中是常见的。但此时此刻，我们都会相信卫近宇和冯慧桐是真心相爱，没有其他动机。也正因为如此，当卫近宇执意离开冯慧桐时，我们真为他们爱情的终结感到难过了。小说中类似的情感关系有很多，如秦枫与季明蕊，青哥、秦枫、耿译生与楚维卿等感情纠葛，都写得深情而伤感，尤其是楚维卿，这个艺术家似乎就是为爱情而生。于是，我们发现，晓航在处理男女情爱关系时，还是意属传统的爱情美学。不幸的是，小说中的主角们都相继退出了那感人至深的场景，古典爱情是只可想象难再经验的爱情，我们缔造了现代，就必须接受现代的馈赠——那爱情感人至深，但也必定烟消云散。这就是"现代"的悖论。

《被声音打扰的时光》也是好看的小说。小说好看与否是不是应该成为衡量小说的一个尺度，很长时间一直莫衷一是。最近这个问题再度被关注，源于邵燕君和吴玄的两篇文章。一个批评家一个作家，事先并未约定。文章先后发表在微博上。吴玄在《告别文学恐龙》的文章中讲述了他曾经对先锋文学的迷恋。吴玄热爱先锋文学，并不是出于真的喜欢，而是"它在相当长的一段时间内，给我带来了很好的自我感觉，那感觉就是总以为自己比别人高人一等，常有睥睨天下的派头。因为阅读先锋文学实在是不那么容易的，不好看通常是先锋文学的标准，它一般可以在五分钟之内把大部分读者吓跑。最经典的先锋文学，往往是最不好看的，它代表的据说是人类精神的高度，或者是心灵探寻的深度，很是高不可攀又深不可测。这样的经典被生产出来，其实不是供人阅读的，而是让人崇拜的"。他谈到了一次参加《尤利西斯》讨论课的情况：课堂发言的只是教授一人。后来，我和教授成了朋友，我们又研讨起《尤利西斯》来，我不想再装了，我老实说，《尤利西斯》我根本没看完。教授高兴说，是啊，是啊，老实说，我也没看完。教授的回答很是出乎我的意料，我说不会吧。教授说，就是这样，我估计，全世界真看完《尤利西斯》的读者不会超过一百个。我说，可是，你没看完，却阐释得那么好。教授笑笑说，这就对了，《尤利西斯》就是专门为我们这些文学教授写的，拿它当教材再好不过了，反正学生不会去看，我可以随便说，即使有学生看了，也不知所云，我还是可以随便说，而且显得高深莫测，很有水平。

邵燕君在《你的任性与我何干——一个职业批评者对作者与读者关系的思考》（后文章题目改为《读者与作者的关系》）中说："读者愿意进入作者的世界，但是在这里找的是自己。所以，一部作品要引人，两个世界必须发生关系。发生关系的方式主要有两种，一种是通过对我们共处世界的'真实'反映——现实主义是最典型的方式，而各种超现实主义也仅是镜子类型的差别。另一种则是通过欲望的投射。所谓粉丝就是与作者趣味相投的读者，他们组成一个情感共同体。"而"自恋的'纯文学'写作纯粹是一种任性的写作。有钱才能

任性。有人买账才能任性。难看不是你的错，但逼人看就是你的错了。在一个'注意'力经济的时代，真正有权任性的是读者，没钱都可以任性。作为一个职业批评者，我已被逼多年。如今我也任性起来了——有本事你就把我勾引起来，不管是'高雅欲'还是'世俗心'，专业兴趣还是非专业兴趣。要么你帮我认识这个世界，要么你帮我对付（renshou）这个世界。否则，你的文学世界与我无关，就像你的存折与我无关一样"。两篇文章都在讲述一件事情，那就是小说应当写得好看、有趣。这是一件正本清源的工作。晓航没有用文章参与讨论，但他用小说创作实践回答了这个问题。

小说里的各色人等，都是有棱有角的"人物"。特别是秦枫，这个学体育出身又一事无成的帅哥，空有一副好皮囊。他不是法兰西的于连·索黑尔，于连靠着自己的聪明才智和坚韧不拔的毅力，为了实现自己的巨大野心而孤身一人在那个等级森严的社会里坚忍地奋斗着，他不择手段以求一逞；他也不是来自中国乡村的高加林，高加林为了离开土地的宰制抛弃了天使般的巧珍也同样被黄亚萍抛弃。他努力奋斗最终还是失败，但他的性格中有东山再起、卷土重来的雄心和力量，他表现出了那个时代青年的典型气质。秦枫既不是于连也不是高加林，我们几乎难以找到与他有关的人物谱系——他是晓航创造的这个时代典型的独一无二的城市"屌丝"形象。

秦枫毕竟受过高等教育，他的放浪形骸也不是与生俱来的。他与女人接触后发现，当他真正靠近她们时，她们之中的大部分并不是像她们宣称的那样纯洁、善良、可爱、坚贞，她们其实相当自私相当物质，不仅爱慕虚荣，更崇尚奢华，她们似乎更重视爱情之外的其他东西。于是，秦枫怀疑起来，这个世界上有纯粹的爱情吗？这是秦枫玩世不恭的起点和理由，他开始了无休止的泡妞和被泡的人生。舞厅是秦枫最乐于光顾的场所，这里可以邂逅各种心仪的青年女性。这次秦枫看上了后来知道名字的季明蕊。为了引起季明蕊的注意，秦枫居然在舞厅做起了俯卧撑。季明蕊见怪不怪地说，再做五十我出一百。本来是帮助秦枫的哥们儿这时反水了，支持秦枫再做五十俯卧撑；秦枫勉强做完。这时季明蕊说再做五十我出五百，秦枫失败了，他做到三十七个的时候倒在了水泥地上。但他从此认识了这个红衣女郎——季明蕊。然后是他们不停地喝酒、运动、床上运动。秦枫与季明蕊比较起来皆不如人。被季明蕊抛弃之后，秦枫的无底线终于得到了"回报"，这就是成了吴爱红的"性奴"。吴爱红是一个蠹虫式的女性，她的性欲和她对金钱的欲望一样没有止境。秦枫无法忍受只能不断逃跑，吴爱红与秦枫便有了逃跑与追捕的斗争。后来，吴爱红渐渐适应秦枫的逃跑，她渐渐把这件事做出了喜感，她把自己当作猎人，把秦枫当作猎物，心中充满一种把玩的激情。每当她抓到秦枫，她就逼迫他去找当地的舞厅，然后一起去跳舞，跳完之后就回来长时间地做爱，直到秦枫求饶为止。有一天，她告诉秦枫别怕，她是不会要秦枫骗走的二十万块钱，但她会把这笔钱折算为陪伴费，她的目的就是让秦枫永远陪着她，成为终生的性伙伴。秦枫听了简直痛不欲生，他明白自己就这样成为传说中的性奴了。

再比如楚维卿——一个平凡的被伤害与被侮辱的女人，少年时代有梦想而又家庭不幸的女人。她是未来日出城堡灵感的提供者和未名的总设计师。她是那个幽灵式的青哥一直寻找却不期而遇的一个女人。她不只是青哥性爱的对象，同时还是一个潜在的、未被发现的极具商业价值的女人。这个人物的传奇性注定了她性格的复杂性。晓航讲述他这些人物和故事的时候，一直在人性的核心区域展开。这也是他的小说具有文学性的最重要的保证。如新的生活规则——那不是潜规则而是明规则，即每个男人都可以明目张胆地与几个女人保持关系，不忌讳也不嫉妒，女人亦然。一切都可以重来，仿佛什么也没有

发生。这是关于城市的新生活和新情感运动，几乎所有的人都无师自通。但是，个性可以张扬，人身有了自由，没有隐秘也没有负担，就是心灵没有地方安放。慌乱和焦虑无时无处不在，没有安全感，大家都是城市病人，心理疾患带来的是精神焦虑和难以自控的各种问题。这是城市深处未名的真相。瞒和骗是生活的主旋律，大家都这么做又都觉得理所当然，毫不愧疚。一个精神的乱世就这样一览无余。

《被声音打扰的时光》也是一部具有鲜明批判意识的小说。"日出城堡"是一个无所不有的地方，也是一个欲望的集散地。无论城堡内外，资本是掌控这个世界的主，利益是永恒原则。情感在今天已经沦落为不堪的愚昧之举，沉迷于儿女情长就是不可雕的朽木，就是难成大器的万恶之源。小说与现实的关系在似与不似之间，但它比我们感知的现实世界更本质地接近现实。它有一股笼罩于现实之上未名的气韵——形象而深刻地昭示了现实究竟是什么样子。这就是晓航的小说：对拜金主义尖刻而辛辣的嘲讽，是小说从未妥协的承诺。另一方面，小说又不只是简单的批判。简单的批判虽然站在道德制高点占据了道德优越性，但是，它还没有能力回答城市现代性带来的全部疑难问题，包括它的复杂性和混杂感。因此，这样的批判是没有力量的。在我看来，恰恰是晓航表达出的束手无策的无奈感，更深刻地体现了我们面对当下的困境——我们已经没有能力改变这个现实。这才是让我们感到惊讶和震动的所在。

最后，我不得不说，《被声音打扰的时光》这个小说题目并不切题。冯慧桐在破题时说："我告诉过你，那些真话恰恰是我痛苦的根源，它们也许每一句都是对的，但合起来就是噪音，一个充满真话的世界并不是一个真正美好的世界，真相有时会让人更痛苦，它就像尖刀一样真实而毒辣。我现在觉得只有似是而非欲言又止，充满包容的世界才是真正美好的，能让人活下去的世界。"冯慧桐后来成了日出城堡的主人，在这里她消灭了心目中的万声之源——"那种她不喜欢的无穷无尽的真话，她使用的方法很简单，就是暂时关闭了城堡，让一切停止，这样，没有人再来倾诉，声音也就不再聚集，日出城堡变为一个彻底宁静的世界。"冯慧桐最后的破题也几乎是词不达意、勉为其难。事实上，小说呈现的是城市生活最极端的某些方面，因为没有人可以立体地呈现当下城市生活的全部。这是与乡土文学最大的不同。乡土文学展现的风情画都是公开的，是所有人可以共享的。但城市生活最深刻的部分都发生在隐秘的角落，它既不可以共享，也不能共同占有。因此，这些困惑不是由冯慧桐认为的那些"声音"所致，而是与城市的现代性伴生的——人类创造了城市的同时也为自己缔造了麻烦。生活在城市就是与魔共舞，这也是现代性两面性的必然结果。在这一点上，晓航要寻找原因的诉求是对的，但他确实有些着急了。总体来说，我还是非常欣赏晓航的小说。晓航的小说是最具"现代感"的。他面对的是当下的书写，表现切近的现实是难的，面对当下的精神难题和困局更是难上加难。但是，一个真正的小说家，就应该是如此"任性"执拗——他应该有与"难的"较劲和挑战的勇气。唯其如此，他的小说才和我们有关。

在新文明的崛起中寻找皈依之路

——评吴君的小说创作

都市文明的崛起是当下中国最重要的文化现象，也可以将其称为正在崛起的"新文明"。但是，这个"新文明"的全部复杂性，显然还没有被我们所认识。我们可以笼统地、暧昧地概括它的多面性，可以简单地做出承诺或批判。但是，这没有意义。任何一种新文明，都是一个不断建构和修正的过程，因此，它的不确定性是最主要的特征。这种不确定性和复杂性对生活在其间的人们来说，带来了生存和心理的动荡，熟悉的生活被打破，一种"不安全"感便传染般地在弥漫；另一方面，不熟悉的生活也带来了新的机会，一种跃跃欲试、以求一逞的欲望也四处滋生。这种状况，深圳最有代表性。这当然也为深圳的小说家提供了机会和可能性。吴君，就是在这样的环境和背景下出现的小说家。

吴君的深圳叙述与我们常见的方式有所不同，或者说非常不同。在不长的时间里，她先后创作了《我们不是一个人类》《城市小道上的农村女人》《海上世界》《福尔马林汤》《亲爱的深圳》《念奴娇》《陈俊生大道》《复方穿心莲》《菊花香》《幸福地图》《皇后大道》等长篇和中短篇小说。这些作品引起了读者和评论界的关注。说"好评如潮"可能有些夸张，但对一个出道不久的青年作家来说，能做到这一点绝非易事。读过吴君的作品后，我强烈地感到她是一个对深圳生

活——这个"新文明"的生活有真切感受,也矛盾重重的作家。在一篇创作谈里吴君说:

> 十二岁之前我一直生活在农村……回到城市,仍会经常梦见那里。即使现在,每每想家,满脑子仍是东北农村那种景象,如安静的土地和满天的繁星,还有他们想事、做事的方法。当然想不到,我会在深圳这个大都市与农民相遇。他们有的徘徊在工厂的门口,有的到了年根还守在路边等活,他们或者正值年少,或者满头白发,或者再也找不到回家的路。那种愁苦的表情有着惊人的相似。

吴君在农村的生活经历并不长,但一个人的"童年记忆"对文学创作实在是太重要了,它甚至会决定一个作家一生的文学视角和情感方式。回到城市的吴君和移居到深圳的吴君,无论走到哪里,这个记忆对她来说都如影随形、挥之难去,这当然也是吴君从事小说创作最重要的参照。于是,我们在吴君的作品中看到最多的,是不同的移民群体、流散人群的生活写照。在北方他们被称为"盲流",在深圳他们被称为"打工者"。无论是"盲流"还是"打工者",他们大多数的原居生活已经破碎,就如当年的"闯关东""走西口"一样,除了个别"淘金者""青春梦幻者"之外,背井离乡是生活所迫,与罗曼蒂克没有关系。吴君笔下大多是这个阶层的人物。

值得注意的是,吴君这些作品中的人物、生活及情感方式,与时下流行的"底层写作"既有联系又有区别。有关系的,是这些人物都来自底层并且仍然在底层,他们的生存方式、精神状况与其他底层人没有本质区别;不同的是,吴君在呈现、表达、塑造她的人物的时候,已经超越了左翼时期或"底层写作"初期的模型和经验,已经不再是苦难悲情、痛不欲生或悲天悯人、仰天长啸。在她的作品中,底

层生活在现代性过程中出现的问题的全部复杂性，也日渐呈现出来。这种状态在吴君的中篇小说中表达得尤为充分。《亲爱的深圳》是吴君的名篇，在这篇小说中，程小桂和李水库为了生存，既不能公开自己的夫妻关系，也不能有正常的夫妻生活。在现代性的过程中，在农民一步跨越"现代"突如其来的转型中，吴君发现了这一转变的悖论或不可能性。李水库和程小桂夫妇付出的巨大代价，是一个意味深长的隐喻。但是，在这个隐喻中，吴君却发现了中国农民偶然遭遇或走向现代的艰难。李水库的隐忍和对欲望的想象，从一个方面传达了民族劣根性和农民文化及心理的顽固和强大。在《念奴娇》中，贫困的生活处境使姑嫂二人先后做了陪酒女，然后是妻离子散、家庭破碎。这本是一个大众文学常见的故事框架，那些场景也是大众文学必备的元素。但这篇小说的与众不同，就在于吴君将这个故事处理为姑嫂之间的心理和行动较量：先是有大学文化的嫂子轻蔑小姑的作为，但嫂子一家，包括父母、哥哥都是小姑供养的，小姑在不平之气的唆使下，将无所事事的嫂子也拉下了水。不习惯陪酒的嫂子几天之后便熟能生巧，一招一式从容不迫。它揭示的不仅是"底层"生活的状态，更揭示了底层人的思想状况——报复和仇怨。更值得注意的是嫂子杨亚梅的形象，这个貌似知识分子的人，堕落起来几乎无师自通，而且更加彻底。

《复方穿心莲》与我们常见的都市小说不同。嫁给深圳本地人是所有外来女性的梦想，这不仅意味着她们结束了居无定所的漂泊生活，有了稳定的日子，而且还意味着她们外来人身份的变化。但是，值得注意的是，女主人公方立秋自嫁到婆家始，就没有过上一天开心的日子。婆家就像一个旧式家族，无论公婆、姑姐甚至保姆，对媳妇这个"外人"都充满仇怨甚至仇视。于是，在深圳的一角，方立秋就这样过着暗无天日的生活。小说更有意味的是阿回这个人物。这个同

是外地人的 30 岁女性有自己的生存手段，她是特殊职业从业者，与方立秋的婆家亦有特殊关系。你永远不知道她在想什么，她对人与事的态度也变幻莫测。你不能用好或坏来评价她，深圳这个独特的所在就这样塑造了这个多面人。这个人物的发现是吴君的一个贡献。但无论好与坏，方立秋的处境与她有关。在小说的最后，当方立秋祝贺她新婚并怀孕时，她将电话打过来说：

> 方立秋，其实我也有个事情对不起你。如果不是我多嘴，他们不会知道你在邮局寄了钱回老家，包括那封信也是我说给他们的，也害得你受了不少苦。这两件事，一直压在心里，现在，说出来，我终于可以好受了。

在这里，吴君书写了"底层的陷落"。她们虽然同是外地人，同是女性，但每个人的全部复杂性并不是用"阶层""阶级"及某个群体所能概括的。他们可能有某些共性，但又有着道德及人性的差异性。

《菊花香》中的主人公仍是一个外来的打工者，王菊花年近 30 岁还是单身一人。这时，王菊花的焦虑和苦痛主要集中在了情感和婚姻上。工厂里不断涌入"80 后"或"90 后"的新打工妹，这些更年轻的面孔加剧了王菊花的危机或焦虑。这时的王菊花开始梦想有间属于自己的宿舍，有一个属于自己的独立的空间。王菊花不是城里的有女性意识的"主义者"，也不会读过伍尔夫。因此她要的"自己的房间"不是象征或隐喻，她是为了恋爱并最后解决自己的"终身大事"。为此她主动提出到公司的饭堂——只有一个女工的地方上班，这样她便可以有间单人房间了。尽管是曾经的仓库，但被王菊花粉刷一新后，仍然让她感到温馨满意。就是这样简单的空间，让一个身处异乡的女孩如此满足。读到这里我仿佛感到读《万卡》时的某种情感在心里流淌。

这个完全属于王菊花个人的空间，不断有人过来打扰或是利用，甚至女工的偶像——年轻老板也要利用这个简陋的地方进行特殊的体验。值得注意的是，人们只对房间感兴趣，而对单身女工王菊花视而不见。但王菊花对个人情感和婚姻有自己的看法。她最值得骄傲的是："我还是个黄花闺女呢。"她尽管"嘴上不说，可在心里她看不起那些随便就跟男人过夜的女工。过了夜如果还没结果，有什么意思呢。她有自己的算盘。别的优势没有，却有个清白的身体。作为女人，这是最重要的东西。也就是说，她拥有的是无价之宝。有了这个，谈恋爱，结婚，什么程序都不少"。但是，可怜的王菊花就是找不到如意郎君，尽管老傅他们都说"谁也没你好"，这又怎样呢？寂寞而无奈的王菊花就这样身不由己地与老王走进了房间：

不知过了多久，老王一张脸色变得惨白，酒也醒了，因为他见到了床单上那片细弱的血印。

面对王菊花曾经的处女之身，守更人老王居然表达了莫名的厌恶。这个时代到底发生了什么呢？《菊花香》已经超越了我们谈论许久的"底层写作"，虽然写的是底层，是普通人，但关注的视角发生了根本性的变化。过去的这一题材大多注重生存困境，而难以走进这一群体的精神世界。《菊花香》对女工情感世界的关注，使这一作品在文学品格上焕然一新。

多年来，吴君一直关注普通人的日常生活，并在普通人的寻常日子里发现世道人心，或者说在日常生活中，是什么样的价值观支配着这个时代，支配了普通人的行为方式和情感方式。《幸福地图》中，水田村阿吉的父亲在外打工因工伤亡故，为了一笔赔偿金，王家上下鸡飞狗跳，从阿公到三弟兄、三妯娌明争暗斗、飞短流长。小说的叙事从一个一直被忽略的留守儿童阿吉的视角展开，这个不被关注的孩

子所看到的世间冷暖，是如此丑恶，伯伯、伯母们猥琐的生活和交往情景不堪入目。县长、村长和村民一起构成了王家生活情景的整体背景：

> 是啊，村里人不知多羡慕王屋呢。这回看明白了，工伤还是没有死人合算，没拖累，几十万。还了债，盖房子，讨老婆，供孩子上学全齐了。

另一个说：

> 也不是全都这样，是王屋人有头脑，大事情不乱阵脚。假使有一个不配合都骗不来这么多赔偿费，也不会这样圆满啊，现在王屋每个人都有份，那女人也无话可说，还把名声洗干净了。换了别人家你试试，除了犯傻，啥事也搞不清。

这些对话将"时代病"表达得非常充分，这就是水田村人的日常生活、内心向往和精神归属。那个憎恨"俗气"的阿叔曾是阿吉的全部寄托所在，她甚至爱上了自己的阿叔。但就是这个"憎恨"俗气的阿叔，同样是为了钱，变成了阿吉的新爸爸。当新婚的母亲和阿叔回到水田村并给她买回了"一件粉红色的小风衣"，另一只袖子还没等穿上的"阿吉便流了泪，下雨般，止不住"。吴君愤懑地抨击了当下的价值观，"拜金教"无处不在深入人心，难道这就是这个时代"幸福的地图"吗？不屑的恰恰是一个冷眼旁观的孩子，世道的险处只有她一目了然。那个自命不凡的阿叔的虚假面目，在阿吉的泪水中现出了原形。

在这些作品中，吴君不是以想象的方式书写"底层"生活，在她看来，底层人也有自己的快乐、思想空间、处理日常生活的智慧、观照问题的方式方法等。这些情景是想象不出来的，特别是那些具体的

生活细节，没有切身的体悟或经验，是无法编织的。这些作品所关注的人群和具体场景，表达了吴君以文学的方式观照世界的起点。无法否认，吴君接续了现代文学史上"左翼"的文学传统，但她发展了这个传统。她的"底层"不仅是书写的对象，同时也是批判的对象。在"左翼"文学那里，站在民众的立场上甚至比表达他们更重要，但在吴君这里不是这样。"底层"所传达和延续的民族劣根性、狭隘性、功利性和对欲望的想象等，是普遍人性的一部分，不因为他们身处"底层"就先天地获得了免疫力，也不因为他们处在"底层"就有了被批判的豁免权。在这个意义上，吴君的创作就是我所说的"新人民性"的文学。吴君曾自述说：

> ……一个写作者避开这一切去建立自己的文学空中楼阁，显然是需要勇气的。他要有对生活熟视无睹的勇气，对生活掩耳盗铃的勇气。这样讲，并不是说我喜欢完全的写实，喜欢对生活照搬，对自己以往的写作完全否定。
>
> 只能说，我走到这里了，我再也不能回避——用我的一孔之见来诠释生活，用我的偏执或者分解重整眼前的生活图形，是我此时此刻的想法。

吴君的这些说法好像是信誓旦旦，但在她的具体作品中，那些进入新文明的人们，其皈依的道路几乎没有尽头。进入都市，他们仿佛都有一脚踏空的感觉，在云里雾里不知所终。吴君的身份应该说不在这个群体之中，但她的目光、她关注的事务一刻也没有离开过这个群体。不是说吴君对底层兴致盎然、居高临下，而是说，在都市新文明崛起的过程中，吴君显然也遇到了内心真实的困惑和矛盾，她同样需要寻找心灵的皈依之地。与其说吴君从外部描摹了新文明中寻找生存和心灵皈依的人群，毋宁说那也是她内心惶惑的真实写照，而我们何

尝不是如此呢！这也正是吴君小说打动我们的要害所在。

吴君的故乡曾经产生过萧红这样伟大的作家。萧红后来也离开了那里，但在她的《生死场》《呼兰河传》等作品中，故乡原生的场景一刻也没有离她远去。那也是萧红寻找心灵皈依的一种方式。于是才有了鲁迅所说的"北方人民对于生的坚强，对于死的挣扎却往往已经力透纸背；女性作品的细致的观察和越轨的笔致，又增加了不少明丽和新鲜"。吴君是萧红的同乡，在她的作品中，我似乎也总能隐约读到萧红曾经书写过的情感和人物，我也相信她的创作具有广阔的前景。

日常生活中的光与影
——新世纪文学中的魏微

魏微的小说——特别是她的中、短篇小说,因其所能达到的思想的深刻性和艺术的疏异性,已经成为这个时代中国高端艺术的一部分。魏微取得的成就与她的小说天分有关,更与她艺术的自觉有关——她很少重复自己的写作,对自己艺术的变化总是怀有高远的期待。从1998年《乔治和一本书》开始,《在明孝陵乘凉》《情感一种》《夜色温柔》《姐姐和弟弟》《寻父记》《到远方去》《储小宝》一直到《大老郑的女人》《石头的暑假》《化妆》《家道》等,每篇小说都有变化。这个变化不仅是题材、结构或修辞,同时也包括小说内在的旋律、情绪色彩或声音等。这些变化就是感染我们的不同方式。

《化妆》是魏微的名篇,它一发表就好评如潮,连续获奖。从发表至今已经多年过去。在淘汰和遗忘不断加速的时代,一个作品能够经受五年的检验不是一件简单的事情,多年来我们忘记了多少作品已经不能记得,但我们记住的作品实在有限。《化妆》是我们记住的作品之一。多年后《化妆》不仅仍然经得住重读,而且可以判断它是多年来最好的短篇小说之一。《化妆》由3个跳跃式的段落结构而成:十年前,那个贫寒但"脑子里有光"的女大学生嘉丽,在一家中级人民法院实习期间爱上了"张科长"。张科长虽然稳重成熟,但相貌平平、两手空空,而且还是一个8岁孩子的父亲。但这都不妨碍嘉丽对他的爱，因为嘉丽爱的是"他的痛苦"——是"谁也不知晓的他的生命的一部分"。这个荒谬无望的不伦之恋表达了嘉丽的简单或涉世未深；然后是嘉丽的独处十年：她改变了身份——一家律师事务所的主人，改变了经济状况——可以开着黑色的奥迪"驰骋在通往乡间别墅的马路上"。一个光彩照人但并不快乐的嘉丽终于摆脱了张科长的阴影。但"已经过去的一页"突然被接续，张科长还是找到了嘉丽。于是小说在这里才真正开始：嘉丽并没有以"成功人士"的面目去见张科长，而是在旧货店买了一身破旧的装束，将自己"化装"成十年前的那个嘉丽。这个想法是小说的"眼"，没有这个化装就没有小说，一切就这样按照叙述人的旨意却又出人意料地在发展。前往会见的路上，世道人心开始昭示：路人侧目，暧昧过的熟人不能辨认，恶作剧地逃票，进入宾馆的尴尬，一切都是十年前的感觉，摆脱贫困的十年路程在瞬间折返到起点。我们曾耻于谈论的贫困，这个剥夺人的尊严、心情和自信的万恶之源，又回到了嘉丽的身上和感觉里。这个过程的叙述，魏微耐心而持久，因为于嘉丽说来它是切肤之痛。这些还不重要，重要的是当年的张科长，这个当年不能说没有真心爱过嘉丽的男人的出现，暴露的是这样一副丑陋的灵魂。嘉丽希望的同情、亲热哪怕是怜悯都没有，他竟然以貌取人地判断嘉丽十年来是靠卖淫度过的！这个本来还有些许浪漫的故事，这时被彻底粉碎。

在我的印象里，魏微似乎还没有如此残酷地讲述过故事，她温婉、怀旧和略有感伤的风格，特别有《城南旧事》的风韵，我非常喜欢她叙事的调子。但这一篇不同了。她赤裸裸地撕下了男性虚假的外衣，不是"爱你没商量"，而是"抽你没商量"。这个时代的世道人心啊！

现代文化研究表明，每个人的自我界定及生活方式，不是根据个人的愿望独立完成的，而是通过和其他人"对话"实现的。在"对

话"的过程中，那些给予我们健康语言和影响的人，被称为"意义的他者"，他们的爱和关切影响并深刻地造就了我们。我们是在别人或者社会的镜像中完成自我塑造的，那么，这个镜像是真实或合理的吗？张科长这个"他者"带给嘉丽的不是健康的语言和影响，恰恰是它的反面。嘉丽因为是一个"脑子里有光"的女性，是一个获得了独立思考能力和经济自立的女性，是她"脑子里的光"照射出了男人的虚伪和虚假。这个"对话"过程的残酷将会给嘉丽重大的影响，她的脑子里有光，那势利的男人还有光吗？如果说嘉丽是因为见张科长才去喜剧式地"化装"的话，那么，张科长却是一生都在悲剧式地"化装"，因为他的"妆"永无尽期。

小说看似写尽了贫困与女性的屈辱，但魏微在这里并不是叙述一个女性文学的话题，这是一个普遍性的问题，是一个关乎世道人心的大问题。在这个问题里，魏微讲述的是关于心的疼痛史和经验，她发现的是嘉丽的疼痛，但那是所有人在贫困时期的疼痛和经验。当然，小说不能回答所有的问题，就像嘉丽后来不贫困了但还是没有快乐。那我们到底需要什么呢？就是这个不能穷尽的问题才使我们需要文学并满怀期待。

读魏微的小说，总是怀着一种期待，她是能够给人期待的作家。特别是读她故乡记忆的小说，那种温婉如四月煦风拂面，如春雨无声润物。《姊妹》同样是一篇优秀的短篇小说，不同的是她温婉中亦隐含了一份凌厉。故事发生在"文革"期间，被称为三爷的许昌盛"是个正派人，他一生勤勤恳恳，为人老实厚道"。这样的人过的应该是循规蹈矩、波澜不惊的日子，与寻常百姓没有二致。但三爷许昌盛却不鸣则已、一鸣惊人：他居然一妻一妾，有两个老婆。

性格内敛并不张扬的许三爷，是和黄姓三娘结婚11年后才发现爱情的。他爱上了一个21岁的温姓姑娘。这个重大的事变与其说在家庭内部掀起了轩然大波，毋宁说改变了当事人的生存状态和性格：三爷婚后曾"破例变成了一个小碎嘴"，现在"嘴巴变紧了"；温和的黄三娘两年后才知情，她的第一个反应是"再也按捺不住了"，她不骂三爷，而是跑到院子里，把上上下下骂了一遭。"这次酣骂改变了三娘的一生，在由贤妻良母变成泼妇的过程中，她终于获得了自由，从此以后她不必再做什么贤妇了。"而温姓三娘当时如火如荼的爱经过两年之后，也"心灰意冷，她说，爱这东西，还有什么好说的呢"。时间改变了一切，但这个过程却一波三折、惊天动地。两个三娘有了正面冲突并不断升级之后，三爷逃之夭夭了。三爷的逃逸不仅没有平息这场争斗，反而加剧了争斗的激烈。温三娘公开参与寻找三爷的行动激怒了黄三娘，于是黄三娘带领娘家的兄弟找到了温三娘：

> 温姑娘坐在地上，她蓬头垢面，起先她也还手，后来她就不动了，任着三娘胡抓乱挠、拿指节在她的额头上敲得咚咚作响。温姑娘是那样的安静，偶尔她抬头看了一眼三娘，直把后者吓了一跳。她的神情是那样的坚定、有力量，充满了对对手的不屑和鄙夷。三娘模模糊糊也能意识到，这女人是和她干上了，从此以后，谁都别指望她会离开许昌盛。三娘突然一阵绝望，坐在地上号啕哭了起来。

在爱情这件事上，女性比男性决绝得多，男性惹上事情之后的不堪、卑微、猥琐，在三爷这里淋漓尽致地表达了出来。当三爷逃逸之后，事实上，三爷已经出局了，两个女人对他的不屑剥夺了一个男人最后的尊严。斗争只在两个女人之间展开。我惊异魏微对人物心理的把握和洞察：两个三娘这时都不在乎三爷了，而是彼此之间在心气和意气之间的斗争。温三娘没有名分，本来处于心理上的劣势，但此时的温三娘镇静无比：

是什么使温姑娘变得这样坚强，我们后来都认定，她的心里有恨——其时三娘正在四处活动，想把她告到牢里去，可是这么一来，很有可能就会牵连到许昌盛，三娘就有点拿不定主意了；温姑娘听了，也没有说什么，淡淡地笑了笑。我们不妨这样说，温姑娘的下半生已经撇开了三爷，她是为三娘而活的，事实证明她活得很好，她一改她年轻时的天真软弱，变得明晰冷静——她再也没有男人可以依靠，心里只有一个目标，那就是活着，要比黄脸婆更像个人样；随着小女儿的出生，她身上的担子重了许多，她在家门口开了间布店，后来她这店面越做越大，改革开放不久，她就成了我们城里最先富起来的人，当然这是后话了。

如果仅仅写两个三娘的争斗，小说还是爱恨情仇，并无新意，这样的世俗故事司空见惯。但后半部的转折使小说峰回路转、柳暗花明。可有可无的三爷死在 48 岁上。三爷的死使两个女人有了认识各自命运的可能，她们还是相互嫉恨、不能原谅。但在具体事情上，她们又无意间相互同情、怜悯、体贴，如温三娘的孩子受了欺负，黄三娘看见了不由自主地站在温三娘的孩子一边；温三娘念着黄三娘没有女孩，嘱咐自己的女孩要给黄三娘送终。她们都没有忘记对方是"仇人"，但在情感上又是五味杂陈、一言难尽。她们在三爷死后无意中见了一面。这一面使两个女人的内心发生了变化：

　　我们族人都说，两个女人大约就是从这一面起，互相有了同情，那是一种骨子里的对彼此的疼惜，就好像时间毁了她们的面容，也慢慢地消淡了她们的仇恨；我不太认同这种说法，我以为她们的关系可能更为复杂一些，她们的嫉恨从来不曾消失，她们的同情从开始就相伴而生，对了，我要说的其实是这两个女人的"同情"，在多年的战争中结下的、连她们自己都没有意识到的情谊；命运把她们绑在了一起，也不为什么，或许只是要测试一下她们的心里容量，测量一下她们阔大而狭窄的内心，到底能盛下人类的多少感情，现在你看到了，它几乎囊括了全部，那些千折百转、相克共生的感情，并不需要她们感知，就深深地种在了她们的心里。

小说写了两个女人不幸的人生，但小说不只是在外部书写她们永无天日的苦难，而是深入人物内心，在人性的复杂性上用尽笔力。两个女人的关系永远纠缠不清但又彼此依存。

如果从三爷这个角度看，也可以认为这是一篇相当"女性主义"的小说，它是一种"逆向"的性别书写：作为男性的许三爷，唯唯诺诺、小心翼翼，没有担当，没有责任，自己闯了祸最后的选择竟然是逃逸。与两个女性比较起来，他可怜到了可恨的地步。他早早地死去，在小说中也有一种被"放逐"的意味——他真的不重要了。而女性在这里就完全不同了。她们敢于捍卫自己的利益或爱情，没有名分也敢于将怀孕的身体招摇过市，男人死了也将"一日夫妻百日恩"演绎得撕心裂肺、感天撼地；为捍卫名分坚决拒绝了"妾"在葬礼上出现。女性的凛然、坦荡和义无反顾跃然纸上。但我并不认为这是一篇"女性主义"的小说。魏微在这里要表达的还是与人性相关的东西，特别是女性的爱恨交织、剪不断理还乱的情感、心理的复杂或微妙。家庭的破碎、身份的暧昧使两个女性度过了悲惨的时光，这应该是一个绝望的主题，但魏微让人心在绝处逢生，在绝望的尽头让我们看到了光。人心善恶的变化，以及没有永久的憎恨，没有不变的仇恨等，被魏微表达得真切而细微。她不急不躁、从容不迫、款款道来的叙述耐心，使她当之无愧地成为一个成熟的小说家。更值得注意的是，这是一个发生在"文革"时期的故事。但小说中，"文革"只是一个背景，那些大是大非并没有进入寻常百姓的日常生活。他们按照自己的

生活轨迹度过的也是不平常的岁月，但这个不平常只与情感、人性的全部复杂性相关。

  魏微这些年来声誉日隆。她的小说逐渐形成了可以识别的魏微式个人叙述和修辞风格。她的小说温暖而节制，款款道来不露声色。在自然流畅的叙述中打开的似乎是陈年老酒，味道醇美不事张扬，和颜悦色沁人心脾。读魏微的小说，酷似读林海音的《城南旧事》，有点怀旧略有感伤，但那里流淌着一种很温婉高贵的文化气息，看似平常却像高山雪冠。《家道》是近来颇受好评的小说。许多官场小说都是正面写官场的升降沉浮，都是男人间的权力争斗或男女间的肉体搏斗。但《家道》却写了官场后面家属的命运。这个与官场若即若离的关系群体，在过去是"一人得道鸡犬升天"，如果官运不济，官宦人家便有"家道败落"的慨叹，家道破落就是重回生活的起点。当下社会虽然不至于克隆过去的官宦家族命运，但历史终究还是断了骨头连着筋。《家道》中父亲许光明原本是一个中学教师，生活也太平。后来因写得一手好文章，鬼使神差地当上了市委秘书，官运亨通，还做了财政局长。做了官，家里便门庭若市、车水马龙，母亲便也彻底感受了什么是荣华富贵的味道。但父亲因受贿入狱，母亲便也彻底体会了"家道败落"和作为"贱民"的滋味。如果小说仅仅写了家道的荣华或败落，也没什么值得称奇。值得注意的是，魏微在家道沉浮过程中对世道人心的展示或描摹，对当事人母亲和叙述人对世态炎凉的深切体悟和喟叹。其间对母子关系、夫妻关系、婆媳关系、母女关系及邻里关系，或是有意或是不经意的描绘或点染，都给人一种惊雷裂石的震撼。文字的力量在貌似平淡中如峻岭耸立。小说对母亲荣华时的自得、败落后的自强，既有市民气又能伸能屈、审时度势性格的塑造，给人深刻的印象。她一个人从头做起，最后进入了"富裕阶层"。但经历了家道起落沉浮之后的母亲，没有当年的欣喜或得意，她甚至觉得有些"委顿"。

还值得圈点的是小说议论的段落。如奶奶死后，叙述者感慨道："很多年后我还想，母子可能是世界上最奇怪的一种男女关系，那是一种可以致命的关系，深究起来，这关系的悠远深重是能叫人窒息的；相比之下，父女之间远不及这等情谊，夫妻就更别提了。"如果没有对人伦亲情关系的深刻认知，这种议论无从说起。但有些议论就值得商榷了，落难后的母女与穷人百姓为邻，但那些穷人"从不把我们当作贪官的妻女，他们心中没有官禄的概念。我们穷了，他们不嫌弃；我们富了，他们不巴结逢迎；他们是把我们当作人待的。他们从来不以道德的眼光看我们——他们是把我们当作人看了。说到他们，我即忍不住热泪盈眶；说到他们，我甚至敢动用'人民'这个字眼。"这种议论很像早期的林道静或柔石《二月》里的陶岚，且不说有浓重的小"布尔乔亚"的味道，也透露出作家毕竟涉世未深。

魏微曾自述说："我喜欢写日常生活，它代表了小说的细部，小说这东西，说到底还是具体的、可触摸的，所以细部的描写就显得格外重要。当然并不是所有的'日常'都能够进入我的视野，大部分的日常我可以做到视而不见，我只写我愿意看到的'日常'，那就是人物身上的诗性、丰富性、复杂性，它们通过'日常'绽放出光彩。"[①]这就是魏微的目光或心灵所及。她看到的日常生活不是"新写实"小说中的卑微麻木，也不是"底层写作"中想象的苦难。她的日常生活，艰难但温暖，低微但有尊严，尤其那古旧如小城般的色调，略有"小资"但没有造作。魏微对生活复杂性和丰富性的发现，使她的"日常"有了新的味道和体悟——她看到了日常生活中的光与影。

[①] 魏微：《让"日常"绽放光彩》，《信息时报》2005年2月28日。

历史、主体性与局限的魅力
——评鲁敏的小说创作

关于20世纪70年代作家与历史的关系,似乎已经作为一个问题被反复提及。普遍的看法是,这是处于历史夹缝中的一代人:他们既没有五六十年代出生的作家那样有明确的历史记忆,也不像"80后"作家没有任何历史感。这个看法是否成立还需要讨论或证实。在我看来,关于任何代际的总体性评价都是可疑的,这就如同黑格尔、卢卡奇关于历史的总体性理论受到质疑一样,在历史发展越来越呈现出不确定性的时候,历史跃出了总体性的把握业已成为共识。如果是这样的话,那么怀疑70年代作家缺乏历史意识的判断也同样是可以被怀疑的,特别是对具体作家而言。

现在,我要评论的鲁敏,就是70年代出生的作家。近年来,鲁敏的小说创作声誉日隆,特别是她的中、短篇小说。在"文学已死"或"向死而生"的各种议论中,鲁敏固执己见、不为所动,她坚持要接近或靠近她希望得到和看到的东西。于是,就有了她百余万字的小说创作。在鲁敏的中、短篇小说创作中,历史是一个隐约可见的线索或参照:它似乎不那么明确,但从来不曾消失。它像幽灵一样若隐若现又无处不在。于是,历史对于鲁敏来说,因神秘而挥之不去,小心翼翼又兴致盎然。《白围脖》可以看作鲁敏的成名作,也可以看作一篇关于欲望的叙事:人物自身的欲望、叙事者窥探人性的欲望。人世

间最隐秘的角落撕开了面纱，一切就这样赤裸裸地暴露在光天化日之下。世风代变，曾经有过的刻骨铭心，在今天完全成了没有责任的身体大战。对人性的揭示，也是对世风的不屑：人的内心深处竟如此龌龊不堪。在"恶"的意义上，鲁敏把人是看到骨子里了：再也没有隐秘，再也没有隐痛。在这部小说里，婚外情就如同社会查贪官，不查则已，查谁谁有问题。崔波、忆宁、王刚、崔波太太都是如此，甚至母亲也在偷偷地看黄碟。一个情欲泛滥的时代、一个身体空前解放的时代，就这样在鲁敏的笔下被残酷又真实地呈现出来：无须回避，没有歉疚，相互报复、破釜沉舟，一切都可以随心所欲、登峰造极，可以不计后果，因为没有后果，每个人都是施加者也是承受者。

但是，这也是一个隐约地向父亲致敬的文本，是情感倾斜于父亲的小说。父亲的时代毕竟还有情天恨海，有义无反顾和刻骨铭心的情义。母亲是受害者，但她的不值得同情不是因为她应该受到伤害，而是因为她的虚伪：她对丈夫和性事的虚伪，对女儿和道德的虚伪。小说在人心最隐秘的角落展开，把世间最私密的东西撕破了给人看。但这里没有快意，只有"暗疾"。父亲/母亲是历史的表意符号，但被小说放逐的父亲更具历史意味，遥远的往事因他的缺席显得更斑驳和迷离，他对"小兔子"致命诱惑的犹疑、矛盾，以及"案发"之后"屡教不改"的决绝，不仅表达了那个时代真诚的"愚钝"和情感方式，同时也使后来忆宁们的肉体搏斗显得索然无味。母亲同样也意味着"过去"，但岁月使她更像是一个历史的"遗民"。如果说父亲的离去是戛然而止、恰到好处的话，那么母亲则因长久的孤寂而举止变态，使她成为一个名实相副的、卑琐的多余人。在这里，鲁敏无意识地摆脱了"历史崇拜"的羁绊，而没有成为一个危险的"怀旧病"患者。

《墙上的父亲》可以理解为一个恋父的故事。有趣的是，这也是一个缺席而又无处不在的父亲。从他被挂在墙上的那一刻起，他的历

史就已经停止，他成了女儿们只可想象而难以亲近的遥远存在，就像一个幻觉。他就那样在墙上注视着妻女们的庸常生活。小说对日常琐屑的生活无比厌倦，但在精细的细节叙述中似乎又表达了作家深切的迷恋。柴米油盐、婚配嫁娶、家长里短，将庸常无比的生活在真实犀利甚至尖刻的话语叙述中彻底撕裂。但唯有父亲不能遗忘，他那难以复原的历史如影随形，在与现实的比较中神秘而久远。

在鲁敏的许多小说中，都有意无意地接触到诸如"文革"、赤脚医生、老三篇、欢呼最高指示等历史事件。这些事件鲁敏不曾经历，在现实中也已了无痕迹，但鲁敏还是兴致盎然地一再触摸，她难以深入其间又欲罢不能。于是，历史对鲁敏来说，就像一个经久不息的未了心愿、一个挥之不去的巨大情结。

在鲁敏的小说创作中，对人性"暗疾"有过长久的关注，这曾是她顽强探索的重要主题。对人性"暗疾"的文学兴趣，使她对此穷追不舍、不依不饶。《暗疾》将最寻常生活中普通人琐屑不堪的日子和卑微的希望淋漓尽致地书写出来。小说的细节荒诞而夸张，父亲"神经性呕吐"一触即发，姨婆对"大便"的关注乐此不疲，母亲对"记账"兴致盎然，小梅的"退货强迫症"一直延续到婚礼等，每个人都有"暗疾"，它的普遍性构成了生活的整体荒诞。这是先锋文学的遗风流韵。

值得注意的是，这些"暗疾"不是抽象的，鲁敏对其描述得细致耐心又刻薄："父亲总在最不该呕吐的时候突然发作，比如，梅小梅带同学回家聚会，在商场挑选彩电，送外地亲戚赶火车。好好的，父亲突然捂起嘴，快速地跑向最近的卫生间或马路边的大树下，黄褐色的汁液等不及地从他的指缝间流出，他不得不就近蹲下来，姿势难看地用手把着门框或路牙子，把头尽量地往前伸，像个晕车的人那样孱弱地呕吐。"

母亲"清晨从早市回到家，她总坐在光线不足的小客厅里，一样样

仔细回忆：菜秧，1.5，尾骨肉，9.3，生姜，0.8，洗衣粉，8.9……若是去了超市，收银条儿上的明细也要加以抄录……接着，她会计算出当天的用度总和，再算出与总钱数之差，填在最后一栏，相当于会计账里的'余额'，她把小钱包翻出来，纸上的余额与钱包里的钱数一碰。平了。她心满意足，面呈安详之色。一天最完美的开始"。

更荒诞的是婆姨对大便的持久兴趣，她甚至可以和客人像讨论其他问题一样讨论大便的次数和时间。但小说温和中有锋芒，庸常中有节操，姨婆、父亲、母亲、梅小梅等，呼之欲出、跃然纸上。结尾处，在小梅溢满幸福的婚礼上，突然晴空响雷，炸碎了精心铺陈的所有琐屑和无聊：小梅要求和坚守的底线还是不可洞穿或出让的。

像《取景器》《跟陌生人说话》等作品，都对人性中不堪或幽暗的角落做了痛快淋漓的揭露或批判。在《取景器》中，无论在怎样的角度上艺术地再现"人物"、表达情感，鲁敏仍然不能掩饰她对人类特有的精神现象的失望："我知道几乎所有的男人、包括一部分女人，都认为爱情必定要跟性有关，性，可如明镜鉴忠心、如烈火烹热油。可是，人是多么古怪而不知惜福的动物，爱情这种活动，它只适合走上坡路，比如，向肉体走去，却永远抵达不了。肉体关系，在情爱之中，就相当于最高点，只要抵达彼处，肯定的，事情就必然要往下走了。神秘感、追慕心，一切都将如盐入水，渐次化于无形，最终消逝了。"

即使像《墙上的父亲》这样的作品，也仍然流露出作家惯性的笔致：

> 王薇爱吃。这爱好由来已久，或许从父亲去世时就开始了，那几年，家里确乎惨淡，伙食比较粗陋，她反倒对"吃"一事兴趣异常，有股子"抢"的劲头，就算是稀饭搭咸菜，她嘴里手里忙着，两只眼睛同时还在小菜碟子和别人碗里转来转去，生怕给漏了什么好东西……家里没有零食，她馋起来，照样四处翻箱倒

柜，恨不能掘地三尺。二年级那年，有一次，不意竟真给她发现半瓶红酒，不知谁留下的，也不知放了多久，她尝了一口，甜津津的嘛，就偷偷喝起来，等晚上母亲发现，她已小脸微红，快活而迟钝，笑嘻嘻地听任母亲骂她。

事实上，这人性丑陋的一面，正因被不断遮蔽而疯狂生长。但鲁敏在书写这些生活中人们无意识的表达时，不是"原生态"的呈现或欣赏，而是被视为一种精神"疼痛的历史"。如果只存在于一部作品中，可以看作偶然事件。但在多部作品中反复出现，同样也构成了鲁敏的一种历史表达，那幽暗的色调和宣泄般的冷眼，本身就蕴含在历史之中。因此，这不是消极的文学，它的内驱力是批判性的，是鲁敏的"底层的批判"，是"哀其不幸，怒其不争"的民族劣根性批判的当代延续。

当然，这只是鲁敏小说创作中的一部分。对这一"类型"的创作，她后来检讨说：

>我这几年的阅读与写作，有一个渐变的轨迹。在创作初期，由于从小的阅读经验，我对西方式的叙事手法、结构处理、探索性等较为迷恋，体现在创作中，则是对人性中浑浊下沉的部分非常敏感，喜欢穷追不舍，看世间为人为事，如何失信、失德、失真，力图写得惟妙惟肖、不依不饶，似乎那种刻薄与刺刀见红便是功德圆满的写作。但这几年，可能是年岁渐长，我对中国的传统情怀越来越珍重了，那来自民间的贫瘠、圆通、谦卑、悲悯，那么弱小又那么宽大，让我无法摆脱。这体现在我的创作上，题材与风格都略有变化。因为我发现，人性风景中，既有浑浊下沉，则必有明亮与宽容，何不眷顾于后者？想到一个寓言故事：狂风与太阳，都想剥了农夫的衣衫，一个是劲吹，一个是暖照，

到最后，反是太阳得胜。所谓恶与善，几可比之于狂风与太阳，如果真想有所图谋，真不若选择一轮暖暖之日。①

作家是创作的主体，对创作方向的修正是作家主体性的一部分。同样是社会生活或心理经验，但当作家转换了视角或方式之后，另外一种"生活"或景象就被建构起来。这些寄托了作家"心目中'温柔敦厚'的乡土情怀"的作品，是指鲁敏新近创作的《颠倒的时光》《逝者的恩泽》《思无邪》《风月剪》《纸醉》等一批"东坝"背景的小说。东坝既是一个虚构之地，也是作家心中的"原乡"。它缥缈又切实，虚幻又真切。在鲁敏的主体思想中，它是一个既可想象亦曾经验的精神故乡。在现代性的过程中，东坝古老的文化精神正在遭受来自都市文化的羞辱，但东坝却没有放逐文化精神，它仍然弥漫在东坝的街巷、田间、土地和空气里。于是，同样是民间生活，过去那密不透风的丑陋和卑微逐渐隐去了，我们在乡间或小镇看到的是另一种情形和人物：这是没有怨恨、没有敌意、没有琐屑不堪，是只有善与亲和的乡土中国。

《思无邪》几乎是一篇平静如水的小说，真正的人物只有兰小和宝来。兰小是痴呆，宝来是聋哑。聋哑照料痴呆，难以想象会发生什么故事。但鲁敏在最细微的想象中，通过宝来的视觉和嗅觉，将一个人的友善无比生动地刻画出来。超乎想象的是，即使是聋哑和痴呆，对人的生理需求仍能无师自通。18岁的宝来终于让37岁的兰小怀孕了。突如其来的事件沉重地打击了兰小年迈的父母，但他们并没有指责宝来。短暂的愁绪很快被喜悦替代，他们真心想成全两个不幸的人。但一切未果，兰小因大出血死去了。值得注意的是，鲁敏在这个

---

① 《文学报》：《我，我们的，文学人生——"青创会"部分与会代表感言》，《文学报》2007年11月16日。

有些残酷的故事里，通过细节表达了宝来超越俗世的大爱。即使是一个聋哑人，在他的情感世界里，仍然有挥之不去的寄托或归宿。而那一切，与世俗世界的标准没有关系。

《逝者的恩泽》是一部浪漫的小镇故事，在别人终结的地方成为鲁敏的起点；它是对当下世风的有意对抗，是化腐朽为神奇的奇妙想象。她在有意略去了一些场景和情景的同时，构建了另外一种文化，尽管是一种新乌托邦文化。我们不得不承认，在社会各种文本的书写中，有一种强大的、难以抗拒的压抑力量，这就是关于性的欲望表达。"小蜜""二奶""网聊""婚外恋""一夜情"等，在夸张的叙述中已经建立了关于性的文化政治。在当下中国，似乎再也没有比肉体欲望更重要的东西。我们都知道，在这些表达中，关于男女、关于性，和情感、和爱情再也没有关系。《逝者的恩泽》潜藏了这样的社会生活内容：那个已经死去的男人陈寅冬，曾因常年在新疆修铁路，与维吾尔族姑娘古丽同居。但是，这不是小说的主旨所在。小说奇崛的想象、苦涩凄婉的浪漫情调，无论是趣味还是内在品格，在当下的中篇小说中都可谓是不可多得的上品。小说可以概括为"两个半男人和三女人的故事"。那个不在场者但又无处不在的"逝者"，是一个重要的人物，一切都因他而起；小镇上一个风流倜傥、有文化、有教养的男人，被两个年龄不同的女性所喜爱，但良缘难结；一个8岁的男孩达吾提，"闻香识女人"，只因患有严重的眼疾。女人一个是"逝者"陈寅冬的原配妻子红嫂，一个是他们的女儿青青，还有一个就是"逝者"的"二房"——新疆修路时的同居者古丽。这些人物独特关系的构成，就足以使《逝者的恩泽》成为一篇险象环生、重峦叠嶂的作品。值得注意的是，这些通俗文学常见的元素，在鲁敏这里并没有演绎为爱恨情仇的通俗小说。恰恰相反，小说以完全合理、了无痕迹的方式表达了所有人的情与爱，表达了本应仇怨却超越了世俗伦理的至善与大爱。红嫂对古丽的接纳，古丽对青青恋情的大度呵护与关爱，青青对小男孩达吾提的亲情，红嫂宁愿放弃自己乳腺疾病的治疗而坚持医治达吾提的眼疾；古丽原本知道陈寅冬给红嫂的汇款，但她从未提起等，使东坝这个虚构的小镇充满了人间的暖意和阳光。在普通生活里，那些原本是孽债或仇怨的事物，在鲁敏这里以至善和宽容做了新的想象和处理。普通人内心的高贵使腐朽化为神奇，我们就这样在唏嘘不已、感慨万端中经历了鲁敏的化险为夷、绝处逢生。这种浪漫和凄婉的故事、这种理想主义的文学在当下的文学潮流中有如空谷足音。

《颠倒的时光》里的木舟——一个木讷诚实的乡下人，专事劳作，为人善良。第一道瓜最能卖上价钱，他却分送给乡亲们几百斤；乡下人不洗澡，年前他却开放了大棚，让乡亲们喜气洋洋、清清爽爽地过年。他不知道还价，瓜卖不上价钱时也不沮丧。一个随遇而安的本分人。凤子，一个勤劳单纯的乡间妇女，心无旁骛地和木舟劳作。但是，鲁敏将现代性进程以乡土中国为代价的悲怆，镶嵌于传统中国男耕女织的太平景象，在不动声色中书写了传统中国最后的温良敦厚，在致敬中也表达了深切的无奈和凄婉。

在我看来，鲁敏至今最成功和值得称道的，还是《纸醉》和《镜中姐妹》两部作品。《纸醉》的情节在年轻人的"心事"上展开，在没有碰撞中碰撞，在无声中潮起潮落。时有惊涛裂岸，时如微风扶柳。面对哑女开音，大元的一曲笛声、小元的几个故事，都是项庄舞剑、意在沛公。在寻常的日子里，笔底生出万丈波澜。最后，还是"现代"改变了淳朴、厚道、礼仪等乡村伦理，乡村中国小情小景的美妙温馨，在大世界的巨变面前几乎不堪一击而轰然倒塌。当然，鲁敏还不是一个纯粹的"乡村乌托邦"的守护者。她对乡村的至善至美还是有怀疑的，开音的变化，使东坝的土地失去了最后的温柔和诗意。小叙事在大叙事面前一定溃不成军。就作品而言，我欣赏的还是鲁敏对细节的捕捉能力，一个动作或一个情境，人物的性格特征就勾勒了出来。大元爱着开音，他的笛声是献给开音的，但是，大元总是"等开音低下头去剪纸了，他才悄悄地拿出笛子，又怕太近了扎着开音的耳朵，总站到离开音比较远的一个角落里，侧过身子，嘴唇撅住了，身子长长地吸一口气，鼓起来，再一点点慢慢瘪下去。吹得那个脆而软呀，七弯八转的，像不知哪儿来的春风在一阵一阵抚弄着柳絮。外面若有人经过，都要停下，失神地听上半晌"。

小元也爱着开音，但他心性高远，志气磅礴，上了高中以后，"小元现在说话，学生腔重了，还有些县城的风味，比如，一句话的最后一个两个字，总是含糊着吞到肚子里去的，听上去有点懒洋洋的，意犹未尽的意思。并且，在一些长句子里，他会夹杂着几个陌生的词，是普通话，像一段布料上织着金线，特别引人注意。总之，高中二年级的小元，他现在说话的气象，比之伊老师，真可谓出于蓝而胜于蓝了，大家都喜欢听他说话，感到一种扑面而来的'知识'"。这些生动的细节，显示了鲁敏对东坝生活和人物的熟悉，她的敏锐和洞察力令人叹为观止。

《镜中姐妹》是鲁敏写于2005年的作品。它是一部典型的成长小说，张家五姐妹生活在同一个环境，但不同的心理和性格造就了她们不同的心路历程和生活景况。社会的影响远远大于家庭的影响，没有人可以脱离社会环境。在时代的交叉口上，她们命运竟是如此不同。

大概很少有人意识到，几乎所有的孩子都是和自己的同代人一起成长的。那个时代的家长并不真正了解自己的孩子。即使是今天的那些独生子女们，又有多少家长真的了解他们？《镜中姐妹》中最让人感动的是大双、小双的姐妹情谊。她们朦胧地共同爱上了一个高年级同学，这是她们共同拥有的秘密。这个秘密使她们的情谊不能言说又无可替代。不谙世事的孩子们没有能力处理这个突然来临、不期而遇的青春事件。终于,当"发卡"出现之后,决绝的小双选择了死亡:她要把发卡和那个男生一起留给大双。这个悲剧远远超出了姐妹情谊,它是人类面对爱情时至今无法解开的难题。小双那纯洁、幼稚的选择不是拒绝而是放弃,是送给大双的幸福祝愿。也只有情窦初开的朦胧爱情才有如此的诗意,就像烟雨中的荷莲,隐约盛开的是让人心碎的爱意。也唯有这样的情怀,才有决绝的小双,才有亲自将发卡戴在小双头上的大双。这无声也无比感人的一幕,是鲁敏献给我们的关于爱情的神话。

但我同时不能不指出的是,鲁敏在结构小说时的"模式化"。如《白围脖》《墙上的父亲》《逝者的恩泽》等,都有一个死去的"父亲",他们虽然在作品中功能和作用不同,但在小说结构方式上却如出一辙;再如《镜中姐妹》和《思无邪》的高潮,都是人物的死亡。小双被大双别上发卡,兰小的尸体被宝来在棺木中放平,是两部小说最感人的地方。但在处理方式上是一回事情。先于故事死去的"父亲"和在故事中死去的人物,虽然是两种不同的"放逐"方式,但在本质上并没有区别。因此,当鲁敏对自己的"主体性"选择深怀自信的时候,她也踏上了一条自己设定的"模式化"思路。她那"顿悟"式的自白确实别有新意,但也挖了一个"主题先行"的陷阱。虽然她拥有了新的写作视角和资源,但结构的同一性中暗示了危机的存在。

即使如此,我仍然高度评价鲁敏已经完成的小说创作。她的小说是没有任何英雄气味的小说,她在平白如水的日常生活里,耐心地寻找着新的文学元素。事实上,越是我们熟悉的生活越是具有挑战性,而最难构成小说的,恰恰是对生活的正面书写。就像在戏剧舞台上,反面人物容易生动,正面人物更难塑造。如果说,鲁敏前期小说穷追不舍地深究人性的"沉浊",专注于人性的幽暗,接续的是启蒙主义和现代主义文学传统的话,那么,鲁敏"转型"之后,执意发掘人间的友善和暖意,承继的则是沈从文、孙犁、汪曾祺的文学传统。人物的复杂性和丰富性为一种相对单一或单纯的倾向所取代,这也许是一种局限,但这一局限同样放射着迷人的魅力。特别是在恶贯满盈、欲望横流的文学人物无处不在的时代,鲁敏的具有浓重浪漫主义特征的文学人物,就具有了文学史的意义:她重建了关于"底层生活"的知识和价值,提供了另外一种我们不曾经验的民间生活。她对这种生活的体认,也从一个方面修正或弥补了当下"底层写作"苦难深重的"绝望文化"带来的极端化问题。正是在这样的意义上,2007年的鲁敏,是一个重要的文学人物。

信河街上的"反谱系"写作

——评哲贵的"信河街系列"小说

哲贵是当下风头正健的青年作家。他先后出版过《金属心》《信河街传奇》《施耐德的一日三餐》小说集及长篇小说《迷路》等。应该说哲贵的小说产量并不高。但是,就这为数不多的小说作品,使哲贵在文坛声名鹊起、炙手可热。他应该是"70后"作家中被关注和讨论最多的作家之一。哲贵之所以能够在当下的文学环境中异军突起,在我看来,最重要的是他改写了一个司空见惯、耳熟能详的社会观念及文学本质化书写的传统。这就是对商人"为富不仁""无商不奸""商人重利轻别离""唯利是图""钱权交易""钱色交易"等成见的改写。在哲贵之前,对商人那种本质化的观念预设已经被普遍接受。因此,古今中外的文学作品,凡与商人有关的形象大多不怎么样,更遑论可爱了:莎士比亚笔下的夏洛克、莫里哀笔下的阿拉贡、巴尔扎克笔下的葛朗台、果戈理笔下的泼留希金等,几乎穷尽了守财奴的嘴脸;中国古代文学经典中的著名人物西门庆,在《水浒传》中还只是一个恶霸、富商、官僚,但到了《金瓶梅》中,西门庆不仅是一个以经商为生敛财发家的"为富不仁"者,更重要的是他因金钱而膨胀的对女性占有的无边欲望。商人形象的不堪和最后的悲惨结局,几乎是文学作品一以贯之的"谱系"关系。这一观念不是没有道理,特别是在阶级论盛行的时代,"钱"成为一个与道德相关的概念。但有趣的

是，一方面，人们痛恨并批判"金钱"的罪恶；另一方面，金钱又成为这个时代最具支配力、最让人神往的东西。

应该说，在资本主义萌芽过程中，商人不择手段地对利益的攫取和各种欲望的膨胀是不争的事实。但是，在这样一个"不争"的事实里，同样隐含商人的商业活动对推动人类历史走向现代文明的巨大价值和作用。当然，这是一个历史学家或社会学家思考的问题。而文学在"征用"商人这一符号时却先在地赋予了它既定的含义。哲贵的小说既没有传承这一社会观念和文学谱系，当然也没有刻意反其道而行之。他有自己的世界观和打量世道人心的眼光，他是以"不怀偏见"的心态书写了信河街上的富人们的。

朱麦克是一个常年"住酒店的人"。这个风度翩翩的成功人士是一个40岁出头的中年男子。他有良好的个人生活习惯，也经常不乏自恋地将自己"脱得精光站在镜子前，侧着身打量自己，镜子里的身材匀称，笔直，身上的皮肤白里透红，细腻，光滑，纹路清晰，没有明显的瑕疵，几乎是一件完美的艺术品"。而且他为人低调，无论住店还是开车，从未奢求过分。这样一个几近完美的男人，按照一般的思路，"艳体想象"将是朱麦克故事无可逃脱的路向。但是，哲贵却在他险象环生甚至只差一步之遥的边界止步。朱麦克既没有和酒店老板的女儿柯巴绿顺水推舟，也没有与美女记者佟尼娅两情相悦。他曾应邀去看望离婚后在南国开酒吧的佟尼娅，但最后也只是在自己的房间里望着坐在酒吧门口的佟尼娅而终未走上前去。朱麦克又回到了他的酒店，"他发现不安的心这时突然安静了下来"。这就是哲贵式的人物处理方式，在哲贵看来，朱麦克规则之外的男女之事，或许只可想象而不可经验；《住酒店的人》表达了人性的诗意是可以超越男欢女爱的。所以哲贵说："我所有小说的主题都跟探寻自我有关。""不管是穷人还是富人，我写我的理解和希望，以及理想。"

《陈列室》是一个悲苦的情感故事：情侣保健用品厂的老板魏松与朋友许大游的表妹林小叶一见钟情。半年后林小叶不辞而别去了加拿大。十年后，经历了两次失败婚姻的林小叶又回到了信河街。盲目结婚的魏松重新唤醒了当年的"味觉"和感觉：林小叶身上的"牛奶味"和自己尚未发达时用自行车驮林小叶的情景，又如诗如画地映现在魏松的眼前。两人在宾馆相见，在一个私密的空间里又都是有过男女经验的人，情形可想而知。但是，事情却在一个边缘地带戛然而止，他们没有发生床上的故事。林小叶又回加拿大了。故事的感人之处也是两人各自天涯处。林小叶独处时用的是魏松的产品，而魏松所有的"塑料女人"都是按照林小叶的形象设计的。两人各在对方心中。魏松与朱麦克，是哲贵理解的成功人士的另一面。

对成功人士的诗意想象和书写，是哲贵小说的一个方面。另一方面，哲贵也从更复杂和多样的角度书写了这个阶层的精神乱象和困境。《雕塑》是哲贵的名篇。小说就三个人物：唐小河、董丽娜和徐娅。唐小河和董丽娜是夫妻，徐娅是董丽娜的同学。徐娅因董丽娜介绍给唐小河学习雕塑而建立起了三人关系。这是一个典型的"三角关系"，这个关系为后来故事奠定了无尽的可能性。但哲贵没有走艳俗路线，而是在马桶经营过程中，镶嵌进了一个男性与职业相关的无意识行为。三人起初是合作关系，倒闭后各行其是，唐小河与董丽娜创办了马桶品牌"痛快"，后在市场大行其道；徐娅用"盗版"方式同样获得了市场成功。这些故事如果没有后来的叙事将平淡如水。有趣的是，唐小河也用仿造的方式鼓励妻子董丽娜"装修"身体，董丽娜也乐此不疲。但是，这一人体"装修"背后隐含的无尽寓意及夫妻间的心腹事，却令人挥之难去。

《金属心》是哲贵重要的小说之一。霍科有先天的心脏病，他因此难以实现当乒乓球运动员的理想。霍科"炒楼盘"致富后去英国换

了一颗金属心脏,但并没有为他带来新生。他不仅依然不能打乒乓球,不能沐浴,而且也没有改善与妻子苏妮娜的关系。周边人尔虞我诈的交易更使霍科身心俱疲。霍科的"起死回生"是遇到了盖丽丽之后。霍科不仅在盖丽丽那里以幻象的方式实现了自己压抑已久的乒乓球梦想,更重要的是他获得了久违的爱情。爱情使他那颗趋于冰冷的心重新勃动起来,重新有了温度。此外,哲贵的《走投无路》《跑路》《空心人》《牛腩面》《责任人》等,都书写了富人阶层不为人知的烦恼、麻烦和各种纠结。因此李敬泽说,哲贵小说的"人物有了苦恼,这种苦恼是双重的:一重是苦恼本身,另一重是,苦恼于不知道这苦恼是怎么回事,在他们的观念和词语中,没有为这苦恼做出准备,留出位置。虽然作为读者的我们通常会轻易地看出,他们的苦恼无非就是,生命意义何在?人生是否另有可能"。此言甚是。

当然,哲贵的笔下的信河街也不都是成功人士。如《安慰》中黄乾丰的父亲因一场大火赔付客户而"倾家荡产",他无论外形还是气质,都像废墟一样"都消沉着,都在慢慢地沉寂下去"。他唯一的寄托或面子,就是儿子黄乾丰能够在武会上夺取胜利。"我"——黄徒手和黄乾丰的最后争斗难分高下,但同时获得了冠军。当黄乾丰将奖牌递给他爸爸时,"他爸爸的手抖了一下,好像要抓,又停下来了。但是,我看见了他爸爸又直又硬的眼神,很快就柔和了下来。慢慢地,他的眼睛红了起来,眼珠子也跟着亮了起来"。黄徒手父亲亲传黄乾丰武术,他没有什么大义凛然的豪言壮语,但他用心良苦;黄徒手不如意时虽然备感委屈,但一个少年的善良感人至深。这些人物让我们看到了哲贵对人性书写的水准达到怎样的深度和高度。

另一方面,哲贵的小说几乎都有寓言性质。如《倒时差》,这个时差与物理时间有关,与地球两侧的黑白颠倒有关,但小说的寓意显然不在物理时间这里,而是对情感与资产"时差"的颠倒,"情感"

与"资产"同是欲望范畴却有着极其不同的社会与文学内涵；还有，哲贵对气味的敏感是他小说的一大特征。各种气味散发在不同人物的身上，气味与人的性格、气质和情怀互为表里，使小说有了一种别有的气息的同时，也使气味具有了隐喻性质；而他反复出现的人物如黄徒手、某某"尼娅"等，也使"信河街"上的人物以"仿真"的形式出现在我们面前。

如何理解和书写今天的成功人士和富人，看法历来不一，即使今天仍然壁垒分明。陈应松说："我讨厌城市、富人，有着华丽居所的电影和小说，我认为他们的所有表演都是矫情的。他们的痛苦极不真实，他们神经质、变态、令人恶心。只有农民和小人物的感情才是真实的，他们的痛苦优美无比，幸福催人泪下。"之所以有这种比较绝对或偏激的看法，陈氏自己分析说："我之所以如此，可能与我的生活，我出生在乡下有极大的关系。这也许是一种写作的宿命吧。""我虽然走了很远，但没有走出我的内心，没有走出我坚持的东西，我依然一如既往，热爱农民和下等人，也就是说，热爱我童年接触到的一切，热爱我的阶级。"[①] 陈应松的表达自有他的道理，他按照自己的逻辑确实也写出了很好的小说。在一个观念多元化的时代，重要的也许不在于作家表达了怎样的观念，关键是他对自己的表达是否真的怀有诚意。

哲贵说："2006年，我开始有意识创作'信河街系列小说'时，并没有考虑她属于城市文学还是乡土文学，但有两点已非常明确：一，信河街是地理意义上的一个名称，泛指一条街道、一个社区、一座有浓郁特点的城市甚至是一个飞速膨胀的国家，也就是说，她从地理概念上属于城市。二，我要描写和刻画的是一个从事商业活动的成功群体，这些人被称为时代英雄，而我要探讨的是这些英雄生活背后

---

① 陈应松：《松鸦为什么鸣叫·后记》，长江文艺出版社2005年版。

所要面对的巨大精神问题。"这不仅与哲贵的自我期许有关,同时也与他的生活环境和经历有关:

> 我生在温州,长在温州,我亲眼看着这三十多年来温州的飞速发展,我亲眼看着我身边的一批朋友成为百万、千万甚至亿万富翁,我知道他们是怎么富起来的,在很多时候,我其实也参与其中,我知道他们所有快乐,他们的快乐其实在很多时候也是我的快乐。我跟他们没有隔阂。但是,这些都是表面的现象。普天下的人都知道温州人有钱,知道温州富翁多,温州的别墅多,而且贵。可是,谁看见温州的富翁们的哭泣了?没有。谁知道温州的富翁们为什么哭泣?不知道。谁知道他们的精神世界里装着的是什么?也不知道。但是,我知道他们的人生出了问题,他们的精神世界也出了问题。这个问题是他们的,也是我们的,可能是中国的,也可能是全人类的。因为谁都知道,这几十年来,中国发生了什么,改变了什么。这些改变,首先体现在这些富人身上。我想,作为一个土生土长的温州人,一个写作者,我有责任把我的视角伸到他们的精神世界里,把我的发现告诉给世人。所以,起码在这一阶段,我的写作视角会一直关注这个领域,当然,我以后的写作视角会拓宽,但对富人阶层精神的探究依然会是我的保留节目。[①]

哲贵对成功人士或富人阶层的"逆向"或"反谱系"写作,不仅是一种观念,同时也是一种胆识。他敢于以同情、悲悯的心情去书写这一阶层的苦恼、混乱乃至疼痛,以平实、温婉但也正面强攻的姿态面对过去的阶级论或流行的"仇富心理",显然是有充分准备的。

但是,我稍有疑问的是,当哲贵书写这个阶层当下的时候,他有

[①] 哲贵:《身份迁徙与心灵蜕变——我对城市文学的理解》,《当代作家评论》2014年第5期。

意略去了这个阶层的"前史",而他们所有的精神层面的问题,是否也与这个"前史"有关呢?如果哲贵表达的一切都是合理的,那么,我们将如何理解过去曾经建构起来的历史呢?除了观念层面的问题外,我也觉得哲贵的小说在语言方面还需要进一步考究,他常有缺乏表现力的语言出现,行文还略显随意。如果哲贵有能力在观念层面回答这些问题,并在语言方面再精致些,他的文学前途我们完全有理由怀有更高的期待。

幻灭处的惨伤与悲悯

——评蔡东的小说

蔡东是"80后"作家，同时也是"传统"作家。蔡东生于20世纪80年代，但她和那些通过网络迅速蹿红并所向披靡的作家判然有别。蔡东是一位仍然坚持"传统"写作的"80后"作家。这一选择自有蔡东的教育背景和精神依据。在不到十年或间或中断的创作中，蔡东作品的数量非常有限。但是，就在这数量不多的小说创作中，蔡东体现出了年轻一代作家新的风貌和特点。我们都了解，当白话文学发展到今天，要想在这个领域脱颖而出是何等艰难，更何况当下的文化语境更意属"快感文化"而并不欣赏真正的作家。但是，蔡东的小说像一缕文学的炊烟在清晨的田野袅袅升起、弥漫四方，然后幻灭在大地与天空之间。她写的是人间烟火，是人间无尽的矛盾、忧伤、艰难、跋涉、隐忍、委屈及无奈；她对女性命运和生活处境有新的理解和书写；她发现了这个时代仍有"多余人"的存在。她的小说是在别人结束的地方重新开始；她的慧眼发现了诸多的"不可能"。更重要的是，她以悲悯的情怀发现了幻灭处的惨伤，并将这惨伤在险象环生中书写得"灿烂逼人"。这当然得益于她的文学素养、得益于她对古今中外小说的学习和吸纳，她注意讲述者和小说节奏、张弛的关系。这就是蔡东的小说。

一 悲情女性的幻灭与重生

百年来,中国特殊的历史语境决定了文学的悲情多于欢乐,特别是女性形象。因此,像《祝福》中的祥林嫂、《明天》中的单四嫂、《二月》中的文嫂等女性形象,集中地表达了那个时代女性的生存境况和精神地位。她们逆来顺受,无助无奈,悲惨的一生只为注释一生的悲剧。她们已经成为那个时代的文学经典形象。蔡东小说中多有类似这些人物的形象。如《往生》中的康莲,《断指》中的余建英,《无岸》中的柳萍等。这些人物是在现代经典作品结束的地方出发,是用一种极端化的方式写出了生活的"不可能性"。这些人物一出现几乎就陷入绝境:《往生》的开篇便是"老头的躯体,康莲越来越熟悉了,此刻已不再慌乱,也没有了羞耻。她低下头,尿骚味喷了她一头脸,热扑扑的。裤裆晾开了,老头惬意地扭动身体,她虎起脸喊着别动,撕拉一声把纸尿裤扯下来。这会儿,不愿看也看得很清楚,老头胯下褐色的一嘟噜,软塌塌地垂落着"。这个瘫痪的老头是康莲的公公,伺候老头的康莲是儿媳。在传统观念中,公公与儿媳的接触是最为忌讳的。将公爹命名为"公公",从一个方面隐喻了公爹与儿媳的关系。但是,已经60多岁的康莲必须用这种方式与80多岁的公爹接触。康莲一出场就陷于万劫不复的"幻灭"或绝望中。她不仅要被痴呆的公爹一会儿喊"娘",一会儿喊"姐",一日三餐外出遛弯,而且还要亲自动手抠出老头肛门里石头般的粪球。老头摔了一跤,大胯粉碎性骨折后,康莲的日子雪上加霜。疲惫不堪的康莲被信徒们发现并劝诱其"信主"或"信佛",康莲谢绝了信徒们的好意却也意外地与"一个特

别的词语"不期而遇,那个词语"深深打动了她。那个词叫'往生',死亡的另一种说法,却穿透深重的黑暗,击破内心的绝望,用缤纷美妙替代陌生可怖,是动感的、充满希望、无比美好的起点,令康莲灵魂出窍,神往不已"。于是,"往生"这个词便成了康莲与公爹关系的文化信念。然而康莲却先于公爹撒手人寰。小说中的康莲处在极端悲苦的境地,但在幻灭中康莲实现了文学人物的重生。康莲的善良和坚忍是在幻灭中实现的。康莲是普通人,她也有疲惫、厌倦、不得已的计较。但"往生"的信念平复了康莲的巨大焦虑,她惨伤的生活就此放射出了博大和人性的异彩。

《断指》中的余建英"是循着血迹"出场的:自家办的"鸿运"颗粒厂出了大事:余建英亲姑舅姊妹秀俊的孩子小芬的右手在填料时,不慎扎段了四根手指。而且一根完整的手指也没有找到,骨头渣子和肉末都掺到废料里了。小芬的事故引起的后果不难想象。但是,更重要的是小说讲述的余建英的悲苦命运。内退后的余建英发现了丈夫的婚外情,并且因"风流有价"亏欠了单位 20 余万元。余建英凑齐丈夫欠款使其免了牢狱之灾。为了还清债款办了颗粒厂却祸不单行。于是,余建英步入了不见天日的悲情之旅——她要顾及厂里的生产、要照顾断指的外甥女。更糟糕的是在痛失母亲后,亲姑舅姊妹秀俊将自己告上了法庭。法庭有自己的规则,倾向小芬也在情理之中。但关键时刻,合伙人二妹建珍为了撇清自己把余建英推上了前台,秀俊开口要求赔偿 30 万元。最后,经过法庭判决折合,余建英赔偿两万余元才结束了这场官司。

小说情节复杂多变,多有出人意料之处。但更可圈可点的是蔡东对余建英性格的刻画。余建英是一个老大学毕业生,但又是一个心地慈善的女性:

这些日子,余建英晚上总失眠,睡着了也容易惊醒,有一次，居然是哭醒的。醒来时，高力强正在身边抓耳挠腮呢，看样子是想推醒她又不敢。一看她醒了，他慌乱地搂住她的肩膀。余建英胸口一暖，把下巴抵在丈夫的后背上，笑了。跟许多健忘的女人一样，余建英也忘了，忘了他寻欢作乐时的嘴脸，忘了他其实是一切厄运的祸根。她总在心底为丈夫辩解，他有时把握不住自己，但心地确实不坏，他不能吃苦受累，但场面上的事应付自如绝非窝囊男人，他现在体态略微发福，但年轻时也器宇轩昂过。高力强出去鬼混的事，余建英始终瞒着儿子高树，女人这辈子的福气，一半修男人，一半修孩子，高树就是余建英的福气。小伙子长得人如其名，挺拔英气，身板直直的，面目的线条刚毅而倔强，这样的男孩会让女人想起自己的初恋。家里四处借债时，她一边宽慰儿子，家里能供得起你上学，一边为丈夫遮掩，你爸投资生意失败了，你爸不容易，要多体谅他。

无助无望的余建英此时想着的还是这个既无用又惹是生非的丈夫。更值得注意的是：

> 还清赔偿后，余建英总被一个问题纠缠着，假如秀俊一家不告，让她完全凭良心，她还会不会掏出这些钱来？
> 未必。至少没有绝对的把握。
> 本来，她心里有些恨秀俊，恨她绝情，说告就告了。现在看来，秀俊母女与其赌她有良心，还不如自己挣扎几下。余建英忧郁地承认，别说她赔给小芬的钱不多，哪怕她给小芬搬来一座金山，也换不来小芬完满的一生。她的耳边总响起一个声音，分明是她自己的声音：余建英，你罪孽深重，这辈子都不清白了！

一个悲情的妻子、一个敢于自我拷问的悲苦的知识分子形象就这样矗立在我们面前。

《无岸》讲述的也是生活中的寻常事："45 岁这年的一个晚上，柳萍宣告自己的人生失败。茶几上放着一张入学通知书，来自全美排名第 53 位的普渡大学，通知书带来的幸福很快幻灭，与之相伴而来的，是五万美元的学费。"除此之外还有四年两百万元的花销及"攒了半辈子的钱，忽然全没了。人生不但归零，居然还出现了负数"的恐惧与空虚。人生到了这般境地的柳萍，"掩饰住慌乱，没叫苦，也没发脾气"。尽管气概不凡，但现实需要的是解决的办法。于是，柳萍同样开始了她漫长的苦难历程。她要申请周转房，理由是卖掉房子供女儿留学。但现实哪里是为柳萍准备的，她不仅尝尽了自取其辱甚至"受辱训练"的滋味，而且一事无成。蔡东写尽了一个知识分子无处诉说的苦楚，生活竟是如此脆弱，没有尽头的悲凉感一如万劫不复的深渊——这就是无岸。

三位不同的女性，她们面对的是不同的生活场景，但相同的都是让她们身心俱疲的生存和精神处境：困境面前各怀心事的家人、利益面前分崩离析的亲戚及不断恶化的社会环境和世道人心。女性的担当和悲苦是蔡东讲述的基本故事，她们真正的苦难是"不能说，没法说"。蔡东的这一发现，使她有能力走进这些人物的内心深处，并感同身受地怀有巨大的同情和悲悯。如果没有这一情怀的照耀，这些悲苦的女性形象也就沦为前期"底层写作"的苦难叙事。有了这样的情怀，才有了她们幻灭后的重生和人物形象的光彩照人。

二 "多余人"的再发现

"多余人"的人物形象，是世界文学普遍关注的现象，法国的"局外人"、英国的"漂泊者"、俄国的"床上的废物"、日本的"逃遁者"、现代中国的"零余者"、美国的"遁世少年"等。这些人物生不逢时,他们不被主流社会认同。他们不同于古代中国的魏晋风骨、晚明世风,而是主动或自觉地边缘化。他们姿态各异,相同的是一事无成、百无一用。蔡东称这些人为"失意的中年男人"。

《净尘山》中的张亭轩,一听名字就儒雅有古风。他还没有出场,太太劳玉忆当年说:

> 教曲儿的时候,你爸穿松身的白色麻纱上衣,前襟绣着细细的银色竹叶,裤子是拷绸,烟灰色,那颜色真显干净。你爸站起来,像一绺轻雾升起,坐下去,是慢慢卷起的一幅水墨画。他端坐在讲台上,一把素折扇,一枚鹿角扳指,一板三眼地拍曲。
>
> 你爸最喜欢《孽海记》的《思凡》一折,他倒吸一口气,小尼姑年方二八,寂寞有多长,"二"字拖得就有多长,声音化成了水流出来,一滴连着一滴,叫人听得心里直哆嗦,不敢打断,也不忍打断。末了一个滑腔,这音马上要断的时候,又放一点精华出来。独角戏难唱,上来就要把观众勾住了,吸紧了。

但张亭轩显然是一个背时的人物。他只会坐而论道,喝茶、唱戏,讲究生活品位,做派雅致。母亲虽然表面如此欣赏丈夫张亭轩,但在接待女婿潘舒墨时终还是露了真情。当女儿倩女毫不掩饰地夸耀"舒墨很有才情,兴趣又广泛,全身都是文艺细胞。他连手指都那么漂亮,会吹笛子,会画山水,对了,还会变魔术。他聪明着呢,下棋一下就是一天,连饭都不吃"时,母亲讥诮地说:"呵,这一身的本领,能出名吗,能变现吗?"她又板着脸问:"除了会吹笛子,会变魔术,你会做家务吗?"张亭轩虽然斥责妻子"荒腔走板,太失礼了",但当然明白这是"准女婿""代自己受过"。这时的张亭轩是彻底失败了——他不仅被社会所拒绝,同时也被相濡以沫大半生的夫人看得一

文不值。

《无岸》中童家羽，40岁时开始练瑜伽，他的处世哲学是四字真言："无欲则刚。"但是，当柳萍要卖房子供女儿读书、向学校申请周转房时，他荒唐地想出让柳萍接受他"温馨而励志的家庭游戏"，进而提升为"情商口才培训课"的招数。他极端可笑地正襟危坐："既是演员，也是导演，不住地提点：委婉，平和，女性美，软和话，别敏感，和风拂面，如沐春风，面带微笑，柔化处理，仔细揣摩，小心应对，听之任之，唾面自干……"但是，面对难以应对的社会，童家羽的"无欲则刚"显然是虚饰的。那是一个由修辞构成的、不堪一击的、虚拟的避难所。他真实的想法是："我希望自己在精子阶段就被淘汰，我希望游向卵子的那个不是我，我要是没被生下来该有多好。"一个男人到了如此境地，其内心的悲凉可想而知。

《木兰辞》中的陈江流，是职专教绘画的教师，也是个"在家修行的居士"。无意间结识了"月下草庐"茶社主人邵琴。这是一个做派优雅、气定神闲犹如"杜诗颜字，正统，耐读，格律严谨，稳重端方"的女人。只一次吃蟹的聚会，就彻底征服了陈江流的早已枯萎的心神，与自己为了职称和俗世功名的妻子李燕比较起来高下立判。但是，他不知道这个邵琴只是一个包装出来的民办学校招生办的人，也是一个精于经营的茶叶商人。陈江流是以想象的方式与邵琴交往并获得某种满足的。他对世俗生活和功名利禄的厌倦，使他在精神上找到了一个可以临时寄托的驿站。当妻子李燕再也没有能力鼓动陈江流"奋进"的时候，她发现"陈江流的奋斗之火彻底熄灭。他早已不喜欢认识陌生人、拓展新关系了，如今更是躲着人躲着事，对什么都提不起兴趣来，早晨起来脸也不洗，直接就坐在电脑前。李燕细细一琢磨，心也冷了。这世界一个萝卜一个坑，可往哪里堆放他呢"，结果还是在俗世生活的妻子李燕找到邵琴，使陈江流这个"名士"摆脱了失业危机。

张亭轩、童家羽、陈江流作为这个时代的"多余人",是他们的价值观使然。一个人是否能够进入社会,重要的是要获得"通行证"。这个"通行证"就是对主流价值观的认同。能够在多大程度上进入社会,取决于一个人在多大程度上认同主流价值观。这就是"承认的政治"。这三个人的"失意"或不被认同,重要的是他们首先拒绝了主流社会的价值观。但是,这里更重要的是讲述者的姿态。在小说的叙述中,讲述者不仅没有排斥、厌恶这些"多余人",甚至还多有欣赏。这也正如蔡东自述的那样:这些人"跟在强大霸道的政经秩序中成长、懂得服软、一出道就一脸世故相的年轻人相比,他们身上闪烁过理想主义的星光,有一种拒绝的力量:我不干,或我不需要。可惜,在一个失却多样性的窄门里,在一个扭曲的价值体系中,他们未获认同,自己的秤砣又不够分量,摇摇晃晃地,双手互搏着,终至于自己消灭了自己。我无法去谴责哪一个,人已经够苦了,每一个人都值得作家心疼和原谅"(蔡东:《当写作来到我生命时》手稿)。不仅对这些失意者如此,即使是对装扮成优雅的邵琴,她也多怀有恻隐之心:"实际上,从古到今,女性的伪装何曾消失过?伪装坚强,伪装成泼妇,直到真把自己活成男人。再往深处想,尘世中的红男绿女,谁不是在扮演另外一个人?和自己毫不相干的一个人。社会各个阶层对邵琴的倾慕,不过是缘木求鱼,但反过来想,惊慌失措的我们,平庸恶俗的我们,是否从未放弃过对闲情逸致和传统贵族生活的敬重?是否明知有诈,明知会幻灭,也不惮于全身心地亲近拥抱,甘之若饴地上这个当。"(出处同上)如果是这样的话,当蔡东以欣赏的态度塑造她这几位"多余人"的时候,当然也隐含了作家自己的价值观。因为悲悯,此时的蔡东站在高处。

三 小说的节奏、张弛与问题

蔡东小说的讲述方法，是她小说整体构思的一部分。一篇小说是否具有文学性或艺术性，与讲述方法是不能分开的。小说是语言的艺术，也是叙事的艺术；小说讲述的人与事，是在一定的时间范畴内展开或完成的，这一点它与音乐有相似性，在一定时间范畴里讲述的人与事，就需要急缓、张弛的节奏变化。小说叙事节奏的变化，本质上是为了与读者建立更为恰当的讲述与倾听的关系，同时也隐含作家内在的情感需求。蔡东在小说节奏的处理和掌控上，有很好的体会和经验。

《净尘山》开篇是母亲劳玉回忆与父亲相识相爱的过程，母亲沉浸在意犹未尽的享受中，还在余音袅袅的时候，讲述者悄然将焦点从劳玉那里转移到女儿倩女这里：

> 世界变了，梧桐和青鸟的生命，气若游丝地在字面意义上延续，已是一缕余绪。梅雨柔韧，从未过气，每年由虚构步入现实，遮天蔽日，连月不开，将现代世界笼罩在它古典婉曲的气质里。恍惚间，张倩女觉得，天上的雨是一直没停。连串的爱情传奇像莹亮的雨珠，渐渐濡湿了她的心。27岁的梅雨之夕，父亲偏觉地摇着素纸扇，用一出出浓情缱绻的折子戏，注释着爱情亘古不变的魔力。艳丽的红尘卷轴在她眼前妖冶地铺展，她的心思，一下子活泛起来了。

这一转折犹如一个停顿，让读者一顿一惊，暂时疏离劳玉的讲述,也为倩女的出现埋下了伏笔。然后挥洒开去,讲述一家三口的微妙关系。类似的"闲笔"有如水墨画的留白,有了"闲笔"才有峰回路转、跌宕起伏。现代小说"形而上"的韵味才有可能得以体现。

《断指》虽然有"底层写作"的遗风流韵,余建英的苦难接踵而来:丈夫不忠且因情人而欠下公司巨额债务、办厂还债时小芬出事、小芬折磨刁难、秀俊告上法庭等,余建英几乎没有退路。这应该是一篇大开大阖、一泻千里的故事,但讲述者仍能掌控节奏,不至于使小说如脱缰野马、汪洋恣肆。比如,当余建英发现丈夫出轨,恼羞成怒很可能丧失理性,但这时的讲述者却突然放缓了情节的推进速度:

> 那个叫陶蓓的女人据说乃江南佳丽,余建英看了她和丈夫的合照后,断言江南佳丽的说法是造谣。江南小镇连名字都起得清雅出尘,绝对不会生养这种肉感十足其俗在骨的女人。在余建英看来,陶蓓有两大特征,一是肥,二是俗。照片上的陶蓓,蒜头鼻,包子脸,额际垂下两绺鲜黄的卷发,眼部化着烟熏妆,像刚被人胖揍过一顿。再看她那身装扮,黑色绣金线的连衣裙,V形领几乎开到了肚皮,领上还镶着一圈白毛毛。女人陶蓓几乎聚集了恶俗的全部元素,能有什么独特魅力呢?她纳闷。也许这就叫野草闲花蓬春生,当时当令。

这个"其俗在骨"的女人并没有出场,她并不重要,但这多少有些"妖魔化"的描述,让读者也舒了一口气,并且对此事的后果了然于心。

蔡东小说在节奏掌控上的精彩之处随处可见。她云卷云舒般紧拉慢唱,不温不火一咏三叹,对小说的理解确实有自己真切的体会。这是蔡东小说好的方面。但是,作为一个青年作家,蔡东的创作显然也存有一定的问题。问题是,蔡东的小说每一篇单独看,都是非常优秀的作品，特别是对悲情女性形象、"失意者"形象的塑造，正如上述分析的那样。但是，中、短篇小说最难经受的考验，就是集中起来阅读。蔡东的小说当然也面临这样的问题。结构上的重复是蔡东小说突出的问题：三个女性——《往生》中的康莲，《断指》中的余建英，《无岸》中的柳萍，出场时都是悲苦不堪，或是面对瘫痪公爹越陷越深的泥淖，或是意外事故的纠纷，或是人到中年面对社会的一筹莫展。这一方面实现了蔡东"深究人生之苦"的创作初衷，同时也陷入了一个结构性的重复；另一方面，蔡东的小说时常可以看到飞翔的东西，特别是对那些略有颓废的"失意者"的塑造，他们身上凝聚着真正的文学性。他们都多少带有"竹林七贤""晚明世风"的味道。原因就在于他们与现实的关系不那么密切。在这样的空间里才有可能实现作家的虚构和想象。但是，蔡东小说更多的还是与现实的关系过于靠近。写实性或纪实性仍是蔡东小说的主要特点。我们当然希望作家能够反映切近的现实生活，尽可能表现这个时代的风情风貌。但是，如何处理现实与文学的关系，我们大概还没有透彻地解决。因此，这个问题不仅仅是蔡东个人的问题，它应该是所有与文学有关的人的共同困惑。

还有一个问题不免踌躇：蔡东风华正茂，但她很少写青春的小说。唯一见到的《天堂口》，也是一部让人感到委屈、郁闷、沮丧或溃不成军的"青春"景况。她年纪轻轻，更多关心的却是人的悲苦、生死、命运的问题。是什么原因让一个青年过早地远离了青春，或者对青春如此讳莫如深？这一点愿与蔡东一起思考。但是，我可以肯定的是，蔡东是我们这个时代真正可以期待的文学新力量，而且她是如此健康。

精神"黑洞"和它的讲述者

——评娜彧的小说

都市文学的兴起，是近年来带有症候性的文学潮流，也是当下中国社会生活变迁的必然反映。但是，在都市的一切都处在不明或不确定的当下，我们所看到的都市文学当然也五色杂陈、乱花迷眼，我们看到的是都市生活的不同面相、不同层面和更加不同的各色人等。虽然我们还没有形成自己独特的都市文化经验和文学经验，但是，通过这些作品，也使我们对中国都市生活的"当下性"及都市人的精神、心理状态有了了解和认识的可能。如果是这样的话，那么，凡是与都市生活有关的作品，我们都可以认为是参与了当下都市文化或文学经验的建构，他们的创作都值得我们认真对待。

现在我要谈论的是娜彧的小说。娜彧一直生活在现代大都市南京，并有东洋西洋的生活经验。都市生活的切实体验和宽广的现代文化视野，使娜彧的小说在同类题材的作品中卓尔不群。我们很难准确地指认娜彧究竟书写了一个怎样的都市，抑或娜彧是怎样理解当下都市精神生活的。如果可以形容的话，在我看来，娜彧关注或寻找的，是别人不曾意识或注意到的精神"黑洞"，或者说，那个看不见、摸不着的"黑洞"究竟是什么？这显然是一个难题。关于宇宙的黑洞，有资料曾这样讲述了它的恐怖：一艘巨大的宇宙飞船正在黑暗深邃的太空中疾驰前行，四周一片宁静。突然，飞船里所有的东西，包括飞船本身都旋转了起来，越来越快，越来越急。而在飞船外面，无数不知名的物体猛烈而又频繁地撞击着飞船。飞船里一片混乱，宇航员与外界的一切联系中断。宇航员面面相觑，不知发生了什么事。但这仅仅是噩梦的开始，很快，飞船似乎被一种令人恐怖的超强大力量包围起来了，无形的力量肆意蹂躏着飞船，将它压扁又拉长。紧接着，飞船被解体，被粉碎，与周围的宇宙物质混合在一起，似乎被吸入一个无形的旋涡，正在向一个令人恐怖的万丈深渊陷落……这场恐怖悲剧的制造者就是黑洞。黑洞是宇宙中最奇怪、最神秘的物体。由于质量极其集中，它的引力场非常大，在其周围形成了一个极强的旋涡，任何靠近它的物质都会被统统吸进去，然后被牢牢地囚禁在里面，甚至连光线也被它强大的引力拉回洞里无法逃脱。因此，黑洞是宇宙中吞噬万物的恶魔，是任何物质陷进去再也逃不出来的无底深渊。

都市生活当然没有这样恐怖。但娜彧小说中人物的精神状况却与宇宙的黑洞有某种相似的情况。都市在没有节制地膨胀，原有的矛盾和问题进一步凸显：能源短缺、就业困难、污染严重、人们对医疗和教育怨声载道。但是，都市仍在不停地吸纳无数的人。都市的原有居民感到了挤压，新的外来人群举步维艰。这些社会问题文学不能解决，但它改变了人的生存和心理环境，同时为文学提供了新的资源和新的可能。娜彧的小说与这一背景并构成直接关系，它的小说基本是在人的精神或心理层面展开的，她着意刻画、揭示或表达的，是当下青年一代风雨飘摇的内心世界，是他们欲罢不能、归宿难寻、无所适从的茫然和迷惘。如果是这样的话，那么我们可以说，娜彧的小说创作在某种程度上接续了20世纪80年代现代主义的文学传统，接受了存在主义的精神馈赠。作为潮流的现代主义文学虽然已经成为过去，但是，现代主义文学曾经揭示、呈现的关于人的惶惑、迷惘甚至反抗的精神状态和内心要求不仅依然存在，甚至在某些方面比80年代更

加普遍和激烈。娜彧显然发现或感受到了这一精神现象的存在，因此，以极端化的方式表达这一精神现象，显然是娜彧刻意为之的。

娜彧的成名作应该是《薄如蝉翼》。这应该是一部展示当代虚无主义的小说范本：作家"我"、凉子、叶理、郑列、钟书鹏等人物，无论是闲得无所事事还是忙得焦头烂额，都心里空空没有着落。男女性事是他们之间的主要关系，"我"的前男友是凉子现任男友，我的现任男友又和他朋友的女友上床。这些人处理的主要事务就是床上的事务。主要人物凉子应该是20世纪80年代先锋小说式的人物，她的基本存在状态似乎只在讲述与身体有关的故事，"做爱"是她毫不避讳挂在嘴上的词，她不只是话语实践，而是切实的身体实践。她最后还是死于做爱之后，理由是"做完了以后发现更没意思"。凉子的这一结论令人震惊无比。我们知道，现代主义文学叙事一直与身体有密切关系，吸毒、性交、群交、滥交曾是现代主义文学和行为艺术的拿手好戏。即使在80年代的中国，《绿化树》《荒山之恋》《锦绣谷之恋》一直到90年代的《废都》《白鹿原》等，也一直视身体解放为"现代"或"先锋"，或是精神世界沦陷之后自我确认的方式。"女性主义文学"在这方面更不甘示弱，其大胆和张扬有过之而无不及。当这一切都成为过去之后，由凉子宣布其实"更没意思"，确实意味深长。虚无主义至此可以说达到了登峰造极。当然，这一现象早已构成症候，如吴玄的《同居》《陌生人》、王小菊的《我是王小菊》等作品，都不同程度地揭示了这一当下的精神现象。虚无主义的再度流行，是这个时代精神危机的重要表征。《渐行渐远》应该是《薄如蝉翼》的续篇。小说从凉子之死写起，然后迅速改变了方向："我"的男友叶理与凉子很早就在日本交往了，而且竟然有12年之久。12年里，两人的故事不能说不感人，其间发乎情止乎礼的克制和友爱，已几近19世纪的浪漫小说。但是，从小说开头凉子的"殉什么也不能

殉情啊"的宣言,到最后"我"梦醒之后"的确什么都没有"的确证,我们发现,小说还是在虚无主义的世界展开并结束的。值得注意的是,在《渐行渐远》中,娜彧为人物提供了虚无主义世界观形成的土壤——一个在异国他乡谋生存的女孩,经历的生存景况大体可以想象。有这样刻骨铭心经历的女孩,还会有别的价值选择吗?即使男人叶理,他所面对的现实生活是:"我去的时候那叫个前程似锦啊,飞机飞到了天上,感觉自己多么伟大,未来多么美好。用你的话说,那叫理想对吧?可是只过了半年,我他妈的想到理想之类的词就觉得自己幼稚,我完全沦落到了以打工挣钱为目的的境地。我开始后悔,我的父母一生的积蓄我凭什么毫不犹豫地就交到了我完全不认识的人手里?我为什么要把钱交给他们还要受他们的气?很长的一段时间里,我感觉自己像一个大傻逼,被人欺骗既不敢声张又不甘心的大傻逼。你在日本看到新闻里那些杀人的、骗钱的中国留学生,可恶吧?不,一点也不可恶,他们跟我一样准是后悔了,但是他们比我有血气,他们不想让人白白地欺侮,他们要拿回自己应得的。谁过得好好的想着去杀人骗钱?"因此,娜彧小说的虚无主义是有内在逻辑和现实依据的。

情爱与身体是娜彧基本的叙事对象。《广场》写的是一对恩爱夫妻丈夫乔阳的背叛。妻子谢文婷不会想到修改了回家时间的丈夫居然被自己无意间发现。她去医院的路上路过广场时发现:

> 有一对情侣,相拥着正向门外走去。谢文婷的眼睛随着他们移动,确切地说,谢文婷的眼睛是随着那个西装革履的男人移动。她眼睛越睁越大,然后她不由自主地站了起来,她往车厢前门走。那对情侣出现在光天化日下的时候,谢文婷看得非常清楚了,那是乔阳,她的丈夫。乔阳搂着一个小鸟依人的时尚女人,两个人同时坐进了一辆出租车的后排。

这个场景足以让妻子轰然崩溃。但小说并没有沿着这一艳俗路线行走。谢文婷声色不动地找了一个陌生男人，就在乔阳偷情的房间以同样的方式报复了丈夫。

这对夫妻不应该是这样的，回想热恋时期：

> 一对对的情侣在长椅上忘情地拥抱接吻。那里面曾经有一对是她和乔阳，他们不是一般地有感情，他们是一见钟情。谢文婷说，我是败家MM；乔阳说，那我就造两个家，一个家让你败，一个家让你爱。谢文婷说，我脾气不好；乔阳说，我脾气好啊。谢文婷一直以为自己是最幸福的，她在这种幸福里慢慢地转化成了一个不败家脾气好的女人的时候，却失去了幸福。

妻子谢文婷那颗滴血的心因报复获得了"风和日丽"的一天。但是，她的风和日丽真的会波澜不惊、一望无际吗？

《钥匙》里的"我"是一个已经25岁的女子，因为酒店就餐时的一只苍蝇与体面的男友分了手。而在接受医院检查是否怀孕时，与一个名为三郎的男医生产生了喜忧参半的感情，同时也扮演了第三者。重要的是两人交往时，三郎浅薄和自以为是的优越，使"我"是否接受三郎还是莫衷一是、犹疑不决，但她又确实需要他的抚慰甚至依靠。这是一篇非常女性化的小说，这里的人物与凉子的披头散发、破马张飞已全然不同。但是，殊途同归，他们以不同的方式沦陷在风雨飘摇的精神黑洞中。那个"我淹没其中，找不到岸"的凄厉告白，显然不止于爱情领域。《我在迈阿密》讲述的是一位在读博士生的情感生活。这个无论个人还是家庭都相当优越的"我"，却无所事事没有进取动力。他目光所及或兴致盎然的事物还是男女之事。如一个名曰孙不言的人搬到宿舍后，讲述他与女朋友的故事是：

> 我们每天做三次爱，早中晚各一次，有时候还不止。孙不言

说他老婆相当敏感，碰一碰身体就软。他这样说的时候，一般都是我们已经上床了，有人会突然骂上一句：操！但是，孙不言并不停下来，也不会问骂谁，他从来不挑起事端，只挑起话题。孙不言会继续说下去，说好女人一定要在床上好，就像他的女朋友。好像他的女朋友非常宠爱他，他每个晚上跟她做爱，然后含着她的乳房入睡。

"我"的多余人角色一览无余，最后当然也一事无成。娜或的小说写到这个层面，可以说对人物而言世间已没有秘密，但是，一个巨大的隐秘却构成了所有人的难题：他们难以逾越的精神障碍究竟是什么？他们为什么屡屡受挫？为什么一直难以收获希望？

于是，这就是我们要讨论的另一个问题：关于"精神黑洞"的讲述者。不是因为小说被普遍认为是作者的自传，我们就指认娜或小说中的人物等同于她自己，但我们可以说她的小说就是她某一时期的精神自传，这应该是没有问题的。如果是这样的话，那么娜或作为小说的讲述者，她表达的还是她以及她所理解的一代人的精神困境。近十年前，胡学文写完《命案高悬》后谈到自己的这部作品时说："乡村这个词一度与贫困联系在一起。今天，它已发生了细微却坚硬的变化。贫依然存在，但已退到次要位置，困则显得尤为突出。困惑、困苦、困难。尽你的想象，不管穷到什么程度，总能适应，这种适应能力似乎与生俱来。面对困则没有抵御与适应能力，所以困是可怕的，在困面前，乡村茫然而无序。"① 胡学文在这里谈论的是当代乡村的困境，既有生存困境也有精神困境，他的所指是非常具体的。但娜或讲述的对象不在这个层面上，她的人物基本没有生存方面的困扰，即使是有些为难也是一时的。他们更多的时候应该是衣食无忧甚至非常优越。但

---

① 胡学文：《高悬的镜子》，《北京文学·中篇小说月报》2006年第8期。

是，他们都不快乐，在精神或心灵世界都遭遇了巨大的困惑。他们难以在生活中获得自我确认，与他们相关的唯一故事就是身体叙事。这当然是一个非常符号化的表达，如果将他们的身体叙事置换为其他行为方式，他们在精神领域仍然难以获得自我救赎。娜彧表达的这一精神状况是存在的，她虽然不似 20 世纪 80 年代的刘索拉、徐星、刘西鸿等作家表达得那样激烈，那样具有反抗性，是因为 80 年代的现代派文学还有反抗、斗争的对象。而到了娜彧的时代，他们甚至连反抗的对象都难以确认，没有人知道这个困境是怎样造成的，因为他们今天处在一个"无物之阵"。正是这个"无物之阵"形成了今天巨大的"精神黑洞"。

娜彧曾经这样表达过她对个人小说的看法，她的小说"跟我的生活经验几乎没有关系，那里面不管是《钥匙》里因为喜欢而抗拒三郎的'我'，还是《薄如蝉翼》里迷惘的女作家、前卫的凉子，或者是《广场》里的痛到自伤的陆文婷，都和我的情感生活没有任何关系，我属于从小很乖长大后很本分的那种特无趣的女人。可能是因为这个，我更喜欢那些张扬生命而不是宣讲道理的女孩或者女人。我自己一直觉得，我写的并不是男女情感，在这类题材上，我大部分笔墨都在心理而且大都是'我'在场，所以你在这些小说中会发现缺少生活细节。我自己给自己定义是，与其说我在写现代都市男女情感，不如说我在写现代都市里这些女性的心灵困境"[1]。

这一告白从一个方面印证了我对娜彧小说解读的路向。

应该说，娜彧将自己的小说创作确定在探索和表现当下人的精神困境，特别是当下青年的精神困境上，是非常正确的。文学要处理的就是人类的精神和心灵事务。但是，我不能不指出，就娜彧已经发表的小说而言，她存在的问题还是颇为明显的。比如，她的小说逐渐显

---

[1] 李云雷、娜彧：《勘探现代都市女性的心灵困境——娜彧访谈》，娜彧提供的未刊稿。

露出类型化或单一化的特征。构成她小说主体内容或主要讲述的对象，基本没有离开男女之间的性爱，尽管这不是她的诉求所在。但如果讲述的故事或人物行为方式大抵如此，读者的误读就在所难免。性爱是小说难以避免的内容之一，饮食男女是生活的基本内容，通过这些内容表达作家对生活和人的理解，是小说的题中应有之义。但是，为什么一定要在床笫之间展开人物的精神惶惑或困顿，理由并不充分。这一现象应该是娜彧文学想象过于内化的结果。

后来娜彧试图改变自己颓唐、无望的讲述方式，试图与她过去心爱的人物们告别。如她新近的《雨呢》，写一个学中文的大学毕业生王海找工作的经历，就业的困难是我们这个时代的基本难题之一，王海就业的命运可以想象，但王海内心祈祷的是："明天我的运气会好起来的。王海对自己的未来，充满了信心。"但是，这个祈祷能够实现吗？因此，娜彧如何实现自己的超越或突围，还是一个未竟的问题。作家魏微曾这样谈论过娜彧：

> 娜彧是这样一种人，外物当不在她的脑子里，她只把眼睛盯着内心，那里住着两个自己，一个温良，一个尖锐，——这该是娜彧一生中最纠结的事，她不能同时做两个人，也因此，她倾心于那个未完成的自己：热烈、任性、叛逆，她打着诀绝的手势，过丰富的人生，末了以悲剧终场。小说集《薄如蝉翼》里多是这样的人物，有的也不是悲剧，内中却有破碎、消沉、困惑。我们不妨说，她的小说虽穿着情爱的外衣，实则却是对现实的一场抗争，也是对理想生活的抒情。她因为脱开了个人经历，使得她的小说呈现了幻化的性质，本来也是，写作之于娜彧何尝不是梦游，一俟坐在电脑旁，她就像走在一个人的街上，手抄裤兜，自由自在；她越走越远了，把自己甩在了身后，那一刻，看得见远天，听得见胡狼嗥叫，她把心一横，又是害怕又是喜悦的，纵身

扑向那未可知的、也许是荒寒的未来。[①]

娜彧好像认同并喜欢魏微对她的评价。如果是这样的话，那么我们可以断定的是，娜彧应该是一个"性格演员"，而不是一个"类型演员"。性格演员可以演出各种角色，类型演员只能演出一个角色。但愿娜彧能够早日实现她改变的自我期许，写出更好也更不同的小说。

中国的现代性是不确定性，这一不确定性使中国社会构型一直没有完成，而当下生活日益呈现出的迷离状态和复杂性，都构成了我们认识和表达精神困境的巨大困难。因此，如何反映当下中国的精神状态和文化经验，与我们来说确实还有漫长的道路要走。

[①] 魏微：《娜彧的腔调》，未刊手稿，魏微提供。

东君：在不确定性中的发现与批判

东君的小说创作起始于21世纪，他的第一篇小说《人·狗·猫》就发表在2000年第2期的《大家》上。如此看来，东君的创作生涯已有整整十年。十年对一个作家来说不算长，但十年的时间却可以看出一个作家的端倪——他是否有可能从事这个行当，或者说他是否"当行"。如果十年还没有悟出一些道理或门道，那么这个人大概就可以做别的事情去了。但是，东君的十年创作却不比寻常，他起点高，小说一出手就发表在名刊上，创作数量不多，但影响甚大。特别是在作家圈内，东君声誉日隆，是时常听到的名字和讨论的对象。当我有机会阅读了东君重要的中、短篇小说以后，给我印象深刻的是，东君的小说境界高远，神情优雅，叙事从容，修辞恬淡。他的小说端庄，但不是中规中矩；他的小说风雅，但没有文人的迂腐造作。他的小说有东、西文化的来路，但更有他个人的去处。他处理的人与事不那么激烈、忧愤，但他有是非，有鲜明的批判性。但更有一种隐秘的、尽在不言中的虚无感。这些特点决定了东君小说的独特性，也是他近年来受到越来越多关注的重要原因。

东君出道时的小说，有明显的西方现代派文学的痕迹，如《人·狗·猫》和《荒诞人》，这些作品明显地受到萨特、加缪及卡夫卡等人的影响。对生活和人与人之间关系的荒诞性的揭示，是这些作品的主

旨。这个路数是许多青年作家介入小说创作的普遍路数。一方面，是西方作家的强大的影响力；另一方面，是我们对生活的普遍感受。东君有一个访谈的题目就是《生活比小说更荒诞》，这个感受从本质上说是没有错的。但是小说创作不是呈现荒诞的比赛，谁写得更荒诞谁就走得更远。小说更重要的可能还是写出生活中别人没有发现的那部分。东君意识到了这一点，他开始离开了单纯"追求"荒诞性的立场。但是，我一直认为，是否经过现代派文学的训练是非常不同的，虽然中国当代的现代派创作没有留下太多的经典作品，但是，作为文学史经典他们是永远留了下来。甚至可以说，如果没有现代派的文学洗礼，中国文学在艺术的角度是否会达到今天的高度，是完全可以怀疑的。

20世纪90年代以后的中国文学，带着西方文学的影响和记忆开始了整体性的"后退"，这个"后退"就是向传统文学和文化寻找资源，开始了又一轮的探索。值得注意的是，这个探索是在总体性瓦解之后的探索，因此它有更多的个人性。东君的创作是在这样的背景下展开的。十年来，东君写过短篇、中篇和长篇不同的文体。2008年，长篇小说《树巢》发表后，评论界好评如潮。这是一部家族小说，同时也是一部超越家族小说的作品。它的基本元素是本土或地域性的，但它的形式和表达却是多种文化元素融汇的结果。最重要的是东君的家族小说打破了"史传传统"的结构，没有将家族盛衰消长与国家民族命运简单地缝合在一起。而是在极具东方情调的日常生活中，特别是不可思议的虚构和想象中，展现出了一个历史时段特殊的生活样态。它非常具体，又似是而非地逼真。或者说，东君本质地把握和理解了中国的生活方式和情感方式。

东君被谈论最多的可能是中篇小说。如《阿拙仙传》《黑白业》《子虚先生在乌有乡》等。这些中篇小说应该说当下最好的中篇小说

的一部分，它们曾获得各种奖项、选入不同的选本已经证实了小说的价值。因此，我想集中讨论东君的几部重要的短篇小说。东君的短篇小说写得非常有特点并且好看。他在借鉴西方现代小说技巧技法的同时，对明清白话小说甚至元杂剧的神韵和中国古代文人趣味都深感兴趣甚至迷恋，对文人生活、边缘性、自足性或对中国古代美学中文人"清"的自我要求等都熟悉或认同。古代文人阶层是一个非常特殊的阶层，他们迷恋琴棋书画，纵酒好色，在边缘处清谈，视功名如浮云等。艺术趣味对颓废、伤别、风花雪月等情有独钟。同时处世清高，同功名利禄分子绝对划清界限。东君对古代文人的这些内心要求和表现形式了如指掌。如他写洪素手弹琴、写白大生没落文人的痴情、写"梅竹双清阁"的苏教授、写一个拳师的内心境界，都有六朝高士的趣味和气质。

> 白大生在书桌前坐了下来……书桌上有一个白瓷碗，里面盛着清水，不是用来喝，也不是用来洗笔砚。这一钵清水，关乎心境。心烦意躁的时候，他常常会注视着它，让心底里的杂质慢慢地沉淀下去。心闲气定之后，他拿起了笔，荡去滞墨，在一张白纸上画了几竿竹子，一下子就感觉两肋生风，心境也清爽了许多。
>
> ——《风月谈》

> 顾先生先教徐三白的，不是弹琴，而是斫琴。一开始，顾先生也没有正式教他斫琴的原理，只是让他每天去山里听流水潺潺的声音。徐三白枕着石头，听细水长流，不觉间又醉了。徐三白从山上下来，顾先生对他说，琴和水在本质是一样的。一张好的琴放在那里，你感觉它是流动的。琴有九德，跟水有很大的关系。你把水的道理琢磨透了，才可以斫琴。
>
> ——《听洪素手弹琴》

池塘里边的活水,常年流转不息。一些水生植物自生自灭,只有菖蒲是拳师亲手种植的,并得到了他的精心呵护。水波清浅、明净,可以看见植物缠绕石罅的根茎。有几株长在露出水面的石头上。凡是石头上生出的草,大都需要附点土,但菖蒲是例外的。它受不了一丁点污泥。拳师小心翼翼地刮掉石面的泥土,把石头沉入浅水。这菖蒲,是水与石和合而生。

——《拳师之死》

作为传统美学趣味的"清",本义就是水清,与澄互训。《诗经》中的清主要形容人贤淑的品貌,如《郑风·野有蔓草》:有美一人,清扬婉兮;在《论语》和《楚辞》中是形容人峻洁品德,如《离骚》:伏清白以死直兮。但作为美学在后世产生影响的还是老子的说法:

昔之得一者,天得一以清,地得一以宁,神得一以灵。

(《老子》第三十九章)

大成若缺,其用不敝。大盈若冲,其用不穷。大之若屈,大巧若拙,大辩若讷。躁胜寒,静胜热,清净为天下正。

(《老子》第四十五章)

三国魏玄学家王弼注《老子》说:"静则全物之真,躁则犯物之性。故为清净,乃得如上诸大也。"魏晋以后,作为士大夫的美学趣味,日渐成为文人的自觉意识和存心体会。东君对清的理解和意属在他的作品中就这样经常有所表现。也就是这样一个"清"字,使东君的小说有一股超拔脱俗之气。但更重要的是,东君要写的是这"清"的背后的故事,是"清"的形式掩盖下的内容。于是,东君的小说就有意思了。"清"是东君的坚持而不是小说人物的内心世界和行为方式。无论是《风月谈》中的白大生、《听洪素手弹琴》中的徐三白还是《拳师之死》中的拳师,他们最后的命运怎样都不重要,重要的是

他们面对世俗世界的气节、行为和操守。东君对这些人物的塑造的动机，背后显然隐含了他个人的趣味和追求。他写的是小说，但他歌咏的却是"言志"诗篇。

当然，东君毕竟是当代作家而不是旧时士大夫。因此，他对那些貌似清高实为名利之徒的人也竭尽了讽喻能事。如《风月谈》结尾处写了这样一段文字：

> 白大生凑集的八百两纹银本想是为素女赎身的，现在没用得上，就想到了出诗集。这一次，他倒是在自己的诗集上署了真名，似乎要凭这样一部书让天底下的人都知道白大生其人。书由郑氏文渊阁刻印，里面自绘的插图采用不多见的套印法刻印，纸张是那种昂贵的永丰棉纸。这本书定价五两八钱，比李杜诗选还要高出二两三钱。白大生的诗集流传到家乡，人们才晓得，白大生在京城里混出名堂来了。同行中有人表示鄙夷，说一条狗拉到京城溜一圈，回来后兴许也会成为一条名狗。也有人不这么看，他们以为白大生现在理应同贾宝春先生平起平坐了。乡里的秀才常常写信给他，请他为自己即将印行的书写一篇序或什么的。也有个穷亲戚，听说白大生与宫里的太监相熟，就托他到宫里疏通疏通，让他的小儿子去皇宫当太监，好歹也可以混碗饭吃。

这哪里是写什么古代文人白大生啊！

东君的小说写的似乎都是与当下没有多大关系的故事，或者说是无关宏旨漫不经心的故事。但是，就在这些看似不经意的、暧昧模糊的故事中，表达了他对世俗世界无边欲望滚滚红尘的批判。他的批判不是审判，而是在不急不躁的讲述中，将人物外部面相和内心世界逐一托出，在对比中表达了清浊与善恶。如《拳师之死》中的"雪满头"、拳师女人、小胳膊男人；《苏静安教授晚年谈话录》中的"夫

人"、保姆等。这些人或是粗俗不堪的武林恶人,或是为家族仇怨"卧薪尝胆"以求一逞的女人,或是欲望无边、见利忘义的"家人",这些并不见得都是面目可憎的人,但他们的阴暗阴险却在机关算尽中表达得淋漓尽致,他们的出发点是仇怨和欲望。东君在小说中不是要化结这些,而是呈现了这种文化心理的后果,是以"清"的美学理想观照当下红尘滚滚的世俗万象。在人心不古的时代,表达了东君对古风的向往和迷恋。如是看来,东君是站在"清"的一边看浊和恶,或者说,没有浊和恶就没有清,当然也就没有文学。因此,东君着意的还是对红尘的冷眼与批判。

当然,东君的短篇小说也有问题。他小说的优点是叙事紧凑不拖沓,内容复杂而丰富。但问题同样出在这里,他的短篇小说大多是中篇的结构,内容过于复杂。内容一复杂,叙事就不大注意张弛节奏,过于密实。就像一张国画,闲笔留白不够,因写得太满余音韵味就差了些。他走的是周作人、沈从文、废名、孙犁、汪曾祺的路数,但是,当我们读过沈从文《学吹箫的二哥》《萧萧》;读过废名的《桃园》《菱荡》;汪曾祺的《桥边小说三篇》或《大淖纪事》等作品之后,总会觉得东君与他们相比缺了点什么。缺什么呢?缺的就是东君正在追求和希望得到的东西,他向往的高远、淡泊的意境,仙风道骨乃至六朝高士的趣味风采,在紧锣密鼓的叙事中是不能如意完成的,叙事的紧张是内心紧张的外在反映,他的叙事节奏不能有效地掌控,不能随心所欲地松弛,恰恰是内心绷得太紧的缘故。沈从文、废名、汪曾祺的时代,生活也未必不复杂,看看他们的命运就知道。但他们知道删繁就简,知道表达的要义,所以话才没有那么密。在这个意义上可以说,东君要成为他们那样的作家,还有一段漫长的道路要走。

多年来,我一直关注当下的小说创作,也写了很多评论文章。但是,我发现自己越来越所知甚少,越来越不敢轻易地以"断语"的方

式对当下创作做出评价。这也是我说过的"犹疑不决的批评"的原因之一。但更深层的原因是，我没有可能整体地把握当下的创作，总有一些优秀的作家不在我们的视野之中。因此，我的评论事实上也总是在自我否定之中，因为我又看到了以前没有看到的好作家。这种困惑是宿命式的。就像作家又看到了更好的小说一样，体验到了更深刻的感受一样。因此，不确定性是我们从事当代文学创作和批评的宿命。当然这也是中国现代性在我们身上的反映。

宁肯：在藏地还会发现什么

一个作家在西藏会发现什么？回答是不确定的。这么多年来，书写藏地的小说是我们时代的时尚之一。西藏的风情风物、天高云淡或隐秘的历史风起云涌、不绝于耳。每个人看到的是不同的西藏。但可以肯定的是，那个神秘的所在一定没有穷尽。不然就不会有宁肯的这部《天·藏》。

不同的是，宁肯的《天·藏》确实是一部特殊的小说：这不是一部讲述西藏神秘故事或往事的小说，不是因有了西藏经验就身置其间的代言者，不是取悦读者猎奇奇观的肤浅之作。事实上，随着青藏线的开通，越来越多的人踏上西藏的土地，西藏正逐渐被越来越多的人所认识，它的真正价值早已不是神秘和奇观。因此，宁肯的这部作品是一部因发现藏地而发现自己的小说，是自己被西藏照亮发现"疾病"的小说。如果是这样，这部小说与其说是一本部书写藏地的书，毋宁说这是一本写宁肯自己的书。发现西藏，是因了那里的高洁和宁静，静谧的西藏才有可能形上静思；发现自己，是因了有了西藏的宁净才发现了自己的荒诞、扭曲、变态和受虐。那些大胆的裸露当然是隐喻，它意在表达作家认识到人的多面性和不可知性，以及无奈感和人对自己的难以把握。有了这些，《天·藏》就是一部不同寻常的小说。

藏地是静穆或沉默的美学。多年来它一直在被言说。但没有谁说

出了它的全部。言说者只是感受了它的某些部分，而藏地却如主体成了观赏者。宁肯看到的部分也是宁静：

那你——每天都干什么？
——没事，就是待着，王摩诘说。
许多次，我与马丁格的对话使我们的散步有时不知不觉在鼓声中延伸到整个寺院，我觉得整个寺院不再外在于我，以至，有段时间我也曾试图静观，试图什么也不想。我甚至差不多做到了静观；
寂静的原野是可以聆听的，唯其寂静才可聆听。
苍古寺坐落在八角街众多的小巷之中，很僻静……这个女性化的寺院长年好像只安静地承受着一小片阳光，非常内向……
维格的母亲——世界上最平静的女人。那种平静，不是寺院的平静，也不同于八角街清晨的平静。它难以形容，如果任何一种光泽下的水部是简单的，平静的，那么可以多少想象一下维格拉姆的样子。
正午。阳光直射。阴影全部消失了，总是布满阴影的寺院迷宫深处也变得异常明亮、透彻，白色墙体不但沐浴着绚丽的阳光，也绚丽地反射着阳光。寺院之透彻正如天空。

从王摩诘的无所事事地"待着"，到他作为叙述人看到的与安静有关的事物，这是宁肯对藏地目光所及的正常反应，但也并不值得夸耀——那里的确如此。但宁肯的不同就在于他对藏地正常反应的同时发现了另一种不正常：作为大学教师的王摩诘是一个哲学教师，是一个耽于形上思维、崇尚维特根斯坦、对终极事务有兴趣的学者，却原来也是一个受虐者，是一个病人。他穿丁字裤、酷爱鞭刑、吻女靴、学犬吠。"身体"或疾病在王摩诘这里是一个挥之难去的隐痛或隐喻。

至于王摩诘与维格、于佑燕两个女性的关系在小说中并不重要。重要的恰恰是王摩诘"身体的隐痛"。苏姗·桑塔格在《疾病的隐喻》中说:"疾病是生命的阴面,是一重更麻烦的公民身份。每个降临世间的人都拥有双重公民身份,其一属于健康王国,另一则属于疾病王国。尽管我们都只乐于使用健康王国的护照,但我们或迟或早,至少会有那么一段时间,我们每个人都被迫承认我们也是另一王国的公民。……疾病并非隐喻,而看待疾病的最真诚的方式——同时也是患者对待疾病的最健康的方式——是尽可能消除或抵制隐喻性思考。然而,要居住在阴森恐怖的隐喻构成道道风景的疾病王国而不蒙受隐喻之偏见,几乎是不可能的。"因此,在藏地发现了"自己",就是宁肯最大的发现。

《天·藏》有先锋文学洗礼的深重痕迹,如对语言的考究:

我的朋友王摩看到马丁格的时候,雪已飘过那个午后。那时漫山皆白,视野干净,空无一物。在高原,我的朋友王摩说,你不知道一场雪的面积究竟有多大,也许整个拉萨河都在雪中,也许还包括了部分的雅鲁藏布江,但不会再大了。一场雪覆盖不了整个高原,我的朋友王摩说,就算阳光也做不到这点,马丁格那会儿或许正看着远方或山后更远的阳光呢。事实好像的确如此。马丁格的红氆氇尽管那会儿已为大雪覆盖,尽管褶皱深处也覆满了雪,可看上去他并不在雪中。

这样的文字使我想起余华的《在细雨中呼喊》。我在评论余华的这部作品时说:"《在细雨中呼喊》可以看作是作家的精神自传。它表达的是从20世纪60年代到80年代20多年的生活,也就是从'文革'到改革开放初期的生活。这20多年中国物质生活的贫穷和精神生活的压抑几乎是空前的。关于贫困我们在许多作品中读过,那是我们曾

经经历的过去；但精神上的压抑，我们在《细雨中呼喊》才更真切地感受到。小说人物的粗暴行为如孙广才，正是精神压抑的另一种表达。在一个精神压抑的社会体制里，人们只能以性格的粗暴来表达自己人性的呼喊。'细雨'是一个意象，灰蒙蒙的景象总是给人以压抑的感受，呼喊是生命反抗压抑的表达，是人在精神领域对压抑的暴动。语言的优美是这部作品的另一个成就，它的语言像空中飞行的鸟群，带着鸽哨飞翔在大地与天空之间。"如果是这样的话，《天·藏》也可以看作宁肯的精神自传。王摩诘虽然已经没有孙广才式的精神压抑，但孙广才作为他的"前史"并没有成为过去。无论对人对己，无论施虐或受虐，它都是一种精神病史的反映。因此，这是一部怀疑和批判的作品，是一部反对和质疑现实与自我的作品。正如阿尔贝·加缪早在 1957 年的一篇演讲中发出的那声感叹："多么多的教堂，怎样的孤独啊！"这与王摩诘面对的雪域高原有什么区别吗？小说的力量来源于此。

小叙事中的人性与社会
——几部作品中的现实与心灵生活

一 语言锐利如刀

盛可以的小说一出现,就显示了她不同凡响的语言姿态,她语言的锋芒和奇崛,如列兵临阵,刀戈毕现。她的长篇小说如《火宅》《北妹》《水乳》及短篇小说《手术》等,都不是触目惊心的故事,也没有跌宕起伏、刻意设置的情节或悬念。可以说,盛可以小说最大的魅力就在于她锐利如刀削般的语言。在她那里,怎么写远远大于写什么。《道德颂》也是这样一部长篇小说。如果我们简单概括这部作品的话,也可以说,这是一个始乱终弃的故事,是一个女人和三个男人的故事,是这个时代文学表达最常见的婚外恋的故事。事实也的确如此。但需要指出的是,越是常见的事物就越难以表达,在常见的事物中发现别人没有发现的,就是作家的过人之处。而盛可以恰恰在别人无数遍书写过的地方或者止步的地方开始,让这个有古老原型的故事重新绽放出新的文学光彩。这是因为,《道德颂》将男人与女人的身体故事,送进了精神领域,旨邑与水荆秋所经历的更是一个精神事件。

小说的命名就极具挑战的意味：一个婚外恋的故事与道德相连，混沌而迷蒙。我们不知道在道德的意义上如何判断旨邑与水荆秋，可以肯定的是，盛可以尖锐诚实地讲述了当下社会生活中常见的精神现象，这个诚实就是道德的。仿佛一切都平淡无奇："一个普通的高原之夜，因为后来的故事，变得尖锐。"水荆秋，一个40岁出头的男人，在近30岁的旨邑眼中是"比德于玉，而且是和田玉，是玉之精英。……水荆秋并不英俊，然而这块北方的玉，其声沉重，性温润，'佩带它益人性灵'，她以为他的思想影响将深入，并延续到她的整个生命"。小说开篇的路数与其他言情故事区别不大，但修辞老辣，一个"她以为"预示了故事不再简单。小说的基本情节也波澜不惊：旨邑和水荆秋一见钟情，约会、怀孕、堕胎、同水荆秋的太太战斗、与谢不周和秦半两暧昧周旋取舍不定等。但在这些常见的生活故事里，盛可以锐利地感知了情感困境更是一种精神困境。特别是历史学教授水荆秋，他可以风光地四处讲授他的历史学，但他唯独不能处理的恰恰是他自己面对的"历史"："在水荆秋看来，日常生活与精神生活是敌对的，甚至前者瓦解后者，他做梦都想逃离日常生活，最终只是越陷越深。"历史学教授的方寸确实乱了。精神生活不可能与日常生活无关，没有从日常生活中剥离出的纯粹的"精神生活"等待教授去享受，这个学问甚大的教授面临不可解的现实难题时，竟然试图以"形上"的方式寻找借口逃避，可见水荆秋的无力和无助。说水荆秋虚伪、自私、懦弱都成立，但却不能解释他止步、逃避、矛盾的全部复杂性。因为那不是水荆秋一个人面临的问题。水荆秋是情感事件的当事人，他不能处理他面对的事务，所以作为小说"人物"他就显得有些苍白。谢不周没有置身其间，他没有被规定"轨迹"，所以谢不周作为"人物就从容丰满些"。

旨邑其实是一个有些理想化的人物。她多情美丽、胆大妄为、敢爱敢恨，但紧要处又心慈手软不下猛药。作为一个事件中没有主体地位的女性，她的结局是不难预料的。但是，她的困境也许不仅在与水荆秋的关系中，同时也在她与谢不周和秦半两的关系中。这些男人，就像她开的玉饰店一样，虽然命名为"德玉阁"，但却都是赝品。倒是那个被称为"阿喀琉斯"的小狗，永远忠诚地跟在旨邑的身边。因此，包括旨邑在内的小说中的所有人物，很难以道德的尺度评价，即使是作为基本线索的情感关系，也多具隐喻性。人类的精神矛盾和困境没有终点，欲望之水永远高于理性的堤坝，这就是精神困境永无出头之日的最大原因。

  如前所述，《道德颂》的值得关注，不止在于小说提出或处理问题的难度，也不止于小说对人物内心把握的准确。更值得谈论的是小说的语言修辞。无论是人与事，《道德颂》的语言都是拔地而起，所到之处入木三分。盛可以曾在一篇文章中说："我的小说中有许多比喻。运用精确形象的比喻，也能使语言站起来。余华的比喻是精辟的，如说路上的月光像洒满了盐；博尔赫斯说死，就像一滴水消失在水中；普鲁斯特在《追忆逝水年华》里写'感到思念奥黛特的思绪跟一头爱畜一样已经跳上车来，蜷伏在他膝上，将伴着他入席而不被同餐的客人发觉。他抚摸它，在它身上焐暖双手……'这只有'神经质的、敏感到病态程度'的普鲁斯特才写得出来；茨威格华丽而充满激情的语言及精彩的比喻让人折服。用形象的隐喻使人想象陌生事物或某种感情，甚至味觉、嗅觉、触觉等真实的基本感觉来唤起对事物的另一种想象，既有强烈的智力快感，也有独特新奇的审美愉悦。"这是盛可以的小说修辞学，她以自己的神来之笔实现了自己的期许。她那"站起来"的语言，就这样山峰美女般地在眼前或闪动或舞蹈。

二 "现代"欲望与乡土的"溃败"

李洱的小说——无论长篇还是短篇,我感兴趣的并不是他的故事,他固然有很好的故事。但我更看重的是李洱的虚构能力,一个有想象力的作家才有虚构能力,才能让我们在他那些貌似真实的叙述中享受文学带给我们的东西——那是在天空与大地之间飞翔的事物,它似是而非,不那么真实,它是寓言,是传说,但更是一出悲喜剧:你总会在生活的某些场景中感到似曾相识的滑稽、愚昧和自作聪明。在这个意义上说,李洱的小说又有启蒙主义的遗风流韵。这就是李洱小说的魅力。

这篇《斯蒂芬又来了》就是这样的小说:一个被命名为白陀沟的地方,一夜之间陷入飞短流长的混乱或慌乱中。混乱或慌乱的原因是"斯蒂芬又来了"。斯蒂芬在白陀沟的农民中被称为"老芬",他是中英足球学校的教练,到白陀沟是来挑选足球队员的。这个消息一经张家沟专事劁猪的张六常的传播,便搅乱了这个山村的平静。"老芬"前年来白陀沟,曾改变了村民王不举家二狗的命运,二狗成为一名球星。二狗的户口改了,"爹妈的户口也改了。连名字都改了,都不叫王二狗了,改叫王狼了。王狼还到日本打过比赛,据说把一个日本鬼子的腿都铲断了,也算是为他爷报了仇"。二狗命运的转变在白陀沟成为传说并不断放大,于是,对命运的改变、对"公家人"、对北京的向往,成了白陀沟村民最大的向往,二狗的道路就是白陀沟村民后代必须选择的道路,二狗的成功使这条道路宽阔明朗并指日可待。这是白陀沟陷入了巨大冲动和想象的充分理由。有趣的是李洱对这个事件的具体叙述:这个事件是劁猪的村民张六常传播的,对于这个封闭的山村来说，张六常因走街串户而"见多识广"。这一状态使张六常无意识地有了某种优越感，他越发要凸显自己的见识，山村的封闭使张六常就显得重要起来。这是一个糟糕的循环过程：山村没有或缺乏资讯，无知的村民听到任何外部消息都信以为真；传播消息的张六常同样以无知的方式既愚弄了自己又愚弄了村民。于是，虚假的传说就这样流传开来。失效的信息供求关系是白陀沟悲喜剧可以上演的基础和前提。

张六常终于找到了"最应该知道这个消息的"李治平，于是：

> 张六常顺便向他透露，李铁锁已经"行动起来了"，正在做工作呢，"要抓紧啊"。"不过，他跟你不在一条起跑线上，你有你的优势，你这是历史遗留问题，早该解决了。必要时还可以发动群众嘛。"至于"优势"何在，"群众"是谁，张六常虽然没有明说，但李治平还是听懂了。当然是说刘豆豆。他想，就算他们以前真的没有睡过，现在睡也是来得及的嘛。反正她已经是别人的老婆了。李治平还记得张六常最后的"表白"。张六常说，他不是"表白"自己，他完全是出于公心，因为他看出来了，以后能给白陀沟争得荣誉的，白陀沟以后能为国争光的，能对世界做出贡献的，非铁蛋同学莫属。"铁蛋同学走的时候，我送他一盒月饼。月是故乡明嘛，告诉他不管走到哪儿都不要忘记家乡。"可是怎么才能发动起来"群众"，李治平却心中无底。

小说已经有了铺垫：老芬前年来白陀沟的时候，李治平的老婆刘豆豆曾给老芬梳理过胡须。但传出来的是刘豆豆坐在了老芬的腿上，一时街谈巷议纷纷扬扬。李治平为了儿子铁蛋能够和老芬一起"跟着队伍就上北京"，才让老婆刘豆豆给老芬理发梳胡须的。但铁蛋并没有被选中，李治平赔了夫人又折兵。

这次老芬来白陀沟带来了一个黑人女人，这个细节告知的是老芬是个欲望无边的家伙，同时也提醒了李治平，那个张六常说过的"发动群众"的弦外之音，他马上想到了前妻刘豆豆。就在此时：

> 突然，他听见门外传来一阵急切的脚步声。随后，他听见了张六常的声音。那声音就在窗户下边。一着急，张六常都忘记说普通话了："吓死我了，吓死我了。"接下来张六常才改成普通话，张六常说："今晚的月光多好啊。请问刘豆豆女士，哪股风把您给吹来了？"

后来将要发生什么李洱没有再说下去，它可以调动我们许多想象。当然，无论发生什么已经不重要，小说要表达的一切在这戛然而止中和盘托出了。当然，事情不是由于张六常这个前现代的劁猪的市井人物对"现代"的盲目蛊惑才发生的，即使不是他的妖言惑众，老芬和姓沈的"中国的教练"迟早也要来。"现代"的到来是不以人的意志为转移的。

值得注意的是，老芬不是小说的主要人物，但他是小说发动性的力量：他是一个英国人，一个中英足球学校的教练，一个外来的"他者"。就这样一个面目模糊不清、只有胡须没有头发、与白陀沟本来没有任何关系的人，突然与白陀沟构成了支配与被支配的权力关系。白陀沟发生的一切就是因为他的到来，他调动了山村的想象和欲望，他不动声色却掌控一切。就是因为他不期而遇的造访，白陀沟再也不是我们熟悉的乡土中国。传统的道德、伦理、价值乃至乡风乡俗，都发生了天翻地覆的变化。无论是洋教头的要色还是中国教练的要钱，都与乡土中国的伦理道德背道而驰、水火难容。但事情就是这样发生了。事实上，老芬只是一个符号，一个与"现代"有关的符号。百年来，乡村中国对"现代"的向往是一个挥之难去的梦幻，仿佛进入了"现代"就进入了天堂。他们万万没有想到的是"现代"的两面性，

"现代"的与魔共舞的双刃剑性质。特别是对于后发现代性国家而言，为"现代"要付出的代价他们许多年以后才感受的到。这也诚如大卫·哈维所说，事物的易变性使得人们难以保持任何历史连贯性意识。如果历史有什么意义的话，那么它的意义必须在变化的旋涡中去发现和界定，这个旋涡不仅影响着一切被人们讨论着的事物，而且影响着讨论的术语。这样，现代性不仅要无情地打破任何或一切以前的历史状况，而且它的特征就在于，它意味着一个在自身内部永无止境地进行着内部分裂和解体的过程。

事实上，情况远要严重得多。白陀沟所发生的已不只是"永无止境地进行着内部分裂和解体的过程"，它所呈现出的已经是一个彻底"溃败"的景象——白陀沟只关心这一件事情，只为这一件事情在忙碌：被选中当足球队员就意味着逃离了土地，进而出人头地置换身份，不仅光宗耀祖，重要的是最后完成了进入"现代"的仪式。在这样的关系支配下，乡土生活只能在这样的溃败中碎片化。更糟糕的是，这个寓言式的小说已经成为乡土中国的一个缩影。无论我们忧心忡忡还是喜出望外，我们都没有能力改变它——一切凝固的东西都化为乌有。那个我们熟悉的乡村中国，就这样渐行渐远、一去不复返了。读过《斯蒂芬又来了》之后，我们现在需要检讨的是"现代"在中国究竟是一个什么样的东西。

三　生活的深水区　人性的纵深处

初读王手的短篇小说，感到非常震动。这个震动并不是说王手书写了多么重大或尖端的事件，写了多么离奇的故事或人物。恰恰相反，王手的小说都是典型的日常生活、普通人的寻常日子。但是，就在这貌不惊人、看似信手拈来的平常生活中，显示了王手作为小说家的锐利和锋芒：他波澜不惊、从容不迫的叙述，将我们逐渐引向了生活的深水区，逐渐触摸到了我们曾经经历却不曾注意的人性的深处。在最平实的文字中，隐含着他一眼望穿的老练。他的小说有"杀气"。这个杀气不是血雨腥风、刀光剑影，而是一种绵里藏针的征服力量。就像武林高手，虽然也是一招一式不露痕迹，但他的不同是在不露痕迹中潜藏着艺术的"绝杀"。

王手的小说中都是我们常见的市井人物、"知识分子"和平民等普通人。如《双莲桥》中的"埠头"乌钢、《软肋》中的龙海生、《西门的五月》中的西门、《买匹马怎样》中的王勃和李回珍、《谁的声音》中楼上楼下的两户人家。既然是寻常人物，就决定了他们的生活方式和范畴。他们不可能对社会产生超出他们生活范畴的影响，也不具有支配的可能。因此，王手的小说没有大叙事。但他同样对生活的流水账和家长里短没有兴趣。如他写比较霸道的市井人物，这样的人物我们在《水浒传》等作品经常见到。像"泼皮牛二"、西门庆、蒋门神等。《软肋》中的龙海生和"泼皮牛二"有谱系关系，表面上他们有相似性。但仔细识别会发现他们是非常不同的：牛二只是一个市井无赖，施耐庵只是在外部刻画了这个无事生非的"滚刀肉"性格。王手的龙海生虽然也有"凶相"、有"盟兄弟"，经常无理取闹、寻衅滋事、为所欲为甚至冲击厂部，不把厂长放在眼里。但这个江湖人物有识相的时候，也有软肋。龙海生的软肋是他的女儿。他做的一切都是为女儿。特别是工友为庆祝他女儿考取重点中学、女儿说出了父亲在自己心中形象的时候，龙海生彻底被打败了。因此，王手既从古代文学中汲取了某些传统元素，又从现代中、西方小说中汲取了关于人性复杂性的理解。在这个意义上，王手的小说既是中国本土的，又是"现代"的。如果把《软肋》和《双莲桥》一起读会更有意思。《双莲桥》似乎是从另一个方面阐释了《软肋》。"文革"时期的双莲桥非常混乱，无政府的状态为民间"权威"人物的出现提供机会。双莲桥的"埠头"就是在这时出现的。乌钢无意中做了"埠头"，他用"钉拳"收拾了几个江湖人物，于是在民间被神话了，甚至有人认为他还"杀过人"。但乌钢不是十恶不赦的坏人，公安局周密的调查仍然不能证实乌钢有问题。"埠头"经过公安局整顿之后作鸟兽散。有趣的是，没了"埠头"的瓜船，"歇不是，上也不是，都吃不准，像没有人指引方向一样，没有着落。那些接瓜的下家，他们到底接不接？接过来会不会受到质疑？心里一点也没有底。于是，埠头很快萧条了，冷清了，人影也没有了"。埠头被清理了，也"没有人说了算了"。民众对强势人物的依赖心理是一个普遍心理，也是至今也没有发生革命性变化的心理。因此，龙海生、乌钢等才有了成为"老大"的土壤，这既是他们的选择，同时也是一种被选择。小说最后对当下消费场所的描述，虽然寥寥几笔看似漫不经心，但他点到为止地说了与历史相关的某些隐秘。

《西门的五月》，就题材来说也无惊人之处。一个日子安稳的中年男人，每年五月都要到上海去一次。去上海的目的就是"想着能和小雨睡一觉"。他先后两次来到了上海，但两次都没有得逞，两次都在小雨"温柔的一刀"面前不战自败。西门返回的途中又邂逅了一个美貌姑娘，西门居然荒唐地应邀以"男朋友"身份陪她到海宁参加唱诗会的演出。饭也一起吃了，房间也一起住了。但西门还是没有得逞。这个空虚的中年男人还是两手空空、一无所获。小说对这个时代青年女性心理的把握炉火纯青，中年男人的无奈无措和无处述说的尴尬、可怜和悲哀处境，被书写得淋漓尽致。如果说西门的"痛苦"是咎由自取，苦酒是自己酿造的话，那么《谁的声音》的关系就复杂了。现代公寓的居住环境，既老死不相往来，又一定会发生一些关系。楼上

的妻子对声音极为敏感,于是便焦虑、愤怒乃至几近崩溃。于是进一步导致了漫长的拉锯式的相互报复的"战争":楼下听到声音便向楼板敲击,楼上听到敲击声便越发将声音弄得更响。这样日子的痛苦可以想象的。但是,王手并没有止步于对邻里纠纷的表现。为了躲避声音对妻子的折磨也为了避免矛盾升级,楼上的搬到了别的地方。没有声音的日子清静了,但好像又少些什么。叙述者对楼下的人家不免惦记起来。原因是他有了"癔听症"和"幻听"的知识。患这个病症的人非常痛苦,特别是女人:"女人有时候更容易落入一种极端,极端才会无端地生起事情,且不可理喻。而男人一般会相对理智。"正是这两个男人的网络沟通,发现了问题的严重性。事实上,楼上女人患有大体相似的病症。什么是同病相怜,什么是感同身受,什么是理解和友善。王手在一个看不见摸不着的"声音"里发现了。这个发现给人以石破天惊的震撼和感动。

《买匹马怎样》是一个怪异的小说,是一篇在荒诞中有隐喻性的小说。夫妇两人从商量买车到决定买马到最后什么也不买,过程看似符合逻辑,妻子也大智若愚地配合。但小说显然是对当下生活荒诞性的书写,是对生活不确定性的书写。车、马这些物的世界对人的诱惑或左右,已经成了生活的支配性力量。人被物的异化已经成为生活的常态。当然,这也是一篇非常有趣、可以做多种解读的小说。

总体说来,王手的小说深入生活的深水区,他触摸到了人性的纵深处。他处理的是人的心理、精神、灵魂的领域,关心的是当代人内心的问题。尤其是对人的不安、焦虑、彷徨、空虚、脆弱及表现形式的发现。昆德拉在《小说的艺术》中说:"小说存在的理由是要永恒地照亮'生活世界',保护我们不至于坠入'对存在的遗忘'。"因此,当王手以小说的形式照亮"生活世界"的时候,我们可以肯定地说,原来生活和人性是被发现的。

权力支配下的政治无意识
——官场小说和它的不同面向

"官场文学"是权力支配下的政治文化的一种表意形式。所谓"政治文化"就是"一个民族在特定时期流行的一套政治态度、信仰和感情。这个政治文化是本民族的历史和现在社会、经济、政治活动的进程所形成。人们在过去的经历中形成的态度类型对未来的政治行为有着重要的强制作用。政治文化影响各个担任政治角色者的行为、他们的政治要求内容和对法律的反映"。首先,根据不同政治学家对政治文化的解释,有人把它概括为如下3个特征:(1)它专门指向一个民族的群体政治心态,或该民族在政治方面的群体主观取向;(2)它强调民族的历史和现实的社会运动对群体政治心态的影响;(3)它注重群体政治心态对于群体政治行为的制约作用。其次,政治文化不是社会整体文化,但作为社会总体文化包容下的一部分,却可以把它看作社会群体对政治的一种情感和态度的简约表达。既然政治文化规约了民族群体的政治心态和主观取向,权力拥有者作为民族群体的一部分,也必然要受到政治文化的规约。

一　乡土中国的权力文化

　　1999年，作家李佩甫发表了长篇小说《羊的门》，这是一部充满了内在文学力量的作品，是包括对中原文化在内的传统中国文化重构后，对当下中国社会和世道人心深切关注和透视的作品，它是乡土中国政治文化的生动画图。呼家堡独特的生活形式和一体化性质的秩序，使呼家堡成了当下中国社会政治生活的一块"飞地"，它既实现了传统农业社会向现代文明转化的过程，使农民过上了均等富庶的生活，又严格地区别于具有支配性和引导性的、红尘滚滚的都市文明。它是一片"净土"，是尚未遭到现代文明污染的"世外桃源"。从消灭剥削、不平等的物质形式来说，那里已经完成了解放的政治；但从权力与资源分配的差异性来说，从参与机会与民主状况来说，又没有从传统和习俗的僵化生活中解脱出来。它是现代的，又是传统的；它的井然有序是文明的，而那里只有一个头脑，表明了它又是前现代的。呼家堡就是这样一个复杂、奇特的不明之物，它是传统和社会生活遭遇了现代性之后，产生的具有中国特色的社会生活场景。但它的非寓言性显然又表达了作者对当下中国社会生活的某种理解和洞察。

　　呼家堡的主人呼天成，是一个神秘的、神通广大和无所不能的人物，是一个大隐于野又呼风唤雨式的人物。在社会生活结构中，他的公开和合法身份是中国共产党基层组织的负责人，但他的作用又很像旧式中国的"乡绅"，他是呼家堡联系外部社会和地方统治的桥梁，但他又不是一个"乡绅"，呼家堡的一切都在他的掌握之中，他是呼家堡的"主"，是合法化的当家人，是这块土地不能缺少的脊梁和灵魂，他所建立起来的权威为呼家堡的民众深深折服，他对秩序和理性的尊崇，使他个人的统治也绝对不容挑战和怀疑。呼家堡的生活方式是呼天成缔造的，在缔造呼家堡生活方式的同时，呼天成也完成了个人性格的塑造。这个复杂的、既有中国传统又有现代文明特征的中原农民形象，是小说取得的最大成就。

当我们面对呼天成的时候，我们不仅经历了巨大的心灵震撼，同时我们发现过去一直争论相持不下的宏大命题，如传统文化、农民文化、现代文化等，竟是那样苍白。或者说，简单地弘扬一种文化或简单地批判一种文化是没有意义的，在当代社会生活中，任何一种文化都处在重构的过程中，也只有在这个过程中，我们才会具体地感到某种文化的变化和全部复杂性。因此，如果仅仅面对诸如"传统文化""农民文化""现代文化"这些概念时，我们不知道究竟是应该弘扬它还是批判它。事实上，呼天成就是多种文化交互影响，特别是政治文化影响的产物，因此他是一个矛盾的复杂体。传统文化在民间有隐形的流传，它不是系统的理论，它是在生活方式和人们的心理结构中得以表达的，其中实用理性、随机应变等文化品格在民间如影随形，呼天成的性格基调就是由这种文化品格培育出来的。它的土壤就是中原文化中盲从、愚昧、依附、从势及对私有利益的倚重。从这个意义上说，中原文化也就是中国农民文化。呼天成的王朝统治正是建立在这样的文化基础上的。

那个民众被震慑的场景启示了呼天成，他对书上说的"人民"有了新的理解，也启发了他统治呼家堡的策略，通过向孙布袋"借脸"、通过开"斗私"大会让妇女"举手"等政治行为，呼家堡民众的尊严感、自主性、自信心就完全被剥夺了，呼天成不容挑战的权威也就在这个过程中建立了起来。值得注意的是，呼天成不是我们在一些作品中常见的腐败的村干部，也不是横行乡里的恶霸，而恰恰是一个修身

克己、以身作则的形象。他不仅在一个欲望无边的时代，将激情逐出了"私化"领域，以自我阉割和超凡的毅力克制了他对秀丫的占有，而且即使是他的亲娘，也不能改变他"地下新村"的统一安排，一个命定的数字就是他亲娘的归宿。究竟是什么塑造了呼天成的"金刚不坏之身"？或者说我们究竟应该如何评价呼天成"公"的观念、集体信仰和他的道德形象及民众对他的信任抑或恐惧？

20世纪90年代以来官场小说的繁荣，可能源于两个方面的原因：一是权力的异化导致的官僚腐败，它真实地存在于我们的生活中，文学有义务对此做出必要的反映；二是商业文化的驱使，商业文化可以消费一切，当官场腐败以文学的形式出现在文化市场的时候，事实上，它也就作为一种可供展示的奇观被消费。这两方面的原因导致了两种不同的"官场小说"：一种是以文化批判为目标诉求的，它在揭示权力腐败的同时，进一步揭示了滋生这种现象的文化土壤；另一种是以"正剧"或"闹剧"的形式搭乘了商业霸权主义的快车，在展示、观赏官场腐败并以"政治正确"面貌出现的同时，实现了市场价值的目标诉求。它们在印刷媒介完成了文本之后，又可以改编成其他形式在大众传媒中流播，进一步证实它的市场价值。但这一"官场小说"的非文学性特征十分明显。

"官场小说"是权力支配下的政治文化的一种表意形式。因此，如果把官场的权力争夺和官场腐败仅仅归结于商业主义或市场意识形态霸权的建立是不够的。事实上，它背后最具支配性的因素是权力意志和权力崇拜。在传统文化那里，虽然"万般皆下品，唯有读书高"，但"学而优则仕"才是真正的目的。入朝做官"兼善天下"不仅是读书人的价值目标，而且也是人生的最高目标。要兼善天下就要拥有权力，权力意志和兼善天下是相伴相随的。对于更多的不能兼善天下和入朝做官的人来说，权力崇拜或者说是权力畏惧，就是一种没有被言说的文化心理。这种政治文化是一个事物的两面，它们之间的关系越是紧张，表达出的问题就越严重。

《龙年档案》是一部反映当代中国政治文化的小说。它与我们读过的《羊的门》《国画》《沧浪之水》等小说是非常不同的。上述小说在不同的程度上揭示了政治文化在中国深厚的土壤和基础，或者说，无论出身于农民还是知识分子，他们只要和权力接触，"权利意志"便会成倍地膨胀，权力成了一种无意识的、与生俱来的欲望。这就是政治文化对一个民族文化心理难以抗拒的制约。但《龙年档案》不同，作品中的主要人物都已经是中国政治生活结构中的主要角色，作者表现这些人物的主要方法，是他们在权力结构中的不同身份，即改革者和利益集团的斗争。这些人物事实上是十多年前《京都》三部曲的延伸和发展，人物类型和斗争方式没有超出当年的基本框架。一方面可以看出政治文化在中国并没有本质上的变化；另一方面，也可以认为作者在艺术处理上和结构故事的方式同样没有发展和变化。它是《新星》在十多年之后的重新书写。

应该承认，《龙年档案》是一部非常好看的小说，它的结构之缜密、叙事之流畅、文字之明快，都显示了作家重出江湖之后武功依旧的风采。甚至作家对中国政治生活的熟悉及参与和推动中国政治体制改革的热情和愿望，都在其他许多小说之上。但是，我必须坦率地说，这部"好看"的政治文化小说，事实上是一部"类武侠"小说。或者说作家起码在叙事策略上，极大地汲取了武侠小说的方式和技巧。它特别类似一个"寻仇"的故事，主人公罗成也恰似一个武功高强、具有道德意义的武林高手。在整治天州市的过程中，他虽然历尽艰险、步履维艰，但他"天上人间、飞檐走壁"最终实现了"快意恩仇"。在塑造罗成这个人物时，道德意义在作家那里仿佛是第一要义：从他一出道开始就访贫问苦、镇压乡绅，进入天州之后满眼不平事，然后是"比鸡起得早比狗睡得晚"的勤政，处理上访、解决全州小学教室危改、处理天州机床厂危机、女儿遭暗算、自己被累倒、微服私访"黑三角"、下井解救矿工等，和武侠小说中的英雄磨难一脉相承。如果将其改为章回体，就是一部地道的武侠小说。在道德意义上，罗成已经不战自胜，他很少和对手龙福海正面冲突，但他却在"围魏救赵"的外围工夫上打败了龙福海。而龙福海则是一个相当脸谱化的邪恶势力的代表，他除了"摆弄人头"搞阴谋之外好像不干什么事。这个叙事模式，同"文革"时期的"低头拉车"与"抬头看路"的斗争、新时期的"改革派"与"保守派"的斗争没有什么区别。也与柯云路自己的《三千万》和《京都》三部曲的叙事策略没有什么区别。因此就小说的叙事角度来说，十几年过去之后，作家并没有发生什么艺术上的变化。

在试图反映或揭示当下中国现实问题的作品中，道德化是一个普遍采取的策略，"正义一定会战胜邪恶""清官一定战胜贪官"乃至大团圆的结局，满足了普通文学消费者的阅读期待，这也是这类作品受到普遍欢迎的文化接受心理。但问题是，在当下的中国，道德化的文学叙事很可能遮蔽了更重要的问题，或者说，政治体制改革的问题，是否通过道德化就可以解决？政治体制中最重要的问题是不是道德问题？我在提出这个问题的同时，必须肯定柯云路没有更多地涉及诸如男女生活作风问题。虽然在许多小说里这是一个拉动阅读的敏感卖点，但可以说，这种最表层的道德问题在许多作品那里只是生理问题，连心理的层面都没有达到，更遑论人性了。柯云路仅含蓄地有几处涉及这个内容，他并没有以热衷甚至欣赏的笔触去展开，这是应该肯定的。

我非常赞赏作家推动和参与政治体制改革的愿望和热情。但中国现代性的复杂性并没有在作家的表达中得到充分的揭示。比如，最动人的章节和情节，总是与罗成和农民和苦难和危险的接触相关，改革中遇到的重大问题，如国企改造、下岗就业、环境整治与再生产等问题，罗成同样是缺乏主意的，他在天州机床厂的表演，虽然悲壮但也苍白，没了下文也说明这个复杂的问题超出了作家的解决能力和想象能力。当然，现代性是一项未竟的事业，文学作品不能解决这个问题，但它却可以从不同的方面反映或表达这个问题。不能为了迎合阅读，就将一个十分复杂的问题简单化地演绎为大众文学。罗成固然悲壮、崇高，甚至也很唐·吉诃德，也实现了"寻仇"的愿望，但理想化如果失去了复杂性的基础，就是肤浅的乐观主义。

二 现实深处的秘密

青年作家王跃文因《国画》而暴得大名，《国画》一时洛阳纸贵。陌生的王跃文被议论得沸沸扬扬。他对官场生活的熟悉，对不同层次官员心理的准确把握，以及在细微处表现人物和体现题材特征的处理上，都显示了作家所具有的文学才能和想象力。因此，王跃文也被看作这一题材小说创作在当下的代表性人物。其实官场小说并非自王跃文始。晚清小说自李伯元的《官场现形记》出版后，陈平原曾统计说，以官场为表达对象并于书名中点明官场的就有19种之多。可见晚清小说谴责之风的盛行。但晚清小说多写官僚的贪婪、昏庸、残暴和伪善，以激进的言辞"穷追猛打"，既解了作家的心头之恨，又在读者那里获得了奇观满足的阅读效果。但王跃文的小说不同，他在世俗欲望日渐膨胀并在官场过之不及的现实生活中，在权力争夺与情欲宣泄高潮迭起的丑恶演出中，在卑微沮丧、踌躇满志、惴惴不安、小

心谨慎、颐指气使的官场众生相中,作家不是一个冷眼旁观或兴致盎然的看客,也不是一个投其所好献媚市场的无聊写手。在王跃文的官场小说写作中,既有对官场权力斗争的无情揭示与批判,也有对人性异化的深切悲悯与同情;调侃中深怀忧患,议论处多有悲凉。事实上,王跃文的"官场小说"不止《国画》及其续篇《梅次的故事》。他还写过诸如《无头无尾的故事》《很想潇洒》《棕红色皮鞋》《天气不好》《头发的故事》《也算爱情》《花花》等中、短篇小说。

《也算爱情》中的女工作队长吴丹心,是一个塑造得相当成功的文学形象。在欲望受到普遍压抑的时代,吴丹心以她的权力获得了性的满足。在人的本能欲望不具有合法性的时代,吴丹心释放欲望的要求也许不必做道德化的批判。但值得注意的是,当她怀疑自己的性伙伴李解放同一农村姑娘有关系时,她妒火中烧地有这样一段话:

"今后反正不准你同那女的在一起。看她长得狐眉狐眼的。"

"我不会和她怎么样的。我不可能找一个农民做老婆呀?"李解放说。

吴丹心说:"你对农民怎么这么没有感情?"

李解放莫名其妙,说:"我弄不懂你的意思了。你是要我同她有感情,还是不同她有感情?"

吴丹心说:"两码事,同她是一码事,同农民是一码事。"

这段对话不仅揭示了吴丹心作为官场女人的占有欲,同时也从一个方面解释了性与政治的关系。在吴丹心看来,农村女青年腊梅只是个"性"的争夺者,她只是一个具体的与"性"有关的女人;而农民这个词是具有政治意义的抽象的符号。因此,在吴丹心那里,"农民"这个符号并没有具体的所指。从占有这个意义上来说,吴丹心对政治和性的理解是完全一样的。她都要占有。王跃文的这些小说所叙述的对象，大多是中下层官员，他们还没有处于权力中心。因作者多在日常生活中表现了这些人物的心态和行为方式。作品对人物的刻画特别注重细节和语言，使人在阅读中产生这些人物在官场中行为举止的联想，为小说营造了特有的气氛和场景。

由于中国特殊的历史处境和经验，反映"官场"的小说，特别是长篇小说盛极一时。但更多的作品还停留在"官场现形记"的水平，没有太高的文学价值，甚至还没有超出近代"谴责小说"的水平。从文学史的角度上说，《羊的门》《沧浪之水》等作品可能是一个例外。我们当然期待着更好的、更具文学性的表达这一题材的作品。当同类题材作品不断出现的时候，对作家的想象力、叙述能力及理解当代小说的能力，就构成了挑战。在我看来，反映"官场"的小说不是太多了，而是雷同的或者"电视剧水平"的同类题材作品太多了。

《放下武器》无疑是同类题材作品中一部优秀的长篇小说。这部作品的艺术成就可以概括为以下几点。

叙述的魅力。作家对郑天良转变的叙述十分耐心。他没有直奔主题。在一般的意义上说，郑天良成为腐败分子，可能是商品经济、社会转型带来的另一种负面效应。但这个逻辑起点是不对的。商品经济或以经济建设为中心，得到了社会各阶层的广泛支持，国家变得更加强大。在全球领域内，中国的经济发展几乎"一枝独秀"。这与改革开放的大政方针是不能分开的。郑天良作为农民出身的干部，开始并不适应改革开放的环境，这与他的小农经济思想，眼光只有酱菜厂那么大有关系。他做了副县长、实验区主任，仍然是一个农民出身的乡长水平。他做的一切都像一个农民，只要结了果实就满足。酱菜厂是一个典型的例子，他的"酱菜厂情结"具有典型的象征意义。他没有改革的视野和思路。一个诚实的农民是不可能和腐败沾边的。但到了"下篇"，他掌握了实际权利之后，变化开始发生了。这个转变是耐人

寻味的。这和郑天良出身农民的虚荣、对权力的崇拜有关,在以他为"核心"的场合,他总是有极大的满足感;对控制"局面"和场景兴致盎然。因此,"腐败"在《放下武器》这里,与中国农民文化建立起了联系。

对中国现代社会生活复杂性的揭示。郑天良的腐败和腐败的土壤环境是有关的。从某种意义上说,每一个人都有成为腐败分子的可能。围绕在郑天良身边的人,无论是个体户赵全福、商人万源、基层干部沈一飞、"双料色情间谍"沈汇丽等,他们是有机会接触郑天良的。但这些人接触郑天良都和他们的利益有关。如果郑天良没有权力为他们带来利益,他们也不会向郑进行金钱和色情行贿。另外是权利阶层的复杂。当然小说不是全面反映或表达官场工作状态的实录。但在小说中我们可以发现,没有什么人真正对国家和百姓负责。一个县的改革和整体设计换一个执政者就会换一个样子。他们都说得头头是道,都有道理,但其间都隐含个人的目的——或是换取政治资本,或捞取个人好处。在这一点上黄以恒、郑天良并没有本质区别。他们对权力的理解也大致相同。黄和梁书记的关系、郑和叶书记的关系,是他们执政的理由和资源。于是,小说以形象的方式提出了一个我们长期议论的政治改革的尖锐话题:究竟谁来监督执政者?因此,一个腐败分子与他的出身没有关系,与他掌握了权力也没有关系,郑天良掌权很久,并不是一有权力就一定腐败,他还有抵制的起码愿望。有关的是没有谁来监督权力。黄以恒个人在这场权力角逐中似乎胜利了,但对于中国的前途,对国家的命运来说,我们仍然忧愤并且担忧。那么,小说要求"放下武器",这个武器是什么呢?就是权力拥有者对权力的无限放大,他们有恃无恐地使用着这个"武器"。我对作者的胆识和艺术才能深表钦佩。他的"官场"小说在表达现实的同时走进了历史,因此是一部有历史感的好作品。

在结构上,小说充满了悬念,上篇每一章的结尾几乎都要提到郑天良被枪毙。这个具有刺激性的提示始终让读者感到兴奋。至于郑天良真的被枪毙了,真相大白了,读者也就释然了。沈汇丽这个人物的设计也颇具匠心,她非常像一个"双料间谍",既服务于黄以恒,也服务于郑天良。她究竟属于谁已经不重要,重要的是一个漂亮的女性总是逃不脱权力牺牲品的命运。这个人物不令人同情,但作为女性则是令人同情的。当然也包括出淤泥而不染的王月玲。

我略感不满的是"叙述者"的设定。这个叙述者的主要对话者是书商姚遥。其他的采访或叙录都是"潜对话者"。没有这个形式,郑天良同样可以叙述出来。书商要求叙述者写成一个淫乱作品,被作者拒绝了。其实这个叙述者和传统小说的"说书人"有极大的相似性。没有这个设定的叙述者,我觉得小说更简洁。因为郑天良的问题或者腐败分子的问题从来就不仅仅是一个道德问题。叙述者对书商的抵制并没有太大的意义。而这一设定,使这部充满了现代性的小说显得十分老旧。

三 承认的政治与尊严的危机

阎真的长篇小说《沧浪之水》,可以从许多角度进行解读,如知识分子与文化传统的关系、特权阶层对社会生活和精神生活,以及心理结构的支配性影响、在商品社会人的欲望与价值的关系、他者的影响或平民的心理恐慌等。这足以证实了《沧浪之水》的丰富性和它所具有的极大的文学价值。但在我看来,这部小说最值得重视或谈论的,是它对市场经济条件下世道人心的透视和关注,是它对人在外力

挤压下潜在欲望被调动后的恶性喷涌,是人与人在对话中的被左右与强迫认同,并因此反映出的当下社会承认的政治与尊严的危机。

小说的主人公池大为,从一个清高的旧式知识分子演变为一个现代官僚,其故事并没有超出于连式的奋斗模型,于连渴望的上流社会与池大为心向往之的权力中心,人物在心理结构上并没有本质区别。不同的是,池大为的向往并不像于连一样出于原初的谋划。池大为虽然出身低微,但淳朴的文化血缘和独善其身的自我设定,是他希望固守的"中式"的精神园林。这一情怀从本质上说不仅与现代社会格格不入,与现代知识分子对社会公共事物的参与热情相去甚远,而且这种试图保持内心幽静的士大夫式的心态,本身是否健康是值得讨论的,因为它仍然是一种对旧文化的依附关系。如果说这是池大为个人的选择,社会应该给予应有的尊重,但是,池大为坚持的困难并不仅来自他自己,而是来自他与"他者"的对话过程。

现代文化研究表明,每个人的自我界定及生活方式,不是来自个人的愿望独立完成的,而是通过和其他人"对话"实现的。在"对话"的过程中,那些给予我们健康语言和影响的人,被称为"有意义的他者",他们的爱和关切影响并深刻地造就了我们。池大为的父亲就是一个这样的"他者"。但是,池大为毕业后七年,仍然是一个普通科员,这时,不仅池大为的内心产生了严重的失衡和坚持的困难,更重要的是他和妻子董柳、厅长马垂章、退休科员晏之鹤及潜在的对话者儿子池一波已经经历的漫长的对话过程。这些不同的社会、家庭关系再造了池大为。特别是经过"现代隐士"晏之鹤的人生忏悔和对他的点拨,池大为迅速时来运转,他不仅在短时间里连升三级,而且也连续搬了两次家换了两次房子。这时的池大为因社会、家庭评价的变化,才真正获得了自我确认和"尊严感"。这一确认是在社会、家庭"承认"的前提下产生的,其"尊严感"同样来源于这里。

于是，小说提出的问题就不仅仅限于作为符号的池大为的心路历程和生存观念的改变，事实上，它的尖锐性和严峻性，在于概括了已经被我们感知却无从体验的社会普遍存在的生活政治，也就是"承认的政治"。加拿大学者查尔斯·泰勒在他的研究中指出，一个群体或个人如果得不到他人的承认或只得到扭曲的承认，就会遭受伤害或歪曲，就会成为一种压迫形式，它能够把人囚禁在虚假的、被扭曲和被贬损的存在方式之中。而扭曲的承认不仅为对象造成可怕的创伤，并且会使受害者背负着致命的自我仇恨。拒绝"承认"的现象在任何社会里都不同程度地存在，但在池大为的环境里已经成为一种普遍的存在。被拒绝者如前期池大为，他人为他设计的那种低劣和卑贱的形象，曾被他自己内在化，在他与妻子董柳的日常生活中，在不学无术、浅薄低能的丁小槐丁处长，与专横跋扈的马厅长的关系中，甚至在下一代孩子的关系中，这种"卑贱"的形象进一步得到了证实。不被承认就没有尊严可言。池大为的"觉醒"就是在这种关系中因尊严的丧失被唤起的。现代生活似乎具有了平等的尊严，具有了可以分享社会平等关注的可能。就像泰勒举出的例证那样，每个人都可以被称为先生、小姐，而不是只有部分人被称为老爷、太太。但是，这种虚假的平等从来也没有深入生活内部，更没有成为日常生活支配性的文明。尤其在我们的社会生活中，等级的划分或根据社会身份获得的尊严感，几乎是未作宣告，但又是根深蒂固、深入人心的观念或未写出的条文。

现代文明的诞生也是等级社会衰败的开始。现代文明所强调和追求的是赫尔德所称的"本真性"理想，或者说我们每一个人都有一种独特的作为人的存在方式，每个人都有他的尺度。自己内心发出的召唤要求自己按照这种方式生活，而不是模仿别人的生活，如果我不这样做，我的生活就会失去意义。这种生活实现了真正属于我的潜能，

这种实现，也就是个人尊严的实现。但是，在池大为面对的环境中，他的"本真性"理想不啻为天方夜谭。如果他要保有自己的"士大夫"情怀和生活方式，若干年后他就是"师爷"晏之鹤，这不仅妻子不答应，他自己最终也不会选择这条道路。如果是这样，他就不可能改变自己低劣或卑贱的形象，他就不可能获得尊严，不可能从"贱民"阶层被分离出来。

于是，"承认的政治"就这样在日常生活中弥漫开来。它是特权阶级制造的，也是平民阶级渴望并强化的。在池大为的生活中，马垂章和董柳是这两个阶级的典型，然后池大为重新成为下一代人艳羡的对象或某种"尺度"。读过小说之后，我内心充满了恐慌感，在今天的社会生活中，一个人将怎样被"承认"，一个人尊严的危机怎样才能得到缓解？

我惊异于阎真杰出的语言才能，他的心理叙事、对话艺术、对人物精到的描写及长篇小说的结构能力，对日常生活体察的细微，都给我以深刻的印象。这是我今年读到的最优秀的长篇小说之一。在艺术尺度越来越难以坚持，作家"写真集"越来越多的年代，《沧浪之水》为我们的阅读带来了新的鼓舞和信心。

山峰正在隆起

——新世纪初期辽宁的中、短篇小说创作

在 2003—2006 年《小说选刊》"贞丰杯"全国优秀中、短篇小说的评奖中，入选的 19 部中篇小说中，就有辽宁作家马秋芬的《蚂蚁上树》、津子围的《小温的雨天》、陈昌平的《英雄》三部小说入选，占全部入选作品的近六分之一。过去普遍的看法是，辽宁的中、短篇小说创作在全国已经形成了一个"高原地带"，但还没有成就突出的作家作品出现，还没有形成文学的"山峰"，这个看法大体不谬。但是，近年来，辽宁的中、短篇小说创作有了突飞猛进的发展，孙春平、马秋芬、刁斗、孙惠芬、马晓丽、津子围、陈昌平、李铁、于晓威、周建新等中、青年作家的小说，已经引起了批评界的密切关注，出现在各大刊物的头条位置的次数及获奖率、转载率、年选入选率等逐年攀升。因此，在我看来，辽宁中、短篇小说创作的山峰正在隆起，他们已经显示的气象和风范，预示了在这一领域可以期待的、并不遥远的未来。

一 《北方船》和"底层写作"

《北方船》是马秋芬发表于 2006 年的一部中篇小说。在这部小说发表期间，中国文坛正在进行着一场大规模的文学论争，这就是关于

"底层写作"的论争。不管这场论争的结果怎样，可以肯定的是，这是继1993年关于"人文精神讨论"之后，十几年的时间里唯一能够进入公共论域的文学论争，因此意义重大。随着讨论的深入，问题的复杂性也逐步显露出来。比如，谁在写"底层"，"底层"的问题是否仅仅是苦难可以描述或涵盖的，"底层写作"的文学性如何评价，如何看待这一文学现象中的情感和立场等。这些问题的提出，进一步表明了文学批评的进步和独立。或者说，过去只要站在民众的立场上说话就不战自胜，"政治正确"也就意味着文学的合理性。但是，在今天的文学批评看来，任何一种文学现象不仅仅取决于它的情感立场；同时，也必须用文学的内在要求衡量它的艺术性，评价它提供了多少新的文学经验。这些看法无疑是正确的。但是，需要强调的是，许多年以来，能够引发社会关注的文学现象，恰恰是它的社会性。我们不能说这一现象多么合理，但它却从一个方面告知我们，在中国的语境中一般读者对文学寄予了怎样的期待，以及他们是如何理解文学的；另一方面，急剧变化的中国现实，也激发了作家介入生活的情感要求，"有话要说"也点燃了他们的创作冲动和灵感。《北方船》正是在这样的背景下发表的。

与更多的表达底层苦难的写作不同，在《北方船》那里，我们并没有读到对苦难的刻意描述。这是一个真正的"底层"，既有城里的下岗女工，也有来自乡下的民工。这种交汇表面上抹平了"城乡差别"，城里人不再优越，乡下人也不必卑微，身份在一个工地上被统一起来。但是，我们在作家从容或表面轻松的叙述里，仍然感受到了这个为了生存而难以言及生活的群体的全部艰难。廖珍是城里的下岗女工，曾做了十年的勾毛活，她也时常有朝夕不保的惶恐，因为时常领不到派单。一个偶然机会——在原来工友范志军的帮助下，她来到了北方船工地，并且当上了升降机操纵手，那个"升降机准驾证"是范志军给买的。但来到工地后的廖珍，心情就像她操纵升降机一样飘忽不定。这种惶恐不是领不到派单能比较的。原因是，从此她就成了"范嫂子"，她不仅真的委身于"范保管"，不情愿地用身体回报，而且工友们也真的将她认作"范保管"的家属。廖珍对这个误解极为矛盾：一方面，作为单身女人她可以因此有些安全感；另一方面，潜意识里又有对尊严的冒犯。没有什么比对尊严的冒犯更难以接受，廖珍真正的苦楚正在这里。因此，马秋芬对"苦难"书写就显示了她独到的深刻性。这既是生存的艰难，也是心灵和精神的艰难。

与廖珍不同的是乡下民工吴顺手。这个人物的性格我们有些熟悉，他是一个典型的中国原初农民形象，有些阿Q，有些未开化的质朴，肯出力气，本真善良，但又愚昧得没有是非观念。他可以一个人下煤窑，3个月赚3000元钱领回村里最漂亮的姑娘孙彩霞，也可以因6000元就将媳妇出让；既可以在工地随地小便，也能够在危机时刻去救助廖珍；既谦卑谨慎，也敢张扬地讲述寻花问柳的事。吴顺手最后摔死在工地上，也隐喻了农民进城的某种宿命。

小说最令人震惊的是结尾处。工地竣工了，但竣工典礼却与这些建设者没有关系，他们不仅被排斥在庆典之外，而且忧虑的是：

> 廖珍问：明年还来吗？小娥子说：谁知道呢！她又问廖珍：下个工号你还去吗？廖珍说：谁知用咱不？她们还想说什么，却被庆典台上调试麦克的声音打断了："喂喂喂……喂喂喂……"那声音太大太噪，她们就不再说什么。廖珍越发紧密地拥抱着小娥子，连同她肚里还没睡醒的孩子。

我记得青年作家胡学文在谈《命案高悬》的创作体会时说过这样一段话："乡村这个词一度与贫困联系在一起。今天，它已发生了细微却坚硬的变化。贫依然存在，但已退到次要位置，困则显得尤为突

出。困惑、困苦、困难。尽你的想象，不管穷到什么程度，总能适应，这种适应能力似乎与生俱来。面对困则没有抵御与适应能力，所以困是可怕的，在困面前，乡村茫然而无序。"这个发现不仅适于乡村，同样适于城乡交汇的工地。贫困的生活仍然使廖珍们流连于被大楼替代的工地，但"谁知用咱不"的困惑才是他们不能摆脱的隐痛。命运都是未知的，因为命运没有掌握在自己的手上。

值得称道的还有《北方船》的创作方法。它既有"新写实"小说的遗风流韵，又不同于"新写实"的"零度叙事"。《北方船》里有许多生活原生态的场景。比如：

> 吴顺手在架子上让尿憋急了，又懒得去公厕，从杆子上下来，就三绕两绕，找个堆模板的屋角去解决。还没解决彻底，突然跳过来一个人，吼道："你他妈长眼没？拎个破胶皮管子给你家菜园子灌溉呢！你看你把什么给污染了？"吴顺手这才看见模板空当儿里放着一箱啤酒和五六个盒饭。他见对方戴的是红帽子，说明他是甲方的人。他自知理短，可却嘴硬："哥们儿，你们那啤酒也不漏气，还怕渗进脏物啊?!再说喝酒作业属违章，我不揭发你们不就扯平了吗？"红帽子一听火了，一把将他的黄色安全帽揭下来掼到地上，不屑地说："你这土鳖，头上顶个黄屎帽子，你还敢嘴贫！"吴顺手捡起帽子一看，这不争气的玩意儿已被磕得四裂八瓣的。他哈腰拾帽子那一瞬，就什么人格尊严都没了！吴顺手这个气！他心想，在楼里屙屎撒尿的人多啦，他要也戴顶红帽子，即使让别人抓个现行，也未必敢朝他吆五喝六！

这种对话和议论方式有浓重的工地"原生态"味道，但它又并不仅仅是一个场景，这里的等级关系显然也蕴含了"身份的意识形态"。

再比如：

> 吴顺手很羡慕城里人。可这大工号虽在这么热闹的中街上，眼前却除了乡下人还是乡下人，他们听是听到中街的声息，却一点都摸不着碰不着，只有廖珍才是中街的主人。因此在吴顺手的眼里廖珍就是"城里"。她大热天戴口罩很城里，扳手柄的手腕上套着珠链很城里，称他为"吴师傅"，称小豁嘴子为"小孙"很城里，有时她在货梯上一惊一乍的，在他看来都很城里。他看了一眼廖珍，她头上不知什么时候换了一项红色安全帽，眼睛被刺了一下，这颜色也百分之百的城里！

即使是在同一个工地上，都是工人，但等级关系已经渗透到最细微或基本的细胞。这些不经意的书写，却揭示了中国社会最本质的关系。《北方船》也有欲望或身体叙事，这种经验可能是当下中国最直接的经验。它不只是贪官污吏、单身贵族、时尚青年等阶层特有的现象。就是在最困苦的阶层那里，欲望仍在暗夜燃烧涌动，交换同样在进行。这些场景告知我们的是，"底层"是否"民粹"并不重要，重要的是生活确实就是如此。远在工地的乡村是另一番景象，这个景象我们没有在小说中目睹，但作家机智地用原始的书信方式为我们转述了许多信息。城乡底层生活的交织书写，立体地展示了底层的生活经验，但作家马秋芬并没有站在"代言者"的立场专事"苦难叙事"，她的平静、从容、不动声色，可能为"底层写作"提供了另一种经验或道路。

二　《燕子东南飞》：讲述故事的两种方法

　　我曾在一篇文章中谈到，包括孙惠芬《上塘书》在内的长篇小说的发表，面对乡村中国的现实，整体性的叙事已经终结。或者说，不断"现代"的过程，使过去的乡村正在我们的记忆中消失。因此，完整的乡村故事已经难以整合。无论乡村的形态是否发生变化，可以肯定的是，像现代都市一样碎片化的生活也无可避免地感染了乡村中国。这个现象，我们在贾平凹的《秦腔》、阿来的《空山》等作品中同样可以看到。但是，在那些不那么"现实"的作品中，我们仍然可以读到有想象力的作家的惊心动魄的故事。孙惠芬的《燕子东南飞》就是这样的小说。这是近年来我读到的最讲究讲述故事方法的中篇小说之一。如果概括小说表达了什么，我们可能会说，这是一篇与乡村爱情有关的小说，是一篇捍卫个人尊严的小说，是一篇有家难回、望断故乡路的小说，也是一篇关于母与子、历史与现实、他者与主体等关系的小说，这样说也许不错。但对《燕子东南飞》来说，要远比这样的概括复杂、深刻得多。

　　它的复杂性，是由小说的叙事视角决定的；它的深刻性，是由小说的情感决定的。小说以类似"贾雨村言"的方式展开叙事，"作家"又一次来到了她虚构的歇马山庄，但这个"歇马山庄"是完全陌生的，山庄隐藏着一个巨大的秘密："一个乡村女人每天都要坐在家门口朝东南望，直至把自己望成了'燕子'，这个情景一下子打动了我，我在想，这里边一定有一个什么秘密，一个属于东南方向的秘密，一个无法言说的秘密。"于是，窥视或破解这个秘密，就成为作家这次歇马山庄之行的起点或终点。对这个秘密的讲述，作家只是作为一个"他者"的"窥视"：一个八十多岁的老太太，"没瘫那会儿，一连好几十年，她天天坐在门口朝东南望，不管冬夏，你要是问她望什么，她就说'俺望燕子'。你春天望燕子，夏天望燕子，到了秋天冬天还望燕子，村里人就给起了'燕子'外号，她家本姓金，可是提到她家，没有提姓的，都说燕子，就连她儿子村里人也管他叫燕老大"。对于这个秘密，作家和歇马山庄的人并不比我们知道得多，因此，小说大部分是"后叙述视角"。

在这样一个叙述视角里，"燕子"和她的家人在村里人看来，是不可理喻的，勉为其难地称为"家"的恶劣环境也喻示家早已破产。燕子和她的儿子没有任何亲情关系，所有人对这母子只有鄙视和厌恶。没有人愿意走进"燕子"的内心世界，因此也没有人知道"燕子"的精神世界早已破产。"燕子"的生存处境、瘫痪的肉体、气息、"败类"的名声及被遗忘的存在等，都在小说的后叙事视角中以极端化的方式呈现出来，为"燕子"悲惨的身世和命运做了铺垫。后来我们知道，身处异乡的"燕子"，"隐匿"的历史并没有成为过去，不为人知的屈辱却以同胞鄙视的方式偿还历史旧账。这种比较给人的震撼如闪电裂空、惊雷滚地。

"燕子"的"秘密"，并没有在"作家"的"窥视"中得到揭示。在"燕子"不久于人世之际，她那个强烈的"回家"愿望得以实现，这个家是"燕子"的娘家史家沟。"回家"是小说叙事视角的转折——由作家的客观叙事转换为人物的主体叙事。两个当事人——"燕子"和她的儿子"燕老大"，分别讲述了内心的怨恨和遭遇。燕老大对母亲的不满是母亲从来没有抱过他，从来不让去姥姥家，甚至都不能提起。在儿子看来，母亲讨厌自己，所有的人都讨厌自己。燕老大的述说发泄了自己也解脱了别人关于忤逆不孝的误解，或者说，儿子与母亲的不亲近问题并不在儿子这里。包括"作家"在内，在那一刻她也认为"燕子"有精神病。燕老大答应用车拉母亲"回家"，事实上就是为了这个积郁已久的讲述。

但是，事情并没有结束。如果燕老大的讲述终结了小说的话，那么，"燕子"的秘密不仅没有破解，而且儿子的被讨厌也没了因由，故事就支离破碎不能成立了。事实上，"燕子"的"回家"要求，也恰恰是她安排的讲述机会。她一定要在离开人世之前说出关于自己的巨大隐秘：十五岁那年，"燕子"死了母亲，"土匪"父亲在做"大事"远在天涯。在父亲的小老婆和自己嫂子的逼迫下，"燕子"不得不远嫁他乡。在出嫁的路上，她被两个日本鬼子拉到庄稼地里强暴了。赶车的哥哥不敢和鬼子拼命却拼了命地向"燕子"诉诸暴力，是好心的丈夫容忍和收留了她。但真正让"燕子"彻底绝望的是孩子生了下来：

> 生孩子那天，俺差一点撞了南墙，那一脸抬头纹俺在苞米地里就见过。俺一见那抬头纹，肠子都翻到嗓子眼儿，就像看了长虫皮一样俺直想呕……俺儿，你知道那孩子是谁吗，他是你——你是怎妈跟鬼子生的孩子呀——俺儿，你知道俺哥是谁吗？他是怹舅，是他不让俺死才有了你呀……

"燕子"憎恨这个遭遇和后果，当然也不能亲近或喜欢孩子，甚至不许孙子去姥姥家。或者说，"燕子"死了丈夫、媳妇自杀、孙子长大不知去向，这些都可以忍受的话，那么，一生不能释然的就是自己的儿子——一个和鬼子生的儿子，一个一生都不能亲近的儿子。"燕子"似乎用一生的等待就是为了讲述这个秘密，她实现了向儿子忏悔、最后亲近儿子的愿望。"家"对她来说只是一个空洞的、没有实际内容的符号。因此，她还没有到家就死在了路上。儿子终于明白了事实，理解了母亲却难以接受这个被掩埋了六十多年的隐情，埋葬了母亲后自己也悬梁自尽了。

这个惨绝人寰的故事与历史有关，它是历史泥沼里生长的"恶之花"；但故事也与现实有关，它透视了这个时代的世道人心，一个人的巨大隐痛，别人甚至没有了解的意愿。"燕子"用一生的孤寂只是换取了讲述的机会，儿子用决绝的选择只是为了洗刷与己无关的耻辱。因此，《燕子东南飞》用两种叙事方法讲述的故事所达到的情感深度，令人叹为观止。"燕子"的秘密如果不是她自己说出，别人就无法知晓。"作家"用"窥秘"的方式试图破解"燕子"的隐秘，但难以实现。这个过程不是推理小说、探案小说、悬疑小说对情节的推动。"燕子"的隐秘只能由"燕子"说出，它告知我们的是，一个人走进另一个人的内心是多么艰难。这一存在主义的遗风流韵恰恰表达了作家真正的人道主义——"燕子"寂寞、冤屈、怨恨和绝望的面孔，即使在她死后还在我们的眼前久久徘徊、挥之不去，这就是文学的力量，这就是文学性和叙事的魅力。

三 《哥俩好》和基本人性

刁斗的小说一直没有惊天动地的"大事件"，他关注的基本是普通生活中的普通人物。这是一个很高的自我要求：越是我们熟悉的生活和人物，对写作来说就越有难度，这是发现的难度。因此，我们在刁斗貌不惊人的故事和人物中，又总能够感受到时代最细微的变化或气息。这也是刁斗的小说不温不火但又别具一格的原因。

《哥俩好》的故事也不陌生。如果按照当下批评的说法，《哥俩

好》也可纳入"底层写作"的范畴来讨论：一个穷苦人家有三个孩子，大女儿高分考上县高中，但却坦然南下打工而毫无怨言，一个女孩子根本不企望再去读高中。余下的两个男孩子也不能都读书，只能一个打工，供养另一个读书。进城之后，打工的哥哥尝尽了生活的艰辛，最后意外地从高楼摔下死于非命。弟弟大学毕业后难以就业，目睹了哥哥之死的他，只想能够像哥哥那样做一个清洁工。故事在刁斗很客观的叙述中虽然苦涩但并不煽情，就像底层人已经习惯了苦难一样。但刁斗的老辣恰恰隐藏在不动声色的细节中。对温饱还未解决的底层人而言，精神和心灵层面的要求不仅奢侈，而且更多的是麻木。因此，在他们那里最基本的人性要求就更突出，这就是"食色"。小说给人印象最深的是对吃的在意和精细的算计。为了省钱，哥哥要给读书的弟弟"送饭"：

> 这样一种省钱法看似笨拙，其实大有道理。饭菜这东西有个规律，做得越多越出数，食用者越多，越容易降低成本减少损耗。比如，同样多的一盆玉米面，一锅出货能蒸十二个窝头，可分两锅做，还是那么大小的窝头，也许就只有十一个了，若硬要汤汤水水地多挤出一个，那个头肯定要小不少。一顿就分得出不一样了，一天三顿一吃三年，算算吧，那得不一样成什么样子。这还没算柴水油电工时费呢。

即使是送饭，弟弟仍然没有彻底解决"吃"的问题：

> 按约定，每天中午，哥哥给弟弟送的是午晚两餐，而次日的早餐，则由弟弟自己吃食堂解决。毕竟每天只花顿早餐钱是小数目。可很久之后，哥哥才知道，那需要花钱的早餐，弟弟基本就没吃过，只是每逢期末的时候，为了有个好体力应考，他才吃点食堂的稀饭馒头。平常，若天气凉快，隔夜的饭菜放不坏时，他

会把那份晚餐饭菜再拨出一小份，留待次日充作早餐；若赶上天热，饭菜只放一下午就有馊味时，他第二天的早上就不吃东西，就空腹去听上午的课，直到中午哥哥送来了饭菜，他再狠吃一气。弟弟总想方设法地掩饰他的"狠"，可哥还是能看出来，也正因为哥哥看出了弟弟的"狠"，他的午餐才从来吃不到他带去的总量的三分之一。他表现给弟弟的，全是他的"饱"。

关于"吃饭"，不仅是兄弟俩面对的生理要求，同时也是那个时期两人重要的心理和精神活动。哥哥的谦让和弟弟的心领神会，将哥俩相依为命的"好"，不着一字就尽得风流了。在最艰难的生存困境中，也是最能够展开情感、表达情感的地方。哥俩的情感正是在最基本的人性中，在慷慨、情愿的礼让和理解、感恩中得以塑造完成的。刁斗恰恰在最不为人注意的地方，找到了表达人性最致命的关系。

人另一个基本的要求是对异性的欲望。20世纪90年代以来，小说创作最容易和准确的概括，就是肉欲横流、欲望无边。无论都市还是乡村，床上运动是小说中最常见的运动和场景。但这些场景已经远离了人的基本要求，而成为夸张或时尚的表达。至今为止，关于城市文学仍然没有提供真正的城市经验，与小说过于热衷男女之事有很大的关系。仿佛城市就是一个性欲望的集散地，就是一个欲望的超级市场。这个理解显然是错误的。《哥俩好》里也写到了"性"，写到了男女之事。弟弟偶然接触了一个"性工作者"：

> 与白胖女人的一夜接触，让弟弟茅塞顿开，看来，在城里谋生的农民工，实在不必都像哥哥那样，较劲似的苦自己，压抑自己，除了干活挣钱没一点乐趣。在沈阳，这样的低档舞厅到处都有，它们是穷人服务穷人的乐园。市场通过按质论价，和谐地处理供需关系，那种对不同层次消费者的多样化满足，能保证所有

人皆大欢喜。比如吃饭，三五千元能摆一桌，三五十元也请得成客；比如睡觉，总统套房镶金嵌银，简易旅馆也有铺有盖；比如出门，坐一小时上千公里的飞机和乘十分钟停靠三站的火车，完全能到达同一个目的地……皮肉买卖也是如此。而这一夜，对弟弟尤其大有启悟的是，原来女人竟那么好，好得那么匪夷所思，好得那么回肠荡气，怪不得无数高官富贾不惜为女人身败名裂……只是，与白胖女人分手的时候，该掏钱了，弟弟心疼得手直发抖，眼泪也情不自禁地涌出了眼眶。

但是，事情到这里还没有结束。当他要离开这个女人的时候：

　　弟弟含糊其辞地吭哧两声，突然鼓足勇气，回身正面看白胖女人。大姐——这一夜，他一直都叫她大姐，今晚我就过来找你，行吗？

　　今晚？欢迎呀，你随时打我手机就行。要不，去群众舞厅找我也行，十二点之前我肯定在那儿。

　　我是想，我再带个人行吗……我哥，我哥也是打工的……

　　嗬，你小子行啊，想玩三明治？那价钱可得……

　　我不，我不那样，光我哥。你让我哥，好好享受享受，你好好帮他，高兴一回……

　　嘿，你真是个好小伙子，那么关心你哥，够意思！放心吧，以后你们哥俩就算大姐的关系户了，优质服务，价格低廉……

在"性"的事情上，表现出了弟弟对哥哥的情感。推己及人，欲望怎样煎熬了自己就怎样煎熬了哥哥，自己在女人那里获得了怎样的快乐，哥哥也会同样得到。如果说前面哥哥在吃饭上对弟弟的关照并令人震惊的话，那么现在弟弟在性的问题上想到了哥哥就不能不让人震惊了。这个情节就是哈罗德·布鲁姆所说的小说的"疏异性"或

"陌生化"效果。我们在其他作品中没有读到过这样的情节。这是一个极端化的,甚至是冒险的设定。但在小说具体的语境中,它不仅不肮脏,而且感人至深。当然,哥哥最终也没有享受到这样的人生,在弟弟悔恨交加和惊慌恐惧中,还没有来得及邀请哥哥分享的时候,哥哥的身体已经从十一层高楼上掉了下来。哥哥不会再有欲望,不会再有任何俗世的烦恼了。

刁斗就是这样在最基本的人性要求中,以极端和绝对的方式写出了兄弟情谊。当然,弟弟对哥哥的"回报"如果在道德的范畴内评价,弟弟是"不道德"的:哥哥为了两人的生存,危险地飘摇在城市的上空,最后付出了生命的代价。弟弟却用哥哥的血汗钱去满足身体的欲望。但是,在小说的语境中,作家要表达的是哥俩"好",弟弟要将最好的感觉送给哥哥,而且没有任何功利诉求,在这个意义上,刁斗表现了对人性理解的真正深度。

四 《云端》与历史边缘经验

历史边缘经验,是指在主流之外或被遗忘或被遮蔽的历史经验。但作为重要的文学资源一旦被发现,它将焕发出文学的无限可能性。文学是一个想象和虚构的领域。它除了对现实的直接经验做出反应和表达之外,对能够激发创作灵感的任何事物、任何领域都应当怀有兴趣。我之所以强调当下中篇小说"守成"于边缘地带,正是因为有一些作品在传统的创作题材遗漏的角落发现了广阔的空间。如马晓丽的《云端》,应该是新世纪最值得谈论的中篇小说之一。说它重要有两个原因:一是对当代中国战争小说新的发现;二是对女性心理对决的精

彩描写。当代中国战争小说长期被称为"军事题材",在这样一个范畴中,只能通过二元结构建构小说的基本框架。于是,正义与非正义、侵略战争与反侵略战争、英雄与懦夫、敌与我等规定性就成为小说创作先在的约定。因此,当代战争小说也就在这样的同一性中共同书写了一部英雄史诗和传奇。英雄文化与文化英雄是当代"军事文学"最显著的特征。

《云端》突破了"军事文学"构筑的这一基本框架。解放战争仅仅是小说的一个背景,小说的焦点是两个女人的心理"战争"——被俘的太太团的国民党团长曾子卿的太太云端和解放军师长老贺的妻子洪潮之间的心理战争。洪潮作为看管"太太团"的"女长官",有先在的身份和心理优势,但在接触过程中,洪潮终于发现了她们相通的东西。一部《西厢记》使两个女人有了交流或相互倾诉的愿望,共同的文化使他们短暂地忘记了各自的身份、处境和仇恨。但战争的敌我关系又使她们不得不时时唤醒各自的身份记忆,特别是洪潮。两个女性就在这样的关系中纠缠、搏斗、间或地推心置腹甚至互相欣赏,她们甚至谈到了女性最隐秘的生活和感受。在这场心理战争中,她们的优势时常微妙地变换着,一波三折、跌宕起伏,但这里没有胜利者。战场上的男人也是如此,最后,曾子卿和老贺双双战死。云端自杀,洪潮亦悲痛欲绝。有趣的是,洪潮最初的名字也是云端,那么,洪潮和云端的战争就是自己和自己的战争,这个隐喻意味深长。它超越了阶级关系和敌我关系,同根同族的内部厮杀就是自我摧残。

小说揭示了阶级冲突中文明却没有冲突的重大现象,这个现象只有发生在民族的内部。解放战争是两种不同政治力量的斗争,投入斗争的人怀有不同的政治理想和政治目标,这种斗争是你死我活的殊死搏斗。但是,一旦触及民族文化,文化的同一性就会化解所有的仇恨,文化的力量显然要大于阶级或政治的力量。这是文化的功能,它具有对阶级和政治的超越性。敌我两个太太的仇恨背后，隐含巨大的阶级仇恨背景，她们没有个人恩怨。但她们作为女人的姿态、衣着、情感和行为方式等，都明确无误地显示着她们不同的政治身份和"阶级教养"。但奇迹出现了，在秋季层林尽染的山坡上，国、共两个太太坐在山坡上向远处张望。秋天最美的时候到了，但洪潮想的却是"秋一到最美的时候，也就到了最后的时候"。于是，面对"秋风过处，片片枯叶立即纷纷扬扬地飘落下来，霎时便如黄花般地铺满了整面山坡"：

"碧云天，黄花地，"洪潮脱口而出。

"西风紧，北燕南飞。"云端立刻一旁接口道。

洪潮犹豫了一下，还是忍不住接了下去："晓来谁染霜林醉？"

"总是离人泪。"话音未落，云端的声音里已带了哽咽。

一时无话，两人各怀着各自的心事，默默地望着远处层层叠叠的山峦。

一句"离人泪"，将金戈铁马征战边关的想象落实到了两个女人的内心，这时，阶级和政治的分野消失了，女人共同的体验在不同的政治营垒中获得了同一性。

小说在整体构思上出奇制胜，在最紧要处发现了文学的可能性并充分展开。战争的主角是男人，几乎与女性无关。女性是战争的边缘群体，她们只有同男人联系起来时才间接地与战争发生关系。但在这边缘地带，马晓丽发现了另外值得书写的战争故事，而且同样惊心动魄、感人至深。这是一篇可遇不可求的优秀之作。

五　平民情怀与"小人物"命运

　　津子围的小说，在当下的小说创作格局中，显示了他别具一格的创作实力和风范。他的勤奋和对小说形式类型的积极探索，给人留下了深刻的印象。他的笔下小职员、普通警察的形象，其生动和当下生活的特征，都有别于域外或现当代作家的同类形象。作家的想象力原本是有限的，在今天要创造出新的艺术形象实在是太难了。这时，作家的虚构能力和艺术想象力就显得尤为重要。那个被称为马凯的小公务员和命名为罗序刚的警察，应该说是近年来小说创作的重要收获。在我的印象里，写小职员命运的小说，这些年多了起来。比较突出的如《沧浪之水》等。这类小说和"官场小说"不同。官场小说在展示腐败现象的同时，也合法化或戏剧性地宣扬了生活中真正的糟粕和阴暗。津子围走进的是小职员的心理世界。在世风的影响下，马凯也难免受到熏染。但他的谨慎、卑微、冲动、兴奋及事后的惊恐，都恰如其分地写出了人物的身份和性格。但是，我觉得津子围写的更好的还是像《拔掉的门牙》《老铁道》《搓色桃符》《小温的雨天》等作品。这是风格和写法都很不同的作品，但又是表现了作家对小说形式和场景、人物、细节等把握能力的一些作品。《老铁道》很像20世纪80年代中期的寻根小说，他对远去的历史场景和人物的复原，将一种很传统的文化非常动人地书写出来。那里有一种久违了的浪漫或高远的东西。大麦和银玲子的故事很类似民初时代的情爱故事，它的粗犷、强悍和多情乃至深入灵魂的爱情，实在是动人心魄。这在今天已经很少见到了。但作家不是以一种怀旧心理在写作，而是在软性文化充斥文化市场的时代，试图以强悍的文化精神挽救时尚的阅读趣味。《白蝴蝶》中的仁甲，曾参加了对白蝴蝶的强暴，但最后他还是回到了已经沦为妓女的白蝴蝶的身边。人性的复苏是这个精致短篇所要表达的基本主题。《拔掉的门牙》应该是一篇推理小说，故事的奇异和悬念，在平行叙事视角中层层展开。叙述者并不比我们知道得多，当事人牵出的线索扑朔迷离、色彩斑斓。但小说似乎也借鉴了武侠小说的一些叙事方法，如寻仇的故事等。《搓色桃符》对知识分子在新的时代环境中变化的揭示和书写，深刻地道出了这一阶层不那么高尚的心理和品格。特别是对两个人内心的揭示，流畅而合乎情理。事后两人的态度也从一个方面反映了当下世风的深刻变化。这些小说确实显示了津子围别具一格的写作风格。但是，它也从一个方面隐约地表达了津子围内心的某种矛盾、犹疑乃至分裂。这一心理状况可以导致作家的深刻和尖锐，但同时也有可能导致作家的徘徊或茫然。因此，他的前期小说大多还介于精英文学和大众文学之间。我不认为当下的文学已经填平了精英写作与大众文学的鸿沟。大众文学就是满足"快感"的，它是可以复制的；精英文学提供意义和价值，它是为人类的精神事务提供某种处理的方式和想象的，是为人类的精神寻找或提供家园的。最近，他发表的《谁爱大米》《同一情人》《茄子》等作品，显示了津子围在这方面的积极努力，或者在一定程度上接近我们期待的那种境界。

《谁爱大米》是一个令人震惊的故事。中学生宁兹开始是为了一个MP3决定出卖自己的处女身体，但当她决定这样做，并接触了一些社会男人之后，她似乎又不完全是为了那个MP3，因为表姐已经答应将自己的MP3送给她。她是以一种懵懂的、好奇的甚至是坚决要体验男人的一种心境将自己出卖的。如果说类似事情在社会上已经司空见惯的话，那么一旦进入文学作品，我们还是感到无比震动。一个

14岁的中学生,为什么如此决绝地把自己出卖?这显然已不仅仅是个道德伦理的问题。津子围在叙述这个故事时也异常平静,他并没有简单地做出道德化的判断,甚至小说里没有出现议论性的段落。究竟是什么原因使作家在这样令人震动的故事面前处乱不惊、从容镇定?我想,当津子围将这个故事客观地呈现在我们面前的时候,他已经完成了一个小说家的任务。这个故事本身所具有的震撼力把所有的问题都隐含其间了。这是津子围的聪明,也是他对小说理解和拿捏尺度的一种能力。

《同一情人》虽然主要书写和叙述成人的情感故事,但梁启明和肖荔荔的情感关系却是因梁启明的儿子梁不群引起的。梁不群是个单亲家庭的中学生,父子两个男人过日子本身就隐含小说的因子。当梁启明发现儿子暗恋老师肖荔荔时,他决定先将肖老师吸引到自己的身上。事情按照梁启明的预谋在实现,假戏真做也终于使两个人睡到了一张床上,但不谙世事的梁不群还是发现了父亲的情人也是自己暗恋的情人。这个有悖人伦的故事是残酷的,那个没有能力处理情感关系的孩子让人无比同情,也让人感到今日世风对孩子构成了怎样的影响。我们简单地指责孩子是不够的,在他们成长的道路上,有漫长的"性待业期",他们有朦胧的异性要求或性渴望,没有人告诉他们怎样处理、怎样对待。各种关于性、情感的肮脏书写或传说,使他们难以正确理解自己的某些渴望。事实也的确如此,当梁启明和肖荔荔终于还是走到床上的故事,会给梁不群造成怎样的心灵创伤,梁启明从来就没有想过。在我的阅读范畴内,关于两代人的情感故事,如此残酷和令人震惊,大概还没有超出津子围的这篇作品。

《茄子》的故事是小人物的故事。无论在任何时代,小人物的故事总是酸楚和卑微的。这里的德明和才哥的故事当然也是如此:德明在饭馆打工,老板欠了他一千多元钱不给,德明觉得窝囊,要到饭馆把钱"吃"回来，于是他以给表哥饯行为名来到了恺撒大酒店。经理不但不允许以拖欠的工资抵餐费，反而叫来了警察带走了不付餐费的德明和才哥。警察有警察的道理，警察的道理总会比德明们的道理充分得多。他们还是交了餐费走出了派出所，工资还是没有指望。但在派出所却让才哥发现了一个真理：警察也没什么可怕的。于是他不准备回家过年，而是决定留下来在城市里试试。为了安抚家人，他们照了一张照片，强作欢颜地喊了一声"茄子"。这是个辛酸的故事，也是普通人生存状况的一个缩影。在这个故事里，我们发现生活中权力关系几乎无处不在，金钱是一种权力，身份也是一种权力。对德明、才哥这样的底层人来说，他们只能在权力的宰制下生存和奔波。唯一让人宽慰的是，在这个权力关系无处不在的生活中，底层人自有他们的尊严，他们还要试一试，预示了他们改变生存的决心和并不乐观的可能。

津子围是近年来的一个高产作家，他的作品几乎发遍了所有的文学杂志。他的作品又几乎都是表达当下生活的，这一方面显示了津子围对当下生活的关注和熟悉；另一方面，也表达了津子围试图深刻解读当下生活的勃勃雄心。他对小人物的持久、热情书写和对小叙事的盎然兴致，又从一个方面显示了他平民作家的情怀。一个对底层、对普通人关注的作家是令人尊重和钦佩的。特别是近来他的作品，较之前期的作品有了质的飞跃和进步。这与他对"小说"这一文体形式的理解和把握大有关系。对津子围来说，这显然是一个值得庆贺的消息。但如果他小说的语言能够再精致一些，结构再严密一些，少些结构的松散和行文的平淡，他的小说将会有大的成就。对他的创作，我们完全可以有更高的期待。

六 《工厂的大门》：现代性的幻象

李铁是近年来崛起的小说家。李铁的崛起不是凭借"新锐"或"新潮"的"异军突起"，而是凭借他坚韧不拔的创作意志或"温水泡茶"的慢功夫。李铁接触的题材是当代中国最艰难的题材，即被称为"工业题材"的小说创作，在百年中国一直是最薄弱的方面，几经试图突破均路途难寻。即使在当时产生轰动效应的作品或现象，也都昙花一现，事过境迁而音信全无。因此，李铁所坚持的创作领地贫瘠荒漠，能提供的参照或可资借鉴的遗产极为有限，他面对的挑战和难度可想而知。这一情况的出现，与中国文化的乡土特征有极大的关系。进入"现代"以后，乡土文化在中国仍然没有发生本质性的变化，当代文学经典性的作品几乎都与乡村叙事有关。20世纪90年代以后，都市文学貌似"繁荣"却没有或难以提供真正的都市文化经验，这一点足以说明中国文化走向"现代"的艰难。也正因为如此，李铁的"工业题材"小说在当下文学创作格局中格外引人瞩目。

"工业题材"是当代中国最为"正统"的题材。这与工人阶级是国家的领导阶级的意识形态有关，在这样的思想框架内，正面的工人阶级形象的塑造，就一定是"老孟泰"、丁海宽、季友良、马洪亮、方海珍或乔光朴。但是，在李铁这里，中国的社会状况却发生了巨大的转变，那些在传统的文学叙述中朴实的、有责任感的工人阶级或大刀阔斧的企业改革者，遭遇了他们不曾想象的中国的"现代性"问题，过去对他们的宏伟叙事在瞬间烟消云散，化为乌有。于是，在李铁的工厂小说中，一种被还原的现代性凸显出来。这就是，工人阶级的高大、叱咤风云或无所不能的国家形象，正在为日常生活的忧虑所替代或置换。因此，《工厂的大门》是一篇"中国的工人阶级状况"的小说，刘志章是一个有意味的当下中国的工人阶级的形象。

刘志章是一个有过硬技术、记忆惊人和乐观健康的工人。小说以他仓皇进入工厂大门展开叙述，这个开头与过去工人阶级迎着朝阳、成群结队走进工厂大门截然不同。国企作为国家的工业形象，它的团队和集体主义精神是工人阶级的自觉意识。但这个刘志章一开始就是以"个人"形象出现的，他几乎迟到的原因，是因为与妻子过于眷恋床笫之事。这个可笑的细节，不经意间便凸显了刘志章所处的时代。在工人队伍里，刘志章应该是比较得意的，他虽然没有像同时入厂的郭厂长那样当上分厂领导，但由于他过人的技术和聪明，在工厂里他可以出人头地、风光无限。他不仅让考核的人刮目相看，让总工程师遭遇尴尬，甚至在"末位淘汰"的考试中，厂长让他帮助出题目难为被考试的工人。终有一天，刘志章也遭遇了他必须遭遇的命运——他必须在工厂的比武大赛上拿到名次，才可以将功补过留在工厂，否则也必须离开工厂。说刘志章的"过"是不公平的，是他敏锐的耳朵最早发现了发电机轴瓦的问题，但没有人相信他，但正好在他值班时轴瓦出事了。他过去的提醒没有人再理会，他却成了责任的承担者。为了不下岗，刘志章磨刀霍霍、信誓旦旦，在他看来，工厂的比武大赛他胜券在握、舍我其谁。当比赛所剩无几的时候，有一道题必须走进工厂车间生产现场。为了节省时间：

> 刘志章绕开大门，顺着厂房的侧面走下去，然后选中一个窗户，推开，一跃而入。庞大的噪音像老婆一样拥抱了他，他找到了习以为常的温暖却没有找到习以为常的路途。不知为什么，换了一个角度进入，熟悉的一切竟然变得陌生起来。也就是说，他的记忆在这个时候产生了令人难以置信的模糊，在他努力去靠近

一个位置时，背景却发生了不易察觉的变化，距离也产生了不易接近的延伸。困惑以一种雾状的形式笼罩了眼前这一大片钢铁的森林，他只能摸索前进，寻找一些熟悉的植物，可是那些熟悉的植物都好像隐匿在雾气中了，而一些陌生的植物却在他的眼前疯长起来。他放慢脚步，他怎么也弄不明白，他怎么会有一种在森林中迷路的感觉呢？

刘志章的意识还是清醒的，他知道他必须以最快的速度找到那几个阀门的位置。他绕过几棵树木，可呈现在眼前的依然是一些似曾相识的树木，世界上本没有一片相同的叶子，可是满眼的绿色又太容易混淆了。他有些吃惊，他过目不忘的本领竟然在这一刻消失得无影无踪。

为什么会这样呢？在森林里绕来绕去的刘志章苦苦地思索着这个问题，而比赛、下岗等实际问题反而退居其次了。也许是进入时的角度问题吧，他从来没有从窗子进入过厂房，全新的视角使景物变得陌生了？还是在全新的视角里它们重新排列了组合？这样的想法提醒了刘志章，他想他必须尽快找到厂房的大门，然后重新进入，让熟悉的一切重新回到他的眼前。可是，那扇熟悉的大门在哪里呢？

刘志章对工厂的熟悉就像熟悉自己的身体，小说中描绘刘志章能够区别工厂混杂声音的文字，是小说最精彩的文字，那些关于声音微妙区别的生动比喻，也显示了李铁对当下工人生活的熟知。但是，当刘志章像迷途的羔羊一样在他曾经熟悉的钢铁森林中，感到方向不辨、陌生无比的时候，这个比较的意味才为我们所深刻地感知和受到强烈的震撼：一个工人、哪怕是一个优秀的工人，必须从"工厂的大门"进入才有可能找到自己明晰的方向，他才会有"主人翁"的光荣与梦想；如果他以"个人"的方式进入同一个车间或地点，尽管是正确的，但他因为在"规训"之外，在"国家"之外，他必须付出迷失自己的代价，他不再是自己，当然也不再是主人。小说最后这个隐喻式的书写，显示了李铁对当下变革的社会生活、对国企改革为普通工人带来的境遇和面临的尴尬的理解所能达到的深刻程度，刘志章的迷失就是现代性的迷失。

《工厂的大门》对工厂生活的熟悉，来自小说对工厂声音、气息、术语等的精彩表达。也正因为李铁熟悉当下工厂的生活，才有可能使《工厂的大门》确切地表达了国企改革中面临的真实问题。值得思考的是，这也是一篇书写"底层"生活的小说，但《工厂的大门》并没有依托苦难叙事，因为下岗已经成为生活的常态，工人没有集体陷入"下岗恐慌症"，他们面对生活的勇气和气象，依然可见共和国领导阶级的万千风采。但是，当我们读到刘志章进入车间神志迷乱而惶恐的时候，我们才深刻感受到变革带来的深刻震荡更是精神领域的事件。在小说中，李铁作为叙述者，没有对刘志章或工厂的变革做价值判断，他只是客观地叙述，但这并非张扬叙事的力量，却远远大于那些声色俱厉的夸张书写。在这个意义上，李铁为"工厂题材"创作提供了极有价值的经验。这个经验如果从理论上勉强或言不及义概括的话，那就是：他还原了现代性及其幻象。

七　《L形拐弯》：日常生活中的爱恨情仇

于晓威是近年来风头正健的青年作家，他的作品被各种有影响的名刊和选刊一再刊用，不仅证实了他的勤奋，而且也表明了他创作的质量。尽管判断作家作品的价值尺度和标准变得越来越困难，但好的作品总会经阅读后被我们迅速感觉和捕捉。可以肯定的是,《L形转弯》是一部优秀的中篇小说。

当高雅文学和通俗文学的界限越来越淡化、越来越模糊的时候,这篇小说可以认为是一篇以"经典写作"的姿态创作的雅俗共赏的小说。从小说的故事框架来说,它选择的是通俗文学最基本的要素:暴力与性爱。杜坚和乔闪几次见面后就可以迅速并自然地走向床笫;然后是乔闪丈夫被一个16岁的歹徒劫持,在救助过程中杜坚三枪打死了歹徒,而歹徒也有机会杀死了乔闪的丈夫;最后,乔闪打开了煤气,与杜坚一起从容走向死亡。如果我们这样叙述或理解这个故事的话,这就是一个典型的通俗文学的写作模式:暴力与色情,拳头加枕头。但小说显然在这个故事之外还有值得解读的弦外之音,因此这又是一部有"意味"的小说。普通读者可以兴致盎然地读这个故事外壳,有过训练的读者可以通过故事去享受那个"弦外之音"。

小说首先令人震动的,是作家对当下生活述说的从容和平静。一个已婚的防暴警察队长和一个已婚的青年女性,几次谋面之后就可以心有灵犀地进入纯粹的性爱。他们没有利益关系,也没有交换关系,仅仅是一种身体的吸引。作家只是交代或叙述了这个过程,他并没有做任何道德判断。这个过程作为"小说"的基本要素并不新鲜,但通过这个貌似寻常的人间欲望,却演绎了一场令人惊心动魄的爱恨情仇:防暴警察队长杜坚在救助乔闪丈夫的过程中,三枪才将歹徒击毙,歹徒有机会杀死了乔闪的丈夫,那么,究竟是歹徒杀死了乔闪的丈夫还是警察杜坚杀死了乔闪的丈夫?这个不解之谜是小说最吸引人的一笔。如果杜坚没有向乔闪示爱,要求乔闪嫁给自己,那么这个谜底也不成立。但恰恰是杜坚通过两人的身体接触后,他爱上了乔闪。但乔闪并没有承诺一定要嫁给杜坚,因此她认为是杜坚故意给了歹徒机会,使其有充分杀死自己丈夫的时间。特别是在另一次救助中,杜坚在同样的矿泉水里注射了麻醉剂，使歹徒束手就擒，乔闪对自己的判断更加深信不疑。于是，她决定强迫杜坚与自己一起自杀，她麻醉了杜坚后打开了煤气阀门……

乔闪有理由认为杜坚杀死了自己的丈夫，杜坚爱乔闪，并向乔闪借30万元钱给朋友，当朋友不用之后，他并没有立即返还乔闪，而是打算将其作为与妻子离婚的补偿。这些信息传达到乔闪那里，她认为是杜坚"借刀杀人"理所当然。但是，乔闪的丈夫又确实不是杜坚亲手杀死的。因此，面对乔闪的指认，杜坚又有充分的理由不接受。虽然乔闪很爱杜坚，但还没有达到与丈夫非离婚不可的程度，因此她不能原谅杜坚的借刀杀人。而她能够选择的，就是与杜坚一起走向死亡。但这个"死亡"也是需要阐释的：她麻醉了杜坚，强迫他和自己一起死去，但她打开煤气阀门之后，是"紧紧地同杜坚搂在一起"。她是为丈夫报仇吗？起码不仅仅如此，她和杜坚紧紧地搂在一起，是爱恨交织？还是说不清楚。因此，《L形转弯》就在"转弯"处设置了事件与人物的双重谜底。这种"不确定性"就是小说的"意味"，也正是因为这个深长的"意味"，使这篇小说超越了大众趣味并突破了通俗文学的外壳，使其具有了严肃文学的品格。另外，无论传统还是当下的通俗文学，"大团圆"结局是惯用的手法，不仅写作模式相当成熟，而且也培育了大众对这一模式的接受和期待。但于晓威在处理这篇小说的结局时，恰恰使用了通俗文学的"逆向"方式，以一个悲剧性的结局来处理。而且，起码在我们看来，这个方式并不是乔闪深思熟虑做出的，她与杜坚结束生命的决定，就像他们又一次亲热一样从容和平常。

还值得注意的是小说关键性的细节，就是杜坚使用的美国超强力麻醉药物。第一次是杜坚对乔闪的恶作剧，第二次是杜坚给另一歹徒矿泉水时的注射，第三次则是乔闪对杜坚的使用。如果没有这个麻醉

药，小说就难以构成。杜坚开始对乔闪的使用始于一种欲望，他以膨胀和没有节制的方式试图最大限度地满足自己的欲望，最后却死于自己的欲望，欲望变成了自己的对立物，他以自己麻醉别人的方式不再醒来。这个细节的设定，显示了作家于晓威把握和理解小说的能力。但我对乔闪轻易地或轻率地选择了死亡，还是觉得没有充分的理由。一个人只有彻底绝望才会选择生的对立面，但杜坚与她或她与杜坚都没有达到一个极端化或绝对化的境地，即使这个过程有不能或不可理解的问题，如对乔闪丈夫之死的认识，对杜坚借钱迟迟不还及他的打算等，都不足以构成乔闪对杜坚绝望的理由。生活于她而言还是可以继续的。在这一点上，是作家控制了人物的命运，而不是人物水到渠成的自然完成。当然，我们也可以从另一个角度理解乔闪的选择，这就是她没有能力处理她所面对的人生的问题了。

反映或表现日常生活的变故和矛盾，不仅是作家为了改写"宏大叙事"的写作策略，更重要的是生活本身变化的要求。这是近年来小说脱离了"大说"重新回到"小说"位置的一个重要的表征。从理论上说，小说在逐渐摆脱对历史整体性或本质主义的依附；从生活本身而言，那种大动荡、大革命的事件正在为日常生活所置换。但是，即使是日常生活，是普通人的爱恨情仇，同样能够酝酿出暴力事件甚至是诉诸肉体消灭的事件。大动荡、大革命是人类共同面临或遭遇的外部事件，它或由偶然性因素，或因专制意志、国家意志及利益等问题引发，从而改变国族、家族或个人的命运。在这样的背景下，个人与历史的关系是重要的。但是，在和平时期，在日常生活成为每一个人生存常态的时候，冲突往往在人性内部展开，这里既有个人人性的分裂和冲突，也有人与人之间的人性的冲突。就《L形转弯》而言，杜坚既是一个优秀的防暴警察队长，也是一个通奸者；既有制伏歹徒的能力，也有给歹徒杀死人质机会的能力；乔闪既是一个热爱生活的女性，也有决绝地对待生命敢于自毙的女性，她既爱自己的丈夫也爱情人杜坚；杜坚和乔闪既是一对忘情的情人，也是一对不能化解矛盾的敌人；等等。人性的复杂性多样性，就这样在小说中被丰富地呈现出来。因此，在日常生活中发现并有能力表现这种复杂性、多样性和丰富性的作家，就是一个优秀的作家，他这样理解和创作的小说就是优秀的小说。

辽宁作家在中、短篇小说创作领域取得的成就，已经令人刮目相看。他们的创作没有形成当年"东北作家群"的地域性特征。但地域性特征不是衡量文学创作的唯一标准。在文学经典共同影响、文学经验被普遍接受的时代，文学地域性特征不再是作家普遍的追求是完全可以理解的。值得注意的是，在大转变的时代，这些作家透过纷乱复杂的社会生活，将笔端直指人的内心或精神领域，发现了历史或现实与人有关的精神事件，这是最值得肯定和评论的。那些与人类精神和心灵有关的事件还在延续或发生，它是当代中国经验的一部分。已经取得了很大成就的辽宁作家，将会有更大的作为是完全可以预料的。

外部生活与内心世界

——长篇小说的不同领域与言说方式

一 邓一光：对战争与战争文化的新思考

邓一光是这个时代有英雄气概的作家。从《我是太阳》《父亲是个兵》到《我是我的神》，他确立了自己独步文坛的硬朗风格。在软性文化无处不在的时代，邓一光成为一个重要的文学参照——我们毕竟还有一息尚存的阳刚之气。2008年，80万言的《我是我的神》出版之后，好评如潮，一时洛阳纸贵。这部规模宏大的小说，延续了他惯有的风格和题材：这是一部充满英雄主义和理想主义的小说，是一部当代中国的编年史或精神史，是一部当代中国的"家族传奇"，是一部"红二代"的"叛逆史"、成长史和"皈依史"，同时也是一部重新思考战争和战争文化的小说。因此，《我是我的神》的丰富性可以从不同的方面得到阐发和认识。

在中国当代文学史上，普遍认为最有成就的小说是两个题材：一是农村题材或乡土文学；二是革命历史题材。而革命历史题材多以战争小说为主。作为当代文学经典的"三红一创，青山保林"多与战争有关。但是，我们的战争小说到底有怎样的成就是值得讨论的。我曾说过我们的抗战文学无经典，虽然不合时宜却是事实。这种情况与作家对战争的理解、与我们的战争观或历史观有关。当然，那时的"战争文学"与实现国族的全员动员的诉求有关。国族动员的诉求就是同仇敌忾，于是，每当战斗即将展开时，"请战书像雪片般地飞向连队"，也是我们经常看到的战地气氛，中国人民在反侵略战争中的高尚、纯粹和勇于牺牲，在这类文艺作品中表达得最为充分；这样的场景一方面表达了参与战争的人对非正义战争、侵略战争的正义感和无畏精神；但另一方面，也不经意地表达了对战争这一事物本身的态度。战争结束之后，当代文学史上确实也创作了一些表达"抗战记忆"的作品，如《烈火金刚》《铁道游击队》《敌后武工队》《平原枪声》及其他电影等。但这些作品更注重表达的是对战争胜利过程的描述，以及对战争胜利的庆典，而对战争本质更深入的揭示还没有完成。因国族动员需要而形成的表达策略，使这些作品对战争的价值判断湮没或遮蔽了对战争这一事物本身的思考。或者说，对反侵略战争、反对非正义战争因国家民族的叙事而忽略了战争对具体人构成的精神影响或心灵创伤。在这一点上，我们和西方以二战或其他战争为题材的作品所表达的思想和关怀是非常不同的。

《我是我的神》书写了多场战争：解放战争、渡海战役、朝鲜战争、"8·6海战""对越自卫反击战"等。邓一光没有经历过战争，他对战争的讲述显然是虚构的。但他有自己的战争观和对战争文化独到的思考和表达：战争不仅是战争本身，它的遗产是战争文化及对后来生活产生的重大影响。我看到，邓一光对战争和战争文化的重新思考，是在两个层面展开的：一是对战争场面的描述；二是对战争文化巨大影响的反思。战争的残酷场景在小说中比比皆是：解放战争中，乌力图古拉的"313师在宋部重兵围困下恶战了三天，用光了一万六千发炮弹、五十二万发子弹、九万枚手榴弹、三千公斤黄色炸药,战斗减员占全师三分之一……炸弹不断落在 313 师的阵地上,炸得 313 师官兵们连眉毛胡子都燃了起来,空气中弥漫着呛人的硝硫味,山冈上到处都是被燃烧弹烧得哔啵冒油的死尸,连日大雨也没有把那些火焰浇熄。最前沿的 14 团 8 营,官兵们的衣裳全着了火,营长战死,副营长两只眼珠给炸没了。教导员火人儿似的光着脚丫子满阵地跑,嘶哑着嗓子喊叫,要士兵们脱掉燃着的衣裳,在大雨中光着身子向冲上来的敌人射击"。具体的战争不只是"威武之师胜利之师"的狂乱抒情,他们也有"'师长,我们完了。'14 团团长和政委哭了。偌大的汉子,眼泪在脏兮兮的脸上不知羞耻地流淌,'14 团打光了,我们再也挡不住了'"的绝望,313 师也有"师侧翼有好几次被敌方撕破,差一点儿陷入全军覆灭的绝境。战斗最激烈的时候,宋部士兵冲到师指挥所附近,连续向指挥所扔进几颗捷克造瓜式手雷,好几名参谋警卫被掀到洞壁上贴着,慢慢滑下去,软在那儿再也捡不起来"的悲惨时刻。除了对战场惨烈残酷场景的直接描写,邓一光还通过不同的视角呈现了战争的惨不忍睹:萨努娅"帮助医护人员把重伤员从车上抬下来。那些重伤员完全没有了样子——胳膊被炮弹炸飞,露出参差不齐的骨碴;腿被手榴弹轰得只连着一层皮,像是没发育好的婴儿躺在身体一旁;肚子被机枪子弹打成了烂筛子,花花绿绿的肠子流出一大团;腹背被刺刀挑开,肋骨白生生地刺在外面;汽油弹烧瞎了眼睛,黑黢黢的面孔上只看见两只呆滞的眼仁;因为脑震荡而成了白痴,一动弹就呵呵地傻笑;生殖器连同宝贵的膀胱被坦克机枪一块儿打掉,下身露出巨大的空洞;脊梁被炮弹掀起的石头砸碎成好几截,担架一摇晃身子就左右分开……"这不是邓一光对惨绝人寰之状况的迷恋,我相信他也没有"炫技"的个人嗜好。这些令人眩晕的场景是反人类的,当邓一光将这些呈现在读者面前的时候,那里已经隐含了他对战争的态度。

当老一代的"战争"结束后,战争文化的影响并没有结束。乌力图古拉和简先民的后代们,在和平环境的日常生活中"组建"了"简氏集团"和"乌力氏集团",虽然是孩子的"游戏",但这种"游戏"的思维方式和话语方式,从一个方面表达了战争文化对下一代的深刻影响:

> 简氏集团军屡败屡战,勇气可嘉,但处境并没有丝毫好转。乌力氏集团军的战争态势大气磅礴,战略步骤周密精致,战役行动出神入化,令人防不胜防。
>
> 在新的一轮战役中,乌力氏集团军开始使用更新式的装备——他们改进了弹弓的推进器部分,用止血胶管代替汽车内胎,这样制造出来的弹弓,柔韧度达到了完美无瑕的程度;他们还用整块的胶皮贴在脸上、裸露的手臂上,这样就等于穿戴上一副刀枪不入的铠甲;他们仗着优势装备,有恃无恐,一个个不要命地往前冲,攻势之猛烈,根本无法阻拦。

这样分析战争文化的影响也许有小题大做之嫌,但事情的确如此。它后来的发展我相信足以使任何人震动不已。"文革"期间:

> 简小川在六中红卫兵夺权运动中大打出手,打破了一个解放前参加过三青团的副校长的脑袋,还打断了一个当过国民党军医的校医的肋骨。方红藤很担心,要简先民管一管自己的儿子,不要让儿子在外面惹是生非。

谩骂式的辩论。铜扣横飞的皮带。被扒下来丢进火焰的将校服。清一色悲壮的光头。呼啸而过的蓝岭牌、三枪牌、飞鸽牌。风高月黑的偷袭。漫天飞舞的传单。砸烂的油印机。摔在地上再跺上几脚的高

音喇叭。粘着呕吐物的皮鞋。高高举起的日本指挥刀。分辨不清敌我的群殴。喷溅而出的鲜血。打落再和血吞下的牙齿……

当然，这些现象的出现仅用战争文化是难以周延解释的。但是，这里战争文化的影子或对其"戏仿"的惊人相似，能说一点关系也没有吗？"红二代"也终于长大成人，他们也终于有机会参加了战争。值得欣慰的是，作为特种兵的乌力天赫，战争不仅使他获得了一种坚韧不拔的性格，更使他在经历死亡后，在战争中生发了独立思考的意识。他参加了战争又超越了战争。他从开始的为人民而战到后来发现战争的惊人相似之处，他对战争产生了质疑，进而对战争暴力质疑和批判；对越自卫反击战的乌力天扬是一个英雄，但他极力回避这个身份。反倒赎罪似的探望死亡战友的家属，将被社会遗弃的少年时流浪伙伴召集在一起办蔬菜养殖场，到处筹款，帮助别人，支撑着力不从心的乌力家族。这些笔致，是邓一光对战争和战争文化所做的新思考。

当然，关于战争，人们的理解随着时间的延展、国际环境的变化及对战争本身的多方面反省已经有了很大的变化。苏联作家瓦西里耶夫自己也曾谈到了这种变化及对他的影响。他说："在战争之后，在苏联立刻出现了战争文学表现胜利的浪潮。这是对我们的巨大牺牲的反映，大家都知道，为此，我们洒出了多少鲜血。后来，略微清醒和冷静了，为回答这种胜利浪潮我写了《这里的黎明静悄悄》，我想说，不，孩子们，请原谅我，一切并非如此，战争是残酷的事物，不是盛大的欢宴……关于伟大的卫国战争还会继续写。现在的一代人写不出，但是，我认为在下一代将会写出来。要知道每个人都有自己的战争，每个人在自己的战壕中、自己的坦克上，自己的大炮旁亲临战争……关于1812年战争的鸿篇巨制是在战争五十年以后写出来的。我们现在关于战争的小说，情况也将如此。"对战争以政治学、社会学或意识形态的角度去认知的时候，可以得出正义、非正义及侵略、反侵略的战争观念。但对战争本身的反省或检讨，却可以超越意识形态的框架，用艺术的方式去感受、认识战争就是其中的一种。我们知道，艺术是处理人类精神和心灵事务的领域，无论是什么性质的战争，都会对人的心灵造成难以愈合的创痛，胜利的战争也不能抹去战争给人的心灵带来的阴影。对人的命运的深切关怀、对人性的关怀、对人类基本价值的守护和承诺，才是战争小说要表达的基本主题。战争结束了，但一切并没有成为过去，就像《这里的黎明静悄悄》中幸存的瓦斯科夫并没走出战争的阴影一样，乌力天赫、乌力天扬的心灵也已伤痕累累、不堪重负。因此，《我是我的神》是一部反对所有战争的小说。这就是邓一光对战争和战争文化重新思考的结果。

二 津子围：社会密码与文化记忆

与津子围以往的创作比较，《童年书》的变化非常大。过去津子围的小说涉世很深，他是一个入世的作家，他喜欢浓墨重彩、大开大阖，而对超拔脱俗、婉约静穆一路兴趣不大。这当然与作家风格的选择有关。但在不同的风格中，我们大体可以了解一个作家内在的追求和趣味。读《童年书》我会联想到林海音的《城南旧事》。《城南旧事》是一部自传体的小说集，小说以童年小英子的视角，讲述了20世纪20年代北京南城的人与事。成人世界的喜怒哀乐悲欢离合，在一个稚嫩孩子的眼中折射出来。其间温婉的记忆在淡淡的感伤中弥漫四方："让实际的童年过去，心灵的童年永存下来。"林海音实现了自己的创作期许，她感动了一代又一代的读者。

津子围的《童年书》当然也是自传体的小说。《城南旧事》是林海音7岁到13岁时的生活记忆，津子围书中讲述的生活应该也是这个年纪。这个年纪的记忆真实可靠。因此，津子围《童年书》中的故事，记载和隐含的社会密码与文化记忆是我感兴趣的。叙述主人公讲述的故事发生在"一个叫八面通的小镇"上的"窄街"。"它处在黑龙江的东南部，离中苏边境不足一百公里，过了马桥河林场，就要检查边防通行证了。中国这么大，没多少人知道那个地方。不过我们那个地方的人都知道北京，知道外面的世界。"它的时代是"中苏关系正紧张，'深挖洞，广积粮'、'返修防修'的条幅到处都是……我家也和很多家庭一样，在窗玻璃上贴'米'字的纸条，以防玻璃被震碎了伤到人；在自己家的院子里挖了地窖，以防空袭。预防空袭的警报经常在大修厂的灰楼上响起来。这时，大家就把准备好的干粮和炒面背上，跟着前呼后拥的人群，向铁道旁的防空洞跑去"。这是一个极其简单和苍白的时代，那个时代留给我们的记忆几乎是相同的。物质生活极度贫困，精神生活极度贫乏。小说中曾讲述了这样一个细节：定量供应的粮食使每个家庭经常断粮。一次家里断粮时，母亲给了他钱和粮票，让他到饭店买馒头，陪他去的有几个伙伴，买的20个馒头让他和伙伴们吃掉了。"回家已经是傍晚了，母亲看到我两手空空，问我馒头呢，我撒谎说钱丢了。母亲的眼泪立即涌出来。事后我才知道，母亲和妹妹都没有吃中午饭，而且，那些粮票是那个月最后的指标。多年后，我一直无法回忆哪件事，每当想起，我的心都在流血。"没有那种生活经历的人，很难想象几个馒头对母亲意味着什么。作者不是"无法"回忆，而是不能回忆或不敢回忆。物质生活的贫困，在这样一个细节上被揭示得一览无余。

物质生活的极度贫困，使无知的少年走上了一条犯罪的道路。他们开始是捡废品，换钱买简单的零食；后来逐渐发展到去工厂偷生产物资，甚至毁坏变电器。这些情节都是真实的。另外，那又是一个极度道德化的时代。无论成人还是孩子，都对两性关系讳莫如深又兴致盎然。如大人和孩子对"姜破鞋"的议论、好奇、窥视和通奸；孩子对鸭子性交的审判，这种道德的两面性只能发生在那个年代。它也从另一方面反映了那个时代精神生活的贫乏状态。因此，《童年书》隐含着丰富的社会信息和密码。对这些信息和密码的破译与识别，是我们进一步认识那个时代的重要方式。

此外，是《童年书》中记载的文化记忆。一般意义上，作家的所有创作，都是对童年记忆的反复书写，童年记忆会影响作家的一生。对津子围而言，《童年书》中最重要的记忆是"战争文化记忆"。一方面，这与叙述者讲述话语的年代有关。那个时代中苏关系紧张，战争叙事不断强化。这种战争文化一旦进入童年记忆，会激化成一种幻觉。如叙事主人公希望原子战争真的打起来，为的是检验自己防原子弹卧倒的姿势正确与否。同时他坚定地认为：原子弹没什么可怕的，不过是纸老虎罢了。战争文化塑造了男孩子虚幻的"英雄主义精神"，并且渗透到了日常生活中。比如，窄街的伙伴们都被封了军队的职务，从"司令"开始，一直到侦查员、通信兵。这种军事文化符号使童年生活有了满足感，但他们并不满足于口腔的快感，他们还要诉诸行动。如他们经常打群架，经常有"血染的风采"。为了逃避家长惩罚，他们还有进山"打游击"的壮举，尽管是场闹剧。

战争文化是20世纪最重要的文化，它深刻地影响了20世纪中国的思想和社会发展历程。我们经常使用的"战线""堡垒""摧毁"等话语都是来自战争文化，甚至至今没有终结。这种文化使人的思想板结僵化，作为一种硬性文化，它成为一种进入、理解人的情感的障碍或屏障。这一点在《童年书》中有极为生动的表达。如"我"对女孩

子的情感是相当复杂的,女孩子既有强烈的吸引力,又要表达出"男子汉"的不屑和轻蔑。《丛丹的口琴》中有一段讲述"我"看女孩子跳皮筋的情节,作者记述得极为详尽。女孩子并不理睬他,他暗中和暗恋的丛丹在较劲。他沉浸在丛丹美丽的跃动中,情不自禁地大喊一声"跳的不错呀"。女孩子表面上也对"我"表示了不屑,让他远一点别碍事。但是"我能听她们的吗?自然不能,我还磐石一般立在那儿"。这种不经意流露的对立情感,是战争文化的直接影响。这种影响以致使叙事主人公失去了一次刻骨铭心的爱情,也就是丛丹在农历七夕对他的约会。这是小说中最为动人的段落,但这个动人的童年记忆就这样被战争文化毁坏了。当然这构不成悲剧,但少年的爱情我们还会再经历吗?

《童年书》是津子围至今为止最重要的作品之一。他的重要可以和《口袋里的美国》相提并论。《口袋里的美国》重建了文学的政治,终结了留学生的悲情书写;《童年书》则表达了津子围的另一种才能,即小说的散文化笔墨。

三 李兰妮:精神悬崖上的英武凯旋

李兰妮的《旷野无人》,在形式上是一部"超文体"的文学作品,它的内容则是一次向死而生、捍卫生命尊严的决绝宣言,是一部不堪回首的与死神自我决斗的"精神的战地日记",是一个内心强大、大爱无疆的勇者与读者坦诚无碍的交流,是一次在精神悬崖上的英武凯旋。它的光荣堪比任何荣誉与辉煌,因为没有什么能够比敢于走过捍卫生命尊严漫长而残酷的过程更值得感佩和尊重。我们难以想象抑郁症患者的生理与精神苦痛,但我们知道,《旷野无人》"往日重现"的叙述,不是回忆一场难忘的音乐会,不是回忆一场朋友久别后的感人重逢,它是李兰妮再次重返精神黑洞,再次复述她曾无数次经历的生命暗夜的痛苦之旅,她知道这个想法漫长并敢于诉诸实践的勇气,就足以使我们对她深怀敬意。作为一部作品,它文字的质朴、叙述的诚恳及深怀惊恐并非淡定的诚实,是我们多年不曾见到的。因此我可以说,《旷野无人》无论对于抑郁症患者还是普通读者,都是一部开卷有益、值得阅读的、有价值的好作品。

对抑郁症,我们所知甚少。但我们知道很多优秀的文学艺术家如凡·高、海明威、三毛等都是抑郁症患者并都死于自杀。就如同维吉尼亚·伍尔芙在《雅各的房间》一书中描述的那样:"她的内心浮出一种奇怪的哀伤,好像时光与永恒穿过她的裙子和背心,浮现出来,她看到人们悲惨地一步步走向毁灭。"在西方,抑郁症被称为是"心的感冒",是"21世纪的黑死病"。病症的成因非常复杂,即使我们不是专家,在李兰妮的叙述中我们也能大致了解一二。我们当然不是在讨论抑郁症患病的成因,我们更关注的是,在一个"超文体"的文学作品中,李兰妮是怎样将这一切叙述出来的,或者说,她为什么还要用讲述的方式再次经历这个苦痛。

事实上,抑郁症除了遗传、家庭的原因之外,社会原因是重要的方面。专家指出,痛苦的童年比改变脑中化学状态还要影响深远。从社会心理学的观点来看,我们可以知道儿童是经由学习来了解自己和身处的世界。心理分析理论认为我们早年建立的一些信念会影响我们日后的人际关系。比如说,我们在很小的时候就建立如何信任别人的观念,而"信任"是我们日后人际关系的基石。我们同样的也在很小的时候建立自己是否有价值,自己是不是值得爱的观念。如果人们不知道如何爱自己,也不知道如何和别人建立爱的关系时,就很可能会

形成抑郁症。当儿童被忽视、遗忘或被伤害的时候，就有可能形成了对己对人的负面想法，当人们要和别人建立关系时，这些负面想法就会跑出来破坏。让人孤立、孤独和自信心低落也是形成抑郁症的原因。我们发现，在《旷野无人》的"链接"部分，多次出现《十岁的一个瞬间》《十二岁的小院》，这是李兰妮挥之不去的忧伤的少年记忆。"文革"期间的军队大院神秘的光环下面，没有人知道少年李兰妮是怎样度过的。这里不只是在指控"文革"的罪恶，它更是在揭示少年心理经验对忧郁症构成的重大影响。同时，在这部精神档案中，李兰妮对中国家庭教育和习惯的检讨，对普遍缺乏仁爱之心的切肤之痛，对日常生活中浑然不知的父亲、母亲给孩子心理造成伤害的描绘，以及我们习以为常的情感方式、行为方式的分析等，已接近一个精神病理学专家。李兰妮关注这些细节的起始原因可能是源于个人的心理病痛，但当她一旦公之于世的时候，这里就隐含了李兰妮的一种社会担当和使命感。她讲述这一切，绝不仅仅是个人倾诉的需要，她是在用自己的经验警示或告知已经患病或还没有患病的读者。作品中不断提到圣经，我们是一个没有宗教感的民族，即使是信仰宗教的国度里，宗教也不是万能的，也不能医治抑郁症。但是，希望有一颗"爱人之心"而不是怨恨或被怨恨所折磨，不仅是社会健康文明的表现，同时也能够缓解或解除我们患病的机会或可能。因此，与其说李兰妮在这里布道，毋宁说她在倡导人间的大爱。事实的确如此，即使身患重病的时候，她想到的还是歌手丛飞的人间大爱，是对母亲生日质朴真挚的记怀。特别是最后给母亲过生日的场景，她那颗感恩的心在充满抒情的书写中感人至深。

　　美国约翰·霍普金斯大学医学院精神病学系教授及情绪性疾病中心主任凯·雷德菲尔德·杰米森新近出版的《天才向左　疯子向右》一书中指出，抑郁症患者没有平凡人生平静的蓝色，他们的人生是纯粹的红与黑,"亢奋时如同烈火般闪耀刺眼,忧郁时却是无边的黑色死寂"。杰米森也是一个抑郁症患者,她在创作本书的时候,丈夫正在弥留之际,但她没有被抑郁和悲痛击倒,在她的文字中充满了对生命的热爱、对未来不可遏制的憧憬和追求,对探索生命奥秘不可压抑的渴望。《旷野无人》的出版,使中国有了一部向世人讲述忧郁症患者艰难生命的文学作品。

事实上,每个人都在经历着空前的精神困境,我们内心的焦虑、彷徨或茫然,与一个没有命名的抑郁症患者已相差无几。不同的是,我们不敢承认这个事实,我们不敢袒露真实的内心。面对很多茫然的事物,我们还在津津乐道、词不达意,同时我们又没有正视的愿望和能力。这与患病早期的李兰妮已经非常相似。在"链接"部分,我看到李兰妮援引的《积极思考就是力量》的摘录,这个智慧洞明的美国人对个人有限性的认识,听来振聋发聩、醍醐灌顶。因此,李兰妮的英武凯旋是源于内心或精神的强大和爱的力量,是生命尊严不能夺取的伟大的人格意志的力量。

四 李凤群:记忆的阴霾和那缕消失的阳光

李凤群是一位特别值得注意的青年作家,年轻的她就先后出版了《非城市爱情》《活着的理由》《背道而驰》《如是我爱》等长篇小说。特别是《大江边》的出版,使这位青年作家让人刮目相看。她对一个农民家族三代人命运的书写,不仅体现了她的历史感和叙述能力,更重要的是,她对农民面对的生存和精神难题的探究所达到的深度,为乡土文学提供了新的经验和视角。它获得"紫金山文学奖"当之无愧。

现在我们讨论的这部《颤抖》，是李凤群新近出版的长篇小说。这部作品如果不是一部自传的话，那么，起码它与作家的精神传记有关。因此，《颤抖》可以看作一部心灵史、精神成长史。所谓"颤抖"，就是控制不住地哆嗦，它是生理现象，更是一种精神现象，所谓心惊胆战就是这个意思。而且颤抖也是抑郁病人的一种表现形式之一。主人公的抑郁症和"颤抖"主要是来自她的童年记忆：我"战战兢兢地长大。我得说，有些人的不幸是可以避免的，有些人的不幸是自己亲手制造的，我家庭的不幸则是无可奈何的，那是个不能完全自主的时空"。俗话说"家贫万事哀"。每个家庭都有它的秘史。一个农民家庭三代同处一室，没有矛盾是不可能的。但是，重要的是这个家庭不仅矛盾重重，更糟糕的是家里阴霾密布，从来没有任何欢乐和爱。一个孩子生活在这样的环境中，其身心感受可想而知。

家庭气氛一般来说是由女主人掌控的。这与"女主内"无关，有关的是，女主人如果是一个贤惠的妻子和慈祥的母亲，家里的气氛大体是祥和的。但主人公的母亲却是一个心地扭曲、极不和善的女性。家里的许多矛盾都与她有关。她不仅不善待公婆，而且极端厌恶自己的孩子。这是一件匪夷所思的事情，但它确实发生了。主人公童年阴霾的记忆和"颤抖"的后果，大都来源于母亲的不善，她随意斥责自己的孩子，让孩子打探大人的谈话。更重要的是，爷爷的死与母亲有直接关系。这个秘密父亲一直怀疑，二十年后真相才大白于父亲面前：是母亲杀死了爷爷。懦弱的父亲对这个秘密"认定了二十年，也忍耐了二十年，既没有爆发也没有原谅"。在一个充满猜忌、怨恨的家庭里，完成了孩子最初的心理培育。没有爱的温暖和教育。这是很多贫贱人家普遍存在的现象。渴望爱和关心，是每个孩子最正常不过的心理要求，但他们的存在和要求没人理会。不信任、没有安全感等，就这样成为一个孩子童年记忆的全部。对母亲心理、行为的袒露和描述，不是先锋文学的"弑母"诉求，李凤群是用写实主义的方法，塑造一个性格鲜明、有真情实感的母亲形象。她过去是一个凶神，老年则是一个"乞怜"的形象。"乞怜"一词就像狙击手，对形象而言一枪毙命。

小说的另一条线索是"我"与一凡的关系。一凡这个人物有明显的虚构性。他若隐若现，面目并不十分清晰。但作为现代青年，他让主人公看到了另一个世界。他是一个善良温暖、举止得体、十分敬业的知识分子。他的存在像阳光一样照耀着"我"。在鲜明的对比中，前现代的乡村中国并不是田园牧歌，那里更像一个无边的泥淖，谁都会在那里越陷越深；但作为现代知识分子的一凡，尽管多有理想化的色彩，但与前现代的昏暗比较起来，它终还给人以乌托邦式的指望。不幸的是，当"我"满怀欣喜来到一凡的城市找他的时候，一凡不在了。"他可能出国了，也有人说他得了抑郁症，回来家隐居去了。"这自然是一个晴天霹雳。"我"曾有过的与一凡见面的各种可能和想象都瞬间烟消云散。对"我"而言，那仅存的一缕阳光消失了，这是"颤抖"又一次来临的时刻。

如果一凡得的也是抑郁症，那么，这个不约而同的病症就具有了隐喻性质。它的普遍发生，示喻了"现代"精神生态的一个方面。因此，李凤群在这里也没有盲目地歌颂"现代"，现代有它自己的问题，而且现代的问题是以另外一种方式造就了同一种后果：病患并没有从我们的世界消失。《颤抖》深入中国社会生活的细部，它令人颤抖又难以回避。应该说，这是一个年轻的大勇者来自内心深处的自我告白。生活是如此沉重和惨烈，穷苦人和弱势群体甚至难以维护自己生存尊严的最后底线。当然，作家呈现"颤抖"是为拒绝生活中的颤抖，是为了"颤抖"不再发生。

五　王兆军：乡村中国的历史变迁和它的希望

当下作家关注的对象或焦点，正在从乡村逐渐向都市转移。这个结构性的变化不仅仅是文学创作空间的挪移，也并非作家对乡村人口向城市转移追踪性的文学"报道"。这一趋向出现的主要原因，是中国的现代性——乡村文明的溃败和新文明的迅速崛起带来的必然结果。这一变化，使百年来作为主流文学的乡村书写遭遇了不曾经历的挑战。或者说，百年来中国文学的主要成就表现在乡土文学方面。即使到了 21 世纪，乡土文学在文学整体结构中仍然处于主流地位。但是，深入观察文学的发展趋向，我们发现有一个巨大的文学潜流已经浮出地表，这个潜流就是与都市相关的文学。这一现象是对笼罩百年文坛的乡村题材一次有声有色的突围，也是对当下中国社会生活发生巨变的有力表现和回响。但是，值得我们注意的是，乡村文明的溃败，并不意味着乡村文明书写的终结。我们同时发现，那些有着深厚乡村文明记忆和情感的作家，仍在这一领域孜孜不倦地创作着与乡村文明变迁相关的作品。其中王兆军的《把兄弟》就是这样的作品。

1984 年，王兆军在《钟山》杂志发表了他著名的中篇小说《拂晓前的葬礼》。小说发表后好评如潮并获得第三届全国优秀中篇小说奖。《拂晓前的葬礼》写知青王晓云离开大苇塘村八年，大学毕业后重访当年下乡插队的大苇塘村，以追忆的方式讲述下乡插队到返城这一期间的生活和感情经历的故事，塑造了田家祥、吕峰、田永顺等农民形象，在这一追忆中书写了王晓云的思想感情变化，以及知青上山下乡和乡村中国社会生活的变迁历程。那个象征性的"葬礼"预示了乡土中国和知青一代走向新生活的决绝。因此,《拂晓前的葬礼》既是一部现实主义的力作,同时也是一部充满了理想主义精神的作品。三十年过去后,王兆军又返回了他的大苇塘村,在新的历史条件下接续了他的主人公田家祥、吕峰们的生活。已经是局长的吕峰重返大苇塘村,与他的把兄弟田家祥谋划把主要精力转移到副业和工商业。有利的条件是,吕峰是商业局长,"村里搞点副业,挣点钱的路子是可靠的"。当然,小说不是乡村致富指南,其主要篇幅也不是讲述大苇塘村脱贫致富的过程。小说主要处理的还是大苇塘村在新的历史条件下的人际关系。由于历史的原因,大苇塘村也难免矛盾丛生、人际关系盘根错节。因为田家祥与申凤坤的矛盾,田家祥与吕峰的作风问题被牵扯出来。申凤坤意在通过杨守道整治这两个把兄弟。两个人"其实是一路货色,都在一个女人的肚子上混过,有私生子为证,姓田的至今对那女人还有想法,只是人言可畏,没敢太嚣张"。这个女人是张二妮。乡村中国的世风世情与对人的评价并不完全是同构关系。但是,要毁坏一个人或整治一个人,道德化是最有效和便捷的武器。另外,在男女关系问题上,一个人的担当、情操和个性高下立判。事实是田家祥与吕峰确实都与张二妮有染。吕峰这个号称"大姑娘食儿"的英俊男人,也确实被当年称为"小石榴儿"的二妮恋着。但阴差阳错还是没有走到一起;田家祥在一次酒后强行与二妮发生了关系并致使二妮怀孕,二妮生下了孩子。有趣的是,田家祥、吕峰的冤家申凤坤走上经商之路后,也把忍辱负重的二妮从乡下带到了城里。吕峰为了自我保护不惜陷害二妮,田家祥则因对二妮犯下的罪过悔恨交加,他忏悔的方式就是无声地关注、支持二妮。经历商业大潮的历练和乡村农民固有的勤劳、坚忍和善良的品性,二妮终于成长为这个时代的新人并当选为商城劳模。

《把兄弟》在结构方式上,有传统小说的演绎性质。如二妮离开

大苇塘村前,她用上坟的方式告别她曾经的男人。这一章的标题是"张二妮上坟了解从前,田永昌送礼投其所好":

> 对张二妮来说,这次祭奠是一场严肃的告别,不仅是对居住地,还有伦理的诀别。她确认自己和孩子们进城定居了,不会再回到这里。她也不再回来种地了,从此告别了庄稼和菜园,告别了酷热的阳光和呼啸的风雪。新的生活环境,新的立足点,新的希望,让她下定决心彻底告别这个曾经拥有的家、这个村子和这里的生活方式。多年前深埋于心中的渴望,如今实现了。她梦寐以求的就是这种脱离,脱离就是解放。

当然,这段旁白与其说是张二妮的心理活动,毋宁说是作家对人物处境的理解。但是,当进入具体祭奠活动时,如木驴子如何敲打纸钱印记、二妮如何敲打木驴子的动作等,这些细节是难以编造的;然后是二妮在男人坟前的祭奠。四色祭品一壶酒,还有她与死者的对话等。这是乡村与死者的告别仪式,也是张二妮为人品行的佐证。这里有传统小说的印记,但它的根基和基础则是乡村生活现实决定的。因此,这些大众化的小说元素一旦进入小说,显然与读者拉近了距离;与此相类似的是小说的结尾。这是一个典型的大团圆结局。二妮与田家祥冰释前嫌,田家祥当选为村委会主任,申凤坤在老屋原地建起了三层别墅。大苇塘村经过市场经济终于旧貌换新颜。乡村中国在历史变迁中看到了自己的希望。

《把兄弟》不是一部颂歌式的小说。但当作家用传统小说的方式进入写作时,这一体式的内在要求决定了它的走向。因此,对改革开放的歌颂恰恰是由作品内在结构决定而不是有意为之的。还值得注意的是,小说用了传统的章回体,这一体式在当代小说创作中已经极为鲜见。章回体具有演绎性质,它的特点是故事性强,好看好读,普通读者喜闻乐见。《把兄弟》旧瓶装新酒，意在通过传统文学讲述方式表达新生活新内容。虽然作家并不刻意形式作为，但其不经意的努力也从一个方面表达了王兆军对文学传承的理解。

六 张欣：努力发现城市生活的深层秘密

当代中国的城市文化还没有建构起来，城市文学也在建构之中。一方面，我们充分肯定当下城市文学创作的丰富性，通过这些作品，我们有可能部分地了解当下中国城市生活的面貌；另一方面，建构时期的中国城市文学，也确实表现出过渡时期的诸多特征和问题。城市文学的热闹和繁荣仅仅表现在数量和趋向上，而城市生活最深层的东西还是一个隐秘的存在，最有价值的文学形象很可能没有在当下的作品中得到表达，隐藏在城市人内心的秘密还远没有被揭示出来。具体地说，当下城市文学存在的主要问题包括城市文学还没有表征性的人物，没有"共名"式青春形象及城市文学的纪实性困境。这个看法表达了我对当下中国城市文学的某种隐忧。

另外，我也看到以城市生活为创作背景的作家的坚持和努力。他们对城市生活的深层秘密正在努力地勘探和发掘。这个深层秘密就是城市生活的隐结构，它不在光鲜的城市生活表面，不在高楼大厦的写字间，也不在标示城市现代化的各种高科技的手段工具中，它在人的心里。城市人心的秘密才是城市生活的深层秘密，谁发现了这个秘密，谁就有可能写出生动的城市故事和撼动人心的城市人物。张欣的《终极底牌》就是努力接近这样的城市文学的一部作品。小说讲述的是崖嫣与张豆崩两个高二女孩的成长故事，通过这两个人物，引发出

与她们生活有关的各种人物：高中班主任兼语文老师兰老师、美术老师江渡、汪校长、崖嫣的妈妈、张豆崩的父母、同学程思敏、"王行长""筷子"，还有江渡老师的父母等。这些当下生活中的寻常人物，一旦被结构进小说中，在作家的调动下竟是如此生动，因此我们也就有了与其接触或熟悉的愿望。两个孩子都生活在特殊家庭里，特别是对崖嫣来说这个是一个秘密，她不愿意让同学知道这个秘密。在她们看来，如果能够守住这个秘密，她们便可以和正常家庭的孩子一样正常成长。但是，崖嫣单亲家庭的背景还是被兰老师透露出来，于是波澜就此展开。小说人物关系极为复杂：崖嫣、美术老师江渡、张豆崩、程思敏及他们的各自家庭；学校、课堂、家里等场景；夫妻、闺蜜、母女、父女、同学关系等，在张欣笔下风生水起、跌宕起伏。每一种关系既是发生在百姓家里的寻常事，又每每旁逸斜出生出许多枝蔓。在一个设定的人群关系里，暗藏诸多难以想象的复杂。这就是张欣对城市生活的理解：这既是小说情节的需要，也是张欣对城市生活的一种隐喻表达。

小说写了崖嫣、张豆崩的成长经历和情感历程，但也确如作者自述那般："所谓言情，无非都是在掩饰我们心灵的跋山涉水。"有过经历并对生活认真考量过的人才会有如此万般感慨并化作文字的行云流水。我惊异的是，当许多人都在彰显或炫耀城市罪恶的时候，张欣却张扬起另一面旗帜，这就是书写温暖。除了小说的结局和对主人公关系的处理之外，我还读到了这样的文字，即当江渡回到家里吃饭时，作者这样描写了当时的境况：

> 晚餐的饭桌上也依旧平静，从江渡的眼中望去，母亲刘小贞有着圣玛利亚一般的安详，她做的饭菜对江渡来说都是美味佳肴，乐当百吃不厌的骨灰级粉丝。此时她正在盛饭，微低着头，额前有几绺发丝垂落，更让人感到心安。这些年母亲因为操劳犹

显憔悴疲惫，但是那份安然若素不只是对他，江渡认为几乎对所有的男人都是有照耀、有力量的。

在这样的时代，关于恶的写作，可能会解一时的心头之恨，过了把快意恩仇的瘾，但文学的力量尤其在当下应该还是温暖。张欣的《终极底牌》的底色就是温暖。这一点大概与张欣对当下文学和世风的理解有关吧。她说："都市文学真正开始其实是在改革开放以后。在这之前，所谓的城市人和乡村人是一样的。为什么说一样呢？因为思维是一样的，只不过他穿的是老棉袄，我们穿的是超短裙。观念一旦一样，文学就显现不出来。有些人写都市，最多写一个夜总会，写烫了头又涂着红指甲的女郎，这些都是非常表面的东西。如果在观念上没有任何变化，我觉得就不是都市文学，而只不过是乡村文学里的人物穿上了都市的衣服。所以，我觉得都市文学不是表象的。乡村故事可能是血淋淋的，没有饭吃，没有衣服穿，压力来自生活层面。但是，城市人，他或许有房有车，但可能遭受的精神压力非常大，其实是一样病态的，对人来说也很残酷。"无论是处世还是为文，还有什么比理解、同情、悲悯更重要的呢？

这一代人的爱与狂
——"80后"的几位小说家

一 郑小驴：风雨飘摇中的历史与人性

对"80后"普遍的看法似乎已经形成，他们的写作在文化市场上占有的巨大份额，足以使他们的前辈叹为观止。事实上，"80后"这个概念是一个勉为其难的概念。当批评界普遍认为"总体性"已经终结的时候，却对这一代人做出了总体性的命名，这种自相矛盾的表述虽然也在流行，却没有得到这代人的认同。事实也的确如此，这代作家的独立性或对传统的游离几乎是前所未有的，他们创作的差异性要远远大于共性。因此，对他们研究或评价的最好方法，还是进入具体的作家作品。

我只见过郑小驴一面，因为名字怪异，一次就记住了。作为最年青的一代作家，他对小说叙事的理解、文字的老到和整体掌控小说节奏的能力，都显示了他小说创作的巨大潜能。

中篇小说《梅子黄时雨》从民国年间写起，中国的历史正处于风雨飘摇之中。国家民族的宏大叙事若隐若现，入侵的日本军人、国民党的下级军官、地下武装等,演绎了那个时代的国恨家仇。但这个国家民族叙事在小说功能上还只是一个整体背景。故事的主体发生在江南小镇的许府。这是我们常见的江南老宅,老宅的封闭性和自足性构成了小说需要的所有要素:神秘、久远、幽暗又深不可测;奶妈下人、少爷小姐及成群的妻妾和老宅的主宰者,总会上演我们阅读期待的一幕。它是微缩的宫廷,是中国家族宗法制度最集中的表意符号,因此也是最吸引中国作家目光和想象的所在。从《金瓶梅》《红楼梦》开始,大宅门中的家族小说至今绵绵不绝。这一题材的写作已经成为我们的文学传统之一。但我仍然认为《梅子黄时雨》有其独到的探索性。

以许家为叙事核心的故事,是郑小驴"结构"出来的。在他的叙事中,我们不仅看到了风雨飘摇的中国家族历史的终结,同时也看到了与世道共生的人性。在这个大宅门里,人性的恶几乎无处不在,这个绝对化的表述,不仅隐含了郑小驴的历史观,同时也表达了他对那个历史时期人性的看法,他以极端化的方式揭示或撕开了人性深处的隐秘。但历史的偶然性还是郑小驴的出发点。

小说叙述的历史已经泛黄,各种叙事都在建构自己的历史。但那些尘封的角落仍未全部昭示天下。在本雅明看来,历史永远是"现在"的历史而不是"历史"的历史,历史的作用表现为对自身的"唤醒"或"重组"并为未来进行"预期叙述"。因此,历史本是历史学家的历史,作为小说的《梅子黄时雨》于是就具有了新历史主义小说的全部特征。

通过《梅子黄时雨》我认识了郑小驴或通常所说的"80后"。他的文字功力和叙事才能让我难以忘记。他改变了我对这代人不应有的判断。我曾经读过他给父亲生日的一首诗,其中有这样的诗句:

　　你说我们是垮掉的一代

> 我所能抗辩的就是
>
> 与垮掉的一代一起崛起

读过《梅子黄时雨》后，于是我相信了他的话。

二 毕亮：由悲情向温暖的文学转变

"打工文学"本来就是一个临时性的概念，它的主体性或对象化从来也没有说清楚。或者说，是打工者写的文学，还是写了打工者的文学，究竟哪种文学是"打工文学"？因此，将深圳新生代作家的文学称作"新生代打工文学"恐怕是有问题的，或者说，深圳后来作家的创作是否只能是"打工文学"？另一方面，"打工文学"已经不能概括深圳新生代作家的创作特点和经验，他们的文学成就已经超越了这个概念的内涵或外延。如果这个道理能够成立的话，那么，毕亮的小说是否是"新打工文学"已经不重要，重要的是，毕亮的小说与早期同类题材作品究竟发生了哪些变化，这是我们所关心的。

毋庸讳言，早期与"底层写作"相关的小说，"苦难叙事"是受到诟病最大也是最多的问题。普遍的看法是，在"底层写作"的文学中，一直是泪水涟涟无尽的苦难，悲情讲述是其最初也是终极的叙事策略，底层人群生存的苦难永无出头之日。这个批评或不满确实有道理。如果小说只能处理到这个层面，那么，小说完全可以不必存在，因为小说解决不了底层人生存的困难，小说的作用在这个意义上远不如民政部门和社会救助组织。但是，到了深圳青年作家毕亮这代人，他们在表达底层人生存境况的时候，更多地注意到了这个群体心灵和精神状况，这才是需要文学来处理的。《铁风筝》是一篇情节曲折的小说，既有写实也有悬疑。小说的外部场景没有更多的变化，失明的男孩、失去丈夫的妻子、失去女友的单身汉、失去行动能力的父亲和悲苦的母亲，这些元素是小说的外部条件，它确实构成了苦海般的画面。但是，毕亮着意表达的不是这些。面对生不如死的杨沫，马迟送给杨沫的是具体的春风拂面般的暖意，那是马迟对杨沫失明的孩子张特发自内心的爱。这里不是英雄救美，也不是王子与灰姑娘。这里当然有马迟对杨沫的男人和女人的想象关系，但马迟的行为超越了这个关系，马迟是一个心有大爱的男人。小说情节扑朔迷离，但毕亮仍慷慨地用了较大篇幅讲述马迟与张特的见面和交往，尽管短暂却感人至深。

《外乡父子》写尽了一个男人的艰难，写尽了一个男人对父亲的孝顺和对女儿的爱，也写尽了一个男人心理与身体的寂寞。外乡人与女人离异，他打工需带着无人照料的父亲，中风的父亲没有自理能力，但他会把出租屋和父亲收拾得干净利落。他唯一的念想是自己的女儿，当他听到女儿要来看他时，他节日般的心情与平时的愁苦形成了鲜明的比对，他给女儿做木马玩具，和年轻的店主谈曾经的人生理想。后来他成了一个贼，被工业区的保安打得半死，打瘸了一条腿。然后他说要回广西老家看女儿，此前他说女儿在越南。小说不只是写这个外乡人"捉摸不定的神情"，这个神情的深处是他捉摸不定微茫的希望。内心的枯竭并非《外乡人》的写作之意，一个女儿的存在，临摹的凡·高《向日葵》的设置，使一个无望的男人绝处逢生，使一篇灰暗的小说有了些许暖意。

《消失》讲述了一个失恋的男人。失恋后他每天能做的是就是喝啤酒，他只能生活在回忆中，生活在过去。他讲述的朋友的生活就是他自己的生活，后来寻出租屋的女孩在书柜发现的"马牧""杜莉"的情书证实了这一点。是什么让这个"80后"男人如此颓废和绝望？

当然不只是失恋。没有了工作就没有了生活的前提,这是娜拉故事的男生版。房间里飘忽的那种味道应该是一个象征——那就是生活的味道,这个男孩的生活就这样烂掉了。但是,生活毕竟还要继续,新的爱情还会生长,这个房间的味道就会改变。

毕亮是近年来异军突起的青年小说家,他对留守儿童的书写,对城里外乡人的描摹,都给人留下了深刻的印象,他让我们看到了"80后"一代作家的另一种风采。值得注意的是,毕亮的小说极其简约,甚至有卡佛简约主义的风范,无论人物、场景还是故事。但这还只是技术层面的事情。我更关注的是毕亮对这个领域叙事倾向的改变,这就是由悲情向温暖的改变,由对外部苦难的书写向对心灵世界关注的改变。

"底层写作",是近一个时期最重要的文学现象,关于这个现象的是是非非,也是近年来文学批评最核心的内容。这一写作现象及其争论至今仍然没有成为过去。在我看来,与"底层写作"相关的"新人民性文学"的出现,是必然的文学现象。各种社会问题的出现,直接受到冲击和影响的就是底层的边缘群体。他们微小的社会影响力和话语权力的缺失,不仅使他们最大限度地付出代价,而且也最大限度地遮蔽了他们面临的生存和精神困境。也许正是因为这一状况的存在,"底层写作"才集中地表达了边缘群体的苦难。但是,过多地表达苦难,甚至是知识分子想象的苦难,不仅使这一现象的写作不断重复,而且对苦难的书写也逐渐成了目的。更重要的是,许多作品只注意了底层的生存苦难,而没有注意或发现比苦难更严酷的是这一群体的精神状况。毕亮的小说从某种意义上改变了这个倾向。于是,底层写作在这种努力下就这样得到了深化,与我们说来,这毕竟是一个令人鼓舞的文学症候。

三 双雪涛：从容冷峻的叙事 超验无常的人生

近年来，"80后"作家如蒋峰、甫跃辉、文珍、颜歌、马金莲、霍艳等的出现，不仅改变了这个代际作家的创作格局，更重要的是改变了"80后"作家的形象。或者说，"80后"作家不仅仅是早些年在江湖上已爆得大名的几位。上述提到的这些"80后"作家，与"70后"作家一样，已经是各大重要文学期刊中、短篇小说创作的主体阵容。双雪涛也是这样的"80后"作家。此前，我读双雪涛的作品不多，但知道他已经出版了长篇小说《翅鬼》，2014年的《上海文学》发表了他的短篇小说《大路》。当然，这样的有限阅读还难以对双雪涛的创作形成完整的印象。

最近，吴玄主编让我集中看看双雪涛的《大师》和《长眠》两个短篇小说。应该说，这两个短篇小说让我看到了一个非常不同的双雪涛。《大师》应该是个"中规中矩"的小说，其情节和讲述都在预设的范畴之内：父亲是一个再普通不过的工人，只因为热爱下棋，老婆都不辞而别没了消息。儿子与父亲学棋也终于身手不凡。其间的讲述波澜不惊，但预设了最后以求一逞的结局——只因父亲在警察与囚徒下棋时为警察解了围，与囚徒结了梁子——多年后，这个失去双腿的囚徒出狱成了和尚，他找上门来，结果遇到了儿子，而儿子连输三盘；未露面却在场的父亲出现了，两个冤家终于不得不再次对弈——看到中盘，我知道我远远算不上个会下棋的人，关于棋，关于好多东西我都懂得太少了。到了残局，我看不懂了，两个人都好像瘦了一圈，汗从衣服里渗出来，和尚的秃头上都是汗珠，父亲一手扶着脖子

上的牌子，一手挪着子，手上的静脉如同青色的棋盘。终于到了棋局的最末，两人都剩下一只单兵在对方的半岸，兵只能走一格，不能回头，于是两只颜色不同的兵便你一步我一步地向对方的心脏走去。相、仕都已经没有，只有孤零零的老帅坐在九宫格的正中，看着敌人向自己走来。这时，我懂了，是个和棋。

父亲要赢了。

但最后父亲输了。小说的奇崛处就在结尾父亲的输棋。那本来赢定了的棋父亲却要下输——这就是双雪涛要写的"大师"：孤苦伶仃的"和尚"一生赌棋没有家小，他赢了棋只要这个与他对弈的"黑毛"的儿子小"黑毛"喊他一声"爸"。父亲满足了和尚的愿望。因此"大师"与输赢无关。阿城、储福金、吴玄等都写过下棋，要超越这些成熟作家其困难可想而知。但双雪涛功夫在棋外，他以棋写人，写人性。不计一时得失的胸怀和格局，才堪称"大师"。小说行文沧桑凄苦，一如从没有忘记老婆的父亲的一生。

《长眠》在虚实之间，既有扎实的写实功底，又有对魔幻超验的驾轻就熟。故事荒诞不经，却在本质意义上写出了人生的无常和不确定性，这一点与《大师》又有气质上的联系。小说从朋友老萧的死写起。老萧是诗人，也是讲述者"我"的朋友，这个诗人朋友夺走了"我"的女朋友。但他在弥留之际却一定让小米通知"我"，"我"经历无数困难来到了一个叫玻璃城子的地方。然后讲述者换成司机，他讲了玻璃城子匪夷所思的变化：玻璃城子正在塌陷，整个镇子很快就会被正在融化的冰水淹没，曾有一家人陷在水里，捞出来时已经成了冰棍儿。所以，镇子上的人大多都搬走了。司机的车开走后，小米出现了，然后就是来抢老萧尸体的村长，长枪短炮地互相对射。村长抢老萧的尸体是要火化他，把那个神奇的玉石苹果炼出来。"我"最后逃了出来，重新回到了现实中。这个故事极端奇异，如梦如幻、虚实相间。但是，它整体的感伤情绪与怀旧、与不测、与人生的无常和难以把握有关。小说最后结尾的诗歌《长眠》，或许道出了作家隐秘的诉求：

  让我们就此长眠，

  醒着，

  长眠。

双雪涛的小说看似简单，事实上它的内涵或可解读的空间复杂又广阔。有人间冷暖，有是非曲直，也有宿命甚至因果报应。特别是他小说中感伤主义的情调，对超验无常事物的想象能力，都是我非常喜欢的。如果是这样的话，那么可以相信的是，双雪涛的小说将会有广阔的前景。

四　徐艺嘉：花季的焦虑与校园病

"80后"是无奈的批评界杜撰出的一个临时性概念。这个概念不可能概括出这代作家的总体性，因为这代作家压根就没有一个总体性的存在。不仅大红大紫的一线作家各行其是，就是先后冒出来的各路写手也五花八门，你永远不知道下一个年轻人还会说出什么来。多年来，这代人流行的是玄幻、悬疑、盗墓、穿越等写作题材，但2008年以后发生了变化，一批现实题材作品浮出水面，如《交易》《手腕》《七年之痒》《亲人爱人》《纸婚年》等。徐艺嘉的《横格竖格》不期而遇的是这一写作风潮。当然，不是徐艺嘉要赶这一拨的潮流，她是"不期而遇"。

不同的是，徐艺嘉写的是自己的经历，是自己有切肤之痛的切实体验，因此也可以将这部作品看作徐艺嘉中学时代的自传。在这部自传中，徐艺嘉将这个时代的中学生活，特别是中心城市重点中学的生活，真实而生动地呈现了出来。她让我们有机会看到了这一代花季少年是如何度过他们的中学时代的。"同达中学"是名噪京城的重点中学。不仅校长在张榜公示时如沐春风地向来宾们介绍"文、理科状元、榜眼、探花、单科满分获得者和几百名北大、清华新生"，而且"那些考功超强的考生们一朝同达校服加身，有事没事便总爱在人前人后走两步，一个个将头扬得一览众山小，威风八面如皇家子弟，享受着人们在背后一片羡煞的眼波"。但是，表面的风光不能替代他们即将经历的"苦难的历程"。

小说集中揭示了中学的"核心价值观"——分数对师生的支配和宰制。数学老师贲老师信奉的就是"分数才是硬道理"，他"逼迫学生像面对自己的命一样面对分数，集中精力投入到大量做题和改错中去。如果有人不认真改错，他便会使出杀手锏，镜片后一双小鹰眼死死盯住其人良久，阴森森地说：'你的分……我可都记着呐'令听者后脊梁仿佛趴着一条正在'嗞嗞'吐芯的蛇"。分数用蛇的意象表达，可见这个核心价值观的威慑力和恐怖性。教师用分数统治学生，分数自然成为学生的隐忧和敏感部位。那个被称为"文化课的绝缘体"的小号，期中考试后居然写了一首《沁园春·考试》："判分如此严厉，引无数英雄竞哭泣。惜理科先锋，略输逻辑；文科大将，稍逊细腻。一代考生，心有余悸，只怕颜面再扫地。"结尾处还有一行小字："问君能有几多愁，恰似一堆红叉卷上流。"师生对分数的态度，是应试教育的必然产物。

因此，这是一部批判当下中学教育现状的小说，也是一部充满了青春忧患的小说。在作品中，我们很难看到这些孩子对分数之外事物的关心，很少看到他们心灵、精神世界更丰富和健康的东西。包括中学教育在内的中国教育问题，已经引起全社会的关注。《横格竖格》以文学的方式再现了那些场景，读后令人震动并深感忧虑。

当然，《横格竖格》首先是一部小说。在作品中，作家塑造了如锦乔、季月、贲老师、君子、苏铁、白兰、菖蒲、木槿、凌霄、银杏、石榴、腊梅、竺老师、百合、麦冬等诸多生动的人物形象。特别是她对同代人性格和生活场景的描写，给人留下了难忘的印象。这是一代没有历史记忆的孩子，他们拥有的只是自己可怜又单薄的青春经历。这个青春远不美好，那个挥之难去的"分数神话"远不值得怀念。但是，除此之外，他们还拥有什么呢？我慨叹的是，徐艺嘉也是"80后"，但她没有追风逐潮试图在文学市场上一展身手，而是遵循个人的生命体验，写出了她的"花季焦虑"和校园病。作品虽然还平面化，但她能做到和已经做到的，足以获得嘉许了。

五 刘辰希：两种文学的交融或嫁接

对青年的书写，是 20 世纪 90 年代以来文学的薄弱环节。恰恰是这个不大引人注意的缺失，使文学失去了大量读者。我们知道，80 年代的文学受到读者普遍欢迎，除了意识形态方面的因素之外，青年的形象在文学中一直存在——从《班主任》到《人生》、从铁凝到张承志、从伤痕文学到知青文学，青年一直被反复书写。从某种意义上说，关注了青年就是关注了时代，发现了青年就是发现了时代。青年从来就是任何一个时代的风向标或晴雨表。无论是价值观还是爱情观，无论是社会问题还是心理问题。80 年代的文学不仅创造了像高加

林、白音宝力格这样的人物形象，重要的是，那个时代总体上有一种蓬勃的青春气息和精神。正是这种气息和精神，给我们留下了不能磨灭的印象并使我们深深怀念。90年代之后，文学中的青年形象和青春气息逐渐黯淡甚至消失了，一种中年的甚至暮年的味道开始弥漫，我们很难在文学中看到青春的身影，为此我深感遗憾。

当然，"80后"的写作里也有青春，那里隐含这个时代青年对青春的理解、他们的趣味、风尚及价值观等。但是，我们还没有看到他们塑造的属于他们这一代的、有代表性的青春形象。因此，要通过文学来认识、了解这一代青年是有问题的。刘辰希的长篇小说《终极游离》很难界定它的题材，但可以肯定的是，这是一部与青春有关的小说。小说的主人公洪申、米奇，应该和作者属于同一代人。但是，他们又不是普通的、在日常生活中我们常见的青年。他们的经历和背景决定了他们的特殊性，因此，他们是处于"边缘"地带的群体，特别是洪申，他生活的范围处于正常与非正常的边界之间，但出版社说是"黑道少年"肯定是不准确的。如果说洪申的"前史"——为月滴报仇杀了黑帮周敬有"黑道少年"嫌疑的话，那么，重新出现在小说中的洪申只是置身于与黑道相关的环境中，并没有参与黑道的行为，恰恰相反，他最终站在了黑道的对面，成为一个正面的青年形象。刘辰希的这一选择和设计，使这部险象环生、游走于边界的小说终于绝处逢生。

《终极游离》的内容十分庞杂，它的背景显然与重庆"打黑"有关，其间隐约透露的一些细节证实了这一点。在这个背景中，腐败的干部、猖獗的黑帮、丑恶的勾结和各种交易逐一被呈现。如果从这个角度解读《终极游离》，它有批判现实主义的特征，这也从一个方面表达了刘辰希对文学传统的继承或敬意。这一点是特别需要我们注意和肯定的。另一方面，小说的内容和题材，决定了这是一部有鲜明的大众文学性质的小说。需要说明的是，大众文学是一个类型概念而不是一个等级概念。大众文学最重要的元素是暴力与色情。《终极游离》中有暴力但几乎没有色情,色情被纯情置换了。但纯情路线同样是大众文学常见的策略。洪申与米奇的爱情是小说最基本的故事情节。纯情文学晚近的接受传统,是 80 年代后期琼瑶小说培育的,当然好莱坞的电影一直在推波助澜。《终极游离》的纯情元素又有中国的叙事原型,这个原型是才子佳人模式,洪申是少年英雄,米奇是富家小姐。这些元素糅合在一起,就使《终极游离》成为一部非常好看的小说。刘辰希对大众文学和经典文学的嫁接,为我们带来了新的文学经验。他的经验告诉我们,文学未来的发展还有无限的可能性,文学不会也不可能终结。

当然,《终极游离》还存在一些需要讨论的问题。在我看来,在这部作品中,刘辰希过于专注故事情节的发展和讲述,不注意节奏感,这是大众文学普遍的问题。像"尾声"开头中对景物的描写几乎是绝无仅有。这样,小说就显得没有变化,好像作家急于完成故事的讲述;还有一点是有的人物性格发展突兀,根据不足,如小九遭遇不幸后即刻堕落,甚至连基本的过渡和交代都没有。有些重要的情节游离故事太远,如米奇的狱中生活。将其删掉对小说也没有影响。这是典型的畅销小说的写作方式。如果《终极游离》在畅销小说基础上再深入一些就更好了。

六 皮佳佳:值得寄予厚望的小说家

皮佳佳是"80 后"小说家,《方生方死》是她的中、短篇小说集,其中有一个中篇四个短篇,规模大约在十万字左右。从数量上看也许

并不壮观。在小说越写越长、越出越多的今天,《方生方死》很可能因其细弱而湮灭在那些文字泡沫的海洋里。也正是在这种情况下,我觉得有必要推荐一下皮佳佳的小说。皮佳佳的小说与当下"80后"的风尚写作没有任何关系,她既不同于"金钱奴隶制"的《小时代》,也不是浅尝辄止的"意见领袖"。如果从谱系关系来说,皮佳佳延续的还是新文学以来的小说传统。这是当下仍然被视为"正统"的小说传统。这个传统强调作家与生活、与社会的关系,强调对价值和意义的守护,强调人物的塑造和想象力的重要。这样说,并不意味着皮佳佳就是一个年轻的"老派"作家。事实上,任何一个继承新文学传统的作家,由于个人阅历和禀赋的不同,他们的小说创作一定带有鲜明的个人印记。作为"80后"的皮佳佳也大抵如此。

中篇小说《彼岸天堂》,大体可以在"留学生文学"的范畴内来讨论。这是一个有着百余年历史的小说题材。但是,只要有中西文化的交流,这一题材就不会终止。需要指出的是,虽然都是留学生文学,但不同的时代背景赋予了这一题材远不相同的内容和讲述方式。一个叫林雅的女孩子,为了出国勉强嫁给了一个出身贫寒的"学霸"肖恩。但这远不是"才子佳人"模式的古旧小说。林雅在屡次被拒签后,终于幸运地通过了签证,她如愿地来到了美国陪读。但是"彼岸"并非"天堂"。两个来自第三世界的青年,迅速被抛离了原来的生活轨迹。在两种文明的边缘,他们的现实生活捉襟见肘,情感生活分崩离析。令人尴尬甚至不堪的场景不断被呈现出来。最后,两人终于还是分道扬镳。"彼岸天堂"照亮了的是自己本土的文化记忆——深夜的台阶上,林雅坐看着满天的繁星,她想起云南老家的夜空,还有北京的无数夜晚,"我发现,每一处的星星都是很美丽的。只是这美丽,要在我回忆的时候,才知道那是美丽的"。在云南或北京的时候,林雅不会有这种发现或感慨,只有在异国他乡有了另一种经历后，才知道曾经拥有的是多么美丽。当然，在当下的语境中，无论林雅还是肖恩，都说不上谁对谁错。肖恩出身贫寒，他一直过着紧张的日子，他节俭地生活理所当然；林雅是一个北京知青的女儿，生活上要求多一点浪漫亦在情理之中。但是，在那个"彼岸天堂"，他们的青春和爱情，都在那险象环生的精打细算中付诸东流。

我惊异于皮佳佳塑造人物的笔力。如她写来自山乡的穷苦学生肖恩，一方面，写他的"城市化进程"相当缓慢并经常出现"不确定性"；另一方面，也写出了这确实是一个吃苦耐劳的乡村青年知识分子——

> 也许疲劳过度，有一次，他深夜从实验室回来，咳出了一大口血来，结果是肺结核，住院一个月。这次把他真的吓坏了，躺在病床上，他想起了父亲浮肿的脸，还有母亲那老树皮般的手，他知道自己不能倒下。从医院出来后，他听说牛肉能补血，就去市场买了两斤牛肉，借同学的电饭煲，不管生熟，煮了就吃，结果又因为急性肠胃炎住了一个星期的院。他宿舍同学说，他简直就是中国农业社会急速城市化的一个缩影。

肖恩的坚韧、担当和过惯苦日子的形象、经历，就在这一段讲述中一览无余。当然，日久天长的压抑和以求一逞的焦虑，也终于异化了肖恩，这种异化是如此彻底，几乎浸透了他的灵与肉。当肖恩与林雅有可能实现男女之事时——

> 肖恩的身体顿时产生了宇宙大爆炸，刹那间，他已经被炽热炸成了无数尘埃和碎片。他大吼了一声，在一种无法控制的狂躁中，他剥下了林雅的衣服，扑向了他梦中的那个地方。但是，他刚刚拉下裤子，高耸的大厦轰然倒塌，华丽的乐章戛然而止。就这样，他就在天堂的门口，结束了他人生中划时代的一幕。

从小，他父母只教他做一个好人，长大后，他老师教他做一

个有用的人，可惜，没人教他怎么做一个人。

对男人来说，几乎没有什么比这样的难堪更难以忍受了。但是，只要了解了肖恩的前史后传，他的这一带有隐喻性质的病患，就并非难以理解。

此外，皮佳佳在小说中非常注意景物描写。比如，从机场回家的路上，林雅目光所及——

> 穿过森林，低缓的山坡前竟有一处湖泊，平整如镜，闲淡如诗，四周满是白絮茫茫的芦苇。几只野鸭从夕阳中归来，弄弯了几羽芦杆，飘落几处白絮在湖面。湖旁是一座白桦木搭成的房子，一瀑紫藤从二楼直泻而下，门口挂着鲜花编织的花环，下面吊着一串风铃。屋前是排精致的小篱笆，种着玫瑰和波斯菊，屋后摆放的秋千和篮球架，还有一只白色小艇。

当肖恩在美国策划了一次短暂的旅行，从拉斯维加斯出发，林雅看到的是——

> 天气出奇的好，空荡荡的蓝天，纯粹得没有一丝云彩。苍莽无垠的岩石奔啸起伏，在远处与蓝天相接，像是沙海里腾起的金黄的风暴，被上天有意凝滞，又像是从天外倾泻而下的史前文明之柱，带着宇宙的密码，静静矗立。潺湲的科罗拉多河，将大峡谷横腰切成两块，再随着视线蜿蜒逝去，带走的，满满都是人的渺小和感慨。自然，即是美，任是多么伟大的头脑和身躯，在自然的伟大面前，都会失去思考和骄傲的能力。

现在的小说，为了抓住读者，大多情节密不透风，很少有景物描写。这样的小说既没有张弛有度的节奏感，也少有闲情逸致的趣味。但皮佳佳的小说注意到了这一点，她的景物、场景的描写，都如期而至，让读者在既定的节奏内享受着悠然自得的起伏。这是皮佳佳小说特别值得肯定的方面。

《方生方死》的题材，对于皮佳佳来说无疑是一个巨大的挑战。表面上这是一起针对底层妓女的凶杀案，一个名曰阿娟的妓女被杀了。作为专案组成员的女警察叶灵走进了这个案件和与这个案件相关的生活。小说在侦破、悬疑和正面书写等不同角度穿插变换。这不仅是个匪夷所思、扑朔迷离的案件，重要的是，在侦查案件的过程中，通过叶灵的视野，我们看到了部分底层人的生存状况。他们难以为继的存活方式，决定了他们的精神状况。这个名为阿娟的女性，她的生存状况几乎就在生死之间。因此，这是一篇具有鲜明左翼传统倾向的小说。《夜色无色》是一篇有强烈抒情意味的小说，当然也是一篇具有鲜明戏剧性的小说。"戏中戏"的那段爱情故事，真是年轻，也唯有年轻才如此动人。尽管这个故事已远不新鲜。余下的《罪愆》《阿公的心事》，也都别具一格。这里对日常生活的描摹和人物的描写，都相当有体会。我惊异的是，皮佳佳写小说的时间并不长，而这里收录的几篇小说，却都有不同的样式，绝无重复或模式化之感。这实在是不容易的。我曾多次说过，一个中、短篇小说家，最怕的就是结集——单看一篇小说时会感觉非常不错；但如果结集后会发现，那里总会有程度不同的雷同之处。但皮佳佳这里没有。仅此一点，皮佳佳就是一个值得寄予厚望的小说家。

就在皮佳佳的小说即将出版的时候，同时传来她考取了北京大学博士研究生的消息。作为前辈校友，我在向皮佳佳表示祝贺的同时，也祝愿她在小说创作的道路上越走越远。

地域风情与人文关怀

——"关东三马"《风入四蹄轻》序

许勇、易洪斌和郭广业,十年前曾在人民美术出版社联袂出版了画集《关东三马》。画集出版后,读者从一个方面领略了关东画家在"马界"风采的同时,"关东三马"也从此享誉画坛。对三位关东画家而言这是一段趣事佳话,对东北文艺界而言,则是一段增光添彩的美谈。十年过去之后,其中的郭广业已经作古,他的画作已经成了艺术的遗产。无论是为了纪念友谊、为了缅怀逝者,还是展现他们新的美术作品,许勇和易洪斌决定出版新版《关东三马》,都是一件值得庆贺的文化事件。

十年之后,当我们重新阅读"关东三马"时,对这三位画家的艺术贡献也有了新的认识。东北并不是只有大豆高粱没有文化的"蛮荒之地",也不是只有"二人转"没有高雅艺术的"北大荒"。百年来,从"东北作家群"到当代文艺,东北应该是现代中国文艺的重镇,东北的文艺经验,也是现代中国文艺经验的一部分,而且是艺术特色鲜明的一部分。东北的艺术特色在"关东三马"的艺术创作中同样非常鲜明。我以为概括起来可以有这样三点。(1)地域风情。在"三马"的创作中,既有可以识别的他们的个人风格,同时也有可以概括的共性特征。这个特征总体性地贯彻在他们所有的关于"马"的表述中。尤其是背景的处理,几乎都是高山大川,疾风劲雨,千顷松涛,万里草原。这种地域性的特征是地缘文化的表意形式，同时也是他们对东北文化性格的提炼和描摹。这种文化性格形象而具体，真实而本质，它同东北人的文化性格一样，剽悍粗粝、豪迈放达。（2）美学风格。"三马"的画作，在美学风格上的相近，就在于他们都崇尚雄健之美，都有昂扬的主旋律，郎健的风格。这一美学上的特征，使他们的画面海阔天空如凝固的旋律，既激荡人心又与传统建立了联系。我之所以肯定他们这近乎"守成"的美学风格，恰恰是因为多年来文艺在"形式的意识形态"的支配下所付出的代价。应该说，20世纪80年代以来，"形式的意识形态"曾改写了我们的艺术格局，艺术从"一体化"走向了"多元化"，而且在这个意识形态的支配下，"艺术性"得到了极大的提高。但是，艺术终究要为人所理解，终要读者懂得画家画了什么。从80年代至今的各种"主义"，大概只留给了我们整体的印象，涉及具体作品就难说了。在这个意义上，"三马"一直坚持的美学风格，是尤其值得我们推崇的。（3）人文精神。"三马"都有强烈的人文关怀。这种关怀体现在他们的画作上，就是人间大爱。"爱"是"三马"的基本主题和情怀。人与自然，天人合一，是他们共同遵循的文化信念。这个文化信念不仅体现在他们"名世"的关于"马"的描绘中，更体现在他们的人物画中。

"三马"中许勇年长，资历最深。他受业于20世纪50年代。他毕业创作的《出发前》，即以马的形象构建了画面主体，按热情迸发、春潮在望的生活场景，生动地传达了那个时代的人文气息，同时也从生活的角度对马与人类的亲和关系，做了最为直观和形象的表达。从此许勇与马结下了不解之缘。许勇坚实的艺术功底使他对马的造型和构图能力别具一格。他的《百骏图》千姿百态，《草原十骏》风采华丽，《群星图》绚丽生动，《塞上曲》披风厉胆，《骏马悲歌》处乱不惊，《雨中》坚忍不拔；许勇的马大多华鞍丽辔，但其意并非是装饰

性，它背后隐含和诉求的，恰恰是如弓在弦如刀出鞘，整装待发，征途在即的精神渴求。他的马或昂首嘶鸣或低头踱步，都是对主人的期待，马的人格化在情态与鞍辔中做了无言的宣告：它们也是画家心中的英雄。

许勇的马别具一格，人物画同样别有风采。他20世纪50年代创作的《义和拳民》和新时期创作的《义勇军进行曲》《洪水·赤诚》《1937·南京》等，都有强烈的悲剧感和历史的凝重感。他的画面多为深色调。但许勇后期的人物画有了很大的变化，这个变化是从悲怆、激越逐渐转向了从容、安详。他的《瑞雪丰年》虽然也有大雪飘飞，但主人伫立马上，平静地注视着他的马群，在瑞雪纷飞中似乎憧憬着好年景；《秋高气爽》中，女牧民伏在马背上回眸远望，秋色尽染，画面色彩斑斓如在云端，其浪漫气息和感染力尽在其间；《春日融融》中，美丽的少女飒爽英姿，妩媚中尽显英武，组画《节日的其其格》，更是将草原牧民祥和安宁的生活表达得淋漓尽致、诗意盎然。这是许勇的"草原牧歌"，是许勇对新生活的由衷礼赞。

易洪斌画马的作品，最令人震撼的是他的力量与情怀。他的力量是气吞山河的气势；他的情怀是华夏古风的高远。在这个浅吟媚语充斥于世、迎合与庸常之气盛行的时代，易洪斌将阔大与雄沉、深郁与苍古的画卷展现于我们面前，让我们萎靡已久的内心重又注入了久违的激情，重新体验了恍如隔世的浪漫和感动。在"全球化"一统天下的叙事中，他力图回到本土资源，为独立的民族文化身份做出求证。这一争取的实现，不只是易洪斌对绘画艺术心仪已久的感情，同时也是他于画坛之外铸剑十年的修炼。令我深怀兴趣的是，在趋新大潮如浪排天的时代，易洪斌先生为什么"背道而驰"地选择了那种古旧的形式，选择了不合时世的传统文化一脉？在我的印象中，易洪斌对西方美学造诣颇深，同时他又工于诗词，熟悉中国历史，对中国传统文化有深厚的积累。因此说他"两脚踏东西文化"并非溢美之词。但最能表达他个人趣味和追求的绘画艺术，他却选择了有鲜明本土文化特征的形式，这显然是经过深思熟虑的。在我看来，易洪斌的这一选择，不止与他本土的文化身份诉求相关，更重要的是来自他对中国现代性矛盾的郑重思考。百年来，现代化是包括知识分子在内的民族激进的理想和世纪梦，"唯新是举"是知识者普遍的心态，向西方学习是改变中国命运的潜在心理和流行口号。然而，时至今日，现代化已初见端倪的时候，人们又普遍感到，现代化带给中国的并非全是幸福的承诺。在物质生活相对丰盈的同时，人们的心情却苍茫无措，心无依托却无处诉说，发达资本主义的心理疾患已开始在中土流行并且蔓延。这时，有识之士开始重新审视民族传统和文化之根。那被反了百年的传统文化是不能简单处理的。就艺术层面而言，无论是婉约还是豪放，无论是孤芳自赏还是兼善天下，它都属于民族原有的审美风尚和情怀，是民族独具的审美趣味和表达形式。但长期以来，传统/现代、东方/西方，被叙述为思想文化论争的主题词，传统的本土文化被设定为攻击的主要对象，它是陈腐、保守、僵死、反动的别一说法。而在20世纪90年代，"全球化"理论又以霸权的形式遮蔽了文化差异性存在的事实。这时，易洪斌选择了中国传统的绘画语汇，无声地言说了他的文化立场和民族情怀。当然，这样阐发易洪斌绘画的思想文化大背景，指出他对传统文化的承继和发展，并不意味着这位艺术家就断然拒斥现代文明。恰恰相反的是，在他的作品中，那古旧的形式里不仅有汉魏风骨、盛唐气象，同时还有近百年来孕育的现代激情。读他的作品，我常常联想到毛泽东时代的抒情诗人。有论者常提到他的湘人出身和北方阅历。这固然是易洪斌艺术创造的重要因素。无论是三湘文化、"湖湘学派"或是北国情愫，它们原本就是中华母体文化的一部分，它不能不在艺术家的情感记忆中留下印记。但

艺术家所完成的艺术履历，总是多种因素合力的结果，那里既有出身、阅历留下的地域风情或经验，同时更有个人对艺术的独特理解和追求，而这一理解和追求，又总与时代的审美之风和人文环境相关。青年时代的易洪斌生活于毛泽东时代。那是一个充满了理想和激情的大时代，作为一代伟人，毛泽东所开创的业绩和盛世景象，在易洪斌的作品中留下了深刻的记忆。这不只是说《风雷动》《横空出世》《大漠那边红一角》等作品，或是直接用毛泽东的词句命名或是取意，而且在《来疑沧海尽成空》《雷阵》《大地》《海神》《一半是水，一半是铁》《风云会》《大野奔雷》等气势磅礴的作品中，让人领略了那一时代的理想和激情，同时也让人感到毛泽东抒情艺术对他的影响。画面上万马奔腾如旌旗如战鼓的战斗渴望，寻求献身的诉说方式，金戈铁马的威武悲壮，都可以看作那个时代的文化哺育。

易洪斌善画马，并已蜚声画坛"马界"。但是，在我看来，崇尚壮伟之举、浩然之气的易洪斌，显然是承继了韩干、徐悲鸿等大师的遗风流韵。韩干的《照夜白》神形兼具，但动人之处仍是不可僭越的盛唐气象，那浑硕的体魄、矫健的四蹄，都给人一种健康和自由之美。杜甫曾盛赞韩干画马："逸态萧疏，高骧纵恣，四蹄雪霜，一日天地。"已足见韩干驭马之功力。而徐悲鸿则"尽精微，致广大"，以"奔马"的气势唱出了一个时代的浩歌。但我不喜欢郎世宁的马，他的《八骏图》不只是因其有半生不熟的"混血"胎记，更在于他妄有堂皇而失于奢靡，它的世俗气也蜕尽了马的雄奇而只能归于玩赏。易洪斌对前辈的阔大多有承继，但他的作品更在于抒怀言志，他的马群或一往无前排山倒海；或仰天长啸龙卷风云，但间或也踱步低语悠然从容。像《海神》《观沧海》等作品，无论是立意还是技法，都应是易洪斌创作的上乘之作，它的感染力不仅来自画面本身，而且也来自画外无声的余韵。它既有雄心壮志的抒发，亦有壮志未酬的怅然。在技法上，易洪斌也不拘一格。《蛟龙出海图》《横空出世》《双龙》《云从龙》等的变形与夸张；《忆长安》《乾陵归来》对石刻艺术的借鉴；《龙之舞》《骏骨英风》《宝马》《骊影》《骅骝亦骏物》等对唐三彩造型艺术的借鉴，都给人以新奇之感。也正是这些丰富的文化品格，使易洪斌的马有了"斯须九重真龙出，一洗万古凡马空"的大境界。

当然，易洪斌也并非是一味慷慨悲壮豪情不止。他那些情感上细微轻柔的人物画，同样具有撼动人心的力量。《此恨绵绵》是他第四次状写项、虞悲剧。画面上，远处有乌骓与画戟齐鸣，近处是霸王与虞姬饮恨；战云密布、此恨绵绵，动静之中张弛有度，伟岸与娇小又都是情与力的喧腾。项、虞悲剧被艺术家处理得惊心动魄、挥之不去。而《山鬼》《虎兮福兮》《执子之手》等，又与《此恨绵绵》有异曲同工之妙，那是人与自然、威武与轻柔和谐的统一。而《先民》则如突兀的山脊，深厚而雄浑；《坐看云起时》则从容练达。至于众多女性的万种风情更是别有韵味。近年来易洪斌创作了更多的以女性为对象的画作。这些画多为裸体，但张扬的或是女性体态的曼妙、无穷变化，或是女性的万种风情迷人风姿，给人的终归是一种美感。我更欣赏的是易洪斌在画面上处理女性与老虎的方式：一面是女性的万种柔情，一面是老虎伟岸却着迷的憨态。英武与柔媚就这样构成了《长相依》。此外像《在水一方》《丛中俏》《花影》《红尘难得此清凉》等，虽然题材相近，但因寓意不同，女性的"隐喻"也变换无穷尽。这些新作显示了易洪斌题材的变化，但更表达了作为画家的易洪斌的艺术想象力和浪漫主义风采。

郭广业是黑龙江的专业画家，已于近年去世。郭广业笔下的马，肌肉与骨骼都有解剖学的依据，显示了他坚实和良好的专业素养。他名重一时的《百马图》，充分展现了画家的构图能力和对神形各异的

马的熟知与理解。纵观郭广业的马，给人突出或与众不同印象的则是如下两点。一是他的马大多是正面奔放的形象，进入视角的是扑面而来的逼人气势。像《齐奔》《呐喊》《雄风》《牧马图》《长风》等作品，都给人以一往无前的激情感染，四蹄翻飞，奋勇争先，一如竞技场面。画家着意展示的不只是马健美的腰身和细致的神情，更要画出马的神勇风采。因此，郭广业的马大多处于动态之中，仿佛前有召唤后有鞭追，风驰电掣势不可挡，一如勇武的志士才俊，在腾越奔突中尽抒豪情。二是他画马的背景处理。郭氏的马大多处于阔大的空间之中，沧海桑田、落霞晚照、风高月黑、巨澜翻卷，唯有骏马势如破竹、所向披靡，在阔大的时空中突现出英姿勃发的万千气象。这也正如诗文中"一切景语皆情语"一样，郭氏的马显然是他个人情怀的表达。

需要指出的是，20世纪80年代末期即已在郭广业笔下出现的以沧海长天为背景的马画构图造境，到了90年代已逐渐发展为郭广业画马的一大创意和特色。他的天马系列、海马系列并非简单地将马安上翅膀、加上鱼尾，如某些西方雕塑和绘画所表现的那样，而且是别具匠心、独出己意，或是让神骏骤于云飞风起的长空，让自己的思绪随画中墨韵而律动，或是使骐骥啸傲于涛奔浪走的大海，任物象伴画家之心潮澎湃。在这些画马作品中，马不仅仅是古代画家表达士大夫情怀的载体，而是现代知识分子人生思考、审美理想的体现，被赋予了更多的思想和情感。郭广业的人物画同样别有韵味。他的笔下多为少数民族人物，马背上的人物英姿勃发神采飞扬。牧民的刚烈剽悍乐观爽朗纤毫毕现。他们或是叼羊比赛或是尽情歌舞，或是举杯畅饮或是挟鹰狩猎，画面充满了生活情趣和游牧民族朗健豪迈的精神面貌和品格。

"关东三马"呈现出了大体一致的审美价值取向，这就是对阳刚之美的崇尚和追求。他们三人的画马作品都腾越着一派大气，高标着一种风骨；人物画则洋溢着生活的激情和对人间大爱的表达。因此，"关东三马"无论画马还是画人物，都体现了他们强烈的人文关怀。在他们的画面上，我们联想的远远超出了看到的。这是"言有尽而意无穷"在绘画上的另一种表达。

古今对话与戏剧冲突

——评庞贝话剧剧本《庄先生》

2015年4月29日,庞贝创作的话剧《庄先生》在深圳演出,受到了深圳观众的热烈欢迎。就我个人而言,应该说这是近年来看到的一出令人深感震动的话剧作品。就我有限的视野,我认为中国的话剧正处在一个十分艰难的时期。这不只是说在多媒体时代话剧受到了前所未有的冲击,同时话剧优秀原创剧本的稀缺,已经被话剧界普遍感受到。因此,当庞贝创作的《庄先生》出现之后,我大有喜出望外之感。

《庄先生》是一出无场次的四幕戏。春,写古代庄周年轻气盛不愿为官,官府差役捉拿庄周,庄周诈死。庄妻信以为真,竟要劈开庄周取脑救情人。不想庄周"死而复生",妻子羞愧难当只好雨夜出走;秋,进入现代,因出走的妻子出走没音信,考古学家"终身副教授"庄生难逃杀妻嫌疑,为解决教授职称,不惜出卖自己的研究成果给楚院长,在一次意外中脑颅受伤进入"濒死体验"状态。夏,回到古代,庄生看到了"另一个我",即老年的超凡脱俗的庄周。因妻死,庄周鼓盆而歌。庄周拒不出山为相,无奈中跳河逃亡头颅受伤。冬,重返现代,头颅受伤的庄生在医院醒来,春天失踪的妻子返家。深度失忆的庄生唯一的记忆就是当年与妻子的初恋。"死亡的诗意"充满了荒寒的浪漫。

古今对话与戏剧冲突

这是一出奇崛的荒诞剧。庄周与庄生、田氏与田小蝶、楚王孙与楚院长,都是"庄生梦蝶"的不同形式。角色也分别由同一演员扮演,古今角色的同一性和巨大差异,在戏剧舞台上几乎天衣无缝、浑然天成。因此,这首先是一部"古今对话"的戏剧。弘扬传统文化,在传统文化中寻找新的艺术资源,是艺术界共同的梦想。在西方文化和艺术一统天下的时代,本土文化和艺术如何走出困境,实现同西方真正对话,是困扰我们多年的难题。如果是这样的话,那么,《庄先生》在实现古今对话的同时,也实施了一次同西方话剧对话的真正可能。在本土传统文化中,儒家文化一直是主流,从汉代董仲舒"罢黜百家,独尊儒术"开始,修身齐家治国平天下的儒家文化的正统地位,几乎没有被颠覆过。道家文化虽然也是传统文化重要的组成部分,但更多的是在士阶层或部分现代知识分子群体中被认同。但在剧中,庄周虽然秉承"安时处顺,逍遥自得"的处事原则,对出将入相不屑一顾,但庄周诈死,妻子即"移情别恋",情节虽然出自"庄周试妻",但其反讽的戏剧效果令人唏嘘不已。更有趣的是,现代的庄生"终身副教授",一介书生矢志不渝地研究庄子30年,并写出专著《庄子解蔽》,不仅书难以出版,甚至因囊中羞涩连住院费都捉襟见肘。这时,庄周的师兄、一个"掮客"式的人物孔方出现了,他不仅要为庄生解"区区一点住院费"一时之难,同时还会将庄生"副教授"的"副"字去掉。办法就是在出版这部书稿时,将楚院长的名字署在前面。孔方当时就拿出了"三捆百元大钞",并劝诱庄生忍辱负重去"舔痔"。一个终生要求自由,一心问学的书生,就这样而不得。或者说,在庄周的时代,他道法自然云游天下、特立独行、天马行空是可以实现的。那时还没有今天的职称乃至更多的现实问题。但到了庄生的时代,虽然庄子的思想仍有巨大魅力,但庄子的思想和行为方式,已经成为一个只可想象而难再经验的过去。庄生无论如何痛不欲生,如何看重自己的"另一条命",即学术生命,都于事无补。现实的问题是,他要交住院费,要评教授职称。因此,古今对话本身就是一个巨大的荒诞和反讽——一个研究和信奉庄子的人,必须与庄子反其道而行之才有生存的可能。

四幕戏,先写庄周欲求自由,必先摆脱物欲;再写庄生面对现实困境欲求自由而不得;续写庄周悟真得道、自由自在,再写庄生精神再生。这是一个环环相扣、矛盾叠加的过程,也是一个人物不断挣脱枷锁获得自由的过程。在古今对话中,充分显示了编剧对中国古代文化的理解、对古老的传统文化实现激活和光大的自信和可能。

另外,对于这样一个古老题材,如何结构戏剧冲突和矛盾,如何实现其戏剧的艺术性,是一大难题。戏剧不是学术论文。学术论文可以在思想史的范畴和框架内,展开对庄子思想的研究和论述。但戏剧首先要构建戏剧矛盾和冲突。《庄先生》构思的奇巧,就在于时代、场景和人物的设计。古今时代的巨大差异,决定了庄周与庄生的差异。庄子虽然师承老子,但经魏晋南北朝的演变,老庄学说成为道家思想的核心内容。庄子其人被神化,奉为神灵,并于唐玄宗天宝元年(724)二月被封为"南华真人"。所著书《庄子》,诏称《南华真经》。宋徽宗时,庄子又被封为"微妙元通真君"。可见庄周思想影响之深广。但庄生是一个现代书生,面对出走的妻子、难以应对的住院费用和"终身副教授"职称,要他再超然度外、漠然置之,实在是太困难了。古今的矛盾是剧本预设的不可超越的矛盾,这是其一;其二,是权力支配的矛盾。我们看到,四幕戏,变换的是人物和场景,未变的是权力关系,楚王孙与庄妻、楚院长与庄生,时代变了,但权力支配关系并没有变化。庄周尸骨未寒,但楚王孙可以利用他的权力和地位调戏庄周的妻子,而庄妻田氏也慑于王孙权力的淫威及王孙的美貌与地位的诱惑,不仅从了王孙,甚至要劈开庄周的头颅去取人脑医治王孙的头疼疾病，人情冷暖不言自明；楚院长也因掌控教师职称生杀予夺和科研经费等权力，可以肆无忌惮地从中渔利，将庄生30年的研究成果轻而易举揽入囊中。这种权力关系的呈现，在最深刻的意义上揭示了中国文化中的要害。儒家文化讲万般皆下品，唯有读书高，但必须学而优则仕。因此，千百年来，科举取士，凡读书人都渴望成为国家官僚集团的预备队，一如今天争先恐后做公务员的道理一样。其间的诉求就是获得权力。权力支配的矛盾，是《庄先生》的隐结构，也是无处不在的戏剧冲突和矛盾。在这个意义上，这出戏剧又充满了现实批判性。剧本第二幕孔方出现后他与庄生的对话，从一个方面以极端的方式表达了院校知识分子的状况：

> 庄生：别再鬼扯了……刚才你说"区区一点住院费"……
>
> 孔方：（略带尴尬）不过话又说回来……
>
> 庄生：说回来……
>
> 孔方：也就区区两个字，一个是"卖"，一个是"舔"。（走进庄生坐下，从包里取出一叠厚厚的书稿校样，用手拍打着封面书名）《庄子解蔽》！正本清源，惊世之作啊！两千年前的文字迷宫，他说万事之后必有人解，而今终于有了解密者！此人并非别人，就是我孔某人的小师弟！
>
> 庄生：（谦虚地）过奖，过奖……（酸楚地）点灯熬油这三十年，该牺牲的都牺牲了……
>
> （孔方从公文包里取出三扎百元大钞，拍在庄生手边。）
>
> 孔方：这是预支的三万，说是预支，其实也就是全部了，你也知道，学术著作不好卖。
>
> 庄生：（感激地）谢谢，谢谢孔方兄。君子之交淡若水，关键时候真给钱。
>
> 孔方：这也是特例了，不是兄弟我说了算吗？我这副总编辑

虽说只是个处级,说大也不大,好歹也是个官!你说是不是?嗯?

这场戏虽然有些漫画化,洋洋自得的文化掮客与酸腐的书生都未免夸张,但却从某一方面揭示了学院生活乃至学院政治最深层的疾患——一个处级的副总编辑,面对一个专家可以颐指气使、盛气凌人,权力关系使知识分子难以建立起独立的思想空间,更遑论自由精神了。从庄周到庄生,是空间的转换,同时更是不同时代知识分子阶层精神面貌的比照。两千多年过去之后,这个阶层不是更加接近庄子,而是与庄子的距离更加遥远甚至背道而驰。他们试图或想象的生活,几乎一天也不曾属于他们。此外,庄周路遇的尚未再嫁已有孕在身的小寡妇、信誓旦旦的妻子经不起一试等传统故事情节,也从一个方面隐喻了当下世风。因此,《庄先生》的现实批判性,是它深刻和力量的根本所在。

另外,《庄先生》语言生动、精致,十分考究,它在古今白话之间,不仅契合戏剧的时代背景和人物身份;同时,也是向中国传统语言致敬的仪式。或者说,荒诞、幽默的语言形式的探索空间,在汉语的范畴内还有许多可能性;在整体构思上,这是一出悲剧,但最后失忆的庄生与妻子田晓蝶对初恋的回忆,舞台上飘飞的雪花、摇曳的芦苇荡和幻化的飞碟,使剧情充满了荒寒中浪漫的诗意。古老的庄周、不那么年轻的庄生,重新焕发了青春的风采,一如当年。剧情复杂但意蕴更加丰富,为观众提供了无限的想象空间。因此,这是一部荒诞而荒寒的戏,更是一部富有浪漫和诗意的戏。